# 鲁迅著译编年全集

王世家
止庵 编

人民出版社

# 鲁迅著译编年全集

拾捌

# 目　录

## 一九三五　甲

### 一月

致李桦 …………………………………………………… 3

致萧军、萧红 …………………………………………… 4

致叶紫 …………………………………………………… 6

致赵家璧、郑伯奇 ……………………………………… 6

致母亲 …………………………………………………… 7

致山本初枝 ……………………………………………… 8

致黄源 …………………………………………………… 9

致曹靖华 ………………………………………………… 10

致郑振铎 ………………………………………………… 11

致郑振铎 ………………………………………………… 13

致许寿裳 ………………………………………………… 14

致叶紫 …………………………………………………… 14

译者的话 ………………………………………………… 15

《中国新文学大系》小说二集编选感想 ……………… 19

坏孩子 …………………………………… ［俄国］契诃夫 19

暴躁人 …………………………………… ［俄国］契诃夫 22

致曹靖华 ………………………………………………… 33

1

致赵家璧 ……………………………………………… 34

叶紫作《丰收》序 …………………………………… 34

致母亲 ………………………………………………… 36

致孟十还 ……………………………………………… 37

致曹聚仁 ……………………………………………… 37

致徐懋庸 ……………………………………………… 38

致山本初枝 …………………………………………… 39

致王志之 ……………………………………………… 40

致唐诃 ………………………………………………… 40

致段干青 ……………………………………………… 41

致赖少麒 ……………………………………………… 42

致张影 ………………………………………………… 43

致赵家璧 ……………………………………………… 44

致赵家璧 ……………………………………………… 45

致萧军、萧红 ………………………………………… 45

致黄源 ………………………………………………… 46

《小说旧闻钞》再版序言 …………………………… 47

致金肇野 ……………………………………………… 48

隐士 …………………………………………………… 49

致增田涉 ……………………………………………… 51

"招贴即扯" …………………………………………… 53

致曹靖华 ……………………………………………… 54

致孟十还 ……………………………………………… 56

致黎烈文 ……………………………………………… 56

致杨霁云 ……………………………………………… 57

致曹聚仁 ……………………………………………… 58

致萧军、萧红 ………………………………………… 59

势所必至,理有固然 ………………………………… 61

## 二月

致黄源 ……………………………………………… 62

致孟十还 …………………………………………… 63

致杨霁云 …………………………………………… 64

致李桦 ……………………………………………… 65

致增田涉 …………………………………………… 67

致曹靖华 …………………………………………… 69

致孟十还 …………………………………………… 71

致徐懋庸 …………………………………………… 71

致萧军、萧红 ……………………………………… 72

致赵家璧 …………………………………………… 74

致孟十还 …………………………………………… 74

致杨霁云 …………………………………………… 75

致曹靖华 …………………………………………… 77

致萧军 ……………………………………………… 77

致钱杏邨 …………………………………………… 78

《通讯》(致郑孝观)补记 ………………………… 78

致吴渤 ……………………………………………… 79

致金肇野 …………………………………………… 79

书的还魂和赶造 …………………………………… 80

"骗月亮" …………………………………………… 82

《编完写起》补记 ………………………………… 83

致曹靖华 …………………………………………… 84

致孟十还 …………………………………………… 85

致孟十还 …………………………………………… 87

致杨霁云 …………………………………………… 87

致赵家璧 …………………………………………… 89

致叶紫 ……………………………………………… 89

致增田涉 …………………………………………… 90

漫谈"漫画" ………………………………………… 91

漫画而又漫画 ……………………………………… 93

致赵家璧 …………………………………………… 94

## 三月

致母亲 ……………………………………………… 95

致母亲 ……………………………………………… 95

致萧军、萧红 ……………………………………… 96

致孟十还 …………………………………………… 97

《中国新文学大系》小说二集序 ………………… 98

『生けろ支那の姿』序 …………………………… 113

致赵家璧 …………………………………………… 115

"寻开心" …………………………………………… 116

致赵家璧 …………………………………………… 118

致孟十还 …………………………………………… 119

致郑振铎 …………………………………………… 120

致李桦 ……………………………………………… 120

致费慎祥 …………………………………………… 122

致陈烟桥 …………………………………………… 122

致萧军、萧红 ……………………………………… 123

致罗清桢 …………………………………………… 125

致赵家璧 …………………………………………… 126

非有复译不可 ……………………………………… 126

论讽刺 ……………………………………… 128

致黄源 ……………………………………… 130

致萧红 ……………………………………… 131

致黄源 ……………………………………… 132

致孟十还 …………………………………… 132

致萧军 ……………………………………… 133

致孟十还 …………………………………… 134

俄罗斯的童话(七) …………… ［苏联］高尔基 135

俄罗斯的童话(八) …………… ［苏联］高尔基 139

俄罗斯的童话(九) …………… ［苏联］高尔基 143

致徐懋庸 …………………………………… 147

致罗清桢 …………………………………… 148

致张慧 ……………………………………… 148

致曹靖华 …………………………………… 149

致许寿裳 …………………………………… 150

致增田涉 …………………………………… 150

难解的性格 …………………… ［俄国］契诃夫 151

阴谋 …………………………… ［俄国］契诃夫 154

波斯勋章 ……………………… ［俄国］契诃夫 159

致萧军 ……………………………………… 164

致黄源 ……………………………………… 166

致黄源 ……………………………………… 166

田军作《八月的乡村》序 ………………… 167

致郑振铎 …………………………………… 169

致曹聚仁 …………………………………… 170

致徐懋庸 …………………………………… 170

致郑振铎 …………………………………… 171

徐懋庸作《打杂集》序 ……………………………… 172

从"别字"说开去 …………………………………… 175

致母亲 ……………………………………………… 178

## 四月

致徐懋庸 …………………………………………… 180

人生识字胡涂始 …………………………………… 180

致许寿裳 …………………………………………… 182

致萧军 ……………………………………………… 183

致黄源 ……………………………………………… 183

"某"字的第四义 …………………………………… 184

"天生蛮性" ………………………………………… 185

死所 ………………………………………………… 185

致萧军 ……………………………………………… 186

致李桦 ……………………………………………… 186

致曹靖华 …………………………………………… 188

致黄源 ……………………………………………… 189

致山本初枝 ………………………………………… 190

致增田涉 …………………………………………… 190

《引玉集》再版牌记 ………………………………… 192

表 …………………… [苏联]L.班台莱耶夫 192

致曹聚仁 …………………………………………… 256

致郑振铎 …………………………………………… 257

致萧军 ……………………………………………… 258

"文人相轻" ………………………………………… 259

"京派"和"海派" …………………………………… 261

俄罗斯的童话（十） ………………… [苏联]高尔基 264

俄罗斯的童话（十一） ……………………… ［苏联］高尔基 270

俄罗斯的童话（十二） ……………………… ［苏联］高尔基 275

俄罗斯的童话（十三） ……………………… ［苏联］高尔基 277

俄罗斯的童话（十四） ……………………… ［苏联］高尔基 281

俄罗斯的童话（十五） ……………………… ［苏联］高尔基 283

俄罗斯的童话（十六） ……………………… ［苏联］高尔基 286

致唐弢 …………………………………………………… 290

致赵家璧 ………………………………………………… 291

致孟十还 ………………………………………………… 291

镰田诚一墓记 …………………………………………… 292

致何白涛 ………………………………………………… 293

弄堂生意古今谈 ………………………………………… 293

不应该那么写 …………………………………………… 295

致曹靖华 ………………………………………………… 297

致萧军、萧红 …………………………………………… 297

致黄源 …………………………………………………… 299

致萧军 …………………………………………………… 300

致萧军 …………………………………………………… 301

现代支那に於ける孔子樣 ……………………………… 302

中国的科学资料 ………………………………………… 308

"有不为斋" ……………………………………………… 308

致曹靖华 ………………………………………………… 309

致母亲 …………………………………………………… 310

致增田涉 ………………………………………………… 310

## 五月

六朝小说和唐代传奇文有怎样的区别？ ……………… 312

什么是"讽刺"? ……………………………………… 314

致罗清桢 ………………………………………… 316

论"人言可畏" …………………………………… 317

再论"文人相轻" ………………………………… 320

致黄源 …………………………………………… 321

致萧军 …………………………………………… 323

致赵家璧 ………………………………………… 323

致赵家璧 ………………………………………… 324

致萧剑青 ………………………………………… 324

致曹靖华 ………………………………………… 325

致台静农 ………………………………………… 326

致胡风 …………………………………………… 327

致萧军 …………………………………………… 329

致邵文熔 ………………………………………… 330

致曹靖华 ………………………………………… 331

致黄源 …………………………………………… 331

致孟十还 ………………………………………… 332

致陈烟桥 ………………………………………… 333

致杨霁云 ………………………………………… 334

致郑伯奇 ………………………………………… 335

致赵家璧 ………………………………………… 335

致黄源 …………………………………………… 336

致黄源 …………………………………………… 337

致曹靖华 ………………………………………… 339

致黄源 …………………………………………… 339

# 六月

恋歌 …………………………… ［罗马尼亚］索陀威奴　341

致黄源 …………………………………………………　360

致萧军 …………………………………………………　360

致黄源 …………………………………………………　361

致孟十还 ………………………………………………　362

《全国木刻联合展览会专辑》序 ………………………　362

文坛三户 ………………………………………………　364

从帮忙到扯淡 …………………………………………　366

两种"黄帝子孙" ………………………………………　368

致萧军 …………………………………………………　368

"题未定"草（一至三） …………………………………　370

日本訳本に对する著者の言葉 ………………………　377

致黄源 …………………………………………………　378

致增田涉 ………………………………………………　379

致曹靖华 ………………………………………………　380

致萧军 …………………………………………………　381

致李霁野 ………………………………………………　382

致李桦 …………………………………………………　383

致陈此生 ………………………………………………　385

致孟十还 ………………………………………………　386

致增田涉 ………………………………………………　387

致曹靖华 ………………………………………………　388

致台静农 ………………………………………………　389

致萧军 …………………………………………………　390

致山本初枝 ……………………………………………　391

致胡风 ……………………………………… 392

致赖少麒 …………………………………… 394

致唐英伟 …………………………………… 395

中国小说史略* ……………………………… 396

# 七月

名人和名言 ………………………………… 565

"靠天吃饭" ………………………………… 568

致曹靖华 …………………………………… 569

致孟十还 …………………………………… 570

致楼炜春 …………………………………… 572

致赵家璧 …………………………………… 573

致赵家璧 …………………………………… 573

几乎无事的悲剧 …………………………… 574

三论"文人相轻" …………………………… 576

致赖少麒 …………………………………… 578

致黄源 ……………………………………… 579

致萧军 ……………………………………… 579

致徐懋庸 …………………………………… 581

致曹靖华 …………………………………… 581

致母亲 ……………………………………… 582

致李霁野 …………………………………… 582

致增田涉 …………………………………… 583

致曹靖华 …………………………………… 585

致台静农 …………………………………… 585

致李霁野 …………………………………… 586

致赖少麒 …………………………………… 587

致萧军 ………………………………………………… 588

致李长之 ……………………………………………… 588

致萧军 ………………………………………………… 589

致曹聚仁 ……………………………………………… 590

致徐懋庸 ……………………………………………… 591

致叶紫 ………………………………………………… 591

致黄源 ………………………………………………… 592

一九三五

甲

# 一月

## 一日

**日记** 昙。上午寄黄河清信。衡海婴,连衣服重四十一磅。下午译《金表》开手。夜雨。

## 二日

**日记** 昙。下午烈文及河清来。晚雨。夜内山君及其夫人来,邀往大光明影戏院观 CLEOPATRA,广平亦去。

## 三日

**日记** 昙,午晴。下午诗荃来,未见,留赠 CAPSTAN 六合而去。

## 四日

**日记** 昙。午得张慧木刻一幅。得何白涛信并木刻四幅。得新波信并木刻十五幅。得王冶秋信。得杨霁云信。得李桦信,即复。得萧军信,即复。得阿芷信,即复。午后寄赵家璧信。寄陈铁耕信。

# 致 李 桦

李桦先生:

去年十二月廿三四日信,顷已收到。上次的信,我自信并非过誉,那一本木刻,的确很好,但后来的作风有些改变了。我还希望先生时时产生这样的作品,以这东方的美的力量,侵入文人的书斋去。

《现代版画》一本，去年已收到。选择内容且作别论，纸的光滑，墨的多油，就毁损作品的好处不少，创作木刻虽是版画，仍须作者自印，佳处这才全备，一经机器的处理，和原作会大不同的，况且中国的印刷术，又这样的不进步。

《现代版画》托内山书店代卖，已经说过，是可以的，此后信件，只要直接和他们往来就好。至于开展览会事，却没有法子想，因为我自己连走动也不容易，交际又少，简直无人可托，官厅又神经过敏，什么都只知道堵塞和毁灭，还有自称"艺术家"在帮他们的忙，我除还可以写几封信之外，什么也做不来。

木刻运动，当然应有一个大组织，但组织一大，猜疑也就来了，所以我想，这组织如果办起来，必须以毫无色采的人为中心。

色刷木刻在中国尚无人试过。至于上海，现在已无木刻家团体了。开初是在四年前，请一个日本教师讲了两星期木刻法，我做翻译，听讲的有二十余人，算是一个小团体，后来有的被捕，有的回家，散掉。此后还有一点，但终于被压迫而进散。实际上，在上海的喜欢木刻的青年中，确也是急进的居多，所以在这里，说起"木刻"，有时即等于"革命"或"反动"，立刻招人疑忌。现在零星的个人，还在刻木刻的是有的，不过很难进步。那原因，一则无人切磋，二则大抵苦于不懂外国文，不能看参考书，只能自己暗中摸索。

专此布复，即颂

年禧

迅　上　一月四日

# 致 萧军、萧红

刘
吟先生：

二日的信，四日收到了，知道已经搬了房子，好极好极，但搬来

4

搬去,不出拉都路,正如我总在北四川路兜圈子一样。有大草地可看,在上海要算新年幸福,我生在乡下,住了北京,看惯广大的土地了,初到上海,真如被装进鸽子笼一样,两三年才习惯。新年三天,译了六千字童话,想不用难字,话也比较的容易懂,不料竟比做古文还难,每天弄到半夜,睡了还做乱梦,那里还会记得妈妈,跑到北平去呢?

删改文章的事,是必须给它发表开去的,但也犯不上制成锌板。他们的丑史多得很,他们那里有一点羞。怕羞,也不去干这样的勾当了,他们自己也并不当人看。

吟太太究竟是太太,观察没有咱们爷们的精确仔细。少说话或多说闲谈,怎么会是耗子躲猫的方法呢?我就没有见过猫整天的在咪咪的叫的,除了春天的或一时期之外。猫比老鼠还要沉默。春天又作别论,因为它们另有目的。平日,它总是静静的听着声音,伺机搏击,这是猛兽的方法。自然,它决不和耗子讲闲话的,但耗子也不和猫讲闲话。

你所遇见的人,是不会说我怎样坏的,敌对或侮蔑的意思,我相信也没有。不过"太不留情面"的批评是绝对的不足为训的。如果已经开始笔战了,为什么要留情面?留情面是中国文人最大的毛病。他以为自己笔下留情,将来失败了,敌人也会留情面。殊不知那时他是决不留情面的。做几句不痛不痒的文章,还是不做好。

而且现在的批评家,对于"骂"字也用得非常之模胡。由我说起来,倘说良家女子是婊子,这是"骂",说婊子是婊子,就不是骂。我指明了有些人的本相,或是婊子,或是叭儿,它们却真的是婊子或叭儿,所以也决不是"骂"。但论者却一概谓之"骂",岂不哀哉。

至于检查官现在这副本领,是毫不足怪的,他们也只有这种本领。但想到所谓文学家者,原是应该自己会做文章的,他们却只会禁别人的文章,真不免好笑。但现在正是这样的时候,不是救国的非英雄,而卖国的倒是英雄吗?

考察上海一下,是很好的事,但我举不出相宜的同伴,恐怕还是自己看看好罢,大约通过一两回,是没有什么的。不过工人区域里却不宜去,那里狗多,有点情形不同的人走过,恐怕它就会注意。

近来文字的压迫更严,短文也几乎无处发表了。看看去年所作的东西,又有了短评和杂论各一本,想在今年内印它出来,而新的文章,就不再做,这几年真也够吃力了。近几时我想看看古书,再来做点什么书,把那些坏种的祖坟刨一下。

过了一年,孩子大了一岁,但我也大了一岁,这么下去,恐怕我就要打不过他,革命也就要临头了。这真是叫作怎么好。

专此布达,并请

俪安。

迅　上　广附笔问候　一月四日

# 致 叶 紫

芷兄:

除夕信新年四日收到。书籍印出时,交那个书店代售一部分,没有问题,但总代售他是不肯的,其实他也没法推销出去,我想,不如和中国书坊小伙计商量,便中当代问。序当作一篇。铁耕回家去了,我可以写信去说,不过他在汕头的乡下,信札往来,很迟缓,图又须刻起来,能否来得及也说不定。

# 致 赵家璧、郑伯奇

家璧
君平先生:

先想看一看《新青年》及《新潮》,倘能借得,乞派人送至书店为感。

　　专此布达,即请

著安。

迅　上　一月四日

# 致 母 亲

　　母亲大人膝下敬禀者,去年十二月二十日的信,早经收到。现在是
　　总算过了年三天了,上海情形,一切如常,只倒了几家老店;阴
　　历年关,恐怕是更不容易过的。男已复原,可请勿念。散那吐瑾
　　未吃,因此药现已不甚通行,现在所吃的是麦精鱼肝油之一种,
　　亦尚有效。至于海婴所吃,系纯鱼肝油,颇腥气,但他却毫不
　　要紧。
　　去年年底,给他照了一个相,不久即可去取,倘照得好,不必重
　　照,则当寄上。元旦又称了一称,连衣服共重四十一磅,合中国
　　十六两称三十斤十二两,也不算轻了。他现在颇听话,每天也
　　有时教他认几个字,但脾气颇大,受软不受硬,所以骂是不大有
　　用的。我们也不大去骂他,不过缠绕起来的时候,却真使人
　　烦厌。
　　上海天气仍不甚冷,今天已是阴历十二月初一了,有雨,而未下
　　雪。今年一月,老三那里只放了两天假,昨天就又须办公了。
　　害马亦好,并请放心。

　　专此布达,恭请

金安。

男树　叩上　广平海婴同叩　一月四日

# 致 山本初枝

　新年御芽出度御座います。上海も今日一月四日になつて居ますが有様は昨年とさう違ひません。内山老板から松竹梅を一鉢もらひましたがこの頃咲いて客間をにぎやかにして居ます。内山老板は休み中南京へ旅行すると云って居ましたがとうとう旅行しないで南京路だけしか行かなかった。それはクレオパトラを見に行ったのです。私も行きましたが、しかし、広告の様に立派な活動写真でもなかった。私は快復しました、食慾もいつもの通りになって居ます。しかし、出版に対する圧迫は実にひどくしかも何のきまりもなく検査官の御意のままにやるのだからとっても滅茶苦茶でたまりません。筆で支那に生活するのも頗る容易な事でないです。今年からは短い批評をかく事をやめて何か勉強しようと思って居ります。併しその勉強も無論悪口の仕入です。子供は割合に大きくなって病気も少なくなりましたが併しその代り大変うるさくなりました。独りで友達がないからよく大人の処にやって来ます。勉強もさまたげられます。

　　　　　　　　　　　　　　　迅　上　一月四日

山本夫人几下


**五日**

　　**日记**　昙。上午寄母亲信。寄山本夫人信。下午内山书店送来『世界玩具史篇』一本,二元五角。晚蕴如携晔儿来,并为购得《历代帝王疑年录》,《太史公疑年考》各一本,共泉一元三角。夜三弟来。


**六日**

　　**日记**　星期。晴。下午得刘岘信,即复。得河清信,即复。得靖华信,夜复。

# 致 黄 源

河清先生:

　　顷收到五日来信。先贺贺你得了孩子,但这是要使人忙起来的。

　　拉甫列涅夫的照片,那一本破烂书里(一九二页上)就有,当如来示,放在书店里。

　　那一篇文章,谷曾来信说过,我未复。今天看见,我就请他不要拿出去,待将来再说。至于在《文学》上,我想还不如仍是第二号登《杂谈》,第三号再登《之余》,或《之余》之删余。登出之后,我就想将去年一年的杂文汇印,不必再寄到北平去了。

　　去年曾为生生美术公司做一短文,绝无政治意味或讽刺之类的,现在才知道确被抽去。那么,对于我们出版的事,就有比沈先生所说的更大的问题。即:他们还是对人,或有时如此,有时不如此,译文社中是什么人,他们是知道的,我们办起事来,纵使如何小心,他们一不高兴时,就可不说理由,只须一举手之劳,致出版事业的死命。那时我们便完全失败,倘委曲求全,则成为他们的俘虏了,所以这事还须将来再谈一谈。

　　刚才看见《文学》,插图上题作雨果的,其实是育珂摩耳,至于题作育珂的少年像,本该是雨果了,但他少年时代的像,我没有见过,所以决不定。这一点错误,我看是该在下期订正的。此上即颂
撰安。

　　　　　　　　　　　　　　　　迅　顿首　六夜。

# 致 曹靖华

汝珍兄：

　　去年除夕的信，今天收到了。和《译文》同寄的，就是郑君所说的那本书，我希望它们能够寄到。其中都是些短评，去年下半年在《申报》上发表的。末了有一篇后记，大略可见此地的黑暗。

　　上海出版界的情形，似与北平不同，北平印出的文章，有许多在这里是决不准用的；而且还有对书局的问题（就是个人对书局的感情），对人的问题，并不专在作品有无色采。我新近给一种期刊作了一点短文，是讲旧戏里的打脸的，毫无别种意思，但也被禁止了。他们的嘴就是法律，无理可说。所以凡是较进步的期刊，较有骨气的编辑，都非常困苦。今年恐怕要更坏，一切刊物，除胡说八道的官办东西和帮闲凑趣的"文学"杂志而外，较好都要压迫得奄奄无生气的。

　　《创作经验》望抄毕即寄来，以便看机会介绍。

　　此地尚未下雪，而百业凋敝不堪，阴历年关，必有许多大铺倒闭的。弟病则已愈，似并无倒闭之意；上月给孩子吃鱼肝油，胖起来了；女人亦安好，可释远念。它嫂平安，惟它兄仆仆道途，不知身体如何耳。此布，即请

冬安。

　　　　　　　　　　　　　　　　　　弟豫　顿首　一月六夜。


　　**七日**

　　**日记**　昙。上午寄乔峰信。得蒋径三所寄赠《西洋教育思想史》一部二本。得傅闻所寄赠《幽僻的陈庄》一本。得阿芷信并检查官所禁之《脸谱臆测》稿一篇。下午得赵家璧信并《新潮》五本。

## 八日

**日记**　雨。午前协和及其次子来。下午得王冶秋从山西运城寄赠之糟蛋十枚,百合八个。得赵家璧信并编《新文学大系》约一纸。得西谛信,夜复。

# 致 郑振铎

西谛先生:

四夜信收到。记得去年年底,生活书店曾将排好之校样一张送给我,问有无误字,即日为之改正二处,寄还了他。此即《十竹斋》广告,计算起来,该是来得及印上的,而竟无有,真不知何故。和商人交涉,常有此等事,有时是因为模模胡胡,有时却别有用意,而其意殊不可测(《译文》在同一书店所出的别种刊物上去登广告,亦常被抽去),只得听之,而另行延长豫约期间,或卖特价耳。

在同一版上,涂以各种颜色,我想是两种颜色接合之处,总不免有些混合的,因为两面俱湿,必至于交沁。倘若界限分明,那就恐怕还是印好几回,不过板却不妨只有一块,只是用笔分涂几回罢了。我有一张贵州的花纸(新年卖给人玩的),看它的设色法,乃是用纸版数块,各将应有某色之处镂空,压在纸上,再用某色在空处乱搽,数次而毕。又曾见 E. Munch 之两色木版,乃此版本可以挖成两块,分别涂色之后,拼起来再印的。大约所谓采色版画之印法,恐怕还不止这几种。

营植排挤,本是三根惟一之特长,我曾领教过两回,令人如穿湿布衫,虽不至于气绝,却浑身不舒服,所以避之惟恐不速。但他先前的历史,是排尽异己之后,特长无可施之处,即又以施之他们之同人,所以当他统一之时,亦即倒败之始。但现在既为月光所照,则情形又当不同，大约当更绵长，更恶辣，而三根究非其族类，事成后也非藏则烹的。此公在厦门趋奉校长，颜膝可怜，迨异己去后，而校长又薄其为人，终于不安于位，殊可笑也。现在尚有若干明白学生，固然尚可小住，但与月辈争，学生是一定失败的，他们孜孜不倦，无所不为，我亦曾在北京领教过，觉得他们之凶悍阴险，远在三根先生之上。和此辈相处一两年，即能幸存，也还是有损无益的，因为所见所闻，决不会有有益身心之事，犹之专读《论语》或《人间世》一两年，而欲不变为废料，亦殊不可得也。但萌退志是可以不必的，我亦尚在看看人间世，不过总有一天，是终于要"一走了之"的，现在是这样的世界。

　　偶看明末野史，觉现在的士大夫和那时之相像，真令人不得不惊。年底做了一篇关于明末的随笔，去登《文学》（第一期），并无放肆之处，然而竟被删去了五分之四，只剩了一个头，我要求将这头在第二期登出，聊以示众而已。上海情形，发狂正不下于北平。青年好游戏，请游戏罢。其实中国何尝有真正的党徒，随风转舵，二十余年矣，可曾见有人为他的首领拼命？将来的狂热的扮别的伟人者，什九正是现在的扮 Herr Hitler 的人。穆公木天也反正了，他与另三人作一献上之报告，毁左翼惟恐不至，和先前之激昂慷慨，判若两人，但我深怕他有一天又会激烈起来，判我辈之印古董以重罪也。（穆公们之献文，是登在秘密刊物里的，不知怎的为日本人所得，译载在《支那研究资料》上了，遂使我们局外人亦得欣赏。他说：某翼中有两个太上皇，亦即傀儡，乃我与仲方。其实这种意见，他大约蓄之已久，不过不到时候，没有说出来。然则尚未显出原形之所谓"朋友"也者，岂不可怕？）

　　S君是明白的。有几个外国人之爱中国，远胜于有些同胞自己，这真足叫人伤心。我们自己也还有好青年，但不知在此世界，究竟可以剩下几个？我正在译童话，拟付《译文》，亦尚存希望于将来耳，呜呼！

专此布达，即请

著安。

迅　顿首　一月八夜。

## 九日

**日记**　昙。上午得西谛信，即复。得曹聚仁信，即复。午后得
萧军信。得邵景渊信。得何白涛信并木刻三幅。下午以海婴照片
一张寄母亲。以朝华社刊《艺苑朝花》五本寄金肇野。以海婴照片
一张及《文学季刊》一本寄增田君。夜寄季市信。濯足。

# 致　郑振铎

西谛先生：

　　昨复一函，想已达。顷得六日信，备悉种种。长于营植排挤者，
必大嫉妒，如果不是他们的一伙，则虽闭门不问外事，也还是要遭嫉
视的。阮大铖还会作《燕子笺》，而此辈则并无此种伎俩，退化之状，
彰彰明矣。

　　先生如离开北平，亦大可惜，因北平究为文化旧都，继古开今之
事，尚大有可为者在也。许君处已去函问，得复后，当即转达。许君
人甚诚实，而缺机变，我看他现在所付以重任之人物，亦即将来翻脸
不相识之敌人。大约将来非被彼辈所侵入，则亦当被排去，不过现
在尚非其时耳。

　　南方当然不会不黑暗，但状态颇与北方不同。我不明教育界情
形，至于文坛，则龌龊琐鄙，真足令人失笑。有救人之英雄，亦有杀
人之英雄，世上通例，但有作文之文学家，而又有禁人作文之"文学

家"，则似中国所独有也。脸皮之厚，世上无两，尚足与之理论乎。

顷见《文学季刊》，以为先生所揭士大夫与商人之争，真是洞见隐密，记得元人曲中，刺商人之貌为风雅之作，似尚多也，皆士人败后之扯淡耳。

专此布达，即请
著安。

迅　顿首　一月九夜

# 致 许寿裳

季市兄：

去年寄奉一函并医院帐目，想早达览。近闻郑君振铎，颇有不欲久居燕大之意，此君热心好学，世所闻知，倘其投闲，至为可惜。因思今天[年]秋起，学院中不知可请其教授文学否？既无色采，又不诡随，在诸生间，当无反对者。以是不揣冒昧，贡其愚忱，倘其有当，尚希采择，将来或直接接洽，或由弟居中绍介，均无不可。如何之处，且希示复也。专此布达，并请
教安。

弟飞　顿首　一月九夜。

# 致 叶 紫

芷兄：

四日信收到。不明底细的书店，我不想和他们发生关系了，开首说得好好的，后来会出意外的麻烦。譬如《二心集》，我就不主张去检查，然而稿一付去，权在书店，无法阻止。

所以请你回复那书店：我不同意。

那集子里，有几篇到现在也还可存留，我自己要设法印它出来，才可以不至于每页字数排得很少，填厚书本，而定价一元。

此复，并颂

年禧。

豫　上　一月九夜。

## 十日

**日记**　晴。午达夫，映霞从杭州来，家璧及伯奇，国亮延之在味雅午饭，亦见邀，遂同广平携海婴往。下午得阿芷信并小说稿一本。夜蕴如及三弟来并为买得《饮膳正要》一部三本，价一元。

## 十一日

**日记**　昙。上午同广平携海婴往须藤医院诊，并以《饮膳正要》卖与须藤先生，得泉一元，海婴得苹果十二枚，饼饵一合。得母亲信附与海婴笺，六日发。得霁野信。得烈文信。下午得李辉英信。得金肇野信，即复。得紫佩所寄代修旧书四部十二本。得『ドストイエフスキイ全集』（四）一本，二元五角。

## 十二日

**日记**　雨。午后译童话《金表》讫，四百二十字稿纸百十一叶。烈文招饮于其寓，傍晚与仲方同去，同坐共十人，主人在外。

# 译者的话

《表》的作者班台莱耶夫（L. Panteleev），我不知道他的事迹，所看见的记载，也不过说他原是流浪儿，后来受了教育，成为出色的作者，且是世界闻名的作者了。他的作品，德国译出的有三种：一为 Schkid（俄语"陀斯妥也夫斯基学校"的略语），亦名《流浪儿共和国》，是和毕理克（G. Bjelych）合撰的，有五百余页之多；一为《凯普那乌黎的复仇》，我没有见过；一就是这一篇中篇童话，《表》。

现在所据的即是爱因斯坦（Maria Einstein）女士的德译本，一九三〇年在柏林出版的。卷末原有两页编辑者的后记，但因为不过是对德国孩子们说的话，在到了年纪的中国读者，是统统知道了的，而这译本的读者，恐怕倒是到了年纪的人居多，所以就不再译在后面了。

当翻译的时候，给了我极大的帮助的，是日本槙本楠郎的日译本：《金时计》。前年十二月，由东京乐浪书院印行。在那本书上，并没有说明他所据的是否原文；但看藤森成吉的话（见《文学评论》创刊号），则似乎也就是德译本的重译。这对于我是更加有利的：可以免得自己多费心机，又可以免得常翻字典。但两本也间有不同之处，这里是全照了德译本的。

《金时计》上有一篇译者的序言，虽然说的是针对着日本，但也很可以供中国读者参考的。译它在这里：

"人说，点心和儿童书之多，有如日本的国度，世界上怕未必再有了。然而，多的是吓人的坏点心和小本子，至于富有滋养，给人益处的，却实在少得很。所以一般的人，一说起好点心，就想到西洋的点心，一说起好书，就想到外国的童话了。

"然而，日本现在所读的外国的童话，几乎都是旧作品，如将褪的虹霓，如穿旧的衣服，大抵既没有新的美，也没有新的乐趣的了。为什么呢？因为大抵是长大了的阿哥阿姊的儿童时代所看过的书，甚至于还是连父母也还没有生下来，七八十年前所作的，非常之旧的作品。

"虽是旧作品，看了就没有益，没有味，那当然也不能说的。但是，实实在在的留心读起来，旧的作品中，就只有古时候的

16

‘有益’，古时候的‘有味’。这只要把先前的童谣和现在的童谣比较一下看，也就明白了。总之，旧的作品中，虽有古时候的感觉，感情，情绪和生活，而像现代的新的孩子那样，以新的眼睛和新的耳朵，来观察动物，植物和人类的世界者，却是没有的。

"所以我想，为了新的孩子们，是一定要给他新作品，使他向着变化不停的新世界，不断的发荣滋长的。

"由这意思，这一本书想必为许多人所喜欢。因为这样的内容簇新，非常有趣，而且很有名声的作品，是还没有绍介一本到日本来的。然而，这原是外国的作品，所以纵使怎样出色，也总只显着外国的特色。我希望读者像游历异国一样，一面鉴赏着这特色，一面怀着涵养广博的智识，和高尚的情操的心情，来读这一本书。我想，你们的见闻就会更广，更深，精神也因此磨炼出来了。"

还有一篇秋田雨雀的跋，不关什么紧要，不译它了。

译成中文时，自然也想到中国。十来年前，叶绍钧先生的《稻草人》是给中国的童话开了一条自己创作的路的。不料此后不但并无蜕变，而且也没有人追踪，倒是拼命的在向后转。看现在新印出来的儿童书，依然是司马温公敲水缸，依然是岳武穆王脊梁上刺字；甚而至于"仙人下棋"，"山中方七日，世上已千年"；还有《龙文鞭影》里的故事的白话译。这些故事的出世的时候，岂但儿童们的父母还没有出世呢，连高祖父母也没有出世，那么，那"有益"和"有味"之处，也就可想而知了。

在开译以前，自己确曾抱了不小的野心。第一，是要将这样的崭新的童话，绍介一点进中国来，以供孩子们的父母，师长，以及教育家，童话作家来参考；第二，想不用什么难字，给十岁上下的孩子们也可以看。但是，一开译，可就立刻碰到了钉子了，孩子的话，我知道得太少，不够达出原文的意思来，因此仍然译得不三不四。现在只剩了半个野心了，然而也不知道究竟怎么样。

还有,虽然不过是童话,译下去却常有很难下笔的地方。例如译作"不够格的",原文是 defekt,是"不完全","有缺点"的意思。日译本将它略去了。现在倘若译作"不良",语气未免太重,所以只得这么的充一下,然而仍然觉得欠切帖。又这里译作"堂表兄弟"的是 Olle,译作"头儿"的是 Gannove,查了几种字典,都找不到这两个字。没法想就只好头一个据西班牙语,第二个照日译本,暂时这么的敷衍着,深望读者指教,给我还有改正的大运气。

插画二十二小幅,是从德译本复制下来的。作者孚克(Bruno Fuk),并不是怎样知名的画家,但在二三年前,却常常看见他为新的作品作画的,大约还是一个青年罢。

鲁迅。

原载 1935 年 3 月 16 日《译文》月刊第 2 卷第 1 期。

初收 1935 年 7 月上海生活书店版"译文丛书"插画本之一《表》。

## 十三日

**日记** 星期。昙。上午寄须藤先生信,为海婴取药。寄紫佩信。寄金肇野信。下午得庄启东信。得紫佩信。晚三弟及蕴如携阿菩来。得季市信并还陶女士医药费十六元。夜胃痛。

## 十四日

**日记** 昙,风。午后得李桦信。下午须藤先生来诊,并诊海婴。

## 十五日

**日记** 晴,风。上午得周涛信。得唐诃信。得赵家璧信。得靖华信并红枣一包。得母亲所寄食物一包,即分赠三弟。下午内山书

店送来『チェーホフ全集』(六)一本,二元五角。晚为《译文》译契诃夫小说二篇讫,约八千字。

# 《中国新文学大系》小说二集编选感想

这是新的小说的开始时候。技术是不能和现在的好作家相比较的,但把时代记在心里,就知道那时倒很少有随随便便的作品。内容当然更和现在不同了,但奇怪的是二十年后的现在的有些作品,却仍然赶不上那时候的。

后来,小说的地位提高了,作品也大进步,只是同时也孪生了一个兄弟,叫作"滥造"。

未另发表。据手稿印入 1935 年 2 月上海良友图书印刷公司印制的《中国新文学大系》样本。原题《小说二集编选感想》。初未收集。

# 坏 孩 子

[俄国]契诃夫

伊凡·伊凡诺维支·拉普庚是一个风采可观的青年,安娜·绥米诺夫娜·山勃列支凯耶是一个尖鼻子的少女,走下峻急的河岸来,坐在长椅上面了。长椅摆在水边,在茂密的新柳丛子里。这是一个好地方。如果坐在那里罢,就躲开了全世界,看见的只有鱼儿和在水面上飞跑的水蜘蛛了。这青年们是用钓竿,网兜,蚯蚓罐子以及别的捕鱼家伙武装起来了的。他们一坐下,立刻来钓鱼。

"我很高兴，我们到底只有两个人了，"拉普庚开口说，望着四近。"我有许多话要和您讲呢，安娜·绥米诺夫娜……很多……当我第一次看见您的时候……鱼在吃您的了……我才明白自己是为什么活着的，我才明白应当供献我诚实的勤劳生活的神像是在那里了……好一条大鱼……在吃哩……我一看见您，这才识得了爱，我爱得您要命！且不要拉起来……等它再吃一点……请您告诉我，我的宝贝，我对您起誓：我希望能是彼此之爱——不的，不是彼此之爱，我不配，我想也不敢想，——倒是……您拉呀！"

安娜·绥米诺夫娜把那拿着钓竿的手，赶紧一扬，叫起来了。空中闪着一条银绿色的小鱼。

"我的天，一条鲈鱼！阿呀，阿呀……快点！脱出了！"

鲈鱼脱出了钓钩，在草上向着它故乡的元素那里一跳……扑通——已经在水里了！

追去捉鱼的拉普庚，却替代了鱼，错捉了安娜·绥米诺夫娜的手，又错放在他的嘴唇上……她想缩回那手去，然而已经来不及了：他们的嘴唇又不知怎么一来，接了一个吻。这全是自然而然的。接吻又接连的来了第二个，于是立誓，盟心……幸福的一瞬息！在这人间世，绝对的幸福是没有的。幸福大抵在本身里就有毒，或者给外来的什么来毒一下。这一回也如此。当这两个青年人正在接吻的时候，突然起了笑声。他们向水里一望，僵了：河里站着一个水齐着腰的赤条条的孩子。这是中学生珂略，安娜·绥米诺夫娜的弟弟。他站在水里面，望着他们俩，阴险的微笑着。

"嗳哈……你们亲嘴。"他说。"好！我告诉妈妈去。"

"我希望您要做正人君子……"拉普庚红着脸，吃吃的说。"偷看是下流的，告发可是卑劣，讨厌，胡闹的……我看您是高尚的正人君子……"

"您给我一个卢布，我就不说了！"那正人君子回答道。"要是，不，我去说出来。"

拉普庚从袋子里掏出一个卢布来,给了珂略。他把卢布捏在稀湿的拳头里,吹一声口哨,浮开去了。但年青的他们俩,从此也不再接吻了。

后来拉普庚又从街上给珂略带了一副颜料和一个皮球来,他的姊姊也献出了她所有的丸药的空盒。而且还得送他雕着狗头的硬袖的扣子。这是很讨坏孩子喜欢的,因为想讹得更多,他就开始监视了。只要拉普庚和安娜·绥米诺夫娜到什么地方去,他总是到处跟踪着他们。他没有一刻放他们只有他们俩。

"流氓,"拉普庚咬着牙齿,说。"这么小,已是一个大流氓!他将来还会怎样呢?!"

整一个七月,珂略不给这可怜的情人们得到一点安静。他用告发来恐吓,监视,并且索诈东西;他永是不满意,终于说出要表的话来了。于是只好约给他一个表。

有一回,正在用午餐,刚刚是吃蛋片的时候,他忽然笑了起来,用一只眼睛使着眼色,问拉普庚道:"我说罢?怎么样?"

拉普庚满脸通红,错作蛋片,咬了饭巾了。安娜·绥米诺夫娜跳起来,跑进隔壁的屋子去。

年青的他们俩停在这样的境遇上,一直到八月底,就是拉普庚终于向安娜·绥米诺夫娜求婚了的日子。这是怎样的一个幸福的日子呵!他向新娘子的父母说明了一切,得到许可之后,拉普庚就立刻跑到园里去寻珂略。他一寻到他,就高兴得流下眼泪来,一面拉住了这坏孩子的耳朵。也在找寻珂略的安娜·绥米诺夫娜,恰恰也跑到了,便拉住了他的那一只耳朵。大家必须看着的,是两个爱人的脸上,显出怎样的狂喜来,当珂略哭着讨饶的时候:

"我的乖乖,我的好人,我再也不敢了!阿唷,阿唷,饶我!"

两个人后来说,他们俩秘密的相爱了这么久,能像在扯住这坏孩子的耳朵的一瞬息中,所感到的那样的幸福,那样的透不过气来的大欢喜,是从来没有的。

一八八三年作

原载 1935 年 2 月 16 日《译文》月刊第 1 卷第 6 期,与
《暴躁人》一并题作《奇闻二则》。

初收 1936 年联华书局版"文艺连丛"之三《坏孩子和别
的奇闻》。

# 暴 躁 人

[俄国]契诃夫

我是一个一本正经的人,我的精神,有着哲学的倾向。说到职
业,我是财政学家,研究着理财法,正在写一篇关于《蓄犬税之过去
与未来》的题目的论文。所有什么少女呀,诗歌呀,月儿呀,以及别
的无聊东西,那当然是和我并无关系的。

早上十点钟。我的妈妈给我一杯咖啡。我一喝完,就到露台上
面去,为的是立刻做我的论文。我拿过一张白纸来,把笔浸在墨水
瓶里,先写题目:"蓄犬税之过去与未来"。我想了一想,写道:"史的
概观。据见于海罗陀都斯与克什诺芬①之二三之暗示,则蓄犬税之
起源⋯⋯"

但在这瞬息间,忽然听到了很可虑的脚步声。我从我的露台上
望下去,就看见一个长脸盘,长腰身的少女。她的名字,我想,是那
覃加或是瓦连加;但这与我不相干。她在寻东西,装作没有见我的
样子,自己哼着:

"你可还想起那满是热情的一曲⋯⋯"

---

① Herodotus(484—408 B. C.),希腊史家,世称"历史之父";Xenophon(435—
354 B. C.),希腊史家,哲学家,也是将军。——译者

我复看着自己的文章，想做下去了，但那少女却显出好像忽然看见了我的样子，用悲哀的声音，说道：

"晨安，尼古拉·安特来维支！您看，这多么倒运！昨天我在这里散步，把手镯上的挂件遗失了。"

我再看一回我的论文，改正了错误的笔画，想做下去了，然而那少女不放松。

"尼古拉·安特来维支，"她说，"谢谢您，请您送我回家去。凯来林家有一只大狗，我一个人不敢走过去呀。"

没有法子。我放下笔，走了下去。那覃加或是瓦连加便缒住了我的臂膊，我们就向她的别墅走去了。

我一碰上和一位太太或是一位小姐挽着臂膊，一同走路的义务，不知道为什么缘故，我总觉得好像是一个钩子，挂上了一件沉重的皮衣；然而那覃加或是瓦连加呢，我们私下说说罢，却有着情热的天性（她的祖父是亚美尼亚人），她有一种本领，是把她全身的重量，都挂在我的臂膊上，而且紧贴我的半身，像水蛭一样。我们这样的走着……当我们走过凯来林家的别墅旁边时，我看见一条大狗，这使我记起蓄犬税来了。我出神的挂念着我那开了手的工作，叹一口气。

"您为什么叹气？"那覃加或是瓦连加问我道，于是她自己也叹一口气。

我在这里应该夹叙几句。那覃加或是瓦连加（现在我记得了，她叫玛先加）不知从那里想出来的，以为我在爱她，为了人类爱的义务，就总是万分同情的注视我，而且要用说话来医治我心里的伤。

"您听呀，"她站住了，说，"我知道您为什么叹气的。您在恋爱，是罢！但我凭了我们的友情，要告诉您，您所爱的姑娘，是很尊敬您的！不过她不能用了相同的感情，来报答您的爱，但是，如果她的心是早属于别人的了，这那里能说是她的错处呢？"

玛先加鼻子发红，胀大了，眼睛里满含了眼泪；她好像是在等我的回答,但幸而我们已经到了目的地……檐下坐着玛先加的妈妈,是一个好太太,但满抱着成见;她一看见她女儿的亢奋的脸,就注视我许多工夫,并且叹一口气,仿佛是在说:"唉唉,这年青人总是遮掩不住的!"除她之外,檐下还坐着许多年青的五颜六色的姑娘,她们之间,还有我的避暑的邻居,在最近的战争时,左颧颥和右臀部都负了伤的退伍军官在里面。这不幸者也如我一样,要把一夏天的时光献给文学的工作。他在写《军官回忆记》。他也如我一样,是每天早晨,来做他那贵重的工作的,但他刚写了一句:"余生于××××年",他的露台下面便有一个什么瓦连加或是玛先加出现,把这可怜人查封了。

所有的人,凡是坐在檐下的,都拿着铗子,在清理什么无聊的,要煮果酱的浆果。我打过招呼,要走了。但那些五颜六色的年青姑娘们却嚷着拿走了我的帽子和手杖,要求我停下来。我只好坐下。她们就递给我一盘浆果和一枝发针。我也动手来清理。

五颜六色的年青姑娘们在议论男人们。这一个温和,那一个漂亮,然而不得人意,第三个讨厌,第四个也不坏,如果他的鼻子不像指头套,云云,云云。

"至于您呢,Monsieur①尼古拉,"玛先加的妈妈转过脸来,对我说,"是不算漂亮的,然而得人意……您的脸上有一点……况且,"她叹息,"男人最要紧的并不是美,倒是精神。"

年青的姑娘们却叹息着,顺下眼睛去。她们也赞成了,男人最要紧的并不是美,倒是精神。我向镜子一瞥,看看我有怎样的得人意。我看见一个蓬蓬松松的头,蓬蓬松松的颚须和唇须,眉毛,面庞上的毛,眼睛下面的毛,是一个树林,从中突出着我那强固的鼻子,像一座塔。漂亮,人也只好这么说了!

---

① 法国话,如中国现在之称"先生";那时俄国的上流社会,说法国话是算时髦的。——译者。

"所以您是用精神方面,赛过了别样的,尼古拉,"玛先加的妈妈叹息着说,好像她在使自己藏在心里的思想,更加有力量。

玛先加在和我一同苦恼着,但对面坐着一个爱她的人的意识,似乎立刻给了她很大的欢乐了。年青的姑娘们谈完了男人,就论起恋爱来。这议论继续了许多工夫之后,一个姑娘站起身,走掉了。留下的就又赶紧来批评她。大家都以为她胡涂,难对付,很讨厌,而且她的一块肩胛骨,位置又是不正的。

谢谢上帝,现在可是我的妈妈差了使女来叫我吃饭了。现在我可以离开这不舒服的聚会,回去再做我的论文了。我站起来,鞠一个躬。玛先加的妈妈,玛先加自己,以及所有五颜六色的年青姑娘们,便把我包围,并且说我并无回家的权利,因为我昨天曾经对她们有过金诺,答应和她们一同吃中饭,吃了之后,就到树林里去找菌子的。我鞠一个躬,又坐下去……我的心里沸腾着憎恶,并且觉得我已经很难忍耐,立刻就要爆发起来了,然而我的礼貌和生怕捣乱的忧虑,又牵制我去顺从妇女们。我于是顺从着。

我们就了食桌。那颗颧部受了伤的军官,下巴给伤牵扯了,吃饭的模样,就像嘴里衔着马嚼子。我用面包搓丸子,记挂着蓄犬税,而且想到自己的暴躁的性子,竭力不开口。玛先加万分同情的看着我。搬上来的是冷的酸模汤,青豆牛舌,烧子鸡和糖煮水果。我不想吃,但为了礼貌也吃着。饭后,我独自站在檐下吸烟的时候,玛先加的妈妈跑来了,握了我的手,气喘吁吁的说道:

"但是你不要绝望,尼古拉,……她是这样的一个容易感触的性子呀……这样的一个性子!"

我们到树林里去找菌子……玛先加挂在我的臂膊上,而且紧紧的吸住了我一边的身体。我真苦得要命了,但是忍耐着。

我们走到了树林。

"您听呀,Monsieur 尼古拉,"玛先加叹息着开口了:"您为什么这样伤心的? 您为什么不说话的?"

真是一个奇特的姑娘：我和她有什么可谈呢？我们有什么投契之处呢？

"请您讲一点什么罢……"她要求说。

我竭力要想出一点她立刻就懂，极平常的事情来。想了一会之后，我说道：

"砍完森林，是给俄国很大的损害的……"

"尼古拉！"玛先加叹着，她的鼻子红起来了。"尼古拉，我看您是在回避明说的……您想用沉默来惩罚我……您的感情得不到回音，您就孤另另的连苦痛也不说……这是可怕的呀。尼古拉！"她大声的说，突然抓住了我的手，我还看见她的鼻子又在发胀了。"如果您所爱的姑娘，对您提出永久的友谊来，您怎么说呢？"

我哼了一点不得要领的话，因为我实在不知道，我有什么和她可说的……请您知道：第一是我在这世界上什么姑娘也不爱；第二，我要这永久的友谊有什么用呢？第三是我是很暴躁的。玛先加或是瓦连加用两手掩着脸，像对自己似的，低低的说道：

"他不说……他明明是在要求我做牺牲……但如果我还是永久的爱着别一个，那可是不能爱他的呀！况且……让我想一想罢……好，我来想一想罢……我聚集了我的灵魂的所有的力，也许用了我的幸福的代价，将这人从他的苦恼里超度出来罢！"

我不懂。这对于我，是一种凯巴拉①。我们再走开去，采集着菌子。我们沉默得很久。玛先加的脸上，显出内心的战斗来。我听到狗叫：这使我记得了我的论文，我于是大声叹息了。我在树干之间看见了负伤的军官。这极顶可怜的人很苦楚地左右都蹩着脚：左有他负伤的臀部，右边是挂着一个五颜六色的年青的姑娘。他的脸上，表现着对于命运的屈服。

---

① Kabbala，希伯来的神秘哲学。——译者。

从树林回到别墅里，就喝茶。后来我们还玩克罗开戏①，听五颜六色的年青姑娘们中之一唱曲子："不呀，你不爱我，不呀，不呀！"唱到"不呀"这一句，她把嘴巴歪到耳朵边。

"Charmant！"②其余的姑娘们呻吟道。"Charmant！"

黄昏了。丛树后面出现了讨厌的月亮。空气很平静，新割的干草发出不舒服的气味来。我拿起自己的帽子，要走了。

"我和您说句话，"玛先加大有深意似的，悄悄地说。"您不要走。"

我觉得有点不妙。但为了礼貌，我留着。玛先加拉了我的臂膊，领我沿着列树路走。现在是她全身都现出战斗来了。她颜色苍白，呼吸艰难，简直有扭下我的右臂来的形势。她究竟是怎么的？

"您听罢……，"她低声说。"不行，我不能……不行……"

她还要说些话，然而决不下。但我从她的脸上看出，她可是决定了。她以发光的眼睛和发胀的鼻子，突然抓住了我的手，很快的说道：

"尼古拉，我是你的！我不能爱你，但我约给你忠实！"

她于是贴在我的胸膛上，又忽然跳开去了。

"有人来了……"她低声说，"再见……明早十一点，我在花园的亭子里……再见！"

她消失了。我莫名其妙，心跳着回家。《蓄犬税之过去与未来》在等候我，然而我已经不能工作了。我狂暴了。也可以说，我简直可怕了。岂有此理，将我当作乳臭小儿看待，我是忍不住的！我是暴躁的，和我开玩笑，是危险的！使女走进来，叫我晚餐的时候，我大喝道："滚出去！"我的暴躁的性子，是不会给人大好处的。

第二天的早晨。这真是一个避暑天气，气温在零度下，透骨的

① Krocket 是一种室外游戏。——译者。
② 法国语，赞词。——译者。

寒风,雨,烂泥和樟脑丸气味,我的妈妈从提包里取出她那冬天外套来了。是一个恶鬼的早晨。就是一八八七年八月七日,有名的日蚀出现的时候。我还应该说明,当日蚀时,我们无论谁,即使并非天文学家,也能够弄出大益处来的。谁都能做的是:一,测定太阳和月亮的直径;二,描画日冠;三,测定温度;四,观察日蚀时的动物和植物;五,写下本身的感觉来,等等。这都是很重要的事,使我也决计推开了《蓄犬税之过去与未来》,来观察日蚀了。我们大家都起得很早。所有目前的工作,我是这样分配的:我测量太阳和月亮的直径,负伤军官画日冠,玛先加和五颜六色的年青姑娘们,就担任了其余的一切。现在是大家聚起来,等候着了。

"日蚀是怎么起来的呢?"玛先加问我说。

我回答道:"如果月亮走过黄道的平面上,到了连结太阳和月亮的中心点的线上的时候,那么,日蚀就成立了。"

"什么是黄道呢?"

我把这对她说明。玛先加注意的听着,于是发问道:

"用一块磨毛了的玻璃,可以看见那连结着太阳和月亮的中心点的线么?"

我回答她,这是想象上的线。

"如果这单是想象,"玛先加惊奇了,"那么,月亮怎么能找到它的位置呢?"

我不给她回答。我觉得这天真烂缦的质问,真使我心惊胆战了。

"这都是胡说,"玛先加的妈妈说。"后来怎样,人是不能够知道的,您也没有上过天;您怎么想知道太阳和月亮出了什么事呢? 空想罢了!"

然而一块黑斑,跑到太阳上面来了。到处的混乱。母牛,绵羊和马,就翘起了尾巴,怕得大叫着,在平野上奔跑。狗嗥起来。臭虫以为夜已经开头了,就从它的隙缝里爬出,来咬还在睡觉的人。恰恰运着王瓜回去的助祭，就跳下车子，躲到桥下，他的马却把车子拉进了别人的院子里，王瓜都给猪吃去了。一个税务官员，是不在家里，却在避暑女客那里过夜的，只穿一件小衫，从房子里跳出，奔进群众里面去，还放声大叫道："逃命呀！你们！"

许多避暑的女人们，年青的和漂亮的，给喧闹惊醒，就靴也不穿，闯到街上来。还有许多别的事，我简直怕敢重述了。

"唉唉，多么可怕！"五颜六色的年青姑娘们呼号道。"唉唉，多么可怕！"

"Mesdames①，观测罢！"我叫她们。"时间是要紧的呀！"

我自己连忙测量直径……我记得起日冠来，就用眼睛去寻那负伤的军官。他站着，什么也不做。

"您怎么了？"我大声说。"日冠呢？"

他耸一耸肩膀，用无可奈何的眼光，示给我他的臂膊。原来这极顶可怜人的两条臂膊上，都挂着一个年青姑娘；因为怕极了，紧贴着他，不放他做事。我拿一枝铅笔，记下每秒的时间来。这是重要的。我又记下观测点的地理上的形势。这也是重要的。现在我要决定直径了，但玛先加却捏住了我的手，说道：

"您不要忘记呀，今天十一点！"

我抽出我的手来，想利用每一秒时，继续我的观测，然而玛先加发着抖，绕在我的臂膊上了，还紧挨着我半边的身子。铅笔，玻璃，图，——全都滚到草里去了。岂有此理！我是暴躁的，我一恼怒，自己也保不定会怎样，这姑娘可真的终于要明白了。

我还想接着做下去，但日蚀却已经完结了。

"您看着我呀！"她娇柔地低声说。

阿，这已经是愚弄的极顶了！人应该知道，和男子的忍耐来开这样的玩笑，是只会得到坏结果的。如果出了什么可怕的事情，可

---

① 法国语，在这里大约只好译作"小姐们"了。——译者。

不要来责难我！我不许谁来愚弄我，真真岂有此理，如果我恼怒起来，谁也不要来劝我，谁也不要走近我罢！我是什么都干得出来的！

年青的姑娘们中的一个，大概是从我的脸上，看出我要恼怒来了，分明是为了宽慰我的目的，便说道：

"尼古拉·安特来维支，我办妥了你的嘱托了。我观察了哺乳动物。我看见日蚀之前，一匹灰色狗在追猫，后来摇了许多工夫尾巴。"

就这样子，从日蚀是一无所得。我回了家。天在下雨，我不到露台上去做事。但负伤军官却敢于跑出他的露台去，并且还写"余生于××××年"；后来我从窗子里一望，是一个年青姑娘把他拖往别墅里去了。我不能写文章，因为我还在恼怒，而且心跳。我没有到园亭去。这是有失礼貌的，但天在下雨，我也真的不能去。正午，我收到玛先加的一封信；信里是谴责，请求，要我到园亭去，而且写起"你"来了。一点钟我收到第二封信，两点钟第三封……我只得去。但临走之前，我应该想一想，我和她说些什么呢。我要做得像一个正人君子。第一，我要对她说，她以为我在爱她，是毫无根据的。这样的话，原不是对闺秀说的。对一个闺秀说："我不爱您"，就恰如对一个作家说："您不懂得写东西"。我还不如对玛先加讲讲我的结婚观罢。我穿好冬天外套，拿了雨伞，走向园亭去。我知道自己的暴躁的性子，就怕话说得太多。我要努力自制才好。

我等在园亭里。玛先加脸色青白，哭肿着眼睛。她一看见我，就欢喜得叫起来了，抱住我的颈子，说道：

"到底！你在和我的忍耐力开玩笑罢。听罢，我整夜没有睡着……总是想。我觉得，我和你，如果我和你更加熟识起来……那是会爱的……"

我坐下，开始对她来讲我的结婚观了。为了不要太散漫，而且讲得简洁，我就用一点史的概观开头。我说过了印度人和埃及人的结婚,于是讲到近代;也说明了叔本华①的思想之一二。玛先加是很留心的听着的,但忽然和各种逻辑不对劲,知道必须打断我了。

"尼古拉,和我接吻呀!"她对我说。

我很狼狈,也不知道应该和她怎么说。她却总是反复着她的要求。没有法子,我站起来,把我的嘴唇碰在她的长脸上,这感觉,和我还是孩子时候,在追悼式逼我去吻死掉的祖母的感觉,是一样的。然而玛先加还不满于这接吻,倒是跳了起来,拼命的拥抱了我。在这瞬息中,园亭门口就出现了玛先加的妈妈。她显着吃惊的脸,对谁说了一声"嘘!"就像运送时候的梅菲斯妥沛来斯②似的消失了。

我失措地,恨恨地回家去。家里却遇见了玛先加的妈妈,她含了泪,拥抱着我的妈妈。我的妈妈正在流着眼泪说:

"我自己也正希望着呢!"

于是——您们以为怎样?……玛先加的妈妈就走到我这里来,拥抱了我,说道:

"上帝祝福你们! 要好好地爱她……不要忘记,她是给你做了牺牲的……"

现在是我就要结婚了。当我写着这些的时候,傧相就站在我面前,催我要赶快。这些人真也不明白我的性子,我是暴躁的,连自己也保不定! 岂有此理,后来怎样,你们看着就是! 把一个暴躁的人拖到结婚礼坛去,据我看来,是就像把手伸进猛虎的柙里去一样的。我们看着罢,我们看着罢,后来怎么样!

…………

这样子,我是结了婚了。大家都庆贺我,玛先加就总是缠住我,

---

① Arthur Schopenhauer(1788—1860),德国的厌世的哲学者,也极憎恶女人。——译者。

② Mephistopheles,就是《浮士德》里的天魔,把浮士德送到狱中的爱人面前,就消失了。这里大约只取了送入牢狱的意思。——译者。

并且说道：

"你要明白，你现在是我的了！说呀，你爱我！说呀！"

于是她的鼻子就胀大了起来。

我从偵相那里，知道了那负伤的军官，用非常惬当的方法，从赤绳里逃出了。他把一张医生的诊断书给一个五颜六色的年青姑娘看，上面写着他因为颞颥部的伤，精神有些异常，在法律上是不许结婚的。真想得到！我也能够拿出这样的东西来的。我的一个叔伯是酒徒，还有一个叔伯是出奇的胡涂（有一回，他当作自己的帽子，错戴了女人的头巾），一个姑母是风琴疯子，一遇见男人们，便对他们伸出舌头来。再加以我的非常暴躁的性子——就是极为可疑的症候。但这好想头为什么来得这样迟呢？唉唉，为什么呢？

一八八七年作

契诃夫的这一类的小说，我已经绍介过三篇。这种轻松的小品，恐怕中国是早有译本的，但我却为了别一个目的：原本的插图，大概当然是作品的装饰，而我的翻译，则不过当作插画的说明。

就作品而论，《暴躁人》是一八八七年作；据批评家说，这时已是作者的经历更加丰富，观察更加广博，但思想也日见阴郁，倾于悲观的时候了。诚然，《暴躁人》除写这暴躁人的其实并不敢暴躁外，也分明的表现了那时的闺秀们之鄙陋，结婚之不易和无聊；然而一八八三年作的大家当作滑稽小品看的《坏孩子》，悲观气息却还要沉重，因为看那结末的叙述，已经是在说：报复之乐，胜于恋爱了。

原载 1935 年 2 月 16 日《译文》月刊第 1 卷第 6 期。

初收 1936 年联华书局版"文艺连丛"之三《坏孩子和别的奇闻》。

# 致 曹靖华

汝珍兄：

十一日信昨收到；小包收据，今日亦已送来，明日当可取得，谢谢。

农兄病已愈，甚可喜，此后当可健康矣。霁兄来信，亦略言及。

此地文艺界前年至去年上半之情形，弟在后记中已言其大略，近更不行了，新书无可观者。拉甫列涅夫之一篇，已排入《译文》第五本中，被检查者抽去，此一本中，共被抽去四篇之多（删去一点者不算），稿遂不够，只得我们赶译补足。此为他们虐待异己法之一。使之疲于奔命，一也；使内无佳作，二也；使出版延期，因失读者信用，三也……这真是出版界之大厄，我看是世界上所没有的。

但兄之译稿，仍可寄来，有便当随时探问，因为检查官对于出版者有私人之爱憎，所以此店不能出，彼店或能出的。或者索性加入更紧要之作，让我们来设法自行出版，因为现在官许之印本，必经检查，抽去紧要处，恰如无骨之人，毫无生气了。

这回《译文》中有一篇是讲德国一个小学堂，不肯挂希氏照相的，不准登；有一篇是十九世纪初之法人所作，内有说西班牙之多盗，是政府之故的，被删掉了。今之德国和昔之西班牙都不准提，还有什么可说呢？

近两年来，弟作短文不少。去年的有六十篇，想在今年印出，而今年则不做了。一固由于无处可登，即登，亦不能畅所欲言，最奇的是竟有同人而匿名加以攻击者。子弹从背后来，真足令人悲愤，我想玩他一年了。

此地至昨天始较冷，但室内亦尚有五十余度。寓中大小均安，

请释念。此布，即请

冬安。

弟豫　顿首　一月十五夜。

# 致 赵家璧

家璧先生：

十二日信收到。

说起来我真有些荒唐，那感想的事，我竟忘记了，现在写了一点寄上。其实，我还没有看了几本作品，这感想也只好说得少些。

《尼采自传》的事，看见译者时，当问一声，但答复是迟的，因为我不知道他的住址，非等他来找不可。

此布，即请

撰安。

迅　上　一月十五夜

**十六日**

**日记**　晴。上午寄母亲信附海婴笺。寄靖华信。寄紫佩信。复赵家璧信。午得征农信并《读书生活》一本。段干青寄赠木刻集二本。午后寄仲方信。下午须藤先生来诊，其少君同来，并赠海婴海苔一合。

# 叶紫作《丰收》序

作者写出创作来，对于其中的事情，虽然不必亲历过，最好是经历过。诘难者问:那么,写杀人最好是自己杀过人,写妓女还得去卖淫么? 答曰:不然。我所谓经历,是所遇,所见,所闻,并不一定是所作,但所作自然也可以包含在里面。天才们无论怎样说大话,归根结蒂,还是不能凭空创造。描神画鬼,毫无对证,本可以专靠了神思,所谓"天马行空"似的挥写了,然而他们写出来的,也不过是三只眼,长颈子,就是在常见的人体上,增加了眼睛一只,增长了颈子二三尺而已。这算什么本领,这算什么创造?

地球上不只一个世界,实际上的不同,比人们空想中的阴阳两界还利害。这一世界中人,会轻蔑,憎恶,压迫,恐怖,杀戮别一世界中人,然而他不知道,因此他也写不出,于是他自称"第三种人",他"为艺术而艺术",他即使写了出来,也不过是三只眼,长颈子而已。"再亮些"? 不要骗人罢! 你们的眼睛在那里呢?

伟大的文学是永久的,许多学者们这么说。对啦,也许是永久的罢。但我自己,却与其看薄凯契阿,雨果的书,宁可看契诃夫,高尔基的书,因为它更新,和我们的世界更接近。中国确也还盛行着《三国志演义》和《水浒传》,但这是为了社会还有三国气和水浒气的缘故。《儒林外史》作者的手段何尝在罗贯中下,然而留学生漫天塞地以来,这部书就好像不永久,也不伟大了。伟大也要有人懂。

这里的六个短篇,都是太平世界的奇闻,而现在却是极平常的事情。因为极平常,所以和我们更密切,更有大关系。作者还是一个青年,但他的经历,却抵得太平天下的顺民的一世纪的经历,在转辗的生活中,要他"为艺术而艺术",是办不到的。但我们有人懂得这样的艺术,一点用不着谁来发愁。

这就是伟大的文学么? 不是的,我们自己并没有这么说。"中国为什么没有伟大文学产生"? 我们听过许多指导者的教训了,但可惜他们独独忘却了一方面的对于作者和作品的摧残。"第三种人"教训过我们,希腊神话里说什么恶鬼有一张床,捉了人去,给睡在这床上,短了,就拉长他,太长,便把他截短。左翼批评就是这样的床,弄得他们写不出东西来了。现在这张床真的摆出来了,不料却只有"第三种人"睡得不长不短,刚刚合式。仰面唾天,掉在自己的眼睛里,天下真会有这等事。

但我们却有作家写得出东西来,作品在摧残中也更加坚实。不但为一大群中国青年读者所支持,当《电网外》在《文学新地》上以《王伯伯》的题目发表后,就得到世界的读者了。这就是作者已经尽了当前的任务,也是对于压迫者的答复:文学是战斗的!

我希望将来还有看见作者的更多,更好的作品的时候。

一九三五年一月十六日,鲁迅记于上海。

最初印入 1935 年 3 月容光书局版《丰收》。

初收 1937 年 7 月上海三闲书屋版《且介亭杂文二集》。

# 致 母 亲

母亲大人膝下,敬禀者,日前寄上海婴照片一张,想已收到。小包一个,今天收到了。酱鸭酱肉,略起白花,蒸过之后,味仍不坏,只有鸡腰是全不能吃了。其余的东西,都好的。下午已分了一份给老三去。但其中的一种粉,无人认识,亦不知吃法,下次信中,乞示知。

上海一向很暖,昨天发风,才冷了起来,但房中亦尚有五十余度。寓内大小俱安,请勿念为要。

海婴有几句话,写在另一张纸上,今附呈。

专此布达,恭请

金安。

男树　叩上　广平及海婴同叩　一月十六日

## 十七日

**日记** 晴。上午寄阿芷信并小说序。午得山本夫人信。得杨潮信。得阿芷信。得李桦信并木刻两本。得杨霁云所寄《发掘》一本,作者圣旦赠。得施乐君所寄一月分 *Asia* 一本。下午得西谛信。得王志之信。得孟十还信,即复。得曹聚仁信附徐懋庸笺,并赠《寒安五记》一本,即复。晚寄三弟信。寄中国书店信附邮券三分。从内山书店得『支那山水画史』一本,附图一帧,共八元。

# 致 孟十还

十还先生:

十四夜信收到。拉甫列涅夫的文章尚蒙 钦删,则法捷耶夫一定是通不过的。官威莫测,此后的如何选材,亦殊难言。我想,最稳当是译较古之作,如 Korolenko, Uspensky 等。卢氏之名,就不妥,能否通过,恐怕也很难说的。

所识的朋友中,无可以找到原本《三人》者,其实是因为我在上海,所识的人就不多也。

专复,即颂

时绥。

迅 上 一月十七日

# 致 曹聚仁

聚仁先生:

十七日信当日到。官威莫测,即使无论如何圆通,也难办的,因为中国的事，此退一步，而彼不进者极少，大抵反进两步，非力批其颊，彼决不止步也。我说中国人非中庸者，亦因见此等事太多之故。

《寒安五记》见赠，谢谢。但纸用仿中国纸，为精印本之一小缺点。我亦非中庸者，时而为极端国粹派，以为印古色古香书，必须用古式纸，以机器制造者斥之，犹之泡中国绿茶之不可用咖啡杯也。

此复，即请

撰安。

迅　顿首　一月十七晚。

致徐先生一笺，乞便中转交为感。　又及。

# 致 徐懋庸

懋庸先生：

今天得信，才知道先生尚在上海，先前我以为是到乡下去了。暂时"消沉"一下，也好的，算是休息休息，有了力气，自然会不"消沉"的，疲劳了还是做，必至于乏力而后已，我憎恶那些拿了鞭子，专门鞭扑别人的人们。

笔记恐怕也不见得稳当，因为无论做什么东西，气息总不会改的。见闻也有，但想起来也大抵无聊的居多，自以为可写的，又一定通不过，一时真也决不下，看将来再说罢。

《春牛图》我没有，也不知道何处可买，现今在禁用阴历，恐怕未必有买处罢。

此复，即颂

冬安。

迅　顿首　一月十七夜

# 致 山本初枝

　拝啓、御手紙は到着いたしました。私は散文的な人間ですから
支那のどんな詩人の詩をもすきませんでした。只若かった時には
唐の李賀の詩を割合にすいて居ましたがそれは難かしくとても
解らない詩で解らないから感心したのです。今はもうその李君
をも感心しません。支那の詩の中には病雁は滅多にないと思ひ
ます。病鶴なら沢山有ります。『清六家詩鈔』の中にも屹度ある
だらう。鶴は人に飼はれて居るのですから病気になると解りま
すが雁なら野生して居るものですから病気になっても人は知りま
せん。棠棣花は支那から渡って行った名です。『詩経』の中に既に
出て居ます。それはどんな花ですか? 議論は頗る多い。普通棠
棣花とされて居るものは今は「郁李」と云ふもので日本名は知り
ませんが兎角李の様なもので、著花期と花の形も李と同じく花は
白色、只皆な割合に小さい丈です。実は小さいさくらんほの様な
もの、子供は食べますが一般に果物とみとめない。併し棠棣花は
山吹であると云ふ人もあります。上海では寒くなりました、室外
には三十度位です。内山老版は不相変漫談を一生懸命にかいて
既に三十篇出来上って居ます。私共は皆な安全です。　　草々
頓首

　　　　　　　　　　　　　　魯迅　一月十七夜

山本夫人几下


**十八日**
　**日记**　晴。上午复山本夫人信。复志之信。复唐河信。下午

得红枣一囊,靖华寄赠。得段干青信,即复。夜复赖少麒及张影信。

## 致 王志之

思远兄:

十二日信收到。所说的稿子,我看是做不来的,这些条件,就等于不许跑,却要走的快。现在上海出版界所要求的,也是这一种文章,我长久不作了。茅先生函已转寄,但恐无结果。其实,投稿难,到了拉稿,则拉稿亦难,两者都很苦,我就是立誓不做编辑者之一人。当投稿时,要看编辑者的脸色,但一做编辑,又就要看投稿者,书坊老版,读者的脸色了。脸色世界。

我的稿子,已函托生活书店,请其从速寄还,此外亦更无办法。

《准风月谈》日内即寄上。

此复,即颂

时绥。

豫　上　一月十八日

## 致 唐诃

唐诃先生:

收到十一日来信,没有回信地址,先前的我忘记了,现在就用信箱,大约也可收到罢,我希望能够如此。

关于木展的刊物,也都收到,如此盛大,是出于意外的,但在这时候,正须小心,要防一哄而散,要防变相和堕落。

那一本专刊,我或者写几句罢,不过也没有什么新意思。来信说印画用原版,我印《木刻纪程》时也如此的,不料竟大失败,因为原版多不平,所以用机器印,就有印出或印不出处,必须看木版稍低之处,用纸在机器上贴高,费时费力,而结果还是不好。所以倘用原版,只以手印为限,北平人工不贵,索性用手印,或手摇机印,何如?此一点,须于开印前和印刷局商量好,否则,会印得不成样子的。

德国木刻,似乎此刻也无须去搜集,他们的新作品,曾在上海展览过,我看是颇消沉的。德国版画,我早有二百余张,其中名作家之作亦不少,曾想选出其中之木刻六十幅,仿《引玉集》式付印,而原作皆大幅(大抵横约 28cm. 直 40cm.),缩小可惜,印得大一点,则成本太贵,印不起,所以一直搁到现在的。但我想,也只得缩小,所以今年也许印出来。

《月谈》,《纪程》,都可寄上,我只在等寄书的切实地址。又,周涛先生,想必认得罢,同样的书两本,我想奉托转交。

此复,即颂

时绥。

迅　上　一月十八日

# 致 段干青

干青先生:

前天收到《木刻集》两本,今天得到来信了,谢谢。照现在的环境,木运的情况是一定如此的,所以我以为第一着是先使它能够存在,内容不妨避忌一点,而用了不关大紧要题材先将技术磨练起来。所以我是主张也刻风景和极平常的社会现象的。

据来信所说的他们的话,只是诧异,还不是了解或接收。假如使他们挑选要那一张，我恐怕挑出来的大概并不是刻着他们的图画。中国现在的工农们，其实是像孩子一样，喜新好异的，他们之所以见得顽固者，是在疑心，或实在感到"新的"有害于他们的时候。当他们在过年时所选取的花纸种类，是很可以供参考的。各种新鲜花样，如飞机潜艇，奇花异草，也是被欢迎的东西，木刻的题材，我看还该取得广大。但自然，这只是目前的话。

《木刻集》看过了，据我个人的意见，《喜峰口》，《田间归来》，《送饭》，《手》，《两头牛》这五幅，是好的；《豢养》和《手工业的典型》，比较的好。而当刻群像的时候，却失败的居多。现在的青年艺术家，不愿意刻风景，但结果大概还是风景刻得较好。什么缘故呢？我看还是因为和风景熟习的缘故。至于人物，则一者因为基本练习不够（如素描及人体解剖之类），因此往往不像真或不生动，二者还是为了和他们的生活离开，不明底细。试看凡有木刻的人物，即使是群像，也都是极简单的，就为此。要救这缺点，我看一是要练习素描，二是要随时观察一切。

专此布复，即颂

时绥

迅　上　一月十八夜。

# 致 赖少麒

少其先生：

寄给我的《诗与版画》，早收到了，感谢之至，但因为病与忙，没有即写回信，这是很抱歉的。

那一本里的诗的情调，和版画是一致的，但版画又较倾于印象方面。我在那里面看见了各种的技法：《病与债》是一种，《债权》是一种,《大白诗》是一种。但我以为这些方法,也只能随时随地,偶一为之,难以多作。例如《债权》者,是奔放,生动的,但到《光明来临了》那一幅,便是绝顶(也就是绝境),不能发展了。所以据我看起来,大约还是《送行》,《自我写照》(我以为这比《病与债》更紧凑),《开公路》,《苦旱与兵灾》这一种技法,有着发展的前途。

小品,如《比美》之类,虽然不过是小品,但我觉得幅幅都刻得好,很可爱的。用版画装饰书籍,将来也一定成为必要,我希望仍旧不要放弃。

有寄张影先生的一封信,但不知道他的地址,今附上,先生一定是认识他的,请转交为荷。

专此布达,即颂
时绥。

鲁迅　一月十八夜

# 致　张　影

张影先生:

早已收到寄给我的版画集,但为了病与忙,未能即复,歉甚。其中的作品,我以为《收获》,《农村一角》,《归》,《夕阳》,这四幅,是好的。人物失败的多,但《饥饿》,《运石》二种,却比较的好。人物不及风景,是近来一切青年艺术学徒的普遍情状,还有一层,是刻动的往往不及静的,先生亦复如此。所以虽是以"奔波"为题目,而人物还是不见奔忙之状。但在学习的途中,这些是并不要紧的,只要不放手,我知道一定进步起来。

专此布复,即颂
时绥。

鲁迅　一月十八夜

## 十九日

**日记** 晴。上午寄须藤先生信,取药。下午寄赵家璧信并还《新潮》五本。得董永舒信。得谷非信。夜蕴如及三弟来。

# 致 赵家璧

家璧先生:

奉还《新潮》五本。其中有小说四篇,即——

一、汪敬熙:《一个勤学的学生》(二号)

二、杨振声:《渔家》(三号)

三、罗家伦:《是爱情还是苦痛》(三号)

四、俞平伯:《花匠》(四号)

乞托公司中人一抄,并仍将抄本寄下为盼。

又《新潮》后五本及《新青年》,如在手头,希派人送下。一九二六年为止之《现代评论》,并希设法借来一阅为感。

此布,即请

撰安。

迅 上 一月十九日

## 二十日

**日记** 星期。晴。午后往中国书店买《顾端文公遗书》一部四本,《癸巳存稿》一部八本,共泉十九元六角;又往通艺馆买翻赵氏本《玉台新咏》一部二本,《怡兰堂丛书》一部十本,共泉十四元。下午从内山书店买『营城子』一本,十七元。晚诗荃来。寄小山书一包。寄董永舒书三本。

**二十一日**

　　**日记**　晴。上午内山书店送来『モリエール全集』(三,毕),『ジイド全集』各一本,共泉五元。得 P. Ettinger 信。得霁野信。午后寄赵家璧信。寄萧军信。下午得王相林信。西谛及仲芳来。夜同仲芳往冠珍酒家夜饭。


# 致 赵家璧

家璧先生:

　　《尼采自传》的译者,昨天已经看见过,他说,他的译本,是可以放在丛书里面的。

　　特此奉告,并请

撰安。

迅　上　一月二十一日


# 致 萧军、萧红

刘<br>吟 先生:

　　自己吃东西不小心,又生了几天病,现在又好了。两篇稿子早收到,写得很好,白字错字也很少,我今天开始出外走走,想绍介到《文学》去,还有一篇,就拿到良友公司去试试罢。

　　前几天的病,也许是赶译童话的缘故,十天里译了四万多字,以现在的体力,好像不能支持了。但童话却已译成,这是流浪儿出身的 Panterejev 做的,很有趣,假如能够通过,就用在《译文》第二卷第壹号(三月出版)上,否则,我自己印行。

现在搬了房子,又认识了几个人(叶这人是很好的),生活比较的可以不无聊了罢。

专此布达,即颂

时绥

迅　上　广也说问问您们俩的好。

"小伙计"比先前胖一点了,但也闹得真可以。


## 二十二日

**日记**　晴。上午得山定信并木刻一卷。微嗽,服克斯兰纳糖胶。


## 二十三日

**日记**　晴。午寄河清信。寄传经堂书店信。得仲方信并代购之小说一包。得阿芷信。得萧军信。得刘炜明信。得徐讦信,即复。得孟十还信,即复。夜重订《小说旧闻钞》毕。


# 致 黄 源

河清先生:

《译文》第六期稿,不知现已如何?沈先生送来论文《莱蒙托夫》一篇,约二千字,但不知能通过否?倘能用,则可加莱氏画像一幅,莱氏作线画一幅(决斗之状),此二幅皆在德文本《俄国文学画苑》中,此书我处不见,大约还在书店里。

《奇闻二则》亦已译讫,稿并原本(制图用)都放在内山店,派人来取,如何? 俟回信照办。

　　专此,即请

撰安。

迅　顿首　一月廿三日

## 二十四日

　　**日记**　晴。午前往内山书店买『美術百科全書』(西洋篇)一本,『不安卜再建』一本,共泉十一元。得生活书店信并《文艺日记》稿费三元,即复。得金肇野信,即复。下午寄黄河清信。晚得小峰信并版税泉二百。河清来取稿,赠以《勇敢的约翰》一本。得傅东华信。夜选《中国新文学大系》小说开手。

# 《小说旧闻钞》再版序言

　　《小说旧闻钞》者,实十余年前在北京大学讲《中国小说史》时,所集史料之一部。时方困瘁,无力买书,则假之中央图书馆,通俗图书馆,教育部图书室等,废寝辍食,锐意穷搜,时或得之,瞿然则喜,故凡所采掇,虽无异书,然以得之之难也,颇亦珍惜。迨《中国小说史略》印成,复应小友之请,取关于所谓俗文小说之旧闻,为昔之史家所不屑道者,稍加次第,付之排印,特以见闻虽隘,究非转贩,学子得此,或足省其复重寻检之劳焉而已。而海上妄子,遂腾簧舌,以此为有闲之证,亦即为有钱之证也,则蝉腰曼舞,喷沫狂谈者尚已。然书亦不甚行,迄今十年,未闻再版,顾亦偶有寻求而不能得者,因图复印,略酬同流,惟于此道久未关心,得见古书之机会又日鲜,故除录《癸辛杂识》,《曲律》,《赌棋山庄集》三书而外,亦不能有所增益

47

矣。此十年中,研究小说者日多,新知灼见,洞烛幽隐,如《三言》之统系,《金瓶梅》之原本,皆使历来凝滞,一旦豁然;自《续录鬼簿》出,则罗贯中之谜,为昔所聚讼者,遂亦冰解,此岂前人凭心逞臆之所能至哉!然此皆不录。所以然者,乃缘或本为专著,载在期刊,或未见原书,惮于转写,其详,则自有马廉郑振铎二君之作在也。

一九三五年一月二十四之夜,鲁迅校讫记。

最初收入 1935 年 7 月联华书局版《小说旧闻钞》。

初未收集。

# 致 金肇野

肇野先生:

廿日信收到,报未到。个人作品,不加选择,即出专集,我是没有来信所说那么乐观的。南方也有几种,前信不过随便说说,并非要替他们寻代售处。

《朝花》的书价,可以不必寄来,因为我的朋友也没有向我要,我看是不要的了,所以我也不要。但那五本收集已颇麻烦,因为已经绝版,所以此后的两部,大约不见得会有的了。

此复,即颂

时绥。

豫　上　一月廿四日

## 二十五日

日记　昙。上午得母亲信,二十一日发,附与海婴笺。得增田君信。下午西谛来。得紫佩所寄期刊及日报副镌共十二包。河清来。

# 隐　士

隐士,历来算是一个美名,但有时也当作一个笑柄。最显著的,则有刺陈眉公的"翩然一只云中鹤,飞去飞来宰相衙"的诗,至今也还有人提及。我以为这是一种误解。因为一方面,是"自视太高",于是别方面也就"求之太高",彼此"忘其所以",不能"心照",而又不能"不宣",从此口舌也多起来了。

非隐士的心目中的隐士,是声闻不彰,息影山林的人物。但这种人物,世间是不会知道的。一到挂上隐士的招牌,则即使他并不"飞去飞来",也一定难免有些表白,张扬;或是他的帮闲们的开锣喝道——隐士家里也会有帮闲,说起来似乎不近情理,但一到招牌可以换饭的时候,那是立刻就有帮闲的,这叫作"啃招牌边"。这一点,也颇为非隐士的人们所诟病,以为隐士身上而有油可揩,则隐士之阔绰可想了。其实这也是一种"求之太高"的误解,和硬要有名的隐士,老死山林中者相同。凡是有名的隐士,他总是已经有了"悠哉游哉,聊以卒岁"的幸福的。倘不然,朝砍柴,昼耕田,晚浇菜,夜织屦,又那有吸烟品茗,吟诗作文的闲暇?陶渊明先生是我们中国赫赫有名的大隐,一名"田园诗人",自然,他并不办期刊,也赶不上吃"庚款",然而他有奴子。汉晋时候的奴子,是不但侍候主人,并且给主人种地,营商的,正是生财器具。所以虽是渊明先生,也还略略有些生财之道在,要不然,他老人家不但没有酒喝,而且没有饭吃,早已在东篱旁边饿死了。

所以我们倘要看看隐君子风,实际上也只能看看这样的隐君子，真的"隐君子"是没法看到的。古今著作，足以汗牛而充栋，但我们可能找出樵夫渔父的著作来？他们的著作是砍柴和打鱼。至于那些文士诗翁，自称什么钓徒樵子的，倒大抵是悠游自得的封翁或公子，何尝捏过钓竿或斧头柄。要在他们身上赏鉴隐逸气，我敢说，这只能怪自己胡涂。

登仕，是噉饭之道，归隐，也是噉饭之道。假使无法噉饭，那就连"隐"也隐不成了。"飞去飞来"，正是因为要"隐"，也就是因为要噉饭；肩出"隐士"的招牌来，挂在"城市山林"里，这就正是所谓"隐"，也就是噉饭之道。帮闲们或开锣，或喝道，那是因为自己还不配"隐"，所以只好揩一点"隐"油，其实也还不外乎噉饭之道。汉唐以来，实际上是入仕并不算鄙，隐居也不算高，而且也不算穷，必须欲"隐"而不得，这才看作士人的末路。唐末有一位诗人左偃，自述他悲惨的境遇道："谋隐谋官两无成"，是用七个字道破了所谓"隐"的秘密的。

"谋隐"无成，才是沦落，可见"隐"总和享福有些相关，至少是不必十分挣扎谋生，颇有悠闲的余裕。但赞颂悠闲，鼓吹烟茗，却又是挣扎之一种，不过挣扎得隐藏一些。虽"隐"，也仍然要噉饭，所以招牌还是要油漆，要保护的。泰山崩，黄河溢，隐士们目无见，耳无闻，但苟有议及自己们或他的一伙的，则虽千里之外，半句之微，他便耳聪目明，奋袂而起，好像事件之大，远胜于宇宙之灭亡者，也就为了这缘故。其实连和苍蝇也何尝有什么相关。

明白这一点，对于所谓"隐士"也就毫不诧异了，心照不宣，彼此都省事。

一月二十五日。

原载 1935 年 2 月 20 日《太白》半月刊第 1 卷第 11 期。

署名长庚。

初收 1937 年 7 月上海三闲书屋版《且介亭杂文二集》。

# 致 増田渉

　十八日の御手紙落掌致しました、十竹齋箋譜第一冊は二月末に出来る筈です。予約価は一冊四元五角。あとの三冊は今年一ヶ年中、完了する予定ですが併し若しゴタゴタな事があったら、延期、或は休刊します。

　字をかく事は、若しその拙さを問題としないなら造作もない事です。八十歳の先生の雅号、紙の大さ（広さと長さ；横にかくか、たてにかくか）を知らせて下さればかきます。

　『四部叢刊』はとくも完了したもので中止はしなかった。『續編』の第一年分も昨年の十二月に完了しました。『二十四史』は少々緩慢だけれども毎年出版して居ます。四分の三までも送ったのですから代価全部払ったに違いない。どうしてあとの四分の一を送らないのかどうもわけが解らない。注文者の氏名及び住址を知らせて下さればその書館に聞いて上げます。

　『文学』は僕から書屋に頼んだのです。若し僕から送ると時々なまけて、おくれるからと思って本屋にたのみました。二月号には僕の『病後雑談』が出るはづで、それは原文の五分の一、あとの五分の四は皆な検査官にけされたのです。つまり拙作の首です。

　検査官の中に頗るモガが居ます。彼の女達（これは明治時代のかきかた）は僕の文章をわからないで手を入れるから、やられるものは頗る気持がわるい。上手な勇士は一刀で致命な処に中て敵を殺す。然るに彼の女達は小刀を持って背中や尻などの皮膚にちくちく刺すので血が出て体裁もわるいけれども刺されるものは中々たおれない。たおれないけれども兎角気持がわるいから困ります。

　木の実君はそんなに小姐画像をおすきですか。こんな小姐君はつまらないものです。近い内に字と一所に人の気持をわるくするまで、けばけばした画像を送りましょう。

　上海は寒くない、併し又流感流行。

　答問——

　活咳、活該の誤り、意味は「あたりまえ」、そのなかに「自業自
　　得」、「惜むに足らず」の意を含む。天津語。

　蹩扭＝葛藤、意見投合せず、合はない、天津語。

　老闆＝老板＝商店の主人、然し戸主に対してもそう云ふ、上
　　海語。

　瘪、一番訳しにくい。最初の意味は「ペッチャンコ」の風船玉が、
　　中の空気の四分の三まで漏れる時の有様を形容する時にこ
　　の字を使ふ。引伸して精神萎靡を形容し、又、人の愉快でな
　　い時の有様、飢餓した腹を形容す。上海語。又「小瘪三」と云
　　言葉あり、これは無能で零落し、まさに乞食にならう人なり。
　　併し乞食になれば正式の乞食の称号を得て小瘪三の類から
　　のぞかれる。

　　　　　　　　　　　　　洛文　上　一月二十五夜

増田学兄炬燵下


### 二十六日

　　**日记**　昙。上午复增田君信。得铭之信。得萧军信。得靖华信，下午复。寄望道信附稿二篇。传经堂寄来书目一本。晚蕴如及三弟携晔儿来，赠以诸儿学费泉百。朱可铭夫人寄赠酱鸭二只，鱼干一尾。夜寄慎祥信。

# "招贴即扯"

工愁的人物,真是层出不穷。开年正月,就有人怕骂倒了一切古今人,只留下自己的没意思。要是古今中外真的有过这等事,这才叫作希奇,但实际上并没有,将来大约也不会有。岂但一切古今人,连一个人也没有骂倒过。凡是倒掉的,决不是因为骂,却只为揭穿了假面。揭穿假面,就是指出了实际来,这不能混谓之骂。

然而世间往往混为一谈。就以现在最流行的袁中郎为例罢,既然肩出来当作招牌,看客就不免议论这招牌,怎样撕破了衣裳,怎样画歪了脸孔。这其实和中郎本身是无关的,所指的是他的自以为徒子徒孙们的手笔。然而徒子徒孙们就以为骂了他的中郎爷,愤慨和狼狈之状可掬,觉得现在的世界是比五四时代更狂妄了。但是,现在的袁中郎脸孔究竟画得怎样呢?时代很近,文证具存,除了变成一个小品文的老师,"方巾气"的死敌而外,还有些什么?

和袁中郎同时活在中国的,无锡有一个顾宪成,他的著作,开口"圣人",闭口"吾儒",真是满纸"方巾气"。而且疾恶如仇,对小人决不假借。他说:"吾闻之:凡论人,当观其趋向之大体。趋向苟正,即小节出入,不失为君子;趋向苟差,即小节可观,终归于小人。又闻:为国家者,莫要于扶阳抑阴,君子即不幸有讹误,当保护爱惜成就之;小人即小过乎,当早排绝,无令为后患。……"(《自反录》)推而广之,也就是倘要论袁中郎,当看他趋向之大体,趋向苟正,不妨恕其偶讲空话,作小品文,因为他还有更重要的一方面在。正如李白会做诗,就可以不责其喝酒,如果只会喝酒,便以半个李白,或李白的徒子徒孙自命,那可是应该赶紧将他"排绝"的。

中郎还有更重要的一方面么?有的。万历三十七年,顾宪成辞官,时中郎"主陕西乡试,发策,有'过劣巢由'之语。监临者问'意云何?'袁曰:'今吴中大贤亦不出,将令世道何所倚赖,故发此感尔。'"

（《顾端文公年谱》下）中郎正是一个关心世道，佩服"方巾气"人物的人，赞《金瓶梅》，作小品文，并不是他的全部。

中郎之不能被骂倒，正如他之不能被画歪。但因此也就不能作他的蛆虫们的永久的巢穴了。

一月二十六日。

原载 1935 年 2 月 20 日《太白》半月刊第 1 卷第 11 期。

署名公汗。

初收 1937 年 7 月上海三闲书屋版《且介亭杂文二集》。

# 致 曹靖华

汝珍兄：

二十二日信，顷已收到。红枣早取来，煮粥，做糕，已经吃得不少了，还分给舍弟。南边也有红枣买，不知是从那里运来的，但肉很薄，没有兄寄给我的好。

这里的朋友的行为，我真不知道是什么意思，出过一种刊物，将去年为止的我们的事情，听说批评得不值一钱，但又秘密起来，不寄给我看，而且不给看的还不止我一个，我恐怕三兄那里也未必会寄去。所以我现在避开一点，且看看究竟是怎么一回事再说。

检查也糟到极顶，我自去年底以来，被删削，被不准登，甚至于被扣住原稿，接连的遇到。听说，检查的人，有些是高跟鞋，电烫发的小姐，则我辈之倒运可想矣。兄原稿未取来，但可以取来，因为杂志是用排印了的稿子送检的。我的原稿之被扣，系在一种画报上，故和一般之杂志稍不同。译本抄成后，仍希寄来，当随时设法。我的那一本，是几个书店小伙计私印的，现一千本已将卖完，不会折本。这样的还有一本，并杂文（稍长的）一本，想在今年内印它出来。

至于新作,现在可是难了,较好的简直无处发表,但若做得吞吞吐吐,自己又觉无聊。这样下去,著作界是可以被摧残到什么也没有的。

木刻除了冈氏、克氏两个人的之外,什么也没有。寄《引玉集》是去年秋天,此后并不得一封回信;去年正月,我曾寄中国古书三包,内多图画,并一信(它兄写的)与 V,请他公之那边的木刻家,也至今并无一句回信,我疑心 V 是有点官派的。

捷克的一种德文报上,有《引玉集》绍介,里面说,去世的是 Aleksejev。他还有《城与年》二十余幅在我这里未印,今年想并克氏、冈氏的都印它出来。但如有那小说的一篇大略,约二千字,就更好,兄不知能为一作否? 冈氏的是伊凡诺夫短篇的插图,我只知道有二幅是《孩子》,兄译过的,此外如将题目描上,兄也许有的曾经读过。

《木刻纪程》如果找不到,那只好拉倒了。

这里天气并不算冷,只有时结一点薄冰。我们都好的,但我总觉得力气不如从前了,记性也坏起来,很想玩他一年半载,不过大抵是不能够的,现除为《译文》寄稿外,又给一个书局在选一本别人的短篇小说,以三月半交卷,这只是为了吃饭问题而已。因为查作品,看了《豫报副刊》,在里面发见了兄的著作,兄自己恐怕倒已忘记了罢。

农已回平,甚可喜,但不知他饭碗尚存否? 这也是紧要的。

专此布达,即请

冬安。

弟豫　顿首一月廿六日

嫂夫人前均此问候不另。


## 二十七日

**日记**　星期。昙,午晴。下午得聚仁寄赠之《笔端》一本。得生活书店寄赠之《文艺日记》一本。得孟十还信，即复。得烈文信，即复。得紫佩信。得李梨信。得耳耶信。夜咳嗽颇剧。

# 致 孟十还

十还先生：

来函奉到。三十日定当趋前领教。致黎茅二位柬，已分别转寄了。

专此奉复，即颂

时绥。

迅　上　一月二十七日

# 致 黎烈文

烈文先生：

廿五日信奉到。Führer 即指导者，领导者，引伸而为头领及长官。加于希公之上者，似以译领导者为较合适也。

《译文》中之译稿，实是一个问题，不经校阅，往往出毛病，但去索取原文，却又有不信译者之嫌，真是难办。插图如与文字不妨无关，目前还容易办，倘必相关，就成问题。但《译文》中插图的模胡，是书店和印局应负责任的，我看这是印得急促和胡乱的缘故，要是认真的印，即使更精细的图画，也决不至于如此。

孟十还请客，我看这是因为他本月收入较多，谷非诸公敲竹杠的。对于先生之请柬，他托我代转并坚邀，今附上。大约坐中都是熟人，我只得去一下，并望先生亦惠临也。

专布,即请

撰安。

　　　　　　　　　　　　　　　迅　顿首　一月二十七日


## 二十八日

　　**日记**　昙。上午以照片一枚寄赵家璧。托广平往中国书店买《受子谱》一部二本,七角;《湖州丛书》一部二十四本,七元。午晴。得山本夫人信。下午须藤先生来诊。钦文来并赠柚子二枚,红茶一合。晚得『東方学报』(东京,五)一本,四元。


## 二十九日

　　**日记**　晴。上午得田汗信。午得李映信,即复。得杨霁云信,即复。得曹聚仁及徐懋庸信,即复。午后蕴如来并为买得《讳字谱》一部二本,二元二角。下午同广平携海婴往上海大戏院观《抵抗》,毕至良如吃面。晚得铭之寄赠之茶油渍鱼干一坛,发信谢之。夜复萧军信。复紫佩信。


# 致 杨霁云


霁云先生:

　　顷收到二十七日惠函;承寄《发掘》一本,亦早收到,在忙懒中,致未早复,甚歉,见著者时,尚希转达谢忱为幸。

　　《集外集》既送审查,被删本意中事,但开封事亦犯忌却不可解,大约他们决计要包庇中外古今一切黑暗了。而古诗竟没有一首删去,却亦不可解,其实有几首是颇为"不妥"的。至于引言被删,则易了然,盖他们不许有人为我作序或我为人作序而已。颠倒书名,则以显其权威,此亦叭儿脾气,并不足异。

尤奇的是今年我有两篇小文,一论脸谱并非象征,一记娘姨吵架,与国政世变,毫不相关,但皆不准登载。又为《文学》作一文,计七千字,谈明末事,竟被删去五分之四(此文当在二月号刊出);我乃续作一文,谈清朝之禁汉人著作,这回他们自己不删了,只令生活书局中人动于删削,但所存较多(大约三月号可刊出)。这一点责任,也不肯负,可谓全无骨气,实不及叭儿之尚能露脸狂吠也。三月以后,拟编去年一年中杂文,自行付印,而将《集外集》之被删者附之,并作后记,略开玩笑,点缀昇平耳。

上海天气已冷,我亦时有小病,此年纪关系,亦无奈何,但小病而已,无大害也,医言心肺脑俱强,此差足以慰　锦注者也。

专此布复,即请
文安。

迅　顿首　一月廿九夜

# 致 曹聚仁

聚仁先生:

廿六信今天才收到。《笔端》早收到,且已读完,我以为内容很充实,是好的。大约各人所知,彼此不同,所以在作者以为平常的东西,也还是有益于别的读者。

《集外集》之被捣乱,原是意中事。那十篇原非妙文,可有可无,但一经被删,却大有偏要发表之意了,我当于今年印出来给他们看。"鲁迅著"三字,请用普通铅字排。

《芒种》开始,来不及投稿了,因为又在伤风咳嗽,消化不良。我的一个坏脾气是有病不等医好,便即起床,近来又为了吃饭问题,在选一部小说,日日读名作及非名作,忙而苦痛,此事不了,实不能顾及别的了。并希转达徐先生为托。

专此布复,即请

撰安。

迅　顿首　一月廿九日

# 致 萧军、萧红

萧、吟两兄:

二十及二十四日信都收到了。运动原是很好的,但这是我在少年时候的事,现在怕难了。我是南边人,但我不会弄船,却能骑马,先前是每天总要跑它一两点钟的。然而自从升为"先生"以来,就再没有工夫干这些事,二十年前曾经试了一试,不过架式还在,不至于掉下去,或拔住马鬃而已。现在如果试起来,大约会跌死也难说了。

而且自从弄笔以来,有一种坏习气,就是一样事情开手,不做完就不舒服,也不能同时做两件事,所以每作一文,不写完就不放手,倘若一天弄不完,则必须做到没有力气了,才可以放下,但躺着也还要想到。生活就因此没有规则,而一有规则,即于译作有害,这是很难两全的。还有二层,一是琐事太多,忽而管家务,忽而陪同乡,忽而印书,忽而讨版税;二是著作太杂,忽而做序文,忽而作评论,忽而译外国文。脑子就永是乱七八糟,我恐怕不放笔,就无药可救。

所谓"还有一篇",是指萧兄的一篇,但后来方法变换了,先都交给《文学》,看他们要那一篇,然后再将退回的向别处设法。但至今尚无回信。吟太太的小说送检查处后,亦尚无回信,我看这是和原稿的不容易看相关的,因为用复写纸写,看起来较为费力,他们便搁下了。

您们所要的书,我都没有。《零露集》如果可以寄来,我是想看一看的。

　　《滑稽故事》容易办，大约会有书店肯印。至于《前夜》，那是没法想的，《熔铁炉》中国并无译本，好像别国也无译本，我曾见良士果短篇的日译本，此人的文章似乎不大容易译。您的朋友要译，我想不如鼓励他译，一面却要老实告诉他能出版否很难豫定，不可用"空城计"。因为一个人遇了几回空城计后，就会灰心，或者从此怀疑朋友的。

　　我不想用鞭子去打吟太太，文章是打不出来的，从前的塾师，学生背不出书就打手心，但愈打愈背不出，我以为还是不要催促好。如果胖得像蝈蝈了，那就会有蝈蝈样的文章。

　　此复，即请

俪安。

　　　　　　　　　　　　　豫　上　一月廿九夜。


三十日

　　**日记**　晴。上午得望道信。得谷非信附石民笺。得唐诃信。下午须藤先生来诊。诗荃来，不之见。夜孟十还招饮于明湖春，与广平携海婴同往，合席十四人。


三十一日

　　**日记**　昙。上午复石民信。复唐诃信并赠《木刻纪程》二本，一转周涛。寄河清信。午后往汉文渊书店买得旧书四种十八本，十元六角。

本月

# 势所必至,理有固然

有时发表一些顾影自怜的吞吞吐吐文章的废名先生,这回在《人间世》上宣传他的文学观了:文学不是宣传。

这是我们已经听得耳膜起茧了的议论。谁用文字说"文学不是宣传"的,也就是宣传——这也是我们已经听得耳膜起茧了的议论。

写文章自以为对于社会毫无影响,正如称"废名"而自以为真的废了名字一样。"废名"就是名。要于社会毫无影响,必须连任何文字也不立,要真的废名,必须连"废名"这笔名也不署。

假如文字真的毫无什么力,那文人真是废物一枚,寄生虫一条了。他的文学观,就是废物或寄生虫的文学观。

但文人又不愿意做这样的文人,于是他只好说现在已经下掉了文人的招牌。然而,招牌一下,文学观也就没有了根据,失去了靠山。

但文人又不愿意没有靠山,于是他只好说要"弃文就武"了。这可分明的显出了主张"为文学而文学"者后来一定要走的道路来——事实如此,前例也如此。正确的文学观是不骗人的,凡所指摘,自有他们自己来证明。

原载 1941 年 11 月 19 日《奔流新集》第 1 辑《直入》。署名直入。

初未收集。

## 二月

### 一日

**日记** 昙。上午托广平往中国书店买《松隐集》一部四本,《董若雨诗文集》一部六本,《南宋六十家集》一部五十八本七函,共泉三十二元六角。得季市信。得徐诗荃信。得刘炜明所寄书款五元。得孟十还信,即复。下午西谛及仲方来。夜寄谷非信。濯足。雨。

### 二日

**日记** 雨。午后得『ドストイエフスキイ全集』(五),『版芸術』(二月分)各一本,共泉叁元。下午往九华堂买四尺单宣三百枚,二十四元。仲方夫人来,赠食物二种,赠海婴糖食一囊。晚蕴如携阿菩来。夜三弟来。

### 三日

**日记** 晴。上午以角黍分赠内山,镰田,长谷川及仲方。下午得唐诃信及汾酒两瓶。得萧军及悄吟信并小说稿。得河清信。星期,亦戌年除夕也。

# 致 黄 源

河清先生:

一夜信今日收到。那本散文诗能有一部分用好纸印,就可以对付译者了,经手别人的稿子,真是不容易。

当靖的那一篇拉甫列涅夫文抽去时,我曾通知他,并托他为《译文》译些短篇。那回信说，拉氏那样的不关紧要的文章尚且登不出，也没有东西可译了。他大约不高兴译旧作品，而且也没有原本，听说他本来很多，都存在河南的家里，后来不知道为了一种什么谣言，他家里人就都烧掉，烧得一本不剩了；还有一部分是放在静农家的，去年都被没收。在那边买书，似乎也很不容易，我代人买一本木刻法，已经一年多了，终于还没有买到。

杜衡之类，总要说那些话的，倘不说，就不成其为杜衡了。我们即使一动不动，他也要攻击的，一动，自然更攻击。最好是选取他曾经译过的作品，再译它一回，只可惜没有这种闲工夫。还是让他去说去罢。

译文社出起书来，我想译果戈理的选集，当与孟十还君商量一下，大家动手。有许多是有人译过的，但只好不管。

今天爆竹声好像比去年多，可见复古之盛。十多年前，我看见人家过旧历年，是反对的，现在却心平气和，觉得倒还热闹，还买了一批花炮，明夜要放了。

专此布复，并请

春安。

迅　上　二月三夜

## 四日

**日记**　旧历乙亥元旦。晴。午后复唐诃信。复河清信。寄孟十还信。下午得烈文信附致仲方函，即交去。得杨霁云信，夜复。

# 致 孟十还

十还先生：

上月吃饭的时候，耳耶兄对我说，他的朋友译了一篇果戈理的

《旧式的田主》来，想投《译文》或《文学》，现已托先生去校正去了。

这篇文章，描写得很好，但也不容易译，单据日本译本，恐怕是很难译得好的，至少，会显得拖沓。我希望先生多费些力，大大的给他校改一下。

因为译文社今年想出单行本，黄先生正在准备和生活书店去开交涉，假如成功的话，那么，我想约先生一同来译果戈理的选集，今年先出《Decanka 夜谈》和 *Mirgerod*，每种一本，或分成两本，俟将来再说；每人各译一本或全都合译，也俟将来再说。《旧式地主》在 *Mirgerod* 下卷中，改好之后，将来就可以收进去，不必另译了。

Korolenko 的小说，我觉得做得很好，在现在的中国，大约也不至于犯忌，但中国除了周作人译的《玛加尔之梦》及一二小品外，竟没有人翻译，不知　先生有他的原本没有？倘有，我看是也可以绍介的。

专此布达，并贺

年（旧的）禧。

迅　上　二月四日＝正月元旦。

# 致 杨霁云

霁云先生：

顷收到二月二日大札。《集外集》止抽去十篇，诚为"天恩高厚"，但旧诗如此明白，却一首也不删，则终不免"呆鸟"之讥。阮大铖虽奸佞，还能作《燕子笺》之类，而今之叭儿及其主人，则连小才也没有，"一代不如一代"，盖不独人类为然也。

文字请此辈去检查，本是犯不上的事情，但商店为营业起见，也不能深责，只好一面听其检查，不如意，则自行重印耳。《启事》及《来信》，自己可以检得，但《革命文学……》改正稿，希于便中寄下。

近又在《新潮》上发见通信一则,此外当还有,拟索性在印杂文时补入。

被删去五分之四的,即《病后杂谈》,文学社因为只存一头,遂不登,但我是不以悬头为耻的,即去要求登载,现已在二月号《文学》上登出来了。后来又做了一篇,系讲清初删禁中国人文章的事情,其手段大抵和现在相同。这回审查诸公,却自己不删削了,加了许多记号,要作者或编辑改定,我即删了一点,仍不满足,不说抽去,也不说可登,吞吞吐吐,可笑之至。终于由徐伯䜣[昕]手执铅笔,照官意改正,总算通过了,大约三月号之《文学》上可以登出来。禁止,则禁止耳,但此辈竟连这一点骨气也没有,事实上还是删改,而自己竟不肯负删改的责任,要算是作者或编辑改的。俟此文发表及《集外集》出版后,资料已足,我就可以作杂文后记了。

今年上海爆竹声特别旺盛,足见复古之一斑。舍间是向不过年的,不问新旧,但今年却亦借口新年,烹酒煮肉,且买花炮,夜则放之,盖终年被迫被困,苦得够了,人亦何苦不暂时吃一通乎。况且新生活自有有力之政府主持,我辈小百姓,大可不必凑趣,自寻枯槁之道也,想先生当亦以为然的。专此布复,并颂

釐禧。

迅 启上 二月四夜

# 致 李 桦

李桦先生:

先生十二月九日的信和两本木刻集,是早经收到了的,但因为接连的生病,没有能够早日奉复,真是抱歉得很。我看先生的作品,总觉得《春郊小景集》和《罗浮集》最好,恐怕是为宋元以来的文人的

山水画所涵养的结果罢。我以为宋末以后，除了山水，实在没有什么绘画，山水画的发达也到了绝顶，后人无以胜之，即使用了别的手法和工具，虽然可以见得新颖，却难于更加伟大，因为一方面也被题材所限制了。彩色木刻也是好的，但在中国，大约难以发达，因为没有鉴赏者。

来信说技巧修养是最大的问题，这是不错的，现在的许多青年艺术家，往往忽略了这一点。所以他的作品，表现不出所要表现的内容来。正如作文的人，因为不能修辞，于是也就不能达意。但是，如果内容的充实，不与技巧并进，是很容易陷入徒然玩弄技巧的深坑里去的。

这就到了先生所说的关于题材的问题。现在有许多人，以为应该表现国民的艰苦，国民的战斗，这自然并不错的，但如自己并不在这样的旋涡中，实在无法表现，假使以意为之，那就决不能真切，深刻，也就不成为艺术。所以我的意见，以为一个艺术家，只要表现他所经验的就好了，当然，书斋外面是应该走出去的，倘不在什么旋涡中，那么，只表现些所见的平常的社会状态也好。日本的浮世绘，何尝有什么大题目，但它的艺术价值却在的。如果社会状态不同了，那自然也就不固定在一点上。

至于怎样的是中国精神，我实在不知道。就绘画而论，六朝以来，就大受印度美术的影响，无所谓国画了；元人的水墨山水，或者可以说是国粹，但这是不必复兴，而且即使复兴起来，也不会发展的。所以我的意思，是以为倘参酌汉代的石刻画像，明清的书籍插画，并且留心民间所赏玩的所谓"年画"，和欧洲的新法融合起来，许能够创出一种更好的版画。

专此布复，并颂

时绥。

迅　上　二月四夜。

## 五日

**日记**　晴，风。上午复李桦信。午后寄三弟信。下午得谢敦南电问安否，即复。得刘炜明信。

## 六日

**日记**　雨雪。下午得唐诃信。得时有恒信。得孟十还信。得刘炜明信。得赖少麒信。得沃渣信并木刻四幅。得增田君信。晚西谛来。


# 致 增田涉

一月卅日の手紙拝見しました。木実女士の傑作は中々「一笑的東西」ではない。もう頭から棒四本引いて手脚とする様な境界から脱出して頗る写実的になって居ます。顔のかき方も端正になって居ます。唐美人の絵をばもうもとめましたが僕の字が出来たら一所に送ります。

ところが、こちの海嬰男士は中々の不勉強家で本をよみたくなく、始終兵隊の真似をして居ます。残酷な戦争の活動写真を見たらびっくりして少しく静かになるだらうと思って一週間前につれて見せましたらもう一層さかんにやり出した。閉口。ヒトラーの徒の多きも蓋し怪むに足らざるなりだ。

白話の信を読みました、処々日本的な句があるけれども大抵解ります。ただ二三句解りにくい。実に支那の白話そのものは未成形のもので外国人には云ふまでもなく書きにくいものです。呉君と云ふ人はよく知りませんが併し返事の中に引かれて居る所の議論を見れば頗る言ふに足らない人だと思はれます。第一、僕は

『幽黙は都会的だ』と云ふ説に賛成しない、支那の農民の間は幽黙を使ふ時は都会的小市民よりも多い。第二、日本の切腹、身投を幽黙的に見えるのはどう云ふわけだらう？事物を厳粛的に見、或は書くのは無論甚だ結構な事だが、併し眼光を小さい範囲内に置いてはいけない。第三、露西亜の文学に幽黙なしとは事実と反対だ。今でも幽黙作家が居ります。呉君はもう自満して居るらしい、しからば、一人のプチ・ブル作家にとゞまるだらう。僕から見れば手紙をやってもよい結果はないだらう。

　併し近頃、同君の故郷（安徽）には赤軍が入りました、その家族は上海に逃て来てる様です。

　『台湾文藝』は面白くないと思ふ。郭君は何か云ふだらう。この先生は自分の光栄の古旗を保護するに全力を尽す豪傑です。

　昨日は立春、始めて雪が降りました、併したゞちにとけて仕舞ひました。僕は食ふ為めに或る本屋の頼に応じて他人の小説を選択して居ます、三月中旬頃完了します。昨年の末に短評一冊出版しました、別封して一冊送ります。今年には尚ほ二冊の材料（皆昨年かいたもの）を持って居るから少なくとも二冊出版するだらう。

洛文　上二月六夜

増田兄炬燵下


　　七日
　　**日记**　昙。上午得吴渤信。得靖华信，午后复。下午复增田君信并寄《准风月谈》一本。又寄紫佩，唐诃各一本。寄杨霁云《南北集》一本。

# 致 曹靖华

汝珍兄：

　　二月一日信收到。那一种刊物，原是我们自己出版的，名《文学生活》，原是每人各赠一本，但这回印出来，却或赠或不赠，店里自然没有买，我也没有得到。我看以后是不印的了，因为有人以文字抗议那批评，倘续出，即非登此抗议不可，惟一的方法是不再出版——到处是用手段。

　　《准风月谈》一定是翻印的，只要错字少，于流通上倒也好；《南腔北调集》也有翻板。但这书我不想看，可不必寄来。今年我还想印杂文两本，都是去年做的，今年大约不能写的这么多了，就是极平常的文章，也常被抽去或删削，不痛快得很。又有暗箭，更是不痛快得很。

　　《城与年》的概略，是说明内容（书中事迹）的，拟用在木刻之前，使读者对于木刻插画更加了解。木刻画想在四五月间付印，在五月以前写好，就好了。

　　农兄如位置还在，为什么不回去教书呢？我想去年的事情，至今总算告一段落，此后大约不再会有什么问题的了（我虽然不明详情）。如果另找事情，即又换一新环境，又遇一批新的抢饭碗的人，不是更麻烦吗？碑帖单子已将留下的圈出，共十种，今将原单寄回。又霁兄也曾寄来拓片一次，留下一种，即"汉画象残石"四幅，价四元，这单子上没有。

　　这里的出版，一榻胡涂，有些"文学家"做了检查官，简直是胡闹。去年年底，有一个朋友收集我的旧文字，在印出的集子里所遗漏或删去的，钞了一本，名《集外集》，送去审查。结果有十篇不准印。最奇怪的是其中几篇系十年前的通信，那时不但并无现在之"国民政府"，而且文字和政治也毫不相关。但有几首颇激烈的旧诗，他们却并不删去。

现在连译文也常被抽去或删削；连插画也常被抽去；连现在的希忒拉，十九世纪的西班牙政府也骂不得，否则——删去。

从去年以来，所谓"第三种人"的，竟露出了本相，他们帮着它的主人来压迫我们了，然而我们中的有几个人，却道是因为我攻击他们太厉害了，以至逼得他们如此。去年春天，有人在《大晚报》上作文，说我的短评是买办意识，后来知道这文章其实是朋友做的，经许多人的质问，他答说已寄信给我解释，但这信我至今没有收到。到秋天，有人把我的一封信，在《社会月报》上发表了，同报上又登有杨邨人的文章，于是又有一个朋友（即田君，兄见过的），化名绍伯，说我已与杨邨人合作，是调和派。被人诘问，他说这文章不是他做的。但经我公开的诘责时，他只得承认是自己所作。不过他说：这篇文章，是故意冤枉我的，为的是想我愤怒起来，去攻击杨邨人，不料竟回转来攻击他，真出于意料之外云云。这种战法，我真是想不到。他从背后打我一鞭，是要我生气，去打别人一鞭，现在我竟夺住了他的鞭子，他就"出于意料之外"了。从去年下半年来，我总觉有几个人倒和"第三种人"一气，恶意的在拿我做玩具。

我终于莫名其妙，所以从今年起，我决计避开一点，我实在忍耐不住了。此外古怪事情还多。现在我在选一部别人的小说，这是应一个书店之托，解决吃饭问题的，三月间可完工。至于绍介文学和美术，我仍照旧的做。

但短评，恐怕不见得做了，虽然我明知道这是要紧的，我如不写，也未必另有人写。但怕不能了。一者，检查严，不容易登出；二则我实在憎恶那暗地里中伤我的人，我不如休息休息，看看他们的非买办的战斗。

我们大家都好的。

专此布复，即请

春安。

弟豫　上　二月七日

# 致 孟十还

十还先生：

五日信收到。Korolenko 的较短的小说，我不知上海有得买否，到白俄书店一找，何如。关于他的文章，我见过 Gorky 所做的有两篇，一是《珂罗连珂时代》，一好像是印象记，谷译的不知是那一篇，如果是另一篇，那么先生也还可以译下去的。

普式庚小说，当不至于见官碰钉子。那一篇《结婚》，十年前有李秉之译本，登在《京报副刊》上，虽然我不知道他译得怎样，后来曾否收在什么集子里，以及现在的《文学》编辑者是怎样的意见。但要稳当，还是不译好。不如再拉出几个中国不熟识的作者来。在法租界的白俄书店，不知可能掘出一点可用的东西来不能？

此复，并叩

年禧。

迅　拜　夏历元月四夜


# 致 徐懋庸

懋庸先生：

偶在报摊上看见今年历本，内有春牛图，且有说明，虽然画法摩登一点，但《芒种》上似乎也好用的，且也连说明登上。

又偶得十年前之《京报副刊》，见林先生所选廿种书目，和现在有些不同了。

右二种俱附上。此颂

年禧。

迅　顿首　夏历元月四日

### 八日

**日记**　晴。上午复孟十还信。复时有恒信。寄徐懋庸信附《春牛图》。寄陈望道信并悄吟稿一篇。午得刘岘信并木刻。下午烈文来并赠海婴饼干一合，狮子灯一盏，赠以书三本。晚雨。

### 九日

**日记**　雨。上午复萧军信。午后得赵家璧信，即复。得孟十还信，即复。得杨霁云信，即复。得谷非信，晚复。夜三弟来并为买得《巍科姓氏录》一本，九角。

# 致 萧军、萧红

刘军
悄吟先生：

来信早收到；小说稿已看过了，都做得好的——不是客气话——充满着热情，和只玩些技巧的所谓"作家"的作品大两样。今天已将悄吟太太和那一篇寄给《太白》。余两篇让我想一想，择一个相宜的地方，文学社暂不能寄了，因为先前的两篇，我就寄给他们的，现在还没有回信。

至于你要给《火炬》的那篇，我看不必寄去，一定登不出来的，不如暂留在我处，看有无什么机会发表；不过即使发表，我恐怕中国人也很难看见的。虽然隔一道关，但情形也未必会两样。前几天大家过年，报纸停刊，从袁世凯那时起，卖国就在这时候，这方法留传至今，我看是关内也在爆竹声中葬送了。你记得去年各报上登过一篇《敌乎，友乎？》的文章吗？做的是徐树铮的儿子，现代阔人的代言人，他竟连日本是友是敌都怀疑起来了，怀疑的结果，才决定是"友"。将来恐怕还会有一篇"友乎，主乎？"要登出来。今年就要将"一二八""九一八"的纪念取消，报上登载的减少学校假期，就是这件事，不过他们说话改头换面，使大家不觉得。"友"之敌，就是自己之敌，要代"友"讨伐的，所以我看此后的中国报，将不准对日本说一句什么话。

中国向来的历史上，凡一朝要完的时候，总是自己动手，先前本国的较好的人，物，都打扫干净，给新主子可以不费力量的进来。现在也毫不两样，本国的狗，比洋狗更清楚中国的情形，手段更加巧妙。

来信说近来觉得落寞，这心情是能有的，原因就在在上海还是一个陌生人，没有生下根去。但这样的社会里，怎么生根呢，除非和他们一同腐败；如果和较好的朋友在一起，那么，他们也正是落寞的人，被缚住了手脚的。文界的腐败，和武界也并不两样，你如果较清楚上海以至北京的情形，就知道有一群蛆虫，在怎样挂着好看的招牌，在帮助权力者暗杀青年的心，使中国完结得无声无臭。

我也时时感到寂寞，常常想改掉文学买卖，不做了，并且离开上海。不过这是暂时的愤慨，结果大约还是这样的干下去，到真的干不来了的时候。

海婴是好的，但捣乱得可以，现在是专门在打仗，可见世界是一时不会平和的。请客大约尚无把握，因为要请，就要吃得好，否则，不如不请，这是我和悄吟太太主张不同的地方。但是，什么时候来请罢。

此请

俪安。

豫　上　二月九日

再：那两篇小说的署名，要改一下，因为在俄有一个萧三，在文

73

学上很活动,现在即使多一个"郎"字,狗们也即刻以为就是他的。改什么呢?等来信照办。又及

# 致 赵家璧

家璧先生:

八日信收到。《新青年》等尚未收到,书店中人又忘记了也说不定的,明天当去问一问。

《弥洒》收到;《东方创作集》已转交。

照片不必寄还,先生留下罢。

前回托抄的几篇小说,如已抄好,希即寄下。如未抄,则请一催,但汪敬熙的《一个勤学的学生》不必抄了,因为我已经买得他的小说集,撕下来了。

专此布复,即请

撰安

迅 上 二月九日

# 致 孟十还

十还先生:

二月七夜信已收到。我想先生且不要厌弃《人间世》之类的稿费,因为稿费还是从各方面取得的好,卖稿集中于一个书店,于一个作者是很不利的,后来它就能支配你的生活。况且译各种选集,现在还只是我们几个人的一方面的空想,未曾和书店接洽过;书店,是无论那一个,手段都是辣的。我想,不如待合同订定后,再作计较

罢。而且我还得声明,中国之所谓合同,其实也无甚用处。

我说的《D. 夜谈》,就是《D 附近农庄的夜晚》。那第(三),(四)有李秉之译本,第(二),(四)有韩侍桁译本,但我们可以不管它,不过也不妨买来参考一下。李是从俄文译的,在《俄罗斯名著二集》(亚东书局版,价一元)内;韩大约从英文或日文转译(商务馆版,价未详),不看他也不要紧。听说又有《泰赖·波尔巴》,顾民元等译(南京书店出版,七角五分),我未见过。

科洛连柯和萨尔蒂珂夫短篇小说都能买到,那是好极了。我觉得萨尔蒂珂夫的作品于中国也很相宜,但译出的却很少很少,买得原本后,《译文》上至少还可以绍介他一两回。

《射击》译成后,请直接送给黄先生。

专此布复,即颂

时绥。

迅 上 二月九日

十日

**日记** 星期,雨。午后买『シェストフ選集』(第一卷)一本,二元五角。得冈察罗夫信。下午寄靖华信。


# 致 杨霁云


霁云先生:

七日信下午收到,并《帮闲文学……》稿,谢谢。《南北集》恰亦于七日托书店寄上一册,现在想是已到了罢。

《文学》既登拙作题头,下一期登出续篇来,前言不搭后语,煞是有趣,倘将来再将原稿印出,也许更有可观。去年所作杂文,除登

《自由谈》者之外，竟有二百余页之多，编成一本时，颇欲定名为《狗儿年杂文》，但恐于邮寄有碍耳。

《大义觉迷录》虽巧妙，但究有痕迹，后来好像连这本书也禁止了。现行文学暗杀政策，几无迹象可寻，实是今胜于古，惜叭儿多不称职，致大闹笑话耳。

明末剥皮法，出《安龙逸史》，今录出附上。

专此布复，并贺

旧禧。

                 迅　顿首　夏历元月七日　灯下。

再：先生所作《集外集》引言，如有稿，乞录寄，因印《集外集外集》（此非真名，真名未定）时拟补入也。　又及

## 《安龙逸史》　　屈大均撰

（孙）可望得（张）应科报，即令应科杀（李）如月，剥皮示众。俄缚如月至朝门，有负石灰一筐，稻草一捆。置于其前。如月问，"如何用此？"其人曰，"是揎你的草！"如月叱曰，"瞎奴！此株株是文章，节节是忠肠也！"既而应科立右角门阶，捧可望令旨，喝如月跪。如月叱曰，"我是朝廷命官，岂跪贼令？！"乃步至中门，向阙再拜，大哭曰，"太祖高皇帝，我皇明从此无谏臣矣！奸贼孙可望，汝死期不远。我死立千古之芳名，汝死遗万年之贼号，孰得孰失？"应科促令仆地，剖脊，及臀，如月大呼曰，"死得快活，浑身清凉！"又呼可望名，大骂不绝。及断至手足，转前胸，犹微声恨骂；至颈绝而死。随以灰渍之，纫以线，后乃入草，移北城门通衢阁上，悬之。……

        右见卷下。

此因山东道御史东莞李如月劾孙可望擅杀勋将（即陈邦传，亦剥皮），无人臣礼，故可望亦剥其皮也。可望后降清，盖亦替"天朝"扫除端人正士，使更易于长驱而入者。

# 致 曹靖华

汝珍兄：

　　七日寄上一函，想已到。

　　顷得冈氏一信，今附上，希译示。

　　同时又收到 *Первый Всесоюзный Сьезй СовеТских Пйса Телей* 一册，颇厚，大约是讲去年作家大会的。兄要看否？如要，得复后当即寄上。

　　我们都好，请勿念。

　　此布，即请

春安。

弟豫　上　一[二]月十日

　　**十一日**

　　**日记**　昙。午得萧军信。夜蕴如及三弟来，并赠年糕二十二块。

　　**十二日**

　　**日记**　昙，午晴。午后理发。下午得周涛信，即复。得萧军信，即复。得钱杏邨信并借《新青年》，《新潮》等一包，即复。西谛来。

# 致 萧 军

刘先生：

　　十，十一两信俱收到。印书的事，我现在不能答复，因为还没有探听,计划过。

地图在内山书店没有寄卖,因为这是海关禁止入口,一看见就没收的。

此复,即颂

时绥。

豫　上　二,二[一]二

# 致 钱杏邨

此书原本还要阔大一点,是毛边的,已经旧主人切小。

录自钱杏邨著《鲁迅书话》一文,原载 1937 年 10 月 19 日<br>《救亡日报》。系残简。

## 十三日

**日记**　晴。上午得望道信。得金肇野信。夜河清来并交《文学》稿费九元。

# 《通讯》(致郑孝观)补记

案:我在《论雷峰塔的倒掉》中,说这就是保俶塔,而伏园以为不然。郑孝观先生遂作《雷峰塔与保俶塔》一文,据《涌幢小品》等书,证明以这为保俶塔者盖近是。文载二十四日副刊中,甚长,不能具引。

一九三五年二月十三日,补记。

未另发表。

初收拟编书稿《集外集拾遗》。

## 十四日

**日记** 晴。午得杨霁云信。得曹聚仁信,午后复。下午复吴渤信并寄《南北集》等三本。寄周涛《伪自由书》等二本。复金肇野信。复程沃渣信。晚内山君赠鱼饼四枚,以二枚分赠仲方。

# 致 吴 渤

吴渤先生:

惠函奉到。现在的读书界,确是比较的退步,但出版界也不大能出好书。上海有官立的书报审查处,凡较好的作品,一定不准出版,所以出版界都是死气沉沉。

杂志上也很难说话,现惟《太白》,《读书生活》,《新生》三种,尚可观,而被压迫也最甚。至于《人间世》之类,则本是麻醉品,其流行亦意中事,与中国人之好吸雅片相同也。

我的近作三本,已托书店挂号寄上。至于先生所要的两本,当托友人去打听,倘有,当邮寄。

此复,即颂

时绥。

迅 上 二月十四日

# 致 金肇野

肇野先生:

来信收到,但已蒙官恩检查,这是北京来信所常见的。唐君终于没有见,他是来约我的,但我不能抽工夫一谈,只骗下他汾酒二瓶而已。

木刻用原版,只能作者自己手印,倘用机器,是不行的,因为作者大抵事前没有想到这一层,版面未必弄得很平,我印《木刻纪程》时,即因此大失败,除被印刷局面责外,还付不少的钱也。

文章我实在不能做了。一者没有工夫,二者材料不够。近来东谈西说,而其实都无深研究,发议论是不对的。我的能力,只可以翻印几张版画以供青年的参考。

罗、李二人,其技术在中国是很好的。抄名作之缺点,是因为多产,急于成集,而最大原因则在自己未能有一定的内容。但我看别人的作品,割取名作之一角者也不少。和德国交换,我以为无意义,他们的要交换,是别有用意的,但如果明白这用意,则换一点来看看也好。此复,即颂

时绥。

豫　上　二月十四日

**十五日**

　　**日记**　晴。夜寄陈望道信并短文二。译《死魂灵》一段。

# 书的还魂和赶造

把大部的丛书印给读者看,是宋朝就有的,一直到现在。缺点是因为部头大,所以价钱贵。好处是把研究一种学问的书汇集在一处,能比一部一部的自去寻求更省力;或者保存单本小种的著作在里面,使它不易于灭亡。但这第二种好处,是也靠着部头大,价钱

贵,人们就因此格外珍重的缺点的。

但丛书也有蠹虫。从明末到清初,就时有欺人的丛书出现。那方法之一,是删削内容,轻减刻费,而目录却有一大串,使购买者只觉其种类之多;之二,是不用原题,别立名目,甚至另题撰人,使购买者只觉其收罗之广。如《格致丛书》,《历代小史》,《五朝小说》,《唐人说荟》等,就都是的。现在是大抵消灭了,只有末一种化名为《唐代丛书》,有时还在流毒。

然而时代改变,新花样也要跟着出来了。

推测起新花样来:其一,是豫先设定一种丛书的大名,罗列目录,大如宇宙,微至苍蝇身上的细菌,无所不包,这才分头觅人,托他译作,限定时日,必须完工,虽然译作者未必定是专家,但总之有许多手同时在稿纸上写字,于是不必穷年累月,一大部煌煌巨制也就出现了;其二,是原有一批零碎的旧译作,一向不甚流行,或者虽曾流行,而现在却已经过了时候,于是聚在一起,略加类别,开成一串五花八门的目录,而一大部煌煌巨制也就出现了。

出版者是明白读者们的心想的,有些读者们,苦于不知道什么是必要的书,所以往往以为被选进丛书里的,总该是必要的书籍;而且丛书里的一本,价钱也比单行本便宜,所以看起来好像很上算;加以大小一律,也很合人们爱好整齐的心情。本数又多,一下子可以填满几书架,规模不大的图书馆有这几部,馆员就省下时常留心选购新书的精神了。然而出版者是又很明白购买者们的经济状况的,他深知道现在他们手头已没有这许多钱,所以这些书一定是廉价,使他们拼命的办出来,或者是分期豫约,使他们逐渐的缴进去。

汇印新作,当然是很好的,但新作必须是精粹的本子,这才可以救读者们的智识的饥荒。就是重印旧作,也并不算坏,不过这旧作必须已是一种带着文献性的本子,这才足供读者们的研究。如果仅仅是克日速成的草稿,或是栈房角落的存书,改换新装,招摇过市,但以"大"或"多"或"廉"诱人,使读者化去不少的钱,实际上却不过得到一大堆废物,这恶影响之在读书界是很不小的。

凡留心于文化的前进的人,对于这些书应该加以检讨!

二月十五日。

　　原载 1935 年 3 月 5 日《太白》半月刊第 1 卷第 12 期。
署名长庚。

　　初收 1937 年 7 月上海三闲书屋版《且介亭杂文二集》。

# "骗 月 亮"

杜衡先生在二月十四的《火炬》上教给我们,中国人的遇"月蚀放鞭炮决非出于迷信",乃是"出于欺骗;一方面骗自己,但更主要的是骗月亮","借此敷衍敷衍面子,免得将来再碰到月亮的时候大家下不去"。

这也可见民众之不可信,正如莎士比亚的《凯撒传》所揭破了,他们不但骗自己,还要骗月亮,——但不知道是否也骗别人?

况且还有未经杜衡先生指出的一点:是愚。他们只想到将来会碰到月亮,放鞭炮去声援,却没有想到也会碰到天狗。并且不知道即使现在并不声援,将来万一碰到月亮时,也可以随机说出一番道理来敷衍过去的。

我想:如果他们知道这两点,那态度就一定可以"超然",很难看见骗的痕迹了。

　　原载 1935 年 3 月 5 日《太白》半月刊第 1 卷第 12 期。署
名何干。

　　初未收集。

# 《编完写起》补记

案：这《编完写起》共有三段，第一段和第三段都已经收在《华盖集》里了，题为《导师》和《长城》。独独这一段没有收进去，大约是因为那时以为只关于几个人的事情，并无多谈的必要的缘故。

然而在当时，却也并非小事情。《现代评论》是学者们的喉舌，经它一喝，章锡琛先生的确不久就失去《妇女杂志》的编辑的椅子，终于从商务印书馆走出，——但积久却做了开明书店的老板，反而获得予夺别人的椅子的威权，听说现在还在编辑所的大门口也站起了巡警。陈百年先生是经理考试去了。这真教人不胜今昔之感。

就这文章的表面看来，陈先生是意在防"弊"，欲以道德济法律之穷，这就是儒家和法家的不同之点。但我并不是说：陈先生是儒家，章周两先生是法家，——中国现在，家数又并没有这么清清楚楚。

一九三五年二月十五日晨，补记。

未另发表。

初收拟编书稿《集外集拾遗》。

## 十六日

**日记** 昙。上午得谷非信。得孟十还信。得李桦信并《现代木刻》第二集一本。午后内山书店送来『貔子窝』一本，『牧羊城』一本，『南山里』一本，共泉八十元。同广平携海婴往丽都大戏院观《泰山情侣》。晚蕴如携阿玉来。夜三弟来。得小峰信并版税泉二百，即付印证八千枚。

## 十七日

**日记** 星期。昙。午后得靖华信。得赵家璧信并杂志一包,附杏邨邮笺。得刘岘信。西谛邀夜餐,晚与仲方同去,合席十余人,得《清人杂剧》初集一部。

## 十八日

**日记** 晴。午后得紫佩信。得陈君冶信,下午复。复靖华信并寄书报二包。复孟十还信。复谷非信。寄三弟信。买『文学古典之再認識』一本,一元二角。

# 致 曹靖华

汝珍兄:

十三日信收到。《文学生活》是并不发售的,所以很难看见,但有时会寄来。现在这一期,却不给我,沈兄也没有,这办法颇特别。我们所知道的一点,是从别人嘴里先听到,后来设法借来看的。

静兄因讲师之不同,而不再往教,我看未免太迂。半年的准备,算得什么,一下子就吃完了,而要找一饭碗,却怕未必有这么快。现在的学校,大抵教员一有事,便把别人补上,今静兄离开了半年,却还给留下四点钟,不可谓非中国少见的好学校,恐怕在那里教书,还比别处容易吧。

中国已经快要大家"无业",而不是"失业",因为根本就没有什么所谓"业"了。上海去[今]年的出版界,景象比去年坏。学生是去年大学生减少,今年中学生减少了。

郑君现在上海,闻不久又回北平,他对于版税,是有些模模胡胡的,不过不给回信,却更不好。我曾见了他,但因为交情还没有可以说给他这些事的程度,所以没有提及。

P. Ettinger 并没有描错,看这姓,他大约原是德国人。我曾重寄冈氏《引玉集》一本,托 E. 转的。至 H. 氏,则向来毫不知道,不知道为什么冈氏说我可以先写一封信给他。我也没有什么东西托他转。

因为有便人,我已带去宣纸三百大张了,托 E. 氏分赠。我想托兄写一回信,将来当将信稿拟好寄上。兄写好后,仍寄来,由上海发出。

今天寄上《作家会纪事》一本,《译文》二本,《文学报》数张,是由学校转的。

专此布达,即请

秋[?]安。

弟豫　上　二月十八日

# 致 孟十还

十还先生:

十四信读悉。《艺术》我有几本旧的,没有倍林斯基像,先生所见的大约是新的了。如果可以,我极愿意看一看,只要便中放在书店里就好。

郑君我是认识的,昨天提起,他说已由黄先生和先生接洽过,翻译纳克拉梭夫的诗云云,我看这一定是真的,所以不再说下去。但生活书店来担当这么大的杂志,我们印果戈理选集的计划,恐怕一时不能实行了。我是要给这杂志译《死魂灵》。

专此布复,即请

春安。

豫　上　二月十八日

## 十九日

**日记** 晴。午后复刘岘信。下午昙。得曹聚仁信。得烈文信并猛克译稿一篇。得张慧信并木刻四幅。夜蕴如及三弟来。

## 二十日

**日记** 小雨。上午以《文献》三本寄曹聚仁。得增田君信。收开明书店之韦丛芜版税泉六十二元一角五分。午后往中国书店买旧书七种共一百本,六十三元。夜作《新中国文学大系》小说部两引言开手。

## 二十一日

**日记** 小雨。上午收《译文》六期稿费四十二元。午后寄郑伯奇信。夜濯足。

## 二十二日

**日记** 昙,午晴。收《太白》十一期稿费八元。得孟十还信并《艺术》两本。得胡风信。得霁野信。得烈文信,即复。夜钦文来并赠火腿一只,榧果一斤。

## 二十三日

**日记** 晴。午后烈文来。得母亲信,二十日发。得李辉英信,即复,并还生生美术公司稿费泉十。晚三弟及蕴如携阿菩来。得俞印民信。夜小峰及其夫人来并交版税泉百。

## 二十四日

**日记** 星期。昙。午后寄望道信并稿一。寄孟十还信。下午得刘岘信。得阿芷信。得杨霁云信,夜复。寄曹聚仁信。

# 致 孟十还

十还先生：

前天收到来信并《艺术》两本。倍林斯基刻像，是很早的作品，我已在《艺苑朝华》内翻印过了，虽然这是五六年前的事，已为人们所忘却。库尔培的像极好，惜无可用之处，中国至今竟没有一种较好的美术杂志，真要羞死人。

这两本书，现已又放在内山书店里，请于便中拿了附上之一笺，取回。包内又有《文学报》数张，是送给先生的。

译诗，真是出力不讨好的事，我的主张是以为可以从缓的，但郑君似不如此想。那么，为稿费起见，姑且译一点罢。

良友图书公司（北四川路八五一号，上海银行附近）出了一种月刊：《新小说》。昨天看见那编辑者郑君平先生，说想托先生译点短篇，我看先生可以去访他一回，接洽接洽。公司的办公时间是上午九点起至下午五点，星期日上午休息。去一次自然未必恰能遇见，那么只好再去了。

专此布达，并颂

时绥。

迅　上　二月二十四日

# 致 杨霁云

霁云先生：

二十二日信收到；十二日信并序稿，也早收到了。近因经济上的关系，在给一个书坊选一本短篇小说——别人的，时日迫促，以致终日匆匆，未能奉复，甚歉。《集外集》中重出之文，已即致函曹先生,托其删去,但未知尚来得及否。

我前次所举尹嘉铨的应禁书目,是钞《清代文字狱档》中之奏折的,大约后来又陆续的查出他种,所以自当以见于《禁毁书目》中者为完全。尹氏之拼命著书,其实不过想做一个道学家——至多是一个贤人,而皇帝竟与他如此过不去,真也出乎意外。大约杀犬警猴,固是大原因之一,而尹之以道学家自命,因而开罪于许多同僚,并且连对主子也多说话,致招厌恶,总也不无关系的。

中山革命一世,虽只往来于外国或中国之通商口岸,足不履危地,但究竟是革命一世,至死无大变化,在中国总还算是好人。假使活在此刻,大约必如来函所言,其实在那时,就已经给陈炯明的大炮击过了。

“第九”不必读粤音,只要明白出典,盖指“八仙”之名次而言,一到第九,就不在班列之内了。

专此布复,即请
撰安。

迅　顿首　二月廿四夜。


二十五日

日记　昙。上午得亚丹信。得孟十还信。午后雨。古正月廿二,广平生日。


二十六日

日记　小雨。上午寄赵家璧信并所选小说两本。寄郑伯奇信并萧军稿三篇。得冶秋信。得韩[振]业信。得增田君信,即复。下午得《三人》及 *Art Review* 各一本,共泉五元八角。夜蕴如及三弟来。

# 致 赵家璧

家璧先生：

送上选稿的三分之二——上，中两本，其余的一部分，当于月底续交。序文也不会迟至三月十五日。

目录当于月底和余稿一同交出。

奉还《弥洒》三本；又《新潮》等一包，乞转交，但他现在大约也未必需要，那就只好暂时躺在公司里了。

专此布达，即请

撰安。

迅　启　二月二十六日。

# 致 叶 紫

Z兄：

信早收到。小说稿送去后，昨天交回来了。我看也并没有什么改动之处。那插画，有几张刻的很好。但，印起来，就像稿上贴着的一样高低么？那可太低了，我看每张还可以移上半寸。

我因为给书店选一本小说，而且约定了交卷的日期，所以近来只赶办着这事，弄得头昏眼花，没有工夫。等这事弄完后（下月初），我们再谈罢。小说大约急于付印，所以放在书店里，附上一条，请拿了去取为幸。

专此，即请

刻安

↖（比"时"范围较小，大有革新之意。）

豫　上　二月廿六夜

二十七日

　日记　昙。午后复阿芷信。复孟十还信。下午选校小说并作序文讫。


# 致 增田涉


　手紙二つ先後拜見。此頃、他人の小説を選擇する爲めに忙殺、鉄研翁のものは未かゝない、東京へ送りましょう。併し木の実君にさし上げる美人画は昨日老板にたのんで出しました。時裝と古裝両方ともありますが古裝の方はあやしい、昔こんな着物を着て居たのでもないだらう。

　珠花の訂正は有難御座。私は劇曲の事をよく知らないが或は『牡丹亭』原来に『玩真』と云って後人これを実際上歌ふ時にいくらか改作して『叫畫』と題したのかも知りません。紀昀君の間違かも知りません。これも題目で、〰〰を取消す可きものでないと思ひます。併し固執もしない。

　「雅仙紙」と云ふ名を聞いた事がない。日本むきに特別に拵へたもの(名)だろう。支那には「畫心紙」か「宣紙」(宣化府で拵へてるから)と云ふものがある。『北平箋譜』に使って居るものは即ちこれです。此度もこれを使ひましゃう。

　三月号の『文学』に又私のものを一つ出します。矢張り大にけされましたが併し二月号の様にひどくはない。夏頃になったらけされた文句を皆な入れて一冊の何とか集を出さうかと思って居ます。

　上海はあたゝくなり、昨年から今まで雪は一度もふらなかった。変な事です。賤軀は不相変壮健でもないが死ぬそーな症候もない。

海嬰の悪戲は頗る進步した、近頃、活動写真を見てアフイリカ
へ行たがって居ます、旅行費も二十錢くらい、あつめました。

洛文　拜　二月二十七日

增田兄几下


## 二十八日

**日记**　晴。上午同广平携海婴往须藤医院种痘。访赵家璧并
交小说选集稿,见赠《今日欧美小说之动向》一本。下午得阿芷信。
得刘岘信。得李辉英信。诗荃来。得韩振业信并选集版税二百四
十。得山本夫人信。


# 漫谈“漫画”


孩子们吵架,有一个用木炭——上海是大抵用铅笔了——在墙
壁上写道:“小三子可乎之及及也,同同三千三百刀!”这和政治之类
是毫不相干的,然而不能算小品文。画也一样,住家的恨路人到对
门来小解,就在墙上画一个乌龟,题几句话,也不能叫它作“漫画”。
为什么呢? 就因为这和被画者的形体或精神,是绝无关系的。

漫画的第一件紧要事是诚实,要确切的显示了事件或人物的姿
态,也就是精神。

漫画是 Karikatur 的译名,那“漫”,并不是中国旧日的文人学士
之所谓“漫题”“漫书”的“漫”。当然也可以不假思索,一挥而就的,
但因为发芽于诚实的心,所以那结果也不会仅是嬉皮笑脸。这一种
画,在中国的过去的绘画里很少见,《百丑图》或《三十六声粉铎图》
庶几近之,可惜的是不过戏文里的丑脚的摹写;罗两峰的《鬼趣图》,

当不得已时,或者也就算进去罢,但它又太离开了人间。

漫画要使人一目了然,所以那最普通的方法是"夸张",但又不是胡闹。无缘无故的将所攻击或暴露的对象画作一头驴,恰如拍马家将所拍的对象做成一个神一样,是毫没有效果的,假如那对象其实并无驴气息或神气息。然而如果真有些驴气息,那就糟了,从此之后,越看越像,比读一本做得很厚的传记还明白。关于事件的漫画,也一样的。所以漫画虽然有夸张,却还是要诚实。"燕山雪花大如席",是夸张,但燕山究竟有雪花,就含着一点诚实在里面,使我们立刻知道燕山原来有这么冷。如果说"广州雪花大如席",那可就变成笑话了。

"夸张"这两个字也许有些语病,那么,说是"廓大"也可以的。廓大一个事件或人物的特点固然使漫画容易显出效果来,但廓大了并非特点之处却更容易显出效果。矮而胖的,瘦而长的,他本身就有漫画相了,再给他秃头,近视眼,画得再矮而胖些,瘦而长些,总可以使读者发笑。但一位白净苗条的美人,就很不容易设法,有些漫画家画作一个髑髅或狐狸之类,却不过是在报告自己的低能。有些漫画家却不用这呆法子,他用廓大镜照了她露出的搽粉的臂膊,看出她皮肤的褶皱,看见了这些褶皱中间的粉和泥的黑白画。这么一来,漫画稿子就成功了,然而这是真实,倘不信,大家或自己也用廓大镜去照照去。于是她也只好承认这真实,倘要好,就用肥皂和毛刷去洗一通。

因为真实,所以也有力。但这种漫画,在中国是很难生存的。我记得去年就有一位文学家说过,他最讨厌论人用显微镜。

欧洲先前,也并不两样。漫画虽然是暴露,讥刺,甚而至于是攻击的,但因为读者多是上等的雅人,所以漫画家的笔锋的所向,往往只在那些无拳无勇的无告者,用他们的可笑,衬出雅人们的完全和高尚来,以分得一枝雪茄的生意。像西班牙的戈雅(Francisco de Goya)和法国的陀密埃(Honoré Daumier)那样的漫画家,到底还是不可多得的。

二月二十八日。

　　原载 1935 年 3 月《太白》半月刊第 1 卷纪念特辑《小品文和漫画》。

　　初收 1937 年 7 月上海三闲书屋版《且介亭杂文二集》。

# 漫画而又漫画

　　德国现代的画家格罗斯（George Grosz），中国已经绍介过好几回，总可以不算陌生人了。从有一方说，他也可以算是漫画家；那些作品，大抵是白地黑线的。

　　他在中国的遭遇，还算好，翻印的画虽然制版术太坏了，或者被缩小，黑线白地却究竟还是黑线白地。不料中国"文艺"家的脑子今年反常了，在挂着"文艺"招牌的杂志上绍介格罗斯的黑白画，线条都变了雪白；地子呢，有蓝有红，真是五颜六色，好看得很。

　　自然，我们看石刻的拓本，大抵是黑地白字的。但翻印的绘画，却还没有见过将青绿山水变作红黄山水，水墨龙化为水粉龙的大改造。有之，是始于二十世纪过了三十五年的上海的"文艺"家。我才知道画家作画时候的调色，配色之类，都是多事。一经中国"文艺"家的手，全无问题，——嗡，嗡，随随便便。

　　这些翻印的格罗斯的画是有价值的，是漫画而又漫画。

二月二十八日。

　　原载 1935 年 3 月《太白》半月刊第 1 卷纪念特辑《小品文和漫画》。署名且介。

　　初收 1937 年 7 月上海三闲书屋版《且介亭杂文二集》。

# 致 赵家璧

家璧先生：

小说的末一本，也已校完了，今呈上，并目录一份。

其中，黎锦明和台静农两位的作品，是有被抽去的可能的，所以各人多选了一篇。如果竟不被抽去，那么，将来就将目录上有×记号的自己除掉，每人各留四篇。

向培良的《我离开十字街头》，是他那时的代表作，应该选入。但这一篇是单行本（光华书局出版），不知会不会发生版权问题。所以现在不订在一起，请先生酌定，因为我对于出版法之类，实在不了然。

假使出版上无问题，检阅也通过了，那就除去有×记号的《野花》，还是剩四篇。但那篇会被抽去也难说。

此外大约都没有危险。不过中国的事情很难说，如果还有通不过的，而字数上发生了问题，那就只好另选次等的来补充了。其实是现在就有了充填字数的作品在里面。

此上即请

撰安。

迅 启 二月二十八日

# 三月

## 一日

**日记** 晴。上午寄母亲信。寄紫佩信。寄韩振业信并印证二千枚。寄望道信并稿二篇。午得母亲信,即复。得阿芷信,即复。得萧军信,即复。得『岩波文库』六本,以其三寄烈文。夜河清来。

# 致 母 亲

母亲大人膝下,敬禀者,来信收到。

俞二小姐如果能够送来,那是最好不过的了,总比别的便人可靠。但火车必须坐卧车;动身后打一电报,我们可以到车站去接。以上二事,当另函托紫佩兄办理。

寓中均安,男亦安好,不过稍稍忙些。海婴也很好,大家都说他大得快;今天又给他种了一回牛痘,是第二回了。

专此布复,恭请
金安。

男树　叩上　广平及海婴随叩　三月一日

# 致 母 亲

母亲大人膝下,敬禀者:上午刚寄出一函,午后即得二月二十五日来示,备悉一切。男的意思,以为女仆还是不带,因为南北习惯不同,彼此话也听不懂,不见得有什么用处,而且闲暇的时候,和这里的用人闲谈,一知半解,说不定倒会引出麻烦的事情来的。余已详前函,兹不赘。

专此布复,恭请

金安。

男树　叩上　三月一日下午。

# 致 萧军、萧红

刘军
悄吟兄:

　　一日信收到。我的选小说,昨夜交卷了,还欠一篇序,期限还宽,已约叶定一个日期,我们可以谈谈。他定出后,会来通知你们的。

　　悄吟太太的一个短篇,我寄给《太白》去了,回信说就可以登出来。那篇《搭客》,其实比《职业》做得好(活泼而不单调),上月送到《东方杂志》,还是托熟人拿去的,不久却就给我一封官式的信,今附上,可以看看大书店的派势。现在是连金人的译文,都寄到良友公司的小说报去了,尚无回信。

　　到各种杂志社去跑跑,我看是很好的,惯了就不怕了。一者可以认识些人;二者可以知道点上海之所谓文坛的情形,总比寂寞好。

　　那篇在检查的稿子,催怕不行。官们对于文学社的感情坏,这是故意留难的。在那里面的都是坏种或低能儿,他们除任意催[摧]残外,一无所能,其实文章也看不懂。

　　说起"某翁"的称呼来,这是很奇怪的。这称呼开始于《十日谈》及《人言》,这是时时攻击我的刊物,他们特地这样叫,以表示轻蔑之意,犹言"老了,不中用了"的意思;但不知怎的却影响到我的熟人的笔上去了。现在是很有些人,信上都这么写的。

《文学新闻》我想也用不着看它，不必寄来了。

专此布复，即请

俪安。

                                       豫　上。三月一日
孩子很淘气，昨天给他种了痘，是生后第二回。

## 二日

**日记**　晴。上午得胡风信。得史岩信，此即史济行也，无耻之尤。夜蕴如及三弟来。

## 三日

**日记**　星期。晴。下午得本月分『版芸術』一本，五角。得赵家璧信并《尼采自传》校稿。得唐诃信。得孟十还信，夜复。

# 致 孟十还

十还先生：

《红鼻霜》固然不对，《严寒，冻红鼻子》太软弱，近于说明，而非翻译。

其实还是《严寒，红鼻子》好，如果看不懂，那是因为下三字太简单了，假如伸长而为《严寒，通红的鼻子》，恐怕比较容易懂。

此外真也想不出什么好的来。

专此布复，即颂

时绥。

                                   豫　上　三月三夜。

                                                           97

## 四日

**日记** 晴。上午得阿芷信。下午得内山君信。寄烈文信。晚得刘岘信。得吴渤信并《经训读本》二本。得《文学》第三本所载稿费三十四元。

## 五日

**日记** 晴。上午得萧军信并稿三篇。晚约阿芷,萧军,悄吟往桥香夜饭,适河清来访,至内山书店又值聚仁来送《芒种》,遂皆同去,并广平携海婴。

## 六日

**日记** 晴。上午得郑家弘信。夜为内山君《支那漫谈》作序。雨。

# 《中国新文学大系》小说二集序

## 一

凡是关心现代中国文学的人,谁都知道《新青年》是提倡"文学改良",后来更进一步而号召"文学革命"的发难者。但当一九一五年九月中在上海开始出版的时候,却全部是文言的。苏曼殊的创作小说,陈嘏和刘半农的翻译小说,都是文言。到第二年,胡适的《文学改良刍议》发表了,作品也只有胡适的诗文和小说是白话。后来白话作者逐渐多了起来,但又因为《新青年》其实是一个论议的刊物,所以创作并不怎样著重,比较旺盛的只有白话诗;至于戏曲和小说,也依然大抵是翻译。

在这里发表了创作的短篇小说的,是鲁迅。从一九一八年五月起,《狂人日记》《孔乙己》《药》等,陆续的出现了,算是显示了"文学革命"的实绩,又因那时的认为"表现的深切和格式的特别",颇激动了一部分青年读者的心。然而这激动,却是向来怠慢了绍介欧洲大陆文学的缘故。一八三四年顷,俄国的果戈理(N. Gogol)就已经写了《狂人日记》;一八八三年顷,尼采(Fr. Nietzsche)也早借了苏鲁支(Zarathustra)的嘴,说过"你们已经走了从虫豸到人的路,在你们里面还有许多份是虫豸。你们做过猴子,到了现在,人还尤其猴子,无论比那一个猴子"的。而且《药》的收束,也分明的留着安特莱夫(L. Andreev)式的阴冷。但后起的《狂人日记》意在暴露家族制度和礼教的弊害,却比果戈理的忧愤深广,也不如尼采的超人的渺茫。此后虽然脱离了外国作家的影响,技巧稍为圆熟,刻划也稍加深切,如《肥皂》,《离婚》等,但一面也减少了热情,不为读者们所注意了。

从《新青年》上,此外也没有养成什么小说的作家。

较多的倒是在《新潮》上。从一九一九年一月创刊,到次年主干者们出洋留学而消灭的两个年中,小说作者就有汪敬熙,罗家伦,杨振声,俞平伯,欧阳予倩和叶绍钧。自然,技术是幼稚的,往往留存着旧小说上的写法和语调;而且平铺直叙,一泻无余;或者过于巧合,在一刹时中,在一个人上,会聚集了一切难堪的不幸。然而又有一种共同前进的趋向,是这时的作者们,没有一个以为小说是脱俗的文学,除了为艺术之外,一无所为的。他们每作一篇,都是"有所为"而发,是在用改革社会的器械,——虽然也没有设定终极的目标。

俞平伯的《花匠》以为人们应该屏绝矫揉造作,任其自然,罗家伦之作则在诉说婚姻不自由的苦痛,虽然稍嫌浅露,但正是当时许多智识青年们的公意;输入易卜生(H. Ibsen)的《娜拉》和《群鬼》的机运,这时候也恰恰成熟了,不过还没有想到《人民之敌》和《社会柱石》。杨振声是极要描写民间疾苦的;汪敬熙并且装着笑容,揭露了好学生的秘密和苦人的灾难。但究竟因为是上层的智识者,所以笔墨总不免伸缩于描写身边琐事和小民生活之间。后来,欧阳予倩致力于剧本去了;叶绍钧却有更远大的发展。汪敬熙又在《现代评论》上发表创作,至一九二五年,自选了一本《雪夜》,但他好像终于没有自觉,或者忘却了先前的奋斗,以为他自己的作品,是并无"什么批评人生的意义的"了。序中有云——

"我写这些篇小说的时候,是力求着去忠实的描写我所见的几种人生经验。我只求描写的忠实,不掺入丝毫批评的态度。虽然一个人叙述一件事实之时,他的描写是免不了受他的人生观之影响,但我总是在可能的范围之内,竭力保持一种客观的态度。

"因为持了这种客观态度的缘故,我这些短篇小说是不会有什么批评人生的意义。我只写出我所见的几种经验给读者看罢了。读者看了这些小说,心中对于这些种经验有什么评论,是我所不问的。"

杨振声的文笔,却比《渔家》更加生发起来,但恰与先前的战友汪敬熙站成对蹠:他"要忠实于主观",要用人工来制造理想的人物。而且凭自己的理想还怕不够,又请教过几个朋友,删改了几回,这才完成一本中篇小说《玉君》,那自序道——

"若有人问玉君是真的,我的回答是没有一个小说家说实话的。说实话的是历史家,说假话的才是小说家。历史家用的是记忆力,小说家用的是想像力。历史家取的是科学态度,要忠实于客观;小说家取的是艺术态度,要忠实于主观。一言以蔽之,小说家也如艺术家,想把天然艺术化,就是要以他的理想与意志去补天然之缺陷。"

他先决定了"想把天然艺术化",唯一的方法是"说假话","说假话的才是小说家"。于是依照了这定律,并且博采众议,将《玉君》创造出来了，然而这是一定的：不过一个傀儡，她的降生也就是死亡。我们此后也不再见这位作家的创作。

## 二

"五四"事件一起，这运动的大营的北京大学负了盛名，但同时也遭了艰险。终于，《新青年》的编辑中枢不得不复归上海，《新潮》群中的健将，则大抵远远的到欧美留学去了，《新潮》这杂志，也以虽有大吹大擂的豫告，却至今还未出版的"名著绍介"收场；留给国内的社员的，是一万部《孑民先生言行录》和七千部《点滴》。创作衰歇了，为人生的文学自然也衰歇了。

但上海却还有着为人生的文学的一群，不过也崛起了为文学的文学的一群。这里应该提起的，是弥洒社。它在一九二三年三月出版的《弥洒》（Musai）上，由胡山源作的《宣言》《弥洒临凡曲》告诉我们说——

"我们乃是艺文之神；

　我们不知自己何自而生，

　也不知何为而生：

　…………

我们一切作为只知顺着我们的 Inspiration！"

到四月出版的第二期，第一页上便分明的标出了这是"无目的无艺术观不讨论不批评而只发表顺灵感所创造的文艺作品的月刊"，即是一个脱俗的文艺团体的刊物。但其实，是无意中有着假想敌的。陈德征的《编辑余谈》说："近来文学作品，也有商品化的，所谓文学研究者，所谓文人，都不免带有几分贩卖者底色彩！这是我们所深恶而且深以为痛心疾首的一件事。……"就正是和讨伐"垄断文坛"者的大军一鼻孔出气的檄文。这时候，凡是要独树一帜的，总打着憎恶"庸俗"的幌子。

一切作品，诚然大抵很致力于优美，要舞得"翩跹回翔"，唱得"宛转抑扬"，然而所感觉的范围却颇为狭窄，不免咀嚼着身边的小小的悲欢，而且就看这小悲欢为全世界。在这刊物上，作为小说作者而出现的，是胡山源，唐鸣时，赵景沄，方企留，曹贵新；钱江春和方时旭，却只能数作速写的作者。从中最特出的是胡山源，他的一篇《睡》，是实践宣言，笼罩全群的佳作，但在《樱桃花下》（第一期），却正如这面的过度的睡觉一样，显出那面的病的神经过敏来了。"灵感"也究竟要露出目的。赵景沄的《阿美》，虽然简单，虽然好像不能"无所为"，却强有力的写出了连敏感的作者们也忘却了的"丫头"的悲惨短促的一世。

　　一九二四年中发祥于上海的浅草社，其实也是"为艺术而艺术"的作家团体，但他们的季刊，每一期都显示着努力：向外，在摄取异域的营养，向内，在挖掘自己的魂灵，要发见心里的眼睛和喉舌，来凝视这世界，将真和美歌唱给寂寞的人们。韩君格，孔襄我，胡絮若，高世华，林如稷，徐丹歌，顾璀，莎子，亚士，陈翔鹤，陈炜谟，竹影女士，都是小说方面的工作者；连后来是中国最为杰出的抒情诗人冯至，也曾发表他幽婉的名篇。次年，中枢移入北京，社员好像走散了一些，《浅草》季刊改为篇叶较少的《沉钟》周刊了，但锐气并不稍衰，第一期的眉端就引着吉辛（G. Gissing）的坚决的句子——

　　　"而且我要你们一齐都证实……

　　　　我要工作啊，一直到我死之一日。"

　　但那时觉醒起来的智识青年的心情，是大抵热烈，然而悲凉的。即使寻到一点光明，"径一周三"，却更分明的看见了周围的无涯际的黑暗。摄取来的异域的营养又是"世纪末"的果汁：王尔德（Oscar Wilde），尼采（Fr. Nietzsche），波特莱尔（Ch. Baudelaire），安特莱夫（L. Andreev）们所安排的。"沉自己的船"还要在绝处求生，此外的许多作品，就往往"春非我春，秋非我秋"，玄发朱颜，却唱着饱经忧患的不欲明言的断肠之曲。虽是冯至的饰以诗情，莎子的托辞小草,还是不能掩饰的。凡这些,似乎多出于蜀中的作者,蜀中的受难之早,也即此可以想见了。

不过这群中的作者们也未尝自馁。陈炜谟在他的小说集《炉边》的"Proem"里说——

> "但我不要这样;生活在我还在刚开头,有许多命运的猛兽正在那边张牙舞爪等着我在。可是这也不用怕。人虽不必去崇拜太阳,但何至于懦怯得连暗夜也要躲避呢? 怎的,秃笔不会写在破纸上么? 若干年之后,回想此时的我,即不管别人,在自己或也可值着念罢,如果值得忆念的地方便应该忆念。……"

自然,这仍是无可奈何的自慰的伤心之言,但在事实上,沉钟社却确是中国的最坚韧,最诚实,挣扎得最久的团体。它好像真要如吉辛的话,工作到死掉之一日;如"沉钟"的铸造者,死也得在水底里用自己的脚敲出洪大的钟声。然而他们并不能做到,他们是活着的,时移世易,百事俱非;他们是要歌唱的,而听者却有的睡眠,有的槁死,有的流散,眼前只剩下一片茫茫白地,于是也只好在风尘泬洞中,悲哀孤寂地放下了他们的箜篌了。

后来以"废名"出名的冯文炳,也是在《浅草》中略见一斑的作者,但并未显出他的特长来。在一九二五年出版的《竹林的故事》里,才见以冲淡为衣,而如著者所说,仍能"从他们当中理出我的哀愁"的作品。可惜的是大约作者过于珍惜他有限的"哀愁",不久就更加不欲像先前一般的闪露,于是从率直的读者看来,就只见其有意低徊,顾影自怜之态了。

冯沅君有一本短篇小说集《卷葹》——是"拔心不死"的草名,也是一九二三年起,身在北京,而以"淦女士"的笔名,发表于上海创造社的刊物上的作品。其中的《旅行》是提炼了《隔绝》和《隔绝之后》(并在《卷葹》内)的精粹的名文,虽嫌过于说理,却还未伤其自然;那"我很想拉他的手,但是我不敢,我只敢在间或车上的电灯被震动而失去它的光的时候,因为我害怕那些搭客们的注意。可是我们又自己觉得很骄傲的,我们不客气的以全车中最尊贵的人自命。"这一段,实在是五四运动直后,将毅然和传统战斗,而又怕敢毅然和传统战斗,遂不得不复活其"缠绵悱恻之情"的青年们的真实的写照。和"为艺术而艺术"的作品中的主角,或夸耀其颓唐,或衒鬻其才绪,是截然两样的。然而也可以复归于平安。陆侃如在《卷施》再版后记里说:"'淦'训'沈',取《庄子》'陆沈'之义。现在作者思想变迁,故再版时改署沅君。……只因作者秉性疏懒,故托我代说。"诚然,三年后的《春痕》,就只剩了散文的断片了,更后便是关于文学史的研究。这使我又记起匈牙利的诗人彼兑菲(Petöfi Sándor)题 B. Sz. 夫人照像的诗来——

> "听说你使你的男人很幸福,我希望不至于此,因为他是苦恼的夜莺,而今沉默在幸福里了。苛待他罢,使他因此常常唱出甜美的歌来。"

我并不是说:苦恼是艺术的渊源,为了艺术,应该使作家们永久陷在苦恼里。不过在彼兑菲的时候,这话是有些真实的;在十年前的中国,这话也有些真实的。

三

在北京这地方,——北京虽然是"五四运动"的策源地,但自从支持着《新青年》和《新潮》的人们,风流云散以来,一九二〇至二二年这三年间,倒显着寂寞荒凉的古战场的情景。《晨报副刊》,后来是《京报副刊》露出头角来了,然而都不是怎么注重文艺创作的刊物,它们在小说一方面,只绍介了有限的作家:蹇先艾,许钦文,王鲁彦,黎锦明,黄鹏基,尚钺,向培良。

蹇先艾的作品是简朴的,如他在小说集《朝雾》里说——

> "……我已经是满过二十岁的人了,从老远的贵州跑到北

京来,灰沙之中彷徨了也快七年,时间不能说不长,怎样混过的,并自身都茫然不知。是这样匆匆地一天一天的去了,童年的影子越发模糊消淡起来,像朝雾似的,袅袅的飘失,我所感到的只有空虚与寂寞。这几个岁月,除近两年信笔涂鸦的几篇新诗和似是而非的小说之外,还做了什么呢?每一回忆,终不免有点凄寥撞击心头。所以现在决然把这个小说集付印了,……借以纪念从此阔别的可爱的童年。……若果不失赤子之心的人们肯毅然光顾,或者从中间也寻得出一点幼稚的风味来罢?……"

诚然,虽然简朴,或者如作者所自谦的"幼稚",但很少文饰,也足够写出他心曲的哀愁。他所描写的范围是狭小的,几个平常人,一些琐屑事,但如《水葬》,却对我们展示了"老远的贵州"的乡间习俗的冷酷,和出于这冷酷中的母性之爱的伟大,——贵州很远,但大家的情境是一样的。

这时——一九二四年——偶然发表作品的还有裴文中和李健吾。前者大约并不是向来留心创作的人,那《戎马声中》,却拉杂的记下了游学的青年,为了炮火下的故乡和父母而惊魂不定的实感。后者的《终条山的传说》是绚烂了,虽在十年以后的今日,还可以看见那藏在用口碑织就的华服里面的身体和灵魂。

蹇先艾叙述过贵州,裴文中关心着榆关,凡在北京用笔写出他的胸臆来的人们,无论他自称为用主观或客观,其实往往是乡土文学,从北京这方面说,则是侨寓文学的作者。但这又非如勃兰兑斯(G. Brandes)所说的"侨民文学",侨寓的只是作者自己,却不是这作者所写的文章,因此也只见隐现着乡愁,很难有异域情调来开拓读者的心胸,或者眩耀他的眼界。许钦文自名他的第一本短篇小说集为《故乡》,也就是在不知不觉中,自招为乡土文学的作者,不过在还未开手来写乡土文学之前,他却已被故乡所放逐,生活驱逐他到异地去了,他只好回忆"父亲的花园",而且是已不存在的花园,因为回忆故乡的已不存在的事物,是比明明存在,而只有自己不能接近的事物较为舒适,也更能自慰的——

"父亲的花园最盛的几年距今已有几时,已难确切的计算。当时的盛况虽曾照下一像,如今挂在父亲的房里,无奈为时已久,那时乡间的摄影又很幼稚,现已模胡莫辨了。挂在它旁边的芳姊的遗像也已不大清楚,惟有父亲题在像上的字句却很明白:'性既执拗,遇复可怜,一朝痛割,我独何堪!'

"⋯⋯⋯⋯⋯⋯

"我想父亲的花园就是能够重行种起种种的花来,那时的盛况总是不能恢复的了,因为已经没有了芳姊。"

无可奈何的悲愤,是令人不得不舍弃的,然而作者仍不能舍弃,没有法,就再寻得冷静和诙谐来做悲愤的衣裳;裹起来了,聊且当作"看破"。并且将这手段用到描写种种人物,尤其是青年人物去。因为故意的冷静,所以也刻深,而终不免带着令人疑虑的嬉笑。"虽有忮心,不怨飘瓦",冷静要死静;包着愤激的冷静和诙谐,是被观察和被描写者所不乐受的,他们不承认他是一面无生命,无意见的镜子。于是他也往往被排进讽刺文学作家里面去,尤其是使女士们皱起了眉头。

这一种冷静和诙谐,如果滋长起来,对于作者本身其实倒是危险的。他也能活泼的写出民间生活来,如《石宕》,但可惜不多见。

看王鲁彦的一部分的作品的题材和笔致,似乎也是乡土文学的作家,但那心情,和许钦文是极其两样的。许钦文所苦恼的是失去了地上的"父亲的花园",他所烦冤的却是离开了天上的自由的乐土。他听得"秋雨的诉苦"说——

"地太小了,地太脏了,到处都黑暗,到处都讨厌。人人只知道爱金钱,不知道爱自由,也不知道爱美。你们人类的中间没有一点亲爱,只有仇恨。你们人类,夜间像猪一般的甜甜蜜蜜的睡着,白天像狗一般的争斗着,撕打着⋯⋯

"这样的世界,我看得惯吗?我为什么不应该哭呢?在野蛮的世界上，让野兽们去生活着罢，但是我不，我们不……唔，我现在要离开这世界，到地底去了……"

这和爱罗先珂（V. Eroshenko）的悲哀又仿佛相像的，然而又极其两样。那是地下的土拨鼠，欲爱人类而不得，这是太空的秋雨，要逃避人间而不能。他只好将心还给母亲，才来做"人"，骗得母亲的微笑。秋天的雨，无心的"人"，和人间社会是不会有情愫的。要说冷静，这才真是冷静；这才能够和"托尔斯小"的无抵抗主义一同抹杀"牛克斯"的斗争说；和"达我文"的进化说一并嘲弄"克鲁屁特金"的互助论；对专制不平，但又向自由冷笑。作者是往往想以诙谐之笔出之的，但也因为太冷静了，就又往往化为冷话，失掉了人间的诙谐。

然而"人"的心是究竟还不尽的，《柚子》一篇，虽然为湘中的作者所不满，但在玩世的衣裳下，还闪露着地上的愤懑，在王鲁彦的作品里，我以为倒是最为热烈的的了。

我所说的这湘中的作家是黎锦明，他大约是自小就离开了故乡的。在作品里，很少乡土气息，但蓬勃着楚人的敏感和热情。他一早就在《社交问题》里，对易卜生一流的解放论者掷了斯忒林培黎（A. Strindberg）式的投枪；但也能精致而明丽的说述儿时的"轻微的印象"。待到一九二六年，他布告不满于自己了，他在《烈火》再版的自序上说——

"在北京生活的人们，如其有灵魂，他们的灵魂恐怕未有不染遍了灰色罢，自然，《烈火》即在这情形中写成，当我去年春时来到上海，我的心境完全变了，对于它，只有遗弃的一念。……"

他判过去的生活为灰色，以早期的作品为童骏了。果然，在此后的《破垒集》中，的确很换了些披挂，有含讥的轻妙的小品，但尤其显出好的故事作者的特色来：有时如中国的"磊砢山房"主人的瑰奇；有时如波兰的显克微支（H. Sienkiewicz）的警拔，却又不以失望收场，有声有色，总能使读者欣然终卷。但其失，则又即在主旨居陆离光怪的装饰之中,时或永被沉埋,倘一显现,便又见得鹘突了。

《现代评论》比起日报的副刊来,比较的着重于文艺,但那些作者,也还是新潮社和创造社的老手居多。凌叔华的小说,却发祥于这一种期刊的,她恰和冯沅君的大胆,敢言不同,大抵很谨慎的,适可而止的描写了旧家庭中的婉顺的女性。即使间有出轨之作,那是为了偶受着文酒之风的吹拂,终于也回复了她的故道了。这是好的,——使我们看见和冯沅君,黎锦明,川岛,汪静之所描写的绝不相同的人物,也就是世态的一角,高门巨族的精魂。

## 四

一九二五年十月间,北京突然有莽原社出现,这其实不过是不满于《京报副刊》编辑者的一群,另设《莽原》周刊,却仍附《京报》发行,聊以快意的团体。奔走最力者为高长虹,中坚的小说作者也还是黄鹏基,尚钺,向培良三个;而鲁迅是被推为编辑的。但声援的很不少,在小说方面,有文炳,沅君,霁野,静农,小酩,青雨等。到十一月,《京报》要停止副刊以外的小幅了,便改为半月刊,由未名社出版,其时所绍介的新作品,是描写着乡下的沉滞的氛围气的魏金枝之作:《留下镇上的黄昏》。

但不久这莽原社内部冲突了,长虹一流,便在上海设立了狂飙社。所谓"狂飙运动",那草案其实是早藏在长虹的衣袋里面的,常要乘机而出,先就印过几期周刊;那《宣言》,又曾在一九二五年三月间的《京报副刊》上发表,但尚未以"超人"自命,还带着并不自满的声音——

"黑沉沉的暗夜,一切都熟睡了,死一般的,没有一点声音,一件动作,阒寂无聊的长夜呵!

"这样的,几百年几百年的时期过去了,而晨光没有来,黑夜没有止息。

"死一般的,一切的人们,都沉沉的睡着了。

"于是有几个人,从黑暗中醒来,便互相呼唤着:

"——时候到了,期待已经够了。

"——是呵,我们要起来了。我们呼唤着,使一切不安于期待的人们也起来罢。

"——若是晨光终于不来,那么,也起来罢。我们将点起灯来,照耀我们幽暗的前途。

"——软弱是不行的,睡着希望是不行的。我们要作强者,打倒障碍或者被障碍压倒。我们并不惧怯,也不躲避。

"这样呼唤着,虽然是微弱的罢,听呵,从东方,从西方,从南方,从北方,隐隐的来了强大的应声,比我们更要强大的应声。

"一滴水泉可以作江河之始流,一片树叶之飘动可以兆暴风之将来,微小的起源可以生出伟大的结果。因为这个缘故,我们的周刊便叫作《狂飙》。"

不过后来却日见其自以为"超越"了。然而拟尼采样的彼此都不能解的格言式的文章,终于使周刊难以存在,可记的也仍然只是小说方面的黄鹏基,尚钺,——其实是向培良一个作者而已。

黄鹏基将他的短篇小说印成一本,称为《荆棘》,而第二次和读者相见的时候,已经改名"朋其"了。他是首先明白晓畅的主张文学不必如奶油,应该如刺,文学家不得颓丧,应该刚健的人;他在《刺的文学》(《莽原》周刊二十八期)里,说明了"文学绝不是无聊的东西","文学家并不一定就是得天独厚的特等民族","也不是成天哭泣的鲛人"。他说——

"我以为中国现代的作品,应该是像一丛荆棘。因为在一片沙漠里,憧憬的花都会慢慢地消灭的,社会生出荆棘来,他的叶是有刺的,他的茎是有刺的,以至于他的根也是有刺的。——请不要拿植物生理来反驳我——一篇作品的思想,的结构，的练句，的用字，都应该把我们常感觉到的刺的意味儿表现出来。真的文学家……应该先站起来，使我们不得不站起来。他应该充实自己的力，让人们怎样充实他自己的力，知道他自己的力，表现他自己的力。一篇作品的成功至少要使读者一直读下去，无暇辨文字的美恶，——恶劣的感觉，固然不好，就是美妙的感觉，也算失败。——而要想因循，苟且而不得。怎样抓着他的病的深处，就很利害地刺他一下。一般整饬的结构，平凡的字句，会使他跑到旁处去的，我们应该反对。

"'沙漠里遍生了荆棘，中国人就会过人的生活了！'这是我相信的。"

朋其的作品的确和他的主张并不怎么背驰，他用流利而诙谐的言语，暴露，描画，讽刺着各式人物，尤其是智识者层。他或者装着傻子，说出青年的思想来，或者化为渝腿，跑进阔佬们的家里去。但也许因为力求生动，流利的缘故罢，抉剔就不能深，而且结末的特地装置的滑稽，也往往毁损掉全篇的力量。讽刺文学是能死于自身的故意的戏笑的。不久他又"自招"（《荆棘》卷首）道："写出'刺的文学'四字，也不过因了每天对于霸王鞭的欣赏，和自己的'生也不辰'，未能十分领略花的意味儿"，那可大有徘徊之状了。此后也没有再看见他"刺的文学"。

尚钺的创作，也是意在讥刺，而且暴露，搏击的，小说集《斧背》之名，便是自提的纲要。他创作的态度，比朋其严肃，取材也较为广泛，时时描写着风气未开之处——河南信阳——的人民。可惜的是为才能所限，那斧背就太轻小了，使他为公和为私的打击的效力，大抵失在由于器械不良，手段生涩的不中里。

向培良当发表他第一本小说集《飘渺的梦》时，一开首就说——

"时间走过去的时候，我的心灵听见轻微的足音，我把这个很拙笨地移到纸上去了，这就是我这本小册子的来源罢！"

的确，作者向我们叙述着他的心灵所听到的时间的足音，有些是借了儿童时代的天真的爱和憎,有些是借着羁旅时候的寂寞的闻和见,然而他并不"拙笨",却也不矫揉造作,只如熟人相对,娓娓而谈,使我们在不甚操心的倾听中,感到一种生活的色相。但是,作者的内心是热烈的,倘不热烈,也就不能这么平静的娓娓而谈了,所以他虽然间或休息于过去的"已经失去的童心"中,却终于爱了现在的"在强有力的憎恶后面,发现更强有力的爱"的"虚无的反抗者",向我们介绍了强有力的《我离开十字街头》。下面这一段就是那不知名的反抗者所自述的憎恶——

> "为什么我要跑出北京?这个我也说不出很多的道理。总而言之:我已经讨厌了这古老的虚伪的大城。在这里面游离了四年之后,我已经刻骨地讨厌了这古老的虚伪的大城。在这里面,我只看见请安,打拱,要皇帝,恭维执政——卑怯的奴才!卑劣,怯懦,狡猾,以及敏捷的逃躲,这都是奴才们的绝技!厌恶的深感在我口中,好似生的腥鱼在我口中一般;我需要呕吐,于是提着我的棍走了。"

在这里听到了尼采声,正是狂飙社的进军的鼓角。尼采教人们准备着"超人"的出现,倘不出现,那准备便是空虚。但尼采却自有其下场之法的:发狂和死。否则,就不免安于空虚,或者反抗这空虚,即使在孤独中毫无"末人"的希求温暖之心,也不过蔑视一切权威,收缩而为虚无主义者(Nihilist)。巴札罗夫(Bazarov)是相信科学的;他为医术而死,一到所蔑视的并非科学的权威而是科学本身,那就成为沙宁(Sanin)之徒,只好以一无所信为名,无所不为为实了。但狂飙社却似乎仅止于"虚无的反抗",不久就散了队,现在所遗留的,就只有向培良的这响亮的战叫,说明着半绥惠略夫(Sheveriov)式的"憎恶"的前途。

未名社却相反,主持者韦素园,是宁愿作为无名的泥土,来栽植奇花和乔木的人,事业的中心,也多在外国文学的译述。待到接办《莽原》后,在小说方面,魏金枝之外,又有李霁野,以锐敏的感觉创作,有时深而细,真如数着每一片叶的叶脉,但因此就往往不能广,这也是孤寂的发掘者所难以两全的。台静农是先不想到写小说,后不愿意写小说的人,但为了韦素园的奖劝,为了《莽原》的索稿,他挨到一九二六年,也只得动手了。《地之子》的后记里自己说——

> "那时我开始写了两三篇,预备第二年用。素园看了,他很满意我从民间取材;他遂劝我专在这一方面努力,并且举了许多作家的例子。其实在我倒不大乐于走这一条路。人间的酸辛和凄楚,我耳边所听到的,目中所看见的,已经是不堪了;现在又将它用我的心血细细地写出,能说这不是不幸的事么? 同时我又没有生花的笔,能够献给我同时代的少男少女以伟大的欢欣。"

此后还有《建塔者》。要在他的作品里吸取"伟大的欢欣",诚然是不容易的,但他却贡献了文艺;而且在争写着恋爱的悲欢,都会的明暗的那时候,能将乡间的死生,泥土的气息,移在纸上的,也没有更多,更勤于这作者的了。

# 五

临末,是关于选辑的几句话——

一,文学团体不是豆荚,包含在里面的,始终都是豆。大约集成时本已各个不同,后来更各有种种的变化。在这里,一九二六年后之作即不录,此后的作者的作风和思想等,也不论。

二,有些作者,是有自编的集子的,曾在期刊上发表过的初期的文章,集子里有时却不见,恐怕是自己不满,删去了。但我间或仍收在这里面,因为我以为就是圣贤豪杰,也不必自惭他的童年;自惭,倒是一个错误。

三,自编的集子里的有些文章,和先前在期刊上发表的,字句往往有些不同,这当然是作者自己添削的。但这里却有时采了初稿,因为我觉得加了修饰之后，也未必一定比质朴的初稿好。

以上两点，是要请作者原谅的。

四，十年中所出的各种期刊，真不知有多少，小说集当然也不少，但见闻有限，自不免有遗珠之憾。至于明明见了集子，却取舍失当，那就即使并非偏心，也一定是缺少眼力，不想来勉强辩解了。

一九三五年三月二日写讫。

最初印入 1935 年 8 月上海良友图书印刷公司版《中国新文学大系·小说二集》。

初收 1937 年 7 月上海三闲书屋版《且介亭杂文二集》。

# 『生ける支那の姿』序

これも自分の発見でなく内山書店で漫談を聞いて居たときに拾つたものだが日本人程結論を好む民族、即ち議論を聞かうが本を読まうが、若し遂に結論を得なかつたらどうしても気がすまない民族は、今の世の中に頗る少ないらしいと云ふことである。

この結論を先に受け入れると時々成程と考へさせられる事がある。例へば支那人についてもそうである。明治時代の支那研究の結論は大抵英国の何んとか云ふ人の書いた『支那人の気質』の結論に影響されたものが多かつたらしいが近頃になつて面目一新の結論も出て来た。或る旅行者が退隠した金持の大官の書斎に這入つて、とても価値の高い硯を沢山持つて居つた所を見てから支那は文雅な国だと云ひ、又或る観察者はちよつと上海まで出掛けて猥褻本や絵を二三種買込み変な見世物を探し出して支那はエロチックな国だと云ふ。江蘇や浙江あたりの人々が竹の子を盛んに食つて居る事までもエロチックな心理の表現の一証拠として数へ上げられる。ところが広東や北京などには竹が少ないから竹の子をさう盛んに喰はない。貧乏文士の家か下宿に行けば書斎と云ふ部屋がないばかりか硯も一つ二十銭位の代物を使つて居る。そんな事を見ると今迄の結論は通じなくなるから観察者も少々困つて別に何か適当な結論を摘み出さなければならない。さうして今度はどうも支那は中々わかりにくい、支那は謎の国だと云ふ。

　自分の考では地位、殊に利害さへ違へば国と国との間は云ふまでもなく、同国人の間でも相互に了解しにくいのである。

　例へば支那から西洋へ留学生を沢山派遣した其中の或る先生は西洋研究もさう好かないと見えて、遂に支那文学に就いて何んとか云ふ論文を提出して、向ふの学者達を大いにびつくりさして博士の肩書を貰つて帰つた。

　けれども余り長く外国で勉強して居つたために支那のことは大方忘れて仕舞うたが帰国すると西洋文学を教授しなければならぬことになつた。さうして自国に乞食の多い所を見て大いに不思議がつて彼等はどうして学問を勉強しないで自ら堕落に甘んじてるのだろうか、だから下等な人間は実に救ふべからざるものだと慨歎した。

　併しそれは極端な例である。若しも永く或る土地に生活し、その土地の人民に接触して殊にその人民の魂にふれ、且つそれを感得して真面目に考へて見れば、その国を了解することはあながち出来ないことでもあるまい。

　著者は二十年以上も支那に生活し各地方に旅行し各階級の人々と接触したのだからこんな漫文を書くには実に適当な人物であると思ふ。論より証拠その漫文も確かに一異彩を放つて居るではないか。自分も時々漫談を聞きに行くから実はほめたてる権利と義務とをもつて居るが併しもう長い間の「老朋友」であるか
ラオポンユウ

ら悪口も少々書き添へて置きたい。その一は支那の優点らしい
ものをあまりに多く話す趣きがあるのでそれは自分の考へと反
対するのである。だが一方著者自身の或る考でやるのだから仕
方がない。もう一つは悪口と言へないかも知れないが即ち其漫
談を読めば成程と思はせる点は頗る時々出て来る。それも大い
によいことではあるが、その成程と思はせる処は詰る処矢張り結
論なので幸ひ巻末に『第何章結論』と銘打つて居るものがないか
ら、矢張り漫談にとゞまつて居るのでよかつた。

　併しいくら漫談だと云つても著者は矢張り支那の一部分の真相
を日本の読者に紹介するつもりである。が今の処では依然とし
て色々な読者によつて、結果が違ふであらう。それは仕方がな
い。自分の考では日本と支那との人々の間はきつと相互にはつ
きりと了解する日が来ると思ふ。昨今新聞には又盛んに「親善」
とか「提携」とか書き立てゝ居るが、来年になつたら又どんな文字
をならべるか知らんけれども、兎に角今は其時でないのである。
　寧ろ漫文でも読む方が面白いだらう。
　一九三五年、上海にて

魯　迅

原載 1935 年 11 月上海学艺书院版《生けろ支那の姿》。
初未收集。

# 致 赵家璧

家璧先生：

　　序文总算弄好了，连抄带做，大约已经达到一万字；但"江山好
改，本性难移"，无论怎么小心，总不免发一点"不妥"的议论。如果

有什么麻烦，请先生随宜改定，不必和我商量了，此事前已面陈，兹不多赘。

序文的送检，我想还是等选本有了结果之后，以免他们去对照，虽然他们也未必这么精细，忠实，但也还是预防一点的好罢。

"不妥"的印，问文学社，云并无其事。是小报上造出来的。

专此布达，即请

撰安。

迅　上　三月六夜。


**七日**

**日记**　晴。午后得烈文信。得王学熙信。寄赵家璧信并所选小说序一篇。


# "寻开心"

我有时候想到，忠厚老实的读者或研究者，遇见有两种人的文章，他是会吃冤枉苦头的。一种，是古里古怪的诗和尼采式的短句，以及几年前的所谓未来派的作品。这些大概是用怪字面，生句子，没意思的硬连起来的，还加上好几行很长的点线。作者本来就是乱写，自己也不知道什么意思。但认真的读者却以为里面有着深意，用心的来研究它，结果是到底莫名其妙，只好怪自己浅薄。假如你去请教作者本人罢，他一定不加解释，只是鄙夷的对你笑一笑。这笑，也就愈见其深。

还有一种，是作者原不过"寻开心"，说的时候本来不当真，说过也就忘记了。当然和先前的主张会冲突，当然在同一篇文章里自己也会冲突。但是你应该知道作者原以为作文和吃饭不同，不必认真的。你若认真的看，只能怪自己傻。最近的例子就是悍膂先生的研究语堂先生为什么会称赞《野叟曝言》。不错，这一部书是道学先生的悖慢淫毒心理的结晶，和"性灵"缘分浅得很，引了例子比较起来，当然会显出这称赞的出人意外。但其实，恐怕语堂先生之憎"方巾气"，谈"性灵"，讲"潇洒"，也不过对老实人"寻开心"而已，何尝真知道"方巾气"之类是怎么一回事；也许简直连他所称赞的《野叟曝言》也并没有怎么看。所以用本书和他那别的主张来比较研究，是永久不会懂的。自然，两面非常不同，这很清楚，但怎么竟至于称赞起来了呢，也还是一个"不可解"。我的意思是以为有些事情万不要想得太深，想得太忠厚，太老实，我们只要知道语堂先生那时正在崇拜袁中郎，而袁中郎也曾有过称赞《金瓶梅》的事实，就什么骇异之意也没有了。

还有一个例子。如读经，在广东，听说是从燕塘军官学校提倡起来的；去年，就有官定的小学校用的《经训读本》出版，给五年级用的第一课，却就是"孔子谓曾子曰：身体发肤，受之父母，不敢毁伤，孝之始也。……"那么，"为国捐躯"是"孝之终"么？并不然，第四课还有"模范"，是乐正子春述曾子闻诸夫子之说云："天之所生，地之所养，无人为大。父母全而生之，子全而归之，可谓孝矣。不亏其体，不辱其身，可谓全矣。故君子顷步而弗敢忘孝也。……"

还有一个最近的例子，就在三月七日的《中华日报》上。那地方记的有"北平大学教授兼女子文理学院文史系主任李季谷氏"赞成《一十宣言》原则的谈话，末尾道："为复兴民族之立场言，教育部应统令设法标榜岳武穆，文天祥，方孝孺等有气节之名臣勇将，俾一般高官戎将有所法式云"。

凡这些，都是以不大十分研究为是的。如果想到"全而归之"和将来的临阵冲突，或者查查岳武穆们的事实，看究竟是怎样的结果，"复兴民族"了没有，那你一定会被捉弄得发昏，其实也就是自寻烦恼。语堂先生在暨南大学讲演道："……做人要正正经经,不好走入邪道,……一走入邪道,……一定失业,……然而,作文,要幽默,和做人不同,要玩玩笑笑,寻开心,……"(据《芒种》本)这虽然听去似乎有些奇特,但其实是很可以启发人的神智的:这"玩玩笑笑,寻开心",就是开开中国许多古怪现象的锁的钥匙。

三月七日。

原载 1935 年 4 月 5 日《太白》半月刊第 2 卷第 2 期。署名杜德机。

初收 1937 年 7 月上海三闲书屋版《且介亭杂文二集》。

### 八日

**日记** 晴。上午寄望道信并稿一,又萧军稿一。午得母亲信附与三弟笺,四日发。得王志之信。得张慧信并木刻四幅。得赵家璧信。得望道信,下午复。晚得谷非信。得孟十还信。买『医学煙草考』一本,一元八角。

### 九日

**日记** 晴,暖。午后复赵家璧信。复孟十还信。下午得《现代木刻》四集一本。得金肇野信。得刘岘信。晚寄西谛信。寄李桦信。寄紫佩信。蕴如携晔儿来。三弟来。

# 致 赵家璧

家璧先生:

六日信收到。梵澄的来,很不一定,所以那《尼采自传》,至今还搁在我寓里。我本来可以代他校一下，但这几天绝无工夫，须得十五以后才可以有一点余暇。假如在这之前，他终于没有来，那么，当代校一遍送上，只得请印刷所略等一下。但即使他今天就来，我相信也不会比我从十五以后校起来更快。

尼采像是有的，当同校稿一起送上。

专复，即请

撰安。

迅　上　三月九日

# 致 孟十还

十还先生：

他就是伯奇，但所编的，恐怕是"平"常的，所以给他材料，在新俄一定不容易找，也许能在二十年的杂志或文集中遇之。

《世界文库》的详情，我不知道，稿子系寄北平乎，抑在上海有代理乎，都莫名其妙。郑已北上了，先生的事，我当写信去问一声，但第二期恐怕赶不上。涅氏的长诗，在我个人是不赞成的，现在的译诗，真是出力不讨好，尚无善法。译诗，看的人恐怕也不多，效果有限。

我的那一份露《文学报》，真不知是怎样的，并非购买而自来，也不知何人所寄。有时老不见，有时是相同的两三份，现在又久不收到了，所以是靠不住的。

译《密尔戈洛特》，我以为很好，其中的《2 伊凡吵架》和《泰拉司蒲理巴》，有韩侍桁译本（从英或日？），商务印书馆出版。此公的译笔并不高明，弄来参考参考也好，不参考它也好。

近几天重译了果戈理的《死魂灵》两章（还没有完），也是应《世界文库》之约，因为重译，当然不会好。昨天看见辛垦书店的《郭果尔短篇小说集》内，有其第二章，是从英文重译的，可是一榻胡涂。

此复，即颂

时绥。

豫　上　三月九日

# 致 郑振铎

西谛先生：

前日见黄先生，知已赴平了。

近日正在译《死魂灵》，拟于第一期登一，二两章，约二万字，十五日前可毕，此后则每期一章，约一万二三千字，全书不过十五六万字，分十一章，到十期即完结了。

孟君的译笔很好，先生已经知道的，他想每期译点东西（第一期涅氏诗已译就），我的译文不能达豫定之数，大约字数不虞拥挤，但不知此外有无不便，希酌示。如以为可，则指与何种书，或短篇抑中篇小说，并希示知为幸。

专此布达，即请

撰安。

迅　顿首　三月九日

# 致 李 桦

李桦先生：

今天收到《现代木刻》第四集，内容以至装订，无不优美，欣赏之后,真是感谢得很。

内山书店愿意代售《现代木刻》,他说,从第二至第四集,每集可寄来二十本。但因系手印,不知尚存此数否?倘不足,则较少亦可。

如何之处,希示知。我想:这第四集,也可以发几本到日本去;并寄给俄国木刻家及批评家。

专此布达,并颂

春绥。

迅　上　三月九日。

但关于风俗,外省人有隔膜处,如"新娘茶"之习惯,即为浙江所无也。


## 十日

**日记**　星期。晴。下午铭之来。内山书店送来 Dostoevsky, Chekhov, Shestov, A. Gide 全集各一本,共泉十元。夜内山夫人来并赠雲丹一瓶,又交漆绘吸烟具一提,浮世绘二枚,为嘉吉由东京寄赠。夜大风一阵。


## 十一日

**日记**　晴,稍冷。夜蕴如及三弟来,遂并同广平往光陆大戏院观《美人心》。


## 十二日

**日记**　晴。上午内山君赠海婴鱼饼二枚。得雾城所寄木刻四幅。寄谷非信。下午译《死魂灵》第一及第二章讫,约二万字。晚得徐诗荃信。得徐懋庸信,即复。寄费慎祥信。夜同广平往丽都大戏院观《金银岛》。

# 致 费慎祥

慎祥兄：

新出的一本，在书店的已售完，来问者尚多，未知再版何时可出？又，上月奉托之《引玉集》序，似乎排得太慢，可否去一催，希即见示为荷。

此上即颂

时绥。

迅　三月十二日

## 十三日

日记　晴。上午校《尼采自传》起。午得徐懋庸信。得李雾城信，夜复。

# 致 陈烟桥

烟桥先生：

三月七日信并木刻四幅，都收到了。前一回的信，大约也收到了的，但忘却了答复。近半年来，因为生了一场病，体力颇减，而各种碎事，仍不能不做，加以担任译书等等，每天真像做苦工一样，很不快活，弄得常常忘却，或者疏失了。这样下去，大约是不能支持的。

木刻的事，也久已无暇顾及，所以说不出批评，但粗粗的说，我看《黄浦江》是好的。全国木刻会在北平，天津都已开过，南京不知道，上海未开。那时有几天的平，津报上，登些批评，但看起来都不切实，不必注意。有许多不过是以"木刻"为题的八股。去年曾以《木刻纪程》一本寄给苏联的美术批评家 Paul Ettinger（看这姓，好像他原是德国人），请他批评，年底得到回信，说构图虽多简单，技术也未纯熟，但有几个是大有希望的，即：清桢，白涛，雾城（他特别指出《窗》及《风景》），致平（特别指定《负伤的头》）云云。近来我又集得一些那边的新木刻，但还不够六十幅，一够，就又印一本。此颂

时绥。

迅　上。三月十三夜。

再：《木刻纪程》不易卖去，随它就是，不必急急的。又及。

# 致 萧军、萧红

刘军兄
悄吟

　　十日信十三才收到，不知道怎的这么慢。你所发见的两点，我看是对的；至于说我的话可对呢，我决不定。使我自己说起来，我大约是"姑息"的一方面，但我知道若在战斗的时候，非常有害，所以应该改正。不过这和"判断力"大有关系，力强，所做便不错，力一弱，即容易陷于怀疑，什么也不能做了。"父爱"也一样的，倘不加判断，一味从严，也可以冤死了好子弟。

　　所谓"野气"，大约即是指和上海一般人的言动不同之点，黄大约看惯了上海的"作家"，所以觉得你有些特别。其实，中国的人们，不但南北，每省也有些不同的；你大约还看不出江苏和浙江人的不同来，但江浙人自己能看出，我还能看出浙西人和浙东人的不同。

普通大抵以和自己不同的人为古怪，这成见，必须跑过许多路，见过许多人，才能够消除。由我看来，大约北人爽直，而失之粗，南人文雅，而失之伪。粗自然比伪好。但习惯成自然，南边人总以像自己家乡那样的曲曲折折为合乎道理。你还没有见过所谓大家子弟，那真是要讨厌死人的。

这"野气"要不要故意改它呢？我看不要故意改。但如上海住得久了，受环境的影响，是略略会有些变化的，除非不和社会接触。但是，装假固然不好，处处坦白，也不成，这要看是什么时候。和朋友谈心，不必留心，但和敌人对面，却必须刻刻防备。我们和朋友在一起，可以脱掉衣服，但上阵要穿甲。您记得《三国志演义》上的许褚赤膊上阵么？中了好几箭。金圣叹批道：谁叫你赤膊？

所谓文坛，其实也如此（因为文人也是中国人，不见得就和商人之类两样），鬼魅多得很，不过这些人，你还没有遇见。如果遇见，是要提防，不能赤膊的。好在现在已经认识几个人了，以后关于不知道其底细的人，可以问问叶他们，比较的便当。

《八月》我还没有看，要到二十边，一定有工夫来看了。近来还是为了许多琐事，加以小说选好，又弄翻译。《死魂灵》很难译，我轻率的答应了下来，每天译不多，又非如期交卷不可，真好像做苦工，日子不好过，幸而明天可完了，只有二万字，却足足化了十二天。

虽是江南，雪水也应该融流的，但不知怎的，去年竟没有下雪，这也并不是常有的事。许是去年阴历年底就想来的，因寓中走不开而止。现在孩子更捣乱了，本月内母亲又要到上海，一个担子，挑的是一老一小，怎么办呢？

金人的译文看过了，文笔很不差，一篇寄给了良友，一篇想交给《译文》。

专此布复，并请

俪安。

豫　上　三月十三夜。

**十四日**

　**日记**　晴。上午得萧军信,午复。夜校《尼采自传》讫,凡七万字。濯足。风。

**十五日**

　**日记**　昙,风。上午得刘岘信。得河清信。得罗清桢信,下午复。买『欧洲文芸之歷史的展望』一本,一元五角。收《太白》稿费六元。得胡风信,夜复。寄西泠印社信索书目。内山君及其夫人来。校《引玉集》序跋。

# 致 罗清桢

清桢先生:

　　顷得到九日信,谨悉。今年以来,市面经济衰落,我也在因生计而做苦工,木刻已不能顾及了,这样下去,真不知如何是好。

　　北平及天津的木刻展览会,是热闹的,上海不知何日可开,大约未必开得成。至于与德国交换,那是能见于事实的,他们的老手,大抵被压迫了,新的官许的作家,也未必高明,而且其中也还有别的用意,如关于外交之类,现在的时势,是艺术也常为别人所利用的。

　　木刻实在非手印不可,但很劳。靖华和我甚熟,不过他并不研究艺术,给他也无用,我想,我可以代寄别的人。前曾以《木刻纪程》寄一个俄的美术批评家 P. Ettinger,他回信来说,先生的作品,是前途大有希望的,此外,他以为有希望的人,是一工,白涛,雾城,张致平(但指定那一幅《负伤的头》)。

　　专此布复,即颂

时绥。

迅　上　三月十五日

# 致 赵家璧

家璧先生：

《尼采自传》的翻译者至今不来，又失其通信地址，只得为之代校，顷已校毕，将原稿及排印稿各一份，一并奉还。

又书一本，内有尼采像（系铜刻版），可用于《自传》上，照出后该书希即掷还。

专此布达，即请

撰安。

迅　上　三月十五夜


## 十六日

**日记**　晴。上午复李雾城信。寄赵家璧信并《尼采自传》校稿二分，书一本。寄慎祥《引玉集》序跋校稿。午后得俞某信。晚蕴如携阿菩来。夜三弟来。


# 非有复译不可

好像有人说过，去年是"翻译年"；其实何尝有什么了不起的翻译，不过又给翻译暂时洗去了恶名却是真的。

可怜得很，还只译了几个短篇小说到中国来，创作家就出现了，说它是媒婆，而创作是处女。在男女交际自由的时候，谁还喜欢和媒婆周旋呢，当然没落。后来是译了一点文学理论到中国来，但"批评家"幽默家之流又出现了,说是"硬译","死译","好像看地图",幽默家还从他自己的脑子里,造出可笑的例子来,使读者们"开心",学者和大师们的话是不会错的,"开心"也总比正经省力,于是乎翻译的脸上就被他们画上了一条粉。

但怎么又来了"翻译年"呢,在并无什么了不起的翻译的时候?不是夸大和开心,它本身就太轻飘飘,禁不起风吹雨打的缘故么?

于是有些人又记起了翻译,试来译几篇。但这就又是"批评家"的材料了,其实,正名定分,他是应该叫作"唠叨家"的,是创作家和批评家以外的一种,要说得好听,也可以谓之"第三种"。他像后街的老虔婆一样,并不大声,却在那里唠叨,说是莫非世界上的名著都译完了吗,你们只在译别人已经译过的,有的还译过了七八次。

记得中国先前,有过一种风气,遇见外国——大抵是日本——有一部书出版,想来当为中国人所要看的,便往往有人在报上登出广告来,说"已在开译,请万勿重译为幸"。他看得译书好像订婚,自己首先套上约婚戒指了,别人便莫作非分之想。自然,译本是未必一定出版的,倒是暗中解约的居多;不过别人却也因此不敢译,新妇就在闺中老掉。这种广告,现在是久不看见了,但我们今年的唠叨家,却正继承着这一派的正统。他看得翻译好像结婚,有人译过了,第二个便不该再来碰一下,否则,就仿佛引诱了有夫之妇似的,他要来唠叨,当然罗,是维持风化。但在这唠叨里,他不也活活的画出了自己的猥琐的嘴脸了么?

前几年,翻译的失了一般读者的信用,学者和大师们的曲说固然是原因之一,但在翻译本身也有一个原因,就是常有胡乱动笔的译本。不过要击退这些乱译,诬赖,开心,唠叨,都没有用处,唯一的好方法是又来一回复译,还不行,就再来一回。譬如赛跑,至少总得有两个人,如果不许有第二人入场,则先在的一个永远是第一名,无论他怎样蹩脚。所以讥笑复译的,虽然表面上好像关心翻译界,其实是在毒害翻译界,比诬赖,开心的更有害,因为他更阴柔。

而且复译还不止是击退乱译而已,即使已有好译本,复译也还是必要的。曾有文言译本的,现在当改译白话,不必说了。即使先出的白话译本已很可观,但倘使后来的译者自己觉得可以译得更好,就不妨再来译一遍,无须客气,更不必管那些无聊的唠叨。取旧译的长处,再加上自己的新心得,这才会成功一种近于完全的定本。但因言语跟着时代的变化,将来还可以有新的复译本的,七八次何足为奇,何况中国其实也并没有译过七八次的作品。如果已经有,中国的新文艺倒也许不至于现在似的沉滞了。

三月十六日。

原载 1935 年 4 月 1 日《文学》月刊第 4 卷第 4 期。署名庚。

初收 1937 年 7 月上海三闲书屋版《且介亭杂文二集》。

# 论 讽 刺

我们常不免有一种先入之见,看见讽刺作品,就觉得这不是文学上的正路,因为我们先就以为讽刺并不是美德。但我们走到交际场中去,就往往可以看见这样的事实,是两位胖胖的先生,彼此弯腰拱手,满面油晃晃的正在开始他们的扳谈——

"贵姓?……"

"敝姓钱。"

"哦,久仰久仰!还没有请教台甫……"

"草字阔亭。"

"高雅高雅。贵处是……?"

"就是上海……"

"哦哦,那好极了,这真是……"

谁觉得奇怪呢？但若写在小说里,人们可就会另眼相看了,恐怕大概要被算作讽刺。有好些直写事实的作者,就这样的被蒙上了"讽刺家"——很难说是好是坏——的头衔。例如在中国,则《金瓶梅》写蔡御史的自谦和恭维西门庆道:"恐我不如安石之才,而君有王右军之高致矣!"还有《儒林外史》写范举人因为守孝,连象牙筷也不肯用,但吃饭时,他却"在燕窝碗里拣了一个大虾圆子送在嘴里",和这相似的情形是现在还可以遇见的;在外国,则如近来已被中国读者所注意了的果戈理的作品,他那《外套》(韦素园译,在《未名丛刊》中)里的大小官吏,《鼻子》(许遐译,在《译文》中)里的绅士,医生,闲人们之类的典型,是虽在中国的现在,也还可以遇见的。这分明是事实,而且是很广泛的事实,但我们皆谓之讽刺。

人大抵愿意有名,活的时候做自传,死了想有人分讣文,做行实,甚而至于还"宣付国史馆立传"。人也并不全不自知其丑,然而他不愿意改正,只希望随时消掉,不留痕迹,剩下的单是美点,如曾经施粥赈饥之类,却不是全般。"高雅高雅",他其实何尝不知道有些肉麻,不过他又知道说过就完,"本传"里决不会有,于是也就放心的"高雅"下去。如果有人记了下来,不给它消灭,他可要不高兴了。于是乎挖空心思的来一个反攻,说这些乃是"讽刺",向作者抹一脸泥,来掩藏自己的真相。但我们也每不免来不及思索,跟着说,"这些乃是讽刺呀!"上当真可是不浅得很。

同一例子的还有所谓"骂人"。假如你到四马路去,看见雉妓在拖住人,倘大声说:"野鸡在拉客",那就会被她骂你是"骂人"。骂人是恶德,于是你先就被判定在坏的一方面了;你坏,对方可就好。但事实呢,却的确是"野鸡在拉客",不过只可心里知道,说不得,在万不得已时,也只能说"姑娘勒浪做生意",恰如对于那些弯腰拱手之辈,做起文章来,是要改作"谦以待人,虚以接物"的。——这才不是骂人,这才不是讽刺。

其实,现在的所谓讽刺作品,大抵倒是写实。非写实决不能成为所谓"讽刺";非写实的讽刺,即使能有这样的东西,也不过是造谣和诬蔑而已。

三月十六日。

原载 1935 年 4 月 1 日《文学》月刊第 4 卷第 4 期。署名敖。

初收 1937 年 7 月上海三闲书屋版《且介亭杂文二集》。

# 致 黄 源

河清先生:

十三日信早收到。《表》能够通过,那总算是好的,但对于这译本,我不想怎么装饰它了,至多,就用《译文》上的原版,另印一点桃林纸的单行本,就好。我倒仍然想把先前说过的那几部,印若干本豪华本,在不景气中来热闹一下。目前日本钱是很便宜了,但我自己却经济状况不高明,工夫也没有。

先前,西谛要我译东西,没有细想,把《死魂灵》说定了,不料译起来却很难,化了十多天工夫,才把第一二章译完,不过二万字,却弄得一身大汗,恐怕也还是出力不讨好。此后每月一章,非吃大半年苦不可,我看每一章一万余字,总得化十天工夫。

文人画像,书店是不会承印的,不全大约只是一句推托的话。倘若全套,化本钱更多,他们肯印么?那时又有那时的理由:不印。作家和出版家的意见不会相合,他们的理想是"又要马儿好,又要马儿不吃草",但经作家的作鲠,那让步也不过"少吃草"而已。

所以我以为印行画像的最可靠的办法,也只有自己印,缩小它,聊胜于无。不过今年的书业也似乎真的不景气,我的版税,被拖欠得很利害。一方面,看看广告,就知道大小书店,都在竭力设法,用大部书或小本书的豫约法,吸收读者的现钱,但距吸干的时候,恐怕也不远了。但好装订的书,我总还想印它几本。

《文学》的"论坛",写了两篇,都是死样活气的东西,想不至于犯忌。明天当挂号寄上。同时寄上《死魂灵》译稿一份,乞转交。又左勤克小说一篇,译者(他在哈尔宾)极希望登《译文》,我想好在字数不多,就给他登上去罢。也可以鼓励出几个新的译者来。

《死灵魂》的插画,要写信问孟十还君去,他如有,我想请他直接送至文学社,照出后还给他。

专此布复,即颂

时绥。

迅 上 三月十六夜

## 十七日

**日记** 星期。昙,午后雨。得悄吟信并稿二篇,即复。复河清信。寄十还信。下午烈文来谈。

# 致 萧 红

悄吟太太:

来信并稿两篇,已收到。

前天,孩子的脚给沸水烫伤了,因为虽有人,而不去照管他。伤了半只脚,看来要有半个月才会好。等他能走路,我们再来看您罢。

专此布复,并请

双安。

豫 上 三月十七日

# 致 黄 源

河清先生：

上午寄上一函，想已达。今寄上"论坛"两篇，译稿一篇，希察收。

其《死魂灵》译稿，原拟同寄，但下午又闻《世界文库》是否照原定计画印行，尚在不可知之数，故暂且不寄，也乐得省去一点邮票也。

专此布达，并颂

春祺。

迅　上　三月十七夜

# 致 孟十还

十还先生：

我在给《世界文库》译果戈理的《死魂灵》，不知先生有这书的插画本否？倘有，乞借给我一用，照出后即奉还，如能将图下的题句译示，尤感。

此书如有，希直交文学社黄先生。

专此布达，即颂

时绥。

迅　上　三月十七日

## 十八日

**日记**　昙。上午同广平携海婴往须藤医院诊。寄河清信并"论

132

坛"两则,金人译文一篇。午得阿芷信。得李某信。下午河清来并交《译文》二卷一期五本。

## 十九日

**日记** 晴。上午同广平携海婴往须藤医院诊。得增田忠达君信。得增田涉君信。得李映信。得萧军信并金人译稿一篇。下午得山本夫人所寄有平糖一瓶,Baby Light 一具,手巾一枚。收北新书局版税百五十。夜风。

# 致 萧 军

萧军兄:

十八日信收到。那一篇译稿,是很流畅的,不过这故事先就是流畅的故事,不及上一回的那篇沉闷。那一篇我已经寄给《译文》了。

这回孩子给沸水烫伤,其实倒是太阔气了的缘故,并非没有人管,是有人而不管他。寓里原有一个管领他的老妈子,她这几天因为要去求神拜佛,访友探亲,便找了一个替工。那天是她们俩都在的,不过她以为有替工在,替工以为有她在,就两个都不管,任凭孩子奔进厨房去捣乱,弄伤了脚。孩子也太淘气,一不留意,他就乱钻,跑得很快,人家有时也实在追不上。痛一下子也好,我实在看得麻烦极了,痛的经验是应该有一点的,但我立刻给敷了药,恐怕也不怎么痛,现在肿已退,再有十天总可以走得路,只要好后没有疤痕,我的责任算是尽了。

这孩子也不受委屈,虽然还没有发明"屁股温冰法"(上海也无冰可温),但不肯吃饭之类的消极抵抗法,却已经有了的。这时我也往往只好对他说几句好话，以息事宁人。我对别人就从来没有这样屈服过。如果我对父母能够这样，那就是一个孝子，可上"二十五孝"的了。

《准风月谈》已经卖完了，再版三四天内可以印好；《集外集》我还没有见过，大约还未出版罢，等我都有了，当通知你，并《南腔北调集》一并交付。先前还有一本《伪自由书》，您可有吗？

这几天在给《译文》译东西，不久，我的母亲大约要来了，会令我连静静的写字的地方也没有。中国的家族制度，真是麻烦，就是一个人关系太多，许多时间都不是自己的。

因为静不下，就更不能写东西，至多，只好译一点什么，我的今年，大约也要成为"翻译年"的了。

专此布复，即请

俪安。

豫　上　三月十九夜

## 二十日

**日记**　晴。上午复萧军信。寄费慎祥信。午得西泠印社书目一本。得紫佩信。得西谛信，即复。得孟十还信，下午复。风而冷，夜雨。

# 致 孟十还

十还先生：

十九日信收到，费神谢谢。当我寄出了信之后，就听到《世界文库》又有什么改变，不过信已寄出了，不知会不会白忙一通。郑君已有回信,今附上,这两个人的原文,恐怕在东方未必容易找,而且现在又不知《文库》怎样,且待下回分解罢。郑寄信时,好像并没有知道生活书店的新花样。

卢卡且的德文著作不少,他大约是德国人。

此复,即颂

时绥。

迅　上　三月廿日

## 二十一日

**日记**　昙。上午同广平携海婴往须藤医院诊。午得胡风信。得徐讦信。得王冶秋信并诗三首。午后蕴如来,托其往西泠印社买书六种共七册,其值四元七角。下午得达夫信,绍介目加田及小川二君来谈。得望道信并《太白》稿费四元八角。得徐懋庸信,夜复。

## 二十二日

**日记**　晴,午后昙。复王学熙信。诗荃来,不见,留字而去。为今村铁研,增田涉,冯剑丞作字各一幅,徐讦二幅,皆录《锦钱馀笑》。得紫佩所寄《隋书经籍志考证》一部四本,价四元,晚复。复张慧信,托罗清桢转寄。得谷天信并稿。夜译《俄罗斯童话》三则讫。

# 俄罗斯的童话（七）

[苏联]高尔基

有一国的有一处地方,住着犹太人。他们都是用于虐杀,用于毁谤,以及用于别的国家的必要上的极普通的犹太人。

这地方,有着这样的习惯——

原始民一显出对于自己的现状的不满来,从观察秩序的那一面,就是从上司那一面,就立刻来了用希望给他们高兴的叫唤——

"人民呀,接近主权的位置去呀!"

人民被诱进去了,但他们又来骗人民——

"为什么闹的?"

"老爷,没有吃的了!"

"那么,牙齿是还有的罢?"

"还有一点点……"

"你瞧! 你们总在计划些什么事,并且想瞒住了上头!"

假如上头以为只要彻底的办一下不平稳的模样,就可以镇住,那是马上用这手段的,如果觉得这手段收拾不下了,那就用笼络——

"唔,你们要什么呢?"

"一点田地……"

有些人们,却全不懂得国家的利益,还要更进一步,讨人厌的恳求道——

"想请怎样的改正一下子。就是,牙齿呀,肋骨呀,还有我们的五脏六腑呀,都要算作我们自己的东西,别人不能随随便便下手,就是这样子!"

于是上司开始训戒了——

"喂,诸位! 这种空想,有什么用呢? 古人说得好,'不要单想面包'。俗谚里也说,一个学者,抵得两个粗人!"

"但他们承认么?"

"谁呀?"

"粗人们呀!"

"胡说! 当然的! 三年前的圣母升天节①之后,英国人到这里

---

① 八月十五日。——译者。

来,就这样的请求过——把全部贵国的人民都驱逐到西伯利亚去,让我们来罢,我们——他们说——规规矩矩的纳税,烧酒是每年给每位先生喝十二桶,而且一般……不行——我们说——为什么呀?我们这里,本国的人民是善良的,柔和的,从顺的,我们要和他们一起过下去的……就是这样,青年们,你们去弄弄犹太人,不是比胡闹好么?是不是?他们有什么用?"

原始民想了一通,想到了除掉上司亲手安排的事情以外,不会再有怎样的解说,于是决定了——

"嗡,好,干罢,列位,准了的哩……"

他们破坏了大约五十家房屋,虐杀了几个犹太人,疲于奋斗,因希望而平静了,秩序就这样地奏着凯歌……

除了上司们,原始民,以及作为回避扰乱的宽解兽心之用的犹太人之外,这国度里是还生存着善良的人们的。每有一回虐杀,他们就会合了全部的人员——十六名,用文字的抗议去告诉全世界——

"纵使犹太人亦属俄国之臣民,而悉加歼灭,吾等则确信为非至当,由诸观点,对于生人之无法之杀戮,吾等爱于此表示其责难焉。休曼涅斯妥夫①,菲德厄陀夫,伊凡诺夫,克赛古平,德罗布庚,克理克诺夫斯基,阿息普·忒河爱诃夫,格罗哈罗,菲戈福波夫,吉理尔·美诃蕗夫,斯罗复台可夫,凯比德里娜·可伦斯凯耶,前陆军中佐纳贝比复,律师那伦,弗罗波中斯基,普力则理辛,七龄童格利沙·蒲直锡且夫。"

所以每一回虐杀,那不同之处,就只有格利沙的年纪有变化,和那伦——忽然到和他同名的市上去了——换了那伦斯凯耶的署名。

对于这抗议,有时外省也来了反应——

"赞成,参加。"这是拉士兑尔喀也夫从特力摩夫打来的电报。

---

① 即"人道主义氏"之意。——译者。

沙谟林的萨陀尔干弩也来响应了。萨木古理左夫"等"也从渥库罗夫来响应了。但谁都知道,这"等",是他想出来吓吓人的。因为住在渥库罗夫,连一个叫"等"的也没有。

犹太人熟读着抗议书,愈加悲泣了。但有一回,却有一个犹太人中的非常狡猾的人提议道——

"你们知道么?怎么,不知道?这么的干一下罢,在这未来的虐杀之前,把纸张,钢笔,还有墨水,统统藏起来。那时候,他们,连格利沙在内的那十六个,怎么办?——来看一看罢?"

彼此都很说得来的,一说,就做,买尽了所有的纸,笔,藏起来了。墨水是倒在黑海里。于是坐着在等候。

用不着等到怎么久。又准了,虐杀就开头,犹太人躺在医院里,人道主义者们却在彼得堡满街跑,找着纸张和钢笔,然而都没有,除了上司的办公室以外,什么地方也没有,但是,办公室却不肯给!

"怎么样,诸君!"上司们说,"诸君为什么要这东西,我们是知道的!但是,即使没有这些,诸君该也可以办得的!"

于是弗罗波中斯基询问道——

"这是怎么的呢?"

"这是,"上司们回答说。"我们已经把抗议教够了,自己想法子去……"

格利沙——他已经四十三岁了——在哭着。

"用话来传进抗议去罢!"

但是,这也没法办!

菲戈福波夫模模胡胡的想到了——

"板壁上面,怎么样?"

可是彼得堡并没有板壁,都是铁栅。

但他们向偏僻的市外的屠牛场那一面跑去了,发现了一片陈旧的小板壁,休曼涅斯妥夫刚用粉笔写了第一个字,忽然间——好像从天而降似的——警官走了过来,开始了教训——

"干什么呀？孩子们这样的乱涂乱写，是在骂走他们的，你们不是好像体体面面的绅士么？唔，这是怎的！"

警官当然是不懂他们的，以为是偷犯着第一千一条①的文士们的一派。于是他们红了脸，真的走回家去了。

因为这样子，所以在这一回的袭击，无从抗议，人道主义者一派也没有得到满足就完了。

凡是懂得民族心理学的人们，是公平地讲述着的。曰："犹太人者，狡猾之人民也！"

原载 1935 年 4 月 16 日《译文》月刊第 2 卷第 2 期。署邓当世译。

初收 1935 年 8 月上海文化生活出版社版"文化生活丛刊"之三《俄罗斯的童话》。

# 俄罗斯的童话（八）

[苏联]高尔基

有一处地方住着两个无赖。一个的头发有些黑，别一个是红的。但他们俩都是晦气的人物。他们羞得去偷穷人，富人那里却又到底近不去。所以一面想着只好进牢监去吃公家饭，一面还在苦苦的过活。

这之间，这两个懒汉终于弄得精穷了。因为新任知府望·兑尔·百斯笃②到了任，巡阅之后，出了这样的告示——

"从本日始，凡俄罗斯国粹之全民，应不问性别，年龄及职业，皆

---

① 查禁败坏风俗图书条项。——译者。
② Von der Pest，意云"黑疫氏"。——译者。

毫不犹豫,为国效劳。"

黑头发和红头发的两个朋友,叹息着,犹豫了一番,终于大家走散了。——因为有些人进了侦缉队,有些人变了爱国者,有些人兼做着这两样,把黑头发和红头发剩在完全的孤独中,一般的疑惑下面了。改革后大约一个礼拜的样子,他们就穷得很,红头发再也熬不下去了,便对伙伴道——

"凡尼加,我们也还是为国效劳去罢?"

黑头发的脸红了起来,顺下眼睛,说——

"羞死人……"

"不要紧的!许多人比我们过得好,一句话——就因为在效劳的缘故呀!"

"横竖他们是快要到变成犯人的时候了的……"

"胡说!你想想看,现在不是连文学家们也在这么教人么——'纵心任意的生活罢,横竖必归于死亡。'……"

也很辩论了一番,却总归不能一致。

"不行,"黑头发说。"你去就是了,我倒不如仍旧做无赖……"

他就去做自己的事,他在盘子里偷了一个白面包,刚刚要吃,就被捕,挨了一顿鞭子,送到地方判事那里去了。判事用了庄严的手续,决定给他公家饭。黑头发在牢监里住了两个多月,胃恢复了,一被释放,就到红头发那里去做客人。

"喂,怎么样?"

"在效劳呀。"

"做什么呢?"

"在驱除孩子们呀。"

对于政事,黑头发是没有智识的,他吃了一惊——

"为什么呢?"

"为安宁呀,谁都受了命令的,说是'要安静',"红头发解释着,但他的眼睛里带着忧愁。

黑头发摇摇头,仍旧去做他自己的事,又为了给吃公家饭,送进牢监里去了。真是清清楚楚,良心也干净。

释放了,他又到伙伴那里去——他们俩是彼此相爱的。

"还在驱除么?"

"唔,那自然……"

"不觉得可怜么?"

"所以我就只拣些腺病质的……"

"不能没有区别么?"

红头发不作声,只吐着沉痛的叹息,而且红色淡下去了,发了黄。

"你怎么办的呢?"

"唔,这么办的……我奉到的命令,是从什么地方捉了孩子,带到我这里,于是从他们问出实话来。但是,问不出的,因为他们横竖是死掉的……我办不来,恐怕那……"

"你告诉我,为什么要这么办呢?"黑头发问。

"为了国家的利益,在这么办的,"红头发说,但他的声音发着抖,两眼里含了眼泪了。

黑头发在深思——他觉得伙伴可怜相——要替他想出一种什么独立的事业来。

忽然间,很有劲的开口道——

"喂,发了财了么?"

"那当然,老例呀……"

"唔,那么,来办报罢!"

"为什么?"

"好登橡皮货的广告……"

这中了红头发的意,他干笑了。

"好给人不生孩子么?"

"自然! 不是用不着生了他们来受苦么?"

"不错的！但是，为什么要办报呢？"

"做做买卖的掩饰呀，这呆子！"

"同事的记者们恐怕未必赞成罢？"

黑头发觉得太出意外了，吹一声口哨。

"笑话！现在的记者，是把自己活活的身子当作试演，献给女读者的呢……"

这样的决定了——红头发就在"优秀的文艺界权威的赞助之下"动手来办报。办公室的旁边，开着巴黎货的常设展览会。编辑室的楼上，还给爱重体面的贵人们设了休息室。

事业做得很顺手。红头发过着活，发胖了。贵人们都很感激他。他的名片上印着这样的文字——

> "这边那边"日报编辑兼发行人
>
> "劳于守法群众嘉荫斋"斋主兼创办人
>
> 本斋另售并贩卖卫生预防具
>
> # 多 纵 横

黑头发从牢监里出来，到伙伴那里喝茶去，红头发却请他喝香槟酒，夸口道——

"兄弟，我现在简直好像在用香槟酒洗脸，别的东西是不成的了，真的！"

因为感激得很，还闭了两只眼睛，亲昵的说道——

"你教给我好法子了！这就是为国效劳呀！大家都满足着哩！"

黑头发也高兴。

"好，就这样地过活下去罢！因为我们的国度，是并不麻烦的！"

红头发感激了，于是劝他的朋友道——

"凡涅，还是到我这里来做个访事员罢！"

"不行，兄弟，我总是旧式的人，我还是仍旧做无赖，照老样子……"

这故事里，是什么意义也没有的……连一点点！

原载 1935 年 4 月 16 日《译文》月刊第 2 卷第 2 期。署邓当世译。

初收 1935 年 8 月上海文化生活出版社版"文化生活丛刊"之三《俄罗斯的童话》。

# 俄罗斯的童话（九）

[苏联]高尔基

有一个时候，上司颇倦于和怀异心的人们的争斗了，但因为希望终于得到桂冠，休息一下，便下了极严峻的命令——

"凡怀异心者，当即毫不犹豫，从所有隐匿之处曳出，一一勘定，然后以必要之各种相当手段，加以歼除：此令。"

执行这命令的，是扑灭男女老小的经常雇员，曾为菲戈国王陛下及"阿古浓田"的田主效过力的前大尉阿仑提·斯台尔文珂。所以对于阿仑提，付给了一万六千个卢布。

招阿仑提来办这件事，也并不是因为本国里找不出相宜的人，他有异常吓人的堂堂的风貌，而且多毛，多到连不穿衣服也可以走路，牙齿有两排，足有五十四个，因此得着上司的特别的信任。要而言之，就是为了这些，招他来办的。

他虽然具备着这些资格，却粗卤的想道——

"用什么法子查出他们来呢？他们不说话！"

真的,这市里的居民,实在也很老练了。彼此看作宣传员,互相疑惧,就是对母亲说话,也只用一定的句子或者外国话,确凿的话是不说的。

"N'est-ce pas?(是罢?)"

"Maman(妈妈),中饭时候了罢,N'est-ce pas?"

"Maman,我们今天不可以去看电影么,N'est-ce pas?"

但是,斯台尔文珂仔仔细细的想了一通之后,到底也发见了秘密思想的暴露法,他用过氧化氢洗了头发,修刮一下,成了一个雪白的人,于是穿上不惹人眼的衣服。这就是他,是看也看不出的!

旁晚边,就到街上去,慌慌张张的走着,一看见顺从天性之声的市民悄悄的溜进什么地方去,就从左边拦住他,引诱似的低声的说道——

"同志,现在的生活,您一定不觉得满足罢?"

最初,市民就像想到了什么似的,放缓了脚步,但一望见远远的来了警察,便一下子现出本相来了——

"警官,抓住他……"

斯台尔文珂像猛虎一样,跳过篱垣,逃走了,他坐在荨麻丛里细细的想——

"这模样,是查不出他们来的,他们都行动得很合法,畜生!"

这之间,公款减少下去了。

换上淡色的衣服,用别样的手法来捉了。大胆的走近市民去,问道——

"先生,您愿意做宣传员么?"

于是市民就坦然的问道——

"薪水多少呢?"

别的一些人,却客客气气的回复——

"多谢您。我是已经受了雇的!"

"着了,"阿仑提想,"好,抓住他!"

144

这之间,公款自然而然的减少下去了。

也去探了一下"臭蛋的各方面利用公司",但这是设在三个监督和一个宪兵官的高压之下的,虽然每年开一次会议,却又知道那是一位每回得着彼得堡的特别许可的女人。阿仑提觉得无聊起来了,因此公款也就好像生了急性肺炎一样。

于是他气忿了。

"好罢!"

他积极的活动了起来——一走近市民去,便简截的问道——

"生活满足吗?"

"满足得很!"

"但是,上司却不满足哩? 再见……"

如果有谁说不满足的,那当然——

"抓住!"

"等一等……"

"什么事呀?"

"我所谓不满足,不过是指生活还没有十分坚固这一点而言的。"

"这样的么? 抓……"

他用了这样的方法,在三礼拜里,抓到了一万个各式各样的人,首先是把他们分送在各处的牢监里,其次是吊起他们的颈子来,但因为经济关系,也就叫市民自己来下手。

诸事都很顺当。但是,有一回,上司的头子去猎兔子了,从市上动身之后,所见的是野外的非常的热闹和市民的平和的活动的情景——彼此举出犯罪的证据来,互相诘难着,吊着,埋着,一面是斯台尔文珂拿着棍子,在他们之间走来走去,激励着——

"赶快! 喂,黑脸,再快活点! 喂,敬爱的诸君,你们发什么呆呀? 绳套子做好了没有——哪,吊起来,不是用不着碍别人的手脚吗? 孩子,喂,孩子,为什么不比你爸爸先上去的? 喂,大家! 不要这么性急,总归来得及的……因为希望安静,忍耐得长久了,忍耐一下有什么难呢! 喂,乡下人,那里去? ……好不懂规矩……"

上司跨在骏马的脊梁上,眺望着,一面想——

"他弄到了这许多,真好本领! 所以市里的窗户,全都钉起来了……"

但这时忽然看见的,是他的嫡亲的伯母,也脚不点地的挂着。大吃了一惊。

"到底是谁在指挥呀?"

斯台尔文珂立刻走近去。

"大人,是卑职!"

于是上司说道——

"喂,兄弟,你一定是个昏蛋,像会乱用公款似的! 造决算书来给我罢。"

斯台尔文珂送上决算书去,那里面是这么写着的——

"为执行关于扑灭怀异心者之命令,卑职凡揭发并拘禁男女怀异心者一〇,一〇七名口。

计开——

| | | |
|---|---|---|
| 诛戮者……………………男女 | | 七二九名口 |
| 绞毙者……………………同 | | 五四一名口 |
| 令衰弱至决难恢复者…………男女 | | 九三七名口 |
| 事前死亡者………………同 | | 三一七名口 |
| 自杀者 …………………… 同 | | 六三名口 |
| 扑灭者,共计 ………………… | | 一,八七六名口 |
| 费用 ………………… | | 一六,八八四卢布 |
| 连一切费用在内,每名口所费用以七卢布计算,计 | | |
| 不足 ………………… | | 八四四卢布" |

长官发抖了,索索的发抖了,自言自语似的说道——

"不——足——吗? 什么东西,这菲戈鬼! 你的菲戈全岛,加上了你的王,连你添进去,也值不到八百卢布呀!你去想想看——如果你这么的揩油,那么,比你高出十倍以上的人物的这我,那时候又怎么样?遇着这样的胃口,俄国是不够吃三年的,但是,要活下去的却不只你一个,你懂得吗?况且账上的三百八十名口,是多出来的,你看,这'事前死亡者'和'自杀者'的两项——就分明是多出来的!这贼骨头,不是连不能上账的,也都开进去了吗?……"

"大人!"阿仑提分辩说。"但是,这是因为卑职使他们不想活下去了的缘故呵。"

"但是,这样的也要算七卢布一个吗?还有呢,恐怕连毫不相干的人,也不知道有多少填在这里面呢!本市全部的居民,是有一万二千名口的——不行,小子,我要送你到法院去!"

果然,对于菲戈人的行动,施行了最严密的调查。他的犯了九百十六卢布的侵吞公款罪,竟被发觉了。

阿仑提被公正的审判所判决,宣告他应做三个月的苦工,那地位,是没有了。总而言之——菲戈人要吃三个月苦。

迎合上司的意思——这也是难得很的。

原载 1935 年 4 月 16 日《译文》月刊第 2 卷第 2 期。署邓当世译。

初收 1935 年 8 月上海文化生活出版社版"文化生活丛刊"之三《俄罗斯的童话》。

# 致 徐懋庸

懋庸先生:

二十日信收到。《表》的原本,的确做得好的,但那肾脏病的警察的最初的举动,我究竟莫名其妙,真想他逃呢?还是不?还有,是误把盆塞子当表,放在嘴里这一点,也有些不自然。此外都不差。

至于那些流浪儿,实在都不坏——连毕塔珂夫。我觉得外国孩子,实在比中国的纯朴,简单,中国的总有些破落户子弟气味。

"不够格"我记得是北方的通行话,但南方人不懂,"弗入调"则北边人不懂的,在南边,恐怕也只有绍兴人深知其意,否则,是可以用的。

序文我可以做,不过倘是公开发卖的书,只能做得死样活气,阴阳搭戤,而仍要被抽去也说不定。做起来,还是给我看一看稿子,较为切实,只要便中放在书店里就好了。

此复,即颂

春绥。

迅　上　三月二十二日

# 致　罗清桢

清桢先生:

日前得来信后,即寄一信,想已到。

张慧先生要我回信,而我忘了他的详细地址,只好托　先生转寄,今附上,请开了信面,并且付邮为感。

专此布达,并颂

时绥。

迅　上　三月二十二日

# 致　张　慧

张慧先生:

委写书面,已写好,请择用其一,如果署名,恐怕反而不好,所以不署了。如先生一定要用，则附上一印，可以剪下，贴在相宜的地方。

因为忘却了通信地址，所以只能托　罗先生转寄。

专达，即颂

时绥。

迅　上　三月二十二日


## 二十三日

**日记**　昙。上午同广平携海婴往须藤医院诊，赠以《香谱》一本。得母亲信，十九日发。午往内山书店买《两周金文辞大系图录》一部五本，二十元；又『チェーホフの手帖』一部，二元。得靖华信，下午复，并寄杂志等一包。寄增田信并字二幅，《文学季刊》（四）一本，《贯休画罗汉像》一本，《漫画生活》及《芒种》各二本。寄季市信。河清来并交《译文》稿费百五十二元。晚蕴如，蕖官及三弟来。


# 致　曹靖华


汝珍兄：

十九日来信收到。我们都好的，但想起来，的确久不寄信了，惟一的原因是忙。从一月起，给一个书坊选一本小说，连序于二月十五交卷，接着是译《死灵》，到上月底，译了两章，这书很难译，弄得一身大汗，恐怕还是出力不讨好。这是为生计，然而钱却至今一个也不到手，不过我还有准备，不要紧的，请勿念。其次，是孩子大了起来，会闹了；别的琐事又多，会客，看稿子，绍介稿子，还得做些短文，真弄得一点闲工夫也没有，要到半夜里，才可以叹一口气，睡觉。但同人里，仍然有些婆婆妈妈，有些青年则写信骂我，说我毫不肯费神

149

帮别人的忙。其实是照现在的情形，大约体力也就不能持久的了，况且还要用鞭子抽我不止，惟一的结果，只有倒毙。很想离开上海，但无处可去。

寄 E 的信，还来不及起稿子，过几天罢。弗的信我没有收到，当直接通知他。插画本《死灵》，如不费事，望借我看一看。

今天托书店寄出杂志一包，是寄学校的。还有几本，日后再寄。

专此布复，并颂

春绥。

弟豫　上　三月二十三日

## 致 许寿裳

季市兄：

从曹君来信，知兄患肺膜炎入院，后已痊愈，顷又知兄曾于二星期前赐函，但此函竟未收到，必已失落矣。

弟等均如常，但敷衍孩子，译作，看稿，忙而无聊，在自己这方面，几于毫无生趣耳。

蔡先生又在忙笔会；语堂为提倡语录体，在此几成众矢之的，然此公亦诚太浅陋也。

专此布达，并颂

春绥。

弟飞　顿首　三月二十三日

## 致 增田涉

東京からの御手紙はつきました。

今日僕の書いたやつ二つ内山老板にたのんで送りました。鉄
研翁の一枚は一番先にかいたのだから反てまづいです。その包
の中に貫休画の羅漢像一冊はいて居ます。大に縮小したもので
す。た゛面白いと思ったから送ったので何の意味もないです。又
別に文學季刊(四)一冊と『芒種』と『漫画生活』と二冊づ送りまし
た。『芒種』は反林語堂のもので漫画生活は大に圧迫されて居る
雑誌です。上海ではエロチクの漫画の外はこんなもの、見本と
して。

洛文　拝上　三月二十三日

増田学兄几(?)下

## 二十四日

**日记**　星期。昙。夜译契诃夫小说三篇讫,约八千字,全部八
篇俱毕。


# 难解的性格

［俄国］契诃夫

头等车的一个房间里。

绷着紫红色天鹅绒的长椅上,靠着一位漂亮的年青的太太。

值钱的缀有须头的扇子,在她痉挛地捏紧了的手里格格的响;
眼镜时时从她那美丽的鼻子上滑下来;胸前的别针,忽高忽低,好像
一只小船的在波浪里。她很兴奋……她对面坐着一位省长的特委
官,是年青的新作家,在省署时报上发表他描写上流社会的短篇小
说的……他显着专门家似的脸相,目不转睛的在看她。他在观察,他

在研究,他在揣测这出轨的,难解的性格,他已经几乎有了把握……她的精神,她的一切心理,他完全明白了。

"阿,我懂得您的!"那特委官在她手镯近旁的手上接着吻,说。"您那敏感的,灵敏的精神,在寻一条走出迷宫的去路呀……一定是的! 这是一场厉害的,吓人的斗争,但是……您不要怕! 您要胜利的! 那一定!"

"请您写出我来罢,渥勒兑玛尔!"那位太太悲哀的微笑着说道。"我的生活是很充实,很有变化,很多色采的……但那要点,是在我的不幸! 我是一个陀斯妥也夫斯基式的殉难者……请您给世界看看我的心,渥勒兑玛尔,请您给他们看看这可怜的心! 您是心理学家。我们坐在这房间里谈不到一点钟,可是您已经完全懂得我了!"

"您讲罢。我恳求您,请您讲出来罢!"

"您听罢。我是生在一家贫穷的仕宦之家的。我的父亲是一个好人,也聪明,但是……时代和环境的精神……vous comprenez(您明白的),我并不想责备我那可怜的父亲。他喝酒,打牌……收贿赂……还有母亲……我有什么可说呢! 那辛苦,那为了一片面包的挣扎,那自卑自贱的想头……唉唉,您不要逼我从新记它出来了。我只好亲自来开拓我自己的路……那吓人的学校教育,无聊小说的灌输,年青的过失,羞怯的初恋……还有和环境的战斗呢? 是可怕的呀! 还有疑惑呢? 还有逐渐成长起来的对于人生和自己的不信的苦痛呢? ……唉唉! ……您是作家,懂得我们女人的。您都知道……我的不幸,是天生了的呀……我等候着幸福,这是怎样的幸福呢? 我急于要成一个人! 是的! 要成为一个人,我觉得我的幸福就在这里面!"

"您可真的了不得!"作家在手镯近旁吻着她的手,低声说。"我并不是在吻您,您这出奇的人物,我是在吻人类的苦恼! 您记得拉斯可里涅可夫①么? 他是这样地接吻的。"

---

① Raskolnikov,陀斯妥也夫斯基作小说《罪与罚》里的男主角。——译者。

"阿,渥勒兑玛尔! 我极要荣誉,……要名声,要光彩,恰如那些——我何必谦虚呢?——那些有着不很平常的性格的人们一样。我要不平常……简直不是女性的。于是……于是……在我的路上,我遇到了一个有钱的老将军……您知道罢,渥勒兑玛尔! 这其实是自己牺牲,自己否定呀,您要知道! 我再没有别的法子了。我接济了我的亲属,我也旅行,也做慈善事业……但是,这将军的拥抱,在我觉得怎样的难堪和卑污呵,虽然别一面,他在战争上曾经显过很大的勇敢,也只好任他去。有时候……那是可怕的时候呀! 然而安慰我的是这一种思想,这老头子不是今天,就是明天便会死掉的,那么,我就可以照我的愿望活了,将自己给了相爱的人,并且得到幸福……我可是有着这么的一个人的,渥勒兑玛尔! 上帝知道,我有着这么一个的!"

　　那位太太使劲的挥扇,她脸上显出一种要哭的表情。

　　"现在是这老头子死掉了……他留给我一点财产,我像鸟儿一样的自由。现在我可以幸福了……不是么,渥勒兑玛尔? 幸福在敲我的窗门了。我只要放它进来就是,然而……不成! 渥勒兑玛尔,您听哪,我对您起誓! 现在我可以把自己给那爱人,做他的朋友,他的帮手,他的理想的承受者,得到幸福……安静下来了……然而这世界上的一切,却多么大概是讨厌,而且庸俗的呵! 什么都这样的卑劣,渥勒兑玛尔! 我不幸呵,不幸呵,不幸呵! 我的路上,现出障碍来了! 我又觉得我的幸福远去了,唉,远得很! 唉唉,这苦楚,如果您一知道,怎样的苦楚呵!"

　　"但这是什么呢? 怎样的一种障碍呢? 我恳求您,告诉我罢! 那是什么呀?"

　　"别一个有钱的老人……"

　　破扇子遮掩了漂亮的脸。作家把他那深思的头支在手上,叹一口气,显出专门家和心理学家的脸相,思索了起来。车头叫着汽笛,喷着蒸气,窗幔在落照里映得通红。

一八八三年作

原载 1935 年 4 月 16 日《译文》月刊第 2 卷第 2 期,与《阴谋》一并题作《奇闻二则》。

初收 1936 年上海联华书局版"文艺连丛"之三《坏孩子和别的奇闻》。

# 阴 谋

［俄国］契诃夫

一,选举协会代表。

二,讨论十月二日事件。

三,正会员 M. N. 望·勃隆医师的提议。

四,协会目前的事业。

十月二日事件的张本人医师夏列斯妥夫,正在准备着赴会;他站在镜子前面已经好久了,竭力要给自己的脸上现出疲倦的模样来。如果他显着兴奋的,紧张的,红红的或是苍白的脸相去赴会罢,他的敌人是要当作他对于他们的阴谋,给与了重大的意义的,然而,假使他的脸是冷淡,不动声色,像要睡觉,恰如一个站在众愚之上,倦于生活的人呢,那么,那些敌人一看见,就会肃然起敬,而且心里想道:

他硬抬着不屈的头,

高于胜利者拿破仑的纪念碑!

他要像一个对于自己的敌人和他们的恶声并不介意的人一样,比大家更迟的到会。他要没有声响的走进会场去,用懒洋洋的手势摸一下头发,对谁也不看,坐在桌子的末一头。他要采取那苦于无聊的旁听者的态度,悄悄的打一个呵欠,从桌上拉过一张日报,看起来……大家是说话，争论，激昂，彼此叫着守秩序，然而他却一声也不响，在看报。但终于时常提出他的名字来，火烧似的问题到了白热了，他才向同僚们抬起他那懒懒的疲倦的眼睛，很不愿意似的开口道：

"大家硬要我说话……我完全没有准备，诸君，所以我的话如果有些不周到，那是要请大家原谅的。我要 ab ovo（从最初）开头……在前一次的会议上，几位可敬的同事已经发表，说我在会同诊断的时候，很有些不合他们尊意的态度，要求我来说明。我是以为说明是多事，对于我的非难也是不对的，就请将我从协会除名，退席了。但现在，对于我又提出新的一串责备来了，不幸得很，看来我也只好来说明一下子。那是这样的。"

于是他就随随便便的玩着铅笔或表链，说了起来，会同诊断的时候，他发出大声，以及不管别人在旁，打断同事的说话，是真的；有一回会同诊断时，他在医师们和病人的亲属面前，问那病人道："那一个胡涂虫给您开了雅片的呀？"这也是真的。几乎没有一回会同诊断不闹一点事……然而，什么缘故呢？这简单得很。就是每一回会诊，同事们的智识程度之低，不得不使他夏列斯妥夫惊异。本市有医师三十二人，但其中的大部分，却比一年级的大学生知道得还要少。例子是不必旁征博引的。Nomina sunt（举出姓名来），自然，odiosa（要避免），但在这会场里，都是同行，省得以为妄谈，他却也可以说出名姓来的。大家都知道，例如可敬的同事望·勃隆先生，他用探针把官太太绥略息基娜的食道戳通了……

这时候，同事望·勃隆就要发跳，在头上拍着两手，大叫起来：

"同事先生，这是您戳通的呀，不是我！是您！我来证明！"

夏列斯妥夫却置之不理，继续的说道：

"这也是大家知道的，可敬的同事希拉把女优绥米拉米提娜的游走肾误诊为脓疡，行了试行刺穿，立刻成为 exitus letalis（死症）了。还有可敬的同事培斯忒伦珂，原是应该拔掉左足大趾的爪甲的，他却拔掉了右足的好好的爪甲。还有不能不报告的一件事,是可敬的同事台尔哈良支先生,非常热心的开通了士兵伊凡诺夫的欧斯答几氏管,至于弄破了病人的两面的鼓膜。趁这机会我还要报告一下,也是这位同事,因为给一个病人拔牙,使她的下颚骨脱了臼,一直到她答应愿出五个卢布医费了,这才替她安上去。可敬的同事古理金和药剂师格伦美尔的侄女结了婚,和他是通着气脉的。这也谁都知道,我们本会的秘书,少年的同事斯可罗派理台勒尼,和我们可敬的会长古斯泰夫·古斯泰服维支·普莱息台勒先生的太太有关系……从智识程度之低的问题,我竟攻击到道德上去了。这更其好。伦理,是我们的伤口,诸君,为了免得以为妄谈,我要对你们举出我们的可敬的同事普苏耳珂夫来,他在大佐夫人德来锡金斯凯耶命名日庆祝的席上,竟在说,和我们的可敬的会长夫人有关系的,并非斯可罗派理台勒尼,倒是我! 敢于这么说的普苏耳珂夫先生,前年我却亲见他和我们的可敬的同事思诺比支的太太在一起! 此外,思诺比支医师……都说凡有闺秀们请他去医治,就不十分妥当的医生,是谁呀? ——思诺比支! 为了带来的嫁资,和商人的女儿结婚的是谁呀? ——思诺比支! 然而我们的可敬的会长怎么样呢,他暗暗的用着类似疗法,还做奸细,拿普鲁士的钱。一个普鲁士的奸细——这已经确是 ultima ratio(惟一的结论)了!"

凡有医师们,倘要显出自己的聪明和是干练的雄辩家来,就总是用这两句腊丁话:"nomina sunt odiosa"和"ultima ratio"。夏列斯妥夫却不只腊丁话,也用法国和德国的,爱说什么就说什么! 他要暴露大家的罪过,撕掉一切阴谋家的假面;会长摇铃摇得乏力了,可敬的同事们从坐位上跳起来,摇着手……摩西教派的同事们是聚作一团,在嚷叫。

然而夏列斯妥夫却对谁也不看,仍然说:

"但我们的协会又怎么样呢,如果还是现在的组织和现在的秩序,那不消说,是就要完结的。所有的事,都靠着阴谋。阴谋,阴谋,第三个阴谋！成了这魔鬼的大阴谋的一个牺牲的我，这样的说明一下，我以为是我的义务。"

他就说下去，他的一派就喝采，胜利的拍手。在不可以言语形容的喧器和轰动里，开始选举会长了。望·勃隆公开拼命的给普莱息台勒出力，然而公众和明白的医师们却加以阻挠，并且叫喊道：

"打倒普莱息台勒！我们要夏列斯妥夫！夏列斯妥夫！"

夏列斯妥夫承认了当选，但有一个条件，是普莱息台勒和望·勃隆为了十月二日的事件，得向他谢罪。又起了震聋耳朵的喧器，摩西教派的可敬的同事们又聚作一堆，在嚷叫……普莱息台勒和望·勃隆愤慨了，终于辞去了做这协会的会员。那更好！

夏列斯妥夫是会长了。首先第一著，是打扫这秽墟。思诺比支应该出去！台尔哈良支应该出去！摩西教派的可敬的同事们应该出去！和他自己的一派，要弄到一到正月，就再不剩一点阴谋。他先使刷新了协会里的外来病人诊治所的墙壁，还挂起一块"严禁吸烟"的牌示来；于是把男女的救护医员都赶走，药品是不要格伦美尔的了，去取赫拉士舍别支基的，医师们还提议倘不经过他的鉴定，就不得施行手术，等等。但最关紧要的，是他名片上印着这样的头衔："N 医师协会会长"。

夏列斯妥夫站在家里的镜子前面，在做这样的梦。时钟打了七下，他也记起他应该赴会了。他从好梦里醒转，赶紧要使他的脸显出疲倦的表情来，但那脸却不愿意依从他，只成了一种酸酸的钝钝的表情，像受冻的小狗儿一样；他想脸再分明些，然而又见得长了起来，模胡下去，似乎已经不像狗，却仿佛一只鹅了。他顺下眼皮，细一细眼睛，鼓一鼓面颊，皱一皱前额，不过都没有救：现出来的全不是他所希望的样子。大约这脸的天然的特色就是这一种，奈何它不得的。前额是低的，两只小眼睛好像狡猾的女商人，轮来轮去，下巴向前凸出，又蠢又呆，那面庞和头发呢，就和一分钟前给人从弹子房里推了出来的"可敬的同事"一模一样。

夏列斯妥夫看了自己的脸,气忿了,觉得这脸对他也在弄阴谋。他走到前厅,准备出去,又觉得连那些皮外套,橡皮套靴和帽子,也对他在弄着阴谋似的。

"车夫,诊治所去!"他叫道。

他肯给二十个戈贝克,但阴谋团的车夫们,却要二十五个戈贝克……他坐在车上,走了,然而冷风来吹他的脸,湿雪来眯他的眼,可怜的马在拉不动似的慢慢的一拐一拐的走。一切都同盟了,在弄着阴谋……阴谋,阴谋,第三个阴谋!

一八八七年作

木刻插画本契诃夫的短篇小说共八篇,这里再译二篇。

《阴谋》也许写的是夏列斯妥夫的性格和当时医界的腐败的情形。但其中也显示着利用人种的不同于"同行嫉妒"。例如,看起姓氏来,夏列斯妥夫是斯拉夫种人,所以他排斥"摩西教派的可敬的同事们"——犹太人,也排斥医师普莱息台勒(Gustav Prechtel)和望·勃隆(Von Bronn)以及药剂师格伦美尔(Grummer),这三个都是德国人姓氏,大约也是犹太人或者日耳曼种人。这种关系,在作者本国的读者是一目了然的,到中国来就须加些注释,有点缠夹了。但参照起中村白叶氏日本译本的《契诃夫全集》,这里却缺少了两处关于犹太人的并不是好话。一,是缺了"摩西教派的同事们聚作一团,在嚷叫"之后的一行:"'哗拉哗拉,哗拉哗拉,哗拉哗拉……'";二,是"摩西教派的可敬的同事又聚作一团"下面一句"在嚷叫",乃是"开始那照例的——'哗拉哗拉,哗拉哗拉'了……"但不知道原文原有两种的呢,还是德文译者所删改?我想,日文译本是决不至于无端增加一点的。

平心而论,这八篇大半不能说是契诃夫的较好的作品,恐怕并非玛修丁为小说而作木刻,倒是翻译者 Alexander Eliasberg 为木刻而译小说的罢。但那木刻,却又并不十分依从小说的叙述,例如《难解的性格》中的女人,照小说,是扇上该有须头,鼻梁上应该架着眼镜,手上也该有手镯的,而插画里都没有。大致一看,动手就做,不必和本书一一相符,这是西洋的插画家很普通的脾气。虽说"神似"比"形似"更高一著,但我总以为并非插画的正轨,中国的画家是用不着学他的——倘能"形神俱似",不是比单单的"形似"又更高一著么?

原载 1935 年 4 月 16 日《译文》月刊第 2 卷第 2 期。

初收 1936 年上海联华书局版"文艺连丛"之三《坏孩子和别的奇闻》。

# 波斯勋章

[俄国]契诃夫

位在乌拉尔山脉的这一面的一个市里,传播着一种风闻,说是这几天,有波斯的贵人拉哈·海兰住在扶桑旅馆里了。这风闻,并没有引起市民的什么印象,不过是:一个波斯人来了,什么事呀? 只有市长斯台班·伊凡诺维支·古斤一个,一从衙门里的秘书听到那东方人的到来,就想来想去,并且探问道:

"他要上那儿去呢?"

"我想,大约是巴黎或者伦敦罢。"

"哼! ……那么,一个阔佬?"

"鬼知道。"

市长从衙门回家,用过中膳之后,他又想来想去了,而且这回是一直想到晚。这高贵的波斯人的入境,很打动了他的野心。他相信,这拉哈·海兰是运命送到他这里来的,实现他渴求梦想的希望,正到了极好的时机了。古斤已经有两个徽章，一个斯坦尼斯拉夫三等勋章①，一个红十字徽章和一个"水险救济会"的会员章；此外他还自己做了一个表链的挂件，是用六弦琴和金色枪枝交叉起来的，从他制服的扣子洞里拖了出来，远远的望去，就见得不平常，很像光荣的记号。如果谁有了勋章和徽章，越有，就越想多，那是一定的，——市长久已想得一个波斯的"太阳和狮子"勋章的了，他想得发恼，发疯。他知道得很明白，要弄这勋章到手，用不着战争，用不着向养老院捐款，也用不着去做议员，只要有一个好机会就够。现在是这机会好像来到了。

第二天正午，他挂上了所有的徽章，勋章，以及表链之类，到扶桑旅馆去。他的运气也真好，当他跨进波斯贵人的房间里面的时候，贵人恰只一个人，而且正闲着。拉哈·海兰是一个高大的亚洲人，翠鸟似的长鼻子，凸出的大眼睛，头戴一顶土耳其帽，坐在地板上，在翻他的旅行箱。

"请您宽恕我的打搅，"古斤带着微笑，开始说："有绍介自己的光荣：世袭有名誉的市民，各种勋章的爵士，斯台班·伊凡诺维支·古斤，本市市长。认您个人为所谓亲善的邻邦的代表者，我觉得这是我的义务。"

那波斯人转过脸来，说了几句什么很坏的法国话，那声音就像木头敲着木头一样。

"波斯的国界，"古斤仍说他准备好了的欢迎词，"和我们的广大的祖国的国界，是接触的极其密切的，就因为这彼此的交感，使我要称您为我们的同胞。"

高贵的波斯人站起来了，又说了一点什么敲木头似的话。古斤，是什么外国话也没有学过的，只好摇摇头，表示他听不懂。

——我该怎么和他说呢？——他自己想。——叫一个翻译员

_____

① 这种勋章，只有三等，所以仅仅是起码的东西。——译者。

160

来,那就好了,但这是麻烦的事情,别人面前不好说。翻译员会到全市里去嚷嚷的。——

古斤于是把日报上见过的所有外国字,都搬了出来。

"我是市长……"他吃吃的说。"这就是 Lord-Maire(市长)……Municipalé(市的)……Wui(怎样)? Komprené(懂么)?"

他想用言语和手势来表明他社会的地位,但不知道要怎么办才好。挂在墙上的题着《威尼斯市》的一幅画,却来救了他了。他用指头点点那市街,又点点自己的头,以为这么一来,就表出了"我是市长"这一句。波斯人一点也不懂,但也微笑着说道:

"Bon(好),monsieur……bon……"

过了半点钟,市长就轻轻的敲着波斯人的膝髁和肩头,说道:

"Komprené? Wui? 做 Lord-Maire 和 Municipalé……我请您去 Promenade(散步)一下……Komprené? Promenade……"

古斤又向着威尼斯的风景,并且用两个手指装出走路的脚的模样来。拉哈·海兰是在注视他那些徽章的,大约分明悟到他是本市的最重要人物了,并且懂得"Promenade"的意思,便很有些客气。两个人就都穿上外套,走出了房间。到得下面的通到扶桑饭馆的门口的时候,古斤自己想,请这波斯人吃一餐,倒也很不坏。他站住脚,指着食桌,说道:

"照俄国的习惯,这是不妨事的……我想:Purée(肉饼),entrecôte(炸排骨)……Champagne(香槟酒)之类……Komprené?"

高贵的客人懂得了,不多久,两人就坐在饭馆的最上等房间里,喝着香槟,吃起来。

"我们为波斯的兴隆来喝一杯!"古斤说。"我们俄国人是爱波斯人的。我们的信仰不同,然而共通的利害,彼此的共鸣……进步……亚洲的市场……所谓平和的前进……"

高贵的波斯人吃得很利害。他用叉刺着熏鱼,点点头,说:

"好! Bien(好)!"

"这中您的意?"古斤高兴的问道。"Bien吗? 那好极了!"于是转向侍者,说道:"路加,给你的大人送两尾熏鱼到房间去,要顶好的!"

市长和波斯的贵人于是驱车到动物园去游览。市民们看见他们的斯台班·伊凡诺维支怎样地香槟酒喝得通红,快活地,而且很满足地带着波斯人看市里的大街,看市场,还指点名胜给他看;他又领他上了望火台。

市民们又看见他怎样地在一个雕着狮子的石门前面站住,向波斯人先指指狮子,再指指天上的太阳,又轻轻的拍几下自己的前胸,于是又指狮子,又指太阳,这时波斯人便点头答应了,微笑着露出他雪白的牙齿。这晚上,他们俩坐在伦敦旅馆里,听一个闺秀的弹琴,但夜里怎么样呢,可是不知道。

第二天早上,市长就上衙门来;属员们似乎已经有些晓得了:秘书走近他去,带着嘲弄的微笑,对他说道:

"波斯人是有这样的风俗的:如果有一个高贵的客人到您这里来,您就应该亲自动手,为他宰一只阉过的羊。"

过了一会,有人给他一封信,是从邮政局寄来的。古斤拆开封套,看见里面是一张漫画。画着拉哈·海兰,市长却跪在他面前,高高的伸着两只手,说道:

> 为了尊重俄罗斯和波斯的
>
> 彼此亲善的表记,
>
> 大使呀,我甘心愿意
>
> 宰掉自己当作阉羊,
>
> 但您原谅罢:我只是一匹驴子!

市长在心里觉得不舒服,然而也并不久。一到正午,他就又在高贵的波斯人那里了,又请他上饭馆,点给他看市里的名胜,又领他到狮子门前,又指指狮子,指指太阳,并且指指自己的胸口,他们在扶桑旅馆吃夜饭,吃完之后,就嘴里衔着雪茄,显着通红的发亮的脸，又上望火台。大约是市长想请客人看一出希奇的把戏罢，便从上面向着在下面走来走去的值班人，大声叫喊道：

"打呀，警钟！"

然而警钟并没有效，因为这时候，全部的救火队员都正在洗着蒸汽浴。

他们在伦敦旅馆吃夜饭，波斯人也就动身了。告别之际，斯台班·伊凡诺维支照俄国风俗，和他接吻三回，还淌了几滴眼泪。列车一动，他叫道：

"请您替我们问波斯好。请您告诉他们，我们是爱波斯的！"

一年另四个月过去了。正值零下三十五度的严寒时节，刮着透骨的风。斯台班·伊凡诺维支却敞开了皮外套的前胸，在大街上走，并且很懊恼，是为了没有人和他遇见，看见他那太阳和狮子的勋章。他敞开着外套，一直走到晚，完全冻坏了；夜里却只是翻来复去，总是睡不着。

他气闷，肚里好像火烧，他的心跳个不住：现在是在想得塞尔比亚的泰可服勋章了。他想得很急切，很苦恼。

一八八七年作

原载 1936 年 4 月 8 日《大公报·文艺》第 124 期。

初收 1936 年上海联华书局版"文艺连丛"之三《坏孩子和别的奇闻》。

## 二十五日

**日记** 晴。上午同广平携海婴往须藤医院诊。午后收《太白》稿费十一元二角。收生活书店《小约翰》及《桃色的云》版税百五十。得李桦信。得萧军信。晚寄郑君平信。夜蕴如及三弟来。风。

# 致 萧 军

刘军兄：

二十三日信收到。漫画上面，我看是可以不必再添什么，因为单看计划，就已经够复杂，够吃力了，如果再加别的，也许会担不动。

孩子的烫伤已好，可以走了，不过痂皮还没有脱，所以不许他多走。我的母亲本说下月初要来，但近得来信又说生病，医生云倘如旅行，因为年纪大了，他不保险。这其[实]是医生的官话，即使年纪青，谁能保险呢？但因此不立刻来也难说。我只能束手等待着。

平林タイ子作品的译本，我不知道有别的。《二心集》很少了，自己还有一两本，当于将来和别的书一同交上，但也许又会寄失的罢？

《八月》在下月五日以前，准可看完，只能随手改几个误字，大段的删改，却不能了，因为要下手，必须看两遍，而我实在没有了这工夫。序文当于看完后写一点。

专复，即问

俪祉。

豫　上　三月二十五日

吟太太怎么样，仍然要困早觉么？

这一张信刚要寄出，就收到搬房子的通知，只好搁下。现在《八月》已看完，序也做好，且放在这里，待得来信后再说。今晚又看了一看《涓涓》，虽然不知道结末怎样，但我以为是可以做他完的，不过仍不能公开发卖。那第三章《父亲》，有些地方写得太露骨，头绪也太纷繁，要修改一下才好。

此后的笔名，须用两个，一个用于《八月》之类的，一个用于卖稿换钱的，否则，《八月》印出后，倘为叭儿狗所知，则别的稿子即使并没有什么,也会被他们抽去,不能发表。

还有,现用的"三郎"的笔名,我以为也得换一个才好,虽然您是那么的爱用他。因为上海原有一个李三郎,别人会以为是他所做,而且他也来打麻烦,要文学社登他的信,说明那一篇小说非他所作。声明不要紧,令人以为是他所作却不上算,所以必得将这姓李的撇清,要撇清,除了改一个笔名之外无好办法。

良友收了一篇《搭客》,编辑说要改一个题目,我想这无大关系,代为答应了。《樱花》寄给了文学社(良友退回后),结果未知。

三月三十一夜。


金人的稿子已看过,译笔是好的,至于有无误译,我不知道,但看来不至。这种滑稽短篇,只可以偶然投稿一两回,倘接续的投,却不大相宜。我看不如索性选译他四五十篇,十万字左右,出一本单行本。这种作品,大约审查时不会有问题,书店也乐于出版的,译文社恐怕就肯接受。

至于他说我的小说有些近于左,那是不确的,我的作品比较的严肃,不及他的快活。

《退伍》的作者 Novikov-Priboi 是现在极有名的作家,他原是水兵,参加日俄之战,曾做了俘虏,关在日本多时——这时我正在东京留学。新近做了两大本小说,叫作《对马》(*Tsusima*,岛名),就是以那时战争为材料的,也因此得名。日本早译出了,名《日本海海战》,但因为删节之处太多(大约是说日本吃败仗之处罢),所以我没有买来看。他的作品,绍介到中国来的还很少,《退伍》也并不坏,我想送到《译文》去。

————————

这一包里,除稿,序,信(吟太太的朋友的)之外,还有你所要的书,但《集外集》还没有,好像仍未出版。

四月四日

这几天很懒,不想作文,也不想译,不知是怎么的? 又及。


## 二十六日

**日记** 雨。午后复萧军信。寄河清信。下午得伊罗生信。得『版芸術』四月号一本,五角。得徐懋庸信并稿。得萧军信。得郑伯奇信,即复。得紫佩信。晚内山书店送来『楽浪彩篋冢』一本,三十五元。得母亲信,二十三日发。得雾城信并木刻一幅。得郑伯奇信。夜有雷。


# 致 黄 源

河清先生:

小说译稿已取回,希便中茝寓一取,但亦不必特别苦心孤诣,设法回避吃饭也。

专此布达,即颂
时绥。

迅　上　三月廿六日


# 致 黄 源

河清先生:

下午方上一函,即得郑伯奇君来函,谓巴罗哈小说,已经排好,且曾在第二期《新小说》上豫告,乞《译文》勿登云云。排好未必确,豫告想是真的,《译文》只好停止发表,便中希携还原稿为荷。

本星期五(弍十九日)下午不在寓,傍晚始归,并闻。

专此布达,即颂

春祺。

迅　上　三月二十六晚

## 二十七日

**日记**　昙。上午同广平携海婴往须藤医院诊。寄河清信。下午雨。得母亲所寄干菜,芽豆,刀,镊,顶针共一包,分其半以与三弟。得《小品文与漫画》一本。

## 二十八日

**日记**　昙。上午寄西谛信并泉百五十。午后得良友公司《竖琴》等版税百五十,又三十,《新文学大系》编辑费百五十。得阿芷信,即复。得徐讦信,即复。下午河清来。夜寄李辉英信。作《八月之乡村》序。

# 田军作《八月的乡村》序

爱伦堡(Ilia Ehrenburg)论法国的上流社会文学家之后,他说,此外也还有一些不同的人们:"教授们无声无息地在他们的书房里工作着,实验 X 光线疗法的医生死在他们的职务上,奋身去救自己的伙伴的渔夫悄然沉没在大洋里面。⋯⋯一方面是庄严的工作,另一方面却是荒淫与无耻。"

这末两句,真也好像说着现在的中国。然而中国是还有更其甚的呢。手头没有书,说不清见于那里的了,也许是已经汉译了的日本箭内亘氏的著作罢,他曾经一一记述了宋代的人民怎样为蒙古人所淫杀,俘获,践踏和奴使。然而南宋的小朝廷却仍旧向残山剩水间的黎民施威,在残山剩水间行乐;逃到那里,气焰和奢华就跟到那里,颓靡和贪婪也跟到那里。"若要官,杀人放火受招安;若要富,跟着行在卖酒醋。"这是当时的百姓提取了朝政的精华的结语。

人民在欺骗和压制之下,失了力量,哑了声音,至多也不过有几句民谣。"天下有道,则庶人不议。"就是秦始皇隋炀帝,他会自承无道么?百姓就只好永远箝口结舌,相率被杀,被奴。这情形一直继续下来,谁也忘记了开口,但也许不能开口。即以前清末年而论,大事件不可谓不多了:雅片战争,中法战争,中日战争,戊戌政变,义和拳变,八国联军,以至民元革命。然而我们没有一部像样的历史的著作,更不必说文学作品了。"莫谈国事",是我们做小民的本分。

我们的学者也曾说过:要征服中国,必须征服中国民族的心。其实,中国民族的心,有些是早给我们的圣君贤相武将帮闲之辈征服了的。近如东三省被占之后,听说北平富户,就不愿意关外的难民来租房子,因为怕他们付不出房租。在南方呢,恐怕义军的消息,未必能及鞭毙土匪,蒸骨验尸,阮玲玉自杀,姚锦屏化男的能够耸动大家的耳目罢?"一方面是庄严的工作,另一方面却是荒淫与无耻。"

但是,不知道是人民进步了,还是时代太近,还未湮没的缘故,我却见过几种说述关于东三省被占的事情的小说。这《八月的乡村》,即是很好的一部,虽然有些近乎短篇的连续,结构和描写人物的手段,也不能比法捷耶夫的《毁灭》,然而严肃,紧张,作者的心血和失去的天空,土地,受难的人民,以至失去的茂草,高粱,蝈蝈,蚊子,搅成一团,鲜红的在读者眼前展开,显示着中国的一份和全部,现在和未来,死路与活路。凡有人心的读者,是看得完的,而且有所得的。

"要征服中国民族,必须征服中国民族的心"!但这书却于"心的征服"有碍。心的征服,先要中国人自己代办。宋曾以道学替金元治心,明曾以党狱替满清箝口。这书当然不容于满洲帝国,但我看也因此当然不容于中华民国。这事情很快的就会得到实证。如果事实证明了我的推测并没有错，那也就证明了这是一部很好的书。

好书为什么倒会不容于中华民国呢？那当然，上面已经说过几回了——

"一方面是庄严的工作，另一方面却是荒淫与无耻！"

这不像序。但我知道，作者和读者是决不和我计较这些的。

一九三五年三月二十八日之夜，鲁迅读毕记。

最初印入 1935 年 8 月奴隶社版"奴隶丛书"之一《八月的乡村》。

初收 1937 年 7 月上海三闲书屋版《且介亭杂文二集》。

# 致 郑振铎

西谛先生：

得北归消息后，即奉一函，寄海甸，想已达。兹寄上印画等款项百五十元，请便中一取，并转付。画印成后，乞每种各寄下一幅，当排定次序，并序文纸板，寄上，仍乞费神付装订也。

《世界文库》新办法，书店方面仍无消息来。

专此布达，并颂

著安。

迅　顿首　三月二十八日

## 二十九日

**日记**　晴。上午得曹聚仁及徐懋庸信。同广平携海婴往须藤医院诊。得罗清桢信并木刻二幅,文稿一篇。得阿芷信。得俊明信,晚复。夜复曹聚仁及徐懋庸信。

# 致 曹聚仁

聚仁先生:

廿七信奉到。《丰收》序肯与转载,甚感,因作者正苦于无人知道,因而没有消路也。

《芒种》文极愿做,但现在正无事忙,所以临时能否交卷,殊不可必。在此刻,却正想能于下月五日以前寄出一篇。

胡考先生的画,除这回的《西厢》外,我还见过两种,即《尤三姐》,及《芒种》之所载。神情生动,线条也很精炼,但因用器械,所以往往也显着不自由,就是线有时不听意的指使。《西厢》画得很好,可以发表,因为这和《尤三姐》,是正合于他的笔法的题材。不过我想他如用这画法于攻打偶像,使之漫画化,就更有意义而且路也更开阔。不知先生以为何如?

原稿当于还徐先生文稿时,一并奉还。

专此布复,即请

道安。

迅  上  三月廿九夜

致徐先生一笺,乞转交。

# 致 徐懋庸

懋庸先生:

廿七日函收到。今天才看完一本小说,做了一篇序。方开封看

170

先生文稿，别事猬集，就又放下。我极愿从速交卷，那么，大约未必能看原稿后再做，只好对空策了，如说杂文之了不得之类。所拟的几个名目，我看都不好，欠明白显豁。

撰稿的地方，我不想扩张开去了，因为时间体力，都不容许，加工要生病，否则，不过约定不算，多说谎话而已。

专此布复，并请

著安。

迅　顿首　三月廿九夜。


## 三十日

**日记**　昙。上午得西谛信，午后复。晚三弟及蕴如携晔儿来。


# 致 郑振铎

西谛先生：

二十七日信顷已收到。《死魂灵》的续译，且俟《世界文库》新办法发表后再定罢。至于《古小说钩沉》，我想可以不必排印，因为一则放弃已久，重行整理，又须费一番新工夫；二则此种书籍，大约未必有多少人看，不如暂且放下，待将来有闲工夫时再说。

书店股东若是商人，其弊在胡涂，若是智识者，又苦于太精明，这两者都于进行有损。我看开明书店即太精明的标本，也许可以保守，但很难有大发展；生活书店目下还不至此，不过将来是难说的，这时候，他们的译作者，就止好用雇员。至于不登广告，大约是爱惜纸张之故，纸张现在确也值钱，但他们没有悟到白纸买卖，乃是纸店，倘是书店，有时是只能牺牲点纸张的。

商务的《小说月报》事，我看不过一种谣言（现在又无所闻了），达夫是未必肯干的，而且他和四角号码王公，也一定合不来。至于施杜二公，或者有此野心，但二公大名，却很难号召读者；廉卖自然是一种好竞争法，然究竟和内容相关，一折八扣书，乃另是一批读者也。假如此事实现的话，我想，《文学》还大有斗争的可能，但必须书店方店［面］也有这决心，如果书店仍然掣肘，那是要失败的。

　　《笺谱》附条添了几句，今寄回。闻先生仍可在北平教书，不知确否？倘确，则好极。今年似不如以全力完成《十竹斋笺谱》，然后再图其他。《北平笺谱》如此迅速的成为"新董"，真为始料所不及。今在中国之售卖品，大约只有内山的五部而已——但不久也就要售去的。

　　二十八日寄奉一函，并附商务汇款百五十元，信封上据前函所示，写了"北总布胡同一号"，今看此次信面所写，乃是"小羊宜宾胡同"，不知系改了地方，还是异名同地？前信倘能收到，则更好，否则大约会退回来（因系挂号），不过印费又迟延了。专此布复，并请著安。

　　　　　　　　　　　　　　迅　顿首　三月三十日。


## 三十一日

　　**日记**　星期。晴。上午同广平携海婴往须藤医院诊，又至百货店买玩具少许。午后得李辉英信。得黄河清信。下午寄母亲信。寄紫佩信。为徐懋庸杂文作序。夜补完《从"别字"说开去》成一篇。


# 徐懋庸作《打杂集》序

　　我觉得中国有时是极爱平等的国度。有什么稍稍显得特出，就

172

有人拿了长刀来削平它。以人而论,孙桂云是赛跑的好手,一过上海,不知怎的就萎靡不振,待到到得日本,不能跑了;阮玲玉算是比较的有成绩的明星,但"人言可畏",到底非一口气吃下三瓶安眠药片不可。自然,也有例外,是捧了起来。但这捧了起来,却不过为了接着摔得粉碎。大约还有人记得"美人鱼"罢,简直捧得令观者发生肉麻之感,连看见姓名也会觉得有些滑稽。契诃夫说过:"被昏蛋所称赞,不如战死在他手里。"真是伤心而且悟道之言。但中国又是极爱中庸的国度,所以极端的昏蛋是没有的,他不和你来战,所以决不会爽爽快快的战死,如果受不住,只好自己吃安眠药片。

在所谓文坛上当然也不会有什么两样:翻译较多的时候,就有人来削翻译,说它害了创作;近一两年,作短文的较多了,就又有人来削"杂文",说这是作者的堕落的表现,因为既非诗歌小说,又非戏剧,所以不入文艺之林,他还一片婆心,劝人学学托尔斯泰,做《战争与和平》似的伟大的创作去。这一流论客,在礼仪上,别人当然不该说他是"昏蛋"的。批评家吗?他谦虚得很,自己不承认。攻击杂文的文字虽然也只能说是杂文,但他又决不是杂文作家,因为他不相信自己也相率而堕落。如果恭维他为诗歌小说戏剧之类的伟大的创作者,那么,恭维者之为"昏蛋"也无疑了。归根结底,不是东西而已。不是东西之谈也要算是"人言",这就使弱者觉得倒是安眠药片较为可爱的缘故。不过这并非战死。问是有人要问的:给谁害死的呢?种种议论的结果,凶手有三位:曰,万恶的社会;曰,本人自己;曰,安眠药片。完了。

我们试去查一通美国的"文学概论"或中国什么大学的讲义,的确,总不能发见一种叫作 Tsa-wen 的东西。这真要使有志于成为伟大的文学家的青年,见杂文而心灰意懒:原来这并不是爬进高尚的文学楼台去的梯子。托尔斯泰将要动笔时,是否查了美国的"文学概论"或中国什么大学的讲义之后,明白了小说是文学的正宗,这才决心来做《战争与和平》似的伟大的创作的呢?我不知道。但我知道中国的这几年的杂文作者，他的作文，却没有一个想到"文学概论"的规定，或者希图文学史上的位置的，他以为非这样写不可，他就这样写，因为他只知道这样的写起来，于大家有益。农夫耕田，泥匠打墙，他只为了米麦可吃，房屋可住，自己也因此有益之事，得一点不亏心的餬口之资，历史上有没有"乡下人列传"或"泥水匠列传"，他向来就并没有想到。如果他只想着成什么所谓气候，他就先进大学，再出外洋，三做教授或大官，四变居士或隐逸去了。历史上很尊隐逸，《居士传》不是还有专书吗，多少上算呀，噫！

但是，杂文这东西，我却恐怕要侵入高尚的文学楼台去的。小说和戏曲，中国向来是看作邪宗的，但一经西洋的"文学概论"列为正宗，我们也就奉之为宝贝，《红楼梦》《西厢记》之类，在文学史上竟和《诗经》《离骚》并列了。杂文中之一体的随笔，因为有人说它近于英国的 Essay，有些人也就顿首再拜，不敢轻薄。寓言和演说，好像是卑微的东西，但伊索和契开罗，不是坐在希腊罗马文学史上吗？杂文发展起来，倘不赶紧削，大约也未必没有扰乱文苑的危险。以古例今，很可能的，真不是一个好消息。但这一段话，我是和不是东西之流开开玩笑的，要使他爬耳搔腮，热刺刺的觉得他的世界有些灰色。前进的杂文作者，倒决不计算着这些。

其实，近一两年来，杂文集的出版，数量并不及诗歌，更其赶不上小说，慨叹于杂文的泛滥，还是一种胡说八道。只是作杂文的人比先前多几个，却是真的，虽然多几个，在四万万人口里面，算得什么，却就要谁来疾首蹙额？中国也真有一班人在恐怕中国有一点生气；用比喻说：此之谓"虎怅"。

这本集子的作者先前有一本《不惊人集》，我只见过一篇自序；书呢，不知道那里去了。这一回我希望一定能够出版，也给中国的著作界丰富一点。我不管这本书能否入于文艺之林，但我要背出一首诗来比一比："夫子何为者？栖栖一代中。地犹鄹氏邑，宅接鲁王宫。叹凤嗟身否，伤麟怨道穷。今看两楹奠：犹与梦时同。"这是《唐诗三百首》里的第一首，是"文学概论"诗歌门里的所谓"诗"。但和我们不相干，那里能够及得这些杂文的和现在切贴，而且生动，泼剌，有益，而且也能移人情。能移人情，对不起得很，就不免要搅乱你们的文苑，至少，是将不是东西之流的唾向杂文的许多唾沫，一脚就踏得无踪无影了，只剩下一张满是油汗兼雪花膏的嘴脸。

这嘴脸当然还可以唠叨，说那一首"夫子何为者"并非好诗，并且时代也过去了。但是，文学正宗的招牌呢？"文艺的永久性"呢？

我是爱读杂文的一个人，而且知道爱读杂文还不只我一个，因为它"言之有物"。我还更乐观于杂文的开展，日见其斑斓。第一是使中国的著作界热闹，活泼；第二是使不是东西之流缩头；第三是使所谓"为艺术而艺术"的作品，在相形之下，立刻显出不死不活相。我所以极高兴为这本集子作序，并且借此发表意见，愿我们的杂文作家，勿为虎伥所迷，以为"人言可畏"，用最末的稿费买安眠药片去。

一九三五年三月三十一日，鲁迅记于上海之卓面书斋。

原载 1935 年 5 月 5 日《芒种》半月刊第 6 期。题作《〈打杂集〉序言》。

初收 1937 年 7 月上海三闲书屋版《且介亭杂文二集》。

# 从"别字"说开去

自从议论写别字以至现在的提倡手头字，其间的经过，恐怕也有一年多了，我记得自己并没有说什么话。这些事情，我是不反对的，但也不热心，因为我以为方块字本身就是一个死症，吃点人参，或者想一点什么方法，固然也许可以拖延一下，然而到底是无可挽救的，所以一向就不大注意这回事。

前几天在《自由谈》上看见陈友琴先生的《活字与死字》，才又记起了旧事来。他在那里提到北大招考，投考生写了误字，"刘半农教授作打油诗去嘲弄他，固然不应该"，但我"曲为之辩，亦可不必"。那投考生的误字，是以"倡明"为"昌明"，刘教授的打油诗，是解"倡"为"娼妓"，我的杂感，是说"倡"不必一定作"娼妓"解，自信还未必是"曲"说；至于"大可不必"之评，那是极有意思的，一个人的言行，从别人看来，"大可不必"之点多得很，要不然，全国的人们就好像是一个了。

我还没有明目张胆的提倡过写别字，假如我在做国文教员，学生写了错字，我是要给他改正的，但一面也知道这不过是治标之法。至于去年的指摘刘教授，却和保护别字微有不同。（一）我以为既是学者或教授，年龄至少和学生差十年，不但饭菜多吃了万来碗了，就是每天认一个字，也就要比学生多识三千六百个，比较的高明，是应该的，在考卷里发见几个错字，"大可不必"飘飘然生优越之感，好像得了什么宝贝一样。况且（二）现在的学校，科目繁多，和先前专攻八股的私塾，大不相同了，纵使文字不及从前，正也毫不足怪，先前的不写错字的书生，他知道五洲的所在，原质的名目吗？自然，如果精通科学，又擅文章，那也很不坏，但这不能含含胡胡，责之一般的学生，假使他要学的是工程，那么，他只要能筑堤造路，治河导淮就尽够了，写"昌明"为"倡明"，误"留学"为"流学"，堤防决不会因此就倒塌的。如果说，别国的学生对于本国的文字，决不致闹出这样的大笑话，那自然可以归罪于中国学生的偏偏不肯学，但也可以归咎于先生的不善教，要不然，那就只能如我所说：方块字本身就是一个死症。

改白话以至提倡手头字，其实也不过一点樟脑针，不能起死回生的，但这就又受着缠不清的障害，至今没有完。还记得提倡白话的时候，保守者对于改革者的第一弹，是说改革者不识字，不通文，所以主张用白话。对于这些打着古文旗子的敌军，是就用古书作"法宝"，这才打退的，以毒攻毒，反而证明了反对白话者自己的不识字，不通文。要不然，这古文旗子恐怕至今还不倒下。去年曹聚仁先生为别字辩护，战法也是搬古书，弄得文人学士之自以为识得"正字"者，哭笑不得,因为那所谓"正字"就有许多是别字。这确是轰毁旧营垒的利器。现在已经不大有人来辩文的白不白——但"寻开心"者除外——字的别不别了。因为这会引到今文《尚书》,骨甲文字去,麻烦得很。这就是改革者的胜利——至于这改革的损益,自然又作别论。

陈友琴先生的《死字和活字》,便是在这决战之后,重整阵容的最稳的方法,他已经不想从根本上斤斤计较字的错不错,即别不别了。他只问字的活不活;不活,就算错。他引了一段何仲英先生的《中国文字学大纲》来做自己的代表——

> "……古人用通借,也是写别字,也是不该。不过积古相沿,一向通行,到如今没有法子强人改正。假使个个字都能够改正,是《易经》里所说的'幹父之蛊'。纵使不能,岂可在古人写的别字以外再加许多别字? 古人写的别字,通行到如今,全国相同,所以还可解得。今人若添写许多别字,各处用各处的方音去写,别省别县的人,就不能懂得了,后来全国的文字,必定彼此不同,这不是一种大障碍么? ……"

这头几句,恕我老实的说罢,是有些可笑的。假如我们先不问有没有法子强人改正,自己先来改正一部古书试试罢,第一个问题是拿什么做"正字",《说文》,金文,骨甲文,还是简直用陈先生的所谓"活字"呢? 纵使大家愿意依,主张者自己先就没法改,不能"幹父之蛊"。所以陈先生的代表的接着的主张是已经错定了的,就一任他错下去,但是错不得添,以免将来破坏文字的统一。是非不谈,专论利害,也并不算坏,但直白的说起来,却只是维持现状说而已。

维持现状说是任何时候都有的,赞成者也不会少,然而在任何时候都没有效,因为在实际上决定做不到。假使古时候用此法,就没有今之现状,今用此法,也就没有将来的现状,直至辽远的将来,一切都和太古无异。以文字论,则未有文字之时,就不会象形以造"文",更不会孳乳而成"字",篆决不解散而为隶,隶更不简单化为现在之所谓"真书"。文化的改革如长江大河的流行,无法遏止,假使能够遏止,那就成为死水,纵不干涸,也必腐败的。当然,在流行时,倘无弊害,岂不更是非常之好?然而在实际上,却断没有这样的事。回复故道的事是没有的,一定有迁移;维持现状的事也是没有的,一定有改变。有百利而无一害的事也是没有的,只可权大小。况且我们的方块字,古人写了别字,今人也写别字,可见要写别字的病根,是在方块字本身的,别字病将与方块字本身并存,除了改革这方块字之外,实在并没有救济的十全好方法。

　　复古是难了,何先生也承认。不过现状却也维持不下去,因为我们现在一般读书人之所谓"正字",其实不过是前清取士的规定,一切指示,都在薄薄的三本所谓"翰苑分书"的《字学举隅》中,但二十年来,在不声不响中又有了一点改变。从古迄今,什么都在改变,但必须在不声不响中,倘一道破,就一定有窒碍,维持现状说来了,复古说也来了。这些说头自然也无效。但一时不失其为一种窒碍却也是真的,它能够使一部分的有志于改革者迟疑一下子,从招潮者变为乘潮者。

　　我在这里,要说的只是维持现状说听去好像很稳健,但实际上却是行不通的,史实在不断的证明着它只是一种"并无其事":仅在这一些。

三月二十一日。

　　　原载 1935 年 4 月 20 日《芒种》半月刊第 1 卷第 4 期。署名旅隼。

　　　初收 1937 年 7 月上海三闲书屋版《且介亭杂文二集》。

# 致 母 亲

母亲大人膝下,敬禀者,廿三的信,早收到了。小包一个,亦于前日收到,当即分出一半,送与老三。其中的干菜,非常好吃,孩子们都很爱吃,因为他们是从来没有吃过这样干菜的。

大人的胃病,近来不知如何,万乞千万小心调养为要。寓中均好,惟男较忙,前给海婴种了四粒痘,都没有灌浆,医生云,可以不管,至十多岁再种了。

专此布达,恭请

金安。

男树　叩上　广平海婴同叩　三月三十一日

# 四月

## 一日

**日记**　晴。上午寄曹聚仁信并《芒种》稿一篇,附与徐懋庸信并杂文序一篇。午得母亲信,三月二十八日发。得穆禊信。下午烈文来。

## 致 徐懋庸

懋庸先生:

所谓序文,算是做好了,今寄上,原稿也不及细看,但我看是没有关系的,横竖不过借此骂骂林希隽。原稿放在书店里,附上一笺,乞持以往取,认笺不认人,谁都可以去的,不必一定亲自出马也。

那包里面,有画稿一小本,请转交曹先生。

此致,即请

道安。

迅　顿首　四月一日

## 二日

**日记**　晴。下午同广平携海婴往上海大戏院观《金银岛》。晚得季市信,即复。得萧军信,夜复。小雨。

## 人生识字胡涂始

中国的成语只有"人生识字忧患始",这一句是我翻造的。

孩子们常常给我好教训，其一是学话。他们学话的时候，没有教师，没有语法教科书，没有字典，只是不断的听取，记住，分析，比较，终于懂得每个词的意义，到得两三岁，普通的简单的话就大概能够懂，而且能够说了，也不大有错误。小孩子往往喜欢听人谈天，更喜欢陪客，那大目的，固然在于一同吃点心，但也为了爱热闹，尤其是在研究别人的言语，看有什么对于自己有关系——能懂，该问，或可取的。

我们先前的学古文也用同样的方法，教师并不讲解，只要你死读，自己去记住，分析，比较去。弄得好，是终于能够有些懂，并且竟也可以写出几句来的，然而到底弄不通的也多得很。自以为通，别人也以为通了，但一看底细，还是并不怎么通，连明人小品都点不断的，又何尝少有？人们学话，从高等华人以至下等华人，只要不是聋子或哑子，学不会的是几乎没有的，一到学文，就不同了，学会的恐怕不过极少数，就是所谓学会了的人们之中，请恕我坦白的再来重复的说一句罢，大约仍然胡胡涂涂的还是很不少。这自然是古文作怪。因为我们虽然拼命的读古文，但时间究竟是有限的，不像说话，整天的可以听见；而且所读的书，也许是《庄子》和《文选》呀，《东莱博议》呀，《古文观止》呀，从周朝人的文章，一直读到明朝人的文章，非常驳杂，脑子给古今各种马队践踏了一通之后，弄得乱七八遭，但蹄迹当然是有些存留的，这就是所谓"有所得"。这一种"有所得"当然不会清清楚楚，大概是似懂非懂的居多，所以自以为通文了，其实却没有通，自以为识字了，其实也没有识。自己本是胡涂的，写起文章来自然也胡涂，读者看起文章来，自然也不会倒明白。然而无论怎样的胡涂文作者，听他讲话，却大抵清楚，不至于令人听不懂的——除了故意大显本领的讲演之外。因此我想，这"胡涂"的来源，是在识字和读书。

例如我自己，是常常会用些书本子上的词汇的。虽然并非什么冷僻字，或者连读者也并不觉得是冷僻字。然而假如有一位精细的读者，请了我去，交给我一枝铅笔和一张纸，说道，"您老的文章里，说过这山是'峻嶒'的，那山是'巉岩'的，那究竟是怎么一副样子呀？您不会画画儿也不要紧，就钩出一点轮廓来给我看看罢。请，请，请……"这时我就会腋下出汗，恨无地洞可钻。因为我实在连自己也不知道"峻嶒"和"巉岩"究竟是什么样子，这形容词，是从旧书上钞来的，向来就并没有弄明白，一经切实的考查，就糟了。此外如"幽婉"，"玲珑"，"蹒跚"，"噯嚅"……之类，还多得很。

说是白话文应该"明白如话"，已经要算唱厌了的老调了，但其实，现在的许多白话文却连"明白如话"也没有做到。倘要明白，我以为第一是在作者先把似识非识的字放弃，从活人的嘴上，采取有生命的词汇，搬到纸上来；也就是学学孩子，只说些自己的确能懂的话。至于旧语的复活，方言的普遍化，那自然也是必要的，但一须选择，二须有字典以确定所含的意义，这是另一问题，在这里不说它了。

四月二日。

原载 1935 年 5 月 1 日《文学》月刊第 4 卷第 5 号。署名庚。

初收 1937 年 7 月上海三闲书屋版《且介亭杂文二集》。

# 致 许寿裳

季市兄：

顷奉到三月三十日手示，知两星期前并无信，盖曹君误听耳。五[三]月一日函及月底一信，均已收到无误，似尔时忙于译书，遂未奉复。近亦仍忙，颇苦于写多而读少，长此以往，必将空疏。但果戈尔小说，则因出版者并未催促，遂又中止，正未知何时得完也。

专此布复，敬颂

春绥。

弟飞　顿首　四月二日

# 致 萧 军

刘军兄：

二日信收到。内云"同一条路，只是门牌改了号数"，这回是没有什么"里"的么？那么，莫非屋子是临街的？

还有较详的信，怕寄失，所以先问一问，望即回信。

豫　上　四月二夜

《八月》已看过，序已作好。

# 致 黄 源

河清先生：

上月三十日信收到。沈先生已见过，但看他情形，真也恐怕没有工夫，不能大逼，只可小逼，然而小逼是大抵没有效的。稍迟，看情形再想法子罢。如有可收在插画本里的字数不多的书，或者还可以。

插画本大如《奔流》，我看是够了，再大，未免近于浪费。但往日本印图或者也须中止，因为不便之点甚多，俟便中面谈。

《表》先付印，未始不可，但我对于那查不出的两个字，总不舒服，不过也无法可想。现在当先把本文再看一回，那一本德译本，望嘱信差或便中交下为荷。

果戈理我实在有些怕他，年前恐怕未必有结果。左勤克的小篇，金人想译他一本，都是滑稽故事，检查是不会有问题的，销路大

183

约也未必坏,就约他译来,收在丛书内,何如?

　　此复,即请

著安。

迅　上　四月二夜。

## 三日

　　**日记**　雨。上午寄河清信。寄望道信并"掂斤簸两"三则。寄三弟信。午得美术生活社借画费五元。得《文学》本月稿费十元。得何白涛信并木刻两种各二幅。

# "某"字的第四义

　　某刊物的某作家说《太白》不指出某刊物的名目来,有三义。他几乎要以为是第三义:意在顾全读者对于某刊物的信任而用"某"字的了。但"写到这里,有一位熟悉商情的朋友来了"。他说不然,如果在文章中写明了名目,岂不就等于替你登广告?

　　不过某作家自己又说不相信,因为"一个作者在写自己的文章的时候,居然肯替书店老板打算到商业竞争的利害上去,也未免太'那个'了"。

　　看这作者的厚道,就越显得他那位"熟悉商情的朋友"的思想之龌龊,但仍然不失为"朋友",也越显得这位作者之厚道了。只是在无意中,却替这位"朋友"发表了"商情"之外,又剥了他的脸皮。《太白》上的"某"字于是有第四义:暴露了一个人的思想之龌龊。

　　　　原载1935年4月20日《太白》半月刊第2卷第3期"掂

斤簸两"栏。署名直入。

初未收集。

# "天生蛮性"

为"江浙人"所不懂的

辜鸿铭先生赞小脚；
郑孝胥先生讲王道；
林语堂先生谈性灵。

原载 1935 年 4 月 20 日《太白》半月刊第 2 卷第 3 期"掂
斤簸两"栏。署名越山。

初未收集。

# 死  所

日本有一则笑话,是一位公子和渔夫的问答——

"你的父亲死在那里的?"公子问。

"死在海里的。"

"你还不怕,仍旧到海里去吗?"

"你的父亲死在那里的?"渔夫问。

"死在家里的。"

"你还不怕,仍旧坐在家里吗?"

今年,北平的马廉教授正在教书,骤然中风,在教室里逝去了,疑古玄同教授便从此不上课,怕步马廉教授的后尘。

但死在教室里的教授,其实比死在家里的着实少。

"你还不怕,仍旧坐在家里吗?"

原载 1935 年 5 月 20 日《太白》半月刊第 2 卷第 5 期"掂斥簸两"栏。署名敖者。

初未收集。

## 四日

**日记** 小雨。午得母亲信,一日发。得增田君信。得萧军信,即复。得李桦信,下午复。买『凡人经』一本,三元。得阿芷信,晚复。复李辉英信。夜同广平往邀三弟及蕴如同至新光大戏院观 *Baboona*。

# 致萧军

刘兄:

三日信收到。稿、序、并另有信,都作一包,放在书店里,附上一笺,乞拿以去取,但星期日上午,他们是休息的。

豫 上 四月四夜。

# 致李桦

李桦先生:

三月十七及廿八两函,均先后收到。《现代木刻》六集亦已拜领，谢谢。寄内山书店者尚未到，今日往问代售办法，据云售出后以七折计；并且已嘱其直接通信了。

作绍介文字，颇不易为，一者因为我虽爱版画，却究竟无根本智识，不过一个"素人"，在信中发表个人意见不要紧，倘一公开，深恐贻误大局；二则中国无宜于发表此项文字之杂志，上海虽有挂艺术招牌者，实则不清不白，倘去发表，反于艺术有伤。其实，以中国之大，当有美术杂志固不俟言，即版画亦应有专门杂志，然而这是决不能实现的。现在京沪木刻运动，仍然销沉，而且颇散漫，几人自为政之概，然亦无人能够使之集中，成一坚实的团体，大势如此，无可如何。我实亦无好方法，但以为只要有人做，总比无人做的好，即使只凭热情，自亦当有成效。德国的 Action，Brücke 各派，虽并不久续，但对于后来的影响是大的。我们也只能这么做下去。

日本的黑白社，比先前沉寂了，他们早就退入风景及静物中，连古时候的"浮世绘"的精神，亦已消失。目下出版的，只有玩具集，范围更加缩小了，他们对于中国木刻，恐怕不能有所补益。外国中的欧美人，我无相识者，只有苏联之一美术批评家，曾经通信，他也很留心中国美术，研究会似可寄一点作品给他看看，地址附上，通信的文字，用英文或德文都可以的。

中国古时候的木刻，对于现在也许有可采用之点，所以我们有几个人，正在企图翻印（玻璃板）明清书籍中之插画，今年想出它一两种。有一种陈老莲的人物，已在制版了。

专此布复，并颂

春绥。

迅　上　四月四夜。


## 五日

**日记**　晴。上午得母亲所寄食物一包。得《太白》二卷二期稿费五元。得紫佩信。得西谛信。得曹聚仁信。得靖华所寄《死魂灵》插画十二张。下午内山书店送来『牧野植物学全集』内之『植物随笔集』一本，价五元。夜雨。

## 六日

**日记** 昙。午后携海婴至高桥医院治齿。晚蕴如携蕖官来。三弟来。

## 七日

**日记** 星期。昙。午内山书店送来『ドストイエフスキイ全集』（十八）一本，二元五角。午后得山本夫人信。得 Nikolai Petrov 信。得王志之信。得靖华信。得徐懋庸信。得望道信。夜雨。

## 八日

**日记** 雨。上午往高桥医院治齿龈。得阿芷信。买『小林多喜二全集』（一）一本，一元八角。得良友公司寄赠之《老残游记》二集及《电》各一本。午后河清来。晚复望道信。复西谛信。夜雨。同广平往邀蕴如及三弟至融光戏院观《珍珠岛》上集。

# 致 曹靖华

汝珍兄：

三月卅日信收到，插画十一幅也收到了，此画似只到第四章为止，约居全书的三分之一，所差大约是还很多的。

《星花》版税，从去年七月至今年一月止，共二十五元，今附上汇票一纸，希赴瑠璃厂商务印书馆分店一取，并祈带了印章去，因为他们的新办法,要签名盖印也说不定的。今年上海银根紧,二月应付的版税,到现在才交来。

　　我们都好的,但弟仍无力气,而又不能休息,对付各种无聊之事,尤属讨厌,连自己也整天觉得无味了,现在正在想把生活整顿一下。

　　专此布达,即请
春安。

弟　豫　上　四月八夜。

## 九日

　　**日记**　昙。上午寄靖华信并《星花》版税二十五元。复山本夫人信。复增田君信。得萧军信。得《现代版画》(六)一本。得西谛信并《十竹斋笺谱》第一册一本。夜同广平往融光戏院观《海底寻金》。雨。濯足。

# 致 黄 源

河清先生:

　　插画本丛书的版心,我看每行还可以添两个字,那么,略成长方,比较的好看(《两地书》如此),照《奔流》式,过于狭长,和插画不能调和,因为插画是长方的居多。

　　此书请暂缓发排,索性等我全部看一遍后付印罢,我当于十五日以前看完。

　　专此即请
撰安。

迅　上　四月九日

# 致 山本初枝

　拝啓　四月一日の御手紙を拝見致しました。先日色々なよい
品物をいただいて有難ふ御座います。忙しい事となまけて居る
事で有平糖を食べて仕舞ったあとでも一言御礼を申上げませんで
した。何卒ゆるして下さい。上海はいやな処になって居ます。昨
年には雪が降らなかったし今年は一向あたたかくもなりません。
龍華の桃の花はもう咲きましたがあそこに警備司令部が陣取って
居ますから頗る殺風景な有様になって居るので遊びに行く人も少
なかったらしい。若し上野に監獄を建てたら、いくら花見に熱心
な人も御免を蒙むるのでしょう。上京したあと増田一世からも手
紙をもらひました。『中国文学』月報二号に講演の予告が出て居ま
すから大に活躍して居る事と存じます。しかし文章のうれない
事は実に困ります。支那にも同じ事。今には何処でも文章の時
代でないらしい。上海の幾人の所謂る「文学者」は霊魂を売っても
毎月六十弗しかもらへません。大根か鰯らしい値段です。私は
不相変かいて居ますが、印刷されない時が多い、馬鹿げたものな
ら、出版をゆるされるが自分もいやになって仕舞ふ、だから、今年
は大抵翻訳をやって居ます。

魯迅　上　四月九日

山本夫人几下

# 致 増田渉

　三月卅日御手紙到着、先日『小品文と漫画』一冊送りました、中

に呉組湘君の短文あり今度の態度はよいと思ひます。

『文学季刊』四期を恵曇村へ送った事のある事は忘れました、誰かにやって下さい、中に鄭君の論文、元朝の商人と士大夫とが芸妓屋に於ける競争について記載する処が面白い。

支那、日本、加ふるに毛唐の学者は『四庫全書』に対してこんなに有難がって居る事は私に実に解りかねます。こんどの記述はほんの一鱗半爪、もっと詳細に研究すれば不都合な処はまだ沢山発見するだらう。取捨も不公平であり、清初の反満派の文集の排斥される事は満州朝だからまだよいとしても、明末の公安、竟陵両派の作品も大に排斥され、併し此両派の作者はあの時、文学上大に関係あるものであるのだ。

『文学』三月号に出された拙文も大に刪削されて居る。つまり今の国民党の遣方は満洲朝とさう違はない、或は満洲人もあの時漢人からこんな方法を教へたのかも知れない。去年六月以来、出版物に対する圧迫は段々ひどくなり、出版屋も大に困って居り。新しい青年作家の創作に対する圧迫が殊にひどく関係あるの所を全くけされて、カラだけ残こる事屢々あり、こんな有様をくわしく、わからなければ、日本で「中国文学」を研究する事は随分隔膜に免かれないだらう。つまり、私達は皆な桎梏をはめてダンスをやって居るのだ。

併し私は近い内に昨年の雑文をあつめて、けされた処、禁止されたものを皆な入れて出版するつもりです。

『十竹齋箋譜』第一冊は近い内に出版します、二百部しか印刷しません、北平から送って来たら早速送り上げます。あとの三冊はどうですか、今の処では不明。北平箋譜はもう珍本となりました。売品としては只内山老板がまだ五部持って居るらしい。

さうして、これから、コロタイプで複製するつもりのものは、陳老蓮の『博古牌子』(酒令につかったもの)、明刻宋人の『耕織図』

です。

洛文　上　四月九日

增田同学兄几下


**十日**

　　**日记**　昙。上午得谷非信并《文学新辑》两本。得曹聚仁信,即复。午后复西谛信。下午往高桥医院治齿龈。晚雨。夜再校阅《表》一过。


# 《引玉集》再版牌记

　　一九三五年四月,再版二百五十部,内十五部仍为赠送本,不发卖;二百部为流通本,每部实价一元五角。上海四川路底施高塔路,内山书店代售。


　　　　未另发表。
　　　　原载 1935 年 4 月三闲书屋再版本版权页。


# 表

[苏联]L.班台莱耶夫

　　彼蒂加·华来德做过的事情,都胡涂得很。

　　他在市场里到处的走,什么都想过了。他又懊恼,又伤心。他饿了,然而买点吃的东西的钱却是一文也没有。

无论那里都没有人会给他一点什么的。饿可是越来越厉害。

彼蒂加想偷一件重东西。没有弄好。倒在脊梁上给人敲了一下子。

他逃走了。

他想偷一个小桶。又倒楣。他得把这桶立起来,拖着走。

一个胖胖的市场女人忽然给他看见了。她站在角落里卖蛋饼。出色的蛋饼,焦黄,松脆,冒着热气。他抖抖的趸过去。他不做别的,就只拿了一个蛋饼,嗅了一嗅,就塞在袋子里面了。也不对那女人说一句求乞的话。安闲地,冷静地,回转身就走。

那女人跟了他来。她拍的打了一下。抓住他的肩头,叫道:

"你偷东西! 还我蛋饼!"

"什么蛋饼?"彼蒂加问着,又想走了。

这时可是已经聚集了一些人。有一个捏住了他的喉咙。别一个从后面用膝盖给他一磕。他立刻倒在地上了,于是一顿臭打。

不多久,一大群人拖他去到警察局。

大家把他交给局长了。

"那是这样的。我们给您送一个小扒手来了。他捞了一个蛋饼。"

局长很忙碌,没有工夫。他先不和彼蒂加会面,只命令把他关在拘留所里面。

照办了,他就在那里坐着。


拘留所里,彼蒂加坐在一条不干净的,旧的长椅上。他动也不动,只对着窗门。窗是用格子拦起来的。格子外面看见天。天很清朗,很明净,而且蓝得发亮,像一个水兵的领子。

彼蒂加看定着天空,苦恼的思想在他脑袋里打旋子。伤心的思想。

"唉唉!"他想。"人生是多么糟糕! 我简直又要成为流浪儿的罢？简直不行了。袋子里是有一个蛋饼在这里。"

伤心的思想……如果从前天起,就没有东西吃进肚里去,人还会快活么?坐在格子里面,还会舒服么?看着天空,还会有趣么?如果为了一件大事情,倒也罢了!但只为了一个蛋饼……呸,见鬼!

彼蒂加完全挫折了。他闭上眼睛,只等着临头的运命。

他这么等着的时候,忽然听到一声敲。很响的敲。好像不在房门上,却在墙壁上,在那隔开别的屋子的薄的板壁上。

彼蒂加站了起来。他睁开眼睛,侧着耳朵听。

的确的。有谁在用拳头要打破这板壁。

彼蒂加走近去,从板缝里一望。他看见了拘留房的墙壁,一条板椅,一个拦着格子的窗户,地上的烟蒂头。连一个人影子也没有。全是空的。这敲从那里来的呢,捉摸不到。

"什么恶鬼在这里敲呢?"他想。"恐怕是用爪子在搔罢?"

他正在左思右想,却听到了一种声音,是很低,很沙的男人的声音:

"救救!妈妈子!"

彼蒂加一跳就到屋角的炉旁。炉旁边的墙壁上有一条大裂缝。他从这缝里看见一个鼻子。鼻子下面动着黑胡须。一个斜视的黑眼珠,悲伤的在张望。

"妈妈子!"那声音求告着。"心肝!放我出去罢,看老天爷的面子!"

那眼睛在板缝里爬来爬去,就好像一匹蟑螂。

"这滑稽家伙是什么人呢?"彼蒂加想。"发了疯,还是喝醉了?一定是喝醉了!还闻得到烧酒味儿哩……呸……"

浓烈的酒气涌进房了。

"妈妈子!"那醉汉唠叨着。"妈妈子!"

彼蒂加站在那里,瞧着那醉汉,却全不高兴去说话。别一面是他不要给人开玩笑。现在他无法可想了。他简短的说:

"你嚷什么?"

"放我出去,心肝! 放我出去,宝贝!"

他突然叫了起来:

"大人老爷! 同志先生! 请您放我出去罢! 我的孩子们在等我呢!"

真是可笑得很。

"傻瓜,"彼蒂加说。"我怎么能放你出去呢? 我也是像你一样,关在这里的。你疯了么?"

他忽然看见那醉汉从板缝里伸进手来了。在满生着泡的手里是一只表。一只金表。足色的金子。带着表链。带着各样的挂件。

醉汉睁大了他的斜视眼,低声说道:

"局长同志,请您放我出去罢! 我就送给您这个表。您瞧! 是好东西呀! 您可以的!"

那表也真的在咭咭的走。

合着这调子,彼蒂加的心也跳起来了。

他抓过表来,一跳就到别一屋角的窗下。因为好运道,呼吸也塞住了,所有的血也都跑到头上来了。

那醉汉却在板缝里伸着臂膊,叫喊道:

"救救!"

他顿着脚,好像给枪刺着了的大叫起来。

"救救呀! 强盗呀! 强盗呀!"

彼蒂加发愁了,来回的走着。血又回到脚里去了。他的指头绝望的抓着表链,抓着这满是咭咭咯咯的响的挂件的该死的表链。这里有极小的象,狗儿,马掌,梨子样的绿玉。

他终于连挂件一起拉下那链子来。他把这东西塞进缝里去:

"哪,拿去! 你挂着就是!"

那醉汉已经连剩余的一点记性也失掉了。他全不想到表,只收回了那表链:

"多谢,多谢!"他喃喃的说。"我的心肝!"

他从板缝里伸过手来,来抚摩彼蒂加,还尖起嘴唇,响了一声,好像算是和他亲吻:

"妈妈子!"

彼蒂加又跑到窗下。血又升上来了。思想在头里打旋子。

"哈!"他想。"好运道!"

他放开拳头,看着表。太阳在窗格子外面的晴天上放光,表在他手里发亮。他呵一口气,金就昏了。他用袖子一擦,就又发亮。彼蒂加也发亮了:

"聪明人是什么都对的。一切坏事情也有它的好处。现在我抓了这东西在这里。这样的东西,随便那一个旧货店都肯给我五十卢布的。什么?五十?还要多……"

他简直发昏了。他做起种种的梦来:

"首先我要买一个白面包。一个顶大的白面包。还有猪油。猪油是刮在面包上来吃的,以后就喝可可茶。再买一批香肠。还有香烟,顶上等的货色。还有衣服:裤子,上衣。再一件柳条纹的小衫……还有长靴。但是我为什么坐在这里做梦?第一着,是逃出去。别的事都容易得很。"

不错,一切都很好。只有一样可不好。是他被捉住了。他坐着,好像鼠子落在陷阱里。窗户是有格子的,门是锁住的。运气捏在他手里,只可惜走不脱身。

"不要紧,"他自己安慰着。"怎么都好。只要熬到晚……不会就送命的。晚上,市场一收,他们就放我了。"

彼蒂加的想头是对的。到晚上,人就要来放他了。这并不是第一回,他已经遇到过好几回了。但到晚上又多么长呀!太阳简直一点也不忙。

他再拿那表细看了一回,于是塞在破烂的裤的袋子里。为要十分的牢稳,就把袋子打了一个结。墙壁后面的叫喊和敲打,一下子

都停止了。锁发着响,彼蒂加回头去看时,却站着一个警察,说道:

"喂,出来,你这小浪子!"

了不得! 彼蒂加竟有些发愁。他跳起来,提一提裤子,走出屋子去。警察跟着他。

"快走,你这小浪子! 见局长去!"

"好的!"——

彼蒂加在局长面前出现了。局长坐在绿色的桌子旁,手里拿着一点文件。他拿着在玩弄。上衣的扣子已经解开。颈子发着红,还在冒热气。嘴里衔一枝烟卷,在把青的烟环喷向天花板。

"日安,小扒手,"他说。

"日安!"彼蒂加回答道。

他很恭敬的站着。很驯良。他微笑着,望着局长,好像连一点水也不会搅浑的一样。局长是喷着他的烟环,看起文件来了:

"唔,你什么时候生的?"

"我不知道。可是我十一岁了。"

"哦。那么,你说出来罢,你到我们这里来做客人,已经是第几回了? 我看是第七回罢?"

"不的。我想,是第三回。"

"你不撒谎吗?"

"大约是这样的。我不大清楚了。您比我还要清楚哩。"

彼蒂加是不高兴辩论的。和一位局长去争论,毫无益处。如果他想来是七回,让他这么想就是了。他妈的!

"如果不和他去争,麻烦也就少……也就放得快了。"

局长把文件放在桌子上,用手在那上面一敲,说道:

"我下这样的判决,据面查你幼小的年龄和你的穷苦,应即移送少年教养院。你懂得么?"

彼蒂加呻吟起来了。站不稳了。僵掉了。局长说出来的话,好像有谁用砖头在他头上敲了一下似的,使他发了昏。这事情,是他没有料到的。是没有豫计的。

但他立刻复了原,仰起头来,说:

"可以的。我……"

"懂得了么?"局长问着,还笑了起来,似乎彼蒂加的心情有多么悲伤,多么苦痛,他竟完全不觉得。彼蒂加是毫没有什么好笑。他倒要放声哭出来了。


唉唉,彼蒂加,彼蒂加,你是怎么的一个晦气人物呵!

但这还不算了结。又来了更坏的事情。彼蒂加糟糕了。

局长叫来了一个警察,并且命令他,把彼蒂加从头到脚的搜一搜。

"搜他一下,"他说,"他也许藏着凶器或是很值钱的东西的。细细的搜他一下。"

警察走近彼蒂加来。彼蒂加的心停止了,他的腿像是生了热病似的发着抖。

"从此永远分手了,我的宝贝!"他想。

但运气的是那警察竟是一个傻瓜。一个真正的宽兄。他注视着彼蒂加,说道:

"局长同志,一碰着这流浪人,就要叫人恶心的。请您原谅。拜托您……今天刚刚洗过蒸汽浴。穿的是洗得很干净的。他身上会搜出什么来呢? 袋子里一个白虱,补钉里一个跳蚤 …… 一定的……"

彼蒂加聚集了他最后的力气,可怜的微笑着,细起眼睛,望着那兵爷。

这意思就是说:"对呀。对呀。"

他一面想:

"一个很出色的跳蚤。这样的跳蚤,是谁都喜欢的。"

他悄悄的用一个指头去触一下裤子的袋子。有一点东西在那里动,有一点东西在那里跳,好像一颗活的心脏,或是活的挣着的鱼儿,这就是表。

也许是对警察表了同情,也许是什么都觉得无聊了,局长点点头,说道:

"好罢,算了罢。不搜也成。这不关紧要……"

他在纸上写上些什么,盖好印章,便交给了那警察:

"喂,同志,这是判决书。你到惠覃斯基街,把这小浪子交给克拉拉·札德庚少年教养院去。可是你要交付清楚的呀。"

于是他站起来,打一个呵欠,走出房去了。

连对彼蒂加说声再见也想不到。

警察把公文塞在皮包里,叹一口气,拿手枪挂在肚子边。又叹一口气,戴上帽。

"来!……来,流浪儿……走罢!"

彼蒂加提一提裤子,跨开大步便走。

他们俩一径向着市场走,通过了拥挤的人堆。一切都如往常一样,骚扰,吵嚷……一大群人们在那里逛荡,叫着,笑着,骂着,唱着曲子。什么地方在奏音乐。鹅在嘎嘎的叫。疯狂似的买卖。但彼蒂加却什么也不听见。他只有一个想头:

"跑掉! 我得跑掉!"

像一只狗似的,他在警察前面跑,撞着商人们和别的人,只用眼睛探察着地势,不住的苦苦的想:

"跑掉? 但往那里跑呢?"

警察钉在他后面像一条尾巴,他怎么能跑掉呢? 他一眼也不放松,气喘吁吁地,不怕疲乏地在紧跟着他走。

不一会,市场已在他们后面了。彼蒂加却到底没有能逃走。

他完全没了主意,茫然自失了,走路也慢起来。

这时警察才能够和他合着脚步,他呻吟道:

"你简直是乱七八糟的飞跑,你这野孩子! 你为什么尽是这么跑呀？我可不能跑。我有肾脏病。"

彼蒂加不开口。他的肾脏和他有什么相干呢，他有另外的担心。他完全萎掉了。

他又低着头赶快的走。

警察好容易这才喘过气来，问道：

"说一回老实话罢，你这浮浪子。在市场上，你是想溜的罢，对不？"

彼蒂加吃了一惊，抬起头来：

"什么？想溜？为什么？"

"算了罢！你自己很明白……你想逃走的罢？"

彼蒂加笑着说：

"你弄错了。我没有这意思。就是您逼我走，我也不走的。"

警察诧异得很：

"真的？你不走的？"

他忽然站住了，搔一搔眉毛，拿皮包做一个手势：

"走罢！跑罢！我准你的！"

这就像一击。像是直接的一击。仿佛有谁从后面踢了他一脚似的。彼蒂加全身都发起抖来了。他已经想跑了，幸而他瞥了那警察一眼。那家伙却在露着牙齿笑。

"嗳哈！"彼蒂加想。"你不过想试试我罢咧。不成的，好朋友。我知道这玩艺。我还没有这么傻呢。"

他微微一笑，于是很诚实的说道：

"您白费力气的。我是不走的。即使您打死我……我也不高兴走……"

"为什么呀？"

警察不笑了，查考似的凝视着彼蒂加。但他却高声叫喊道：

"为的是！——因为您毫没有逼我逃走的权利的。您想我逃逃看。但是您又不放我逃的。您守着规则，带我到应该去的地方去罢。要不然,真叫我为难呀。"

这么说着,彼蒂加自己也吃了一惊。

"我在说什么废话呀!"他想。"真是胡说白道……"

警察也有些担心了。他仓皇失措,挥着两手教他不要说下去。

"你当是什么了?你真在这样想么?……好了,好了,我不过开一下玩笑……"

"我知道这玩笑,"彼蒂加叫道。"我不受这玩笑。您要指使我逃走呀!不是吗?带领一个正经人,您不太腐败吗?是不是?您说这是玩笑吗?您是没有对我硬开玩笑的权利的!"

彼蒂加不肯完结了。他交叉了臂膊,哭嚷起来。路人都诧异。出了什么事呢?一个红头毛孩子,给人刺了一枪似的叫骂着,旁边是一个警察,满脸通红,窘得要命,映着眼,发抖的手痉挛的抓着皮包。

警察劝彼蒂加不要嚷了,静静的一同走。

这么那么的缠了一会之后,彼蒂加答应了。

他显着生气的脸相,目不邪视的往前走,但心里几乎要笑出来。

"这一下干得好。我给了一个出色的小钉子!这是警察呀!好一个痴子!……十足的痴子!……"

这回是警察要担心了自己的脚,好容易才能够拖着走。他要费很大的力,这才赶得上。但他不说话,单是叹气,并且总擦着脸上的汗。彼蒂加向这可怜人来开玩笑了。

"您为什么走得这样慢的?您在闲逛么?您简直不能快一点么?"

"我不能。我真的不能。这是我的肾脏的不好。我的肾脏是弱的。它当不起热。况且我今天又洗了蒸汽浴。很热的蒸汽浴。我有些口渴了……"

他忽然看见一家茶店。叫作"米兰"。有着漂亮的店门,还挂一块五彩画成的大招牌。

他站住了,说道:

"阿,请呀,我们进去罢。我们喝点东西去。"

"不,"彼蒂加说。"进去干什么?"

"好好,"警察恳求道。"我和你情商。我全身都干了。我口渴了。我们喝点汽水或者茶去。或者柠檬水。给我一个面子,小浪子,一同进去罢。"

彼蒂加想了一下。

"可以,"他说,"您进去罢。但是不要太久。"

"那么,你呢?"

"我不去。我是不走进吃食店去的。我不高兴……"

警察踌躇了起来,很惴惴的问道:

"你也不跑?"

彼蒂加勃然大怒了:

"您又来了! 您在指使我! 如果您在这么想,您就该马上送我到教养院里去。懂了吗? 喝茶不喝,随您的便!"

"喂,喂,"警察说:"不要这么容易生气呀。我不过这样说说的。我知道你是不跑的。你是一个乖小子。"

"好了好了,"彼蒂加打断他。"我没有这么多谈的工夫。您进去罢。"

那警察真的进去了。他放彼蒂加站在门口喝茶去了。彼蒂加望着他的后影,微笑起来:

"这样的一个痴子,是不会再有的。"

他微笑着,拔步便跑,走掉了。

他转过街角,这才真的跑起来。他狂奔。他飞跑。像生了翅子一样。像装了一个推进机一样。他的脚踏起烟尘来。他的心跳得像风暴。风在他脸旁呼呼发响。

房屋,篱垣,小路,都向他奔来。电线杆子闪过了。人们……山羊……警察……

他气喘吁吁的飞跑着。

他跑了多久呢,他不知道。他要往那里去呢,也不知道。终于在街市的尽头站住了,在一所教堂的附近。

他费了许多工夫,这才喘过气来,清醒了。他向周围看了一遍,疑惑着自问道:

"现在我真的自由了?"

怎样的运气!这好极!他又想跑了。只因为快活。

"自由哩!自由哩!"

运气的感觉生长起来。于是他想到了表:

"唉唉,我的表!我的出色的表!你在那里呀?"

他一摸袋子……表不在了。

他发了疯似的找寻。没有表。

怎么好呢?

他再摸一下袋子。究竟是怎么一回事?

连袋子也没有了。它是只用一条线连着的,恐怕给那表的重量拉断了。他向周围一看。地上并没有东西。他摇摇腿。没有……

绝望抓住了他。挫折得他靠着教堂的墙壁,几乎要哭出来。

"见鬼!见鬼!我就是碰着这种事!"

他总永远是倒楣!

然而他没有哭。彼蒂加知道:眼泪,是女人的。一个像样的小浮浪儿,哭不得。表不见了,那么,就去寻。

他跑回去。

但跑也不中用。他把路忘掉了。他已经不记得,自己是走那条路来的。最好是找人问一问。

人家的门前站着一条大汉。他穿着兵似的裤子。在磕葵花子,把壳吐在地面上。

彼蒂加向他奔过去:

"阿伯!阿伯!"

"什么事？那里火着了？"

"您可知道，'米兰'茶店在那里呀？"

"不，"那家伙说，"我不知道。'米兰'是什么子呀？"

"是茶店。有一块招牌的。"

"哦。有一块招牌的？……那我知道。"

"那么，在那里呢？"

"你问它干什么？"

"您不管我罢。您告诉我就是。"

"好罢。那么，听着呀。你尽是一直走。懂吗？再往左走。懂么？再往右走。懂么？再是一直走。再打横。再斜过去。那么，你就走到了。懂么？"

彼蒂加不能懂。

"怎么？"他问。"往右，往左，后来呢？"

他注视着那家伙。他立即明白了：

"他在和我寻开心，这不要脸的！"

他气恼得满脸通红。他上当得真不小。他狠命的在那家伙的手上敲了一下，敲得葵花子都落下来。于是跑掉了。

他跑着，尽力的跑着。上那里去呢，连自己也不知道。经过了一些什么地方的什么大路和小巷，走过什么地方的一座桥。

忽然，有一条小巷里，他看见墙壁上有一个洞，而且分明的记得：他是曾经走过这地方的。那墙壁上的洞，使他牢牢的记得。

他放缓了脚步，看着地面。他在寻表。他固执的搜查了地上的每一个洼，每一个洞。什么也不见。没有表。大约是已经给谁捡去了。

地面在他脚底下摇动起来。因为痛苦，他几乎失了神。好容易这才挨到了"米兰"，坐在那里的阶沿上。他坐着，垂了头。他已经不高兴活下去。

他一动不动的坐在那里，好像一块木头。气恼。阴郁。用了恶狠狠的眼睛凝视着地面。

忽然间——那是什么呀。

他弯下身子去,不相信自己的眼睛了。

那是什么呵?!

这里,阶沿前面,可就躺着装表的打了结子的袋子。真的!它的确在这里!

彼蒂加发了抖,检起袋子来。他刚刚拿到手,那警察已经从茶店里出来了。

"你在这里?"

彼蒂加吃了一惊。

"好家伙,"那警察说。"好,你竟等着! 真的了不得。我倒料不到你有这么正直的。"

他从袋子里掏出一个烤透了的点心来,送给彼蒂加。

"哪,拿罢。因为你安静的等着。拿呀。还特地给你十个戈贝克①,这是我真心真意给你的。"

彼蒂加接过点心来,嗅了一下,狼吞虎咽的吃了,这才恢复了元气。

"很好。谢谢你的点心。但你为什么弄得这么久的? 我不是来等候你许多工夫的呀!"

"这就行了,这就行了,"警察回答说。"不要见怪罢。我一起不过喝了六杯茶和吃了一个白面包。现在我们能走了。来罢,请呀,小浪子。"

这时他们走得很快。很活泼。尤其是那警察。他竟开起快步来。好像他完全忘记了他的肾脏了。彼蒂加把表悄悄的藏到裤里去,塞在一个补钉的折迭里。他已经很有精神。他不喜欢垂下头去了。

--------

① 十戈贝克现在约值中国钱一角。——译者。

"都一样的，"他想。"全无关系。现在我已经不能溜掉了。还是不溜。我从教养院里再跑罢。"

他们到了宽阔的惠覃斯基街。他们走上很峭的高地去。警察指着远处道：

"你看见上面的屋子吗？白的……绿房顶。那就是克拉拉·札德庚教养院呀。快到了。"

不多久，他们就站在那屋子的前面。是一所体面的屋子。许多窗户带着罩窗。一个前花园种着满是灰尘的白杨。一个中园。一层铁格子。一重大门……

警察去敲门。墙后面的一只狗就叫起来。它的铁链索索的响。

彼蒂加悲哀了。可怕的悲哀。他叹一口气。

"教养院？"他想。"出色的教养院呀。就像监狱一样。到处都锁着。谁说能从这里逃走呢！"

门上开了小小的望窗。露出一个细眼睛的脸来。像是鞑靼人，或者中国人。

"谁呀？有什么事？"

"你开罢！"警察大声说。"不要紧的……没有大事情。我带一个孩子来了。偷了东西的……"

小窗又拍的关上了，钥匙在锁上发响。大门开了，站在那里的并非鞑靼人或中国人，却是一个细眼睛的俄国人。

"日安，"他说。"请进来。"

他们走到中园。那狗向他们扑来了，嗥着，哼着。

细眼睛叫它回去：

"回去，区匿希！[①]"

"请到办公室里见院长去，"他转脸对两人说。"走过中园，在三楼上。"

---

① Kônig 是德语，"王爷"的意思，但这里是狗名。——译者。

警察端正了姿势。他扶好手枪匣子,开起正步来:一,二,向左,向右。

　　彼蒂加跟着他并且向各处看。是一个很大的,铺着石头的中园。石头之间是细叶荨麻和各种别样的野草。

　　开着的窗户里,有孩子们在张望,注视着彼蒂加。

　　"孩儿们,一个头儿来了!"

　　"什么?"彼蒂加想。"我是头儿么?"

　　他们上了楼梯,走到办公室去。办公室前面的地板上,坐着一个小小的,黑颜色的野孩子,用毛笔在一幅很大的纸上,画着五角的星。

　　"日安!"警察道。

　　"日安!"那野孩子用了诚实的低声回答说。"你要和院长说话么?"

　　"菲陀尔·伊凡诺维支! 有人要和您说话呢!"那野孩子嘲笑似的,露出牙齿的笑着,把彼蒂加从头到脚的打量了一通。

　　邻屋里走出院长菲陀尔·伊凡诺维支来。是一个小身材的,秃头,眼镜,淡灰色胡子。

　　"哦,"他说。"日安! 您带了一个新的来了?"

　　"是的,"警察说。"日安! 请您给判决文一个收据!"

　　"什么? 哦哦,是的! 您可以去了。"

　　警察拿着收据,查了一下。

　　"再见!"他说。"好好的在着罢,孩子!"

　　他出去了。

　　菲陀尔·伊凡诺维支在桌旁坐下,检查似的看着彼蒂加。

　　"你叫彼得[①]?"

---

　　① 彼得(Piotr)才是他的正式名字,彼蒂加(Petika)即由此化出,是亲爱,或者轻视时的称呼。——译者。

"是的，"彼蒂加回答说，并且告诉了他的姓。

"哦。你偷了东西?"

彼蒂加脸红了。他连自己也不知道为什么。这菲陀尔·伊凡诺维支是一个怪物。

"是的。"

"哦……这干不得。你还年青。还要成一个有用人物的。现在我们得首先来整理你的外表。是的……米罗诺夫，领这新的到鲁陀尔夫·凯尔烈支那里去……"

黑孩子跳起来，放下毛笔，擦了手。

"来罢，你的造孽的。"

他们走过许多回廊。那些地方都有点暗。电灯发着微弱的光。两边都看见白色的门户。

"这是课堂，"黑孩子说明道。"这里是授课的。"

"但你现在带我到那里去呢?"彼蒂加问。

"到卫生课鲁陀尔夫·凯尔烈支那里去。他会给你洗一洗的。"

"洗一洗?"

"唔，自然。在浴盆里。"

那孩子敲了门。

"鲁陀尔夫·凯尔烈支! 我带了一个新的来了!"

他们迎面来了一个穿白罩衫的胖子。他有很大的耳朵，雄壮的声气。这卫生课……大概是个德国人……

"一个新的?"他问。"多谢。进浴室去罢。水恰恰热了。"

他就拉了彼蒂加去。

"脱下来。"

"为什么?"

"脱下来罢。你得洗一个澡。用了肥皂和刷子。"

彼蒂加脱下他的破烂衣服来。非常之慢。

"但愿这表不要落掉了才好!"他想。

那德国人说道：

"都轻轻的放着。我们就要在炉子里烧掉它的。"

彼蒂加吃了一惊。他痉挛地紧紧的抓住了裤子。

"怎么？为什么？烧掉？"

"不要担心。我们要给你一套另外的衣服。干净的。一件干净的小衫，一件干净的上衣，你还要弄到长靴哩。"

他怎么办才是呢？他精赤条条的坐着，那手紧抓了醒醒的破烂衣服在发抖。但并不是因为冷。浴室是温暖的，还热呢。他的发抖是为了忧愁。

"怎么好呢？都要没有了。"

但他一点也不愿意放弃。

他的运气，是那德国人暂时离开了浴室。想也来不及多想，彼蒂加就解开破布来，把金表塞进嘴里去。这很费力。他几乎撑破了嘴巴。面颊鼓起来了。舌头又非常之碍事。然而他弄好了，熬住了，并且咬紧了牙齿。

表刚刚藏好，德国人就又走了进来。拿着一个钳子。他用这钳子夹着彼蒂加的衣服，搬了出去。于是他又回来，把水放在浴盆里。

"进去。"

彼蒂加爬进浴盆去，热水里面。一转眼，那水就浑浊了。这并不是变戏法：这之前的一回浴，他还是五年前洗的。后来他这里那里的在野地上固然也洗过……但这么着，身子可也不会真干净……

洗浴使他很舒服。在里面是很好的，他甚至于情愿从此不走出。

但大大的晦气是那德国人竟是一个多话的汉子。他用肥皂给他洗着头的时候，话就没有住。他没有一刹时是不声不响的。他要知道一切，对于什么都有趣。他为什么名叫彼蒂加的，警察为什么捉他的，在那里失掉了他的父母的。连什么屁事他都想知道。

彼蒂加不说话。彼蒂加有表在嘴里。

他各式各样的用了他的头。他看着质问,有时点点,有时摇摇。要不然,就喃喃的来一下。

他的沉默,大概很使这德国人不快活了,因为他关上了他的话匣子。

他换了水。他放掉脏水,然后捻开两个龙头,放进新鲜的水,冷的和热的来。于是坐在屋角的椅子上,拿了报纸。

"就这样的坐着罢,肮脏就洗掉了……如果太热了,那就说。我来关龙头。"

彼蒂加点点头。

水从龙头里潮水似的涌出。渐渐的热起来了。简直就要沸了。

德国人却舒舒服服的尽在看他的报纸,他的大耳朵微微的在牵动。

水还是流个不住。已经难熬了。逼得彼蒂加辗转反侧,只是移来移去,却一声也不响。

终于,他再也打熬不住了,就钻下水去,吐出表来。于是飞似的钻出,拼命的叫道:

"热呀!"

德国人跳了起来,抛掉报纸,伸手到水里去一摸,喝道:

"孩子!孩子!你疯了么?快出来!快快!"

他抓着彼蒂加的肩头,拉了他出来。他很气恼他,大声说道:

"你为什么不说的?这水,已经煮得一只鸡了。"

他放许多冷水进浴盆去,于是再用肥皂来洗彼蒂加的背脊。

当在这么办理时,彼蒂加就用两手去摸浴盆底。他是在寻表。他的指头终于碰到了一个滑滑的圆东西。他就放进嘴巴去。但这一回却非常之艰难。大约是因为这表受热发了涨,或者是嘴巴洗得变小了……但表也竟塞进嘴巴里去了。他几乎弄断了牙齿。

德国人又用清水给他冲洗了一通。

"好啦。坐着。我给你取衣服去。"

他出去了。彼蒂加坐在肥皂水里面。他忽然觉得,水在减少下去了。

当那德国人回来的时候,彼蒂加只坐在空的浴盆里。

"为什么你把水放掉的? 光着身子坐在空盆里,是会生病的呢。"

水怎么会走掉的呢,彼蒂加不知道。他没有放。他全不明白怎么会这样。

"那就是了,"德国人说。"快穿衣服。就要吃饭了。你来得太迟了。"

他给他一整套衣服,衬裤,一条裤子,一件上衣……还有长靴。都崭新,都干净。

彼蒂加动手穿起来。在他一生中,穿衬裤是第一回。德国人注视着,而且微笑着。彼蒂加也微笑着。

德国人突然严重了。

他诧异地看着彼蒂加的脸,问道:

"你嘴里有着什么? 什么在那里发亮?"

彼蒂加吓了一跳,闭上了嘴唇。

"我这昏蛋! 痴子! 我就是笑不得!"

他转过脸去,耸一耸肩膀,好像是在说:"无聊! 这是不值得说的。"

但那德国人不放松。他来挖彼蒂加的嘴。

"张开牙齿! 你嘴里是什么呀? 你把什么东西藏在那里了?"

彼蒂加张开了嘴唇。

"吐出来!"

彼蒂加叹一口气,用舌尖把表一顶,吐出来了,就在德国人的手上。

但他却发了惊怖的一声喊。

在德国人手里的并不是表,倒是一个白铜塞子,就是用在浴盆里面的。

彼蒂加大大的吃了惊。德国人也很诧异。

他以为彼蒂加是疯子。他疑惑的问道：

"告诉我罢，孩子，为什么你把塞子塞在嘴里的？这怎么行呢？把金属东西塞到嘴里去？"

彼蒂加想不出应该怎么回答他。他撒了一个漫天大谎：

"肚子饿，"他低声说。"我饿得很。"

这时他总在偷看着浴盆。

表在那里呢？

他什么也没有看见。浴盆是空的。里面只有一块湿的浴布。

表一定就在浴布的下面。如果德国人走出屋子去，他就可以拿了那表来。然而德国人竟一动也不动！他对彼蒂加表着满心的同情：

"我的天老爷！这么着的！这样的白铜东西可是不能吃的呀。马上要吃饭了，汤呀，粥呀，麦屑饭呀。但是白铜东西，呸，见鬼，可是吃不来的！这是硬的！哪，你瞧……"

他把塞子抛在浴盆里。当的一声响。彼蒂加忽然看见德国人向浴布那面弯过腰去了。如果他拿起浴布来，表就躺在那下面……阿呀！！！

他并不多思索，就直挺挺的倒在地板上，叫了起来：

"阿唷！"

德国人奔过来：

"什么事？你怎么了？"

彼蒂加叫个不住，全身痉挛的发着抖：

"阿唷呀！"

德国人慌张了起来。他向各处乱钻，撞倒一把椅子，奔出门外去了。

彼蒂加就走到浴布那里去。一点不错！表就躺在那下面。彼蒂加拿起它,擦干了,狂喜的看着。金好像太阳一般的在发光……
他感动地把这太阳塞在崭新的,公家的裤袋里……

当那德国人手里拿着一个小瓶,跑了进来的时候,他恰恰已经
办妥了。

"嗅呀! 嗅这儿呀!"他大声说。"这是亚摩尼亚精呀。"

彼蒂加跟跄的走了几步,去嗅那小瓶,打几个喷嚏,复了原。

他很好的著好衣服,穿上长靴。长靴小了一点。但倒还不要
紧。他显得十分漂亮了。他系上皮带,弄光了头发。

"可惜,"他想,"这里没有镜子! 我真想照一照!"

"那么,吃饭去罢,"德国人说。

他们走到廊下的时候,适值打起钟来,钟声充满了全楼。孩子
们叫喊着,顿着脚跑过廊下去。

"吃饭罗!"他们嚷着。"吃饭罗!"

彼蒂加到处被磕碰,挨挤,冲撞。他们几乎把他撞翻了。德国
人也不见了。

他很仓皇失措,不知道应该怎么办。忽然间,他看见了那黑色
的孩子,就是那在办公室前面画星的。他微笑着,点点头:

"这里来!"他大声说。"同去罢!"

他们一起跑进教养院的食堂里。

里面的长桌子前面,已经坐着一大群孩子们。桌子上面,锡盘
里喷着热气。这热气是很使人想吃东西的,彼蒂加竟觉得鼻子痒,
膝髁也发了抖。

开始用膳了。

孩子们在吵闹,摇着匙子,彼此抛着面包屑。彼蒂加扑到汤跟
前。这是不足怪的:这两天来,除了警察给他的一小片点心之外,他
什么也没有落过肚。他很贪,很凶的吃东西。

德国人并没有撒谎。汤之后,粥来了。是加了奶油的荞麦粥。
彼蒂加仍旧很快很贪的喝了粥。于是来了麦屑饭。他吃的一点也

不剩,还舐一舐盘子。

坐在他近旁的孩子们,都发笑了。笑得特别响的是一个独只眼的孩子,额上绷着一条黑绵纱。他不顾面子的嘲笑道:

"这么一个饭桶! 这么一个馋嘴! 就是一匹大象,也不吃的这么多呀!"

这使大家更加笑起来。彼蒂加气恼了。他熬着,但是熬不久。他把匙子舐干净,看定了独只眼的无耻的眼睛,掷了出去,那匙子就打在他的前额上。

那孩子吓人的哭起来。出了乱子了。跑来了院长菲陀尔·伊凡诺维支。

那孩子哭着,用拳头擦着前额,这地方肿起着一个大瘤。

"谁打得你这样的?"菲陀尔·伊凡诺维支问。

"这人!"他指着彼蒂加。"是这个流浪儿! 用匙子!"

菲陀尔·伊凡诺维支严厉的看定了彼蒂加。

"站起来! 我对你说,站起来!"

彼蒂加站起来,阴郁地望着前面。

"您想要怎么样呢?"他的眼光像在说。

"唔,"菲陀尔·伊凡谐维支说。"唔。那么,到这里来。"

要怎么样呢,彼蒂加不知道。他跟着院长去了。当他们走到食堂门的时候,他听到了一个声音:

"菲陀尔·伊凡诺维支,这新的是没有错处的。"

他知道这声音。这是黑孩子。

他们走到廊下。

"唔,"菲陀尔·伊凡诺维支说。"听着罢,我对你说的话……我们这里是不能打人的……打人,这可不行……在街上,也许会挨打的……在这里却不行……懂了么? 现在就罚你站在这地方,到大家吃完了中饭。"

菲陀尔·伊凡诺维支回转身,走掉了。

不久就吃完了中饭。孩子们都从食堂里跑出来。他们跑过彼蒂加的身边。彼蒂加贴在墙上。孩子们不断的走过去。独只眼看见了他的时候,就向他伸一伸舌头。黑孩子走过了:

"你同去洗澡么?"

彼蒂加活泼起来了:

"到那里?"

"到河里……大家都去的。走罢!"

彼蒂加已经打好了主意。

"去的!"

他和黑孩子跑过了廊下。那伙伴在路上叮嘱他道:

"不要和毕塔珂夫去吵架。就是他先来了,也不要去理他。只要去告诉'级议',学级会议去。"

"原来你是这样的看法!"彼蒂加想。"我可没有这工夫了。一到河边,我就跑得永不再会了!"

他们走进一间大厅里。壁上挂着许多像,李宁,托罗茨基。地板像水面似的在发光。已经聚着一大群孩子们。兵一般的站成了两列。一个有胡子的人拿了一根小棍子,指挥着。

"立正!向右看齐!"

彼蒂加也排进去,兵似的严正,移动着向右看齐。

这时走来了菲陀尔·伊凡诺维支。他来给孩子们点名,叫这个系好皮带,叫那个去洗脸。

他一看见彼蒂加,就扬起眉毛来:

"怎么?这新的也要去么?——不行!今天你不能去!你该休息着!"

他看着独只眼:

"毕塔珂夫也不行。为了他今天的举动,他这回不许去洗澡!"

那孩子哭起来,退出队伍去了。

彼蒂加也退出了队伍,然而没有哭。

他不过悲哀的站着。

排成两列的孩子们，从他面前经过。开着正步：

"左！左！"

他们终于走完了。菲陀尔·伊凡诺维支走近彼蒂加去，拍着他的肩头：

"要快快活活的，孩子！你在我们这里就会惯的。那些孩子们都很心满意足。只是打架却不行。哦。到中园里去玩去。去罢！"

彼蒂加到中园去了。

剩下的孩子们，都在那里玩小木头的游戏。彼蒂加也被邀进去，一起玩，但他就微笑着说道：

"我不玩了。这是给小孩子弄的。"

他退到篱垣旁边，坐在一堆小石块上。

他沉思着：

"怎么办呢？"

黄昏开始了。发了雾。太阳落下去了。孩子们还在玩他们的游戏。他们的声音响到他这里来。

"牧师！① 他糟了！"

"胡说！牧师在市里呢！"

平滑的小木头飞过空中，拍的落在地面上。

彼蒂加想着：

"逃走！这是当然的。不过总是把表带在身边却危险。这会闹出讨厌的乱子来。谁知道呢？也许这里是每天要烧掉旧衣服的……还是暂且把表藏起来……"

--------

① 在俄国最喜欢"戈洛特基"（Gorodki，意云"小市"）的游戏：地面上画一块四角的地方，用五块小木头，长七寸，厚二寸，各各刻着一定的形状，在大约距离四丈的远之处，用长有二尺半的短棍，将它打出小市去，若有飞到"市边"，在这界线上站住的，那就是"牧师"。——译者。

他的计划立定了。他决计把表埋到土里去。并且就放在那里，一直到他逃走的时光。他也想当夜就逃走。

他伏着，望着周围。孩子们在玩小木头，有一个牧师给打倒了。教员在看书。没有人向他这边看。

他摸出表来。他起了好奇心了：那里面究竟是怎样的呢？

他叮的一声捺开盖。但是还有一个盖。上有两个黑色的字母：S. K.①。两层的盖底下是玻璃，看见指针在里面。

小小的黑的圈子里，秒针在走动。时针和分针却走得令人不知不觉：如果看定它，它是不动的。但放一会再去看，它却改了位置了。表上是七点钟差一分。

他就在篱垣脚下扒开小石头，掘一个洞，有达到肘弯的深。他合上表，用布片好好的包起来，放在洞底里。

于是他又盖上泥土去，用手按实它，再把小石头放在那上面。为了容易寻着它，又在两石之间插了一枝小木棒。

于是他伸一伸腰，枕着他宝贝上面的石块，做起梦来了。

总是这些事：

"我要买一件上衣。缀着羊皮领子的……一把削笔的小刀。②或者也要一枝手枪。果子汁的糖球……苹果……"

他完全进了他的梦境，忘掉自己的可怜的景况了。

当大家洗浴回来的时候，就都到食堂里去喝茶。彼蒂加并没有注意独只眼，虽然那人却又来嘲弄他了。黑孩子又激昂了起来：

"还不完么，毕塔珂夫？他给你的还不够受？你还想添？"

从此毕塔珂夫就不来搅扰他了。

喝茶之后，所有的孩子们，大的和小的，都到中园里去玩球。彼蒂加很快活。可惜的是他不懂得这玩艺，只好不去一起玩。但这是

---

① 这就是醉汉绥蒙·库兑耶尔(Semion Kudeyar)姓名的略字。——译者。

② 这只因为这种刀很快的缘故，并不是想读书。——译者。

非常愉快的游戏。

天全暗了,天空上装满了星星的时候,打起钟来了。教员高声叫喊道:

"睡觉哩,孩子们!"

大家都涌进寝室去。

这是一间广大的,不大明亮的屋子。白墙壁,所有的电灯罩,都是乳白玻璃的。满屋排列着卧床,像在病院里一样。

黑孩子指着自己旁边的一张床:

"这是你的床。你挨着我睡……"

彼蒂加看那床。他几乎骇怕了。

"我真可以睡在那上面么?"

雪白的床单和枕头,一条灰色的盖被,上头有一块干净的毛巾。

"如果我的老朋友在这里看见我,……他们一定要笑的……睡起来怕是很好的罢……"

他于是想:

"无论如何,半夜里我一定得逃走……"

然而他并没有逃走。他绝没有逃走。他一躺下,马上睡得烂熟了,而且一直到早晨没有醒。这是不足为奇的。他正疲乏得要死……

有人拉了他的脚。他醒转来,把脚缩进盖被里去了。但又有人在摇他,拉他的肩膀。他抬起头,睁开了渴睡的眼睛。面前站着菲陀尔·伊凡诺维支。他的脸是庄重的。他的眉毛在阴郁的动。

所有的孩子们还睡着。满屋子响着元气的鼾声……天还没有全亮。

"起来,"菲陀尔·伊凡诺维支说。"唔……起来。有点事情要找你。"

彼蒂加清醒了:

"什么事呀?"

"警察局里来了一个人，来要你的。"

彼蒂加的头又落在枕头上面了。他几乎要叫出来。

"他来要你，我不知道为什么。唔……起来……穿衣服罢。"

彼蒂加穿起衣服来。他的手发着抖。他的腿发着抖。穿裤子也费力。他失了元气了。

"警察局为什么来要我呢？……糟糕……"

不多久，他穿好了，就跟菲陀尔·伊凡诺维支去。

办公室里坐着一个年青的警察，没有胡子，挟一个皮包。

他站起来：

"他就是么？"

"是的，"菲陀尔·伊凡诺维支说。

"那么，请您允许我带了他去。来，市民。"

他们出去了。往那里去，为了什么，彼蒂加都不知道。那警察走得很快。他总在催促着彼蒂加：

"快些！快些！"

彼蒂加忍不住想问他。然而他没有敢。这警察是很庄重的。终于，他鼓起勇气来，惴惴的问他了：

"对不起，为什么我得到警察局去的？"

"这是你自己明白的。"

冷冰冰地，真像一个官。

他们就到了市场。彼蒂加照例的又想混进人堆里去了，但警察抓住了他的肩头：

"那里去？你往那里去？我们绕着市场走。不要玩花样。"

他们绕着市场走，到了警察局。

警察把他带进局长的屋子里。局长坐在桌旁，吸着烟，把小小的烟圈喷在空气里。他旁边站着一个市民，是一个老头子，带着红鼻子。彼蒂加看着这市民的脸。仿佛有点记得，好像在什么地方见过了这脸似的。

"这他，是我上礼拜捞了他的果酱罐子的人么？……或者是，弄了那皮带来的？不……也不是。"

彼蒂加注意地考察着红鼻子。忽然间，他清清楚楚地记起来了：

"这是有表的那个……那醉汉。说些'妈妈子，心肝，我的宝贝'的！"

不错。是这鼻子。这斜视眼。只有胡子却不像那时的动来动去了，可怜相的下垂着。

"凭着名誉和良心对我说：你偷了市民库兑耶尔的表没有？"

彼蒂加好像遭了霹雳。然而他又打好了主意，不给露出破绽来。

"谁呀，库兑耶尔？"

"绥蒙·绥米诺维支·库兑耶尔。这就是。"

彼蒂加注视了这人，摇摇头：

"我没有见过他。"

"不要撒谎，"局长说。"你说谎了。你是见过他的。"

"我对你们赌咒。我没有见过他。"

局长提高了声音，好像他在读一件公文一样：

"市民绥蒙·绥米诺维支·库兑耶尔诉称失去妇女用金表一只，是在第三号室被劫的。对了罢？"

"什么？怎么叫对？"

"就是说我刚才说过的事呀。市民库兑耶尔，您认识这流浪儿么？"

"是的！"

他的声音很微弱。昨天是用深的沙声发吼的，今天却啾啾的像一只小鸟儿了。

"那么，怎么样？"局长又转脸对着彼蒂加，说。"你拿不拿出那表来？"

"什么表?"

"不要玩花样!"局长发威了。"你早已明白了的。还不拿出来么?"

彼蒂加也发威了。

"我拿出什么来呀? 我不知道什么表! 我也不想知道。我没有表。"

局长微微一笑:

"我们就会明白的!"他用拳头在桌子上一敲。"哈罗,忒凯兼珂同志!"

门一开,彼蒂加的旧相识,那卷头发的警察走进来了。

"什么?"他说。"什么吩咐?"

"把这家伙从头到脚的搜一下。他应该有一只表在身边的。"

"嗳哈!"警察叫了起来。"我认识这小浪子。我昨天送他到克拉拉·札德庚教养院去的……我敢说,他真是规矩得很。要好。但是您既然命令我,我就来搜他。赶快搜。"

警察要动手了。彼蒂加现在是连一点点的忧愁也没有。他其实要发笑。他而且老脸:

"不行的! 你们说什么呀? 我不给你们搜。你们没有这权利……"

他紧紧的抓住了袋子。

于是那局长吼起来了。

"哦……?"

市民库兑耶尔也呼号起来了:

"他发急哩! 我敢起誓,他发急哩! 搜他呀,好人! 我的表! 我的表!"

局长跳起来,在肘弯的地方,抓住了彼蒂加的臂膊,很紧,使他一动也不能动。

"搜他,忒凯兼珂!"

警察现在来施行身体检查了。他查过袋子,摸过上衣的里面。没有表。

　　"没有呀,"他说。"我刚刚说过的。他没有这东西的。他是一个要好的小浮浪儿。我可以用我的脑袋来保他的。"

　　局长完全迷惘了。

　　"那么,您听我说,也许是您在对我们放烟幕罢,市民库兑耶尔?"

　　"自然!"彼蒂加叫道。"自然! 他就是骗人。他简直并没有表,他一向就没有表的。"

　　"不不,这并不是骗人。"库兑耶尔快要哭了,"我不撒谎。一只带着银链子的金表。我敢起誓,我是有过的。链子还在我这里。我只剩了这东西了。您看……"

　　他拿出链子来。不错,这是一条表链子! 上面还有种种的挂件。小小的象,狗儿,马掌,和一颗梨子形的绿玉。

　　然而这真是莫名其妙。

　　"奇怪得很,"那局长说。"据我看起来,这东西确是您自己落掉的。您拿这链子,想做什么凭据呢?"

　　"我想做什么凭据么? 表是挂在这链子上面的呀。现在谁拿了表呢? 就是他! ……"

　　他指着彼蒂加。

　　彼蒂加笑出来了:

　　"这样的一个昏蛋! 我是坐在上锁加闩的独身房里的呀,我怎么能拿你的表呢? 那时我只有一个人……"

　　"一点不错,"局长说。"这一切事情,我也疑心起来了。市民库兑耶尔,您得小心些,不要为了诬蔑,受到惩罚才好! 这是很容易碰上的。关于这一点,您以为怎样?"

　　市民库兑耶尔哭了起来。热泪从他那斜视眼里滚滚的涌出。

　　"我知道了。我白到这里来。我的好表是完结了。您现在却还要告发我。我不如走罢。"

他就把帽子合在头上,辞谢了局长,呜咽着,走出屋子去了。

彼蒂加站在那里,庄重,带着恼怒的眼光。他很受了侮辱了。他一句话也不说。

"对不起,"局长说,"这是错误的,是一件常有的诬蔑案子。忒凯兼珂同志,领他回到教养院去罢。我们没有把他留在这里的权利。"

"好的,"那警察说,"这是很容易的。来罢,小浪子。"

他们走出警察局。到得市场,那警察就站住了:

"现在自己走罢。你认得路。你不会走错。你已经显出你的要好来……我要回家去了……今天是我的女人的生日……"

他回转身,向着相反的方向,跑掉了。

彼蒂加站住了一会,于是就向那往教养院的路走。

当他顺大路走着的时候,忽然听得后面有人叫他的名字。他转过脸去,却看见那市民库兑耶尔正在跟定他跑来,还打着招呼:"少等一下!"

彼蒂加站住了。他等着。于是就闹了一场大笑话。

库兑耶尔倒在他的脚下,跪着叫道:

"我的好宝宝!我在恳求你!还了表罢!我的孩子们饿着哩,……我的女人在生病!……我一生一世不忘记你的好处……我送你三卢布……还我罢,小宝宝。"

彼蒂加大笑了起来,并不答话,又是走。库兑耶尔发疯似的跳起,跟着他跑。他追上他了,抓住了他的肩头:

"还我!给我高兴高兴!还我!"

彼蒂加挣脱他:

"见你的鬼!不要胡闹!表不是你的。你不过看见过!懂么?"

库兑耶尔非常气愤了:

"哦?"他大叫道。"你给我这么一下?我控告你。我给你吃官司。还有法律的……"

"告去就是。请罢，控告我去。可是大家不相信你的。大家会对你说，'老酒鬼，你撒谎的。'"

彼蒂加又走了，头也不回。这事情他觉得很可笑。他开心而且放肆起来。他的忧愁和苦恼，已经不算什么一回事了。他的脚并不是在走，却在跳。他合着愉快的调子跳：

踏——踏——踏。踏——踏——踏。

"我得逃。一有机会。最好就是今天的夜里。我蹩到中园，掘出表来……再爬过篱垣……这很容易……那么……永不再见了……"

他这样地陷在他的梦境里面了，至于不知道怎么会走到了惠覃斯基街。当他快到教养院的时候，有意无意的向后面望了一望。这时他看见，那市民库兑耶尔还在跟着他走。待到第二次回顾时，就看不见了。大约库兑耶尔躲在一个街角落里了。

"嗳哈!"彼蒂加想。"你这恶鬼! 你在跟踪我。"

第三次他想要回顾的时候，耳朵边就来了一声喊：

"喂! 当心!"

一个马头，几乎已经搁在他颈子旁边了。

很大的运气，是他还来得及跳开。要不然，他是会给拉货车的大马的蹄子踏烂的。

许多装着柴木的货车在路上拉过去。车夫用鞭子打着马，喊叫着，咒骂着。车子轰轰的在从彼蒂加身边走过。

"到那里去的呢?"他想。"他们把这许多木头弄到那里去呢?"

他的好奇心非常之大，使他跑到最近的车夫那里，问道：

"阿叔，你们把木头搬到那里去呀?"

"到教养院去。收着不够格的孩子们的克拉拉·札德庚教养院去。"

"原来!"彼蒂加想。满载的车子，使他觉得骄傲了。

他说道：

"那是给我们的。您留心些呀！不要给有一块掉在路上呀！"

车夫笑着，给了马一鞭子。

彼蒂加又往前走。他一到大门，正有几辆空车从中园里回出来。他诧异的想：

"这也是载木头来的么？"

当他走到中园的时候，却圆睁了眼睛。

而且他的腿弯了下去了。

全个中园里都是木材，广大的平地上，从这一角到那一角，全堆满了十五时厚的白杨，松树，枞树的干子。孩子们大声的叫着哈罗，在叠起木头来。院长菲陀尔·伊凡诺维支是跑来跑去，搓着手，叫喊着：

"赶快，孩子们！……上紧！"

他也跑向彼蒂加来，敲了他一下肩头，大声说道：

"唔！你看见么？看见这些东西么？这都是为你们的，你们这些小鬼头的！你看见？"

"我看见的。多谢。"

他踉踉跄跄的走向屋子的阶沿去。但是他走得并没有多远。他伏在木头上，哭起来了：

"我的表……"

他再也说不出话来。眼泪塞住了他的喉咙。

他就在那里坐着，而且哭着。一条眼泪的奔流，滚滚不停的奔流。

黑孩子跑来了，向他弯下身子去：

"你怎么了？有谁欺侮了你？"

彼蒂加站起来，看定了他的脸，喝道：

"滚你的蛋！"

他沿栏干跑上楼梯去，坐在廊下的窗台上。

唉唉，现在他真的是伤心了！他坐在窗台上，从玻璃里望出去。不多久，孩子们已经堆好木头，在廊下跑过去了。

黑孩子一看见彼蒂加，就站下来。他走近他去，把一只手放在他肩上。

"有什么事？你怎么了呢？你不高兴么？我给你一本书看，好么？"

"不！我不要！莫管我！"

"如果看看书，那就会高兴的。我给你一本罢。你读过果戈理<sup>①</sup>的《鼻子》没有？"

彼蒂加生起气来：

"我没有读过什么鼻子，也什么鼻子都不要读！走开去！"

这时跑来了别的孩子们，围在彼蒂加坐着的窗台旁边了。他们听着。黑孩子说道：

"你要是这样子……你真是一个疯子……"

"什么？"

彼蒂加跳下窗台来。他觉得正打着了心坎。

"什么？你说什么？我是一个疯子？你才是疯的哩。你这流氓！你知道你自己会遭到什么吗？……你就会掉了你的牙齿的。"

彼蒂加举起了拳头。那黑孩子却笑着：

"不要这么野罢！我不来和你打架！"

"嗳哈！你乏！"

"是的，我乏。乏是我的宗旨。"

彼蒂加已经准备挥拳，但他又即垂下了。他没有敢打。他垂着拳头，踉踉跄跄的走了开去。孩子们都在他后面笑，笑得最响的是独只眼毕塔珂夫。

他很伤心，哭起来了。他钻在楼梯后面的一个角落里，在那里

_____

① Nikolai Gogol(1809—1852)，俄国有名的作家。——译者。

一直坐到晚。他没有出来吃中饭。

到晚上,他才走到食堂来。他喝了一杯茶,吃半磅面包,于是去睡觉了。


彼蒂加做了一个梦。他坐在市场里的老妈妈菲克拉的摊子上,吃着肉。是猪肉。他大块的塞进嘴里去,吞下去,尽管吃下去,猪油从下巴一直流到小衫的领头。老菲克拉还是不住的给他搬来,说道:

"吃就是,吃呀,傻家伙,尽你的量。"

她还摆出一盘蛋饼来。彼蒂加也吃了一个蛋饼,还喝牛乳。他于是自己想:

"这笔帐怕不小了!"

他正要算帐,但菲克拉却已经说道:

"你吃了三卢布多了……你付这许多……"

彼蒂加站了起来:

"打我罢,菲克拉。我没有钱。我一文也没有。"

但菲克拉却道:

"你的表怎么了? 拿出表来罢。"

彼蒂加把手伸进袋子去,拉出一个钞票包儿来。是现货的契尔伏内支①。可有一百块,他把四块给了菲克拉。

"在这里……拿去……"

老菲克拉在他面前低下头去几乎要到地。她谢他的阔绰。这一瞬间,又来了他一帮里的伙伴们:刺蝟密蒂加,牧师瓦西加,水手……大家都对他低头,他就给每人一个契尔伏内支。于是他跳到桌子上,叫喊道:

"唱呀! 孩子们,唱呀! 你们这些小子们! 高高兴兴的……"

---

① Chervonez 是俄币名,每一个值十卢布,现在约合中国二十元。——译者。

忽然出现了卷头发的警察。他摇着皮夹,叫喊着:

"走!滚!"

彼蒂加害怕起来,跑掉了。

他跑到街上,还只是跑。但长靴妨碍他。这很重……他在街角上一绊,落到阴沟里去了。他落下去——也就醒转来。

全身都是汗。盖被落在地板上面了。枕头离开头,远远的躺着。好热!挡不住!

从窗外照进月光来,靠近是黑孩子在打鼾。彼蒂加的头上就叫着通风机:嘶嘶嘶——嘶嘶嘶。

彼蒂加拾起了盖被,舒舒服服的盖好了。然而他睡不着。他非常之伤心。

他想着各式各样的事,首先是自由。他一想到他自由的生活,就连心也发起抖来了。那通风机,却不住的在叫着:嘶嘶嘶——嘶嘶嘶。

它追赶着各人的睡眠。

火车在外面远远的一声叫。彼蒂加抬起身。

"唉唉,"他想。"车站上现在该是多么有趣呢!莫斯科来的火车,此刻快要到了。我们这一伙一定也聚集了好许多。小子们就来掏空那些有钱的旅客的袋子……真开心……我却呆子似的躺在干干净净的床儿上……"

他用肘弯支起身子来,看一遍睡着的人,苦笑道:

"这些人们,怎么竟会单在这里打熬下去的?……但他们打熬下去了。他们不想逃走……只是玩玩球儿,就够得意了。"

他还是躺着。一身汗。睡不着。而那通风机在叫着:嘶嘶嘶——嘶嘶嘶。

忽然间,什么地方有钟声。

是望火台上在打钟了:

蓬!

蒲——嗡!

蒲——乌——嗡!

"三点钟!"他数着。忽然记得起表来,因为忍耐不住,他发抖了。

"不行。我熬不下去了。去试一试罢……我也许弄出表来……"

他悄悄的穿好衣服,想了一想,把盖被耸起,令人以为表面睡着一个人似的。而且把枕头也摆成相称的形式……

他用脚趾走到窗面前。拉起窗闩,开了窗。

新鲜的空气向他扑过来。彼蒂加深深的呼吸着,从窗口向外望。

跳下去是危险的。这屋子在三层楼上。铺石在下面发着亮。

然而靠墙装着一枝水溜管。窗户下面,有很狭的一条凸边。水溜管离窗户并不远。

彼蒂加鼓起勇气来,爬到凸边上,竭力的张开了两腿,拼命的一扑,就抓住了水溜管。于是溜下去,这是极容易的玩艺。运动几下,他就滑到坚实的地面上了。

他走开去。终于到了埋着那表的位置,这位置,他是记的很明白的。然而中园的一面就是篱垣,约有十丈见方的地方,都满堆着木材……要拿出表来,可不是一件小事情。

"哪,"他想,"不算什么。"

他在两手上吐了唾沫,捧起第一枝树干来。它是湿的,很重。

彼蒂加把树干抛在旁边,来捧第二枝……于是第三枝……到了二十枝,他已经上气不接下气了。然而他不放手。他尽向木头堆里挖下去,毫不打算,像土拨鼠一般的瞎做……他狂暴地从堆里一枝一枝的拉出干子来。

后来他抓了一枝很重的木头,这就是躺在表上面的。乏力的手,忽然松开了,吓人的一声响,那木头就掉了下去。别的木头也都倒下来了。

忽然起了嗥叫。现出一只狗来。

彼蒂加吓得连走也不会走了。

那狗嗥着,哼着,露着牙齿,眼睛闪闪的好像狼眼睛。

彼蒂加坐在木头中间,抖着,拼命的想:这畜生叫什么名字呢?他终于记起来了。

"区匿希!"他大声说。"区匿希! 回去!"

那狗立刻静下来。它摇摇尾巴,眼睛也不再发什么光,也就跑掉了。

彼蒂加竭尽力量,奔向屋子去。他攀上水溜管,扑到了窗门,他几乎要从凸边上跌下来了。但是还算好的。他走进了寝室。

他找着自己的卧床,坐下去,动手脱衣服。飞快地,飞快地。他抖得很厉害,他的牙齿格格的响。

长靴从手里滑落了。黑孩子就给这响声惊醒。他注视着彼蒂加,打着呵欠,问道:

"你到那里去的?"

彼蒂加吃吃的答道:

"上茅厕去的。"

"却要穿起长靴来?"

他不等回答,就又睡着了。

彼蒂加脱好衣服,钻进盖被里,也立刻睡着了。

但在睡眠中,他全身还是在发抖。


一件难以相信的事情:彼蒂加生病了。

奇怪! 他什么都经历过了的! 向来就连一声咳嗽也没有。他虽然瘦,却没有过胸脯痛。

去年还在十月里,已经落霜的时候,他曾在河里洗了浴,毫无毛病。他吃过种种脏东西,接连饿到几礼拜。也毫无毛病。而现在,现在他却生病了。

彼蒂加生了很重的肺炎,躺在教养院的病房里。

卫生课鲁陀尔夫·凯尔烈支在看护他。

彼蒂加病了三礼拜。他失了知觉,在生死关头躺了整整三礼拜。

然而他没有死。他的生下来,并不是为了来死的。他活出了。他又有了知觉。

在阴郁的,昏暗的一天里,他清醒了。外面在下雨。房里有石炭酸气。一切静悄悄。

彼蒂加翻一个身,回忆了起来:

钟打了蓬——蓬——蓬……区匿希嗥叫了。

于是也记得了许多别的事,而且明白他大约病得颇久了。

这时进来了鲁陀尔夫·凯尔烈支。他一看见彼蒂加又有精神又有命,高兴得拍起手来:

"到底!到底你又有了性命了,你这可怜的家伙!我全诚的祝贺你!好极!"

彼蒂加躺着,一笑也不笑。他不开口。

"静着罢,"鲁陀尔夫·凯尔烈支说。"你还不该说话。你要静养,吃……肉汤……"

他跑掉了。

他又立刻回转来。但不止他自己。那黑孩子用洋铁盘托着一盘汤。他满脸堆着笑。

"这真厉害!贺贺你!"

他递过肉汤来。

彼蒂加就喝起来。很小心。很慢。黑孩子坐在他旁边。他弯向他,在耳朵边低声说道:

"我要和你讲几句话。要紧的。"

彼蒂加抬起头:

"什么呢？"

但鲁陀尔夫·凯尔烈支来拦住了：

"没有什么。病人应该安静。说话是不好的。出去罢。让他静静的喝汤。"

黑孩子站了起来。

"也没有什么事。你保养着。等你一有了力气，再谈罢……我还要来看你的。再见！"

他走了。

彼蒂加躺着，并且想：

"他和我说什么呢？什么要紧事？！奇怪！"

但别的思想已经在他的头里涌起来了。许多要紧的思想。

彼蒂加在想，他应该做什么，先来什么……逃走，或者……？

不，彼蒂加不是一个开了手，却又放手的角儿。他已经计画好，要拿回那表来，那就停留着。他得等候，有什么损呢？他就咬紧牙关，长久的等在教养院里，到木材用尽。

总之，他等着了。这之间，他的病也好起来了。

木材是一大堆，这简直不但是用一两月，倒是用一冬天，也许是两冬天的。然而他的决心很坚固。他等着……他熬着。

他天天的好起来。他已经可以在病房里走动了。他从这一角逛到那一角。那自然是很无聊的。

他时常跑到窗口去，望望大街。外面连雨了好多天了。已经是八月。

有一天，黑孩子又来了。他带着一本书，和彼蒂加招呼过，就坐在床上。

"无聊罢？我给你拿了一本书来。很有趣的。看看……"

彼蒂加摇手：

"我早就知道的，那是怎样的书……政治的……启蒙的……我用不着你们的政治书……。"

“然而不是的。这全不是政治的书。政治的书你要到冬天开始授课的时候才读呢。这不过是一本有趣的闲书，如果你看完了，我再拿一本别的来。”

他把书放在床边的椅子上，又坐了一会，就走了。彼蒂加躺着，睡去了。到晚上，他才给送晚膳来的鲁陀尔夫·凯尔烈支叫醒。

彼蒂加吃过后，又躺下了。然而他睡不着。

他躺在床上，眼睛避开电灯，看着盖被。他耐不下去了。电灯使他焦躁了起来。

他去看地板。这也并不见什么有趣。

他忽然看见了椅子上的书，高兴了：

“瞧一下罢。横竖无聊得很。”

那是一本磨破了的，看烂了的旧书，运气的是有图画。他首先就看图画。开初是看得随随便便的，但逐渐的给它迷住了。

在一幅图画上，看见一个犯人。

一条绳子缚着他的手和脚。旁边是一个守看人，带着一把剑。

“这强盗是怎么捉住的呢，”他想。

他翻着页子，看起来了……永是看下去。然而他不大懂。因为他不是从头看起的。他就又从头来看过。他立刻不能放手了，至于看了一整夜。

这是一本有趣的书！叫作《约斐寻父记》①。讲的是人怎样的将一个小家伙从药店门口赶出。他就叫约斐。待到他长大了，就到远地方去寻父。他怎么的寻来寻去，做了种种冒险的事情。他怎样的终于寻着了父亲。那父亲却已是一个大财主。他看见了自己的儿子，高兴极了。于是送了约斐一件燕尾服……

彼蒂加一看完，还可惜这书只有这一点点。

————————

① *Japhet auf der Suche nach seinem Vater* 大约是真有这样的一部书的，但译者不知何人所作。——译者。

黑孩子再来的时候,第一句问话就是:

"你带着书来了?"

那黑孩子笑了起来:

"嗳哈! 这中了你的意了? 现在我没有带书来。以后我给你拿一本来罢。我是为了别的事来的,要紧事情。我早想对你说的了,总是等着,等到你全好。现在是已经可以说话了。"

"好,说罢!"彼蒂加说,一面想道:"这倒是很愿意知道的!"

"你坐!"彼蒂加坐在床上。

黑孩子也坐下来。他看着彼蒂加的眼睛,说道:

"你还记得,那一回,在夜里,你生起病来的前一夜里……? 你在夜里到那里去了?"

彼蒂加吃了一惊。窘得闭了眼。脸也红起来。

"我已经记不起了……恐怕我什么地方也没有去。为什么你问起这来的?"

"因为这呀。我要统统告诉你。你知道毕塔珂夫的罢?"

彼蒂加记得了:

"那个独只眼?"

"对……你和他打过架的……总之,这毕塔珂夫是已经不在教养院里了。懂么?"

彼蒂加没有懂。

"那就怎样? 这算什么? 他出去了,我可很高兴。那么谁也不受他的麻烦了……"

"是的。但这事情,是你的错处。他的进了感化院,进了少年监狱,是你有错处的。"

"为什么呀?"

"为了木头,他就到这地步了。"

彼蒂加飞红了脸,至于热起来。

"什么木头?"他问,但不敢去看这伙伴的眼睛。

"这你自己知道……事情是这样的：毕塔珂夫是早在偷那木头的了。他把这去卖给市外的乌克兰那的女人。人捉着了他。第一回是只吃了一顿谴责完事。他起誓，决不再干了。然而又来了这样的一个故事。那一夜里，把三方丈的木头弄得乱七八糟。我是知道谁做的，但毕塔珂夫却受了嫌疑……所以现在他关在感化院，牢监里了……虽然并不是他，错的倒是你……"

　　他不说了，只凝视着彼蒂加。彼蒂加也没有否认的勇气。他等着，等那伙伴说下去。于是那伙伴道：

　　"你应该承招，说你偷了木头，不是毕塔珂夫……"

　　"什么？偷了？我没有偷！滚出去……"

　　"是的，是的。那时你在中园低声说话，又为什么呢？"

　　彼蒂加找不着回答。关于表，他是不能说出来的！

　　"我不过单把木头捣乱了一通。使劲的……"

　　伙伴微笑着：

　　"这没有什么关系。如果真的是这样，你就更运气了。然而你应该告诉院长去。"

　　"胡说！我可没有这么昏呢。我得去告发我自己？这么昏我还不……"

　　那伙伴主张道：

　　"自己去告发，那自然是傻的。但如果为了你的错处，一个伙伴要完结了……你可以卖掉一个伙伴么？"

　　"不！"彼蒂加叫道。"不！我不是一个出卖伙伴的人。我们这帮里都知道。为了一个伙伴，我总是走上前的！"

　　"那么，总之，就到菲陀尔·伊凡诺维支那里去，直爽的说一说：这事情是如此如此的。我捣乱了一通木头。对于你，这并不要紧。至多是得到一番谴责。但毕塔珂夫可是得救了。关在牢监里，他就完……总之，你这么办罢。"

　　彼蒂加点点头。

"可以。好的。其实,这在我都是一样的。即使我下了牢监……我也不怕。"

彼蒂加头眩了。当伙伴回去了之后,他还躺着,并且想:

"但如果为了一件这样的事,就真要下牢监呢?那就完结。那就我再不看见那表了……"

这使他很兴奋。他在犹豫。他该去见菲陀尔·伊凡诺维支,还是不去呢?

左思右想了许多工夫,他决定了:

"去罢。不该使这家伙永不翻身。虽然他也很讨厌。他究竟是我的伙伴……"

第二天早晨,他慢慢的穿好衣服,等着鲁陀尔夫·凯尔烈支。他一到,彼蒂加说道:

"请您允许我,我要去见院长。我要和他说话。"

"为什么?你对他有什么话说呢?有谁欺侮了你?我有什么对不起你?也许我给你吃得太少了?"

"不是的。你填得我像一只肥鹅。我还该谢谢你的。并没有人欺侮我。我要和院长去说话是为了一件要紧的事情。"

"可以可以。如果你要去,去就是。但不要太久。你还得保养呢。"

彼蒂加叹息了。

"我什么时候回来呢,我不知道。也许永不回来了。您保重罢。"

他又叹息了一回,于是去找菲陀尔·伊凡诺维支去了。

他走到了他的小屋子。然而他不在。他在经理课,为了什么经济上的事情。

屋子里有一个人。拿一个大皮夹。穿着美国式的长靴。这人也在等候菲陀尔·伊凡诺维支。他坐着,咬着自己的指甲。

彼蒂加站在门口,在等候。

那拿大皮夹的人把指甲咬个不住。

"这是什么昏蛋呀?"彼蒂加自己问。"他到这里来干什么的? 也许是共同组合派他来收食品的钱的罢? 或者也许是一个技师?……"

菲陀尔·伊凡诺维支总算回来了。

彼蒂加迎上去。

"日安,菲陀尔·伊凡诺维支!"

"阿呀!"菲陀尔·伊凡诺维支叫了起来。"全好了? 唔……好极好极。"

但他立刻转向那拿着大皮夹的人去:

"日安。有什么见教呢?"

那人缓缓的说道:

"日安。我是从少年感化院来的。为了乔治·毕塔珂夫。这事情是……昨天夜里,毕塔珂夫从感化院逃走了。"

彼蒂加的心翻起筋斗来。一阵思想的旋风,在他的头里掠过。两个人的谈话,他几乎听不进去了。他发热似的想着:

"我应该告诉他,还是不呢?"

菲陀尔·伊凡诺维支已经在和咬断指甲握手,并且说道:

"纸请到办公室里去拿罢。唔……再见再见……"

于是向着彼蒂加:

"哪? 你怎么了? 你什么事?"

彼蒂加红了起来。

"我来找你,"他吞吞吐吐的说。……"您可有给我看看的书没有?"

"唔? ……书? ……有的有的。我有你看的各色各样的书……"

菲陀尔·伊凡诺维支开开了一个书橱。

"你找罢。要的就尽拿去。"

彼蒂加从书橱里选出一大堆书来。小的和大的,插图的和没有的。他把这些书拿到病房去,看了一礼拜。这给他抵制了无聊。

总之,他没有发表自己的错处。这已经全没有什么意思了。

黑孩子问他道:

"怎样?你见过菲陀尔·伊凡诺维支了?"

他回答道"是",满脸通红。

"这很好。你是一个脚色。瞧罢,你就要全好了。"

他友爱地拍拍他的肩头。

羞耻征服了彼蒂加。他转脸对了窗口。

他终于出了病房。授课也就开始了。他经过简单的考试之后,编在 B 级里。全是小孩子。

这自然是没面子,不舒服的。

当那黑孩子和别人学着分数以及这一类东西的时候,他只好和小孩子混在一起拼字母:

"赛沙和玛沙散步去了,而且玛沙和赛沙散步去了。"

这是很没面子的。

有一回,彼蒂加去找黑孩子,他叫米罗诺夫,问他道:

"我不能也到你们这级里去么?"

"不成。这是不行的,朋友。你程度太差了。但如果你有很大的志向,那就会赶上我们所有的学科。那你就到我们这里来了。"

"我就是差这一点呀。你们的学科,许多是我要学的。但是办不到。我不想了!"

他于是又和小娃娃们混在一起拼字母:

"赛沙和玛沙散步去了,而且玛沙和赛沙散步去了。"

有一天,可是出了一点很讨厌的事情。


有家属的孩子们,礼拜六晚是一个好日子。在克拉拉·札德庚教养院里,礼拜六晚是归休日,也是来访日。许多妈妈和爸爸们,带着纸袋子和包裹,都跑来了。纸袋子里是各种吃的东西,大概是:饼干,白面包,苹果等等。

来看彼蒂加的自然没有人。来看米罗诺夫的,是一个姑母从诺伏契尔凯斯克跑来了两趟。她每一趟总给他一个卢布。彼蒂加却全没有什么堂表兄弟,没有姑母。

但有一天,当值的学生进来了,叫他的名字。

"有人来看你!"

彼蒂加笑起来:

"不要开玩笑罢! 不要当我傻子罢!"

"真的!"那值日生说。他是第一级的萧伦开尔。"我不骗人。有人来找你了。你自己去看去。"

彼蒂加跳起来,跑了出去。

"胡说白道! 谁会来看我呢?"

他跑到客厅。里面是一大群人,爸爸们,妈妈们和他们的孩子们。说着。笑着。

彼蒂加停在门口,往客厅里望进去,找寻着。他伸长了颈子。

这时候,市民库兑耶尔颠头簸脑的,跟踉跄跄的向他走来了。

彼蒂加脸色发青了,逃出了门口。然而库兑耶尔已经走近他。远远地就发着烧酒气。

"日安,小宝宝! 日安,我的心肝! 我来了……我来了……我要来看你……"

他想去拥抱他。这时又踉跄了……受不住的烧酒气……别人都皱着眉,避了开去。

彼蒂加低声问道:

"您有什么事?"

"我来看你的,"库兑耶尔回答说。他的声音又是深的沙声了。"我来看你的。我给你带了东西来了。乳酪糖球……"

库兑耶尔摸着袋子,拉出一个龌龊的纸包来。里面是几个乳酪糖球。都稀烂,肮脏了。

他就递给彼蒂加：

"在这里,拿呀!"

彼蒂加不肯收:

"我不要! 请您走罢!"

他的手推了一下库兑耶尔的前胸。那人就不要面子了:

"什么? 叫我走? 你把表还我不? ……你这贼胚的你!"

他又突然大叫起来:

"太太们! 好人们! 帮帮忙呀! 这流氓抢了我的表! 偷了表去了! 太太们!"

他把糖球向彼蒂加的脸上掷过来,正中了眼睛。

彼蒂加按着眼,跑出客厅去,正撞着了菲陀尔·伊凡诺维支。

"什么呀? 出了什么事?"

这时客厅里的人们也很受了扰动,从各方面围住了库兑耶尔。

库兑耶尔在撒野,用肚子拱开着人们,放声大叫道:

"太太们! 人抢了我了! 人扒了我了!"

"这究竟是怎么一回事?"菲陀尔·伊凡诺维支问道。"这人在说谁呀?"

"在说我,"彼蒂加说,顺下了眼睛。"他是来看我的。是我的伯父。从疯人院里出来的。请您不要再放他进来了罢!"

市民库兑耶尔被赶走了。他叫喊,咒骂,向四面乱打。但大家终于把他拖出去了……

从此彼蒂加很消沉。他又想起了表。自从忙于校课以来,他是几乎已经忘却了的。但现在可又记得起来了。

他时常到中园里去看木头。木头还有一大堆,这一大堆,使他不能走到埋表的地点去。

他悲伤。他叹息。但他自解道:

"木头还不算最坏哩。木头还是小事情。人也可以在这地方造起一座五层楼来的。"

这想头,使他暂时轻松了一下。

这之间,一天一天的冷起来。已经是秋天了。


有一天,下雪了。很大的雪,一直积到膝弯。中园全被雪盖满了。不带雪铲,就走不过。

吃饭的时候,菲陀尔·伊凡诺维支走进食堂来,并且说:

"冬天了,孩子们!"

大家都拍起手来,叫道:

"冬天哩! 冬天哩!"

菲陀尔·伊凡诺维支在食堂里走了几转,于是站下来:

"唔。冬天是到了。木头堆在中园里,空地里。但是你们可也知道呢? 木头在空地里,是要糟的。如果我们能够把它搬进棚屋子里去,那就好。你们以为怎么呀? 我们不要组织一个劳动日么?

"是的,是的! 很好! 呼尔啦!"大家都拍起手来。

彼蒂加叫得最多,也拍得最多。

他是火和焰。

刚刚吃完饭,他就叫道:

"动手罢! 做工去!"

他从桌子旁跳开来。

"做工呵!"孩子们都叫喊着。

大家赶忙的准备好,跑到中园里。跨过了洁白的雪,走向木材去。

他们动手来拉木材了。每三个人拉一棵,累得吁吁的喘气。在这里,彼蒂加也比大家更使劲。他跑来跑去,指挥着:

"排成一串! 一个挨一个! 那就做得快了。"

孩子们排了一长串,从堆着木头的地方直到棚屋子,于是工作顺当了。树干子从这一只手到那一只手的传递了过去。一,二。一,二。响动得好像一部机器。

彼蒂加只是兴奋了起来：

"做呀！上紧！"

大家都诧异了：

"他怎么了？多么拼命呀！"

工作轻便地做下去了。棚屋子里的木堆，一分钟一分钟的增大起来。

不多工夫，在棚屋子里的人，就大声通知那一头的人道：

"完了！放不下了！"

彼蒂加惊怪道：

"怎么完了呢？"

他跑到棚屋子那里去⋯⋯一点不错⋯⋯满满的堆到门口了⋯⋯连一棵树干子也再也放不下了⋯⋯

他一声不响的站着，中园里还满堆着木材。大约还剩两方丈的样子。

菲陀尔·伊凡诺维支出现了：

"随它去罢。唔⋯⋯可以了⋯⋯这木头我们够烧一冬天了⋯⋯多谢得很，孩子们！"

他拍着彼蒂加的肩头：

"我谢谢你的出力！"

彼蒂加绝望的转过了脸去⋯⋯伤心！

晚上开起"级议"，学级会议来，是全体学生们的集会。议事项目中，有着经济事务负责者的选举。米罗诺夫发言了，推举了彼蒂加。

"就为了这缘故，"他说。"他是一个积极的脚色，也是一个能干的劳动者。他怎样老练地指导了搬柴，是今天你们亲自看见的。总而言之，劳动日的很顺当，就因为他把你们组织得很好的缘故。"

彼蒂加被选上了。

于是他就这样的成了经济事务负责者。

开初,他自己觉得很好笑。

他商人似的带着钥匙。上衣袋里一本杂记簿。一枝系着绳子的铅笔。一件白围身……

他这样的走来走去,不知道该做什么事。他究竟是做什么的呢?

那回答,他立刻听到了。他有很多的工作,使他几乎忙不过来。一下子这件事,一下子那件事。一下子那边去,一下子这边去。在一个"不够格的"教养院里,工作真也多得很。

日子飞跑过去了。

总有孩子们从背后叫着他:

"彼蒂加·华来德! 中饭的面条!"

"彼蒂加·华来德! 肥皂!"

"彼蒂加·华来德! 小衫裤!"

"彼蒂加·华来德! 白面包!"

"我们要柴,彼蒂加同志!"

他收进东西来,付出去,分开来。他不停的用铅笔写在蓝的杂记簿子上。

一个精明干练的孩子! 想不到的!

他很不节省木头。他最高兴付出柴木去。

一捆? 可以的! 许要两捆罢? 可以可以!

克拉拉·札德庚教养院里,从来没有这么暖和过。到处都热,竟好像蒸汽浴场似的。

小娃儿们在授课时,是一心一意的拼字母:

"赛沙和玛沙散步去了,而且玛沙和赛沙散步去了。赛沙和玛沙。玛沙和赛沙。"

但彼蒂加却咬着那用短了的可怜的铅笔头,在看他的杂记本,流着汗:

"四分之三磅和四分之一,再是半磅和八分之五磅……一共呢?"

他现在非算不可了。这和"赛沙和玛沙"是不同的。这是分数!分数是在 G 级里教的。米罗诺夫就在那级里。彼蒂加拉住了米罗诺夫,对他说道:

"你听着!我要到你们那一级里去。别的并没有什么。我负责赶上你们的一切学科就是了。但是你得帮助我。"

"好的。我很愿意帮助你。"

他和米罗诺夫一同用起功来,而且进步得很快,到新年,已经赶上"G"级了。

他升了级,现在是和米罗诺夫在一起了。


这回可是出了新的讨厌的事情。

是三月里,在巴黎公社的日子。

冬天的红日,清朗的在发光,雪在脚底下索索地响。

这一天,克拉拉·札德庚的"不够格的"孩子们,都排队进向市公园里的革命牺牲者的坟头去。

满是快活的声音。大家笑着。大家唱着:

"弟兄们呀,向光明去,向自由去……"

彼蒂加和别人一同唱着,笑着。

他们快要走到市公园的时候,对面来了一个喝醉的人。他走得踉踉跄跄,两手在空中乱扑,用沙声怪叫道:

"弟兄们,向自……"

孩子们不笑了。他们抛过雪团去。彼蒂加认识他。是市民车兑耶尔!

他吃了一惊,躲在一个伙伴的背后。他弯下了身子,用手套遮起脸来。

孩子们把这醉汉推来推去,而且用雪打在他脸上。库兑耶尔呻

244

吟,挣扎,旋转着红鼻子。

彼蒂加忽然对这醉汉起了同情了。怎么会起的呢,他自己也不知道。他从队伍里跳出来,叫道:

"喂! 住手罢!"

孩子们不笑了,离开了那人。

但库兑耶尔却认识彼蒂加的,怒吼道:

"你这流氓,你偷了我的表!"

彼蒂加前进了,垂着头。大家都奇怪他不再一同唱。

但是,羞耻正在苦恼他。他羞耻自己偷了醉汉的表。

他自己诧异:这是怎么一回事呢? 怎么会羞耻的? ……他自己也不明白。


然而时光是不停留的。雪化去了。中园里的木堆也和雪一同化去了。

有一天,他去看木材的时候,知道不过还剩一方丈零二尺。

他吃了一惊。

"阿,就要完了。也就是就可以掘出来了!"

就在这一天,他在廊下遇见了菲陀尔·伊凡诺维支,说道:

"就要到春天了,菲陀尔·伊凡诺维支。暖起来了。教室的火炉可以停止了罢?"

"唔……是的……恐怕这也真的是多余了的。"

彼蒂加俭省起木材来。他很吝啬。只还肯把木材付给厨房和浴室。

每一棵,每一片,他都计算。

学校里都觉得希奇了。

米罗诺夫得了诺伏契尔凯斯克的姑母送给他的三卢布。这是凯尔周①。他对彼蒂加说：

"派仑礼拜日②，我们出去罢？慢慢的闲逛它一回，好么？"

到礼拜天，他们从菲陀尔·伊凡诺维支那里得到允许，出去了。往复活节市集去。

天气很暖和。雪化了。人们往年市里都很高兴，欢笑，吵闹，挨挤。奏着音乐。

到处都卖着甜食：小饼，蛋片，土耳其蜜……

米罗诺夫样样都买一点，并且分给彼蒂加。

他们这样的在稀湿的街上逛来逛去，一直到晚上。灯光多起来了。音乐更加响起来，那环游机③也开始旋转了。

米罗诺夫说：

"我们坐坐环游机罢？"

"这有什么意思呢？我们倒不如买甜豌豆。"

"那也要买，"米罗诺夫回答道。

"好罢。但不要坐船！我们骑马！"

当环游机停了下来的时候，人们就拥过去争坐位。只有小船里还有四个坐位是空的。两个女孩子坐上去了。别的两个却空着。

"上去！刚好！"米罗诺夫说。"都一样的！"

彼蒂加只得依从。他上去了。

音乐奏了起来，船也幌荡起来了。愈转愈快。愈转愈凶。路灯，看客的白脸孔，都在打旋子……很有趣！

他们除下帽子来，挥着。对面的女孩子在叫着。

一个较大，红头发，总在眨眼睛。别一个是小一点的，金黄头

———————

① Karlwoche 耶稣复活节前的一礼拜。——译者。

② Palmsonntag，耶稣复活节前的礼拜日。——译者。

③ Karussell，是一种旋转装置，备有小型的木马，马车，汽车，船等，可以给游客坐上去，旋转起来，以供娱乐。——译者。

发,绌住了大的一个,在叫:

"阿唷! 阿呀!"

他们看得开心,就来作弄她们了:

"没用的小囡!"米罗诺夫叫道。

"没胆的兔子!"彼蒂加叫道。

女孩子们也回骂道:

"自己才是没胆的兔子哩!"

她们还笑起来,装着鬼脸。

环游机停住了,女孩子们跳下小船去。他们也跳了下去。米罗诺夫对彼蒂加说:

"我们和她们开玩笑去。"

"怎样开呢?"

但米罗诺夫已经追上了女孩子,仿佛一个到了年纪的人似的说道:

"请问,可以认识认识小姐们么?"

那大的,总在睐着眼睛的那一个,说:

"请。我们很喜欢。"

彼蒂加不说话。金头发也不说话。

他们一同往前走。两个一排。米罗诺夫和红头发;彼蒂加和金头发。米罗诺夫买了葵花子来,分给女孩子。他把话讲个不停,还说些笑话。彼蒂加却不知道他应该和金头发说些什么话。她是安静,正经,像一只鸟儿似的吐出葵花子的空壳来。

他终于问道:

"您为什么这么板板的? 您在想什么?"

"想各式各样的事情。"她微笑着。"您在想什么?"

彼蒂加回答说,他也在想各式各样的事情。于是问她叫什么名字。

"那泰沙。"

"我叫彼得……"

这样子,就渐渐的谈起话来了。

而且那泰沙也笑起来。而且她现在葵花子也磕得更有精神了。

彼蒂加问道:

"那泰沙,您会溜冰么?"

"溜冰?夏天?哈哈哈!这一冬我是常常溜冰的……这很有趣。我们的家的对面就是市立溜冰场呀。"

"那么,您住在那里呢?"

"那边……"

她立刻非常之窘:

"那边……离这里并不远。"

她问道:

"您呢?"

"我?"

这回是轮到他窘了:

"我……在一个少年教养院……"

"那里的呢?"

"在那不够高的①……"

"不够高的?这是怎样的?"

"这是有点特别的。尤其是收着平常孩子的……"

"收着孤儿?"

"对啦。收着孤儿。"

"您是——?"

"是的。我父母都没有了。连姑母也没有……您呢?"

"我?我有一个父亲……那就是……唔……"

那泰沙满脸通红了。

———————————

① "不够格"这句话的含胡音。——译者。

"这是怎么的呢?"彼蒂加想。

他诧异起来。

他们再往前走。

他们这样地逛了一整夜。吃完了足两磅葵花子。

到了已经黎明,灯光都灭,月亮升在空中的时候。

女孩子们担心了起来:

"我们该回家去……"

他们作了别,走散了。

在回教养院去的涂中,米罗诺夫和彼蒂加尽是谈着女孩子:

"温和的娃儿呵……"

他们敲了许多工夫门。墙壁后面的什么地方噪着区匿希,响着它的铁链。好容易,细眼睛门房的伊凡总算出来了,开了门。他打着呵欠,骂着。

当他们走过中园时,米罗诺夫注意道:

"瞧罢! 木头都完了……好极! 现在又可以玩球了。"

彼蒂加望了一望。真的! 木头搬空了! 从中园的这一角到那一角,都空了。

"不错!"他说。"现在又可以玩球了!"

他一整夜没有睡觉。他在左思右想。清晨一早,他就穿好衣服,跑到中园去。

天还冷,有雾。发着新鲜的泥土气。墙壁外面,喜鹊在白杨树上吵嚷。

他打着寒噤。他悄悄的走近篱垣去,望一望楼窗。玻璃显出淡红色,微微的发闪,好像小河里的水。窗门后面是一点响动也没有。

他沿着篱垣,找寻那木棒。木棒已经没有了。到处散着木片和树皮。

木棒不见了。但表的位置,他是很容易找出来的。

他站在篱垣旁边,推测道:

"这里是教员坐着看书的。那里是孩子们在玩的。这里是我……"

他向周围一看,蹲了下去,用一枝木棒掘起泥土来。他掘成一个深到肘弯的洞,就伸进手去。不错:他的指头触着了一个滑滑的小包。

他连忙把它掏出,捏在手里,站了起来。用木片填好了洞,跑进屋子里去了。

他坐在回廊里的一个窗台上。定了神,打开那布片。

经过了很久的时光,金子却依然没有锈。恰如那时一样,太阳一般地在他的手里发光。然而他觉得这表变小了。变轻了……很轻……奇怪。

他在思索,惊奇。

他把表放在耳朵边。没有声响。他开开了表盖。不走了。

指针停在八点二十分前的地方。

这更奇怪了。

"这怎么能呢?"他想。"经过这么多的时光。过了一整年了,这表却还走不到一个钟头么?"

太阳忽然射进玻璃来。他吃了一惊,把表塞在袋子里。

它却一下子变得重了。它坠下袋子去,还贴着他的腿。

彼蒂加走过回廊去。和他迎面来了鲁陀尔夫·凯尔烈支。他微笑着。太阳照在他的白的罩衫上。他手里拿着一个火钳。

"嗳!"他说。"晨安! 同去罢,生火炉去! 你可以么?"

"不成! 我得到经济处去——称面包。"

他走进了经济处。


彼蒂加然而没有逃。不逃了……去年的夏天,他也曾梦想过。但现在……现在是完全两样了。

在他头里的,现在已经是别样的东西。这至多不过使他觉得奇特:逃走么？为什么呀？那里去呢？

然而表是在的。他到底真的得到该死的宝贝了。

这总得定一个结局。

他天天把表装在袋子里,不住的在思索:怎么办呢？

他想索性抛掉他。但这太糟塌了。还给库兑耶尔罢？但他住在那里呢？再也看不见他了。好像消在土里了。

各种的思想在苦恼他,而袋子里是装着这讨厌的家伙。

在盛夏中,屋顶要油漆一下。

菲陀尔·伊凡诺维支叫了彼蒂加去,说道:

"请你上李宁大街去,到市立颜料店里买了绿的颜料来。"

他交给他钱,彼蒂加出去了。

他走过市场旁边。想到了先前的时候。想到了各种的事迹:扒来的重要物件,蛋饼,青鱼。

他忽然听到一声哨子。人们在奔跑。

他们跑向市场的中间,一面猛烈的叫道:

"捉贼！抓住他！"

彼蒂加也夹着跑过去。在追谁呢,他现在能够看见了。是一个万分龌龊的少年。当这少年拼命飞跑,突然转弯的时候,彼蒂加看到了蒙着的一只眼。

"毕塔珂夫！"毕塔珂夫跑得更快了。

他是一个出色的飞脚。所有的人们立刻落在后面了,只有彼蒂加还是跟住他。

彼蒂加叫道:

"毕——塔——珂夫！"终于追着了。

他抓住了他的肩头:

"站住！对我,你不跑罢！"

毕塔珂夫回转来,一拳头打在他的胸膛上。

"昏蛋！"彼蒂加叫道,"昏蛋！不要打！"

毕塔珂夫跳后一步,注视着彼蒂加。他全身在发抖。

彼蒂加说道:

"哪? 你不认识我?"

"不,"毕塔珂夫喘着气。

"在教养院里。你不记得?"

"哦! 现在我知道了。是那饭桶!"

他又走了。他为了疲乏,颤抖着。

彼蒂加坚韧的跟着他。

"你还记得木头的事情么?"

"木头?……哦哦,我知道……怎么样呢?"

他又走了。总是绕弯,走着很狭的小弄……他想跑到市外去。

彼蒂加不倦的跟着他。

"毕塔珂夫!"

"什么事?"

"毕塔珂夫,停下来! 不要这么跑。"

毕塔珂夫站住了。他屏住了呼吸。

"呸……鬼! 什么事?"

"你记得木头么?"

"记得的。怎么样呢?"

"你在怪我不好么?"

"为什么呀?"

"原谅我罢。这全是我的罪过。我都装在你身上了……"

于是他讲述了木头的事情。毕塔珂夫大笑起来了。他笑得至于绷带从眼睛上滑下来。

"昏蛋!"他说。"屠头! 什么叫作你的罪过? 我确是的……那一回,我在夜里是弄了十七棵木头给市外的娘儿们的……"

"你撒谎!"彼蒂加喝道。"你骗人! 你真的干了的?"

"自然。十七棵树干子! 你在怎么想呀? 你以为我是无缘无故,进了感化院的罢? 为什么呢? 不过看起来好像是这样……"

彼蒂加惊奇得几乎莫名其妙了。

"你全不怨恨这事罢? 你愿意回到教养院去么?"

毕塔珂夫微笑了一下。他于是郑重其事的说道:

"不行的,我的乖乖。我坐过监牢了。有谁坐过一回监,就永远不能进小孩子们的教养院去的。你懂了没有?"

他敲几下彼蒂加的前额,又踉踉跄跄的走了。

他突然回转身。脸色发了青,凶猛地向彼蒂加奔过来。他的眼睛在发闪。

彼蒂加平静的站着。他的想头是洁白的。

"什么事呀?"他问。

"那个东西!"毕塔珂夫说着,向他逼近了。"拿出表来!"他在他的胸膛上给了很重的一下。

"什么?!"彼蒂加几乎要倒下去。他踉跄了。他的眼前,所有的东西都打起旋子来,篱垣呀,路灯呀,房屋和毕塔珂夫呀。他的舌头也不灵了。

"哪?"毕塔珂夫重复说,"不懂么? 拿出表来!"

"什么表?"彼蒂加吃着嘴。"表?"

"你明白的!"毕塔珂夫更加逼近了他,很快的说道:"你以为我不知道? 哼,我的乖乖,我都知道。库兑耶尔都对我讲过了……我们在监牢里,同住了半年。是的,是的。他至今还坐在那里,因为闹酒。我都知道。拿出表来! 懂么?"

他立刻用一只手抓住了他的前胸,别一只手捏他的咽喉,低声说道:

"听不听? 拿出表来! 不要玩花样……要不然……拿出来! ……"

他紧紧的捏住了彼蒂加的咽喉,污秽的拳头搁在鼻子上。

彼蒂加捏住着袋子。他摸着。他想拿出表来了。他很着急。

竟不能立刻取出那表来。

忽然一阵叫喊,吹哨,呼唤,脚步声。街角上来了一个警察,跟着市场女人和一大群的人。

"嗳哈!"他们叫道。"他在这里! 抓住他!"

大家都奔向毕塔珂夫来。抓住了他的领头。他被捕了。

"他在这里! 这贼!"

彼蒂加走掉了。


于是走向市立颜料店去。他又得经过那市场。他又穿过那些卖着蛋饼和青鱼,发着面粉和蔬菜气味的成排的摊子。他悲哀地走过去。袋子里的表,逼得他很凶。

"我的天! 我把这东西怎么办呢? 为什么我该把这晦气东西装在袋子里,带来带去的呢?"

周围是喧嚣和嘈杂。太阳照在市场的热闹光景上。人们涌向摊子去。鸟儿在笼子里酿成怕人的喧嚣。叫化子嚷着歌曲。一切都很快活!

然而彼蒂加不快活。太阳和唱歌的叫化子,都不能使他高兴了起来。他悲哀地走过市场去。

他忽然看见了一个女孩子。她站在两个摊子的中间,有一点东西拿在她手里。

她在请求一个高身材的,戴着眼镜的人。

那泰沙! 这那泰沙,是在派仑礼拜日和他一同逛过的! 这金黄头发的娃儿,正在请求那人买她的什么。

那人唠叨着,走掉了。

"那泰沙,日安!"彼蒂加叫道。"你在这里卖什么呀?"

她抬起眼睛来,吃了一吓,把东西藏在袋里了。

"为什么这样的? 你为什么发急? 你怕么? 恐怕你卖的是什么偷来的东西罢?"

"不的。这不是偷来的。"

"那么,为什么藏起来呢? 给我看!"

"不的。这和你不相干。"

"拿出来。我要看看呢。"

"不!"

"嗳哈! 那就是偷来的了! 你在浴场里偷了一个刷子,或是什么地方的一打别针了! 不是么?"

那泰沙不答话。

"或者是你那死了的祖母扒来的袜子……是不是? 或者是你的老爸爸抢来的罢? 唔?"

那泰沙脸红了。她快要哭出来,说道:

"这全不是偷来的。他寄给我一封信,叫我卖掉的。我就得来卖。看就是了。我没有偷。"

她向他伸出手来。一条银链子! 链子上挂着挂件。小小的象和狗儿,在瑟瑟索索的作响。中间拖着一个梨子形的绿玉。

彼蒂加觉得,在他脚下的地面好像摇动了起来。他快要跌倒了。他跑了许多工夫,原已疲倦了的。毕塔珂夫又在胸膛上给了他沉重的一击。而现在链子又在这里了,一个人怎么能受得这许多呢! 他拿过链子来,定睛的看着。五分或是六分钟。

于是他去掏袋子,拉出那表来。用了忙乱的手指,把表挂在链子上,递给那泰沙。

"喂! 拿罢!"

那泰沙吃惊得叫起来,连忙接了表。彼蒂加就回转身,跑过了喧嚷的市场。过了桥。过了广场。到了街上。

他跑着,头也不回。

到市立颜料店了。买了绿颜料。

原载 1935 年 3 月 16 日《译文》月刊第 2 卷第 1 期。同年

7月由上海生活书店作为"译文丛书"（插图本）之一出版。

# 致 曹聚仁

聚仁先生：

二日八日的信，都已收到；《芒种》三期也读过了，我觉得这回比第二期活泼些。广收外稿，可以打破单调，是很好的，但看稿却是苦事，有些也许要动笔校改一点，那么，仍得有许多工夫化费在那上面，于编者是有损的。

那一篇文章，因为不能一直写下去，又难以逞心而谈，真弄得虎头蛇尾，开初原想大发议论，但几天以后，竟急急的结束了。那些维持现状的先生们，貌似平和，实乃进步的大害。最可笑的是他们对于已经错定的，无可如何，毫无改革之意，只在防患未然，不许"新错"，而又保护"旧错"，这岂不可笑。

老先生们保存现状，连在黑屋子开一个窗也不肯，还有种种不可开的理由，但倘有人要来连屋顶也掀掉它，他这才魂飞魄散，设法调解，折中之后，许开一个窗，但总在觑机想把它塞起来。

《集外集》二校还没有到，但我想可以不必等我看过，这才打纸板了，还是快点印出的好，否则，邮件往来，又是许多日子。我在再版《引玉集》，因为重排序文，往往来来，从去年底到现在，才算办妥，足足四个月。一个人活五六十岁，在中国实在做不出什么事来（但，英雄除外），古人之想成仙，或者也是不得已的。

《集外集》付装订时，可否给我留十本不切边的。我是十年前的毛边党，至今脾气还没有改。但如麻烦，那就算了，而且装订作也未必肯听，他们是反对毛边的。

陈先生的漫画，望寄给我。他日印杂感集时，也许可以把它印出来,所流转的四个编辑室,并希见示为幸。

　　专此布复,并请

著安。

迅　上　　四月十日

# 致 郑振铎

西谛先生:

　　六日信及《十竹斋笺谱》一本,均已收到。我虽未见过原本,但看翻刻,成绩的确不坏;清朝已少有此种套板佳书,将来也未必再有此刻工和印手。我想今年除印行《博古牌子》外,不如以全力完成此书,至少也要出他三本,如果完成,亦一好书也。不知先生以为何如?

　　书中照目录缺四种,但是否真缺,亦一问题,因为此书目录和内容,大约也不一定相合的。例如第二项"华石"第一种上,题云"胡曰从临高三益先生笔意十种",但只八幅,目录亦云"八种",可见此谱成书时,已有缺少的了。

　　《死魂》译稿,当于日内交出。此复,即请

著安。

迅　上　　四月十日

## 十一日

　　**日记**　昙。上午内山夫人赠新潟酱菜一皿六种。寄望道信。午晴。午后谦田寿君来托为诚一书墓石。得刘岘信并木刻等。下午复胡风信。河清来。夜同广平往邀蕴如及三弟至融光大戏院观《珍珠岛》下集。

257

## 十二日

**日记**　昙。上午得华铿信，即复。得方之中信。得西谛信。

# 致 萧 军

刘军兄：

七日信早到；我们常想来看你们，孩子的脚也好了，但结果总是我打发了许多琐事之后，就没有力气，一天一天的拖，到后来，又不过是写信。

《二心集》中的那一篇，是针对那时的弊病而发的，但这些老病，现在并没有好，而且我有时还觉得加重了。现在是连说这些话的意思，我也没有了，真是倒退得可以。

我的原稿的境遇，许知道了似乎有点悲哀；我是满足的，居然还可以包油条，可见还有一些用处。我自己是在擦桌子的，因为我用的是中国纸，比洋纸能吸水。

金人译的左士陈阔的小短篇，打听了几处，似乎不大欢迎，那么，我前一信说的可以出一本书，怕是不成的了，望通知他。这回我想把那一篇 Noviko-Priboi 的短篇寄到《译文》去。

《搭客》及《樱花》上，都有署名的。《搭客》不知如何；《樱花》已送检查，且经通过，不便改了，以后的投稿再用新名罢。听说《樱花》后面，也许附几句对于李的答复。

一个作者，"自卑"固然不好，"自负"也不好的，容易停滞。我想，顶好是不要自馁，总是干；但也不可自满，仍旧总是用功。要不然，输出多而输入少，后来要空虚的。

《八月》上我主张删去的，是说明而非描写的地方，作者的说明，以少为是，尤其是狗的心思之类。怎么能知道呢。

前信说张君要和您谈谈，我想是很好的，他是研究文学批评的人，我和他很熟识。

此复，即请

俪安。

豫　上　四月十二夜

## 十三日

**日记**　晴。上午复萧军信。得紫佩信。得罗清桢信并木刻四本。得望道信二封，午后复。得阿芷信，即复。下午得小峰信并版税泉二百，即复。得傅东华所赠《山胡桃集》一本。晚蕴如携晔儿来。三弟来并为购得《元明散曲小史》一本，《痀偻集》一本，共泉三元四角。夜雨。

## 十四日

**日记**　星期。昙，上午雨。无事。

# "文人相轻"

老是说着同样的一句话是要厌的。在所谓文坛上，前年嚷过一回"文人无行"，去年是闹了一通"京派和海派"，今年又出了新口号，叫作"文人相轻"。

对于这风气，口号家很愤恨，他的"真理哭了"，于是大声疾呼，投一切"文人"以轻蔑。"轻蔑"，他是最憎恶的，但因为他们"相轻"，损伤了他理想中的一道同风的天下，害得他自己也只好施行轻蔑术了。自然，这是"即以其人之道，还治其人之身"，是古圣人的良法但"相轻"的恶弊,可真也不容易除根。

我们如果到《文选》里去找词汇的时候,大概是可以遇着"文人相轻"这四个字的,拾来用用,似乎也还有些漂亮。然而,曹聚仁先生已经在《自由谈》(四月九日至十一日)上指明,曹丕之所谓"文人相轻"者,是"文非一体,鲜能备善,是以各以所长,相轻所短",凡所指摘,仅限于制作的范围。一切别的攻击形体,籍贯,诬赖,造谣,以至施蛰存先生式的"他自己也是这样的呀",或魏金枝先生式的"他的亲戚也和我一样了呀"之类,都不在内。倘把这些都作为曹丕所说的"文人相轻",是混淆黑白,真理虽然大哭,倒增加了文坛的黑暗的。

我们如果到《庄子》里去找词汇,大概又可以遇着两句宝贝的教训:"彼亦一是非,此亦一是非",记住了来作危急之际的护身符,似乎也不失为漂亮。然而这是只可暂时口说,难以永远实行的。喜欢引用这种格言的人,那精神的相距之远,更甚于叭儿之与老聃,这里不必说它了。就是庄生自己,不也在《天下篇》里,历举了别人的缺失,以他的"无是非"轻了一切"有所是非"的言行吗? 要不然,一部《庄子》,只要"今天天气哈哈哈……"七个字就写完了。

但我们现在所处的并非汉魏之际,也不必恰如那时的文人,一定要"各以所长,相轻所短"。凡批评家的对于文人,或文人们的互相评论,各各"指其所短,扬其所长"固可,即"掩其所短,称其所长"亦无不可。然而那一面一定得有"所长",这一面一定得有明确的是非,有热烈的好恶。假使被今年新出的"文人相轻"这一个模模胡胡的恶名所吓昏,对于充风流的富儿,装古雅的恶少,销淫书的瘪三,无不"彼亦一是非,此亦一是非",一律拱手低眉,不敢说或不屑说,那么,这是怎样的批评家或文人呢? ——他先就非被"轻"不可的!

四月十四日。

原载 1935 年 5 月 1 日《文学》月刊第 4 卷第 5 号。署名隽。

初收 1937 年 7 月上海三闲书屋版《且介亭杂文二集》。

# "京派"和"海派"

去年春天,京派大师曾经大大的奚落了一顿海派小丑,海派小丑也曾经小小的回敬了几手,但不多久,就完了。文滩上的风波,总是容易起,容易完,倘使不容易完,也真的不便当。我也曾经略略的赶了一下热闹,在许多唇枪舌剑中,以为那时我发表的所说,倒也不算怎么分析错了的。其中有这样的一段——

"……北京是明清的帝都,上海乃各国之租界,帝都多官,租界多商,所以文人之在京者近官,没海者近商,近官者在使官得名,近商者在使商获利,而自己亦赖以糊口。要而言之:不过'京派'是官的帮闲,'海派'则是商的帮忙而已。……而官之鄙商,固亦中国旧习,就更使'海派'在'京派'眼中跌落了。……"

但到得今年春末,不过一整年带点零,就使我省悟了先前所说的并不圆满。目前的事实,是证明着京派已经自己贬损,或是把海派在自己眼睛里抬高,不但现身说法,演述了派别并不专与地域相关,而且实践了"因为爱他,所以恨他"的妙语。当初的京海之争,看作"龙虎斗"固然是错误,就是认为有一条官商之界也不免欠明白。因为现在已经清清楚楚,到底搬出一碗不过黄鳝田鸡,炒在一起的苏式菜——"京海杂烩"来了。

实例,自然是琐屑的,而且自然也不会有重大的例子。举一点罢。一,是选印明人小品的大权,分给海派来了;以前上海固然也有选印明人小品的人,但也可以说是冒牌的,这回却有了真正老京派的题签,所以的确是正统的衣钵。二,是有些新出的刊物,真正老京派打头，真正小海派煞尾子；以前固然也有京派开路的期刊，但那是半京半海派所主持的东西，和纯粹海派自说是自掏腰包来办的出产品颇有区别的。要而言之：今儿和前儿已不一样，京海两派中的一路，做成一碗了。

到这里要附带一点声明：我是故意不举出那新出刊物的名目来的。先前，曾经有人用过"某"字，什么缘故我不知道。但后来该刊的一个作者在该刊上说，他有一位"熟悉商情"的朋友，以为这是因为不替它来作广告。这真是聪明的好朋友，不愧为"熟悉商情"。由此启发，子细一想，他的话实在千真万确：被称赞固然可以代广告，被骂也可以代广告，张扬了荣是广告，张扬了辱又何尝非广告。例如罢，甲乙决斗，甲赢，乙死了，人们固然要看杀人的凶手，但也一样的要看那不中用的死尸，如果用芦席围起来，两个铜板看一下，准可以发一点小财。我这回的不说出这刊物的名目来，主意却正在不替它作广告，我有时很不讲阴德，简直要妨碍别人的借死尸敛钱。然而，请老实的看官不要立刻责备我刻薄。他们那里肯放过这机会，他们自己会敲了锣来承认的。

声明太长了一点了。言归正传。我要说的是直到现在，由事实证明，我才明白了去年京派的奚落海派，原来根柢上并不是奚落，倒是路远迢迢的送来的秋波。

文豪，究竟是有真实本领的，法朗士做过一本《泰绮思》，中国已有两种译本了，其中就透露着这样的消息。他说有一个高僧在沙漠中修行，忽然想到亚历山大府的名妓泰绮思，是一个贻害世道人心的人物，他要感化她出家，救她本身，救被惑的青年们，也给自己积无量功德。事情还算顺手，泰绮思竟出家了，他恨恨的毁坏了她在俗时候的衣饰。但是，奇怪得很，这位高僧回到自己的独房里继续修行时，却再也静不下来了，见妖怪，见裸体的女人。他急逃，远行，然而仍然没有效。他自己是知道因为其实爱上了泰绮思，所以神魂颠倒了的，但一群愚民，却还是硬要当他圣僧，到处跟着他祈求，礼拜，拜得他"哑子吃黄连"——有苦说不出。他终于决计自白，跑回泰绮思那里去，叫道"我爱你！"然而泰绮思这时已经离死期不远，自说看见了天国，不久就断气了。

不过京海之争的目前的结局，却和这一本书的不同，上海的泰绮思并没有死，她也张开两条臂膊，叫道"来嘘！"于是——团圆了。

《泰绮思》的构想，很多是应用弗洛伊特的精神分析学说的，倘有严正的批评家，以为算不得"究竟是有真实本领"，我也不想来争辩。但我觉得自己却真如那本书里所写的愚民一样，在没有听到"我爱你"和"来嘘"之前，总以为奚落单是奚落，鄙薄单是鄙薄，连现在已经出了气的弗洛伊特学说也想不到。

到这里又要附带一点声明：我举出《泰绮思》来，不过取其事迹，并非处心积虑，要用妓女来比海派的文人。这种小说中的人物，是不妨随意改换的，即改作隐士，侠客，高人，公主，大少，小老板之类，都无不可。况且泰绮思其实也何可厚非。她在俗时是泼剌的活，出家后就刻苦的修，比起我们的有些所谓"文人"，刚到中年，就自叹道"我是心灰意懒了"的死样活气来，实在更其像人样。我也可以自白一句：我宁可向泼剌的妓女立正，却不愿意和死样活气的文人打棚。

至于为什么去年北京送秋波，今年上海叫"来嘘"了呢？说起来，可又是事前的推测，对不对很难定了。我想：也许是因为帮闲帮忙，近来都有些"不景气"，所以只好两界合办，把断砖，旧袜，皮袍，洋服，巧克力，梅什儿……之类，凑在一处，重行开张，算是新公司，想借此来新一下主顾们的耳目罢。

四月十四日。

原载 1935 年 5 月 5 日《太白》半月刊第 2 卷第 4 期。署名旅隼。

初收 1937 年 7 月上海三闲书屋版《且介亭杂文二集》。

## 十五日

**日记** 晴。午寄三弟信。寄"文学论坛"稿二篇。下午诗荃来，不见之。晚得河清信。

## 十六日

**日记** 昙。午后得靖华信并《文学百科辞典》一本。下午雨。

## 十七日

**日记** 昙。上午得西谛信。午译《俄罗斯童话》全部讫，共十六篇。下午得唐弢信。晚生活书店邀夜饭于梅园，同坐九人。得《译文》二卷二期稿费二十七元六角。

# 俄罗斯的童话(十)

[苏联]高尔基

有一个好人，在仔仔细细的想着他应该做什么。

终于决了心——

"不要再用暴力来反抗恶罢，还是用忍耐来把恶征服！"

他并不是一个没有个性的人，所以决了心之后，就坐着忍耐了起来。

然而，侦探伊额蒙这一派一知道，却就去报告去了——

"看管区内居民某，忽开始其不动之姿势与无言之行动。此显系欲使己身如无，以图欺诳上司也。"

伊额蒙勃然大怒道——

"什么？没有谁呀？没有上司吗！带他来！"

带来了之后，他又命令道——

"搜身！"

检查过身体。值钱的东西都被没收了，就是，表和纯金的结婚戒指被拿去了，镶在牙上的金被挖去了，还有，新的裤带也被解掉，连扣子都摘去了，这才报告说——

"搜过了。伊额蒙！"

"唔，什么——什么也没有了吗？"

"什么也没有了，连不相干的东西也统统拿掉了！"

"但是，脑袋里面呢？"

"脑袋里面好像也并没有什么似的。"

"带进来！"

居民走到伊额蒙的面前来，他用两只手按着裤子，伊额蒙一看见，却当作这是他对于生命的一切变故的准备了。但为了要引起痛苦的感情来，还是威猛的大声说——

"喂，居民，来了？！"

那居民就驯良的禀告道——

"全体都在治下了。"

"你是怎么了的呀，唔？"

"伊额蒙，我全没有什么！我不过要用忍耐来征服……"

伊额蒙的头发都竖了起来，发吼道——

"又来？又说征服吗？"

"但这是说把恶……"

"住口！"

"但这并不是指您的……"

伊额蒙不相信——

"不指我？那么指谁？"

"是指自己！"

伊额蒙吃了一惊——

"且慢，恶这东西，究竟是在那里的呀？"

"就在于抗恶!"

"是朦混罢?"

"真的,可以起誓……"

伊额蒙觉得自己流出冷汗来。

"这是怎么的呢?"他看定着居民,想了一通之后,问道——

"你要什么呀?"

"什么也不要?"

"为什么什么也不要?"

"什么也不要! 只请您许可我以身作则,教导人民。"

伊额蒙又咬着胡子,思索起来了。他是有空想的心的,还爱洗蒸汽浴,但是淫荡的地呵唷呵唷的叫喊,大体是偏于总在追求生活的欢乐这一面的。并且不能容忍反抗和刚愎,对于这些,时常讲求着将硬汉的骨头变成稀粥那样的软化法。但在追求欢乐和软化居民的余暇,却喜欢幻想全世界的和平和救济我们的灵魂。

他在凝视着居民,而且在诧异。

"一直先前就这样的? 是罢!"

于是他成了柔和的心情,叹息着问道——

"什么又使你成了这样的呢,晤?"

那居民回答说——

"是进化……"

"不错,朋友,那是我们的生命呵! 有各色各样的……一切事物,都有缺陷,摇摆着身子,但躺起来,那一边向下好呢,我们不知道……不能挑选,是的……"

伊额蒙又叹息了。他也是人,也爱祖国,靠着它过活。各种危险的思想,使伊额蒙动摇了——

"将人民看作柔和的,驯良的东西,那是很愉快的——的的确确! 但是,如果大家都停止了反抗,不是也省掉了晒太阳和旅行费吗? 不,居民都死完,是不至于的,——在朦混呀,这匪徒! 还得研究他一下。做什么用呢？做宣传员？脸的表情太散漫，无论用什么假面具，也遮不住这没表情，而且他的说话又不清楚。做绞刑吏，怎么样呢？力量不够……"

到底想了出来了，他向办公人员说——

"带这好运道的人，做第三救火队的马房扫除人去罢！"

他入了队，但是不屈不挠的扫除着马房。这对于工作的坚忍，伊额蒙看得感动了，他的心里发生了对这居民的相信。

"假使一切事情，都是这模样呢？"

经过了暂时的试验之后，就使他接近自己的身边，叫他来誊清随便做成的银钱的收支报告，居民誊清了，一声也不响。

伊额蒙越加佩服了，几乎要流泪。

"哈哈，这个人，虽然会看书写字，却也有用的。"

他叫居民到自己面前来，说道——

"相信你了！到外面讲你的真理去罢，但是，要眼观四向呀！"

居民就巡游着市场，市集，以及大大小小的都会，到处高声的扬言道——

"你们在做些什么呀？"

人们看见了不得不信的异乎寻常的温情的人格，于是走近他去，招供出自己的罪恶来，有些人竟还发表了秘藏的空想——有一个说，他想偷，却不受罚；第二个说，他想巧妙的诬陷人；第三个说，他想设法讲谁的坏话。

要而言之，无论谁，都——恰如向来的俄罗斯人一样——希望着逃避对于人生的所有的本分，忘却对于人生的一切的责任。

他对这些人们说——

"你们放弃一切罢！有人说过，'一切存在，无非苦恼，人因欲望，遂成苦恼，故欲断绝苦恼，必须消灭欲望。'所以，停止欲望罢，那么，一切苦恼，就自然而然的消除了——真的！"

人们当然是高兴的，因为这是真实，而且简单。他们即刻躺在自己站着的地方。安稳了。也幽静了……

这之后，虽然程度有些参差，但总而言之，四围却非常平静，静到使伊额蒙觉得凄惨了，但他还虚张着声势——

"这些匪徒们，在装腔呀！"

只有一些昆虫，仍在遂行着自己的天职，那行为，渐渐的放肆起来了，也非常繁殖起来了。

"但是，这是怎样的肃静呵！"伊额蒙缩了身子，各处搔着痒，一面想。

他从居民里面，叫出忠勤的仆人来——

"喂，虫豸们在搅扰我，来帮一下罢。"

但那人回答他道——

"这是不能的。"

"什么？"

"无论如何，是不能的。虽然虫豸们在搅扰，但还是因为您是活人的缘故呀，但是……"

"那么，我就要叫你变死尸了！"

"随您的便。"

无论什么事，全是这样子。谁都只说是"随您的便"。他命令人执行自己的意志，就得到极利害的伤心。伊额蒙的衙门破落了，满是老鼠，乱咬着公文，中了毒死掉。伊额蒙自己也陷入更深的无聊中，躺在沙发上，幻想着过去——那时是过得很好的！告示一出，居民们就有各种反对的行为，有谁该处死刑，就必得有给吃东西的法律！倘在较远的地方，居民想有什么举动，是一定应该前去禁止的，于是有旅费！一得到"卑职所管区域内的居民已经全灭"的报告，还得给与奖赏和新的移民！

伊额蒙耽着过去的幻想，但邻近的别的人种的各国里，却像先前一样，照着自己的老规矩在过活，那些居民，在各处地方，用各种东西，彼此在吵架，他们里面，喧闹和杂乱和各种的骚扰，是不断的，然而谁也不介意,因为对于他们,这是有益的,而且也还有趣的。

伊额蒙忽然想到了——

"唔！居民们在朦蔽我!"

他跳起来,在本国里跑了一转,推着大家,摇着大家,命令道——

"起来,醒来,站起来!"

毫无用处!

他抓住他们的衣领,然而衣领烂掉了,抓不住。

"猪猡!"伊额蒙满心不安帖,叫道,"你们究竟怎么了呀？看看邻国的人们罢！……哪,连那中国尚且……"

居民们紧贴着地面,一声也不响。

"唉,上帝呵?"伊额蒙伤心起来了,"这怎么办才好呢?"

他来用欺骗,他弯腰到先前那一个居民的面前,在耳朵边悄悄的说道——

"喂,你！祖国正遭着危难哩,我起誓,真的,你瞧,我画十字,完全真的,正尝着深切的危难哩！起来罢,非抵抗不可……无论怎样的自由行动都许可的……喂,怎么样?"

然而已经朽腐了的那居民,却只低声说——

"我的祖国,在上帝里……"

别的那些是恰如死人一样,一声也不响。

"该死的运命论者们!"伊额蒙绝望的叫道。"起来罢！怎样的抵抗都许可的……"

只有一个曾是爽直而爱吵架的人,微微的欠起一点身子,向周围看了一看——

"但是,抵抗什么呢？什么也没有呀……"

"是的,还有虫豸……"

"对于那虫豸,我们是惯了的!"

伊额蒙的理性,完全混乱了。他站在自己的土地的中央,提高了蛮声，大叫道——

"什么都许可了，我的爸爸们！救救我！实行罢！什么都许可了！大家互相咬起来呀！"

寂静，以及舒服的休息。

伊额蒙想：什么都完结了！他哭了起来。他拔着给热泪弄湿了的自己的头发，恳求道——

"居民们！敬爱的人们！要怎么办才好呢，现在，莫非叫我自己去革命吗？你们好好的想想罢，想一想历史上是必要的，民族上是难逃的事情……我一个，是不能革命的，我这里，连可用的警察也没有了，都给虫豸吃掉了……"

然而他们单是眹眹眼。就是用树尖来刺，大约也未必开口的！

就这样，大家都不声不响的死掉了，失了力量的伊额蒙，也跟着他们死掉了。

因为是这模样，所以虽在忍耐的里面，也一定应该有中庸。

未另发表。

初收 1935 年 8 月上海文化生活出版社版"文化生活丛刊"之三《俄罗斯的童话》。

# 俄罗斯的童话（十一）

[苏联]高尔基

居民里面最聪明的人们，对于这些一切，到底也想了起来了——

"这是怎么的呀？看来看去，都只有十六个！"

费尽了思量之后，于是决定道——

"这都因为我们这里没有人才的缘故。我们是必须设立一种完全超然的,居一切之上,在一切之前的中央思索机关的,恰如走在绵羊们前面的公山羊一样……"

有谁反对了——

"朋友们,但是,许多中心人物,我们不是已经够受了吗?"

不以为然。

"那一定是带着俗务的政治那样的东西罢?"

先前的那人也不弱——

"是的,没有政治,怎么办呢,况且这是到处都有的! 我自然也在这么想——牢监满起来了,徒刑囚监狱也已经塞得一动都不能动,所以扩张权利,是必要的……"

但人们给他注意道——

"老爷,这是意德沃罗基呀,早是应该抛弃的时候了! 必要的是新的人,别的什么也不要……"

于是立刻遵照了圣师的遗训里所教的方法,开手来创造人。把口水吐在地上,捏起来,拌起来,弄得泥土一下就糟到耳朵边。然而结果简直不成话。为了那惝惝然的热心,竟把地上的一切好花踏烂,连有用的蔬菜也灭绝了。他们虽然使着劲,流着汗,要弄下去,但——因为没本领,所以除了互相责备和胡说八道以外,一无所得。他们的热心终于使上苍发了怒——起旋风,动大雷,酷热炙着给狂雨打湿了的地面,空气里充满了闷人的臭味——喘不了气!

但是,时光一久,和上苍的纠纷一消散,看哪,神的世界里,竟出现了新的人!

谁都大欢喜,然而——唉唉,这暂时的欢喜,一下子就变成可怜的窘急了。

为什么呢? 因为农民的世界里一有新人物发生,他就忽然化为精明的商人,开手来工作,零售故国,四十五戈贝克起码。到后来,就全盘卖掉了,连生物和一切思索机关都在内。

在商人的世界里,选出新人来——他就是生成的堕落汉,或者有官气的。在贵族的领地里——是像先前一样,想挤净国家全部收入的人物在抽芽;平民和中流人们的土地上呢,是像各式各样的野蓟似的,生着煽动家,虚无主义者,退婴家之类。

"但是,这样的东西,我们的国度里是早就太多了的!"聪明的人们彼此谈论着,真的思索起来了——

"我们承认,在创造技术上,有一种错误。但究竟是怎样的错误呢?"

在坐着想,四面都是烂泥,跳上来像是海里的波浪一样,唉唉,好不怕人!

他们这样的辩论着——

"喂,舍列台莱·拉甫罗维支,你口水太常吐,也太乱吐了……"

"但是,尼可尔生·卢启支,你吐口水的勇气可还不够哩……"

新生出来的虚无主义者们,却个个以华西加·蒲思拉耶夫①自居,蔑视一切,嚷叫道——

"喂,你们,菜叶儿们!好好的干呀,但我们,……来帮你们的到处吐口水……"

于是吐口水,吐口水……

全盘的忧郁,相互的愤恨,还有烂泥。

这时候,夏谟林中学的二年级生米佳·科罗替式庚逃学出来,经过这里了,他是有名的外国邮票搜集家,绰号叫作"钢指甲"。他走过来,忽然看见许多人坐在水洼里,吐下口水去。并且还好像正在深思着什么事。

"年纪不小了,却这么脏!"少年原是不客气的,米佳就这么想。

他凝视了他们,看可有教育界的分子在里面,但是看不出,于是问道——

"叔父们,为什么都浸在水洼里的呀?"

———————

① 符拉迪弥尔大公时代的英雄。——译者。

居民中的一个生了气，开始辩论了——

"为什么这是水洼！这是象征着历史前的太古的深池的！"

"但你们在做什么呢？"

"在要创造新的人！因为你似的东西，我们看厌了……"

米佳觉得有趣。

"那么，造得像谁呢？"

"这是什么话？我们要造无可比拟的……走你的罢！"

米佳是一个还不能献身于宇宙的神秘之中的少年，自然很高兴有这机会，可以参与这样的重要事业，于是直爽的劝道——

"创造三只脚的罢！"

"为什么呢？"

"他跑起来，样子一定是很滑稽的……"

"走罢，小家伙！"

"要不然，有翅子的怎么样？这很好！造有翅子的罢！那么，就像《格兰特船长的孩子们》里面的老雕一样，他会把教师们抓去。书上面说，老雕抓去的并不是教师，但如果是教师，那就更好了……"

"小子！你连有害的话都说出来了！想想日课前后的祷告罢……"

但米佳是喜欢幻想的少年，渐渐的热中了起来——

"教师上学校去。从背后紧紧的抓住了他的领头，飞上空中的什么地方去了。什么地方呢，那都一样！教师只是蹬着两只脚，教科书就这样的落下来。这样的教科书，就永远寻不着……"

"小子！要尊敬你的长辈！"

"教师就在上面叫他的老婆——别了，我像伊里亚和遏诺克一样，升天了；老婆那一面，却跪在大路中间，哭哩哭哩，我的当家人呀，教导人呀！……"

他们对这少年发了怒。

"滚开！这种胡说八道，没有你，也有人会说的，你还太早呢！"

于是把他赶走了。米佳逃了几步,就停下来想,询问道——

"你们真的在做么?"

"当然……"

"但是做不顺手吗?"

他们烦闷地叹着气,说——

"唔,是的。不要来妨害,走罢——"

米佳就又走远了一些,伸伸舌头,使他们生气。

"我知道为什么不顺手!"

他们来追少年了,他就逃,但他们是熟练了驿站的飞脚的人物,追到了,立刻拔头发。

"吓,你……为什么得罪长辈的?……"

米佳哭着恳求说——

"叔父们……我送你们苏丹的邮票……我有临本的……还送你们小刀……"

但他们吓唬着,好像校长先生一样。

"叔父们! 真的,我从此不再捣乱了。但我实在也看出了为什么造不成新的人……"

"说出来……"

"稍稍松一点……"

放松了,但还是捏住着两只手。少年对他们说道——

"叔父们! 土地不像先前了! 土地不中用了,真的,无论你们怎样吐口水,也什么都做不出来了! 先前,上帝照着自己的模样,创造亚当的时候,所谓土地,不是全不为谁所有的吗? 但现在却都成了谁的东西。哪,所以,人也永远是谁的所有了……这问题,和口水是毫无关系的……"

这事情使他们茫然自失,至于将捏住的两只手放开。米佳趁势逃走了。逃脱了他们之后,把拳头当着自己的嘴,骂着——

"这发红的科曼提人! 伊罗可伊人!"

然而他们又一致走进水洼里，坐了下来，他们中间的最聪明的一个说——

"诸位同事，自做我们的事罢！要忘记了那少年，因为他一定是化了装的社会主义者……"

唉唉，米佳，可爱的人！

未另发表。

初收 1935 年 8 月上海文化生活出版社版"文化生活丛刊"之三《俄罗斯的童话》。

## 俄罗斯的童话（十二）

[苏联]高尔基

有叫作伊凡涅支的一族，是奇怪之极的人民！无论遭了什么事，都不会惊骇！

他们生活在全不依照自然法则的"轻妄"的狭窄的包围中。

"轻妄"对于他们，做尽了自己的随意想到的事，随手做去的事，……从伊凡涅支族，剥了七张皮，于是严厉的问道——

"第八张皮在那里？"

伊凡涅支人毫不吃惊，爽利地回答"轻妄"道——

"还没有发育哩，大人，请您稍稍的等一下……"

"轻妄"一面焦急地等候着第八张皮的发生，一面用信札，用口头，向邻族自负道——

"我们这里的人民，对于服从，是很当心的。你就是逞心纵意的做，一点也不吃惊！比起来，真不像足下那边的……那样……"

伊凡涅支族的生活，是这样的——做着一点事，纳着捐，送些万不可省的贿赂，在这样的事情的余暇，就静悄悄的，大家彼此鸣一点不平——

"难呵,兄弟!"

有点聪明的人们却豫言道——

"怕还要难起来哩!"

他们里面的谁,有时也跟着加添几句话。他们是尊敬这样的人物的,说道——

"他在 i 字头上加了点了!"

伊凡涅支族租了一所带有花园的大屋子,在这屋子里,收留着每天练习讲演,在 i 字头上加着点的特别的人们。

这里面大约聚集了四百个人,其中的四个,苍蝇似的,开手来加点了,加的只是因为警官好奇,给了许可的点,他们于是向全世界夸口道——

"看我们堂堂皇皇的创造出历史来!"

但从警官看起来,他们的事业却好像是寻开心,他们还没有在别的字上加点,就斩钉截铁的通知他们说——

"不要弄坏字母了,大家都回家去!"

把他们赶散了,但他们并不吃惊,彼此互相安慰道——

"不要紧的,"他们说,"我们要写上历史去,使这种有失体面的事情,全都成为他们的污点!"

于是伊凡涅支族在自己的家里,一回两三个,秘密的聚起来,仍然毫不吃惊的,彼此悄悄的说道——

"从我们的选拔出来的同人们里,又给人把辩才夺去了!"

莽撞的,粗暴的人们,就互相告语说——

"在'轻妄'那里,是没有什么法律之类的!"

伊凡涅支族大概都喜欢用古谚来安慰他自己。和"轻妄"起了暂时的不一致,他们里面的谁给关起来了,他们就静静的说出哲学来——

"多事之处勿往!"

如果他们里面的谁,高兴别人的得了灾祸呢,那就说——

"应知自己之身分！"

伊凡涅支族就以这样的法子过活。过活下去，终于把一切 i 字，连最末的一个也加了点了！除此以外，他们无事可做！

"轻妄"看透了这全无用处，就命令全国，发布了极严厉的法律——

从此禁止在 i 字上加点，并且除允准者外，凡居民所使用之一切上，皆不得有任何附点存在。如有违犯，即处以刑法上最严峻之条项所指定之刑。

伊凡涅支族茫然自失了！做什么事好呢？

他们没有受过别样的教练，只会做一件事，然而这被禁止了！

于是两个人一班，偷偷的聚在昏暗的角落里，像逸话里面的波写呵尼亚人一样，附着耳朵，讨论了起来——

"伊凡涅支！究竟怎么办呢，假如不准的话？"

"喂——什么呀？"

"我并没有说什么，但总之……"

"没有什么也好，这够受了！没有什么呀！可是你还在说——真的！"

"唔，说我在怎么？我什么也不呀！"

除此以外，他们是什么话也不会说的了！

　　　　未另发表。
　　　　初收 1935 年 8 月上海文化生活出版社版 "文化生活丛刊" 之三《俄罗斯的童话》。

# 俄罗斯的童话（十三）

[苏联]高尔基

国度的这一面，住着苦什密支族，那一边呢，住着卢启支族，其间有一条河。

这国度，是局促的地方，人民是贪心的，又很嫉妒，因此人民之间，就为了各种无聊事吵起架来，——只要有一点什么不如意事，立刻嚷嚷的相打。

拼命相咬，各决输赢，于是来计算那得失。一说到计算，可是多么奇特呀?! 莽撞的胡乱的斗了的人，利益是很少的——

苦什密支族议论道——

"那卢启支人一个的实价，是七戈贝克①，但打死他却要化一卢布六十戈贝克。这是怎么的呀?"

卢启支族这一面也在想——

"估起来，一个活的苦什密支人是两戈贝克也不值的，但打死他，却化到九十戈贝克了!"

"什么缘故呢?"

于是怀着恐怖心，大家这样的决定了——

"有添造兵器的必要，那么，仗就打得快，杀人的价钱也会便宜。"

他们那里的商人们，就撑开钱袋，大叫道——

"诸君! 救祖国呀! 祖国的价值是贵的呵!"

准备下无数的兵器，挑选了适宜的时期，彼此都要把别人赶出大家有份的世界去! 战斗了，战斗了，决定输赢了，掠夺了，于是又来计算那得失——多么迷人呢!

"但是，"苦什密支族说，"好像我们这面还有什么不合式! 先前是用一卢布六十戈贝克做掉卢启支人的，现在却每杀一个，要化到十六卢布了!"

他们没有元气了! 卢启支族那一面呢，也不快活。

"弄不好! 如果战争这样贵，也许还是停止了的好罢!"

----

① 一百戈贝克为一卢布，每一戈贝克，现在约合中国钱二分。——译者。

然而他们是强硬的人,就下了这样的决心——

"兄弟! 要使决死战的技术,比先前更加发达起来!"

他们那里的商人们,就撑开钱袋,大吼道——

"诸君! 祖国危险哩!"

而自己呢,却悄悄的飞涨了草鞋的定价。

卢启支族和苦什密支族,都使决死战的技术发达了,决定输赢了,掠夺了,计算得失了——竟是伤心得很!

活人原是一文也不值的,但要打死他,却愈加贵起来了!

在平时,是大家彼此鸣不平——

"这事情,是要使我们灭亡的!"卢启支人们说。

"要完全灭亡的!"苦什密支人们也同意。

但是,有谁的一只鸭错在河里一泅的时候,就又打了起来了。

他们那里的商人们,就撑开钱袋,埋怨道——

"这钞票,是只使人吃苦的! 无论抓多少,总还是没有够!"

苦什密支族和卢启支族打了七年仗,没头没脑的相搏,毁坏市街,烧掉一切,连五岁的孩子们也用机关枪来打杀。那结果,有些人是只剩了草鞋,别的有些人则除了领带以外,什么也不剩,人民竟弄得只好精赤条条的走路了。

大家决定输赢了,掠夺了,计算得失了,于是彼此两面,都惘惘然了。

他们眯着眼睛,喃喃的说——

"不成! 诸君,不行呀,决死战这件事,好像是我们的力量简直还不能办到似的! 看罢! 每杀一个苦什密支人,要化到一百卢布哩。不行,总得想一个别的方法才好。"

会议之后,他们成队的跑到河边,对面的岸上,敌人也成群的站着。

自然,他们是很小心的彼此面面相觑,仿佛是害羞。踌蹰了许多工夫,但从有一边的岸上,向着那一边的岸上说话了——

"你们,怎么了呀?"

"我们吗,没有什么呀。"

"我们是不过到河边来看看的……"

"我们也是的……"

他们站着,害羞的人在搔头皮,别的人是忧郁着在叹气。

于是又叫了起来了——

"你们这里,有外交使者吗?"

"有的呀。你们这里呢?"

"我们也有……"

"哦!"

"那么,你们呢?……"

"唔,我们是,自然没有什么的。"

"我们吗? 我们也一样……"

彼此了解了,把外交使者淹在河里之后,明明白白的说出来了——

"我们来干什么的,知道吗?"

"也许知道的!"

"那么,为什么呀?"

"因为要讲和罢。"

苦什密支这一族吃了一惊。

"怎么竟会猜着的呢?"

但卢启支族这一面,微笑着说——

"唔,我们自己,也就为了这事呀! 战争真太化钱了。"

"哦哦,真是的!"

"即使你们是流氓,总之,还是和和气气的大家过活罢,怎么样?"

"即使你们是贼骨头,我们也赞成的!"

"兄弟似的过活罢,那么,恐怕可以俭省得多了!"

"可以俭省得多的。"

谁都高兴,给恶鬼迷住了似的人们,都舞蹈起来了,跳起来了,烧起篝火来了。抱住对方的姑娘,使她乏了力,还偷对方的马匹,互相拥抱,大家都叫喊道——

"哪,兄弟们,这多么好呀? 即使你们是……譬如……"

于是苦什密支族回答说——

"同胞们! 我们是一心同体的。即使你们,自然,即使是那个……也不要紧的!"

从这时候起,苦什密支族和卢启支族就平静地,安稳地过活了,完全放弃了武备,彼此都轻松地,平民的地,互相偷东西。

然而,那些商人们,却仍然照了上帝的规矩生活着。

未另发表。

初收 1935 年 8 月上海文化生活出版社版"文化生活丛刊"之三《俄罗斯的童话》。


# 俄罗斯的童话(十四)

[苏联]高尔基


驯良而执拗的凡尼加,缩着身子,睡在只有屋顶的堆房里,是拼命的做了事情之后,休息在那里的。有一个贵族跑来了,叫道——

"凡尼加,起来罢!"

"为什么呢?"

"救墨斯科去呀!"

"墨斯科怎么了?"

"波兰人在那里放肆得很!"

"这无赖汉……"

凡尼加出去了,救着的时候,恶魔波罗忒涅珂夫吆喝他道——

"昏蛋,你为什么来替贵族白费气力的! 去想一想罢。"

"想吗,我一向没有习惯,圣修道神甫会替我好好的想的。"凡尼加说。他救了墨斯科,回来一看,屋顶没有了。

他叹一口气——

"好利害的偷儿!"

因为想做好梦,把右侧向下,躺着,一睡就是二百年,但忽然间,上司跑来了——

"凡尼加,起来罢!"

"为什么呢?"

"救俄罗斯去呀!"

"谁把俄罗斯?"

"十二条舌头的幡那巴拉忒呀!"

"哼,给它看点颜色……要它的命!"

前去救着的时候,恶魔幡那巴拉忒悄悄的对他说——

"凡涅,你为什么要给老爷们出力呢,凡纽忒加,你不是已经到了应该脱出奴隶似的职务的时候了吗!"

"他们自己会来解放的。"凡尼加说。于是把俄罗斯救出了。回了家,骤然一看,家里没有屋顶!

他叹一口气——

"狗子们,都偷走了!"

跑到老爷那里去,问道——

"这是怎么的,救了俄罗斯,却什么也不给我一点吗?"

"如果你想要,就给你一顿鞭子罢?"

"不不,不要了! 多谢你老。"

这之后,又睡了一百年,做着好的梦。但是,没有吃的。有钱,就喝酒,没有钱,就想——

"唉唉,喝喝酒,多么好呢!"

哨兵跑来了,叫道——

"凡尼加,起来罢!"

"又有什么事了?"

"救欧罗巴去呀!"

"它怎么了?"

"德国人在侮辱它哩!"

"但是,他们为什么谁也不放心谁呢? 再静一些的过活,岂不是好……"

他跑出去,开手施救了。然而德国人却撕去了他的一条腿。凡尼加成了独脚,回家来看时,孩子们饿死了,女人呢,在给邻家汲水。

"这可怪哩!"凡尼加吃了一惊,于是举起手来,要去搔搔后脑壳,但是,在他那里,却并没有头!

未另发表。

初收 1935 年 8 月上海文化生活出版社版"文化生活丛刊"之三《俄罗斯的童话》。

## 俄罗斯的童话（十五）

[苏联]高尔基

古时候,也很有名的夏谟林市里,有一个叫作米开式加的侏儒。他不能像样的过活,只活在污秽和穷苦和衰弱里。他的周围流着不洁,各种妖魔都来戏弄他,但他是一个顽固的没有决断力的懒人,所以头发也不梳,身子也不洗,生着蓬蓬松松的乱发,他向上帝诉说道——

"主呵,主呵! 我的生活是多么丑,多么脏呵! 连猪也在冷笑我,主呵,您忘记了我了!"

他诉说过,畅畅快快的哭了一通,躺下了,他幻想着——

"妖魔也不要紧,只要给我一点什么小改革,就好了,为了我的驯良和穷苦!给我能够洗一下身子,弄得漂亮些……"

然而妖魔却更加戏弄他了。在未到"吉日良辰"之前,总把实行自然的法则延期,对于米开式加,每天就总给他下面那样之类的简短的指令——

"应沉默,有违反本令者,子孙七代,俱受行政上之扑灭处分。"

或者是——

"应诚心爱戴上司,有不遵本令者,处以极刑。"

米开式加读着指令,向周围看了一转,忽然记得了起来的是夏谟林市守着沉默,特力摩服市在爱上司,在服尔戈洛,是居民彼此偷着别人的草鞋。

米开式加呻吟了——

"唉唉!这又是什么生活呢?出点什么事才好……"

忽然间,一个兵丁跑来了。

谁都知道,兵爷是什么都不怕的。他把妖魔赶散了,还推在暗的堆房和深的井里,赶在河的冰洞里。他把手伸进自己的怀中,拉出约莫一百万卢布来,而且——毫不可惜地递给米开式加了——

"喂,拿去,穷人,到混堂里去洗一个澡,整整身样,做一个人罢,已经是时候了!"

兵丁交出过一百万卢布,就做自己的工作去了,简直好像没事似的!

请读者不要忘记这是童话。

米开式加两只手里捏着一百万卢布,剩下着,——他做什么事好呢。从一直先前起,他就遵照指令,什么事情都不做了的,只还会一件事——鸣不平。但也到市场的衣料店里去,买了做衬衫的红布来,又买了裤料。把新衣服穿在脏皮肤上,无昼无夜,无年无节,在市上彷徨。摆架子,说大话。帽子是歪斜的,脑子也一样。"咱们吗，"他说，"要干，是早就成功了的，不过不高兴干。咱们夏谟林市民，是大国民呀。从咱们看起来，妖魔之类，是还没有跳蚤那么可怕的，但如果要怕，那也就不一定。"

米开式加玩了一礼拜，玩了一个月，唱完了所有记得的歌。

《永远的记忆》和《使长眠者和众圣一同安息罢》也都唱过了，他厌倦了庆祝，不过也不愿意作工。从不惯变了无聊。不知怎的，一切都没有意思，一切都不像先前。没有警官，上司也不是真货色，是各处的杂凑，谁也不足惧，这是不好的，异样的。

米开式加喃喃自语道——

"以前，妖魔在着的时候，秩序好得多了。路上是定时打扫的，十字街口都站着正式的警察，步行或是坐车到什么地方去，他们就命令道，'右边走呀！'但现在呢，要走那里就走那里，谁也不说一句什么话。这样子，也许会走到路的尽头的……是的，已经有人走到着哩……"

米开式加渐渐的无聊了起来，嫌恶的意思越加利害了。他凝视着一百万卢布，自己愤恨着自己——

"给我，一百万卢布算什么？别人还要多呢！如果一下子给我十万万，倒也罢了……现在不是只有一百万吗？哼，一百万卢布，叫我怎么用法？现在是鸡儿也在当老雕呢。所以一只鸡也要卖十六个卢布！我这里，统统就只是一百万卢布呀……"

米开式加发见了老例的不平的原因，就很高兴，于是一面在肮脏的路上走，一面叫喊道——

"给我十万万呀！我什么也干不来！这算是什么生活呢！街路也不扫，警察也没有，到处乱七八糟的。给我十万万罢，要不然，我不高兴活了！"

有了年纪的土拨鼠从地里爬出来，对米开式加说——

"呆子，嚷什么呀？在托谁呢？喂，不是在托自己吗！"

但米开式加仍旧说着他的话——

"我要用十万万！路没有扫，火柴涨价了，没有秩序……"

到这里，童话是并没有完的，不过后文还没有经过检阅。

未另发表。

初收 1935 年 8 月上海文化生活出版社版"文化生活丛刊"之三《俄罗斯的童话》。

# 俄罗斯的童话(十六)

[苏联]高尔基

有一个女人——姑且叫作玛德里娜罢——为了不相干的叔子——姑且说是为了尼启太罢——和他的亲戚以及许多各种的雇工们在做活。

她是不舒服的。叔子尼启太一点也不管她，但对着邻居，却在说大话——

"玛德里娜是喜欢我的，我有想到的事情，都叫她做的。好像马，是模范的驯良的动物……"

但尼启太的不要脸的烂醉的雇工们，对于玛德里娜，却欺侮她，赶她，打她，或者是骂骂她当作消遣。然而嘴里还是这么说——

"喂，我们的姑娘玛德里娜！有时简直是可怜的人儿哪！"

虽然用言语垂怜，实际上却总是不断的虐待和抢夺。

这样的有害的人们之外，也还有许多无益的人们，同情着玛德里娜的善于忍耐，把她团团围住。他们从第三者的地位上来观察她，佩服了——

"吃了许多苦头的我们的穷娃儿！"

有些人则感激得叫喊道——

"你，"他们说，"是连尺也不能量的，你就是这么伟大！用知识，"他们说，"是不能懂得你的，只好信仰你！"

玛德里娜恰如母熊一样，从这时代到那时代，每天做着各种的工作，然而全都没意思，——无论做成了多少，男的雇工就统统霸去了。在周围的，是醉汉，女人，放肆，还有一切的污秽——不能呼吸。

她这样地过着活。工作，睡觉。也趁了极少的闲空，烦恼着自己的事——

"唉唉！大家都喜欢我的，都可怜我的，但没有真实的男人！如果来了一个真实的人，用那强壮的臂膊抱了我，尽全力爱着我，我真不知道要给他生些怎样的孩子哩，真的！"

而且哭着了，这之外，什么也不会！

铁匠跑到她这里来了。但玛德里娜并不喜欢他，他显着不大可靠的模样，全身都粗陋，性格是野的，而且说着难懂的话，简直好像在夸口——

"玛德里娜，"他说，"你只有靠着和我的理想的结合，这才能够达到文化的其次的阶段的……"

她回答他道——

"你在说什么呀！我连你的话也不懂，况且我很有钱，你似的人，看不上眼的！"

就这样的过着活。大家都以为她可怜，她也觉得自己可怜，这里面，什么意思也没有。

勇士突然出现了。他到来，赶走了叔子尼启太和雇工们，向玛德里娜宣言道——

"从此以后，你完全自由了。我是你的救主，就如旧铜圆上的胜利者乔治似的！"

但铁匠也声明道——

"我也是救主！"

"这是因为他嫉妒的缘故，"玛德里娜想，但口头却是这么说——

"自然,你也是的!"

他们三个,就在愉快的满足里,过起活来了。天天好像婚礼或是葬礼一样,天天喊着万岁。叔子的雇工穆开,觉得自己是共和主义者了,万岁! 耶尔士罗夫斯克和那仑弄在一起。宣言了自己是合众国,也万岁。

约莫有两个月,他们和睦地生活着。恰如果酒勺子里的绳子一样,只浸在欢喜中。

但是,突然间——在圣露西,事情的变化总是很快的,勇士忽而厌倦了!

他对着玛德里娜坐下,问她道——

"救了你的,究竟是谁呀? 我吗?"

"哦哦,自然是可爱的你呵!"

"是吗!"

"那么我呢?"铁匠说。

"你也是……"

稍停了一会,勇士又追问道——

"谁救了你的呢——我罢,未必不是罢?"

"唉唉!"玛德里娜说,"是你,确是你,就是这你呀!"

"好,记着!"

"那么,我呢?"铁匠问。

"唔唔,你也是……你们两个一起……"

"两个一起?"勇士翘着胡子,说。"哼……我不知道……"

于是每时讯问起玛德里娜来——

"我救了你没有?"

而且越来越严紧了——

"我是你的救主呢,还是别的谁呢?"

玛德里娜看见——铁匠哭丧着脸,退在一旁,做着自己的工作。偷儿们在偷东西,商人们在做买卖,什么事都像先前,叔子时候一样,但勇士却依然每天骂詈着,追问着——

"我究竟是你的什么人呢?"

打耳刮,拔头发!

玛德里娜和他接吻,称赞他,用殷勤的话对他说——

"您是我的可爱的意大利的加里波的呀,您是我的英吉利的克灵威尔,法兰西的拿破仑呀!"

但她自己,一到夜里,却就暗暗的哭——

"上帝呵,上帝呵! 我真以为有什么事情要起来了,但这事,却竟成了这模样了!"

···········································

请不要忘记了这是童话。

未另发表。

初收 1935 年 8 月上海文化生活出版社版"文化生活丛刊"之三《俄罗斯的童话》。

## 十八日

**日记** 昙。晨咳嗽大作,至午稍减。得方之中信。得尹庚信。得庄启东信。得萧军信。下午蕴如来并为买得《散曲丛刊》一部二函,七元。晚雨。自晨至夜服克司兰的糖胶三次,每次一勺。

## 十九日

**日记** 昙,上午晴。往须藤医院诊。得李辉英信。得徐懋庸信。得阿紫信。得增田君信并《台湾文艺》一本。得何谷天信。午后内山书店送来『日本玩具图篇』一本,二元五角。下午复唐弢信。复西谛信。寄赵家璧信。

# 致 唐 弢

唐弢先生：

初学外国语，教师的中国话或中国文不高明，于学生是很吃亏的。学生如果要像小孩一样，自然而然的学起来，那当然不要紧，但倘是要知道外国的那一句，就是中国的那一句，则教师愈会比较，就愈有益处。否则，发音即使准确，所得的每每不过一点皮毛。

日本的语文是不合一的，学了语，看不懂文。但实际上，现在的出版物，用"文"写的几乎已经没有了，所以除了要研究日本古文学以外，只学语就够。

言语上阶级色采，更重于日本的，世界上大约未必有了。但那些最大敬语，普通也用不着，因为我们决不会去和日本贵族交际；不过对于女性，话却还是说得客气一点的。至于书籍，则用的语法都简单，很少有"御座リマス"之类。

清朝的史书，我没有留心，说不出什么好。大约萧一山的那一种，是说了一个大略的。还有夏曾佑做过一部历史教科书，我年青时看过，觉得还好，现在改名《中国古代史》了，两种皆商务印书［馆］版。《清代文字狱档》系北平故宫博物院分册出版。每册五角，已出八册，但不知上海可有代售处。

肯印杂感一类文字的书，现在只有两处。一是芒种社，但他们是一个钱也没有的。一是生活书店，前天恰巧遇见傅东华先生，和他谈起，他说给他看一看。所以先生的稿子，请直接寄给他罢（环龙路新明邨六号文学社）。

专此布复，即颂

时绥。

迅　上　四月十九日

# 致 赵家璧

家璧先生:

昨天收到何谷天君的一封信,说他有一部八九万字的集子,想找地方出版,他的笔墨,先生大概是知道的,至于姓名,大约总得换一个。内容因多系已经发表过,所以当不至于犯讳,不知能有印在良友文学丛书内的希望否? 我很[?]先生给我一个回信,或者看了原稿再说也好。

专此布达,并请
撰安。

迅 上 四月十九日


## 二十日

日记 昙。上午得徐懋庸信并译稿一篇。午后蕴如携阿菩来,遂邀之并同广平携海婴往光陆大戏院观米老鼠儿童影片。晚三弟来并为买得《观沧阁所藏魏齐造象记》一本,一元六角。


## 二十一日

日记 星期。晴。上午同广平携海婴往须藤医院诊。午后得史岩信片,即史济行也,此人可谓无耻矣。得唐诃信。得孟十还信,即复。


# 致 孟十还

十还先生:

十九信奉到。译稿请直接寄黄先生,久已专由他编辑了。《译文》

被删之多和错字之多，真是无法可想。至于翻译的毛病，恐怕别人是不容易看出来，除非他对了原文，仔细的推究，但我实在没有这本领。

郑君的通信处，是：北平、东城、小羊宜宾胡同，一号。

《表》将编为电影，曾在一种日报（忘其名）上见过，且云将其做得适合中国国情。倘取其情节，而改成中国事，则我想：糟不可言！我极愿意这不成为事实。

专此布复，并颂

时绥。

迅　上　四月二十一日

### 二十二日

**日记**　昙。午得王叕所寄赠《幽僻的陈庄》一本。得陈畸信并小说稿一篇。得西谛信。得钦文信，即复。得何白涛信并木刻二幅，即复。午后为镰田诚一君书墓碑，并作碑阴记。下午得『ゴオゴリ研究』一本，ナウカ社附全集赠本。须藤先生来为海婴诊。得唐英伟信。夜蕴如及三弟来。

# 镰田诚一墓记

君以一九三〇年三月至沪，出纳图书，既勤且谨，兼修绘事，斐然有成。中遭艰巨，笃行靡改，扶危济急，公私两全。越三三年七月，因病归国休养，方期再造，展其英才，而药石无灵，终以不起，年仅二十有八。呜呼，昊天难测，蕙荃早摧，晔晔青春，永闵玄壤，忝居友列，衔哀记焉。

一九三五年四月二十二日，会稽鲁迅撰。

未另发表。

初收 1937 年 7 月上海三闲书屋版《且介亭杂文二集》。


# 致 何白涛

白涛先生：

先后两信均收到。先生谓欲以发表酬资偿书款，那当然无所不可的。

但画稿亦不宜乱投，此后当看机会，绍介于相宜之处，希勿念为幸。

匆此布复，并颂

时绥。

迅　上　四月廿二日


二十三日

**日记**　晴。上午得望道信。午后复靖华信。复萧军信。


# 弄堂生意古今谈

"薏米杏仁莲心粥！"

"玫瑰白糖伦教糕！"

"虾肉馄饨面！"

"五香茶叶蛋！"

这是四五年前，闸北一带弄堂内外叫卖零食的声音，假使当时记录了下来，从早到夜，恐怕总可以有二三十样。居民似乎也真会化零钱,吃零食,时时给他们一点生意,因为叫声也时时中止,可见是在招呼主顾了。而且那些口号也真漂亮,不知道他是从《昭明文选》或《晚明小品》里找过词汇的呢,还是怎么的,实在使我似的初到上海的乡下人,一听到就有馋涎欲滴之概,"薏米杏仁"而又"莲心粥",这是新鲜到连先前的梦里也没有想到的。但对于靠笔墨为生的人们,却有一点害处,假使你还没有练到"心如古井",就可以被闹得整天整夜写不出什么东西来。

现在是大不相同了。马路边上的小饭店,正午傍晚,先前为长衫朋友所占领的,近来已经大抵是"寄沉痛于幽闲";老主顾呢,坐到黄包车夫的老巢的粗点心店里面去了。至于车夫,那自然只好退到马路边沿饿肚子,或者幸而还能够咬侉饼。弄堂里的叫卖声,说也奇怪,竟也和古代判若天渊,卖零食的当然还有,但不过是橄榄或馄饨,却很少遇见那些"香艳肉感"的"艺术"的玩意了。嚷嚷呢,自然仍旧是嚷嚷的,只要上海市民存在一日,嚷嚷是大约决不会停止的。然而现在却切实了不少:麻油,豆腐,润发的刨花,晒衣的竹竿;方法也有改进,或者一个人卖袜,独自作歌赞叹着袜的牢靠。或者两个人共同卖布,交互唱歌颂扬着布的便宜。但大概是一直唱着进来,直达弄底,又一直唱着回去,走出弄外,停下来做交易的时候,是很少的。

偶然也有高雅的货色:果物和花。不过这是并不打算卖给中国人的,所以他用洋话:

"Ringo,Banana,Appulu-u,Appulu-u-u!"

"Hana 呀 Hana-a-a! Ha-a-na-a-a!"

也不大有洋人买。

间或有算命的瞎子,化缘的和尚进弄来,几乎是专攻娘姨们的,倒还是他们比较的有生意,有时算一命,有时卖掉一张黄纸的鬼画符。但到今年,好像生意也清淡了,于是前天竟出现了大布置的化缘。先只听得一片鼓钹和铁索声,我正想做"超现实主义"的语录体诗,这么一来,诗思被闹跑了,寻声看去,原来是一个和尚用铁钩钩在前胸的皮上,钩柄系有一丈多长的铁索,在地上拖着走进弄里来,别的两个和尚打着鼓和钹。但是,那些娘姨们,却都把门一关,躲得一个也不见了。这位苦行的高僧,竟连一个铜子也拖不去。

事后,我探了探她们的意见,那回答是:"看这样子,两角钱是打发不走的。"

独唱,对唱,大布置,苦肉计,在上海都已经赚不到大钱,一面固然足征洋场上的"人心浇薄",但一面也可见只好去"复兴农村"了,唔。

四月二十三日。

原载 1935 年 5 月 20 日《漫画生活》月刊第 9 期。署名康郁。

初收 1937 年 7 月上海三闲书屋版《且介亭杂文二集》。

# 不应该那么写

凡是有志于创作的青年,第一个想到的问题,大概总是"应该怎样写?"现在市场上陈列着的"小说作法","小说法程"之类,就是专掏这类青年的腰包的。然而,好像没有效,从"小说作法"学出来的作者,我们至今还没有听到过。有些青年是设法去问已经出名的作者,那些答案,还很少见有什么发表,但结果是不难推想而知的:不得要领。这也难怪,因为创作是并没有什么秘诀,能够交头接耳,一句话就传授给别一个的,倘不然,只要有这秘诀,就真可以登广告,收学费,开一个三天包成文豪学校了。以中国之大,或者也许会有罢,但是,这其实是骗子。

在不难推想而知的种种答案中,大概总该有一个是"多看大作家的作品"。这恐怕也很不能满文学青年的意,因为太宽泛,茫无边际——然而倒是切实的。凡是已有定评的大作家,他的作品,全部就说明着"应该怎样写"。只是读者很不容易看出,也就不能领悟。因为在学习者一方面,是必须知道了"不应该那么写",这才会明白原来"应该这么写"的。

这"不应该那么写",如何知道呢?惠列赛耶夫的《果戈理研究》第六章里,答复着这问题——

"应该这么写,必须从大作家们的完成了的作品去领会。那么,不应该那么写这一面,恐怕最好是从那同一作品的未定稿本去学习了。在这里,简直好像艺术家在对我们用实物教授。恰如他指着每一行,直接对我们这样说——'你看——哪,这是应该删去的。这要缩短,这要改作,因为不自然了。在这里,还得加些渲染,使形象更加显豁些。'"

这确是极有益处的学习法,而我们中国却偏偏缺少这样的教材。近几年来,石印的手稿是有一些了,但大抵是学者的著述或日记。也许是因为向来崇尚"一挥而就","文不加点"的缘故罢,又大抵是全本干干净净,看不出苦心删改的痕迹来。取材于外国呢,则即使精通文字,也无法搜罗名作的初版以至改定版的各种本子的。

读书人家的子弟熟悉笔墨,木匠的孩子会玩斧凿,兵家儿早识刀枪,没有这样的环境和遗产,是中国的文学青年的先天的不幸。

在没奈何中,想了一个补救法:新闻上的记事,拙劣的小说,那事件,是也有可以写成一部文艺作品的,不过那记事,那小说,却并非文艺——这就是"不应该这样写"的标本。只是和"应该那样写",却无从比较了。

四月二十三日。

原载 1935 年 6 月 1 日《文学》月刊第 4 卷第 6 号。署名洛。

初收 1937 年 7 月上海三闲书屋版《且介亭杂文二集》。

# 致 曹靖华

汝珍兄：

十一日信早收到。《文学百科全书》一本，也接着收到了，其中的 GOGOL 像，曾经撕下过，但未缺少，不知原系如此，抑途中有人胡闹？此书好极，要用文学家画像，是极为便当的。现想找 Afinogenov 像，不知第一本上有否？倘有，仍希寄下一用。

前日托书店寄上期刊两包，但邮局中好像有着认识我的笔迹的人，凡是我开信面的，他就常常特别拆开来看，这两包也许又被他拆得一塌胡涂了。这种东西，也不必一定负有任务，不过凡有可以欺凌的，他总想欺凌一下；也带些能够发见什么，可以献功得利的野心。但我的信件，却至今还不能对于他有什么益处。

现在的医白喉，只要打针就好，不知怎么要化这许多日子？上海也总是常有流行病，我自去年生了西班牙感冒以来，身体即大不如前；近来天气不好，又有感冒流行，我的寓里，不病的只有许一个人了，但今天也说没有力气。不过这回的病，没有去年底那么麻烦，再过一礼拜，大约就可以全好了。

专此布达，并颂

春祺

弟豫 上 四月二十三日

# 致 萧军、萧红

刘军
悄吟兄：

十六日信早收到。今年北四川路是流行感冒特别的多，从上星期以来,寓中不病的只有许一个人了,但她今天说没有气力;我最先病,但也最先好,今天是同平常一样了。

帮朋友的忙,帮到后来,只忙了自己,这是常常要遇到的。您的朋友既入大学,必是智识分子,那他一定有道理,如"情面说"之类。我的经验,是人来要我帮忙的,他用"互助论",一到不用,或要攻击我了,就用"进化论的生存竞争说";取去我的衣服,倘向他索还,他就说我是"个人主义",自私自利,吝啬得很。前后一对照,真令人要笑起来,但他却一本正经,说得一点也不自愧。

我看中国有许多智识分子,嘴里用各种学说和道理,来粉饰自己的行为,其实却只顾自己一个的便利和舒服,凡有被他遇见的,都用作生活的材料,一路吃过去,像白蚁一样,而遗留下来的,却只是一条排泄的粪。社会上这样的东西一多,社会是要糟的。

我的文章,也许是《二心集》中比较锋利,因为后来又有了新经验,不高兴做了。敌人不足惧,最令人寒心而且灰心的,是友军中的从背后来的暗箭;受伤之后,同一营垒中的快意的笑脸。因此,倘受了伤,就得躲入深林,自己舐干,扎好,给谁也不知道。我以为这境遇,是可怕的。我倒没有什么灰心,大抵休息一会,就仍然站起来,然而好像终竟也有影响,不但显于文章上,连自己也觉得近来还是"冷"的时候多了。

《樱花》闻已蒙检查老爷通过,署名不能改了。前天看见《太白》广告,有两篇一同发表,不知道去拿了稿费没有?

《集外集》好像还没有出。

匆复并颂

俪祉。

豫　上。

近来北四川路邮局有了一个认识我的笔迹的人,凡有寄出书籍,倘是我写封面的,他就特别拆开来看,弄得一塌胡涂,但对于信札,好像还不这还[样]。呜呼,人面的狗,何其多乎!? 又及。

**二十四日**

　　日记　晴。下午须藤先生来为海婴诊。学昭来。

**二十五日**

　　日记　晴。上午得谷非信,即复。得赵家璧信,即转与俊明。下午寄河清信并谢芬及学昭译稿各一篇。得《太白》二之三期稿费四元。夜寄萧军信。


# 致 黄 源

河清先生:

　　日前寄上徐懋庸译稿一篇,想已到。

　　今寄上沈先生译稿一篇。又学昭女士译稿一篇,是她自己从正在排印的《新文学》中,由印刷所里去抽回来的,所以已经检查,而且查得很宽,只抽去"昏蛋的"三字而已。用于《译文》,不知须重新送检否?

　　后记须由编者重做一段,放在她的泛论之前,但我无关于 A. Afinogenov 的材料,也许英文本《国际文学》中曾有的。

　　Bryusov 的照相或画像,我这里有。俄文本《文学百科全书》中想必有更好的像,昨已函靖华去借,或者来得及。

　　《巴黎的烦恼》,不知书店何以还未送来,乞便中一催。又,巴罗哈小说译稿,如尚在,并乞便中掷还。此布即请

著安。

　　　　　　　　　　　　　　迅　上　四月廿五日

# 致 萧 军

刘军兄：

太白社寄来稿费单一张，印已代盖，请填上空白之处并签名，前去一取为要。

取款之处，是会计科，那么，是要到福州路复兴里生活书店去的了。

还有一篇署萧军的，已登出，而没有单子寄来，大约是您直接寄去的罢？

此布即颂

春绥。

豫　上　四月廿五日

二十六日

**日记**　晴。上午得增田君信片并絵葉书十枚。得张慧信并木刻五幅。下午理发。夜河清来并赠《巴黎之烦恼》二本，还译稿二篇。

二十七日

**日记**　晴。午后得刘炜明信。得萧军信。晚蕴如携蕽官来。三弟来。

二十八日

**日记**　星期。昙。午后得母亲信，二十四日发。得胡风信。得李辉英信。得《文学》四之五期稿费十二元五角。买『芥川竜之介全集』六本，九元五角。

# 致 萧 军

刘军兄：

廿六日信收到。许总算没有生病。孩子还有点咳，脚是全好了，不过皮色有点不同，但这没有关系。我已可以说是全好，正在为日本杂志做一篇文章，骂孔子的，因为他们正在尊孔，但不知能登出否？月内此外还欠两篇文债，我看是来不及还清的了，有范围，有定期的文章，做起来真令人叫苦，兴味也没有，做也做不好。

文学社寄来稿费单一张，今仍代印寄上，印书的钱，大约可以不必另外张罗了罢。

那个杂志的文章，难做得很，我先前也曾从公意做过文章，但同道中人，却用假名夹杂着真名，印出公开信来骂我，他们还造一个郭冰若的名，令人疑是郭沫若的排错者。我提出质问，但结果是模模胡胡，不得要领，我真好像见鬼，怕了。后来又遇到相像的事两回，我的心至今还没有热。现在也有人在必要时，说我"好起来了"，但这是谣言，我倒坏了些了。

再谈。此请

双安。

豫　　上　　四月廿八夜。

一时不见得搬家罢？

## 二十九日

**日记**　晴。上午复萧军信并文学社稿费单一纸。得罗西信。午后得胡风信。得靖华信，即复。寄望道信并"掂斤簸两"两则。夜复胡风信。为改造社作文一篇迄，四千余字。

# 現代支那に於ける孔子様

　近頃の上海の新聞は日本の湯島に孔子の聖廟が落成されたか
ら湖南省主席何鍵将軍から一向秘蔵して居た孔子様の画像を寄
附したと報道して居る。実を言へば支那に於ける一般の人民は
孔子様がどんな顔をして居たかと云ふ事については殆んど無知
である。昔から一県毎に屹度聖廟、即ち文廟なるものはあつたけ
れども其の中には大抵聖像がない。凡そ尊敬すべきものを絵き
或は彫塑するには一般に普通なものよりも大きくする事を原則
として居たが最も尊敬すべきもの、例へば孔子様の様な御方にな
ると像も冒涜となり寧ろ何もない方がましだと考へたらしい。そ
れも無理でない事である。孔子様は御写真を残さなかつたから
その真相を解る事は無論出来ず、文献には偶に書いてあるが併し
出鱈目かも知れない。若しその像を新に彫塑すれば彫塑者の空
想に任す外仕方がないからもう一層安心が出来ない。それで儒
者達も遂に「全部或は全無」と云ふ様なブランド的態度を取らな
ければならなかつたのであらう。

　併し画像なら稀に遇ふ事もある。自分は三度それを見た。一
度は『孔子家語』の中のさし絵、一度は梁啓超氏が日本へ亡命した
時に横濱で出版した『清議報』の口絵として日本から逆輸入して
来たもの、もう一度は漢の墓石上に彫刻した孔子が老子を訪問す
る所の図であつた。此等の絵から得た印象から孔子様の有様を
言へば此の先生は頗る痩た年寄で大きい袖を持つ長い着物を着、
兵児帯に剣を一本差して居て或は杖を小脇に挾んで居る。しか

も始終笑はないで大変いかめしいものであつた。若しそのそば
に侍坐すれば何時も脊柱をピンとして居なければならないから
二三時間立つたら節々が痛んで普通の人間なら逃出したくてた
まらないだらうと思ふ。

其後自分は山東に旅行した事があつた。道路の不平に苦めら
れて居る内にふと我が孔子様の事を思ひついた。あの儼然たる
道貌を持つ聖人が昔粗末な車に乗つて跳上げられたり揺られた
りしながら、此のあたり忙しく駈廻つたのかと思つて頗る滑稽に
感じた。この感じは無論よくないので詰り失敬に類似し苟も孔
子の徒であるものならばこんな感じを決して発生すべきではあ
るまい。併しあの時自分の様な不都合な気分を持つ青年は沢山
あつた。

自分の生れた時は清朝の末で孔子様はもう「大成至聖先師文宣
王」と云ふおそろしい程えらい肩書を持つて言ふまでもなく聖道
はとくに全国を支配した時代であつた。読書子に対しては政府か
ら一定の本、即ち四書や五経を読ませ一定の注釈に従はせ一定の
文章、即ち所謂「八股文」を書かせ又一定の議論を言はした。併し
此等千篇一律な儒者達は四角な地面ならよく知つて居たが丸い
地球になると何も知らない、ここに於いて四書などに書いて居な
かつた仏蘭西や英吉利と戦つて失敗してしまつた。孔子様を拝
みながら死ぬよりは寧ろ自分達を保存した方がましだと思つた
為かどうかは知らないが兎角今度は一生懸命に孔子様を尊敬し
た政府や役人から先づ動揺し出して公費で毛唐の本を盛んに翻
訳し始めた。科学上のクラシク物に属するものはハーシエルの天
文学、ライエルの地質学、ターナーの礦物学など今でもあの時の
名残として偶に古本屋に横つて居るときがある。

併し反撥しなければならない。清末の所謂儒者の結晶且代表
者である所の大学士徐桐氏が現はれた。彼は数学までも毛唐の

学問として排斥し世の中に仏蘭西や英吉利と云ふ様な国国のある事は承知するが西班牙と葡萄牙との存在は決して信じない、それは仏国や英国が度々利益を貰ひに来る事を恥ぢて勝手に造出した国名だと主張した。而して彼は実に又一九〇〇年の有名な義和団の幕後の発動者且つ指揮者であつた。併し義和団も見事に失敗し徐桐氏は自殺してしまひ、政府は又外国の政治法律や学問技術も取るべき処があるものとした。自分の日本へ留学する事を熱望したのもその時である。その目的を達して入学した処は嘉納先生の設立した東京の弘文学院でそこで三沢力太郎先生から水は水素と酸素とで組成し山内繁雄先生からは貝殻の裏のどこは外套であると云ふ様な事を教へられた。或日の事である。学監大久保先生が皆を集めて言ふには君達は皆な孔子の徒だから今日は御茶の水の孔子廟へ敬礼しに行かうと。自分は大に驚いた。孔子様と其の徒に愛想盡かしてしまつたから日本へ来たのに又おがむ事かと思つて暫く変な気持になつた事を記憶して居る。さうして斯様な感じをしたものは決して自分一人でなかつたと思ふ。

だが本国に於ける孔子様の不遇は二十世紀から始つたのでもない。孟子は彼を「聖の時なるものなり」と批判したが現代の言葉に直せば「モーダン聖人」と云ふ外仕様がないので自分自身の為には危険もない尊号であるけれども兎角余りに有難い肩書もない。併し実際に於いてはさうでもなかつたらしい。孔子様が「モーダン聖人」になりきつたのは死んでからの事で生存中には矢張り頗る苦人だのである。彼処此処駆廻つて一度は魯国の警視総監までになりあがつたけれども直ちに下野して無業となり又権臣に軽蔑され百姓にからかはれ其上暴民に包囲されて腹がひどく減つてしまつた事もあつた。弟子達を三千人も集めたがやくざものでないものは只七十二人、しかも本当に信用すべきものは又只一人しかなかつた。或時、孔子憤慨して「道行かず桴に乗つて海に浮ばう、我に従ふものは其れ由か」と云ふ様な消極的な計画を立た処から其の消息を窺ふ事が出来る。併し其の由（子路）たるものも其の後敵人との戦闘の最中に冠の紐が切られてしまつた、流石に由である。こんな時でも夫子から聞いた教を忘れずに君子は死すときにも冠を落さずと云つて其の紐を結び直しながら敵に滅茶苦茶に切られて死んでしまつた。唯一の信用すべき弟子も失つたから孔子様、無論大に悲み其の事を聞くと直ちに臺所にある叩き肉を捨てろと命じたさうだ。

　孔子様が死んだ後には運は割合によくなつたと云つてもよいと思ふ。もう八釜しく言はないから色々な権力者に色々な白粉で化粧され段々いやになる程の高さまで祭り上げられた。併し後で舶来した釈迦様と比較すれば実にみじめなものである。成程一県毎に聖廟即ち文廟なるものある事はあるがそれは実に寂寞な冷落な有様で一般の庶民は決して敬礼しには行かない、行くなら仏寺か神廟である。若し百姓などに孔子様はどんな人かと問へば彼等は無論聖人だと答へるが併しそれは権力者の蓄音機にすぎない。彼等も字を尊敬するが併しそれは字を尊敬しなければ雷様に打殺されると云ふ迷信からである。南京の夫子廟も大に賑な処であつたが併しそれは別に色々な見世物や茶店があるからである。孔子様が『春秋』を作つたら乱臣賊子がビク〳〵したと云ふけれども今の人々はその筆伐した乱賊の名を殆んど一人も知らない。乱賊なら大抵曹操だと云ふが併しそれは聖人からではなくて小説や脚本を書いた無名作家から教へられたのであつた。

　詰り孔子様は支那に於いては権力者達によつてかつぎ上げられ、其の権力者や権力者にならう企を持つ人達の聖人で、一般の民衆とは頗る縁の遠いものである。併しその権力者達も聖廟に対しては矢張り一時的熱心に過ぎない。孔子を尊ぶ時にもう別な目的を持つて居たのだから達成すればその道具は無論無用になり失敗すればもう一層無用になるわけである。三四十年前には権力者になる志望を持つもの、即ち役人になりたいものは四書や五経を読み「八股文」を練習して居たがこんな書籍や文章を一括して或る一部分の人々からは「敲門磚」と名付られて居た。詰り文官試験に及第すれば同時に忘却され丁度門を叩く時に使ふ煉瓦の様なもので門が開かれるとこれも投げすてられてしまう。併し実は孔子様自身も死んでしまつて以来何時も「敲門磚」の役目を勤めて来たのであつた。

　最近の例を見ればもう一層はつきりとわかる。孔子様は二十世紀の始めからひどく不運であつたが袁世凱時代になつたら又憶出されて祭る典礼を恢復したばかりでなく変挺な着物まで新調して祭るものに着せた。これに続いて来るものは帝制であつた。併しその門は遂に開かれないで袁氏は門外で死んでしまつた。残りは北洋軍閥も末路に近付いた事を感じた時に別な幸運の門を叩くに使つた。江蘇と浙江とに陣取つて道路で人民を無暗に斬殺した孫伝芳将軍は片一方投壺の礼を復興し山東に喰込んで金銭と兵隊と目掛とを自分自身もその数を知らなくなつた程集めた張宗昌将軍は十三経を複刻し、さうして聖道を肉体関係で伝染される花柳病の様なものと解釈して、孔子の末裔である何とか云ふ男を娘の壻にした。併し幸運の門は矢張り遂に誰にも開かなかつたのであつた。

　此の三人は皆な孔子様を煉瓦に使つたが時代が違つて居たから見事に失敗した。自身が失敗したばかりか其上孔子様をも、もう一層悲境に陥入らせた。彼等は皆な文字もろくに読めない連中である、しかも大に十三経などを談ずるから人々に滑稽と感じさせ、言行も余りに不一致だから厭な感じを起さした。坊主を憎むから袈裟まで憎む上に孔子様は或る目的の道具に使はれる事もこれであらかじめはつきりと感付いて彼を引倒さう慾望も益々盛んになる。だから孔子様を完全にいかめしく装飾し出す時には屹度そのあらを探す論文や作品も現はれて来る。孔子様だと云へども無論あら位はあつたのだが平生は誰でもだまつて居て聖人も人間だから許すべき事である。併し若し聖人の徒が出て来て聖人はこーであり、あーであり貴様達もこーあらねばならんなど出鱈目に云ふと今度は人々もくすゝゝ笑ひ出してしまう。五六年前に『子見南子』と云ふ脚本を上演して問題を引起した事があつた。其の脚本には孔子様が登場して聖人としては少少エロチックな間抜けな処あるを免かれないが人間としては寧ろ愛すべきよい人物であつた。処が聖裔達が大に憤慨して問題を役所にまで持込んだ。上演した地点は丁度孔子様の故郷であつたからである。そこには聖裔達が沢山繁殖して釈迦様やソクラテース様にうらやましく思はせる程特権階級になつて居る。併しそれもまた当地の聖裔でない青年達がわざわざ『子見南子』を上演したくつてたまらなかつた所以であらう。

　支那に於ける一般の民衆、殊に所謂る愚民なるものは孔子様を聖人だと云ふが聖人と感じない、彼に対してはつゝしむが親しまない。併し自分はどうも支那の愚民ほど孔子様を了解するものは世の中にあるまいと思ふ。成程孔子様は大変な国を治める方法を考案した、併しそれは皆な民衆を治めるもの、即ち権力者達の為めの考案で民衆其者の為めに工夫した事が一向ない、「礼庶人に下らず」である。権力者達丈の聖人になり遂に「敲門磚」になつても仕方がない。民衆とは相互に関係ないとは言へないが何んと親みもないと云ふなら恐らく先づ大に譲歩した言方であらう。その何等の親しみもない聖人に近付いて行かないのは寧ろ当り前の事で何時でもよいから試に襤褸と泥足で大成殿へ登

307

つて御覧なさい、誤つて上海の上等な活動写真館や一等電車へ迷込んだ時の様に直ちに叱飛ばされるのであらう。それは旦那様のものだとちやんと心得て居るので「愚民」だつても左様な莫迦までには未だなり切つて居ないのであつた。

原载 1935 年 6 月号东京改造社《改造》月刊。

初未收集。

## 中国的科学资料
### 新闻记者先生所供给的

毒蛇化鳖——"特志之以备生物学家之研究焉。"
乡妇产蛇——"因识之以供生理学家之参考焉。"
冤鬼索命——"姑记之以俟灵魂学家之见教焉。"

原载 1935 年 5 月 20 日《太白》半月刊第 2 卷第 5 期"掂斥簸两"栏。署名越山。

初未收集。

## "有不为斋"

孔子曰:"不得中行而与之,必也狂狷乎,狂者进取,狷者有所不为也。"

于是很有一些人便争以"有不为"名斋,以孔子之徒自居,以"狷者"自命。

但敢问——

"有所不为"的，是卑鄙龌龊的事乎，抑非卑鄙龌龊的事乎？

"狂者"的界说没有"狷者"的含糊，所以以"进取"名斋者，至今还没有。

原载 1935 年 5 月 20 日《太白》半月刊第 2 卷第 5 期"掂斤簸两"栏。署名直入。

初未收集。

# 致 曹靖华

汝珍兄：

四月廿六信收到。沪报载是日北平大风，近不知如何，寓中安否，为念。

碑帖两包已收到，因久未得农信，且未知住址是否仍旧，故未作复，兄如见面，乞转告。且拓片似亦不复有佳者，此后可以不必收集了。至于已寄来之两包，当于稍暇时一看，要的留下，余则寄兄处，托转交。

《百科全书》由上海转，甚好，转寄是没有什么不便的。但那边寄书，包纸和线往往不坚牢，我收到时，有些几乎已经全散，而并非邮局所为，这是很容易不能送达的。有一回，邮局来信说有一堆散书，失掉地址，叫我开出书名去领，我不知何书，只好算了。

弟病已愈，请勿念。此布，即请

文安。

弟豫 上 四月廿九日

三十日

**日记** 晴。上午达夫来,赠以《准风月谈》一本。同广平携海婴往须藤医院诊。午得增田君信。得罗清桢信。得五月号『版芸術』一本,五角。下午西谛来。仲方来。晚寄母亲信。寄三弟信。寄费慎祥信。夜蕴如及三弟来,遂并同广平往卡尔登影戏院观《荒岛历险记》下集,甚拙,如《珍珠岛》。

# 致 母 亲

母亲大人膝下敬禀者,四月廿四日来示,已经收到,第二次所寄小
　　包,也早收到了。上海报载廿六日起,北平大风,未知寓中如
　　何,甚以为念。大人胃病初愈,尚无力气,尚希加意静养为要。
　　上海天气亦不甚顺,近来已晴,想可向暖。寓中均安,海婴亦
　　好,可请释念。男身体尚好,但因琐事不少,故不免稍忙,时亦觉
　　得无力耳,但有些文章,为朋友及生计关系,亦不能不做也。专
　　此布达,恭请
金安。

　　　　　　　　男树　叩上　广平及海婴同叩　四月三十日

# 致 增田涉

　　十三、二六日の手紙皆拝見;葉書と絵葉書もつきました。貫休
坊様の羅漢は石ずりの方が却てよいと思ふ、肉筆の方は何んだか
余にグロテスクで、極楽に行く時にこんな顔をして居る人々ばか
りと遇ふと初の内は珍しいかも知らんが暫く立つと困ります。

石恪君の絵はよいと思ふ。

　『小説史略』出版の運に遇ふた事は兎角満足します。そーして御尽力に感謝します。「共訳」は面白くない、矢張あなたの名前丈で結構です。序文の事は後でかきましゃう。

　写真は一昨年のものは最新板です。今一所に送ります。

　僕の字は五円の価値ある事は余りに滑稽です。実は僕はその字の持主が裱装費を使った事に対しても気の毒で堪まりません。併し鉄研先生からはもうもらったから、それで一段落としましゃう。そうして永久の借用として仕舞ひたい。そうして「『選集』の印税を貰ったら」でも何も送らないで下さい。さうでなければ荷物が多くなって転居するに大に困ります。

　検閲がやかましいから『文学季刊』が翻訳を多く入れる外仕方がない、而してその為めに活溌な有様を失ひました。近頃の上海の出版物は大抵さうである。

　上海の文壇で失敗し所謂作家は頗る日本へ行って居る。こゝではそれを「入浴」或は「鍍金」と云ふ。近頃、上海の新聞に秋田雨雀様と一所に取った三四人の写真が出た、それも復活運動の一です。

洛文　上 四月卅日

増田兄几下

　上京して居るから私は彼処此処に行って几に憑って居るまいと思って居たが手紙を得て始めて矢張り引込んでると解った。此からは几のそばの疑問号を除く。

## 五月

### 一日

**日记** 晴。上午复增田君信并附寄照片一枚。午得罗西信,即复。得曹聚仁信,即复。得萧军信。晚得小峰信并版税泉二百。

### 二日

**日记** 晴。上午同广平携海婴往拉都路访萧军及悄吟,在盛福午饭。

### 三日

**日记** 晴,风。上午得烈文信。收《集外集》一本。午后复罗清桢信。下午昙。买《现代版画》(七)一本,五角。须藤先生来为海婴诊。夜作《文学百题》二篇。


# 六朝小说和唐代传奇文
# 有怎样的区别?

### 答文学社问

这试题很难解答。

因为唐代传奇,是至今还有标本可见的,但现在之所谓六朝小说,我们所依据的只是从《新唐书艺文志》以至清《四库书目》的判定,有许多种,在六朝当时,却并不视为小说。例如《汉武故事》,《西京杂记》,《搜神记》,《续齐谐记》等,直至刘昫的《唐书经籍志》,还属于史部起居注和杂传类里的。那时还相信神仙和鬼神，并不以为虚造，所以所记虽有仙凡和幽明之殊，却都是史的一类。

况且从晋到隋的书目，现在一种也不存在了，我们已无从知道那时所视为小说的是什么，有怎样的形式和内容。现存的惟一最早的目录只有《隋书经籍志》，修者自谓"远览马史班书，近观王阮志录"，也许尚存王俭《今书七志》，阮孝绪《七录》的痕迹罢，但所录小说二十五种中，现存的却只有《燕丹子》和刘义庆撰《世说》合刘孝标注两种了。此外，则《郭子》，《笑林》，殷芸《小说》，《水饰》，及当时以为隋代已亡的《青史子》，《语林》等，还能在唐宋类书里遇见一点遗文。

单从上述这些材料来看，武断的说起来，则六朝人小说，是没有记叙神仙或鬼怪的，所写的几乎都是人事；文笔是简洁的；材料是笑柄，谈资；但好像很排斥虚构，例如《世说新语》说裴启《语林》记谢安语不实，谢安一说，这书即大损声价云云，就是。

唐代传奇文可就大两样了：神仙人鬼妖物，都可以随便驱使；文笔是精细，曲折的，至于被崇尚简古者所诟病；所叙的事，也大抵具有首尾和波澜，不止一点断片的谈柄；而且作者往往故意显示着这事迹的虚构，以见他想象的才能了。

但六朝人也并非不能想象和描写，不过他不用于小说，这类文章，那时也不谓之小说。例如阮籍的《大人先生传》，陶潜的《桃花源记》，其实倒和后来的唐代传奇文相近；就是嵇康的《圣贤高士传赞》（今仅有辑本），葛洪的《神仙传》，也可以看作唐人传奇文的祖师的。李公佐作《南柯太守传》，李肇为之赞，这就是嵇康的《高士传》法；陈鸿《长恨传》置白居易的长歌之前，元稹的《莺莺传》既录《会真诗》，又举李公垂《莺莺歌》之名作结，也令人不能不想到《桃花源记》。

至于他们之所以著作，那是无论六朝或唐人，都是有所为的。《隋书经籍志》抄《汉书艺文志》说，以著录小说，比之"询于刍荛"，就是以为虽然小说，也有所为的明证。不过在实际上，这有所为的范围却缩小了。晋人尚清谈，讲标格，常以寥寥数言，立致通显，所以那时的小说，多是记载畸行隽语的《世说》一类，其实是借口舌取名位的入门书。唐以诗文取士，但也看社会上的名声，所以士子入京应试，也须豫先干谒名公，呈献诗文，冀其称誉，这诗文叫作"行卷"。诗文既滥，人不欲观，有的就用传奇文，来希图一新耳目，获得特效了，于是那时的传奇文，也就和"敲门砖"很有关系。但自然，只被风气所推，无所为而作者，却也并非没有的。

五月三日。

最初编入 1935 年 7 月生活书店版《文学百题》。

初收 1937 年 7 月上海三闲书屋版《且介亭杂文二集》。

# 什么是"讽刺"？

## 答文学社问

我想：一个作者，用了精炼的，或者简直有些夸张的笔墨——但自然也必须是艺术的地——写出或一群人的或一面的真实来，这被写的一群人，就称这作品为"讽刺"。

"讽刺"的生命是真实；不必是曾有的实事，但必须是会有的实情。所以它不是"捏造"，也不是"诬蔑"；既不是"揭发阴私"，又不是专记骇人听闻的所谓"奇闻"或"怪现状"。它所写的事情是公然的，也是常见的，平时是谁都不以为奇的，而且自然是谁都毫不注意的。不过这事情在那时却已经是不合理，可笑，可鄙，甚而至于可恶。但这么行下来了，习惯了，虽在大庭广众之间，谁也不觉得奇怪；现在给它特别一提，就动人。譬如罢，洋服青年拜佛，现在是平常事，道学先生发怒，更是平常事，只消几分钟，这事迹就过去，消灭了。但

"讽刺"却是正在这时候照下来的一张相,一个撅着屁股,一个皱着眉心,不但自己和别人看起来有些不很雅观,连自己看见也觉得不很雅观;而且流传开去,对于后日的大讲科学和高谈养性,也不免有些妨害。倘说,所照的并非真实,是不行的,因为这时有目共睹,谁也会觉得确有这等事;但又不好意思承认这是真实,失了自己的尊严。于是挖空心思,给起了一个名目,叫作"讽刺"。其意若曰:它偏要提出这等事,可见也不是好货。

有意的偏要提出这等事,而且加以精炼,甚至于夸张,却确是"讽刺"的本领。同一事件,在拉杂的非艺术的记录中,是不成为讽刺,谁也不大会受感动的。例如新闻记事,就记忆所及,今年就见过两件事。其一,是一个青年,冒充了军官,向各处招摇撞骗,后来破获了,他就写忏悔书,说是不过借此谋生,并无他意。其二,是一个窃贼招引学生,教授偷窃之法,家长知道,把自己的子弟禁在家里了,他还上门来逞凶。较可注意的事件,报上是往往有些特别的批评文字的,但对于这两件,却至今没有说过什么话,可见是看得很平常,以为不足介意的了。然而这材料,假如到了斯惠夫德(J. Swift)或果戈理(N. Gogol)的手里,我看是准可以成为出色的讽刺作品的。在或一时代的社会里,事情越平常,就越普遍,也就愈合于作讽刺。

讽刺作者虽然大抵为被讽刺者所憎恨,但他却常常是善意的,他的讽刺,在希望他们改善,并非要捺这一群到水底里。然而待到同群中有讽刺作者出现的时候,这一群却已是不可收拾,更非笔墨所能救了,所以这努力大抵是徒劳的,而且还适得其反,实际上不过表现了这一群的缺点以至恶德,而对于敌对的别一群,倒反成为有益。我想:从别一群看来,感受是和被讽刺的那一群不同的,他们会觉得"暴露"更多于"讽刺"。

如果貌似讽刺的作品,而毫无善意,也毫无热情,只使读者觉得一切世事,一无足取,也一无可为,那就并非讽刺了,这便是所谓"冷嘲"。

　　　　　　　　　　　　　　　五月三日。

　　最初编入《文学百题》，被抽出。后载 1935 年 9 月 20 日
《杂文》月刊第 3 期。
　　初收 1937 年 7 月上海三闲书屋版《且介亭杂文二集》。

# 致 罗清桢

清桢先生：

　　三月二十一，四月六，二十二日三函，均经先后收到。木刻四本
亦已由书店交来，谢谢！送 Ettinger 的，当于便中寄去，至于高氏，则
因一向并无信札往还，只好不寄了。寄售之书，一元二角似略贵，已
与书店商定，改为每本一元了。

　　蒙允为拙作刻图，甚感，但近年所作，都是翻译及评论，小说久
已没有了。诗也是向不留意，侯先生赐示大作，实在是"问道于盲"
而已。

　　张慧先生常有信来，而我失其通信地址，常烦转寄，殊不安，便
中乞以地址见示为感。

　　匆布，即颂
时绥。

　　　　　　　　　　　　　　　迅　上　五月三日

## 四日

　　**日记**　晴。上午内山书店送来『卜氏全集』（七）一本，二元五
角。收《新小说》三期稿费十五元。下午同广平携海婴往上海戏院

观《玩意世界》。晚三弟及蕴如携阿玉来。

**五日**

　　**日记**　星期。晴。上午寄赵家璧信。寄来青阁书庄信。下午得胡风信。

# 论"人言可畏"

　　"人言可畏"是电影明星阮玲玉自杀之后,发见于她的遗书中的话。这哄动一时的事件,经过了一通空论,已经渐渐冷落了,只要《玲玉香消记》一停演,就如去年的艾霞自杀事件一样,完全烟消火灭。她们的死,不过像在无边的人海里添了几粒盐,虽然使扯淡的嘴巴们觉得有些味道,但不久也还是淡,淡,淡。

　　这句话,开初是也曾惹起一点小风波的。有评论者,说是使她自杀之咎,可见也在日报记事对于她的诉讼事件的张扬;不久就有一位记者公开的反驳,以为现在的报纸的地位,舆论的威信,可怜极了,那里还有丝毫主宰谁的运命的力量,况且那些记载,大抵采自经官的事实,绝非捏造的谣言,旧报具在,可以复按。所以阮玲玉的死,和新闻记者是毫无关系的。

　　这都可以算是真实话。然而——也不尽然。

　　现在的报章之不能像个报章,是真的;评论的不能逞心而谈,失了威力,也是真的,明眼人决不会过分的责备新闻记者。但是,新闻的威力其实是并未全盘坠地的,它对甲无损,对乙却会有伤;对强者它是弱者,但对更弱者它却还是强者,所以有时虽然吞声忍气,有时仍可以耀武扬威。于是阮玲玉之流,就成了发扬余威的好材料了,因为她颇有名,却无力。小市民总爱听人们的丑闻,尤其是有些熟识的人的丑闻。上海的街头巷尾的老虔婆,一知道近邻的阿二嫂家有野男人出入,津津乐道,但如果对她讲甘肃的谁在偷汉,新疆的谁在再嫁,她就不要听了。阮玲玉正在现身银幕,是一个大家认识的人,因此她更是给报章凑热闹的好材料,至少也可以增加一点销场。读者看了这些,有的想:"我虽然没有阮玲玉那么漂亮,却比她正经";有的想:"我虽然不及阮玲玉的有本领,却比她出身高";连自杀了之后,也还可以给人想:"我虽然没有阮玲玉的技艺,却比她有勇气,因为我没有自杀",化几个铜元就发见了自己的优胜,那当然是很上算的。但靠演艺为生的人,一遇到公众发生了上述的前两种的感想,她就够走到末路了。所以我们且不要高谈什么连自己也并不了然的社会组织或意志强弱的滥调,先来设身处地的想一想罢,那么,大概就会知道阮玲玉的以为"人言可畏",是真的,或人的以为她的自杀,和新闻记事有关,也是真的。

但新闻记者的辩解,以为记载大抵采自经官的事实,却也是真的。上海的有些介乎大报和小报之间的报章,那社会新闻,几乎大半是官司已经吃到公安局或工部局去了的案件。但有一点坏习气,是偏要加上些描写,对于女性,尤喜欢加上些描写;这种案件,是不会有名公巨卿在内的,因此也更不妨加上些描写。案中的男人的年纪和相貌,是大抵写得老实的,一遇到女人,可就要发挥才藻了,不是"徐娘半老,风韵犹存",就是"豆蔻年华,玲珑可爱"。一个女孩儿跑掉了,自奔或被诱还不可知,才子就断定道,"小姑独宿,不惯无郎",你怎么知道? 一个村妇再醮了两回,原是穷乡僻壤的常事,一到才子的笔下,就又赐以大字的题目道,"奇淫不减武则天",这程度你又怎么知道? 这些轻薄句子,加之村姑,大约是并无什么影响的,她不识字,她的关系人也未必看报。但对于一个智识者,尤其是对于一个出到社会上了的女性,却足够使她受伤,更不必说故意张扬,特别渲染的文字了。然而中国的习惯,这些句子是摇笔即来,不假思索的,这时不但不会想到这也是玩弄着女性,并且也不会想到自己乃是人民的喉舌。但是，无论你怎么描写，在强者是毫不要紧的，只消一封信，就会有正误或道歉接着登出来，不过无拳无勇如阮玲玉，可就正做了吃苦的材料了，她被额外的画上一脸花，没法洗刷。叫她奋斗吗？她没有机关报，怎么奋斗；有冤无头，有怨无主，和谁奋斗呢？我们又可以设身处地的想一想，那么，大概就又知她的以为"人言可畏"，是真的，或人的以为她的自杀，和新闻记事有关，也是真的。

然而，先前已经说过，现在的报章的失了力量，却也是真的，不过我以为还没有到达如记者先生所自谦，竟至一钱不值，毫无责任的时候。因为它对于更弱者如阮玲玉一流人，也还有左右她命运的若干力量的，这也就是说，它还能为恶，自然也还能为善。"有闻必录"或"并无能力"的话，都不是向上的负责的记者所该采用的口头禅，因为在实际上，并不如此，——它是有选择的，有作用的。

至于阮玲玉的自杀，我并不想为她辩护。我是不赞成自杀，自己也不豫备自杀的。但我的不预备自杀，不是不屑，却因为不能。凡有谁自杀了，现在是总要受一通强毅的评论家的呵斥，阮玲玉当然也不在例外。然而我想，自杀其实是不很容易，决没有我们不预备自杀的人们所渺视的那么轻而易举的。倘有谁以为容易么，那么，你倒试试看！

自然，能试的勇者恐怕也多得很，不过他不屑，因为他有对于社会的伟大的任务。那不消说，更加是好极了，但我希望大家都有一本笔记簿，写下所尽的伟大的任务来，到得有了曾孙的时候，拿出来算一算，看看怎么样。

五月五日。

原载 1935 年 5 月 20 日《太白》半月刊第 2 卷第 5 期。署名赵令仪。

初收 1937 年 7 月上海三闲书屋版《且介亭杂文二集》。

# 再论"文人相轻"

今年的所谓"文人相轻",不但是混淆黑白的口号,掩护着文坛的昏暗,也在给有一些人"挂着羊头卖狗肉"的。

真的"各以所长,相轻所短"的能有多少呢! 我们在近几年所遇见的,有的是"以其所短,轻人所短"。例如白话文中,有些是诘屈难读的,确是一种"短",于是有人提了小品或语录,向这一点昂然进攻了,但不久就露出尾巴来,暴露了他连对于自己所提倡的文章,也常常点着破句,"短"得很。有的却简直是"以其所短,轻人所长"了。例如轻蔑"杂文"的人,不但他所用的也是"杂文",而他的"杂文",比起他所轻蔑的别的"杂文"来,还拙劣到不能相提并论。那些高谈阔论,不过是契诃夫(A. Chekhov)所指出的登了不识羞的顶颠,傲视着一切,被轻者是无福和他们比较的,更从什么地方"相"起? 现在谓之"相",其实是给他们一扬,靠了这"相",也是"文人"了。然而,"所长"呢?

况且现在文坛上的纠纷,其实也并不是为了文笔的短长。文学的修养,决不能使人变成木石,所以文人还是人,既然还是人,他心里就仍然有是非,有爱憎;但又因为是文人,他的是非就愈分明,爱憎也愈热烈。从圣贤一直敬到骗子屠夫,从美人香草一直爱到麻疯病菌的文人,在这世界上是找不到的,遇见所是和所爱的,他就拥抱,遇见所非和所憎的,他就反拨。如果第三者不以为然了,可以指出他所非的其实是"是",他所憎的其实该爱来,单用了笼统的"文人相轻"这一句空话,是不能抹杀的,世间还没有这种便宜事。一有文人,就有纠纷,但到后来,谁是谁非,孰存孰亡,都无不明明白白。因为还有一些读者,他的是非爱憎,是比和事老的评论家还要清楚的。

然而，又有人来恐吓了。他说，你不怕么？古之嵇康，在柳树下打铁，钟会来看他，他不客气，问道："何所闻而来，何所见而去？"于是得罪了钟文人，后来被他在司马懿面前搬是非，送命了。所以你无论遇见谁，应该赶紧打拱作揖，让坐献茶，连称"久仰久仰"才是。这自然也许未必全无好处，但做文人做到这地步，不是很有些近乎婊子了么？况且这位恐吓家的举例，其实也是不对的，嵇康的送命，并非为了他是傲慢的文人，大半倒因为他是曹家的女婿，即使钟会不去搬是非，也总有人去搬是非的，所谓"重赏之下，必有勇夫"者是也。

不过我在这里，并非主张文人应该傲慢，或不妨傲慢，只是说，文人不应该随和；而且文人也不会随和，会随和的，只有和事老。但这不随和，却又并非回避，只是唱着所是，颂着所爱，而不管所非和所憎；他得像热烈地主张着所是一样，热烈地攻击着所非，像热烈地拥抱着所爱一样，更热烈地拥抱着所憎——恰如赫尔库来斯（Hercules）的紧抱了巨人安太乌斯（Antaeus）一样，因为要折断他的肋骨。

五月五日。

原载 1935 年 6 月 1 日《文学》月刊第 4 卷第 6 号。署名隼。

初收 1937 年 7 月上海三闲书屋版《且介亭杂文二集》。

# 致 黄 源

河清先生：

今寄上《文学》"论坛"一则，《文学百题》考卷两篇，乞转交；又《饿》一篇，似乎做得还不算坏，不知可用于《文学》随笔栏里否？并乞一问，倘不能用，则希掷还。

《世界文库》好像真的要出版了。从孟先生那里借来的 G 集插画,有《死魂灵》的第一二章者否？倘有,希交去,制版后并祈代录题语。并且嘱书店全部照出,以便将书还给人家。但如《文库》不欢迎插图,那不插就是了。

此布,并请

撰安。

迅　上　五月五日


### 六日

**日记**　昙。上午寄河清信并短稿三篇,悄吟稿一篇。午后得阿芷信。得十还信。下午得王志之信。得青曲信。得《自祭曲》一本,赖少其寄赠。买『岩波文库・生理学』(下)一本,八角。夜内山君邀至其寓饭,同坐有高桥穰,岩波茂雄。三弟及蕴如携菓官来,未见。


### 七日

**日记**　晴。上午同广平携海婴往须藤医院诊。收《太白》二之四期稿费七元二角。下午收『チェーホフ全集』(九)一本,二元五角。晚往文学社夜饭。夜风。


### 八日

**日记**　晴。午得胡风信。得萧军信。午后得真吾信。得赵家璧信并《新文学大系・小说卷二》编辑费百五十。晚得来青阁书目一本。邀胡风及耳耶夫妇夜饭于梁园。译《死灵魂》第三章起。


### 九日

**日记**　昙。上午复萧军信。复赵家璧信。寄傅东华信。寄陈望道信。得母亲信并答海婴笺,六日发。得靖华信并寒笳译稿一篇。下午为海婴买留声机一具,二十二元。以茶叶一囊交内山君,为施茶之用。

# 致 萧 军

刘军兄:

 七日信收到。我这一月以来,手头很窘,因为只有一点零星收入,数目较多的稿费,不是不付,就是支票,所以要到二十五日,才有到期可取的稿费。不知您能等到这时候否? 但这之前,会有意外的付我的稿费,也料不定。那时当再通知。

 专此布复,并请

俪安。

豫　上　五月九日

# 致 赵家璧

家璧先生:

 百五十元期票一纸,昨已收到,甚感。

 《尼采自传》译者,久无消息,只能听其自来;周文稿子出版的迟早,我看是没有关系的罢。

 专此布复,即请

撰安。

迅　启上　五月九日

**十日**

 **日记** 昙。上午得罗西信。得赖少其信。得温涛信并木刻一本。得赵家璧信并《尼采自传》二本。午小雨。

# 致 赵家璧

家璧先生：

上午收到九日信并《尼采自传》两本。

小说稿除原可不登者全数删去外，又删去了五篇，大约再也不会溢出豫算页数之外的了。

目录仍寄上。

专此布复，即请

著安。

迅　上　五月十夜。

# 致 萧剑青

剑青先生：

来函诵悉。附寄的画稿，亦已看过，我以为此稿太明了，以能抽出为妙。未审尊意以为如何？

专此布复，即颂

时绥。

鲁迅　五月十日

## 十一日

**日记**　晴，暖。上午复赵家璧信。得傅东华信。得谷非信。得孟十还信。下午浴。晚蕴如携阿菩来。三弟来并赠越酒二瓶。夜与蕴如,阿菩,三弟及广平,海婴同往新光大戏院观《兽国寻尸记》。夜半大风。

### 十二日

**日记** 星期。晴。上午寄阿芷信。得萧军信。得阿芷信并小说稿一本。下午西谛来并交《十竹斋笺谱》第一卷九本。寄靖华杂志及拓片各一包。

### 十三日

**日记** 晴。上午得阎枬信。得马隅卿讣,即寄紫佩函,托其代制一幛送之。下午昙。复阿芷信。复胡风信。夜雨。

### 十四日

**日记** 晴。上午得阿芷信。得学昭信。得《集外集》八本。夜河清来。

# 致 曹靖华

汝珍兄:

　　三日信并译稿一篇,收到了好几天了,因为琐事多,似乎以前竟未回信,甚歉。昨托书店寄上碑帖一包,不知已到否?如到,请并现在附上之信转交。又寄学校杂志一包,是同时寄出的,想亦不致失落。

　　北平大风事,沪报所记似比事实夸张,所以当时颇担心,及得来信,乃始释然。上海亦至今时冷时暖,伤风者甚多,惟寓中俱安,可请勿念。闻它兄大病,且甚确,恐怕很难医好的了;闻它嫂却尚健。

现在的生活，真像拉车一样，卖文为活，亦大不易，连印翻译杂志，也常被检禁，且招谣言；嫉妒者又乘机攻击，因此非常难办。但他们也弄不好，因为译作根本就没有人要看，不过我们却多些麻烦了。

闻现代书局大有关门之势，兄稿已辗转托人去索回，但尚无回信。

小说译稿，日内当交给译文社。

专此布达，即请

时安。

弟豫　顿首　五月十四夜。

# 致 台静农

青兄：

二日函收到了；上月之函，却未收到。至于拓片两包，是都收到的，"君车"画象确系赝品，似用砖翻刻，连簠斋印也是假的。原刻之拓片，还要有神彩，而且必连碑阴，乃为全份。又包中之《曹望憘造象》，大约也是翻刻的，其与原刻不同之处，见《校碑随笔》。

从这两包中，各选数种，目另列，其余的已于昨日寄回了。收集画象事，拟暂作一结束，因年来精神体力，大不如前，且终日劳劳，亦无整理付印之望，所以拟姑置之；今乃知老境催人，其可怕如此。因为我自去冬罹西班牙性感冒之后，消化系受伤，从此几乎每月必有小病一场了。但似未必寿终在即，可请放心耳。

专此布复，并颂

时绥。

豫　顿首　五月十四夜。

第一包拓片留四种（内无目录及定价，姑随手举之，乞查付）——

一、骑马人画象（有树木）一张

二、大定四年造象一份二张

三、汉残画象一份四张

四、一人及一蛇画象一张

第二包拓片留两种——

一、汉鹿一份两张（五元五）

二、宜州画象（？）一份三张（一元五）

以上，共留六种。


### 十五日

**日记**　晴。上午复阎杼信。复靖华信附复静农笺。得俊明信。得唐诃信。


### 十六日

**日记**　晴。夜蕴如及三弟同来谈。雨。


### 十七日

**日记**　小雨。上午得内山君信。得猛克信并《杂文》一本。得小山信。下午镰田寿君来，未遇。得胡风信。得何归信。晚镰田君来并赠油画静物一帧，诚一遗作，又赠海婴留声胶片二枚。


# 致 胡 风

十五日信收到了。前天遇见玄先生，谈到你要译《草叶》的事，他说，为什么选这个呢？不如从英德文学里，选一部长的，只要有英日文对照看就好。我后来一想，《草叶》不但字数有限，而且诗这东西，译起来很容易出力不讨好，虽《草叶》并无韵。但刚才看了一下目录，英德文学里实无相宜的东西：德作品都短，英作品多无聊（我和英国人是不对的）。我看波兰的《火与剑》或《农民》，倒可以译的，后者有日译本，前者不知有无，英译本都有。看见郑时，当和他一谈，你以为怎样？

那消息是万分的确的，真是可惜得很。从此引伸开来，也许还有事，也许竟没有。

萧有信来，又催信了，可见"正确"的信，至今没有发。

这几天因为赶译《死魂灵》，弄得昏头昏脑，我以前太小看了ゴーゴリ了，以为容易译的，不料很难，他的讽刺是千锤百炼的。其中虽无摩登名词（那时连电灯也没有），却有十八世纪的菜单，十八世纪的打牌，真是十分棘手。上田进的译本并不坏，但常有和德译本不同之处，细想起来，好像他错的居多，翻译真也不易。

看《申报》上所登的广告，批评家侍桁先生在论从日文重译之不可靠了，这是真的。但我曾经为他校对过从日本文译出的东西，错处也不少，可见直接译亦往往不可靠了。

豫　上　五月十七夜

你有工夫约我一个日子谈谈闲天么？但最好是在二十三日之后。

### 十八日

**日记**　晴。上午复何归信。复胡风信。午得杨霁云信并纸一卷，索字。下午得内山君信。晚蕴如携晔儿来。三弟来。夜雨。

### 十九日

**日记**　星期。晴。午后得钦文信。得陈烟桥信并木刻一枚。

收《新文学大系·小说一集》一本。晚内山君邀往新半斋夜饭,同席共十二人。

## 二十日

**日记** 晴,暖。午得张慧信并木刻二种。得李桦《春郊小景集》一本,作者赠。下午季市来。内山夫人来并赠盐煎饼一合。复学昭信。晚河清来。烈文,西谛同来。收《世界文库》第一册稿费五十二元。

# 致 萧 军

刘军兄:

今天有点收入,你所要之款,已放在书店里,希持附上之条,前去一取。

因为赶译小说忙,不能多写了,只通知两件事:

一,那一本《八月的乡村》印出后,内山书店是不能寄售的,因为否则他要吃苦。

二,金人译稿,已在本月《译文》上登出了,那稿费,当与下月的《文学》上所登的悄吟太太的稿费同交。那稿是我寄去的,想不至于被抽去,倘登出后,乞自去一取为荷。

匆布,即颂

俪祉。

豫　上　　五月二十夜。

## 二十一日

**日记** 晴。上午得靖华信。得叶籁士信。得增田君信。收《译文》二卷三号五本。下午得小峰信并版税泉百五十,付印证四千五百枚,值一千八十七元五角。

## 二十二日

**日记** 晴。上午得罗苏信。得孟十还信。寄萧军信并泉卅。下午得萧军信,即复。得铭之信,即复。复靖华信。复小峰信。

# 致 邵文熔

铭之吾兄足下:

顷奉到二十日函,知特以干菜笋干见惠,甚感甚感。

中国普通所谓肝胃病,实即胃肠病。药房所售之现成药,种类颇多,弟向来所偶服者为"黑儿补",然实不佳,盖胃病性质,亦有种种,颇难以成药疗之也。鄙意不如首慎饮食,即勿多食不消化物,一面觅一可靠之西医,令开一方,病不过初起,一二月当能全愈。但不知杭州有可信之医生否,此不在于有名而在于诚实也。在沪则弟识一二人,倘有意来沪一诊,当绍介也。且可确保其不敲竹杠,亦不以江湖诀欺人。

弟一切如常,惟琐事太多,颇以为苦,借笔墨为生活,亦非乐事,然亦别无可为。书无新出者,惟有《集外集》一本,乃友人所编,系搜集一切未曾收入总集及自所刊落之作,合为一编,原系糟粕,而又经官审阅,故稍有精采者,悉被删去,遂更无足观,日内当托书坊寄奉一册,以博一粲耳。对于《太白》,时亦投稿,但署名时时不同,新出之第五期内,有"掂斤簸两"三则,及《论人言可畏》一篇,实皆拙作也。

专此布复,并请

道安

弟树　顿首　廿四年五月二十二日

# 致 曹靖华

汝珍兄：

十八信收到。它事极确，上月弟曾得确信，然何能为。这在文化上的损失，真是无可比喻。许君已南来，详情或当托其面谈。

许君人甚老实，但他对于人之贤不肖，却不甚了然。李某卑鄙势利，弟深知之，不知何以授以重柄，但他对上司是别一种面目，亦不可知，故易为所欺也。许曾访我一次，未言钟点当有更动事，大约四五日后还当见面，当更嘱之。

弟一切如常，惟琐事太多，颇以为苦，所遇所闻，多非乐事，故心绪亦颇不舒服。上海之所谓"文人"，有些真是坏到出于意料之外，即人面狗心，恐亦不至于此，而居然摇笔作文，大发议论，不以为耻，社会上亦往往视为平常，真大怪事也。

三弟来信一纸，附上，希转交。

专此布达，即请

道安。

弟豫　上　五月二十二夜。

# 致 黄 源

河清先生：

前回说，想校正《俄罗斯童话》，再一想，觉得可以不必了，不如就这样的请官检阅。倘不准，而将自行出版，再校正也好。所以那未印的原稿，请嘱社中送信人送到书店来，以便编入，并带下《世界文库》样本一本为荷。

孟十还先生的通信地址遗失了，附上一笺，乞加封转寄。

专此布达，即请

撰安。

迅　上　五月二十二夜。

《死魂灵》第四章，今天总算译完了，也到了第一部全部的四分之一，但如果专译这样的东西，大约真是要"死"的。

# 致 孟十还

十还先生：

十九夜信收到。译克雷洛夫之难，大约连郑公自己也不知道的，此公著作，别国似很少译本，我只见过日译三四篇。

《死魂灵》的插图，《世界文库》第一本已用 Taburin 作，不能改了，但此公只画到第六章为止，新近友人寄给我一套别人的插图，共十二幅，亦只画到第六章为止，不知何故。那一本插图多的，我想看一看，但不急，只要便中带给我，或放在文学社，托其转送就好了。

听说还有一种插图的大本，也有一二百幅，还是革命前出版，现在恐怕得不到了。

欢迎插图是一向如此的，记得十九世纪末，绘图的《聊斋志异》出版，许多人都买来看，非常高兴的。而且有些孩子，还因为图画，才去看文章，所以我以为插图不但有趣，且亦有益；不过出版家因为成本贵，不大赞成，所[以]近来很少插画本。历史演义（会文堂出版的）颇注意于此，帮他销路不少，然而我们的"新文学家"不留心。此复，即颂时绥。

迅　上　五月廿二夜

通信处的底子失掉了，便中希再见示。


## 二十三日

**日记**　晴。上午寄河清信内附复孟十还笺。得阿紫信。收《太白》二卷五期稿费十三元。午后得萧军信并面包圈五个，黑面[包]一个，香肠一条。午后寄西谛信并《死魂灵》第三至四章译稿。买《汉魏六朝专文》一部二本，二元三角。


## 二十四日

**日记**　昙，风。午得胡风信。得友生信。得《世界文库》（一）一本。得『芥川竜之介全集』（八）一本，一元五角。午后复陈烟桥信。复杨霁云信。下午复赖少麒信。复唐英伟信。得杨铿律师信。得赵家璧信并《新文学大系·小说二编》序校稿。夜风稍大。


# 致　陈烟桥


烟桥先生：

五月十日信早收到。前回的一封信也收到的。近来因为常常生病，又忙于翻译卖钱之类，弄得头昏眼花，未能即行回信，甚歉。

最近的一幅木刻，我看并不好。从构图上说起来，两面的屋边，是对称的；中间一株大树，布满了空间，本来颇有意思，但我记得英国（?）的一个木刻家，曾有过这样的构图的了。

选选作品，本来并不费事，但我查了一下，先生的作品不到十张。大约一则因为搬来搬去，有些弄得找不到；二则因为绍介出去，他们既不用，又不还我，所以弄得不见了。如果能够另印一份寄给我，我是可以选的，但选起来大约是严的，因为我看新近印出的几种专集，实在收得太随便。

我想把先生的《风景》即好像写意画那样的一张，《黄浦江》二幅绍介到《文学》去，望即印给我各一张，寄下；作者用什么署名，也一并示知为荷。

专此布复，即颂

时绥。

迅　上　五月二十四日

# 致 杨霁云

霁云先生：

十六日信早奉到。《集外集》也收到了，十本以外，又索得了八本，已够了。印工之类，在现在的出版界，总是如此的，我看将来还要低落下去。

纸张也已收到，如此拙字，写到宣纸上，真也自觉可笑，但先生既要我写，我是可以写的，但须拖延时日耳，因为须等一相宜的时候也。

纸内有两长条，是否对联？乞示知。若然，则一定写得极坏，因为我没有写过大字，所以字愈大，就愈坏。

专此布复，即请

文安。

迅　上　五月廿四日

# 致 郑伯奇

伯奇先生：

　　下午得赵先生信，云将往北平，有事可与先生接洽；并有《小说二集序》排印稿二份。

　　这序里的错字可真不算少，今赶紧校出寄上，务希嘱其照改为托。否则，颇觉得太潦草也。

　　专此布达，即请

撰安。

　　　　　　　　　　　　　　　　　　迅　上　五月廿四夜

　　附校稿二份。

## 二十五日

　　**日记**　昙。上午复赵家璧信并还校稿。得诗荃信。晚蕴如来。三弟来。西谛来。夜仲方来。濯足。雨。

# 致 赵家璧

家璧先生：

　　惠函收到。版税单想系指春季结算的那一项，那么，不但收到，而且用掉了。中央怕《竖琴》前记，真是胆小如鼷，其实并无害，因此在别一面，也没有怎样的益，有无都无关紧要，只是以装门面而已。现在剪去以免重印重装，我同意于公司的办法，并无异议也。

　　专此布复，顺颂

文安。

鲁迅　上　五月廿五日

# 致 黄 源

河清先生：

《世界文库》已见过，《死魂灵》中错字不少，有几处自己还知道那一个字错，有些是连自己也不记得了。将来印起来，又要费一番查原本的工夫。

于是想，生活书店不知道能将排过之原稿还我否？那么，将来可以省力不少。所以想请　先生到校对先生那里去运动一下，每期把它取回来。大约书店是用不着这稿子的了。

专此布达，即请

撰安。

鲁迅　上　五月廿五日

### 二十六日

**日记**　星期。昙，风。上午同广平携海婴往须藤医院诊。得铭之所寄干菜并笋干一篓，即函复。寄河清信。雨。晚季市来，并赠天台山云雾茶及巧克力糖各二合，白鲞四片。夜校《小说旧闻钞》起。

### 二十七日

**日记**　雨。上午得陈君涵信并稿。得合众书店信。午后买『小林多喜二全集』（二）一本，一元八角。得萧军信并稿。下午季市来。铭之来。

## 二十八日

**日记** 晴。上午同广平携海婴往须藤医院诊。午得河清信并校稿。下午得『雲居寺研究』（京都『東方学報』第五册副册）一本，四元五角。晚寄胡风信。得欧阳山信并《七年忌》一本。得杨霁云信。得唐弢信。夜小雨。须藤先生来为海婴诊。

# 致 黄 源

河清先生：

廿七日信并校稿，顷已收到。《表》至夜间可以校了，明天当托书店挂号寄上，可以快一点，因为挂号与寄存，都是一个"托"，一样的。错字还多，且有改动处，我想，如果能够将四校再给我看一遍，最好。"校对"实是一个问题，普通是只要校者自己觉得看得懂，就不看原稿的，所以有时候，译者想了许多工夫，这才决定了的字，会错得大差其远，使那时的苦心经营，反而成为多事。所以，我以为凡有稿子，最好是译作者自己看一遍。但这自然指书籍而言，期刊则事实上办不到。

《表》的第一页和书面，过几天再商量。

《译文》的稿子确是一个问题，我先前也早虑及此。有些人担任了长篇翻译，固然有影响，但那最大原因，还在找材料的难，找来找去，找到一篇，只能供一回之用，而能否登出，还是一个问题。我新近看了一本日译的キールランド（北欧）小说集，也没有一篇合用的。至今也还在常常留心寻找。不过六月份这一本上，恐怕总来不及了，只能将所有的凑一下。

而且第三卷第一号，出版期也快了，以二卷为例，当然必须增大。这怎么办呢？我想，可以向黎先生豫先声明，敲一个竹杠，请他译《动物志》，有图有说，必为读者所乐观。印的时候，把插图做得大一点，不久就可以出单行本。

七月份的《文学》，我大约仍然只能做二则"论坛"，至于散文，实在为难。一，固然由于忽译忽作，有些不顺手；二，也因为议论不容易发，如果顾忌太多，做起来就变成"洋八股"了。而且我想，第一期有一篇我的散文，也不足以资号召。

谣言，是他们的惯技，与其说对于个人，我看倒在对于书店和刊物。但个人被当作用具，也讨厌的。前曾与沈先生谈起，以为当略略对付，也许沈先生已对先生说过了。至于到敝寓来，我以为大可不必"谨慎"，因为这是于我毫无关系的，我不管谣言。

一面在译《死魂灵》，一面也在要译果戈理的短篇小说，但如又先登《译文》，则出起集子来时似乎较为无聊；否则，《译文》上的要另找，就是每月要兼顾三面了。想了几次，终于想不好。

专此布复，即请

撰安。

迅　上　五月廿八日

再：《译文》书面上的木刻，也要列入目录。


## 二十九日

**日记**　雨。上午内山夫人来。得萧军信。下午复河清信并还校稿。


## 三十日

**日记**　晴。上午得唐河信。得靖华信，即复。下午须藤先生来为海婴诊。内山书店送来『楽浪及高麗古瓦図譜』一本，价五元。晚收六月份『改造』稿费八十圆。得野夫信，即复。得东华信，即复，并附与河清笺。得望道信。得李桦信。

# 致 曹靖华

汝珍兄：

二十六日信收到。知病五日即愈，甚慰。

许君已见过，他说并无减少钟点之事，不过有一种功课，下半年没有，所以要换别的功课的。

他又高兴的说，因为种种节省，已还掉旧债二万。我想，如果还清，那他就要被请出了；他先前做女师校长时，也是造好了热水管之类之后，乃被逐出的。至于李某，卑鄙无聊，但他一定要过瘾，这是学校和学生的大晦气；以前他是改组派，但像风旗似的转得真快。

先前所作碑文，想钞入自己的文稿中，其中有"××曹××先生名××"一句，请兄补上缺字寄下，又碑名云何，亦希见示。不知此碑现已建立否？

弟如常，寓中亦均好，并闻。

专此布达，并颂

时绥。

弟豫　上　五月卅日夜

再：木刻付印尚无期，《城与年》之解说，不必急急也。又及。

# 致 黄 源

河清先生：

今天为《译文》看了几篇小说，也有好的，但译出来要防不能用；至于无聊的，则译起来自己先觉得无聊。

现在选定了一篇,在有聊与无聊之间,事情是"洋主仆恋爱",但并不如国货之肉麻,作者是 Rumania 的 M. Sadoveanu,似乎也还新鲜。

明天当动手来译,约有一万字左右,在六月五日以前,必可寄出,先此奉闻。

并请

撰安。

迅 上 五月卅日

## 三十一日

日记 晴。午后得刘岘信并木刻。收《现代版画》(九)一本。

# 六月

## 一日

**日记** 晴。午得霁野信。得胡风信。得山本夫人信。下午诗荃来,不见,留《尼采自传》一本而去。收『版芸術』(六月分)一本,五角。晚三弟来。蕴如及阿菩来。

## 二日

**日记** 星期。雨。上午寄河清信。收六月份《文学》稿费十二元五角。得杨晦信并陈翔鹤稿。得郑伯奇信二封,即复。夜译《恋歌》讫,一万二千字。

# 恋 歌

[罗马尼亚]索陀威奴

　　我们的车辆歇在济果那尔①的林间草地上了。细枝烧成的一堆大篝火,用它的红光照着车夫们。远处的暗地里,休息着脱了羁勒的牛。有时火焰一闪,它们便显得分明,接着又沉没在昏暗里。旁

---

　　① Zigeuner 是欧洲的一种漂流的种族;但在这里,却专指罗马尼亚的农奴。——译者。

边停着装载木板的车子,火光时常微微一照,也像对于睡着的生物似的。

车夫们围住篝火,坐作一圈,我躺着,用肘弯靠定一辆圆篷的车,在倾听我的祖父讲述一个早先的故事。他那平静的,深沉的声音,在悠闲的夏夜中发响,恰如林间草地上起了一种微波。他那白眉毛下面的活泼的黑眼球,凝神的看着篝火,他那白色的长髯盖着前胸,宛如积雪一样。在他灵活的眼前,一一展开他曾在济果那尔的林间草地里所遇见的久经忘却的事情,他还用了温和的声音,从昏黑中变幻出过去的图像。

面目经过雨淋日炙的车夫们,围着火,默默的在长林中听着先前的故事。轻微的瑟索之声,在幽静的夏夜里通过睡着的林间,草地却是醒的,睁着火一般的眼。从远地里,在密叶中处处传来一种微声,又远远的消失在森林的黑夜里了。时时也有猫头鹰的寂寞的哀鸣,听去很像人的叫唤,于是是很轻的拍翅声——一种叶子的仅能觉察的颤动。这回是秧鸡在草地边的湿草里,含胡的叫起来了,停了一会,远处又起了鹌鹑的拍翅声——别一匹就在我们的近旁响应;此刻是一只蝙蝠,乌黑的飞箭似的掠过了微红的光圈,但一刹时又布满了颠扑不破的幽静,只有蟋蟀开始在大沉默中鸣叫,好像从过去的雾里传来。一种新的声息又在密叶中流过去了,满含着悲哀,仿佛是古森林的叹息。

祖父讲述着——过去的精灵从新苏醒,在昏黑中飞升起来了。

我看见,并且追随它:我看见绥累河边的,在克拉尼绥尼的雄踞高原的皤耶尔①的宅子。我看见小冈子上的树林,沿边种着菩提树和接骨木的小路,还有在山脚下,一直流到白桦林间的草地里的力谟尼支河,在这中间,我也瞥见那些卖了身的济果那尔的荒凉的土

---

① Bojar,先前的罗马尼亚和俄国的贵族的尊称。——译者。

小屋。绥累河的涨潮,通过密林,离城堡①不过一百步,也听到波涛的沸泪和喧嚣。

自从幡耶尔那思泰绥·克拉尼舍奴结过婚以来,将近一年了,他那年青的太太,白嫩得像一朵睡莲,他爱她,恰如他的爱他那些野生的,不驯的东西一样。

他把大半的时光都献给了打猎——他的最大的嗜好;她却相反,无望地,无爱地,在幽闺里梦一般度着她的光阴,不过当主人不在时,间或沿着力谟尼支河边,在通着林间草地的林荫路上去走走。

有一天,幡耶尔那思泰绥出去了,上了走向卖身的济果那尔的住居的路。

太阳正照着丘冈,通过了山毛榉林的空隙在发闪。它那黄色的光辉,由树林枝间落到地上,还映着幡耶尔的红头发和金红色的胡须,他那乌黑的钢光的眼睛,正目送着几匹迅速的拍着翅子,飞在空中的野鸭。

后来他又凝神的望着前面了。

可怜的济果那尔的小屋子,凌乱的散在山脚下,是用粘泥涂壁,芦苇盖顶的。小门歪歪斜斜的挂在铰链上,要走过去,还得用两只手来帮忙。小小的,不过手掌般大的窗洞,斜视眼似的,凝视着幡耶尔,而且到处看不到一座板壁或一间仓屋,只能在踏实了的粘泥地面上,看见灶火的烧痕。

许多粗毛的鸡,在寻找食物,向各处乱跑,几匹黑色的小猪,饿得在门边吱吱的叫。

小屋前面烧着几堆火,黑眼睛的济果那尔女人们,用土耳其的古钱装饰着头发,靠火边蹲在锅子旁。小屋后面响出活泼的锤击和一个风箱的喘息声,一两个赤脚的,只穿一点破布的少年,也肩着钓竿,从近地的池塘那里回来了。

_____

① 地主的住居。——译者。

幡耶尔走近一间小屋去。一个年青的姑娘连忙从火边站起了,她那如火的眼睛,也紧钉着幡耶尔。

那思泰绥老爷的红胡子倒立着,在尖鼻子下面翘得高高的,他那雪白的牙齿发光了,这比起幡耶尔那思泰绥的笑来,还有更多的意义。

"你还要怎么样,那力札?"他问,"你还是总不想结婚吗?"

"我敢起誓,我不高兴结婚,"她用一种唱歌似的声音回答说,于是侧着头,顺下那长眼毛,低声补足道:"还是在城堡里好",就从她如火的眼睛里,向幡耶尔投了一道闪电一般的眼光。

"嘻,嘻,嘻!"那思泰绥老爷笑着,"时候过去了!这磨子现在磨着别的粉了,不过你是应该结婚的。瞧罢!伊黎要你做老婆,有些等不及了。"

幡耶尔把两只手交叉在背后,走过去了,那姑娘就又靠着火坐了下去。

这时候,小屋后面的锤击声和风箱的喘息声也停止了。在黑脸上闪烁着眼白的铁匠们,身上只穿一点破布,走近幡耶尔来,在他的衣角上接吻。于是又驯良的退向一旁,只是那发光的眼睛,还向幡耶尔偷偷的投了锐利的一瞥。女人们赶紧从火边站起,拉着孩子们的臂膊,一同躲进小屋里去了;只有几个龌龊的小子们,却还伸着手求乞道:"您好心的老爷,好心的老爷,我们求求您,您好心的老爷!"

太阳落在丘冈后面了,从山毛榉林的空处,透出夕照来,好像一幅金色的雾縠。在清爽的向晚的空气里,由远地里隐约的传来了公牛的鸣声,到黄昏了,周围都是一种隐逸的安静。只在山毛榉的发红的枝梢上,还有一只画眉鸟唱着幽婉的清歌。

幡耶尔的红胡子又倒立起来了,在尖鼻子下面翘得高高的。

在一颗树桩上,脸孔对了落日,坐着一个瘦长的青年,头上戴一顶密插许多孔雀羽毛的真珠装饰的帽子。

他在拉一个提琴,那抑制住的才能听到的声音,在梦境里似的诉着哀怨。他的脸,有湿润的眼睛在那里生辉,苍白,瘦削,镶着亮晶晶的头发。

山毛榉树上,画眉鸟低低地,疲倦地唱着它的歌,而济果那尔的提琴,则迸出一种悲凉的谐调来,仿佛低声的哀诉。

幡耶尔微笑着听了一会,到后来,他的声音突然冲破那深的寂静了:"你爱她的很吗,伊黎?"

济果那尔大吃一惊,恰如一声狂呼,将歌辞打断。他连忙跳起来,恭敬地从头上除下了饰着羽毛和珍珠的帽子,挟着提琴,走近幡耶尔去。

"你爱她的很吗,伊黎?"那人又笑着问。

"我敢起誓,您好老爷,"济果那尔苍皇的,吃吃的说,他又喃喃自语了一会,没有去看幡耶尔,在他苍白的脸上,涌起了炽热的红潮:"我没有爱什么人,您好老爷。"于是把乌黑的头发一摇,如火的眼睛仍复对着幡耶尔了。

那红胡子又倒立了。

"你为什么不说呀,伊黎! 那么,整夜唱着恋歌,在力谟尼支河边逛荡,像一个疯子的是谁呢?"

济果那尔失神似的站着,只有那提琴在他的手里发抖。

"嘻,嘻,嘻!"幡耶尔笑道,"你为什么要这么瞒,苦小子,好像我不知道你在爱她一样! 你为什么要这么怕? 这对于你,是一件大祸事,她还会送你的命的——那那力札!"

到这末一句,伊黎才喘了一口气,那紧张的脸上,也显出一道欢喜的光辉,其时幡耶尔也又嘲弄的微笑了一下。

"我祝您老爷长生不老,"那青年说。"您会给我办的,照您的意思"——

"哼,是的! 我会给你安排的,照我的意思……但是你爱她得很吗?"

"愿您老爷长生,像我的眼睛的光——"

"是的,像你的眼睛的光,所以你在城堡附近找她的呀——嘻,嘻,嘻——所以……"

皤耶尔回转身,开着缓步,红胡子倒立着,高高的翘到尖鼻子,走向城堡那面去了。

伊黎留着,湿润的眼睛发着光,他那苍白的脸上显出疑惑和惊惧。在他手里的提琴又抖起来了。

夜晚已经到临,画眉鸟不再歌唱了,只有晚风像一条温暖的水波,直向林中冲过。远处响着放牧归来的家畜的铃铎,夹着绥累河的波声。

伊黎还总是惘然的在树桩旁边痴立着。

忽然从小屋里,由开着的门里来了发沙的声音:"你怎么好呀,苦小子!你还要拿了你的心到那里去找死?倒不如抛给狗子罢。你没有看见他已经知道了么?你怎么好呢,苦小子!一个又苦又贱的济果那尔,竟敢向他的太太抬起眼睛来……天下有这等事吗!"

那青年转过脸去看;老婆子很轻蔑的在凝视他。她的小小的冒火的眼睛,两粒水银丸子似的在发闪。

"住口,老年人,不要多来苦我了!我很明白,这不会有好结果的。那一定!但他大约并没有料到。"

他坐在树干上,苦楚的说道:"我这可怜的心呵。"

在夜的浅蓝色的暗中,小屋前面烧着的火,那火焰升上来了,时时有黑影在这些四近溜过。有几处响着年青的嗓音,吞声地,悄悄地,在唱先前的民歌。

伊黎低声的说道:"那么,我怎么办才是呢,妈妈?"

"我的好孩子,"那老婆子回答说,声音也就低下去了。"这没有别的道儿了,我们只好来试一试给你来破掉妖法。——有大火伏在你这里了——不知道这是谁干的,——人给你喝下毒药去,现在烧起来了。"

"我这可怜的心呵!"济果那尔又诉苦说,"它在我的里面烧,使我不得安静。好像有什么东西在赶我到城堡那边去……如果一看见她，我为什么就这么苦恼呢？"

他深深的叹息着，目不转睛的仰望着城堡，那点了灯火的地方。

老婆子懊恼的摇摇头，默默的坐下了。

深夜拥抱了小森林，只有力谟尼支河清醒着，显得好像一面明镜，在那底里，照出明红窗户的城堡的昏暗的倒影来。

伊黎戴上帽，叹息着站起身，垂着头，挟着提琴，走了。

老婆子在昏暗中，不高兴似的说了几句话。

"我不能，妈妈，"伊黎呻吟道，"我不能了！给我一点什么罢，我拿这去死，因为消磨着我的火，比死还凶哩！唉，我死罢，妈妈，我死罢。"

"那去就是，我的孩子！但那路，那你在走的，可是一条火热的路呵。"

小屋前面的明亮的火，渐次消灭了。只还有几声低低的谐调，在夜的寂静中，叹息似的在发响。

## 二

当皤耶尔那思泰绥叫他的管家来见的时候，夜已经侵了进来了。

"事情怎么样，格力戈黎？你去过 Valea Seaca 了么？"

格力戈黎站着，左右摇动着他那魁伟的身子，给他做衣服，是要用一张全牛皮的。

"是的——我去过了。"

"那么，你找到了些什么吗？"

"找到的，"这话从格力戈黎的嘴里洪亮的进出，一面撮着唇上的亚麻色胡子，使他翘起来。

"讲罢，是怎么一回事！"

格力戈黎咳嗽着,深深的吸一口气——这声音好像一个风箱的扇风——讲起来了,还用他那粗大的手指,整理着上唇的胡子:"是这样的……我先到管林子的妥玛那里去。在 Valea Seaca 有野猪吗?我问他说。——有的。——那么,如果你看见它们过,就同去指给我它们走过的地方。——去罢,他说。——我们去了。——一处的平野上有一株大槲树。我们就爬在那上面。我们等着,等着,等到快要天明,听到林子里有一种响动的时候。又过了一会工夫,那可忽然的来了,你没有见过的哩!一大群野猪。它们又好看,又壮大,小牛似的,又很多,很多。——它们从那里来的呀?我问妥玛。——这只有老天爷知道,我回答说,只有这一点是很的确的,它们在向着绥累河走。——它们奔过野地去,像被赶着似的。"

　　"哦,后来呢?"皤耶尔问道。

　　"我讲完了,"格力戈黎回答说,轻轻的咳嗽着。

　　"这很好。——听哪,格力戈黎,你要好好的留心,凡我所说的话。"

　　他把右边的上唇胡子拉了一下,又把左边的拉了一下,并且向皤耶尔鞠一个躬,那主人就又说下去道:"今天是几时呀?礼拜一,那就在礼拜四——你好好的留心着,格力戈黎。"

　　格力戈黎低低的自语道——"在礼拜四"——

　　"在礼拜四,你给我在仑加和芬谛内莱准备下打猎的一切。你再跑到我的表兄弟约尔达希和服尔尼支·衣利米那里去一趟,懂了吗?再到巴斯凯来奴,拉司滔舍,厄内斯古和波台奴这些邻居们,以及我的姻兄弟和岳父那里,请他们在礼拜三的正午都到我这里来。我一定等着他们,懂了吗,格力戈黎?"

　　"懂了,老爷,在礼拜三的正午。"

　　"好!以后——"

　　皤耶尔忽然停住说话,张开了嘴,只在倾听了。格力戈黎也张着臂膊呆立着,一样的大开了嘴巴,却并不知道为什么。

有一种低吟似的妙音,在外面的昏暗的树林中发响。

幡耶尔从躺椅上站起身,在摇动的烛光中踏着土耳其的地毯,走到窗前,推上了窗户的下半扇,把头伸到外面去。

夜是温和的,在深蓝的天上,明着黄金色的点滴。森林稳睡在浓荫里,只有夜静的弦的的悲哀的颤动,时时从力谟尼支那面传来。一种神秘的乐音,奇怪的笼罩了幡耶尔的石造的城堡,还有一个人影,好像为悲歌所痛苦,悄悄的在水滨徘徊。

幡耶尔把眼光移到城堡的别一边。好像他的夫人的分明的姿首就在窗口,这是真的,还是不过他自己觉得这样呢?

"听哪,格力戈黎,"他转过脸来,阴凄凄的皱着眉头很快的说,"我简直全不能安静一下吗?"

格力戈黎沉默着,莫名其妙的看着窗门。

"格力戈黎! 我要生气了,那你也就没有好处,格力戈黎! 为什么那个济果那尔又在力谟尼支河边唱了起来的?"

"我可知道他为什么在唱的吗?"格力戈黎镇静的回答说。

"你不知道的! 让他唱到我不要再听了就是,——你去! 我不要再听了,你懂了我没有? ——要不然,我要生气了。我不高兴再听他——你懂了吗?"

"懂了,老爷,"格力戈黎镇静的回答说。

"好! 以后你再回来,我还有话对你说。"

"我就回来,老爷。"

格力戈黎张着臂膊,走出门去了。

幡耶尔把两臂交叉在背后,还在厚厚的地毯上来来往往的踱了一会,烛火是在幽静的屋子里,散布着颤动的光辉。

忽然间,他在他所收集的兵器前面站住了,他的眼光钉在一把明晃晃的短刀上,烛光照得它在发闪。

红胡子倒立起来了,在尖鼻子下面翘得高高的。

那思泰绥沉思着,站了一下,于是去开开一扇门,这门通着一条长路。壁龛上点着一盏红灯,笼罩着紫罗兰色的半明半暗。脚步在冷的石板上踏出钝重的回声来。以后他就推开一扇低小的门,走进了明亮的,好像宝石箱子一般的,铺着地板的卧室。

安娜夫人吃了一吓,从窗口转过脸来。但当她看见那思泰绥时,却微微一笑。

两个活泼的济果那尔娃儿,很机灵的从别一扇门溜掉了。

"我在听伊黎的歌,"安娜说,"他在力谟尼支的谷里唱着呢。你听见么?"

皤耶尔站在屋子的中央,锋利的看定着他的夫人的碧眼。于是他慢慢的说道:"那是伊黎,你怎么知道的?"

"是那娃儿告诉我的。你没有听见么?——那娃儿告诉我的。"

那思泰绥目不转睛的对她看。

"想想就是,他每晚上都在那里唱呀,"安娜在皤耶尔的刺人的眼光之下,狼狈的接着说。

"哼,是的;我知道,"那思泰绥迟疑的说道,"我也听见的,而且也知道,他为什么在唱的。"

"我也知道,"安娜夫人微笑着说。

"你也知道?……"她的男人述说着,在屋子里往来的踱起来了,"嗳哈,你竟知道,他为什么在唱的吗?"

他忽然对安娜站住——他的胡子倒立了。

"嘻,嘻,嘻,"他高兴的笑着,"我叫格力戈黎下去了,叫他去略略的说他几句……"

于是他那不定的,活动的眼睛,就很注意的看定了他夫人的白净的脸,他的眼光也笼罩了她那苗条的,穿着罗毅的身躯。

只有琴弦的凄凉的振动,来冲破屋子里的幽静。那思泰绥走近窗户,推上一扇玻璃,向外面望出去。那里的空气是温和的,在好像洒满了火焰的天宇之下,响着奇妙的谐调,安乐的夜里,弥漫了一种满是悲哀的清楚的声音:

"只要我活在人间，我爱你，

因为倘使我死了，你会把我忘记，

草丛儿生满了坟头。

虽然我还这么的爱你，

却没有人问起，在这地上的，

谁是我的宝贝。"

提琴含着深哀的在叹息，皤耶尔的心里，就浮动着一个漂亮的，出色的女性的形象——安娜，而且也火一般明白，想到她被他所捐弃，寂寞地凄凉地过着她的日子了。

外面忽然起了提琴的失手的声音，停止了——接着是人声的数说——一声喊打破了夜的寂静——于是听到急遽的脚步声。

"那济果那尔的疯狂，现在是消失了，"皤耶尔说着，缩进头去，放下了窗玻璃。

安娜默默的坐在躺椅的一角里，她的思想，停在指引她的悲哀的生活上面了。寂寞——沉默，阴郁的和妖媚的眼光——这是这女人的一生的全体。

那思泰绥走向门口去，但他突然站住了，转过来向着他的女人，笑笑的问道："你没有什么要对我说吗？"

"一个可怜的，无能的女人，有什么对你说的呢？"安娜温柔地回答说。

"我的可怜的老婆，"那思泰绥微笑道，"你寂寞的，凄凉的过着你的光阴，已经很长久了，也没有人在这里能够帮你消遣消遣……这是女人们的命运，有什么办法呢，总是这样的，也只能这样的……但是我爱你！"

他接近安娜去，眼睛发着光。

"不要懊恼罢，我不走了，"他用了发抖的声音接着说，"我还要和格力戈黎商量一点事——但让他等着就是，我相信他会在我的门边一直站到明天早上，拧着他的亚麻胡子的……"

他的张开的臂膊像钢弦一般颤动着——安娜默默地,娇柔地投在他的怀里了。

# 三

凄凉的,寂寞的乡村生活,暂时为相识之声的热闹所打破了。车子摇动着,在马夫的喊叫和挥鞭声里,拉进别墅来。大胡子的皤耶尔们和他们的红颜的太太们,从车辆上走下,而温和的太阳光,也在高兴的人之子的头上笑着。

"所有的马你们都给我不要卸,"克拉尼舍奴站在石级上,向下面大声说,"给我准备下两辆车!"

男人们欢笑着,戏谑着,大家在拥抱和接吻,其时女客们则围绕了安娜。

老皤耶尔衣利米·拉可威奴抚着他雪白的胡子,问那思泰绥道:"女婿,你家里的景况怎么样?"

"谢谢您的关切,丈人,好的。"

"但愿永是这样子!"

这皤耶尔于是走近安娜去,伸出手来,给她接吻,又在她的额上吻了一下。

"听说你们是过得好的,不过我还有一点放心不下。我相信,邀我来是做岳父的——要小心些,我的孩子,你不要给我丢脸呀。"

大家高声的笑起来了,皤耶尔那思泰绥说道:"也会有这时候的。"

谦虚而子细的向着大家,表兄弟约尔达希,斯妥扬,姻兄弟杜米试卢,服尔尼支·衣利米,以及所有邻人们:巴斯凯来奴,拉司滔舍,厄内斯古,波台奴,问过家眷的安否和事业的情形之后,就说,先请大家去吃一些点心。

人们并排着走进大厅去,这里脱了帽,就会照出分开的,涂着香油的长头发来。皤耶尔们把沉重的外衣也脱去了,抚着他们的长髯,在躺椅上就了坐。

女客们久已在安娜的房里商量事情了。一向如此:男人们有他们的事件,女人们也有她们的。单在只有四只眼睛的时候,男人们这才谈女人,不谈国事,不谈功业,谈的是会闯大祸的眼睛和眉毛。①

皤耶尔们吃过点心之后,换了话来说,就是他们吃完四只炙火鸡,并且大杯的喝过酒之后,克拉尼舍奴说道:"请大家原谅我们没有拿出好一点的东西来,我的朋友们,但我们上马罢,太太们就坐车。晚快边,我希望我们就到 Valea Seaca,那里有一席大宴在等候着。在那地方,我们也准备好明天的猎取野猪了。"

"你瞧,这滑头,"服尔尼支·衣利米说,老拉可威奴也高擎着酒杯,叫道:"这玩得很好,女婿!唉!这使我记起我的年青时代来了!"

对于这准备妥当了的惊人之举,别的皤耶尔们都高兴得闹起来,至于使仆役们也惴惴的捧着的酒杯跑过去。

在这六月里,太阳散布着宜人的温和,轻风掠过茂盛的稻田,吹动着它,摇摆得好像黄色的波浪。车辆嘎嘎的前进着,遗下了浓密的尘头,马夫们活泼地在空中飕飕的鸣着长鞭,在催促小巧的马匹。前面是皤耶尔们骑着怒马;他们的枪械在日照下发光,他们的长头发和须髯在风中飘动。

四面都是广大的亚麻田。风吹着亚麻实,大波一般起伏着。处处闪耀着澄清的积水,在那里面映出天上的白云,骑马人的队伍和沉重的车辆来。嫩蓝的天宇下,远远的有一只鹰,像御风而行似的,在温暖的日光中澡浴它的身子。碧绿的丘冈间时时露出一个村落,幽静得很。高出于人家之上的是教堂的塔和井的桔槔干。水上架着小桥,水底里映出旁边的荒废的房屋,高塔,井的桔槔干,那看去好像歪斜的十字架的东西。

---

① 罗马尼亚的俗谚。——译者。

当这一小队将到森林时,太阳已经西沉了不少。树木微微的发着气息,周围都弥漫着舒适的清凉和带香的森林气。这时车子减了速度了,男人们也使他的马慢步前进。

鸟儿吓得在丛莽中飞起来,黄毛画眉穿枝间的日光而去,仿佛发光的金弹子。斯妥扬,是皤耶尔们中最年青的人,是那思泰绥的表兄弟,他唱起来了,一首古时候的陀以那,[①]便在碧绿的殿堂中嘹亮。在林间草地上,一株老槲树下,仆役们和伊黎所率领的济果那尔乐队,已经在等候了。来人全都停住,皤耶尔们跳下马来,黑眼珠的夫人们也高兴地轻快地走出了车子。

大家坐在盛开着花的,铺好毛毡的草地上,济果那尔竭力的奔走着。

那思泰绥的红胡子倒立了,在尖鼻子下面翘得高高的。

"格力戈黎!"他叫道。

"我在这里,老爷,"格力戈黎镇静的回答着,走了过去。

"你都办妥了?"皤耶尔问。

"都办妥了,老爷,"格力戈黎说,"明天一早就动手打猎。会场也弄好了;迭玛希那厨子也准备停当了;我还带了一小桶可忒那娄酒来,伊黎也在这里,虽然他胁肋上还有一点痛。"

夜已经开始到临。太阳把它的光线,金丝似的穿过密叶。在碧草地上画出花朵模样的光斑来。森林在梦似的黄昏中微微地呼吸着。人们用他的声音唤起响亮的回声,而在一瞬息中,从远地里,画眉鸟的最末的鸣声就声明了安静。

明亮的日光消失了,夜的神秘的阴影,于是降在林间草地上。

在一株很老的槲树下,奴隶们烧起一堆大火来,草上铺开雪白的麻布,玩乐也就开始了。

首先,他们做得像土耳其人一样:不说话,只管吃。但立刻大家

---

① Doina,罗马尼亚的民歌。——原译者。

高兴了起来,用有趣的谈天,来助吃喝的兴致,胖大的火鸡和鹅,就像活的一般,刚刚到得桌上,却又无影无踪了。还有那酒呢——谢谢上帝——。

谁都在这时候记得起别的相像的宴会来,谁都愿意在这时候应酬得好,使大家在同一时中谈天,欢笑,喝酒。

只有太太们却在高兴她竟也逃出了幽郁的深闺。用了低声,在谈她们的家务。

森林又起了响亮的谈笑声了,大篝火在快活的队伍上,布满着一片绯红的光辉。

然而突然静了下来,提琴和可勃思①发了响,骨制的可步思②的颤动,充满了林间。红光闪过济果那尔的阴暗的脸上,映出他又长又黑的头发。

伊黎,是受窘的,苍白的脸色,湿润的,发光的眼睛,站在第一排。提琴和可勃思低吟起来了,他凝视着篝火,他的发抖的手,把弓轻柔的拉动了琴弦。

古森林就起了战栗,一种谐和的音响弥漫在树木里,忽然又被甚深的寂静所主宰了,像在暴风雨之前一样。

在这大沉默中,伊黎的提琴发声了,恰如死亡在叙述那渐灭之苦。在可步思的仿佛一个受苦的生物的叫唤里,可勃思便低低的引出歌辞来。

森林中唱起了陀以那,泄露着大痛苦,忽如哭泣,忽如风暴,冲进了听着的人们的心,于是发出一种由苦楚和懊恼的声音而成的妙音,变作叹息似的幽婉悲凉的谐调。

深的寂静主宰着周围,连森林也好像在倾听,密叶中起了一种忧郁的响动,像是远处的瀑布声。篝火在静静的燃烧,并且用它那红色的光,照着昏暗的林间草地。皤耶尔们默默的抚着自己的须

---

①② Cobs 和 Cobus 都是六弦琴(Gitarre)一类的乐器。——译者。

髯,他们的思想停在永远消逝了的少年时候了,那些太太们,却在这最末的一个声音时,才如出了深梦似的叹息着觉醒。

"女婿,"老拉可威奴说,"这济果那尔就值全部家产。他叫什么? 伊黎? ——到这里来,伊黎,这是我给你的五块钱。——那真感动了我了!"

伊黎露着顶,慢慢的走近皤耶尔来,给他把金钱抛在帽子里。

"不过要问问他,"那思泰绥笑着喊道,"他可是爱她得很! 你爱她的很吗,伊黎? ——他不开口。他很爱她,爱到胁肋也痛了!"

皤耶尔们都大笑起来,于是愉快的彼此碰杯喝酒。

伊黎回到自己的原位上,张了发闪的眼,从那里望着安娜。

酒像大河一般奔流,愉快有加无已。过了一会,那老人又站起来了,说道:"我这可怜的老骨头还想记得一回少年时代。我看年青人却并没有跳舞的准备——你们不羞吗? 你们为什么闷闷的站在那里的呢,祖父的女儿们? 可爱的伊黎,给我们弹起一点什么来罢,要会使我出神的,还要跳得久,直到我没有话说!"

"祝你长寿,丈人,"那思泰绥叫道,"这很好!"

皤耶尔们脱掉外面的长衣,伊黎动手来弹猛烈的勃留①,森林也为之震动,女人们快活的从她们的座位上跳起来,用臂膊围住了皤耶尔的颈子,跳舞就开头了,起先是慢慢的,总在这一地点上,于是愈跳愈快,终于在火焰的红光里,成了一个黑色的旋涡。

以后是大家又在酒边坐下,但那那思泰绥的姻兄弟,杜米忒卢,却好像不再愿意用杯子上口,他竟用他夫人的拖鞋儿喝起来了。

还是这样的跳下去:勃留之后是巴土泰②,巴土泰之后是卡拉舍儿③,林间草地上就又响亮着欢笑和歌唱。

济果那尔忙碌的搬了新做的热点心和酒来,伺候着客人:忽而

---

① Brîu,罗马尼亚的跳舞。——译者。

②③ Batuta 和 Caraschel 都是罗马尼亚的跳舞名目。——译者。

酒,忽而点心,一直弄到两脚不再听话了,心情也开始了愁闷。

"伊黎,"老拉可威奴叫道,"响动你的琴弦,给我玩点什么罢,我想由此记起青春和年少哩!"

伊黎要唱恋歌了。周围又归于寂静,皤耶尔们抚着他那被酒湿了的长髯。

济果那尔的琴弦上,迸出了哀怨彻骨的清音。一种微颤的痛苦和疲乏的热望在夜里悠扬,恰如秋风的最后的叹息。

镇静地,石头雕成的一般,济果那尔屹立着,只有他的两只手在动弹,他那深沉的眼睛诉说着哀愁,固执地,懊恼地向安娜凝视。

她觉得他在向她看,便转过脸来了,看着济果那尔的消瘦的脸。他那如火的眼光,几乎造成她一种肉体上的痛苦,然而眼睛却总不能离开他。

皤耶尔那思泰绥昂起头。这几天之前,他曾在力谟尼支河边,自己的城堡前面听过的声音,又在森林中发响了,他那钢铁一般发光的眼睛,也牢牢的对自己的女人凝视着。

伊黎的声音很痛苦的在林间草地上响起:

"只要我活在人间,我爱你,

　　　因为倘使我死了,你会把我忘记……"

两滴清泪在安娜的睫毛上发光,克拉尼舍奴的眼里却炎上了愤火,他的眉毛也阴森森的蹙起来了。

当济果那尔的歌在一种发狂似的幻想里收梢时,他的两手就在背后摸着兵器。

"唱得好,伊黎!"老拉可威奴叫喊说,皤耶尔们便都去拿斟满的酒杯。只有那思泰绥却显着凶恶的眼光,慢慢的,踉跄的走近济果那尔去。在他强壮的右手里,闪着一把弧形的短刀。

大家都诧异地茫然地对他看。

那思泰绥把短刀在头上一挥,于是静静的立定了,凝视着济果那尔的脸。伊黎吓得不成样子了,他脸色发黄,抖得很利害,但那如火的眼睛却还总是看住着安娜。

克拉尼舍奴的红胡子倒立了，在尖鼻子下面翘得高高的。

"伊黎!"他喊道，"你爱她的很吗？嘻——嘻——嘻！再唱一点讲爱的东西罢，伊黎!"

在他狞猛的声音中沸腾着愤怒，在浓眉下面的他那凶恶的眼好像狼眼睛。

别的皤耶尔们也踉踉跄跄的站起来，诧异的向他看。伊黎抬眼一望克拉尼舍奴，懂得了。他发着抖拿了他的提琴，他的黑眼睛里闪耀着疯狂的光焰，他转身向了安娜，用至哀极苦的声音唱起歌来。当这济果那尔的歌，挽歌似的，颤抖着迸出琴弦来的时候，大家都围绕了活泼的火光，站着，仿佛化了石的一样。

"是罢，伊黎，你懂得我的?"那思泰绥叫喊道。

他前进了三步，举起发光的短刀，就刺在济果那尔的前胸。

一声响，提琴跌碎在湿草上面了。伊黎呻吟着仰天而倒，站在周围的人们是默默的，像做恶梦似的在对他看。从济果那尔的胸脯上，喷出一道通红的血箭，打湿了碎裂的提琴。他痉挛着，用臂膊支起他的上半身来，向着发抖的，蜡一般黄了的安娜抬起他那已经因为死的影子显得朦胧了的眼睛，唇间还流露着最末的，消减下去的才能听出的谐调。

他的嘴里涌出血流来，他沉重的仰天倒在湿草上，像钉十字架似的，张开臂膊，躺在那里不动了，他那固结了的眼，是凝视着碧绿的林树织成的穹窿。


祖父暂时停讲了他的故事，枝叶茂密的树木里，起了一种悲哀的微声。车夫们默默的围篝火而坐，显着深思的神情，牛儿躺在车后面，反嚼着刍草。

祖父又用低声讲起来了："第二天却有很大的围猎。打到了七匹的野猪，安娜和别的太太们还都去看会场呢。他们把伊黎埋在老榭树下——瞧罢，就是那地方。——现在是他们也完结了，只还剩着烧过的树干子——那地方现在也还睡着济果那尔的骨头。"

祖父住了口，自在深思了。从森林的深处，传来了一匹猫头鹰的寂寞的鸣声，好像一个人的叫唤。还听到远处的水磨坊的瀑布声，依稀如在梦境里。火的闪光，时时照着密树，恍是微微的叹息，经过了古老的林间。

车夫们早在火边打鼾了，只有祖父还醒，被篝火的临灭暂旺的火焰照映着。

过不多久之后，我悄悄的问道："祖父，安娜太太哭了吗？"

"躺下睡觉，"老人喃喃的说，"听哪！野鸡在叫……已经不早了。"

许多工夫，我总是睡不着。我睁大了眼睛，去看林间草地上的躺着烧过的榭树桩子的地方。林中有一种悲哀的声响，我仿佛觉得济果那尔的影似的形象，罩着夜雾，就在寂寞的墓上飘浮，至哀极痛的苍白的面庞，胸脯上是一轮血红的花朵。


罗马尼亚的文学的发展，不过在本世纪的初头，但不单是韵文，连散文也有大进步。本篇的作者索陀威奴（Mihail Sadoveanu）便是住在不加勒斯多（Bukharest）的写散文的好手。他的作品，虽然常常有美丽迷人的描写，但据怀干特（G. Weigand）教授说，却并非幻想的出产，到是取之于实际生活的。例如这一篇《恋歌》，题目虽然颇像有些罗曼的，但前世纪的罗马尼亚的大森林的景色，地主和农奴的生活情形，却实在写得历历如绘。

可惜我不明白他的生平事迹；仅知道他生于巴斯凯尼（Pascani），曾在法尔谛舍尼和约希（Faliticene und Jassy）进过学校，是二十世纪初最好的作家。他的最成熟的作品中，有写穆尔陶（Moldau）的乡村生活的《古泼来枯的客栈》（Crisma lui mos Precu，1905）有写战争，兵丁和囚徒生活的《科波拉司乔治回忆记》(*Amintirile caprarului Gheorghita*,1906)和《阵中故事》(*Povestiri din razboiu*,1905);也有长篇。但被别国译出的,却似乎很少。

现在这一篇是从作者同国的波尔希亚(Eleonora Borcia)女士的德译本选集里重译出来的,原是大部的《故事集》(*Povesti-ri*,1904)中之一。这选集的名字,就叫《恋歌及其他》(*Das Lisebeslied und andere Erzählungen*)是《莱克兰世界文库》(*Reclam's Universal Bibliothek*)的第五千零四十四号。

原载 1935 年 8 月 16 日《译文》月刊第 2 卷第 6 期。

初未收集。

# 致 黄 源

河清先生:

大约两月之前,曾交上一篇从英文译出的随笔,说是不得已时,或者可以补白的。但现在这译者写信来索还了,所以希即检出寄下,给我可以赶紧还他去。

专此布达,即请

撰安。

迅 上 六月二日

# 致 萧 军

刘军兄:

前信早收到。文学社陆续寄来了两篇稿费的单子,今寄上。

金人的稿子,由我寄出了两篇,都不见登出;在手头的还有三篇。《搭客》已登,大约稿费单也快送来了,那时当和金人的译稿一同放在书店里。但那寄出了的两篇,要收回不? 望便中通知我。

此布,即请

俪安。

豫　上　六月三[二]夜。

## 三日

**日记**　昙。上午寄刘军信并金人及悄吟稿费单各一纸。寄河清信并自译稿及翔鹤小说稿。复杨晦信。得赖少麒信。得孟十还信,即复。得傅东华信,午后复。下午得梁耀南信并《鲁迅论文选集》八本,《书信选集》十本。得萧军信。得曹聚仁信,夜复。

# 致 黄 源

河清先生:

译稿(并后记)已于上午挂号寄上,因为匆匆,也许有错处,但管不得这许多了。下一期我大约可以请假;到第六期,我想译一篇保加利亚的 Ivan Vazov 的。

同封中有一篇陈翔鹤的小说稿,他是沉钟社中人,是另一人托我绍介的。但回后得《文学》六号,看见广告,则对于投稿已定有颇可怕之办法,因此赶写这信,想特别通融一下,如果不用,请先生设法给我取还见寄为感。

专布,即颂

撰安。

迅　上　六月三日

再：附上书签两条，乞转交傅先生。　又及

# 致 孟十还

十还先生：

一日信收到。《果集》并不要急看，随便什么时候带给我都好。关于他的书籍，俄文的我一本也没有。

文学社的不先征同意而登广告的办法，我看是很不好的；对于我也这样。这样逼出来的成绩，总不见得佳，而且作者要起反感。

先生所说的分段写的办法，我看太细，中国的读者大约未必觉得有意思。个人的意见，以为不如给它一个粗枝大叶的轮廓，如《译文》所登的关于普式庚和莱尔孟妥夫一样，做起来较不繁琐，读者也反而容易领会大概。

此复，即颂

时绥。

迅　上　六月三日

## 四日

**日记**　晴。上午买『人体寄生虫通说』一本，八角。午后风。夜得缪金源信，即复。

# 《全国木刻联合展览会专辑》序

木刻的图画，原是中国早先就有的东西。唐末的佛像，纸牌，以至后来的小说绣像，启蒙小图，我们至今还能够看见实物。而且由此明白：它本来就是大众的，也就是"俗"的。明人曾用之于诗笺，近乎雅了，然而归结是有文人学士在它全体上用大笔一挥，证明了这其实不过是践踏。

近五年来骤然兴起的木刻，虽然不能说和古文化无关，但决不是葬中枯骨，换了新装，它乃是作者和社会大众的内心的一致的要求，所以仅有若干青年们的一副铁笔和几块木板，便能发展得如此蓬蓬勃勃。它所表现的是艺术学徒的热诚，因此也常常是现代社会的魂魄。实绩具在，说它"雅"，固然是不可的，但指为"俗"，却又断乎不能。这之前，有木刻了，却未曾有过这境界。

这就是所以为新兴木刻的缘故，也是所以为大众所支持的原因。血脉相通，当然不会被漠视的。所以木刻不但淆乱了雅俗之辨而已，实在还有更光明，更伟大的事业在它的前面。

曾被看作高尚的风景和静物画，在新的木刻上是减少了，然而看起出品来，这二者反显着较优的成绩。因为中国旧画，两者最多，耳濡目染，不觉见其久经摄取的所长了，而现在最需要的，也是作者最着力的人物和故事画，却仍然不免有些逊色，平常的器具和形态，也间有不合实际的。由这事实，一面固足见古文化之裨助着后来，也束缚着后来，但一面也可见入"俗"之不易了。

这选集，是聚全国出品的精粹的第一本。但这是开始，不是成功，是几个前哨的进行，愿此后更有无尽的旌旗蔽空的大队。

一九三五年六月四日记。

原载 1936 年 11 月《文地》月刊第 1 卷第 1 期。署名何干。

初收 1937 年 7 月上海三闲书屋版《且介亭杂文二集》。

## 五日

**日记** 旧历端午。昙。上午寄唐诃信并《全国木刻展览会专辑》序稿一篇。下午得河清信。得罗清桢信。得《美术生活》（十五）一本。夜烈文来。

## 六日

**日记** 晴，风。午后得胡风信。得萧军信。得青辰信。得母亲与海婴信，三日发。晚三弟来并为豫约圣经纸《二十五史补编》一部三本，三十六元。买冯友兰著《中国哲学史》一部二本，三元八角。夜为《文学》作"论坛"二篇。

# 文坛三户

二十年来，中国已经有了一些作家，多少作品，而且至今还没有完结，所以有个"文坛"，是毫无可疑的。不过搬出去开博览会，却还得顾虑一下。

因为文字的难，学校的少，我们的作家里面，恐怕未必有村姑变成的才女，牧童化出的文豪。古时候听说有过一面看牛牧羊，一面读经，终于成了学者的人的，但现在恐怕未必有。——我说了两回"恐怕未必"，倘真有例外的天才，尚希鉴原为幸。要之，凡有弄弄笔墨的人们，他先前总有一点凭借：不是祖遗的正在少下去的钱，就是父积的还在多起来的钱。要不然，他就无缘读书识字。现在虽然有了识字运动，我也不相信能够由此运出作家来。所以这文坛，从阴暗这方面看起来，暂时大约还要被两大类子弟，就是"破落户"和"暴发户"所占据。

已非暴发，又未破落的，自然也颇有出些著作的人，但这并非第三种，不近于甲，即近于乙的。至于掏腰包印书，仗倷资出版者，那是文坛上的捐班，更不在本论范围之内。所以要说专仗笔墨的作者,首先还得求之于破落户中。他先世也许暴发过,但现在是文雅胜于算盘,家景大不如意了,然而又因此看见世态的炎凉,人生的苦乐,于是真的有些抚今追昔,"缠绵悱恻"起来。一叹天时不良,二叹地理可恶,三叹自己无能。但这无能又并非真无能,乃是自己不屑有能,所以这无能的高尚,倒远在有能之上。你们剑拔弩张,汗流浃背,到底做成了些什么呢?惟我的颓唐相,是"十年一觉扬州梦",惟我的破衣上,是"襟上杭州旧酒痕",连懒态和污渍,也都有历史的甚深意义的。可惜俗人不懂得,于是他们的杰作上,就大抵放射着一种特别的神彩,是:"顾影自怜"。

暴发户作家的作品,表面上和破落户的并无不同。因为他意在用墨水洗去铜臭,这才爬上一向为破落户所主宰的文坛来,以自附于"风雅之林",又并不想另树一帜,因此也决不标新立异。但仔细一看,却是属于别一本户口册上的;他究竟显得浅薄,而且装腔,学样。房里会有断句的诸子,看不懂;案头也会有石印的骈文,读不断。也会嚷"襟上杭州旧酒痕"呀,但一面又怕别人疑心他穿破衣,总得设法表示他所穿的乃是笔挺的洋服或簇新的绸衫;也会说"十年一觉扬州梦"的,但其实倒是并不挥霍的好品行,因为暴发户之于金钱,觉得比懒态和污渍更有历史的甚深的意义。破落户的颓唐,是掉下来的悲声,暴发户的做作的颓唐,却是"爬上去"的手段。所以那些作品,即使摹拟到和破落户的杰作几乎相同,但一定还差一尘:他其实并不"顾影自怜",倒在"沾沾自喜"。

这"沾沾自喜"的神情,从破落户的眼睛看来,就是所谓"小家子相",也就是所谓"俗"。风雅的定律,一个人离开"本色",是就要"俗"的。不识字人不算俗,他要掉文,又掉不对,就俗;富家儿郎也不算俗,他要做诗,又做不好,就俗了。这在文坛上,向来为破落户所鄙弃。

然而破落户到了破落不堪的时候,这两户却有时可以交融起来的。如果谁有在找"词汇"的《文选》,大可以查一查,我记得里面就有一篇弹文,所弹的乃是一个败落的世家,把女儿嫁给了暴发而冒充世家的满家子:这就足见两户的怎样反拨,也怎样的联合了。文坛上自然也有这现象;但在作品上的影响,却不过使暴发户增添一些得意之色,破落户则对于"俗"变为谦和,向别方面大谈其风雅而已;并不怎么大。

暴发户爬上文坛,固然未能免俗,历时既久,一面持筹握算,一面诵诗读书,数代以后,就雅起来,待到藏书日多,藏钱日少的时候,便有做真的破落户文学的资格了。然而时势的飞速的变化,有时能不给他这许多修养的工夫,于是暴发不久,破落随之,既"沾沾自喜",也"顾影自怜",但却又失去了"沾沾自喜"的确信,可又还没有配得"顾影自怜"的风姿,仅存无聊,连古之所谓雅俗也说不上了。向来无定名,我姑且名之为"破落暴发户"罢。这一户,此后是恐怕要多起来的。但还要有变化:向积极方面走,是恶少;向消极方面走,是瘪三。

使中国的文学有起色的人,在这三户之外。

六月六日。

原载 1935 年 7 月 1 日《文学》月刊第 5 卷第 1 号。署名干。

初收 1937 年 7 月上海三闲书屋版《且介亭杂文二集》。

# 从帮忙到扯淡

"帮闲文学"曾经算是一个恶毒的贬辞,——但其实是误解的。

《诗经》是后来的一部经,但春秋时代,其中的有几篇就用之于侑酒;屈原是"楚辞"的开山老祖,而他的《离骚》,却只是不得帮忙的不平。到得宋玉,就现有的作品看起来,他已经毫无不平,是一位纯粹的清客了。然而《诗经》是经，也是伟大的文学作品；屈原宋玉，在文学史上还是重要的作家。为什么呢？——就因为他究竟有文采。

中国的开国的雄主，是把"帮忙"和"帮闲"分开来的，前者参与国家大事，作为重臣，后者却不过叫他献诗作赋，"俳优蓄之"，只在弄臣之列。不满于后者的待遇的是司马相如，他常常称病，不到武帝面前去献殷勤，却暗暗的作了关于封禅的文章，藏在家里，以见他也有计画大典——帮忙的本领，可惜等到大家知道的时候，他已经"寿终正寝"了。然而虽然并未实际上参与封禅的大典，司马相如在文学史上也还是很重要的作家。为什么呢？就因为他究竟有文采。

但到文雅的庸主时，"帮忙"和"帮闲"的可就混起来了，所谓国家的柱石，也常是柔媚的词臣，我们在南朝的几个末代时，可以找出这实例。然而主虽然"庸"，却不"陋"，所以那些帮闲者，文采却究竟还有的，他们的作品，有些至今不灭。

谁说"帮闲文学"是一个恶毒的贬辞呢？

就是权门的清客，他也得会下几盘棋，写一笔字，画画儿，识古董，懂得些猜拳行令，打趣插科，这才能不失其为清客。也就是说，清客，还要有清客的本领的，虽然是有骨气者所不屑为，却又非搭空架者所能企及。例如李渔的《一家言》，袁枚的《随园诗话》，就不是每个帮闲都做得出来的。必须有帮闲之志，又有帮闲之才，这才是真正的帮闲。如果有其志而无其才，乱点古书，重抄笑话，吹拍名士，拉扯趣闻，而居然不顾脸皮，大摆架子，反自以为得意，——自然也还有人以为有趣，——但按其实，却不过"扯淡"而已。

帮闲的盛世是帮忙，到末代就只剩了这扯淡。

六月六日。

原载 1935 年 9 月 20 日《杂文》月刊第 3 号。

初收 1937 年 7 月上海三闲书屋版《且介亭杂文二集》。

**七日**

　　**日记**　晴。上午得紫佩信。得小山信附与汝珍笺，并波斯古画明信片九枚。下午寄望道信并"掂斤簸两"一则。复萧军信。得阿芷信。夏征农寄赠自作小说集《决[结]算》一本。夜濯足。


# 两种"黄帝子孙"


　　林语堂先生以为"现代中国人尊其所不当尊，弃其所不当弃，……其实物质文明吃穿居住享用还是咱们黄帝子孙内行"。

　　但"咱们黄帝子孙"好像有两种：一种是"天生蛮性"的；一种是天生没有蛮性，或者已经消灭。

　　而"物质文明"也至少有两种：一种是吃肥甘，穿轻暖，住洋房的；一种却是吃树皮，穿破布，住草棚，——吃其所不当吃，穿其所不当穿，而且住其所不当住。

　　"咱们黄帝子孙"正如"蛮性"的难以都有一样，"其实物质文明吃穿居住享用"也并不全"内行"。

　　哈哈，"玩笑玩笑"。

　　　　原载 1935 年 6 月 20 日《太白》半月刊第 2 卷第 7 期"掂
　　斤簸两"栏。署名直入。
　　　　初未收集。

# 致 萧 军


刘军兄：

　　二，五两日的信，都收到了。但大约只能草草作复。不知怎的，总是忙，因为有几种刊物，是不能不给以支持的，但有检查，所以要做得含蓄，又要不十分无聊，这正如带了镣铐的进军，你想，怎能弄得好，又怎能不出一身大汗，又怎能不仍然出力不讨好。

《文学》上所登的广告，关于我的几点，是未经我的同意的，这不过是一种"商略"，但我不赞成这样的办法。启事也已看过，这好像"官样"，乃由于含胡。例如以《文学》的投稿之多，是应该有多人阅看，退还的，但店中不肯多用人，这一层编辑者不好明说，而实则管不过来；近来又有新命令，是不妥之稿，一律没收，但出版者又不肯多化钱，都排印了送检，所以此后的稿子，必有一部份被扣留，不能退还，但这是又不准明说的。以上两种，就足使编辑者只得吞吞吐吐，打一下官话了。但在不知内情的读者和投稿者，是要发生反感的，可又不能说明内情，这是编辑者的失败，也足见新近压迫法之日见巧妙。我看这种事情，还要层出不穷。

金人的译稿给天马去印，我当然赞成的，也许前信已经说过，《罪与罚》大约未必能登出来；至于翻译界的情形，我不能写了，实在没有工夫。

万古蟾这人，我不认识，你应否和他会会，我无意见。

叶的稿子，交出去了，因为我无暇，由编者去改。他前信说不必大改，因为官们未必记得，是不对的，这是"轻敌"，最容易失败。《丰收》才去算过不久，现在卖得很少。

那边的文学团体复活，是极好的，不过我恐怕不能出什么力，因为在这里的事情，已经足够了。而且体力也一天一天的不济。

《新小说》的稿费单，尚未送来。

这几天刚把《译文》的稿子弄完，在做《文学》上的"论坛"了，从明天起，就译《死魂灵》，虽每期不过三万字左右，却非化两礼拜时光不可。现在很有些读者，在公开的攻击刊物多登"已成作家"的东西，而我却要这样拼命，连玩一下的功夫也没有，来支持几种刊物。想到这里，真有些灰心。倘有别事可做，真想改行了，不受骂，又能玩,岂不好吗?

　　寓中都好。孩子也好了,但他大了起来,越加捣乱,出去,就惹祸,我已经受了三家邻居的警告,——但自然,这邻居也是擅长警告的邻居。但在家里,却又闹得我静不下,我希望他快过二十岁,同爱人一起跑掉,那就好了。

　　此布,即请

俪安。

豫　上　六月七日

## 八日

　　**日记**　晴,风。上午内山书店送来『卜氏全集』(十六)一本,二元五角。得仲方信,午后复。晚蕴如携晔儿来。三弟来。

## 九日

　　**日记**　星期。晴。上午得增田君信。得靖华信。夜作《题未定草》讫,约四千字。

# “题未定”草

## 一

　　极平常的豫想,也往往会给实验打破。我向来总以为翻译比创作容易,因为至少是无须构想。但到真的一译,就会遇着难关,譬如一个名词或动词,写不出,创作时候可以回避,翻译上却不成,也还

370

得想,一直弄到头昏眼花,好像在脑子里面摸一个急于要开箱子的钥匙,却没有。严又陵说,"一名之立,旬月踌蹰",是他的经验之谈,的的确确的。

新近就因为豫想的不对,自己找了一个苦吃。《世界文库》的编者要我译果戈理的《死魂灵》,没有细想,一口答应了。这书我不过曾经草草的看过一遍,觉得写法平直,没有现代作品的希奇古怪,那时的人们还在蜡烛光下跳舞,可见也不会有什么摩登名词,为中国所未有,非译者来闭门生造不可的。我最怕新花样的名词,譬如电灯,其实也不算新花样了,一个电灯的另件,我叫得出六样:花线,灯泡,灯罩,沙袋,扑落,开关。但这是上海话,那后三个,在别处怕就行不通。《一天的工作》里有一篇短篇,讲到铁厂,后来有一位在北方铁厂里的读者给我一封信,说其中的机件名目,没有一个能够使他知道实物是什么的。呜呼,——这里只好呜呼了——其实这些名目,大半乃是十九世纪末我在江南学习挖矿时,得之老师的传授。不知是古今异时,还是南北异地之故呢,隔膜了。在青年文学家靠它修养的《庄子》和《文选》或者明人小品里,也找不出那些名目来。没有法子。"三十六着,走为上着",最没有弊病的是莫如不沾手。

可恨我还太自大,竟又小觑了《死魂灵》,以为这倒不算什么,担当回来,真的又要翻译了。于是"苦"字上头。仔细一读,不错,写法的确不过平铺直叙,但到处是刺,有的明白,有的却隐藏,要感得到;虽然重译,也得竭力保存它的锋头。里面确没有电灯和汽车,然而十九世纪上半期的菜单,赌具,服装,也都是陌生家伙。这就势必至于字典不离手,冷汗不离身,一面也自然只好怪自己语学程度的不够格。但这一杯偶然自大了一下的罚酒是应该喝干的:硬着头皮译下去。到得烦厌,疲倦了的时候,就随便拉本新出的杂志来翻翻,算是休息。这是我的老脾气,休息之中,也略含幸灾乐祸之意,其意若曰:这回是轮到我舒舒服服的来看你们在闹什么花样了。

好像华盖运还没有交完,仍旧不得舒服。拉到手的是《文学》四卷六号，一翻开来，卷头就有一幅红印的大广告，其中说是下一号里，要有我的散文了，题目叫作"未定"。往回一想，编辑先生的确曾经给我一封信，叫我寄一点文章，但我最怕的正是所谓做文章，不答。文章而至于要做，其苦可知。不答者，即答曰不做之意。不料一面又登出广告来了，情同绑票，令我为难。但同时又想到这也许还是自己错，我曾经发表过，我的文章，不是涌出，乃是挤出来的。他大约正抓住了这弱点，在用挤出法；而且我遇见编辑先生们时，也间或觉得他们有想挤之状，令人寒心。先前如果说："我的文章，是挤也挤不出来的"，那恐怕要安全得多了。我佩服陀思妥也夫斯基的少谈自己，以及有些文豪们的专讲别人。

但是，积习还未尽除，稿费又究竟可以换米，写一点也还不算什么"冤沉海底"。笔，是有点古怪的，它有编辑先生一样的"挤"的本领。袖手坐着，想打盹，笔一在手，面前放一张稿子纸，就往往会莫名其妙的写出些什么来。自然，要好，可不见得。

二

还是翻译《死魂灵》的事情。躲在书房里，是只有这类事情的。动笔之前，就先得解决一个问题：竭力使它归化，还是尽量保存洋气呢？日本文的译者上田进君，是主张用前一法的。他以为讽刺作品的翻译，第一当求其易懂，愈易懂，效力也愈广大。所以他的译文，有时就化一句为数句，很近于解释。我的意见却两样的。只求易懂，不如创作，或者改作，将事改为中国事，人也化为中国人。如果还是翻译，那么，首先的目的，就在博览外国的作品，不但移情，也要益智，至少是知道何地何时，有这等事，和旅行外国，是很相像的：它必须有异国情调，就是所谓洋气。其实世界上也不会有完全归化的译文，倘有，就是貌合神离，从严辨别起来，它算不得翻译。凡是翻译，必须兼顾着两面，一当然力求其易解，一则保存着原作的丰姿，但这保存,却又常常和易懂相矛盾:看不惯了。不过它原是洋鬼子,当然谁也看不惯,为比较的顺眼起见,只能改换他的衣裳,却不该削低他的鼻子,剜掉他的眼睛。我是不主张削鼻剜眼的,所以有些地方,仍然宁可译得不顺口。只是文句的组织,无须科学理论似的精密了,就随随便便,但副词的"地"字,却还是使用的,因为我觉得现在看惯了这字的读者已经很不少。

然而"幸乎不幸乎",我竟因此发见我的新职业了:做西崽。

还是当作休息的翻杂志,这回是在《人间世》二十八期上遇见了林语堂先生的大文,摘录会损精神,还是抄一段——

"……今人一味仿效西洋,自称摩登,甚至不问中国文法,必欲仿效英文,分'历史地'为形容词,'历史地的'为状词,以模仿英文之 historic-al-ly,拖一西洋辫子,然则'快来'何不因'快'字是状词而改为'快地的来'? 此类把戏,只是洋场孽少怪相,谈文学虽不足,当西崽颇有才。此种流风,其弊在奴,救之之道,在于思。"(《今文八弊》中)

其实是"地"字之类的采用,并非一定从高等华人所擅长的英文而来的。"英文""英文",一笑一笑。况且看上文的反问语气,似乎"一味仿效西洋"的"今人",实际上也并不将"快来"改为"快地的来",这仅是作者的虚构,所以助成其文名,殆即所谓"保得自身为主,则圆通自在,大畅无比"之例了。不过不切实,倘是"自称摩登"的"今人"所说,就是"其弊在浮"。

倘使我至今还住在故乡,看了这一段文章,是懂得,相信的。我们那里只有几个洋教堂,里面想必各有几位西崽,然而很难得遇见。要研究西崽,只能用自己做标本,虽不过"颇",也够合用了。又是"幸乎不幸乎",后来竟到了上海,上海住着许多洋人,因此有着许多西崽,因此也给了我许多相见的机会;不但相见,我还得了和他们中的几位谈天的光荣。不错,他们懂洋话,所懂的大抵是"英文","英文",然而这是他们的吃饭家伙,专用于服事洋东家的,他们决不将洋辫子拖进中国话里来,自然更没有捣乱中国文法的意思,有时也用几个音译字,如"那摩温","土司"之类,但这也是向来用惯的话,并非标新立异,来表示自己的摩登的。他们倒是国粹家,一有余闲,拉皮胡,唱《探母》;上工穿制服,下工换华装,间或请假出游,有钱的就是缎鞋绸衫子。不过要戴草帽,眼镜也不用玳瑁边的老样式,倘用华洋的"门户之见"看起来,这两样却不免是缺点。

又倘使我要另找职业,能说英文,我可真的肯去做西崽的,因为我以为用工作换钱,西崽和华仆在人格上也并无高下,正如用劳力在外资工厂或华资工厂换得工资,或用学费在外国大学或中国大学取得资格,都没有卑贱和清高之分一样。西崽之可厌不在他的职业,而在他的"西崽相"。这里之所谓"相",非说相貌,乃是"诚于中而形于外"的,包括着"形式"和"内容"而言。这"相",是觉得洋人势力,高于群华人,自己懂洋话,近洋人,所以也高于群华人;但自己又系出黄帝,有古文明,深通华情,胜洋鬼子,所以也胜于势力高于群华人的洋人,因此也更胜于还在洋人之下的群华人。租界上的中国巡捕,也常常有这一种"相"。

倚徙华洋之间,往来主奴之界,这就是现在洋场上的"西崽相"。但又并不是骑墙,因为他是流动的,较为"圆通自在",所以也自得其乐,除非你扫了他的兴头。


# 三


由前所说,"西崽相"就该和他的职业有关了,但又不全和职业相关,一部份却来自未有西崽以前的传统。所以这一种相,有时是连清高的士大夫也不能免的。"事大",历史上有过的,"自大",事实上也常有的;"事大"和"自大",虽然不相容,但因"事大"而"自大",却又为实际上所常见——他足以傲视一切连"事大"也不配的人们。有人佩服得五体投地的《野叟曝言》中,那"居一人之下,在众人之上"的文素臣,就是这标本。他是崇华,抑夷,其实却是"满崽";古之"满崽",正犹今之"西崽"也。

所以虽是我们读书人,自以为胜西崽远甚,而洗伐未净,说话一多,也常常会露出尾巴来的。再抄一段名文在这里——

"……其在文学,今日绍介波兰诗人,明日绍介捷克文豪,而对于已经闻名之英美法德文人,反厌为陈腐,不欲深察,求一究竟。此与妇女新装求入时一样,总是媚字一字不是,自叹女儿身,事人以颜色,其苦不堪言。此种流风,其弊在浮,救之之道,在于学。"(《今文八弊》中)

但是,这种"新装"的开始,想起来却长久了,"绍介波兰诗人",还在三十年前,始于我的《摩罗诗力说》。那时满清宰华,汉民受制,中国境遇,颇类波兰,读其诗歌,即易于心心相印,不但无事大之意,也不存献媚之心。后来上海的《小说月报》,还曾为弱小民族作品出过专号,这种风气,现在是衰歇了,即偶有存者,也不过一脉的余波。但生长于民国的幸福的青年,是不知道的,至于附势奴才,拜金崽子,当然更不会知道。但即使现在绍介波兰诗人,捷克文豪,怎么便是"媚"呢?他们就没有"已经闻名"的文人吗?况且"已经闻名",是谁闻其"名",又何从而"闻"的呢?诚然,"英美法德",在中国有宣教师,在中国现有或曾有租界,几处有驻军,几处有军舰,商人多,用西崽也多,至于使一般人仅知有"大英","花旗","法兰西"和"茄门"而不知世界上还有波兰和捷克。但世界文学史,是用了文学的眼睛看,而不用势利眼睛看的,所以文学无须用金钱和枪炮作掩护,波兰捷克,虽然未曾加入八国联军来打过北京,那文学却在,不过有一些人,并未"已经闻名"而已。外国的文人,要在中国闻名,靠作品似乎是不够的,他反要得到轻薄。

所以一样的没有打过中国的国度的文学,如希腊的史诗,印度的寓言,亚剌伯的《天方夜谈》,西班牙的《堂·吉诃德》,纵使在别国"已经闻名",不下于"英美法德文人"的作品,在中国却被忘记了,他们或则国度已灭，或则无能，再也用不着"媚"字。

对于这情形，我看可以先把上章所引的林语堂先生的训词移到这里来的——

"此种流风，其弊在奴，救之之道，在于思。"

不过后两句不合用，既然"奴"了，"思"亦何益，思来思去，不过"奴"得巧妙一点而已。中国宁可有未"思"的西崽，将来的文学倒较为有望。

但"已经闻名的英美法德文人"，在中国却确是不遇的。中国的立学校来学这四国话，为时已久，开初虽不过意在养成使馆的译员，但后来却展开，盛大了。学德语盛于清末的改革军操，学法语盛于民国的"勤工俭学"。学英语最早，一为了商务，二为了海军，而学英语的人数也最多，为学英语而作的教科书和参考书也最多，由英语起家的学士文人也不少。然而海军不过将军舰送人，绍介"已经闻名"的司各德，迭更斯，狄福，斯惠夫德……的，竟是只知汉文的林纾，连绍介最大的"已经闻名"的莎士比亚的几篇剧本，也有待于并不专攻英文的田汉。这缘故，可真是非"在于思"则不可了。

然而现在又到了"今日绍介波兰诗人，明日绍介捷克文豪"的危机，弱国文人，将闻名于中国，英美法德的文风，竟还不能和他们的财力武力，深入现在的文林，"狗逐尾巴"者既没有恒心，志在高山的又不屑动手，但见山林映以电灯，语录夹些洋话，"对于已经闻名之英美法德文人"，真不知要待何人，至何时，这才来"求一究竟"。那些文人的作品，当然也是好极了的，然甲则曰不佞望洋而兴叹，乙则曰汝辈何不潜心而探求。旧笑话云：昔有孝子，遇其父病，闻股肉可疗，而自怕痛，执刀出门，执途人臂，悍然割之，途人惊拒，孝子谓曰，割股疗父，乃是大孝，汝竟惊拒，岂是人哉！是好比方；林先生云："说法虽乖，功效实同"，是好辩解。

六月十日。

原载 1935 年 7 月 1 日《文学》月刊第 5 卷第 1 号。
初收 1937 年 7 月上海三闲书屋版《且介亭杂文二集》。

# 日本訳本に対する著者の言葉

　拙著『中国小説史略』の日本訳『支那小説史』が出版の運びに至つたといふことを聞いて大によろこんだ。併し又それによつて自分の衰退したことを感じた。

　回憶すれば四五年前か増田渉君が殆んど毎日、寓斎へ来て此の本に就いて質問した。偶々当時の文壇の有様を縦談したりして愉快であつた。あの時自分にはまだそんな余暇があり、且つもつと勉強しようといふ野心もあつたのである。併し光陰流るるが如く近頃は一妻一子も累ひとなり、書籍の収集などは殊に身外の長物となつた。『小説史略』の改訂の機縁はもうあるまいと思ふ。それで恰も此の後はもう書かないだらう年寄が、自分の全集の出版を見てよろこぶやうに自分もまたよろこぶのではあるまいか。

　だが、積習はやつぱり除き難いものらしい。小説史に関することは時としてまだ注意を向けることもある。そのやや関係の大なる事を言へば、今年故人になつた馬廉教授は昨年残本の『清平山堂』を翻印して宋人話本の材料を豊富にした。鄭振鐸教授は『四遊記』中にある『西遊記』は呉承恩の『西遊記』の摘録であつてその祖本ではないことを証明した、それは拙作の第十六篇の所説をも訂正すべきもので、その精確な論文は『佝僂集』の中に収録されてゐる。もう一つは北平で『金瓶梅詞話』が発見され今まで通行してゐた同書の祖本であり、文章は今本より粗雑だが対話はみな山東の言葉でかかれ、決して江蘇省の人、王世貞の作でないことが確実に証明された。

　併し自分は改訂しないでその不完備を目撃しながら放置し、而して日本訳の出版に対してよろこんだのである。が何時かこの無精の過ちを補ふ時機のあることを願ふ。

　この本は言ふまでもなく寂寞たる運命を有する本である。しかし増田君は困難を排して翻訳し、サイレン社主三上於菟吉氏は利害を顧ずして之を出版して下さつた、此の寂寞なる本を書斎にもたらされる読者諸君へとともに、自分は心より感謝するものである。

　　　一九三五年六月九日燈下　　　　　　　　　　　　魯　迅

　　　　　　　原载 1935 年 7 月东京赛棱社版《中国小说史略》日
　　译本。
　　　　初未收集。

### 十日

　**日记**　昙。午后风雨一陈。买《其藻版画集》一本,五角。复增田君信并寄《小说史略》日译本序一篇,《十竹斋笺谱》(一)一本。下午寄河清信并"文学论坛"稿二篇,《"题未定草"》一篇。葛琴寄赠茶叶一包。

# 致 黄 源

河清先生：

　　今寄上《文学》"论坛"二篇,散文(?)稿一篇,乞转交傅先生。

数日前寄上一函，系索回前给《译文》之散文（别人译的）译稿，至今未得回音，务希费神一查，即予寄回，以便了此一件，为感。

　　此布，即请

撰安。

迅　上　六月十日

# 致 增田涉

　　三日御手紙拝見。『支那小説史』序文呈上、忙しくてなまけてるから滅茶苦茶、大なる斧削を乞ふ、名文になる程まで、大に面目一新になるまで。仕舞の方の社主の名は入れていたゞく。

　　近来は圧迫増加、生活困難の為め或は年取り体力減退の為めか先よりもずっと忙しく感ずる。面白くもない。四五年前の呑気な生活は夢の様に思はれる。こん気分は序文の上にもあらはれて居ると思ふ。

　　『訳者の言葉』は色々工夫してほめて居るから別に訂正する必要もない、只三ケ所誤植があるから訂正した。

　　『孔子様』をもほめてくれ、そーして賛成した文章もある事を聞いて大に安心、『文学月報』には掲載しない方がよいだらう、その月報の安全の為めに。併し近着の分を読めば溌剌の気がさう出て居ない様に思はれる。

　　『支那小説史』のぜいたくな装訂は私の有生以来、著作が立派な着物を着た第一回だらう。私はぜいたく本を嗜む。到底プチ・ブルの為めか知ら。

　　鄭振鐸君は支那の教授類中、よく勉強し動く人だが今年燕京大学からおひ出された、原因不明。純学問的著作を余りに出版しても近頃はよくないらしい。出版しない教授連は怒るから。古今中外の(文学上の)クラシクを収羅して『世界文庫』を出して居る、一月一冊。近い内に一ヶ年分恵曇村へ送るつもり、中に『金瓶梅詞話』(連載)あり、併し所謂る「猥褻」な処は削されて居るだらう。しからざれば、出版を許さないそーだ。

　上海には女の裸足を禁止す。道学先生は女の素足を見ても興奮するらしい、その敏感さは実に感心すべしだ。

　『十竹齋』第一冊は少前に出版した、あの時送りつもりだったが下さる或る一つの状袋に何とか館のやどやの名を書いて居たから「彷徨」して仕舞た。今度は早速老版に頼んで東京まで送ります。あとの三冊は来年の春まで完成する予定だが併し結果どうなるか。

洛文　上　六月十日

増田兄几下

### 十一日

　**日记**　昙。上午寄仲方信，复靖华信。得赖少麒所寄木刻八幅，稿一篇。夜译《死魂灵》第五章起。

# 致　曹靖华

汝珍兄：

　端节信收到。三兄有信来，今附上。它兄的事，是已经结束了，此时还有何话可说。

　我的杂文集，今年总想印出来，但要自己印也说不定。这里的书店,总想印我的作品,却又怕印。他们总想我写平平稳稳,既能卖钱,又不担心的东西。天下那里有这样的文章呢?

想请兄于稍暇时给我写一封答 Paul Ettinger 的信,稿子附上,写后寄下。信面我自己可以写的。

专布,即颂

时绥。

弟豫　上　六月十一日

## 十二日

**日记**　晴。上午得三弟信,即复。亚平寄赠《都市之冬》一本。寄郑伯奇信。

## 十三日

**日记**　晴。无事。

## 十四日

**日记**　晴。上午得河清信。得伯奇信并萧军稿费单。夜风。

## 十五日

**日记**　晴,风。午后河清来。得学昭信。得仲方信。寄萧军信并稿费单及《新小说》(四)两本。晚三弟来。蕴如携阿菩来。夜浴。

# 致 萧 军

刘军兄:

良友公司的稿费单,写信去催了才寄来,今寄上,但有期限,在本月廿一,不能立刻取。

又寄《新小说》(四)一本来,现亦另封挂号寄上,还有一本是他们给我的,我已看过,不要了,顺便一同寄去,你可以送朋友的。

我们都还好,我在译《死魂灵》,要二十以外才完。

这封信收到之后,望给我一个回信。

此布,即请

双安。

豫　上　六月十五日

## 十六日

**日记**　星期。昙而闷热,午后雨。得杨晦信。下午寄霁野信。寄李桦信。晚仲方,西谛,烈文来,饭后并同广平携海婴出观电影。

# 致 李霁野

霁野兄:

上月廿八日信早到。前所寄学生译文一篇,已去问过,据云已经排好,俟看机会编入,那么,就算是大半要用,不能寄还的了。

《译文》是我寄的,到期当停止。

前为素园题墓碣数十字,其碣想未立。那碣文,不知兄处有否?倘有,希录寄,因拟编入杂文集中。不刻之石而印之纸,或差胜于冥漠欤?

平津又必有一番新气象。我如常,但速老耳,有几种译作不能不做,亦一苦事。

此复,即颂

时绥。

豫　顿首　六月十六日

# 致 李 桦

李桦先生：

　　五月廿四日信早收到；每次给我的《现代版画》，也都收到的。但这几年来，非病即忙，连回信也到今天才写，真是抱歉之至。

　　所说的北国的朋友对于木刻的意见和选刊的作品，我偶然也从日报副刊上看见过，但意见并不尽同。所说的《现代版画》的内容小资产阶级的气分太重，固然不错，但这是意识如此，所以有此气分，并非因此而有"意识堕落之危险"，不过非革命的而已。但要消除此气分，必先改变这意识，这须由经验，观察，思索而来，非空言所能转变，如果硬装前进，其实比直抒他所固有的情绪还要坏。因为前者我们还可以看见社会中一部分人的心情的反映，后者便成为虚伪了。

　　木刻是一种作某用的工具，是不错的，但万不要忘记它是艺术。它之所以是工具，就因为它是艺术的缘故。斧是木匠的工具，但也要它锋利，如果不锋利，则斧形虽存，即非工具，但有人仍称之为斧，看作工具，那是因为他自己并非木匠，不知作工之故。五六年前，在文学上曾有此类争论，现在却移到木刻上去了。

　　由上说推开来，我以为木刻是要手印本的。木刻的美，半在纸质和印法，这是一种，是母胎；由此制成锌版，或者简直直接镀铜，用于多数印刷，这又是一种，是苗裔。但后者的艺术价值，总和前者不同。所以无论那里，油画的名作，虽有缩印的铜板，原画却仍是美术馆里的宝贝。自然，中国也许有再也没有手印的余裕的时候，不过

383

这还不是目前，待那时再说。

不过就是锌板，也与印刷术有关，我看中国的制版术和印刷术，时常把原画变相到可悲的状态，时常使我连看也不敢看了。

"连环木刻"也并不一定能负普及的使命，现在所出的几种，大众是看不懂的。现在的木刻运动，因为观者有许多层——有智识者，有文盲——也须分许多种，首先决定这回的对象，是那一种人，然后来动手，这才有效。这与一幅或多幅无关。

《现代木刻》的缺点，我以为选得欠精，但这或者和出得太多有关系。还有，是题材的范围太狭。譬如静物，现在有些作家也反对的，但其实是那"物"就大可以变革。枪刀锄斧，都可以作静物刻，草根树皮，也可以作静物刻，则神采就和古之静物，大不相同了。

其次，是关于外国木刻的事。这时候已经过去了，但即使来得及，也还是不行。因为我的住所不安定，书籍绘画，都放在别处，不能要取就取的。但存着可惜，我正在计画像《引玉集》似的翻印一下。前两月，曾将 K. Kollwitz 的板画（铜和石）二十余幅，寄到北平去复印，但将来的结果，不知如何。

我爱版画，但自己不是行家，所以对于理论，没有全盘的话好说。至于零星的意见，则大略如上。中国自然最需要刻人物或故事，但我看木刻成绩，这一门却最坏，这就因为蔑视技术，缺少基础工夫之故，这样下去，木刻的发展倒要受害的。

还有一层，《现代版画》中时有利用彩色纸的作品，我以为这是可暂而[而]不可常的，一常，要流于纤巧，因为木刻究以黑白为正宗。

专此布复，即颂

时绥。

迅　顿首　六月十六日

**十七日**

　　**日记**　晴。上午同广平携海婴往须藤医院诊。下午得小峰信并版税泉百五十。得陈此生信,夜复。

# 致 陈此生

此生先生:

　　惠书顷已由书店转到。蒙诸位不弃,叫我赴桂林教书,可游名区,又得厚币,不胜感荷。但我不登讲坛,已历七年,其间一味悠悠忽忽,学问毫无增加,体力却日见衰退。倘再误人子弟,纵令听讲者曲与原谅,自己实不胜汗颜,所以对于远来厚意,只能诚恳的致谢了。

　　桂林荸荠,亦早闻雷名,惜无福身临其境,一尝佳味,不得已,也只好以上海小马蹄(此地称荸荠如此)代之耳。

　　专此布复,并请
教安。

　　　　　　　　　　　　　名心印　［六月十七日］

**十八日**

　　**日记**　晴。下午须藤先生来为海婴诊。得徐诗荃信。得娄如焕［煥］信。得陈烟桥信并木刻一幅。得孟十还信。得胡风信。得萧军信。得靖华信。夜内山书店送来『西洋美術館めぐり』一本,二十一元。

**十九日**

　　**日记**　昙,风。午后复孟十还信。下午得内山君信,即复。晚雨彻夜。

# 致 孟十还

十还先生：

十四日信收到；《果戈理集》也收到了。此书似系集合各种本子而成，所以插画作者很有几个，而《狂人日记》的图，则出于照相的。所有的图，大约原本还要大，这里都已缩小。

《死灵魂》在《世界文库》里，我以为插图只要少点好了，这种印刷之粗，就是有图，也不见得好看。

李长之不相识，只看过他的几篇文章，我觉得他还应一面潜心研究一下；胆子大和胡说乱骂，是相似而实非的。

看那《批判》的序文，都是空话，这篇文章也许不能启发我罢。

专复，即颂

时绥。

迅 上 六月十九日


## 二十日

**日记** 雨。午后内山夫人送枇杷一包。收日本译《鲁迅选集》（《岩波文库》内）二本，下午须藤先生来为海婴诊，取其一赠之。得望道信，夜复。


## 二十一日

**日记** 昙。上午携海婴往须藤医院诊。夜雨。


## 二十二日

**日记** 雨。上午以金人稿费单寄萧军。得 *Die Literatur in der*

*S.U.*一本。得『ツルゲーネフ全集』（七）一本，一元八角；又『芥川竜之介全集』（四）一本，一元五角。再版《引玉集》印成寄至，计发卖本二百，纪念本十五，共日金二百七十元。得增田君信，即复。晚蕴如携晔儿来。三弟来。

# 致 增田涉

拝啓　十五日之御手紙昨日拝見。校正之為之生存に対而は実に済無く思ふ。此な古文を取报者は支那之職工亦困ります。活字亦無者多い。

選集に対しては僕になにも送る必要がないと思ふ。自分は何の力も出さなかったから。若し何か下さなければ本屋の方気が済無なら其の選集何冊かでよいです。版画は展覧も出来ず貯蔵する所さへも難しくなるから詰り矢張反って「一累」になるわけです。本なら知人にわけて仕舞から気持がかるくなります。

岩波書店から送った選集二冊は一昨日到着しました。

妻、児に対する御挨拶感謝。小供は愈々悪戯者になって来るから困ります。　草々

洛文　上　六月二十二日

增田兄几下

## 二十三日

**日记**　星期。雨。上午得霁野信。得萧军信并悄吟稿。

## 二十四日

**日记**　晴。午后寄靖华信附与青曲笺，并段干青木刻发表费通

知单。得萧军信。得唐英伟信并《青空集》一本。买『比较解剖学』，『東亚植物』各一本，每本八角。得小山所寄波斯细画明信片十二枚。下午须藤先生来为海婴诊。晚学昭来。译《死魂灵》至第六章讫，二章共约三万字。

# 致 曹靖华

汝珍兄：

十四日信早到，近因忙于译书，所以今日才复。

它兄文稿，很有几个人要把它集起来，但我们尚未商量。现代有他的两部，须赎回，因为是豫支过板税的，此事我在单独进行。

中国事其实早在意中，热心人或杀或囚，早替他们收拾了，和宋明之末极像。但我以为哭是无益的，只好仍是有一分力，尽一分力，不必一时特别愤激，事后却又悠悠然。我看中国青年，大都有愤激一时的缺点，其实现在秉政的，就都是昔日所谓革命的青年也。

此地出板仍极困难，连译文也费事，中国是对内特别凶恶的。

E.君信非由 VOKS 转。他的信头有地址，今抄在此纸后面。记得他有一个地址，还多几字，但现不在手头。兄看现在之地址如果不像会寄不到，就请代发，否则不如将信寄来，由我自发。

寄辰兄一笺并稿费单，乞便中转交。我们都好，勿念。此祝
平安

豫　上　六月廿四日

Paul Ettinger

　　Novo—Bamannaga 10—92

　　　Moscow(66)U. S. R.

# 致 台静农

辰兄：

一日信早到。买拓片余款，不必送到平寓，可仍存兄处，但有文学社稿费八元，想乞兄转交段干青君，款即由拓片余款中划出。段君住址，我不知道，可函询后孙公园医学院唐诃君，倘他亦不知，就只好作罢了。

"日月画象"确在我这里，忘记加圈了，帖店的话不错。

北方情形如此，兄事想更无头绪，但国事我看是即以叩头暂结的。此后类此之事，则将层出不穷。敝寓如常，可释远念，令人心悲之事自然也不少，但也悲不了许多。

我尚可支持，不过忙一点，至于体力之衰，则年龄为之，无可如何，也只好照常办事。

此布，即颂

时绥。

豫　上　六月廿四日


## 二十五日

**日记**　晴。上午得山本夫人信。得胡风信。仲方来。伊罗生来。午后往生活书店取稿费，并为增田君定《世界文库》及《文学》各一年，共泉十七元八角三分。往商务印书馆访三弟并买《黄山十九景册》一本，《墨巢秘笈藏影》第一第二集各一本，《金文续编》一部二本，共泉五元四角。下午内山书店送来『ジイド研究』及『静かなるドン』（一）各一本，共泉三元。晚三弟来。得学昭信。


## 二十六日

**日记**　昙，风。午陈学昭，何公竞招午餐于麦瑞饭店，与广平携

海婴同往,座中共十一人。下午买『マルクスーエンゲルス芸術論』一本,『小林多喜二集』(三)一本,共泉三元。雨。晚蕴如来并赠杨梅一包。

## 二十七日

**日记**　昙,风,午后晴。复山本夫人信。得紫佩信,即复。得萧军信,即复。得西谛信,即复。得楼炜春信并适夷所译志贺氏《焚火》一本。

# 致 萧 军

刘军兄:

廿三信收到。昨天看见《新小说》的编辑者,他说,金人的译稿,已送去审查了。我想,这是不见得有问题的。悄太太的稿子,当于日内寄去。但那第三期,因为第一篇是我译的,不许登广告。

译文社的事,久不过问了。金人译稿的事,当于便中提及。

《死魂灵》第三次稿,前天才交的,近来没有气力多译。身体还是不行,日见衰弱,医生要我不看书写字,并停止抽烟;有几个朋友劝我到乡下去,但为了种种缘故,一时也做不到。

近来警告倒没有了,这是因为我们自己戒了严,但真也吃力。

黑面包可以不必买给我们了。近地就要开一个白俄点心铺,倘要吃,容易买到了。

此复,即请

俪安。

豫　上　六月二十七日

刚要发信,就收到廿五来信了。出刊物而终于不出的事情,我是看惯的了,并不为奇。所以我的决心是如果有力,自己来做一点，虽然一点，究竟是一点。这是很坏的现象，但在目前，我以为总比说空话而一点不做好。

中国人先在自己把好人杀完，秋即其一。萧参是他用过的笔名，此外还很多。他有一本《高尔基短篇小说集》，在生活书店出版，后来被禁止了。另外还有，不过笔名不同。他又译过革拉特珂夫的小说《新土地》，稿子后来在商务印书馆被烧掉，真可惜。中文俄文都好，像他那样的，我看中国现在少有。

你说做小说的方法，那是可以的。刚才看《大连丸》，做得好的，但怕登不出去，《新生》因为"有碍邦交"被禁止了。我看你可以留起各种稿子，将来按时代——在家——入伍——出走——编一本集子，是很有意义的。

我并未为自己所写人物感动过。各种事情刺戟我，早经麻木了，时时像一块木头，虽然有时会发火，但我自己也并不觉痛。

豫　又及　六，二七，下午

# 致 山本初枝

拝啓　御手紙をいただきました。御主人の元気はよろこぶべき事と存じます。併し若し手術すればもう一層早くなほるだらうと思ひます。増田一世訳の選集も二冊送って来ました。大変よく訳されて居ます。藤野先生は三十年程前の仙台医学専門学校の解剖学教授で本当の名前です。あの学校は今ではもう大学になって居ますが三四年前に友達にたのんで調べましたがもう学校にはいられません。まだ生きて居るかどうかも問題です。若し生きて居られるとしたらもう七十歳位だらうと思ひます。董康氏は日本で講演した事は新聞にても読まれました。彼れは十年前の法部大臣で今では上海で弁護士をやって居ます。贅沢な本（古本の複刻）を拵へる事によって頗る名高いです。支那では学者とされて居ません。老版は母親が危くなったから国へ帰りましたが併し又よくなったと云ふのだから直に上海へもどるだらうと思ひます。上海は梅雨期にはいりましたから天気がわるくて困ります。私共は不相変元気の方ですが只私は毎年やせて行きます。年も取り生活もますます緊張して行くから仕方がない事です。友達の中に一二年やすんで養生しようと勧る人も随分ありますが併し出来ません。兎角死には至らないのだらうから先安心して居ます。此まへ下さった手紙に天国の事を云ひなされました。実に言へば私は天国をきらひます。支那に於ける善人どもは私は大抵きらひなので若し将来にこんな人々と始終一所に居ると実に困ります。増田一世訳私の『支那小説史』も植字して居ます。「サイレン社」から出版するので頗る贅沢な本にするつもりらしい。私の書いたものでこんなにかざり立てられて世の中に現はれる事はこれで始めてです。

魯迅 上 六月二十七日

山本夫人几下


**二十八日**

　　**日记**　晴。上午得赵家璧信并《新文学大系·小说二集》十本。得魏猛克信，午后复。寄紫佩信。寄小山及 Nicola Petrov 书各一包。夜寄三弟信。浴。


# 致 胡 风

　　来信收到。《铁流》之令人觉得有点空，我看是因为作者那时并未在场的缘故，虽然后来调查了一通，究竟和亲历不同，记得有人称之为"诗"，其故可想。左勤克那样的创作法（见《译文》），是只能创作他那样的创作的。曹的译笔固然力薄，但大约不至就根本的使它变成欠切实。看看德译本，虽然句子较为精练，大体上也还是差不多。

译果戈理，颇以为苦，每译两章，好像生一场病。德译本很清楚，有趣，但变成中文，而且还省去一点形容词，却仍旧累坠，无聊，连自己也要摇头，不愿再看。翻译也非易事。上田进的译本，现在才知道错误不少，而且往往将一句译成几句，近于解释，这办法，不错尚可，一错，可令人看得生气了。我这回的译本，虽然也蹩脚，却可以比日译本好一点。但德文译者大约是犹太人，凡骂犹太人的地方，他总译得隐藏一点，可笑。

《静静的顿河》我看该是好的，虽然还未做完。日译本已有外村的，现上田的也要出版了。

检易嘉的一包稿子，有译出的高尔基《四十年》的四五页，这真令人看得悲哀。

猛克来信，有关于韩侍桁的，今剪出附上。韩不但会打破人的饭碗，也许会更做出更大的事业来的罢。但我觉得我们的有些人，阵线其实倒和他及第三种人一致的，虽然并无连络，而精神实相通。猛又来逼我关于文学遗产的意见，我答以可就近看日本文的译作，比请教"前辈"好得多。其实在《文学》上，这问题还是附带的，现在丢开了当面的紧要的敌人，却专一要讨论枪的亮不亮（此说如果发表，一定又有人来辩文学遗产和枪之不同的），我觉得实在可以说是打岔。我觉得现在以袭击敌人为第一火，但此说似颇孤立。大约只要有几个人倒掉，文坛也统一了。

叶君曾以私事约我谈过几次，这回是以公事约我谈话了，已连来两信，尚未复，因为我实在有些不愿意出门。我本是常常出门的，不过近来知道了我们的元帅深居简出，只令别人出外奔跑，所以我也不如只在家里坐了。记得托尔斯泰的什么小说说过,小兵打仗,是不想到危险的,但一看见大将面前防弹的铁板,却就也想到了自己,心跳得不敢上前了。但如元帅以为生命价值,彼此不同,那我也无话可说,只好被打军棍。

消化不良,人总在瘦下去,医生要我不看书,不写字,不吸烟——三不主义,如何办得到呢?

《新文学大系》中的《小说二集》出版了,便中当奉送一本。

此布,即请

夏安

　　　　　　　　豫　上　六月二十八日

此信是自己拆过的。　又及


## 二十九日

**日记**　昙。上午复胡风信。复赖少其及唐英伟信。下午邀蕴如及阿玉,阿菩并同广平携海婴往光陆大戏院观米老鼠影片凡十种。寄仲方信。得胡风信。晚三弟来。河清来,赠以《小说二集》,特制《引玉集》各一本。


# 致 赖少麒

少麒先生:

五月二八日的信早收到。文稿,并木刻七幅,后来也收到了。

太伟大的变动,我们会无力表现的,不过这也无须悲观,我们即使不能表现他的全盘,我们可以表现它的一角,巨大的建筑,总是一木一石叠起来的,我们何妨做做这一木一石呢?我时常做些另碎事，就是为此。

"连环图画"确能于大众有益，但首先要看是怎样的图画。也就是先要看定这画是给那一种人看的，而构图，刻法，因而不同。现在的木刻，还是对于智识者而作的居多，所以倘用这刻法于"连环图画"，一般的民众还是看不懂。

看画也要训练。十九世纪末的那些画派，不必说了。就是极平常的动植物图，我曾经给向来没有见过图画的村人看，他们也不懂。立体的东西变成平面，他们就万想不到会有这等事。所以我主张刻连环图画，要多采用旧画法。

文章应该怎样做，我说不出来，因为自己的作文，是由于多看和练习，此外并无心得或方法的。

那篇《刨烟工人》，写得也并不坏，只是太悲哀点，然而这是实际所有，也没法子。这几天我想转寄给良友公司的《新小说》，看能否登出，因为近来上海的官府检查，真是严厉之极。还有《失恋》及《阿Q正传》各一幅，是寄给《文学》去了，倘检查官不认识墨水瓶上的是我的脸，那该是可以登出的。

专此布复，并颂

时绥。

迅　上　六月二十九日。

再：附上给唐英伟先生的信，因为把他的通信地址遗失了，乞转寄为感。　又及

# 致　唐英伟

英伟先生：

六月一日信早收到，《青空集》也收到了。"先生"是现在的通称，和古代的"师"字不同，我看是不成问题的。

现在只要有人做一点事，总就另有人拿了大道理来非难的，例如问"木刻的最后的目的与价值"就是。这问题之不能答复，和不能答复"人的最后目的和价值"一样。但我想：人是进化的长索子上的一个环，木刻和其他的艺术也一样，它在这长路上尽着环子的任务，助成奋斗，向上，美化的诸种行动。至于木刻，人生，宇宙的最后究竟怎样呢，现在还没有人能够答复。也许永久，也许灭亡。但我们不能因为"也许灭亡"就不做，正如我们知道人的本身一定要死，却还要吃饭也。

但我看《青空集》的刻法，是需要懂一点木刻的人，看起来才有意思的，对于美术没有训练的人，他不会懂。先生既习中国画，不知中国旧木刻，为大众所看惯的刻法中，有可以采取的没有？

P. Ettinger 那里，我近已给他一封信，送纸的事，可以不必提了。

专此布复，即颂

时绥。

迅　上　六月廿九日

三十日

日记　星期。雨。午后得柳爱竹信，即复。绵雨彻夜。

本月

# 中国小说史略*

## 第一篇　史家对于小说之著录及论述

小说之名，昔者见于庄周之云"饰小说以干县令"（《庄子》《外物》)，然案其实际，乃谓琐屑之言，非道术所在，与后来所谓小说者固不同。桓谭言"小说家合残丛小语，近取譬喻，以作短书，治身理家，有可观之辞。"(李善注《文选》三十一引《新论》)始若与后之小说近似，然《庄子》云尧问孔子，《淮南子》云共工争帝地维绝，当时亦多以为"短书不可用"，则此小说者，仍谓寓言异记，不本经传，背于儒术者矣。后世众说，弥复纷纭，今不具论，而征之史；缘自来论断艺文，本亦史官之职也。

秦既燔灭文章以愚黔首，汉兴，则大收篇籍，置写官，成哀二帝，复先后使刘向及其子歆校书秘府，歆乃总群书而奏其《七略》。《七略》今亡，班固作《汉书》，删其要为《艺文志》，其三曰《诸子略》，所录凡十家，而谓"可观者九家"，小说则不与，然尚存于末，得十五家。班固于志自有注，其有某曰云云者，唐颜师古注也。

《伊尹说》二十七篇。(其语浅薄，似依托也。)

《鬻子说》十九篇。(后世所加。)

《周考》七十六篇。(考周事也。)

《青史子》五十七篇。(古史官记事也。)

《师旷》六篇。(见《春秋》，其言浅薄本与此同，似因托之。)

《务成子》十一篇。(称尧问，非古语。)

《宋子》十八篇。(孙卿道："宋子，其言黄老意。")

《天乙》三篇。(天乙谓汤，其言者殷时，皆依托也。)

《黄帝说》四十篇。(迂诞依托。)

《封禅方说》十八篇。(武帝时。)

《待诏臣饶心术》二十五篇。(武帝时。师古曰，刘向《别录》云："饶，齐人也，不知其姓，武帝时待诏，作书，名曰《心术》。")

《待诏臣安成未央术》一篇。(应劭曰，道家也，好养生事，为未央之术。)

《臣寿周纪》七篇。(项国圉人，宣帝时。)

《虞初周说》九百四十三篇。（河南人，武帝时以方士侍郎，号黄车使者。应劭曰：其说以《周书》为本。师古曰，《史记》云："虞初，洛阳人。"即张衡《西京赋》"小说九百，本自虞初"者也。）

《百家》百三十九卷。

右小说十五家，千三百八十篇。

小说家者流，盖出于稗官，街谈巷语，道听途说者之所造也。孔子曰，"虽小道，必有可观者焉，致远恐泥。"是以君子弗为也，然亦弗灭也，闾里小知者之所及，亦使缀而不忘，如或一言可采，此亦刍荛狂夫之议也。

右所录十五家，梁时已仅存《青史子》一卷，至隋亦佚；惟据班固注，则诸书大抵或托古人，或记古事，托人者似子而浅薄，记事者近史而悠缪者也。

唐贞观中，长孙无忌等修《隋书》，《经籍志》撰自魏征，祖述晋荀勖《中经簿》而稍改变，为经史子集四部，小说故隶于子。其所著录，《燕丹子》而外无晋以前书，别益以记谈笑应对，叙艺术器物游乐者，而所论列则仍袭《汉书》《艺文志》（后略称《汉志》）：

小说者，街谈巷语之说也，《传》载舆人之颂，《诗》美询于刍荛，古者圣人在上，史为书，瞽为诗，工诵箴谏，大夫规诲，士传言而庶人谤；孟春，徇木铎以求歌谣，巡省，观人诗以知风俗，过则正之，失则改之，道听途说，靡不毕纪，周官诵训掌道方志以诏观事，道方慝以诏避忌，而职方氏掌道四方之政事与其上下之志，诵四方之传道而观其衣物是也。孔子曰，"虽小道，必有可观者焉，致远恐泥。"

石晋时，刘昫等因韦述旧史作《唐书》《经籍志》（后略称《唐志》）则以毋煚等所修之《古今书录》为本，而意主简略，删其小序发明，史官之论述由是不可见。所录小说，与《隋书》《经籍志》（后略称《隋志》）亦无甚异，惟删其亡书，而增张华《博物志》十卷，此在《隋志》，本属杂家，至是乃入小说。

宋皇祐中,曾公亮等被命删定旧史,撰志者欧阳修,其《艺文志》
(后略称《新唐志》)小说类中,则大增晋至隋时著作,自张华《列异
传》戴祚《甄异传》至吴筠《续齐谐记》等志神怪者十五家一百十五
卷,王延秀《感应传》至侯君素《旌异记》等明因果者九家七十卷,诸
书前志本有,皆在史部杂传类,与耆旧高隐孝子良吏列女等传同列,
至是始退为小说,而史部遂无鬼神传;又增益唐人著作,如李恕《诫
子拾遗》等之垂教诫,刘孝孙《事始》等之数典故,李涪《刊误》等之纠
讹谬,陆羽《茶经》等之叙服用,并入此类,例乃愈棼,元修《宋史》,亦
无变革,仅增芜杂而已。

明胡应麟(《少室山房笔丛》二十八)以小说繁夥,派别滋多,于
是综核大凡,分为六类:

一曰志怪:《搜神》,《述异》,《宣室》,《酉阳》之类是也;

一曰传奇:《飞燕》,《太真》,《崔莺》,《霍玉》之类是也;

一曰杂录:《世说》,《语林》,《琐言》,《因话》之类是也;

一曰丛谈:《容斋》,《梦溪》,《东谷》,《道山》之类是也;

一曰辩订:《鼠璞》,《鸡肋》,《资暇》,《辩疑》之类是也;

一曰箴规:《家训》,《世范》,《劝善》,《省心》之类是也。

清乾隆中,敕撰《四库全书总目提要》,以纪昀总其事,于小说别
为三派,而所论列则袭旧志。

……迹其流别,凡有三派:其一叙述杂事,其一记录异闻,
其一缀缉琐语也。唐宋而后,作者弥繁,中间诬谩失真,妖妄荧
听者,固为不少,然寓劝戒,广见闻,资考证者,亦错出其中。班
固称"小说家流盖出于稗官",如淳注谓"王者欲知闾巷风俗,故
立稗官,使称说之"。然则博采旁搜,是亦古制,固不必以冗杂
废矣。今甄录其近雅驯者,以广见闻,惟猥鄙荒诞,徒乱耳目
者,则黜不载焉。

《西京杂记》六卷。《世说新语》三卷。……

右小说家类杂事之属……

《山海经》十八卷。《穆天子传》六卷。《神异经》一卷。……
《搜神记》二十卷。……《续齐谐记》一卷。……

　　右小说家类异闻之属……

《博物志》十卷。《述异记》二卷。《酉阳杂俎》二十卷,《续集》十卷。……

　　右小说家类琐语之属……

　　右三派者,校以胡应麟之所分,实止两类,前一即杂录,后二即志怪,第析叙事有条贯者为异闻,钞录细碎者为琐语而已。传奇不著录;丛谈辩订箴规三类则多改隶于杂家,小说范围,至是乃稍整洁矣。然《山海经》《穆天子传》又自是始退为小说,案语云,"《穆天子传》旧皆入起居注类,……实则恍忽无征,又非《逸周书》之比,……以为信史而录之,则史体杂,史例破矣。今退置于小说家,义求其当,无庸以变古为嫌也。"于是小说之志怪类中又杂入本非依托之史,而史部遂不容多含传说之书。

　　至于宋之平话,元明之演义,自来盛行民间,其书故当甚夥,而史志皆不录。惟明王圻作《续文献通考》,高儒作《百川书志》,皆收《三国志演义》及《水浒传》,清初钱曾作《也是园书目》,亦有通俗小说《三国志》等三种,宋人词话《灯花婆婆》等十六种。然《三国》《水浒》,嘉靖中有都察院刻本,世人视若官书,故得见收,后之书目,寻即不载,钱曾则专事收藏,偏重版本,缘为旧刊,始以入录,非于艺文有真知,遂离叛于曩例也。史家成见,自汉迄今盖略同:目录亦史之支流,固难有超其分际者矣。

# 第二篇　神话与传说

　　志怪之作,庄子谓有齐谐,列子则称夷坚,然皆寓言,不足征信。《汉志》乃云出于稗官,然稗官者,职惟采集而非创作,"街谈巷语"自生于民间,固非一谁某之所独造也,探其本根,则亦犹他民族然,在于神话与传说。

昔者初民,见天地万物,变异不常,其诸现象,又出于人力所能以上,则自造众说以解释之:凡所解释,今谓之神话。神话大抵以一"神格"为中枢,又推演为叙说,而于所叙说之神,之事,又从而信仰敬畏之,于是歌颂其威灵,致美于坛庙,久而愈进,文物遂繁。故神话不特为宗教之萌芽,美术所由起,且实为文章之渊源。惟神话虽生文章,而诗人则为神话之仇敌,盖当歌颂记叙之际,每不免有所粉饰,失其本来,是以神话虽托诗歌以光大,以存留,然亦因之而改易,而销歇也。如天地开辟之说,在中国所留遗者,已设想较高,而初民之本色不可见,即其例矣。

天地混沌如鸡子,盘古生其中,一万八千岁。天地开辟,阳清为天,阴浊为地,盘古在其中,一日九变,神于天,圣于地。天日高一丈,地日厚一丈,盘古日长一丈,如此万八千岁,天数极高,地数极深,盘古极长。后乃有三皇。(《艺文类聚》一引徐整《三五历记》)

天地,亦物也。物有不足,故昔者女娲氏练五色石以补其阙,断鳌之足以立四极。其后共工氏与颛顼争为帝,怒而触不周之山,折天柱,绝地维,故天倾西北,日月星辰就焉,地不满东南,故百川水潦归焉。(《列子》《汤问》)

迨神话演进,则为中枢者渐近于人性,凡所叙述,今谓之传说。传说之所道,或为神性之人,或为古英雄,其奇才异能神勇为凡人所不及,而由于天授,或有天相者,简狄吞燕卵而生商,刘媪得交龙而孕季,皆其例也。此外尚甚众。

尧之时,十日并出,焦禾稼,杀草木,而民无所食。猰貐凿齿九婴大风封豨修蛇,皆为民害。尧乃使羿……上射十日而下杀猰貐。……万民皆喜,置尧以为天子。(《淮南子》《本经训》)

羿请不死之药于西王母,姮娥窃以奔月。(《淮南子》《览冥训》。高诱注曰:姮娥羿妻。羿请不死之药于西王母,未及服之。姮娥盗食之,得仙,奔入月中为月精。)

昔尧殛鲧于羽山,其神化为黄熊以入于羽渊。(《春秋》《左氏传》)

瞽瞍使舜上涂廪,从下纵火焚廪,舜乃以两笠自扞而下,去,得不死。瞽瞍又使舜穿井,舜穿井为匿空,旁出。
(《史记》《舜本纪》)

中国之神话与传说,今尚无集录为专书者,仅散见于古籍,而《山海经》中特多。《山海经》今所传本十八卷,记海内外山川神祇异物及祭祀所宜,以为禹益作者固非,而谓因《楚辞》而造者亦未是;所载祠神之物多用糈(精米),与巫术合,盖古之巫书也,然秦汉人亦有增益。其最为世间所知,常引为故实者,有昆仑山与西王母。

昆仑之丘,是实惟帝之下都,神陆吾司之,其神状虎身而九尾,人面而虎爪。是神也,司天之九部及帝之囿时。(《西山经》)

玉山,是西王母所居也。西王母其状如人,豹尾虎齿而善啸,蓬发戴胜,是司天之厉及五残。(同上)

昆仑之墟方八百里,高万仞;上有木禾,长五寻,大五围;面有九井,以玉为槛;面有九门,门有开明兽守之。百神之所在。在八隅之岩,赤水之际,非仁羿莫能上。(《海内西经》)

西王母梯几而戴胜杖(案此字当衍),其南有三青鸟,为西王母取食,在昆仑墟北。(《海内北经》)

大荒之中有山,名曰丰沮玉门,日月所入。有灵山,巫咸巫即巫盼巫彭巫姑巫真巫礼巫抵巫谢巫罗十巫从此升降,百药爰在。(《大荒西经》)

西海之南,流沙之滨,赤水之后,黑水之前,有大山,名曰昆仑之丘。有神人面虎身有尾皆白处之。其下有弱水之渊环之。其外有炎火之山,投物辄然。有人戴胜,虎齿豹尾,穴处,名曰西王母。此山万物尽有。(同上)

晋咸宁五年,汲县民不準盗发魏襄王冢,得竹书《穆天子传》五

402

篇,又杂书十九篇。《穆天子传》今存,凡六卷;前五卷记周穆王驾八骏西征之事,后一卷记盛姬卒于途次以至反葬,盖即杂书之一篇。《传》亦言见西王母,而不叙诸异相,其状已颇近于人王。

吉日甲子,天子宾于西王母,乃执白圭玄璧以见西王母。好献锦组百纯,□组三百纯,西王母再拜受之。□乙丑。天子觞西王母于瑶池之上。西王母为天子谣,曰,"白云在天,山陵自出,道里悠远,山川间之,将子无死,尚能复来。"天子答之曰,"予归东土,和治诸夏,万民平均,吾愿见汝,比及三年,将复而野。"天子遂驱升于弇山,乃纪丌迹于弇山之石,而树之槐,眉曰西王母之山。(卷三)

有虎在乎葭中。天子将至。七萃之士高奔戎请生捕虎,必全之,乃生捕虎而献之。天子命之为柙而畜之东虞,是为虎牢。天子赐奔戎畋马十驷,归之太牢,奔戎再拜稽首。(卷五)

汉应劭说,《周书》为虞初小说所本,而今本《逸周书》中惟《克殷》《世俘》《王会》《太子晋》四篇,记述颇多夸饰,类于传说,余文不然。至汲冢所出周时竹书中,本有《琐语》十一篇,为诸国卜梦妖怪相书,今佚,《太平御览》间引其文;又汲县有晋立《吕望表》,亦引《周志》;皆记梦验,甚似小说,或虞初所本者为此等,然别无显证,亦难以定之。

齐景公伐宋,至曲陵,梦见有短丈夫宾于前。晏子曰,"君所梦何如哉?"公曰,"其宾者甚短,大上小下,其言甚怒,好俯。"晏子曰,"如是,则伊尹也。伊尹甚大而短,大上小下,赤色而髯,其言好俯而下声。"公曰,"是矣。"晏子曰,"是怒君师,不如违之。"遂不果伐宋。(《太平御览》三百七十八)

文王梦天帝服玄襀以立于令狐之津。帝曰,"昌,赐汝望。"文王再拜稽首,太公于后亦再拜稽首。文王梦之之夜,太公梦之亦然。其后文王见太公而讯之曰,"而名为望乎?"答曰,"唯,为望。"文王曰,"吾如有所见于汝。"太公言其年月与其日,且尽道其言，"臣以此得见也。"文王曰，"有之，有之。"遂与之归，以为卿士。(晋立《太公吕望表》石刻，以东魏立《吕望表》补阙字。)

他如汉前之《燕丹子》，汉杨雄之《蜀王本纪》，赵晔之《吴越春秋》，袁康，吴平之《越绝书》等，虽本史实，并含异闻。若求之诗歌，则屈原所赋，尤在《天问》中，多见神话与传说，如"夜光何德，死则又育？厥利惟何，而顾菟在腹？""鲧何所营？禹何所成？康回凭怒，地何故以东南倾？""昆仑县圃，其尻安在？增城九重，其高几里？""鲮鱼何所？魃堆焉处？羿焉弹日？乌焉解羽？"是也。王逸曰，"屈原放逐，彷徨山泽，见楚有先王之庙及公卿祠堂，图画天地山川神灵琦玮谲诡及古贤圣怪物行事，……因书其壁，何而问之。"(本书注)是知此种故事，当时不特流传人口，且用为庙堂文饰矣。其流风至汉不绝，今在墟墓间犹见有石刻神祇怪物圣哲士女之图。晋既得汲冢书，郭璞为《穆天子传》作注，又注《山海经》，作图赞，其后江灌亦有图赞，盖神异之说，晋以后尚为人士所深爱。然自古以来，终不闻有荟萃融铸为巨制，如希腊史诗者，第用为诗文藻饰，而于小说中常见其迹象而已。

中国神话之所以仅存零星者，说者谓有二故：一者华土之民，先居黄河流域，颇乏天惠，其生也勤，故重实际而黜玄想，不更能集古传以成大文。二者孔子出，以修身齐家治国平天下等实用为教，不欲言鬼神，太古荒唐之说，俱为儒者所不道，故其后不特无所光大，而又有散亡。

然详案之，其故殆尤在神鬼之不别。天神地祇人鬼，古者虽若有辨，而人鬼亦得为神祇。人神淆杂，则原始信仰无由蜕尽；原始信仰存则类于传说之言日出而不已，而旧有者于是僵死，新出者亦更无光焰也。如下例，前二为随时可生新神，后三为旧神有转换而无演进。

蒋子文，广陵人也，嗜酒好色，佻挞无度；常自谓骨青，死当为神。汉末为秣陵尉，逐贼至锺山下，贼击伤额，因解绶缚之，有顷遂死。及吴先主之初，其故吏见文于道，……谓曰，"我当为此土地神，以福尔下民，尔可宣告百姓，为我立庙，不尔，将有大咎。"是岁夏大疫，百姓辄相恐动，颇有窃祠之者矣。（《太平广记》二九三引《搜神记》）

世有紫姑神，古来相传云是人家妾，为大妇所嫉，每以秽事相次役，正月十五日感激而死。故世人以其日作其形，夜于厕间或猪栏边迎之。……投者觉重（案投当作捉，持也），便是神来，奠设酒果，亦觉貌辉辉有色，即跳蹙不住；能占众事，卜未来蚕桑，又善射钩；好则大儛，恶便仰眠。（《异苑》五）

沧海之中，有度朔之山，上有大桃木，……其枝间东北曰鬼门，万鬼所出入也。上有二神人，一曰神荼，一曰郁垒，主阅领万鬼，害恶之鬼，执以苇索而以食虎。于是黄帝乃作礼，以时驱之，立大桃人，门户画神荼郁垒与虎，悬苇索，以御凶魅。（《论衡》二十二引《山海经》，案今本中无之。）

东南有桃都山，……下有二神，左名隆，右名窫，并执苇索，伺不祥之鬼，得而煞之。今人正朝作两桃人立门旁，……盖遗象也。（《太平御览》二九及九一八引《玄中记》以《玉烛宝典》注补）

门神，乃是唐朝秦叔保胡敬德二将军也。按传，唐太宗不豫，寝门外抛砖弄瓦，鬼魅呼号。……太宗惧之，以告群臣。秦叔保出班奏曰，"臣平生杀人如剖瓜，积尸如聚蚁，何惧魑魅乎？愿同胡敬德戎装立门外以伺。"太宗可其奏，夜果无警，太宗嘉之，命画工图二人之形像，……悬于宫掖之左右门，邪祟以息。后世沿袭，遂永为门神。（《三教搜神大全》七）

## 第三篇　《汉书》《艺文志》所载小说

《汉志》之叙小说家，以为"出于稗官"，如淳曰，"细米为稗。街谈巷说,甚细碎之言也。王者欲知里巷风俗,故立稗官,使称说之。"
(本注)其所录小说,今皆不存,故莫得而深考,然审察名目,乃殊不
似有采自民间,如《诗》之《国风》者。其中依托古人者七,曰:《伊尹
说》,《鬻子说》,《师旷》,《务成子》,《宋子》,《天乙》,《黄帝》。记古事
者二,曰:《周考》,《青史子》,皆不言何时作。明著汉代者四家,曰:
《封禅方说》,《待诏臣饶心术》,《臣寿周纪》,《虞初周说》。《待诏臣
安成未央术》与《百家》,虽亦不云何时作,而依其次第,自亦汉人。

《汉志》道家有《伊尹说》五十一篇,今佚;在小说家之二十七篇
亦不可考,《史记》《司马相如传》注引《伊尹书》曰,"箕山之东,青鸟
之所,有卢橘夏熟。"当是遗文之仅存者。《吕氏春秋》《本味篇》述伊
尹以至味说汤,亦云"青鸟之所有甘栌",说极详尽,然文丰赡而意浅
薄,盖亦本《伊尹书》。伊尹以割烹要汤,孟子尝所详辩,则此殆战国
之士之所为矣。

《汉志》道家有《鬻子》二十二篇,今仅存一卷,或以其语浅薄,疑
非道家言。然唐宋人所引逸文,又有与今本《鬻子》颇不类者,则殆
真非道家言也。

> 武王率兵车以伐纣。纣虎旅百万,阵于商郊,起自黄鸟,至
> 于赤斧,走如疾风,声如振霆。三军之士,靡不失色。武王乃命
> 太公把白旄以麾之,纣军反走。(《文选李善注》及《太平御览》
> 三百一)

青史子为古之史官,然不知在何时。其书隋世已佚,刘知几《史
通》云"《青史》由缀于街谈"者,盖据《汉志》言之,非逮唐而复出也。
遗文今存三事,皆言礼,亦不知当时何以入小说。

> 古者胎教,王后腹之七月而就宴室,太史持铜而御户左,太
> 宰持斗而御户右,太卜持蓍龟而御堂下,诸官皆以其职御于门内。
> 比及三月者,王后所求声音非礼乐,则太史缊瑟而称不习,所求滋
> 味者非正味,则太宰倚斗而不敢煎调,而言曰,"不敢以待王太
> 子。"太子生而泣,太史吹铜曰,"声中某律。"太宰曰,"滋味上

某。"太卜曰，"命云某。"然后为王太子悬弧之礼义。……（《大戴礼记》《保傅篇》，《贾谊新书》《胎教十事》）

古者年八岁而出就外舍，学小艺焉，履小节焉；束发而就大学，学大艺焉，履大节焉。居则习礼文，行则鸣珮玉，升车则闻和鸾之声，是以非僻之心无自入也。……古之为路车也，盖圆以象天，二十八橑以象列星，轸方以象地，三十幅以象月。故仰则观天文，俯则察地理，前视则睹和鸾之声，侧听则观四时之运：此巾车教之道也。（《大戴礼记》《保傅篇》）

鸡者，东方之牲也。岁终更始，辨秩东作，万物触户而出，故以鸡祀祭也。（《风俗通义》八）

《汉志》兵阴阳家有《师旷》八篇，是杂占之书；在小说家者不可考，惟据本志注，知其多本《春秋》而已。《逸周书》《太子晋》篇记师旷见太子，聆声而知其不寿，太子亦自知"后三年当宾于帝所"，其说颇似小说家。

虞初事详本志注，又尝与丁夫人等以方祠诅匈奴大宛，见《郊祀志》，所著《周说》几及千篇，而今皆不传。晋唐人引《周书》者，有三事如《山海经》及《穆天子传》，与《逸周书》不类，朱右曾（《逸周书集训校释》十一）疑是《虞初说》。

岭山，神蓐收居之。是山也，西望日之所入，其气圆，神经光之所司也。（《太平御览》三）

天狗所止地尽倾，余光烛天为流星，长十数丈，其疾如风，其声如雷，其光如电。（《山海经》注十六）

穆王田，有黑鸟若鸠，翩飞而跱于衡，御者毙之以策，马佚，不克止之，蹶于乘，伤帝左股。（《文选李善注》十四）

《百家》者，刘向《说苑》叙录云，"《说苑杂事》，……其事类众多，……除去与《新序》复重者，其余者浅薄不中义理，别集以为《百家》。"《说苑》今存，所记皆古人行事之迹，足为法戒者，执是以推《百家》，则殆为故事之无当于治道者矣。

其余诸家,皆不可考。今审其书名,依人则伊尹鬻熊师旷黄帝,说事则封禅养生,盖多属方士假托。惟青史子非是。又务成子名昭,见《荀子》,《尸子》尝记其"避逆从顺"之教;宋子名钘,见《庄子》,《孟子》作宋牼,《韩非子》作宋荣子,《荀子》引子宋子曰,"明见侮之不辱,使人不斗",则"黄老意",然俱非方士之说也。

## 第四篇　今所见汉人小说

现存之所谓汉人小说,盖无一真出于汉人,晋以来,文人方士,皆有伪作,至宋明尚不绝。文人好逞狡狯,或欲夸示异书,方士则意在自神其教,故往往托古籍以衒其;晋以后人之托汉,亦犹汉人之依托黄帝伊尹矣。此群书中,有称东方朔班固撰者各二,郭宪刘歆撰者各一,大抵言荒外之事则云东方朔郭宪,关涉汉事则云刘歆班固,而大旨不离乎言神仙。

称东方朔撰者有《神异经》一卷,仿《山海经》,然略于山川道里而详于异物,间有嘲讽之辞。《山海经》稍显于汉而盛行于晋,则此书当为晋以后人作;其文颇有重复者,盖又尝散佚,后人钞唐宋类书所引逸文复作之也。有注,题张华作,亦伪。

　　南方有甘蔗之林,其高百丈,围三尺八寸,促节,多汁,甜如蜜。咋啮其汁,令人润泽,可以节蚘虫。人腹中蚘虫,其状如蚓,此消谷虫也,多则伤人,少则谷不消。是甘蔗能灭多益少,凡蔗亦然。(《南荒经》)

　　西南荒中出讹兽,其状若菟,人面能言,常欺人,言东而西,言恶而善。其肉美,食之,言不真矣。(原注,言食其肉,则其人言不诚。)一名诞。(《西南荒经》)

　　昆仑之山有铜柱焉,其高入天,所谓"天柱"也,围三千里,周圆如削。下有回屋,方百丈,仙人九府治之。上有大鸟,名曰希有,南向,张左翼覆东王公,右翼覆西王母;背上小处无羽,一

万九千里,西王母岁登翼上,会东王公也。(《中荒经》)

《十洲记》一卷,亦题东方朔撰,记汉武帝闻祖洲瀛洲玄洲炎洲长洲元洲流洲生洲凤麟洲聚窟洲等十洲于西王母,乃延朔问其所有之物名,亦颇仿《山海经》。

> 玄洲在北海之中,戌亥之地,方七千二百里,去南岸三十六万里。上有大玄都,仙伯真公所治。多丘山。又有风山,声响如雷电,对天西北门。上多太玄仙官宫室,宫室各异。饶金芝玉草。乃是三天君下治之处,甚肃肃也。

> 征和三年,武帝幸安定。西胡月支献香四两,大如雀卵,黑如桑椹。帝以香非中国所有,以付外库。……到后元元年,长安城内病者数百,亡者大半。帝试取月支神香烧之于城内,其死未三月者皆活,芳气经三月不歇,于是信知其神物也,乃更秘录余香,后一旦又失之。……明年,帝崩于五柞宫,已亡月支国人鸟山震檀却死等香也。向使厚待使者,帝崩之时,何缘不得灵香之用耶? 自合殒命矣!

东方朔虽以滑稽名,然诞谩不至此。《汉书》《朔传》赞云,"朔之诙谐逢占射覆,其事浮浅,行于众庶,儿童牧竖,莫不眩耀,而后之好事者因取奇言怪语附著之朔。"则知汉世于朔,已多附会之谈。二书虽伪作,而《隋志》已著录,又以辞意新异,齐梁文人亦往往引为故实。《神异经》固亦神仙家言,然文思较深茂,盖文人之为。《十洲记》特浅薄,观其记月支国反生香,及篇首云,"方朔云:臣,学仙者也,非得道之人,以国家之盛美,将招名儒墨于文教之内,抑绝俗之道于虚诡之迹,臣故韬隐逸而赴王庭,藏养生而侍朱阙。"则但为方士窃虑失志,借以震眩流俗,且自解嘲之作而已。

称班固作者,一曰《汉武帝故事》,今存一卷,记武帝生于猗兰殿至崩葬茂陵杂事,且下及成帝时。其中虽多神仙怪异之言,而颇不信方士,文亦简雅,当是文人所为。《隋志》著录二卷,不题撰人,宋晁公武《郡斋读书志》始云"世言班固作",又云,"唐张柬之书《洞冥记》后云,《汉武故事》,王俭造也。"然后人遂径属之班氏。

帝以乙酉年七月七日生于猗兰殿,年四岁,立为胶东王。数岁,长公主抱置膝上,问曰,"儿欲得妇不?"胶东王曰,"欲得妇。"长主指左右长御百余人,皆云不用。末指其女问曰,"阿娇好不?"于是乃笑对曰,"好。若得阿娇,当作金屋贮之也。"长主大悦,乃苦要上,遂成婚焉。

上尝辇至郎署,见一老翁,须鬓皓白,衣服不整。上问曰,"公何时为郎?何其老也?"对曰,"臣姓颜名驷,江都人也,以文帝时为郎。"上问曰,"何其老而不遇也?"驷曰,"文帝好文而臣好武,景帝好老而臣尚少,陛下好少而臣已老:是以三世不遇。"上感其言,擢拜会稽都尉。

七月七日,上于承华殿斋,日正中,忽见有青鸟从西方来。上问东方朔,朔对曰,"西王母暮必降尊像上。"……是夜漏七刻,空中无云,隐如雷声,竟天紫气。有顷,王母至,乘紫车,玉女夹驭;戴七胜;青气如云;有二青鸟,夹侍母旁。下车,上迎拜,延母坐,请不死之药。母曰,"……帝滞情不遣,欲心尚多,不死之药,未可致也。"因出桃七枚,母自噉二枚,与帝五枚。帝留核著前。王母问曰,"用此何为?"上曰,"此桃美,欲种之。"母笑曰,"此桃三千年一著子,非下土所植也。"留至五更,谈语世事而不肯言鬼神,肃然便去。东方朔于朱鸟牖中窥母。母曰,"此儿好作罪过,疏妄无赖,久被斥逐,不得还天,然原心无恶,寻当得还,帝善遇之!"母既去,上惆怅良久。

其一曰《汉武帝内传》,亦一卷,亦记孝武初生至崩葬事,而于王母降特详。其文虽繁丽而浮浅,且窃取释家言,又多用《十洲记》及《汉武故事》中语,可知较二书为后出矣。宋时尚不题撰人,至明乃并《汉武故事》皆称班固作,盖以固名重,因连类依托之。

到夜二更之后,忽见西南如白云起,郁然直来,径趋宫庭,须臾转近。闻云中箫鼓之声,人马之响。半食顷,王母至也。

县投殿前，有似鸟集，或驾龙虎，或乘白麟，或乘白鹤，或乘轩车，或乘天马，群仙数千，光曜庭宇。既至，从官不复知所在，唯见王母乘紫云之辇，驾九色斑龙。别有五十天仙，……咸住殿下。王母唯扶二侍女上殿。侍女年可十六七，服青绫之褂，容眸流盼，神姿清发，真美人也！王母上殿，东向坐，著黄金褡襦，文采鲜明，光仪淑穆，带灵飞大绶，腰佩分景之剑，头上太华髻，戴太真晨婴之冠，履玄璚凤文之舄，视之可年三十许，修短得中，天姿掩蔼，容颜绝世，真灵人也！

帝跪谢。……上元夫人使帝还坐。王母谓夫人曰，"卿之为戒，言甚急切，更使未解之人，畏于意志。"夫人曰，"若其志道，将以身投饿虎，忘躯破灭，蹈火履水，固于一志，必无忧也。……急言之发，欲成其志耳，阿母既有念，必当赐以尸解之方耳。"王母曰，"此子勤心已久，而不遇良师，遂欲毁其正志，当疑天下必无仙人，是故我发阆宫，暂舍尘浊，既欲坚其仙志，又欲令向化不惑也。今日相见，令人念之。至于尸解下方，吾甚不惜。后三年，吾必欲赐以成丹半剂，石象散一。具与之，则彻不得复停。当今匈奴未弥，边陲有事，何必令其仓卒舍天下之尊，而便入林岫？但当问笃志何如。如其回改，吾方数来。"王母因拊帝背曰，"汝用上元夫人至言，必得长生，可不勖勉耶？"帝跪曰，"彻书之金简，以身佩之焉。"

又有《汉武洞冥记》四卷，题后汉郭宪撰。全书六十则，皆言神仙道术及远方怪异之事；其所以名《洞冥记》者，序云，"汉武帝明俊特异之主，东方朔因滑稽以匡谏，洞心于道教，使冥迹之奥，昭然显著。今籍旧史之所不载者，聊以闻见，撰《洞冥记》四卷，成一家之书，"则所凭藉亦在东方朔。郭宪字子横，汝南宋人，光武时征拜博士，刚直敢言，有"关东觥觥郭子横"之目，徒以溅酒救火一事，遂为方士攀引，范晔作《后汉书》，遂亦不察而置之《方术列传》中。然《洞冥记》称宪作，实始于刘昫《唐书》，《隋志》但云郭氏，无名。六朝人虚造神仙家言，每好称郭氏，殆以影射郭璞，故有《郭氏玄中记》，有《郭氏洞冥记》。《玄中记》今不传，观其遗文，亦与《神异经》相类；《洞冥记》今全，文如下：

黄安，代郡人也，为代郡卒，……常服朱砂，举体皆赤，冬不著裘，坐一神龟，广二尺。人问"子坐此龟几年矣？"对曰，"昔伏羲始造网罟，获此龟以授吾；吾坐龟背已平矣。此虫畏日月之光，二千岁即一出头，吾坐此龟，已见五出头矣。"……（卷二）

天汉二年，帝升苍龙阁，思仙术，召诸方士言远国遐方之事。唯东方朔下席操笔跪而进。帝曰，"大夫为朕言乎？"朔曰，"臣游北极，至种火之山，日月所不照，有青龙衔烛火以照山之四极。亦有园圃池苑，皆植异木异草；有明茎草，夜如金灯，折枝为炬，照见鬼物之形。仙人甯封常服此草，于夜暝时，转见腹光通外。亦名洞冥草。"帝令锉此草为泥，以涂云明之馆，夜坐此馆，不加灯烛；亦名照魅草；以藉足，履水不沉。（卷三）

至于杂载人间琐事者，有《西京杂记》，本二卷，今六卷者宋人所分也。末有葛洪跋，言"其家有刘歆《汉书》一百卷，考校班固所作，殆是全取刘氏，小有异同，固所不取，不过二万许言。今钞出为二卷，以补《汉书》之阙。"然《隋志》不著撰人，《唐志》则云葛洪撰，可知当时皆不信为真出于歆。段成式（《酉阳杂俎》《语资篇》）云，"庾信作诗，用《西京杂记》事，旋自追改曰，'此吴均语，恐不足用。'"后人因以为均作。然所谓吴均语者，恐指文句而言，非谓《西京杂记》也，梁武帝敕殷芸撰《小说》，皆钞撮故书，已引《西京杂记》甚多，则梁初已流行世间，固以葛洪所造为近是。或又以文中称刘向为家君，因疑非葛洪作，然既托名于歆，则摹拟歆语，固亦理势所必至矣。书之所记，正如黄省曾序言，"大约有四：则猥琐可略，闲漫无归，与夫杳昧而难凭，触忌而须讳者。"然此乃判以史裁，若论文学，则此在古小说中，固亦意绪秀异，文笔可观者也。

司马相如初与卓文君还成都，居贫忧懑，以所著鹔鹴裘就市人阳昌贳酒,与文君为欢。既而文君抱颈而泣曰,"我生平富足,今乃以衣裘贳酒!"遂相与谋,于成都卖酒。相如亲着犊鼻裈涤器,以耻王孙。王孙果以为病,乃厚给文君,文君遂为富人。文君姣好,眉色如望远山,脸际常若芙蓉,肌肤柔滑如脂,为人放诞风流,故悦长卿之才而越礼焉。……(卷二)

郭威,字文伟,茂陵人也,好读书,以谓《尔雅》周公所制,而《尔雅》有"张仲孝友",张仲,宣王时人,非周公之制明矣。余尝以问杨子云,子云曰,"孔子门徒游夏之俦所记,以解释六艺者也"。家君以为《外戚传》称"史佚教其子以《尔雅》",《尔雅》,小学也。又记言"孔子教鲁哀公学《尔雅》",《尔雅》之出远矣,旧传学者皆云周公所记也,"张仲孝友"之类,后人所足耳。(卷三)

司马迁发愤作《史记》百三十篇,先达称为良史之才。其以伯夷居列传之首,以为善而无报也;为项羽本纪,以踞高位者非关有德也。及其序屈原贾谊,辞旨抑扬,悲而不伤,亦近代之伟才。(卷四)

(广川王去疾聚无赖发)栾书冢,棺柩明器,朽烂无余。有一白狐,见人惊走,左右击之,不能得,伤其左脚。其夕,王梦一丈夫须眉尽白,来谓王曰,"何故伤吾左脚?"乃以杖叩王左脚。王觉,脚肿痛生疮,至死不差。(卷六)

葛洪字稚川,丹阳句容人,少以儒学知名,究览典籍,尤好神仙导养之法,太安中,官伏波将军。以平贼功封关内侯。干宝深相亲善,荐洪才堪国史,而洪闻交趾出丹,自求为勾漏令,行至广州,为刺史所留,遂止罗浮,年八十一,兀然若睡而卒(约二九〇——三七〇),有传在《晋书》。洪著作甚多,可六百卷,其《抱朴子》(内篇三)言太丘长颍川陈仲弓有《异闻记》,且引其文,略云郡人张广定以避乱置其四岁女于古冢中,三年复归,而女以效龟息得不死。然陈实此记,史志既所不载,其事又甚类方士常谈,疑亦假托。葛洪虽去汉未远，而溺于神仙，故其言亦不足据。

又有《飞燕外传》一卷，记赵飞燕姊妹故事，题汉河东都尉伶玄子于撰，司马光尝取其"祸水灭火"语入《通鉴》，殆以为真汉人作，然恐是唐宋人所为。又有《杂事秘辛》一卷，记后汉选阅梁冀妹及册立事，杨慎序云，"得于安宁土知州万氏"，沈德符（《野获编》二十三）以为即慎一时游戏之作也。

## 第五篇　六朝之鬼神志怪书（上）

中国本信巫，秦汉以来，神仙之说盛行，汉末又大畅巫风，而鬼道愈炽；会小乘佛教亦入中土，渐见流传。凡此，皆张皇鬼神，称道灵异，故自晋讫隋，特多鬼神志怪之书。其书有出于文人者，有出于教徒者。文人之作，虽非如释道二家，意在自神其教，然亦非有意为小说，盖当时以为幽明虽殊途，而人鬼乃皆实有，故其叙述异事，与记载人间常事，自视固无诚妄之别矣。

《隋志》有《列异传》三卷，魏文帝撰，今佚。惟古来文籍中颇多引用，故犹得见其遗文，则正如《隋志》所言，"以序鬼物奇怪之事"者也。文中有甘露年间事，在文帝后，或后人有增益，或撰人是假托，皆不可知。两《唐志》皆云张华撰，亦别无佐证，殆后有悟其抵牾者，因改易之。惟宋裴松之《三国志注》，后魏郦道元《水经注》皆已征引，则为魏晋人作无疑也。

南阳宗定伯年少时，夜行逢鬼，问曰，"谁？"鬼曰，"鬼也。"鬼曰，"卿复谁？"定伯欺之，言我亦鬼也。鬼问欲至何所，答曰欲至宛市，鬼言我亦欲至宛市。共行数里，鬼言步行大亟，可共迭相担也。定伯曰大善。鬼便先担定伯数里，鬼言卿大重，将非鬼也？定伯言，我新死，故重耳。定伯因复担鬼，鬼略无重。如是再三。定伯复言，我新死，不知鬼悉何所畏忌？鬼曰，唯不喜人唾。……行欲至宛市，定伯便担鬼至头上，急持之。鬼大呼,声咋咋索下。不复听之,径至宛市中,著地化为一羊。便卖之。恐其便化,乃唾之,得钱千五百。(《太平御览》八百八十四,《法苑珠林》六)

神仙麻姑降东阳蔡经家,手爪长四寸。经意曰,"此女子实好佳手,愿得以搔背。"麻姑大怒。忽见经顿地,两目流血。(《太平御览》三百七十)

武昌新县北山上有望夫石,状若人立者。相传云,昔有贞妇,其夫从役,远赴国难,妇携幼子,饯送此山,立望而形化为石。(《太平御览》八百八十八)

晋以后人之造伪书,于记注殊方异物者每云张华,亦如言仙人神境者之好称东方朔。张华字茂先,范阳方城人,魏初举太常博士,入晋官至司空,领著作,封壮武郡公,永康元年四月赵王伦之变,华被害,夷三族,时年六十九(二三二——三〇〇),传在《晋书》。华既通图纬,又多览方伎书,能识灾祥异物,故有博物洽闻之称,然亦遂多附会之说。梁萧绮所录王嘉《拾遗记》(九)言华尝"捃采天下遗逸,自书契之始,考验神怪,及世间闾里所说,造《博物志》四百卷,奏于武帝",帝令芟截浮疑,分为十卷。其书今存,乃类记异境奇物及古代琐闻杂事,皆剌取故书,殊乏新异,不能副其名,或由后人缀辑复成,非其原本欤?今所存汉至隋小说,大抵此类。

《周书》曰,"西域献火浣布,昆吾氏献切玉刀,火浣布污则烧之则洁,刀切玉如蜡。"布汉世有献者,刀则未闻。(卷二《异产》)

取鳖锉令如棋子大,捣赤苋汁和合,厚以茅苞,五六月中作,投池中,经旬脔脔尽成鳖也。(卷四《戏术》)

燕太子丹质于秦,……欲归,请于秦王。王不听。谬言曰,"令乌头白,马生角,乃可。"丹仰而叹,乌即头白,俯而嗟,马生角。秦王不得已而遣之,为机发之桥,欲陷丹,丹驱驰过之而桥不发。遁到关,关门不开,丹为鸡鸣,于是众鸡悉鸣,遂归。(卷

八《史补》)

老子云,"万民皆付西王母;唯王,圣人,真人,仙人,道人之命,上属九天君耳。"(卷九《杂说》上)

新蔡干宝字令升,晋中兴后置史官,宝始以著作郎领国史,因家贫求补山阴令,迁始安太守,王导请为司徒右长史,迁散骑常侍(四世纪中)。宝著《晋纪》二十卷,时称良史;而性好阴阳术数,尝感于其父婢死而再生,及其兄气绝复苏,自言见天神事,乃撰《搜神记》二十卷。以"发明神道之不诬"(自序中语),见《晋书》本传。《搜神记》今存者正二十卷,然亦非原书,其书于神祇灵异人物变化之外,颇言神仙五行,又偶有释氏说。

汉下邳周式,尝至东海,道逢一吏,持一卷书,求寄载,行十余里,谓式曰,"吾暂有所过,留书寄君船中,慎勿发之!"去后,式盗发视,书皆诸死人录,下条有式名。须臾吏还,式犹视书。吏怒曰,"故以相告,而忽视之!"式叩头流血,良久,吏曰,"感卿远相载,此书不可除卿名,今日已去,还家三年勿出门,可得度也。勿道见吾书!"式还,不出已二年余,家皆怪之。邻人卒亡,父怒使往吊之,式不得已,适出门,便见此吏。吏曰,"吾令汝三年勿出,而今出门,知复奈何? 吾求不见连累为鞭杖,今已见汝,可复奈何? 后三日日中,当相取也。"……至三日日中,果见来取,便死。(卷五)

阮瞻字千里,素执无鬼论,物莫能难,每自谓此理足以辨正幽明。忽有客通名诣瞻,寒温毕,聊谈名理,客甚有才辨,瞻与之言良久,及鬼神之事,反复甚苦,客遂屈,乃作色曰,"鬼神古今圣贤所共传,君何得独言无? 即仆便是鬼!"于是变为异形,须臾消灭。瞻默然,意色大恶,岁余而卒。(卷十六)

焦湖庙有一玉枕,枕有小坼。时单父县人杨林为贾客,至庙祈求,庙巫谓曰,"君欲好婚否?"林曰,"幸甚。"巫即遣林近枕边,因入坼中,遂见朱楼琼室。有赵太尉在其中,即嫁女与林,生六子，皆为秘书郎。历数十年，并无思归之志，忽如梦觉，犹在枕傍，林怆然久之。（今本无此条，见《太平寰宇记》一百二十六引）

续干宝书者，有《搜神后记》十卷。题陶潜撰。其书今具存，亦记灵异变化之事如前记，陶潜旷达，未必拳拳于鬼神，盖伪托也。

干宝字令升，其先新蔡人。父莹，有嬖妾。母至妒，宝父葬时，因生推婢著藏中，宝兄弟年小，不之审也。经十年而母丧，开墓，见其妾伏棺上，衣服如生，就视犹暖，舆还家，终日而苏，云宝父常致饮食，与之寝接，恩情如生。家中吉凶辄语之，校之悉验，平复数年后方卒。宝兄常病，气绝积日不冷，后遂寤，云见天地间鬼神事，如梦觉，不自知死。（卷四）

晋中兴后，谯郡周子文家在晋陵，少时喜射猎。常入山，忽山岫间有一人长五六丈，手提弓箭，箭镝头广二尺许，白如霜雪，忽出声唤曰，"阿鼠！"（原注，子文小字）子文不觉应曰"喏"。此人便牵弓满镝向子文，子文便失魂厌伏。（卷七）

晋时，又有荀氏作《灵鬼志》，陆氏作《异林》，西戎主簿戴祚作《甄异传》，祖冲之作《述异记》，祖台之作《志怪》，此外作志怪者尚多，有孔氏殖氏曹毗等，今俱佚，间存遗文。至于现行之《述异记》二卷，称梁任昉撰者，则唐宋间人伪作，而袭祖冲之之书名者也，故唐人书中皆未尝引。

刘敬叔字敬叔，彭城人，少颖敏有异才，晋末拜南平国郎中令，入宋为给事黄门郎，数年，以病免，泰始中卒于家（约三九〇——四七〇），所著有《异苑》十余卷，行世。（详见明胡震亨所作小传，在汲古阁本《异苑》卷首）《异苑》今存者十卷，然亦非原书。

魏时，殿前大钟无故大鸣，人皆异之，以问张华，华曰，"此蜀郡铜山崩，故钟鸣应之耳。"寻蜀郡上其事，果如华言。（卷二）

义熙中，东海徐氏婢兰忽患羸黄，而拂拭异常，共伺察之，

见扫帚从壁角来趋婢床,乃取而焚之,婢即平复。(卷八)

晋太元十九年,鄱阳桓阐杀犬祭乡里绥山,煮肉不熟。神怒,即下教于巫曰,"桓阐以肉生贻我,当谪令自食也。"其年忽变作虎,作虎之始,见人以斑皮衣之,即能跳跃噬逐。(卷八)

东莞刘邕性嗜食疮痂,以为味似鳆鱼。尝诣孟灵休,灵休先患灸疮,痂落在床,邕取食之,灵休大惊,痂未落者悉褫取饴邕。南康国史二百许人,不问有罪无罪,递与鞭,疮痂落,常以给膳。(卷十)

临川王刘义庆(四〇三——四四四)为性简素,爱好文义,撰述甚多(详见《宋书》《宗室传》),有《幽明录》三十卷,见《隋志》史部杂传类,《新唐志》入小说。其书今虽不存,而他书征引甚多,大抵如《搜神》《列异》之类;然似皆集录前人撰作,非自造也。唐时尝盛行,刘知几(《史通》)云《晋书》多取之。

宋散骑侍郎东阳无疑有《齐谐记》七卷,亦见《隋志》,今佚。梁吴均作《续齐谐记》一卷,今尚存,然亦非原本。吴均字叔庠,吴兴故鄣人,天监初为吴兴主簿,旋兼建安王伟记室,终除奉朝请,以撰《齐春秋》不实免职,已而复召,使撰通史,未就,普通元年卒,年五十二(四六九——五二〇),事详《梁书》《文学传》。均夙有诗名,文体清拔,好事者或模拟之,称"吴均体",故其为小说,亦卓然可观,唐宋文人多引为典据,阳羡鹅笼之记,尤其奇诡者也。

阳羡许彦于绥安山行,遇一书生,年十七八,卧路侧,云脚痛,求寄鹅笼中。彦以为戏言,书生便入笼,笼亦不更广,书生亦不更小,宛然与双鹅并坐,鹅亦不惊。彦负笼而去,都不觉重。前行息树下,书生乃出笼谓彦曰,"欲为君薄设。"彦曰,"善。"乃口中吐出一铜奁子,奁子中具诸肴馔。……酒数行,谓彦曰,"向将一妇人自随。今欲暂邀之。"彦曰,"善。"又于口中吐一女子,年可十五六,衣服绮丽,容貌殊绝,共坐宴。俄而书生醉卧,此女谓彦曰,"虽与书生结妻,而实怀怨,向亦窃得一男子同行，书生既眠，暂唤之，君幸勿言。"彦曰，"善。"女子于口中吐出一男子，年可二十三四，亦颖悟可爱，乃与彦叙寒温。书生卧欲觉，女子口吐一锦行障遮书生，书生乃留女子共卧。男子谓彦曰，"此女虽有情，心亦不尽，向复窃得一女人同行，今欲暂见之，愿君勿泄。"彦曰，"善。"男子又于口中吐一妇人，年可二十许，共酌，戏谈甚久，闻书生动声，男子曰，"二人眠已觉。"因取所吐女人，还纳口中。须臾，书生处女乃出谓彦曰，"书生欲起。"乃吞向男子，独对彦坐。然后书生起谓彦曰，"暂眠遂久，君独坐，当悒悒耶？日又晚，当与君别。"遂吞其女子，诸器皿悉纳口中，留大铜盘可二尺广，与彦别曰，"无以藉君，与君相忆也。"彦大元中为兰台令史，以盘饷侍中张散；散看其铭题，云是永平三年作。

然此类思想，盖非中国所故有，段成式已谓出于天竺，《酉阳杂俎》（《续集》《贬误篇》）云，"释氏《譬喻经》云，昔梵志作术，吐出一壶，中有女子与屏，处作家室。梵志少息，女复作术，吐出一壶，中有男子，复与共卧。梵志觉，次第互吞之，杖杖而去。余以吴均尝览此事，讶其说以为至怪也。"所云释氏经者，即《旧杂譬喻经》，吴时康僧会译，今尚存；而此一事，则复有他经为本，如《观佛三昧海经》（卷一）说观佛苦行时白毫毛相云，"天见毛内有百亿光，其光微妙，不可具宣。于其光中，现化菩萨，皆修苦行，如此不异。菩萨不小，毛亦不大。"当又为梵志吐壶相之渊源矣。魏晋以来，渐译释典，天竺故事亦流传世间，文人喜其颖异，于有意或无意中用之，遂蜕化为国有，如晋人荀氏作《灵鬼志》，亦记道人入笼子中事，尚云来自外国，至吴均记，乃为中国之书生。

太元十二年，有道人外国来，能吞刀吐火，吐珠玉金银，自说其所受师，即白衣，非沙门也。尝行，见一人担担，上有小笼子，可受升余，语担人云，"吾步行疲极，欲寄君担。"担人甚怪之，虑是狂人，便语之云，"自可耳。"……即入笼中，笼不更大，其人亦不更小，担之亦不觉重于先。既行数十里，树下住食，担人呼共食，云"我自有食"，不肯出。……食未半，语担人"我欲与妇共食"，即复口吐出女子，年二十许，衣裳容貌甚美，二人便共食。食欲竟，其夫便卧；妇语担人，"我有外夫，欲来共食，夫觉，君勿道之。"妇便口中出一年少丈夫，共食。笼中便有三人，宽急之事，亦复不异。有顷，其夫动，如欲觉，妇便以外夫内口中。夫起，语担人曰，"可去!"即以妇内口中，次及食器物。……(《法苑珠林》六十一，《太平御览》三百五十九)

## 第六篇　六朝之鬼神志怪书(下)

　　释氏辅教之书，《隋志》著录九家，在子部及史部，今惟颜之推《冤魂志》存，引经史以证报应，已开混合儒释之端矣，而余则俱佚。遗文之可考见者，有宋刘义庆《宣验记》，齐王琰《冥祥记》，隋颜之推《集灵记》，侯白《旌异记》四种，大抵记经像之显效，明应验之实有，以震耸世俗，使生敬信之心，顾后世则或视为小说。王琰者，太原人，幼在交趾，受五戒，于宋大明及建元(五世纪中)年，两感金像之异，因作记，撰集像事，继以经塔，凡十卷，谓之《冥祥》，自序其事甚悉(见《法苑珠林》卷十七)。《冥祥记》在《珠林》及《太平广记》中所存最多，其叙述亦最委曲详尽，今略引三事，以概其余。

　　汉明帝梦见神人，形垂二丈，身黄金色，项佩日光。以问群臣，或对曰，"西方有神，其号曰佛，形如陛下所梦，得无是乎?"于是发使天竺，写致经像。表之中夏，自天子王侯，咸敬事之，闻人死精神不灭，莫不惧然自失。初，使者蔡愔将西域沙门迦叶摩腾等赍优填王画释迦佛像，帝重之，如梦所见也，乃遣画工图之数本，于南宫清凉台及高阳门显节寿陵上供养。又于白马寺壁画千乘万骑绕塔三匝之像，如诸传备载。(《珠林》十三)

　　晋谢敷字庆绪，会稽山阴人也，……少有高操，隐于东山，

420

笃信大法,精勤不倦,手写《首楞严经》,当在都白马寺中,寺为灾火所延,什物余经,并成煨尽,而此经止烧纸头界外而已,文字悉存,无所毁失。敷死时,友人疑其得道,及闻此经,弥复惊异。……(《珠林》十八)

晋赵泰字文和,清河贝丘人也,……年三十五时,尝卒心痛,须臾而死。下尸于地,心暖不已,屈伸随人。留尸十日,平旦,喉中有声如雨,俄而苏活。说初死之时,梦有一人来近心下,复有二人乘黄马,从者二人,扶泰腋径将东行,不知可几里,至一大城,崔巍高峻,城色青黑。将泰向城门入,经两重门,有瓦屋可数千间,男女大小亦数千人,行列而立。吏著皂衣,有五六人,条疏姓字,云"当以科呈府君"。泰名在三十,须臾,将泰与数千人男女一时俱进。府君西向坐,简视名簿讫,复遣泰南入黑门。有人著绛衣坐大屋下,以次呼名,问"生时所事?作何孽罪?行何福善?谛汝等辞,以实言也!此恒遣六部使者常在人间,疏记善恶,具有条状,不可得虚。"泰答"父兄仕宦,皆二千石。我少在家,修学而已,无所事也,亦不犯恶。"乃遣泰为水官将作。……后转泰水官都督知诸狱事,给泰兵马,令案行地狱。所至诸狱,楚毒各殊:或针贯其舌,流血竟体;或被头露发,裸形徒跣,相牵而行,有持大杖,从后催促,铁床铜柱,烧之洞然,驱迫此人,抱卧其上,赴即焦烂,寻复还生;……或剑树高广,不知限量,根茎枝叶,皆剑为之,人众相訾,自登自攀,若有欣竞,而身首割截,尺寸离断。泰见祖父母及二弟在此狱中,相见涕泣。泰出狱门,见有二人赍文书,来语狱吏,言有三人,其家为其于塔寺中悬幡烧香,救解其罪,可出福舍。俄见三人自狱而出,已有自然衣服,完整在身,南诣一门,云名开光大舍。……泰案行毕,还水官处。……主者曰,"卿无罪过,故相使为水官都督,不尔,与地狱中人无以异也。"泰问主者曰,"人有何行,死得乐报?"主者唯言"奉法弟子精进持戒,得乐报,无有谪罚也。"泰复问曰,"人未事法时所行罪过,事法之后,得以除不?"答曰,"皆除也。"语毕,主者开縢篋检泰年纪,尚有余算三十年在,乃遣泰还。……时晋太始五年七月十三日也……(《珠林》七,《广记》三百七十七)

佛教既渐流播,经论日多,杂说亦日出,闻者虽或悟无常而归依,然亦或怖无常而却走。此之反动,则有方士亦自造伪经,多作异记,以长生久视之道,网罗天下之逃苦空者,今所存汉小说,除一二文人著述外,其余盖皆是矣。方士撰书,大抵托名古人,故称晋宋人作者不多有,惟类书间有引《神异记》者,则为道士王浮作。浮,晋人,有浅妄之称,即惠帝时(三世纪末至四世纪初)与帛远抗论屡屈,遂改换《西域传》造老子《明威化胡经》者也(见唐释法琳《辩正论》六)。其记似亦言神仙鬼神,如《洞冥》《列异》之类。

　　陈敏,孙皓之世为江夏太守,自建业赴职,闻宫亭庙验(原注云言灵验),过乞在任安稳,当上银杖一枚。年限既满,作杖拟以还庙,捶铁以为干,以银涂之。寻征为散骑常侍,往宫亭送杖于庙中,讫即进路。日晚,降神巫宣教曰,"陈敏许我银杖,今以涂杖见与,便投水中,当以还之。欺蔑之罪,不可容也!"于是取银杖看之,剖视中见铁干,乃置之湖中。杖浮在水上,其疾如飞,遥到敏舫前,敏舟遂覆也。(《太平御览》七百十)

　　丹丘生大茗,服之生羽翼。(《事类赋》注十六)

《拾遗记》十卷,题晋陇西王嘉撰,梁萧绮录。《晋书》《艺术列传》中有王嘉,略云,嘉字子年,陇西安阳人,初隐于东阳谷,后入长安,苻坚累征不起,能言未然之事,辞如谶记,当时鲜能晓之。姚苌入长安,逼嘉自随;后以答问失苌意,为苌所杀(约三九〇)。嘉尝造《牵三歌谶》,又著《拾遗录》十卷,其事多诡怪,今行于世。传所云《拾遗录》者,盖即今记,前有萧绮序,言书本十九卷,二百二十篇,当苻秦之季,典章散灭,此书亦多有亡,绮更删繁存实,合为一部,凡十卷。今书前九卷起庖牺迄东晋,末一卷则记昆仑等九仙山,与序所谓"事讫西晋之末"者稍不同。其文笔颇靡丽,而事皆诞谩无实,萧绮之录亦附会,胡应麟(《笔丛》三十二)以为"盖即绮撰而托之王嘉"者也。

少昊以金德王,母曰皇娥,处璇宫而夜织,或乘桴木而昼游,经历穷桑沧茫之浦。时有神童,容貌绝俗,称为白帝之子,即太白之精,降乎水际,与皇娥宴戏,奏便娟之乐,游漾忘归。穷桑者,西海之滨,有孤桑之树,直上千寻,叶红椹紫,万岁一实,食之后天而老。……帝子与皇娥并坐,抚桐峰梓瑟,皇娥倚瑟而清歌曰,"天清地旷浩茫茫,万象回薄化无方,涴天荡荡望沧沧,乘桴轻漾著日傍,当其何所至穷桑,心知和乐悦未央。"俗谓游乐之处为桑中也,《诗》《卫风》云"期我乎桑中",盖类此也。……及皇娥生少昊,号曰穷桑氏,亦曰桑丘氏。至六国时,桑丘子著阴阳书,即其余裔也。……(卷一)

刘向于成帝之末,校书天禄阁,专精覃思。夜,有老人著黄衣,植青藜杖,登阁而进,见向暗中独坐诵书,老父乃吹杖端,烟燃,因以见向,说开辟已前。向因受五行洪范之文,恐辞说繁广忘之,乃裂帛及绅,以记其言,至曙而去。向请问姓名,云"我是太一之精,天帝闻卯金之子有博学者,下而观焉"。乃出怀中竹牒,有天文地图之书,"余略授子焉"。至向子歆,从向授其术。向亦不悟此人焉。(卷六)

洞庭山浮于水上,其下有金堂数百间,玉女居之,四时闻金石丝竹之声,彻于山顶。楚怀王之时,举群才赋诗于水湄。……后怀王好进奸雄,群贤逃越。屈原以忠见斥,隐于沅湘,披蓁茹草,混同禽兽,不交世务,采柏实以和桂膏,用养心神,被王逼逐,乃赴清泠之水,楚人思慕,谓之水仙。其神游于天河,精灵时降湘浦,楚人为之立祠,汉末犹在。(卷十)

## 第七篇　《世说新语》与其前后

汉末士流,已重品目,声名成毁,决于片言,魏晋以来,乃弥以标格语言相尚,惟吐属则流于玄虚,举止则故为疏放,与汉之惟俊伟坚卓为重者,甚不侔矣。盖其时释教广被,颇扬脱俗之风,而老庄之说亦大盛,其因佛而崇老为反动,而厌离于世间则一致,相拒而实相扇,终乃汗漫而为清谈。渡江以后,此风弥甚,有违言者,惟一二枭雄而已。世之所尚,因有撰集,或者掇拾旧闻,或者记述近事,虽不过丛残小语,而俱为人间言动,遂脱志怪之牢笼也。

记人间事者已甚古,列御寇韩非皆有录载,惟其所以录载者,列在用以喻道,韩在储以论政。若为赏心而作,则实萌芽于魏而盛大于晋,虽不免追随俗尚,或供揣摩,然要为远实用而近娱乐矣。晋隆和(三六二)中,有处士河东裴启,撰汉魏以来迄于同时言语应对之可称者,谓之《语林》,时颇盛行,以记谢安语不实,为安所诋,书遂废(详见《世说新语》《轻诋篇》)。后仍时有,凡十卷,至隋而亡,然群书中亦常见其遗文也。

> 娄护字君卿,历游五侯之门,每旦,五侯家各遗饷之,君卿口厌滋味,乃试合五侯所饷之鲭而食,甚美。世所谓"五侯鲭",君卿所致。(《太平广记》二百三十四)

> 魏武云,"我眠中不可妄近,近辄斫人不觉。左右宜慎之!"后乃阳冻眠,所幸小儿窃以被覆之,因便斫杀,自尔莫敢近。(《太平御览》七百七)

> 钟士季尝向人道,"吾年少时一纸书,人云是阮步兵书,皆字字生义,既知是吾,不复道也。"(《续谈助》四)

> 祖士言与钟雅语相调,钟语祖曰,"我汝颍之士利如锥,卿燕代之士钝如槌。"祖曰,"以我钝槌,打尔利锥。"钟曰,"自有神锥,不可得打。"祖曰,"既有神锥,必有神槌。"钟遂屈。(《御览》

四百六十六）

王子猷尝暂寄人空宅住，使令种竹。或问暂住何烦尔？啸咏良久，直指竹曰，"何可一日无此君。"（《御览》三百八十九）

《隋志》又有《郭子》三卷，东晋中郎郭澄之撰，《唐志》云，"贾泉注"，今亡。审其遗文，亦与《语林》相类。

宋临川王刘义庆有《世说》八卷，梁刘孝标注之为十卷，见《隋志》。今存者三卷曰《世说新语》，为宋人晏殊所删并，于注亦小有剪裁，然不知何人又加新语二字，唐时则曰新书，殆以《汉志》儒家类录刘向所序六十七篇中，已有《世说》，因增字以别之也。《世说新语》今本凡三十八篇，自《德行》至《仇隙》，以类相从，事起后汉，止于东晋，记言则玄远冷俊，记行则高简瑰奇，下至缪惑，亦资一笑。孝标作注，又征引浩博。或驳或申，映带本文，增其隽永，所用书四百余种，今又多不存，故世人尤珍重之。然《世说》文字，间或与裴郭二家书所记相同，殆亦犹《幽明录》《宣验记》然，乃纂缉旧文，非由自造：《宋书》言义庆才词不多，而招聚文学之士，远近必至，则诸书或成于众手，未可知也。

阮光禄在剡，曾有好车，借者无不皆给。有人葬母，意欲借而不敢言。阮后闻之，叹曰，"吾有车而使人不敢借，何以车为？"遂焚之。（卷上《德行篇》）

阮宣子有令闻，太尉王夷甫见而问曰，"老庄与圣教同异？"对曰，"将无同。"太尉善其言，辟之为掾，世谓"三语掾"。（卷上《文学篇》）

祖士少好财，阮遥集好屐，并恒自经营，同是一累，而未判其得失。人有诣祖，见料视财物，客至，屏当未尽，余两小簏，著背后倾身障之，意未能平。或有诣阮，见自吹火蜡屐，因叹曰，"未知一生当著几量屐？"神色闲畅。于是胜负始分。（卷中《雅量篇》）

世目李元礼"谡谡如松下劲风"。（卷中《赏誉篇》）

公孙度目邴原："所谓云中白鹤，非燕雀之网所能罗也。"
（同上）

刘伶恒纵酒放达，或脱衣裸形在屋中。人见讥之。伶曰，
"我以天地为栋宇，屋室为裈衣，诸君何为入我裈中？"（卷下《任
诞篇》）

石崇每要客燕集，常令美人行酒，客饮酒不尽者，使黄门交
斩美人。王丞相与大将军尝共诣崇，丞相素不能饮，辄自勉强，
至于沉醉。每至大将军，固不饮以观其变，已斩三人，颜色如
故，尚不肯饮，丞相让之，大将军曰，"自杀伊家人，何预卿事？"
（卷下《汰侈篇》）

梁沈约（四四一——五一三，《梁书》有传）作《俗说》三卷，亦此
类，今亡。梁武帝尝敕安右长史殷芸（四七一——五二九，《梁书》有
传）撰《小说》三十卷，至隋仅存十卷，明初尚存，今乃止见于《续谈
助》及原本《说郛》中，亦采集群书而成，以时代为次第，而特置帝王
之事于卷首，继以周汉，终于南齐。

晋咸康中，有士人周谓者，死而复生，言天帝召见，引升殿，
仰视帝，面方一尺。问左右曰，"是古张天帝耶？"答云，"上古天
帝，久已圣去，此近曹明帝也。"（《绀珠集》二）

孝武未尝见驴，谢太傅问曰，"陛下想其形当何所似？"孝武
掩口笑云，"正当似猪。"（《续谈助》四。原注云，出《世说》。案
今本无之。）

孔子尝游于山，使子路取水。逢虎于水所，与共战，揽尾得
之，内怀中；取水还。问孔子曰，"上士杀虎如之何？"子曰，"上
士杀虎持虎头。"又问曰，"中士杀虎如之何？"子曰，"中士杀虎
持虎耳。"又问，"下士杀虎如之何？"子曰，"下士杀虎捉虎尾。"
子路出尾弃之，因恚孔子曰，"夫子知水所有虎，使我取水，是欲
死我。"乃怀石盘欲中孔子，又问"上士杀人如之何？"子曰，"上
士杀人使笔端。"又问曰，"中士杀人如之何？"子曰，"中士杀人

用舌端。"又问"下士杀人如之何？"子曰，"下士杀人怀石盘。"子路出而弃之，于是心服。（原本《说郛》二十五。原注云，出《冲波传》。）

鬼谷先生与苏秦张仪书云，"二君足下，功名赫赫，但春华到秋，不得久茂。日数将冬，时讫将老。子独不见河边之树乎？仆御折其枝，波浪激其根；此木非与天下人有仇怨，盖所居者然。子见嵩岱之松柏，华霍之树檀？上叶干青云，下根通三泉，上有猿狄，下有赤豹麒麟，千秋万岁，不逢斧斤之伐：此木非与天下之人有骨肉，亦所居者然。今二子好朝露之荣，忽长久之功，轻乔松之求延，贵一旦之浮爵，夫'女爱不极席，男欢不毕轮'，痛夫痛夫，二君二君！"（《续谈助》四。原注云，出《鬼谷先生书》。）

《隋志》又有《笑林》三卷，后汉给事中邯郸淳撰。淳一名竺，字子礼，颍川人，弱冠有异才，元嘉元年（一五一），上虞长度尚为曹娥立碑，淳者尚之弟子，于席间作碑文，操笔而成，无所点定，遂知名，黄初初（约二二一），为魏博士给事中，见《后汉书》《曹娥传》及《三国》《魏志》《王粲传》等注。《笑林》今佚，遗文存二十余事，举非违，显纰缪，实《世说》之一体，亦后来诽谐文字之权舆也。

鲁有执长竿入城门者，初，竖执之不可入，横执之亦不可入，计无所出。俄有老父至曰，"吾非圣人，但见事多矣，何不以锯中截而入！"遂依而截之。（《太平广记》二百六十二）

平原陶丘氏，取渤海墨台氏女，女色甚美，才甚令，复相敬，已生一男而归。母丁氏，年老，进见女婿。女婿既归而遣妇。妇临去请罪，夫曰，"曩见夫人年德已衰，非昔日比，亦恐新妇老后，必复如此，是以遣，实无他故。"（《太平御览》四百九十九）

甲父母在，出学三年而归。舅氏问其学何所得，并序别父久。乃答曰，"渭阳之思，过于秦康。"既而父数之，"尔学奚益。"答曰，"少失过庭之训，故学无益。"（《广记》二百六十二）

甲与乙争斗，甲啮下乙鼻，官吏欲断之，甲称乙自啮落。吏曰，"夫人鼻高而口低，岂能就啮之乎？"甲曰，"他踏床子就啮之。"（同上）

《笑林》之后，不乏继作，《隋志》有《解颐》二卷。杨松玢撰，今一字不存，而群书常引《谈薮》，则《世说》之流也。《唐志》有《启颜录》十卷，侯白撰。白字君素，魏郡人，好学有捷才，滑稽善辩，举秀才为儒林郎，好为诽谐杂说，人多爱狎之，所在之处，观者如市。隋高祖闻其名，召令于秘书修国史，后给五品食，月余而死（约六世纪后叶）。见《隋书》《陆爽传》。《启颜录》今亦佚，然《太平广记》引用甚多，盖上取子史之旧文，近记一己之言行，事多浮浅，又好以鄙言调谑人，诽谐太过，时复流于轻薄矣。其有唐世事者，后人所加也；古书中往往有之，在小说尤甚。

开皇中，有人姓出名六斤，欲参（杨）素，赍名纸至省门，遇白，请为题其姓，乃书曰"六斤半"。名既入，素召其人，问曰，"卿姓六斤半？"答曰，"是出六斤。"曰，"何为六斤半？"曰，"向请侯秀才题之，当是错矣。"即召白至，谓曰，"卿何为错题人姓名？"对云，"不错。"素曰，"若不错，何因姓出名六斤，请卿题之，乃言六斤半？"对曰，"白在省门，会卒无处觅称，既闻道是出六斤，斟酌只应是六斤半。"素大笑之。（《广记》二百四十八）

山东人娶蒲州女，多患瘿，其妻母项瘿甚大。成婚数月，妇家疑婿不慧，妇翁置酒盛会亲戚，欲以试之。问曰，"某郎在山东读书，应识道理。鸿鹤能鸣，何意？"曰，"天使其然。"又曰。"松柏冬青，何意？"曰，"天使其然。"又曰，"道边树有骨骸，何意？"曰，"天使其然。"妇翁曰，"某郎全不识道理，何因浪住山东？"因以戏之曰，"鸿鹤能鸣者颈项长，松柏冬青者心中强，道边树有骨骸者车拨伤：岂是天使其然？"婿曰，"虾蟆能鸣，岂是颈项长？竹亦冬青，岂是心中强？夫人项下瘿如许大，岂是车拨伤？"妇翁羞愧，无以对之。（同上）

其后则唐有何自然《笑林》,今亦佚,宋有吕居仁《轩渠录》,沈征《谐史》,周文玘《开颜集》,天和子《善谑集》,元明又十余种;大抵或取子史旧文,或拾同时琐事,殊不见有新意。惟托名东坡之《艾子杂说》稍卓特,顾往往嘲讽世情,讥刺时病,又异于《笑林》之无所为而作矣。

至于《世说》一流,仿者尤众,刘孝标有《续世说》十卷,见《唐志》,然据《隋志》,则殆即所注临川书。唐有王方庆《续世说新书》(见《新唐志》杂家,今佚),宋有王谠《唐语林》,孔平仲《续世说》,明有何良俊《何氏语林》,李绍文《明世说新语》,焦竑《类林》及《玉堂丛话》,张墉《廿一史识余》,郑仲夔《清言》等;然纂旧闻则别无颖异,述时事则伤于矫揉,而世人犹复为之不已,至于清,又有梁维枢作《玉剑尊闻》,吴肃公作《明语林》,章抚功作《汉世说》,李清作《女世说》,颜从乔作《僧世说》,王晫作《今世说》,汪琬作《说铃》而惠栋为之补注,今亦尚有易宗夔作《新世说》也。

## 第八篇　唐之传奇文(上)

小说亦如诗,至唐代而一变,虽尚不离于搜奇记逸,然叙述宛转,文辞华艳,与六朝之粗陈梗概者较,演进之迹甚明,而尤显者乃在是时则始有意为小说。胡应麟(《笔丛》三十六)云,"变异之谈,盛于六朝,然多是传录舛讹,未必尽幻设语,至唐人乃作意好奇,假小说以寄笔端。"其云"作意",云"幻设"者,则即意识之创造矣。此类文字,当时或为丛集,或为单篇,大率篇幅曼长,记叙委曲,时亦近于俳谐,故论者每訾其卑下,贬之曰"传奇",以别于韩柳辈之高文。顾世间则甚风行,文人往往有作,投谒时或用之为行卷,今颇有留存于《太平广记》中者(他书所收,时代及撰人多错误不足据),实唐代特绝之作也。然而后来流派,乃亦不昌,但有演述,或者摹拟而已,惟元明人多本其事作杂剧或传奇,而影响遂及于曲。

幻设为文,晋世固已盛,如阮籍之《大人先生传》,刘伶之《酒德颂》,陶潜之《桃花源记》《五柳先生传》皆是矣,然咸以寓言为本,文词为末,故其流可衍为王绩《醉乡记》韩愈《圬者王承福传》柳宗元《种树郭橐驼传》等,而无涉于传奇。传奇者流,源盖出于志怪,然施之藻绘,扩其波澜,故所成就乃特异,其间虽亦或托讽喻以纾牢愁,谈祸福以寓惩劝,而大归则究在文采与意想,与昔之传鬼神明因果而外无他意者,甚异其趣矣。

隋唐间,有王度者,作《古镜记》(见《广记》二百三十,题曰《王度》),自述获神镜于侯生,能降精魅,后其弟勋(当作绩)远游,借以自随,亦杀诸鬼怪,顾终乃化去。其文甚长,然仅缀古镜诸灵异事,犹有六朝志怪流风。王度,太原祁人,文中子通之弟,东皋子绩兄也,盖生于开皇初(宋晁公武《郡斋读书志》十云通生于开皇四年),大业中为御史,罢归河东,复入长安为著作郎,奉诏修国史,又出兼芮城令,武德中卒(约五八五——六二五),史亦不成(见《古镜记》,《唐文粹》及《新唐书》《王绩传》,惟传云兄名凝,未详孰是),遗文仅存此篇而已。绩弃官归龙门后,史不言其游涉,盖度所假设也。

唐初又有《补江总白猿传》一卷,不知何人作,宋时尚单行,今见《广记》(四百四十四,题曰《欧阳纥》)中。传言梁将欧阳纥略地至长乐,深入溪洞,其妻遂为白猿所掠,逮救归,已孕,周岁生一子,"厥状肖焉"。纥后为陈武帝所杀,子询以江总收养成人,入唐有盛名,而貌类猕猴,忌者因此作传,云以补江总,是知假小说以施诬蔑之风,其由来亦颇古矣。

武后时,有深州陆浑人张鷟字文成,以调露初登进士第,为岐王府参军,屡试皆甲科,大有文誉,调长安尉,然性躁卞,傥荡无检,姚崇尤恶之;开元初,御史李全交劾鷟讪短时政,贬岭南,旋得内徙,终司门员外郎(约六六〇——七四〇,详见两《唐书》《张荐传》)。日本有《游仙窟》一卷,题宁州襄乐县尉张文成作,莫休符谓"鷟弱冠应举,下笔成章,中书侍郎薛元超特授襄乐尉"(《桂林风土记》),则尚其年少时所为。自叙奉使河源,道中夜投大宅,逢二女曰十娘五嫂,宴饮欢笑,以诗相调,止宿而去,文近骈俪而时杂鄙语,气度与所作《朝野佥载》《龙筋凤髓判》正同,《唐书》谓"鸷下笔辄成,浮艳少理致,其论著率诋诮芜秽,然大行一时,晚进莫不传记。……新罗日本使至,必出金宝购其文",殆实录矣。《游仙窟》中国久失传,后人亦不复效其体制,今略录数十言以见大概,乃升堂燕饮时情状也。

……十娘唤香儿为少府设乐,金石并奏,箫管间响:苏合弹琵琶,绿竹吹筚篥,仙人鼓瑟,玉女吹笙,玄鹤俯而听琴,白鱼跃而应节。清音眇叨,片时则梁上尘飞,雅韵铿锵,卒尔则天边雪落,一时忘味,孔丘留滞不虚,三日绕梁,韩娥余音是实。……两人俱起舞,共劝下官,……遂舞著词曰,"从来巡绕四边,忽逢两个神仙,眉上冬天出柳,颊中旱地生莲,千看千处妩媚,万看万种媱妍,今宵若其不得,刺命过与黄泉。"又一时大笑。舞毕,因谢曰,"仆实庸才,得陪清赏,赐垂音乐,惭荷不胜。"十娘咏曰,"得意似鸳鸯,情乖若胡越,不向君边尽,更知何处歇?"十娘曰,"儿等并无可收采,少府公云'冬天出柳,旱地生莲',总是相弄也。"……

然作者蔚起,则在开元天宝以后。大历中有沈既济,苏州吴人,经学该博,以杨炎荐,召拜左拾遗史馆修撰。贞元时炎得罪,既济亦贬处州司户参军,既入朝,位礼部员外郎,卒(约七五〇——八〇〇)。撰《建中实录》,人称其能,《新唐书》有传。《文苑英华》(八百三十三)录其《枕中记》(亦见《广记》八十二,题曰《吕翁》)一篇,为小说家言,略谓开元七年,道士吕翁行邯郸道中,息邸舍,见旅中少年卢生侘傺叹息,乃探囊中枕授之。生梦娶清河崔氏,举进士,官至陕牧,入为京兆尹,出破戎虏,转吏部侍郎,迁户部尚书兼御史大夫,为时宰所忌,以飞语中之,贬端州刺史,越三年征为常侍,未几同中书门下平章事。

嘉谟密命,一日三接,献替启沃,号为贤相,同列害之,复诬与边将交结，所图不轨，下制狱，府吏引从至其门而急收之。生惶骇不测，谓妻子曰，"吾家山东有良田五顷，足以御寒馁，何苦求禄。而今及此，思衣短褐乘青驹行邯郸道中，不可得也！"引刃自刎，其妻救之获免。其罹者皆死，独生为中官保之，减罪死投驩州。数年，帝知冤，复追为中书令，封燕国公，恩旨殊异。生五子，……其姻媾皆天下望族，有孙十余人。……后年渐衰迈，屡乞骸骨，不许。病，中人候问，相踵于道，名医上药，无不至焉，……薨；生欠伸而悟，见其身方偃于邸舍，吕翁坐其傍，主人蒸黍未熟：触类如故。生蹶然而兴曰，"岂其梦寐也？"翁谓主人曰，"人生之适，亦如是矣。"生怃然良久，谢曰，"夫宠辱之道，穷达之运，得丧之理，死生之情，尽知之矣：此先生所以窒吾欲也。敢不受教！"稽首再拜而去。

如是意想，在歆慕功名之唐代，虽诡幻动人，而亦非出于独创，干宝《搜神记》有焦湖庙祝以玉枕使杨林入梦事（见第五篇），大旨悉同，当即此篇所本，明人汤显祖之《邯郸记》，则又本之此篇。既济文笔简炼，又多规诲之意，故事虽不经，尚为当时推重，比之韩愈《毛颖传》；间亦有病其俳谐者，则以作者尝为史官，因而绳以史法，失小说之意矣。既济又有《任氏传》（见《广记》四百五十二）一篇，言妖狐幻化，终于守志殉人，"虽今之妇人有不如者"，亦讽世之作也。

"吴兴才人"（李贺语）沈亚之字下贤，元和十年进士第，太和初为德州行营使者柏耆判官，耆以罪贬，亚之亦谪南康尉，终郢州掾（约八世纪末至九世纪中），集十二卷，今存。亚之有文名，自谓"能创窈窕之思"，今集中有传奇文三篇（《沈下贤集》卷二卷四，亦见《广记》二百八十二及二百九十八），皆以华艳之笔，叙恍忽之情，而好言仙鬼复死，尤与同时文人异趣。《湘中怨》记郑生偶遇孤女，相依数年，一旦别去，自云"蛟宫之娣"，谪限已满矣，十余年后，又遥见之画舻中，含嚬悲歌，而"风涛崩怒"，竟失所在。《异梦录》记邢凤梦见美人，示以"弓弯"之舞；及王炎梦侍吴王久，忽闻箫鼓，乃葬西施，因奉教作挽歌,王嘉赏之。《秦梦记》则自述道经长安,客橐泉邸舍,梦为秦官有功,时弄玉婿箫史先死,因尚公主,自题所居曰翠微宫。穆公遇亚之亦甚厚,一日,公主忽无疾卒,穆公乃不复欲见亚之,遣之归。

　　将去,公置酒高会,声秦声,舞秦舞,舞者击髆拊髀呜呜而音有不快,声甚怨。……既,再拜辞去,公复命至翠微宫与公主侍人别,重入殿内时,见珠翠遗碎青阶下,窗纱檀点依然,宫人泣对亚之。亚之感咽良久,因题宫门诗曰,"君王多感放东归,从此秦宫不复期,春景自伤秦丧主,落花如雨泪胭脂。"竟别去,……觉卧邸舍。明日,亚之与友人崔九万具道;九万,博陵人,谙古,谓余曰,"《皇览》云,'秦穆公葬雍橐泉祈年宫下',非其神灵凭乎?"亚之更求得秦时地志,说如九万云。呜呼! 弄玉既仙矣,恶又死乎?

陈鸿为文,则辞意慷慨,长于吊古,追怀往事,如不胜情。鸿少学为史,贞元二十一年登太常第,始闲居遂志,乃修《大统纪》三十卷,七年始成(《唐文粹》九十五),在长安时,尝与白居易为友,为《长恨歌》作传(见《广记》四百八十六)。《新唐志》小说家类有陈鸿《开元升平源》一卷,注云,"字大亮,贞元主客郎中",或亦其人也(约八世纪后半至九世纪中叶)。所作又有《东城老父传》(见《广记》四百八十五),记贾昌于兵火之后,忆念太平盛事,荣华苓落,两相比照,其语甚悲。《长恨歌传》则作于元和初,亦追述开元中杨妃入宫以至死蜀本末,法与《贾昌传》相类。杨妃故事,唐人本所乐道,然鲜有条贯秩然如此传者,又得白居易作歌,故特为世间所知,清洪昇撰《长生殿传奇》,即本此传及歌意也。传今有数本,《广记》及《文苑英华》(七百九十四)所录,字句已多异同,而明人附载《文苑英华》后之出于《丽情集》及《京本大曲》者尤异,盖后人(《丽情集》之撰者张君房?)又增损之。

　　天宝末,兄国忠盗丞相位,愚弄国柄,及安禄山引兵向阙,以讨杨氏为词。潼关不守,翠华南幸,出咸阳,道次马嵬亭,六军徘徊，持戟不进，从官郎吏伏上马前，请诛晁错以谢天下，国忠奉氂缨盘水，死于道周。左右之意未快，上问之，当时敢言者请以贵妃塞天下怨，上知不免，而不忍见其死，反袂掩面，使牵之而去；仓皇展转，竟就死于尺组之下。（《文苑英华》所载）

天宝末，兄国忠盗丞相位，窃弄国柄，羯胡乱燕，二京连陷，翠华南幸，驾出都西门百余里，六师徘徊，拥戟不行。从官郎吏伏上马前，请诛错以谢之；国忠奉氂缨盘水，死于道周。左右之意未快，当时敢言者请以贵妃塞天下之怒，上惨容，但心不忍见其死，反袂掩面，使牵之而去。拜于上前，回眸血下，坠金钿翠羽于地，上自收之。呜呼，蕙心纨质，天王之爱，不得已而死于尺组之下，叔向母云"甚美必甚恶"，李延年歌曰"倾国复倾城"，此之谓也。（《丽情集》及《大曲》所载）

白行简字知退，其先盖太原人，后家韩城，又徙下邽，居易之弟也，贞元末进士第，累迁司门员外郎主客郎中，宝历二年（八二六）冬病卒，年盖五十余，两《唐书》皆附见《居易传》。有集二十卷，今不存，而《广记》（四百八十四）收其传奇文一篇曰《李娃传》，言荥阳巨族之子溺于长安倡女李娃，贫病困顿，至流落为挽郎，复为李娃所拯，勉之学，遂擢第，官成都府参军。行简本善文笔，李娃事又近情而耸听，故缠绵可观；元人已本其事为《曲江池》，明薛近衮则以作《绣襦记》。行简又有《三梦记》一篇（见原本《说郛》四），举"彼梦有所往而此遇之者，或此有所为而彼梦之者，或两相通梦者"三事，皆叙述简质，而事特瑰奇，其第一事尤胜。

天后时，刘幽求为朝邑丞，尝奉使夜归，未及家十余里，适有佛寺，路出其侧，闻寺中歌笑欢洽。寺垣短缺，尽得睹其中。刘俯身窥之，见十数人儿女杂坐，罗列盘馔，环绕之而共食。见其妻在坐中语笑。刘初愕然，不测其故，久之，且思其不当至此，复不能舍之。又熟视容止言笑无异，将就察之，寺门闭不得入，刘掷瓦击之，中其罍洗，破进散走，因忽不见。刘逾垣直入，与从者同视殿庑,皆无人,寺扃如故。刘讶益甚,遂驰归。比至其家,妻方寝,闻刘至,乃叙寒暄讫,妻笑曰,"向梦中与数十人同游一寺,皆不相识,会食于殿庭,有人自外以瓦砾投之,杯盘狼藉,因而遂觉。"刘亦具陈其见,盖所谓彼梦有所往而此遇之也。

## 第九篇　唐之传奇文(下)

然传奇诸作者中,有特有关系者二人:其一,所作不多而影响甚大,名亦甚盛者曰元稹;其二,多所著作,影响亦甚大而名不甚彰者曰李公佐。

元稹字微之,河南河内人,举明经,补校书郎,元和初应制策第一,除左拾遗,历监察御史,坐事贬江陵,又自虢州长史征入,渐迁至中书舍人承旨学士,进工部侍郎同平章事,未几罢相,出为同州刺史,又改越州,兼浙东观察使。太和初,入为尚书左丞检校户部尚书,兼鄂州刺史武昌军节度使,五年七月暴疾,一日而卒于镇,时年五十三(七七九——八三一),两《唐书》皆有传。稹少与白居易唱和,当时言诗者称元白,号为"元和体",然所传小说,止《莺莺传》(见《广记》四百八十八)一篇。

《莺莺传》者,即叙崔张故事,亦名《会真记》者也。略谓贞元中,有张生者,性貌温美,非礼不动,年二十三未尝近女色。时生游于蒲,寓普救寺,适有崔氏孀妇将归长安,过蒲,亦寓兹寺,绪其亲则于张为异派之从母。会浑瑊薨,军人因丧大扰蒲人,崔氏甚惧,而生与蒲将之党有善,得将护之,十余日后廉使杜确来治军,军遂戢。崔氏由此甚感张生,因招宴,见其女莺莺,生惑焉,托崔之婢红娘以《春词》二首通意,是夕得彩笺,题其篇曰《明月三五夜》,辞云,"待月西厢下,迎风户半开,隔墙花影动,疑是玉人来。"张喜且骇,已而崔至,则端服严容,责其非礼,竟去,张自失者久之,数夕后,崔又至,将晓而去,终夕无一言。

……张生辨色而兴,自疑曰,"岂其梦邪?"及明,睹妆在臂,香在衣,泪光荧荧然犹莹于茵席而已。是后又十余日,杳不复知。张生赋《会真诗》三十韵,未毕而红娘适至,因授之,以贻崔氏,自是复容之,朝隐而出,暮隐而入,同安于曩所谓西厢者几一月矣。张生常诘郑氏之情,则曰,"我不可奈何矣。"因欲就成之。无何,张生将至长安,先以情谕之,崔氏宛然无难词,然而愁怨之容动人矣。将行之夕,不可复见,而张生遂西下。……

明年,文战不利,张生遂止于京,贻书崔氏以广其意,崔报之,而生发其书于所知,由是为时人传说。杨巨源为赋《崔娘诗》,元稹亦续生《会真诗》三十韵,张之友闻者皆耸异,而张志亦绝矣。元稹与张厚,间其说,张曰:

"大凡天之所命尤物也,不妖其身,必妖于人。使崔氏子遇合富贵,秉娇宠,不为云为雨,则为蛟为螭,吾不知其变化矣。昔殷之辛,周之幽,据万乘之国,其势甚厚,然而一女子败之,溃其众,屠其身,至今为天下僇笑,予之德不足以胜妖孽,是用忍情。"

越岁余,崔已适人,张亦别娶,适过其所居,请以外兄见,崔终不出;后数日,张生将行,崔则赋诗一章以谢绝之云,"弃置今何道,当时且自亲,还将旧来意,怜取眼前人。"自是遂不复知。时人多许张为善补过者云。

元稹以张生自寓,述其亲历之境,虽文章尚非上乘,而时有情致,固亦可观,惟篇末文过饰非,遂堕恶趣,而李绅杨巨源辈既各赋诗以张之,稹又早有诗名,后秉节钺,故世人仍多乐道,宋赵德麟已取其事作《商调蝶恋花》十阕(见《侯鲭录》),金则有董解元《弦索西厢》,元则有王实甫《西厢记》,关汉卿《续西厢记》,明则有李日华《南西厢记》,陆采《南西厢记》等,其他曰《竟》曰《翻》曰《后》曰《续》者尤繁,至今尚或称道其事。唐人传奇留遗不少,而后来煊赫如是者,惟此篇及李朝威《柳毅传》而已。

李公佐字颛蒙，陇西人，尝举进士，元和中为江淮从事，后罢归长安（见所作《谢小娥传》中），会昌初，又为杨府录事，大中二年，坐累削两任官（见《唐书》《宣宗纪》），盖生于代宗时，至宣宗初犹在（约七七○——八五○），余事未详；《新唐书》《宗室世系表》有千牛备身公佐，则别一人也。其著作今存四篇，《南柯太守传》（见《广记》四百七十五，题《淳于棼》，今据《唐语林》改正）最有名，传言东平淳于棼家广陵郡东十里，宅南有大槐一株，贞元七年九月因沉醉致疾，二友扶生归家，令卧东庑下，而自秣马濯足以俟之。生就枕，昏然若梦，见二紫衣使称奉王命相邀，出门登车，指古槐穴而去。使者驱车入穴，忽见山川，终入一大城，城楼上有金书题曰"大槐安国"。生既至，拜驸马，复出为南柯太守，守郡三十载，"风化广被，百姓歌谣，建功德碑，立生祠宇"，王甚重之，递迁大位，生五男二女，后将兵与檀萝国战，败绩，公主又薨。生罢郡，而威福日盛，王疑惮之，遂禁生游从，处之私第，已而送归。既醒，则"见家之童仆拥篲于庭，二客濯足于榻，斜日未隐于西垣，余樽尚湛于东牖，梦中倏忽，若度一世矣。"其立意与《枕中记》同，而描摹更为尽致，明汤显祖亦本之作传奇曰《南柯记》。篇末言命仆发穴，以究根源，乃见蚁聚，悉符前梦，则假实证幻，余韵悠然，虽未尽于物情，已非《枕中》之所及矣。

> ……有大穴，根洞然明朗，可容一榻。上有积土壤以为城郭殿台之状，有蚁数斛，隐聚其中。中有小台，其色若丹，二大蚁处之，素翼朱首，长可三寸，左右大蚁数十辅之，诸蚁不敢近，此其王矣：即槐安国都是也。又穷一穴，直上南枝可四丈，宛转方中，亦有土城小楼，群蚁亦处其中：即生所领南柯郡也。……追想前事，感叹于怀，……不欲令二客坏之，遽令掩塞如旧。……复念檀萝征伐之事，又请二客访迹于外，宅东一里有古涸涧，侧有大檀树一株，藤萝拥织，上不见日，旁有小穴，亦有群蚁隐聚其间。檀萝之国，岂非此耶？嗟乎！蚁之灵异犹不可穷，况山藏木伏

之大者所变化乎？……

　　《谢小娥传》（见《广记》四百九十一）言小娥姓谢，豫章人，八岁丧母，后嫁历阳侠士段居贞。夫妇与父皆习贾，往来江湖间，为盗所杀，小娥亦折足堕水，他船拯起之，流转至上元县，依妙果寺尼以居。初，小娥尝梦父告以仇人为"車中猴東門草"，又梦夫告以仇人为"禾中走一日夫"，广求智者，皆不能解，至公佐乃辨之曰，"車中猴，車字去上下各一画，是申字，又申属猴，故曰車中猴；草下有門，門中有東，乃蘭字也。又禾中走是穿田过，亦是申字也；一日夫者，夫上更一画，下有日，是春字也。杀汝父是申蘭，杀汝夫是申春，足可明矣。"小娥乃变男子服为佣保，果遇二贼于浔阳，刺杀之，并闻于官，擒其党，而小娥得免死。解谜获贼，甚乏理致，而当时亦盛传，李复言已演其文入《续玄怪录》，明人则本之作平话。（见《拍案惊奇》十九）

　　　所余二篇，其一未详原题，《广记》则题曰《庐江冯媪》（三百四十三），记董江妻亡更娶，而媪见有女泣路隅一室中，后乃知即亡人之墓，董闻则罪以妖妄，逐媪去之，其事甚简，故文亦不华。其一曰《古岳渎经》（见《广记》四百六十七，题曰《李汤》），有李汤者，永泰时楚州刺史，闻渔人见龟山下水中有大铁锁，乃以人牛曳出之，风涛陡作，"一兽状有如猿，白首长鬐，雪牙金爪，闯然上岸，高五丈许，蹲踞之状若猿猴，但两目不能开，兀若昏昧，……久乃引颈伸欠，双目忽开，光彩若电，顾视人焉，欲发狂怒。观者奔走，兽亦徐徐引锁曳牛入水去，竟不复出。"当时汤与楚州知名之士，皆错愕不知其由。后公佐访古东吴，泛洞庭，登包山，入灵洞，探仙书，于石穴间得《古岳渎经》第八卷，乃得其故，而其经文字奇古，编次蠹毁，颇不能解，公佐与道士焦君共详读之，如下文：

　　　　"禹理水，三至桐柏山，惊风走雷，石号木鸣，土伯拥川，天老肃兵，功不能兴。禹怒，召集百灵，授命夔龙，桐柏等山君长稽首请命，禹因囚鸿濛氏，章商氏，兜卢氏，犁娄氏，乃获淮涡水神名无支祁,善应对言语,辨江淮之浅深,原隰之远近,形若猿猴,缩鼻高额,青躯白首,金目雪牙,颈伸百尺,力逾九象,搏击腾踔疾奔,轻利倏忽,闻视不可久。禹授之童律,不能制;授之乌木由,不能制;授之庚辰,能制。鸱脾桓胡木魅水灵山袄石怪奔号聚绕,以数千载,庚辰以战(一作戟)逐去,颈锁大索,鼻穿金铃,徙淮阴之龟山之足下,俾淮水永安流注海也。庚辰之后,皆图此形者,免淮涛风雨之难。"

宋朱熹(《楚辞辨证》中)尝斥僧伽降伏无支祁事为俚说,罗泌(《路史》)有《无支祁辩》,元吴昌龄《西游记》杂剧中有"无支祁是他姊妹"语,明宋濂亦隐括其事为文,知宋元以来,此说流传不绝,且广被民间,致劳学者弹纠,而实则仅出于李公佐假设之作而已。惟后来渐误禹为僧伽或泗洲大圣,明吴承恩演《西游记》,又移其神变奋迅之状于孙悟空,于是禹伏无支祁故事遂以堙昧也。

传奇之文,此外尚夥,其较显著者,有陇西李朝威作《柳毅传》(见《广记》四百十九),记毅以下第将归湘滨,道经泾阳,遇牧羊女子言是龙女,为舅姑及婿所贬,托毅寄书于父洞庭君,洞庭君有弟钱塘君性刚暴,杀婿取女归,欲以配毅,因毅严拒而止。后毅丧妻,徙家金陵,娶范阳卢氏,则龙女也,又徙南海,复归洞庭,其表弟薛嘏尝遇之于湖中,得仙药五十丸,此后遂绝影响。金人已取其事为杂剧(语见董解元《弦索西厢》中),元尚仲贤则作《柳毅传书》,翻案而为《张生煮海》,清李渔又折衷之而成《蜃中楼》。又有蒋防作《霍小玉传》(见《广记》四百八十七),言李益年二十擢进士第,入长安,思得名妓,乃遇霍小玉,寓于其家,相从者二年,其后年,生授郑县主簿,则坚约婚姻而别。及生觐母,始知已订婚卢氏,母又素严,生不敢拒,遂与小玉绝。小玉久不得生音问,竟卧病,踪迹招益,益亦不敢往。一日益在崇敬寺,忽有黄衫豪士强邀之,至霍氏家,小玉力疾相见,数其负心,长恸而卒。益为之缟素,旦夕哭泣甚哀,已而婚于卢氏,然为怨鬼所祟,竟以猜忌出其妻,至于三娶,莫不如是。杜甫《少年行》有云，"黄衫年少宜来数，不见堂前东逝波"，谓此也。又有许尧佐作《柳氏传》（见《广记》四百八十五），记诗人韩翃得李生艳姬柳氏，会安禄山反，因寄柳于法灵寺而自为淄青节度使书记，乱平复来，则柳已为蕃将沙叱利所取，淄青诸将中有侠士许虞侯者，劫以还翃。其事又见于孟棨《本事诗》，盖亦实录矣。他如柳珵（《广记》二百七十五《上清传》）薛调（又四百八十六《无双传》）皇甫枚（又四百九十一《非烟传》）房千里（同上《杨娼传》）等，亦皆有造作。而杜光庭之《虬髯客传》（见《广记》一百九十三）流传乃独广，光庭为蜀道士，事王衍，多所著述，大抵诞谩，此传则记杨素妓人之执红拂者识李靖于布衣时，相约遁去，道中又逢虬髯客，知其不凡，推资财，授兵法，令佐太宗兴唐，而自率海贼入扶余国杀其主，自立为王云。后世乐此故事，至作画图，谓之三侠；在曲则明凌初成有《虬髯翁》，张凤翼张太和皆有《红拂记》。

上来所举之外，尚有不知作者之《李卫公别传》，《李林甫外传》，郭湜之《高力士外传》，姚汝能之《安禄山事迹》等，惟著述本意，或在显扬幽隐，非为传奇，特以行文枝蔓，或拾事琐屑，故后人亦每以小说视之。

### 第十篇　唐之传奇集及杂俎

造传奇之文，会萃为一集者，在唐代多有，而煊赫莫如牛僧孺之《玄怪录》。僧孺字思黯，本陇西狄道人，居宛叶间，元和初以贤良方正对策第一，条指失政，鲠讦不避宰相，至考官皆调去，僧孺则调伊阙尉，穆宗即位，渐至御史中丞，后以户部侍郎同中书门下平章事，武宗时累贬循州长史，宣宗立，乃召还为太子少师，大中二年卒，赠太尉，年六十九（七八〇——八四八），谥曰文简，有传在两《唐书》。僧孺性坚僻，而颇嗜志怪，所撰《玄怪录》十卷，今已佚，然《太平广记》所引尚三十一篇，可以考见大概。其文虽与他传奇无甚异，而时时示人以出于造作,不求见信;盖李公佐李朝威辈,仅在显扬笔妙,故尚不肯言事状之虚,至僧孺乃并欲以构想之幻自见,因故示其诡设之迹矣。《元无有》即其一例:

> 宝应中,有元无有,常以仲春末独行维扬郊野。值日晚,风雨大至,时兵荒后,人户多逃,遂入路旁空庄。须臾霁止,斜月方出,无有坐北窗,忽闻西廊有行人声,未几见月中有四人,衣冠皆异,相与谈谐吟咏甚畅,乃云,"今夕如秋,风月若此,吾辈岂得不为一言,以展平生之事也?"……吟咏既朗,无有听之具悉。其一衣冠长人即先吟曰,"齐纨鲁缟如霜雪,寥亮高声予所发。"其二黑衣冠短陋人诗曰,"嘉宾良会清夜时,煌煌灯烛我能持。"其三故弊黄衣冠人,亦短陋,诗曰,"清冷之泉候朝汲,桑绠相牵常出入。"其四故黑衣冠人诗曰,"爨薪贮泉相煎熬,充他口腹我为劳。"无有亦不以四人为异,四人亦不虞无有之在堂隍也,递相褒赏,观其自负,则虽阮嗣宗《咏怀》,亦若不能加矣。四人迟明乃归旧所;无有就寻之,堂中惟有故杵灯台水桶破铛:乃知四人即此物所为也。(《广记》三百六十九)

牛僧孺在朝,与李德裕各立门户,为党争,以其好作小说,李之门客韦瓘遂托僧孺名撰《周秦行纪》以诬之。记言自以举进士落第将归宛叶,经伊阙鸣皋山下,因暮失道,遂止薄太后庙中,与汉唐妃嫔燕饮。太后问今天子为谁?则对曰,"'今皇帝先帝长子。'太真笑曰,'沈婆儿作天子也。大奇!'"复赋诗,终以昭君侍寝,至明别去,"竟不知其何如"(详见《广记》四百八十九)。德裕因作论,谓僧孺姓应图谶,《玄怪录》又多造隐语,意在惑民,《周秦行纪》则以身与后妃冥遇,欲证其身非人臣相,"及至戏德宗为沈婆儿,以代宗皇后为沈婆,令人骨战,可谓无礼于其君甚矣!"作逆若非当代,必在子孙,故"须以'太牢'少长咸置于法,则刑罚中而社稷安"也(详见《李卫公外集》四)。自来假小说以排陷人,此为最怪,顾当时说亦不行。惟僧孺既有才名,又历高位,其所著作,世遂盛传。而摹拟者亦不鲜,李复言有《续玄怪录》十卷，"分仙术感应二门"，薛渔思有《河东记》三卷，"亦记谲怪事，序云续牛僧孺之书"（皆见宋晁公武《郡斋读书志》十三）；又有撰《宣室志》十卷，以记仙鬼灵异事迹者，曰张读字圣朋，则张鷟之裔而牛僧孺之外孙也（见《唐书》《张荐传》），后来亦疑为"少而习见，故沿其流波"（清《四库提要》子部小说家类三）云。

他如武功人苏鹗有《杜阳杂编》，记唐世故事，而多夸远方珍异，参寥子高彦休有《唐阙史》，虽间有实录，而亦言见梦升仙，故皆传奇，但稍迁变。至于康骈《剧谈录》之渐多世务，孙棨《北里志》之专叙狭邪，范摅《云溪友议》之特重歌咏，虽若弥近人情，远于灵怪，然选事则新颖，行文则逶迤，固仍以传奇为骨者也。迨裴铏著书，径称《传奇》，则盛述神仙怪谲之事，又多崇饰，以惑观者。铏为淮南节度副大使高骈从事，骈后失志，尤好神仙，卒以叛死，则此或当时诱导之作，非由本怀。聂隐娘胜妙手空空儿事即出此书（文见《广记》一百九十四），明人取以入伪作之段成式《剑侠传》，流传遂广，迄今犹为所谓文人者所乐道也。

段成式字柯古，齐州临淄人，宰相文昌子也，以荫为校书郎，累迁至吉州刺史，大中中归京，仕至太常少卿，咸通四年（八六三）六月卒，《新唐书》附见段志玄传末（余见《酉阳杂俎》及《南楚新闻》）。成式家多奇篇秘籍，博学强记，尤深于佛书，而少好畋猎，亦早有文名，词句多奥博，世所珍异，其小说有《庐陵官下记》二卷，今佚；《酉阳杂俎》二十卷凡三十篇，今具在，并有《续集》十卷：卷一篇，或录秘书，或叙异事，仙佛人鬼以至动植，弥不毕载，以类相聚，有如类书，虽源或出于张华《博物志》，而在唐时，则犹之独创之作矣。每篇各有题目，亦殊隐僻，如纪道术者曰《壶史》，钞释典者曰《贝编》，述丧葬者曰《尸窆》，志怪异者曰《诺皋记》，而抉择记叙，亦多古艳颖异，足副其目也。

夏启为东明公，文王为西明公，邵公为南明公，季札为北明公，四时主四方鬼。至忠至孝之人，命终皆为地下主者，一百四十年，乃授下仙之教，授以大道。有上圣之德，命终受三官书，为地下主者，一千年乃转三官之五帝，复一千四百年方得游行太清，为九宫之中仙。（卷二《玉格》）

始生天者五相，一光覆身而无衣，二见物生希有心，三弱颜，四疑，五怖。（卷三《贝编》）

国初僧玄奘往五印取经，西域敬之。成式见倭国僧金刚三昧，言尝至中天寺，寺中多画玄奘麻屩及匙箸，以彩云乘之，盖西域所无者，每至斋日，辄膜拜焉。（同上）

天翁姓张，名坚，字刺渴，渔阳人，少不羁，无所拘忌。常张罗得一白雀，爱而养之，梦刘天翁责怒，每欲杀之，白雀辄以报坚，坚设诸方待之，终莫能害。天翁遂下观之，坚盛设宾主，乃窃骑天翁车，乘白龙，振策登天，天翁乘余龙追之，不及。坚既到玄宫，易百官，杜塞北门，封白雀为上卿侯，改白雀之胤不产于下土。刘翁失治，徘徊五岳作灾，坚患之，以刘翁为太山太守，主生死之籍。（卷十四《诺皋记》）

大历中，有士人庄在渭南，遇疾卒于京，妻柳氏因庄居。……士人祥斋日，暮，柳氏露坐逐凉，有胡蜂绕其首面，柳氏以扇击堕地，乃胡桃也。柳氏遽取，玩之掌中；遂长，初如拳，如椀，惊顾之际，已如盘矣。曝然分为两扇，空中轮转，声如分蜂，忽合于柳氏首。柳氏碎首，齿著于树。其物因飞去，竟不知何怪也。（同上）

又有聚文身之事者曰《黥》，述养鹰之法者曰《肉攫部》，《续集》则有《贬误》以收考证，有《寺塔记》以志伽蓝，所涉既广，遂多珍异，为世爱玩，与传奇并驱争先矣。

成式能诗，幽涩繁缛如他著述，时有祁人温庭筠字飞卿，河内李商隐字义山，亦俱用是相夸，号"三十六体"。温庭筠亦有小说三卷曰《干臊子》，遗文见于《广记》，仅录事略，简率无可观，与其诗赋之艳丽者不类。李于小说无闻，今有《义山杂纂》一卷，《新唐志》不著录,宋陈振孙(《直斋书录解题》十一)以为商隐作,书皆集俚俗常谈鄙事,以类相从,虽止于琐缀,而颇亦穿世务之幽隐,盖不特聊资笑噱而已。

　　杀风景

松下喝道　　看花泪下　　苔上铺席　　斫却垂杨

花下晒裈　　游春重载　　石笋系马　　月下把火

步行将军　　背山起楼　　果园种菜　　花架下养鸡鸭

　　恶模样

作客与人相争骂……　　做客踏翻台桌……

　　对丈人丈母唱艳曲　　嚼残鱼肉归盘上　　对众倒卧　　横箸在羹碗上

　　十诫

不得饮酒至醉　　不得暗黑处惊人　　不得阴损于人

不得独入寡妇人房　　不得开人家书　　不得戏取物不

令人知　　不得暗黑独自行　　不得与无赖子弟往还

不得借人物用了经旬不还(原缺一则)

　　中和年间有李就今字衮求,为临晋令,亦号义山,能诗,初举时恒游倡家,见孙棨《北里志》,则《杂纂》之作,或出此人,未必定属商隐,然他无显证,未能定也。后亦时有仿作者,宋有续,称王君玉,有再续,称苏东坡,明有三续,为黄允交。


# 第十一篇　宋之志怪及传奇文


　　宋既平一宇内,收诸国图籍,而降王臣佐多海内名士,或宣怨言,遂尽招之馆阁,厚其廪饩,使修书,成《太平御览》《文苑英华》各一千卷;又以野史传记小说诸家成书五百卷,目录十卷,是为《太平广记》,以太平兴国二年(九七七)三月奉诏撰集,次年八月书成表进,八月奉敕送史馆,六年正月奉旨雕印板(据《宋会要》及《进书表》），后以言者谓非后学所急，乃收版贮太清楼，故宋人反多未见。《广记》采摭宏富，用书至三百四十四种，自汉晋至五代之小说家言，本书今已散亡者，往往赖以考见，且分类纂辑，得五十五部，视每部卷帙之多寡，亦可知晋唐小说所叙，何者为多，盖不特稗说之渊海，且为文心之统计矣。今举较多之部于下，其末有杂传记九卷，则唐人传奇文也。

神仙五十五卷　女仙十五卷　异僧十二卷　报应三十三卷

征应（休咎也）十一卷　定数十五卷　梦七卷　神二十五卷

鬼四十卷　妖怪九卷　精怪六卷　再生十二卷　龙八卷

虎八卷　狐九卷

《太平广记》以李昉监修，同修者十二人，中有徐铉，有吴淑，皆尝为小说，今俱传。铉字鼎臣，扬州广陵人，南唐翰林学士，从李煜入宋，官至直学士院给事中散骑常侍，淳化二年坐累谪静难行军司马，中寒卒于贬所，年七十六（九一六——九九一），事详《宋史》《文苑传》。铉在唐时已作志怪，历二十年成《稽神录》六卷，仅一百五十事，比修《广记》，常希收采而不敢自专，使宋白问李昉，昉曰，"讵有徐率更言无稽者！"遂得见收。然其文平实简率，既失六朝志怪之古质，复无唐人传奇之缠绵，当宋之初，志怪又欲以"可信"见长，而此道于是不复振也。

广陵有王姥，病数日，忽谓其子曰，"我死，必生西溪浩氏为牛，子当赎之，而我腹下有'王'字是也。"顷之遂卒，其西溪者，海陵之西地名也；其民浩氏，生牛，腹有白毛成"王"字。其子寻而得之，以束帛赎之以归。（卷二）

瓜村有渔人，妻得劳瘦疾，转相传染，死者数人。或云：取病者生钉棺中，弃之，其病可绝。顷之，其女病，即生钉棺中，流之于江，至金山，有渔人见而异之，引之至岸，开视之，见女子犹活，因取置渔舍中，多得鳗鲡鱼以食之，久之病愈，遂为渔人之

妻,至今尚无恙。(卷三)

吴淑,徐铉婿也,字正仪,润州丹阳人,少而俊爽,敏于属文,在南唐举进士,以校书郎直内史,从李煜归宋,仕至职方员外郎,咸平五年卒,年五十六(九四七——一○○二),亦见《宋史》《文苑传》。所著《江淮异人录》三卷,今有从《永乐大典》辑成本,凡二十五人,皆传当时侠客术士及道流,行事大率诡怪。唐段成式作《酉阳杂俎》,已有《盗侠》一篇,叙怪民奇异事,然仅九人,至荟萃诸诡幻人物,著为专书者,实始于吴淑,明人钞《广记》伪作《剑侠传》又扬其波,而乘空飞剑之说日炽;至今尚不衰。

　　成幼文为洪州录事参军,所居临通衢而有窗。一日坐窗下,时雨霁泥泞而微有路,见一小儿卖鞋,状甚贫窭,有一恶少年与儿相遇,绁鞋堕泥中。小儿哭求其价,少年叱之不与。儿曰,"吾家且未有食,待卖鞋营食,而悉为所污。"有书生过,悯之,为偿其值。少年怒曰,"儿就我求食,汝何预焉?"因辱骂之。生甚有愠色;成嘉其义,召之与语,大奇之,因留之宿。夜共话,成暂入内,及复出,则失书生矣,外户皆闭,求之不得,少顷复至前曰,"且来恶子,吾不能容,已断其首。"乃掷之于地。成惊曰,"此人诚忤君子,然断人之首,流血在地,岂不见累乎?"书生曰,"无苦。"乃出少药,傅于头上,捽其发摩之,皆化为水,因谓成曰,"无以奉报,愿以此术授君。"成曰,"某非方外之士,不敢奉教。"书生于是长揖而去,重门皆锁闭,而失所在。

宋代虽云崇儒,并容释道,而信仰本根,夙在巫鬼,故徐铉吴淑而后,仍多变怪谶应之谈,张君房之《乘异记》(咸平元年序),张师正之《括异志》,聂田之《祖异志》(康定元年序),秦再思之《洛中纪异》,毕仲询之《幕府燕闲录》(元丰初作),皆其类也。迨徽宗惑于道士林灵素,笃信神仙,自号"道君",而天下大奉道法。至于南迁,此风未改,高宗退居南内,亦爱神仙幻诞之书,时则有知兴国军历阳郭彖字次象作《睽车志》五卷,翰林学士鄱阳洪迈字景卢作《夷坚志》四百二十卷,似皆尝呈进以供上览。诸书大都偏重事状,少所铺叙,与《稽神录》略同,顾《夷坚志》独以著者之名与卷帙之多称于世。

洪迈幼而强记,博极群书,然从二兄试博学宏词科独被黜,年五十始中第,为敕令所删定官。父皓曾忤秦桧,憾并及迈,遂出添差教授福州,累迁吏部郎兼礼部;尝接伴金使,颇折之,旋为报聘使,以争朝见礼不屈,几被抑留,还朝又以使金辱命论罢,寻起知泉州,又历知吉州,赣州,婺州,建宁及绍兴府,淳熙二年以端明殿学士致仕卒,年八十(一〇九六——一一七五),谥文敏,有传在《宋史》。迈在朝敢于谠言,又广见洽闻,多所著述,考订辨证,并越常流,而《夷坚志》则为晚年遣兴之书,始刊于绍兴末,绝笔于淳熙初,十余年中,凡成甲至癸二百卷,支甲至支癸三甲至三癸各一百卷,四甲四乙各十卷,卷帙之多,几与《太平广记》等,今惟甲至丁八十卷支甲至支戊五十卷三志若干卷,又摘钞本五十卷及二十卷存。奇特之事,本缘希有见珍,而作者自序,乃甚以繁夥自憙,亟期急于成书,或以五十日作十卷,妄人因稍易旧说以投之,至有盈数卷者,亦不暇删润,径以入录(陈振孙《直斋书录解题》十一云),盖意在取盈,不能如本传所言"极鬼神事物之变"也。惟所作小序三十一篇,什九"各出新意,不相重复",赵与旹尝撮其大略入所著《宾退录》(八),叹为"不可及",则于此书可谓知言者已。

传奇之文,亦有作者:今讹为唐人作之《绿珠传》一卷,《杨太真外传》二卷,即宋乐史之撰也,《宋志》又有《滕王外传》《李白外传》《许迈传》各一卷,今俱不传。史字子正,抚州宜黄人,自南唐入宋为著作佐郎,出知陵州,以献赋召为三馆编修,又累献所著书共四百二十余卷,皆记叙科第孝弟神仙之事者,迁著作郎,直史馆,转太常博士,出知舒州,知黄州,又知商州,复职后再入文馆,掌西京勘磨司,赐金紫,景德四年卒,年七十八(九三〇——一〇〇七),事详《宋史》《乐黄目传》首。史又长于地理,有《太平寰宇记》二百卷,征引群书至百余种,而时杂以小说家言,至绿珠太真二传,本荟萃稗史成文,

则又参以舆地志语;篇末垂诫,亦如唐人,而增其严冷,则宋人积习如是也,于《绿珠传》最明白:

> ……赵王伦乱常,孙秀使人求绿珠,……崇勃然曰,"他无所爱,绿珠不可得也!"秀自是潜伦族之。收兵忽至,崇谓绿珠曰,"我今为尔获罪。"绿珠泣曰,"愿效死于君前!"于是堕楼而死。崇弃东市,后人名其楼曰绿珠楼。楼在步庚里,近狄泉;泉在正城之东。绿珠有弟子宋祎,有国色,善吹笛,后入晋明帝宫中。今白州有一派水,自双角山出,合容州江,呼为绿珠江,亦犹归州有昭君村昭君场,吴有西施谷脂粉塘,盖取美人出处为名。又有绿珠井,在双角山下,故老传云,汲此井饮者,诞女必多美丽,里闾有识者以美色无益于时,因以巨石镇之,尔后有产女端妍者,而七窍四肢多不完具。异哉,山水之使然!……
>
> ……其后诗人题歌舞妓者,皆以绿珠为名。……其故何哉? 盖一婢子,不知书,而能感主恩,愤不顾身,志烈懔懔,诚足使后人仰慕歌咏也。至有享厚禄,盗高位,亡仁义之性,怀反复之情,暮四朝三,唯利是务,节操反不若一妇人,岂不愧哉? 今为此传,非徒述美丽,窒祸源,且欲惩戒辜恩背义之类也。……

其后有亳州谯人秦醇字子复(一作子履),亦撰传奇,今存四篇,见于北宋刘斧所编之《青琐高议前集》及《别集》。其文颇欲规抚唐人,然辞意皆芜劣,惟偶见一二好语,点缀其间;又大抵托之古事,不敢及近,则仍由士习拘谨之所致矣,故乐史亦如此。一曰《赵飞燕别传》,序云得之李家墙角破筐中,记赵后入宫至自缢,复以冥报化为大鼋事,文中有"兰汤滟滟,昭仪坐其中,若三尺寒泉浸明玉"语,明人遂或击节诧为真古籍,与今人为杨慎伪造之汉《杂事秘辛》所惑正同。所谓汉伶玄撰之《飞燕外传》亦此类,但文辞殊胜而已。二曰《骊山记》,三曰《温泉记》,言张俞不第还蜀,于骊山下就故老问杨妃逸事,故老为具道;他日俞再经骊山,遇杨妃遣使相召,问人间事,且赐浴,明日敕吏引还,则惊起如梦觉,乃题诗于驿,后步野外,有牧童送酬和诗,云是前日一妇人之所托也。四曰《谭意歌传》,则为当时故事:意歌本良家子,流落长沙为倡,与汝州民张正字者相悦,婚约甚坚,而正字迫于母命,竟别娶;越三年妻殁,适有客来自长沙,责正字负义,且述意歌之贤,遂迎以归。后其子成进士,意歌"终身为命妇,夫妻偕老,子孙繁茂",盖袭蒋防之《霍小玉传》,而结以"团圆"者也。

不知何人作者有《大业拾遗记》二卷,题唐颜师古撰,亦名《隋遗录》。跋言会昌年间得于上元瓦棺寺阁上,本名《南部烟花录》,乃《隋书》遗稿,惜多缺落,因补以传;末无名,盖与造本文者出一手。记起于炀帝将幸江都,命麻叔谋开河,次及途中诸纵恣事,复造迷楼,怠荒于内,时之人望,乃归唐公,宇文化及将谋乱,因请放官奴分直上下,诏许之,"是有焚草之变"。其叙述颇陵乱,多失实,而文笔明丽,情致亦时有绰约可观览者。

> ……长安贡御车女袁宝儿,年十五,腰肢纤堕,骇冶多态,帝宠爱之特厚。时洛阳进合蒂迎辇花,云得之嵩山坞中,人不知名,采者异而贡之。……帝令宝儿持之,号曰"司花女"。时虞世南草征辽指挥德音敕于帝侧,宝儿注视久之。帝谓世南曰,"昔传飞燕可掌上舞,朕常谓儒生饰于文字,岂人能若是乎?及今得宝儿,方昭前事;然多憨态,今注目于卿,卿才人,可便嘲之!"世南应诏为绝句曰,"学画鸦黄半未成,垂肩亸袖太憨生,缘憨却得君王惜:长把花枝傍辇行。"帝大悦。……

> ……帝昏湎滋深,往往为妖祟所惑,尝游吴公宅鸡台,恍惚间与陈后主相遇。……舞女数十许,罗侍左右,中一人迥美,帝屡目之。后主云,"殿下不识此人耶?即丽华也。每忆桃叶山前乘战舰与此子北渡,尔时丽华最恨,方倚临春阁试东郭㺜紫毫笔,书小研红绡作答江令'璧月'句,诗词未终,见韩擒虎跃青骢驹,拥万甲直来冲人,都不存去就,便至今日。"俄以绿文测海蠡酌红梁新酝劝帝,帝饮之甚欢,因请丽华舞"玉树后庭花",丽

华辞以抛掷岁久,自井中出来,腰肢依拒,无复往时姿态,帝再三索之,乃徐起终一曲。后主问帝,"萧妃何如此人?"帝曰,"春兰秋菊,各一时之秀也。"……

又有《开河记》一卷,叙麻叔谋奉隋炀诏开河,虐民掘墓,纳贿,食小儿,事发遂诛死;《迷楼记》一卷,叙炀帝晚年荒恣,因王义切谏,独居二日,以为不乐,复入宫,后闻童谣,自识运尽。《海山记》二卷,则始自降生,次及兴土木,见妖鬼,幸江都,询王义,以至遇害,无不具记。三书与《隋遗录》相类,而叙述加详,顾时杂俚语,文采逊矣。《海山记》已见于《青琐高议》中,自是北宋人作,余当亦同,今本有题唐韩偓撰者,明人妄增之。帝王纵恣,世人所不欲遭而所乐道,唐人喜言明皇,宋则益以隋炀,明罗贯中复撰集为《隋唐志传》,清褚人获又增改以为《隋唐演义》。

《梅妃传》一卷亦无撰人,盖见当时图画有把梅美人号梅妃者,泛言唐明皇时人,因造此传,谓为江氏名采苹,入宫因太真妒复见放,值禄山之乱,死于兵。有跋,略谓传是大中二年所写,在万卷朱遵度家,今惟叶少蕴与予得之;末不署名,盖亦即撰本文者,自云与叶梦得同时,则南渡前后之作矣。今本或题唐曹邺撰,亦明人妄增之。

## 第十二篇　宋之话本

宋一代文人之为志怪,既平实而乏文彩,其传奇,又多托往事而避近闻,拟古且远不逮,更无独创之可言矣。然在市井间,则别有艺文兴起。即以俚语著书,叙述故事,谓之"平话",即今所谓"白话小说"者是也。

然用白话作书者,实不始于宋。清光绪中,敦煌千佛洞之藏经始显露,大抵运入英法,中国亦拾其余藏京师图书馆;书为宋初所藏,多佛经,而内有俗文体之故事数种,盖唐末五代人钞,如《唐太宗入冥记》,《孝子董永传》,《秋胡小说》则在伦敦博物馆,《伍员入吴故事》则在中国某氏,惜未能目睹,无以知其与后来小说之关系。以意度之,则俗文之兴,当由二端,一为娱心,一为劝善,而尤以劝善为大宗,故上列诸书,多关惩劝,京师图书馆所藏,亦尚有俗文《维摩》《法华》等经及《释迦八相成道记》《目连入地狱故事》也。

《唐太宗入冥记》首尾并阙,中间仅存,盖记太宗杀建成元吉,生魂被勘事者;讳其本朝之过,始盛于宋,此虽关涉太宗,故当仍为唐人之作也,文略如下:

> ……判官懔恶,不敢道名字。帝曰,"卿近前来。"轻道,"姓崔,名子玉。""朕当识。"言讫,使人引皇帝至院门,使人奏曰,"伏惟陛下且立在此,容臣入报判官速来。"言讫,使来者到厅拜了,"启判官:奉大王处,太宗是生魂到,领判官推勘,见在门外,未敢引。"判官闻言,惊忙起立,……

宋有《梁公九谏》一卷(在《士礼居丛书》中),文亦朴陋如前记,书叙武后废太子为庐陵王,而欲传位于侄武三思,经狄仁杰极谏者九,武后始感悟,召还复立为太子。卷首有范仲淹《唐相梁公碑文》,乃贬守番阳时作,则书出当在明道二年(一〇三三)以后矣。

### 第六谏

> 则天睡至三更,又得一梦,梦与大罗天女对手着棋,局中有子,旋被打将,频输天女,忽然惊觉。来日受朝,问诸大臣,其梦如何? 狄相奏曰,"臣圆此梦,于国不祥。陛下梦与大罗天女对手着棋,局中有子,旋被打将,频输天女:盖谓局中有子,不得其位,旋被打将,失其所主。今太子庐陵王贬房州千里,是谓局中有子,不得其位,遂感此梦。臣愿东宫之位,速立庐陵王为储君,若立武三思,终当不得!"

然据现存宋人通俗小说观之,则与唐末之主劝惩者稍殊,而实出于杂剧中之"说话"。说话者,谓口说古今惊听之事,盖唐时亦已有之,段成式《酉阳杂俎》(《续集》四《贬误篇》)有云,"予太和末,因弟生日观杂戏,有市人小说,呼扁鹊作'褊鹊'字,上声。……"李商隐《骄儿诗》(集一)亦云,"或谑张飞胡,或笑邓艾吃。"似当时已有说三国故事者,然未详。宋都汴,民物康阜,游乐之事甚多,市井间有杂伎艺,其中有"说话",执此业者曰"说话人"。说话人又有专家,孟元老(《东京梦华录》五)尝举其目,曰小说,曰合生,曰说诨话,曰说三分,曰说《五代史》。南渡以后,此风未改,据吴自牧(《梦粱录》二十)所记载则有四科如下:

> 说话者,谓之舌辨,虽有四家数,各有门庭:

> 且"小说"名"银字儿",如烟粉灵怪传奇公案扑刀杆棒发迹变态之事。……谈论古今,如水之流。

> "谈经"者,谓演说佛书,"说参请"者,谓宾主参禅悟道等事。……又有"说诨经"者。

> "讲史书"者,谓讲说《通鉴》汉唐历代书史文传兴废战争之事。

> "合生",与起今随今相似,各占一事也。

灌园耐得翁(《都城纪胜》)述临安盛事,亦谓说话有四家,曰小说,曰说经说参请,曰说史,曰合生,而分小说为三类,即"一者银字儿,如烟粉灵怪传奇;说公案,皆是搏拳提刀赶棒及发迹变态之事;说铁骑儿,谓士马金鼓之事"是也。周密之书(《武林旧事》六),叙四科又略异,曰演史,曰说经诨经,曰小说,曰说诨话,无合生;且谓小说有雄辩社(卷三),则其时说话人不惟各守家数,且有集会以磨炼其技艺者矣。

说话之事,虽在说话人各运匠心,随时生发,而仍有底本以作凭依,是为"话本"。《梦粱录》(二十)影戏条下云,"其话本与讲史书者颇同,大抵真假相半。"又小说讲经史条下云,"盖小说者,能讲一朝一代故事,顷刻间捏合。"《都城纪胜》所说同,惟"捏合"作"提破"而已。是知讲史之体,在历叙史实而杂以虚辞,小说之体,在说一故事而立知结局,今所存《五代史平话》及《通俗小说》残本,盖即此二科话本之流,其体式正如此。

《新编五代史平话》者,讲史之一,孟元老所谓"说《五代史》"之话本,此殆近之矣。其书梁唐晋汉周每代二卷,各以诗起,次入正文,又以诗终。惟《梁史平话》始于开辟,次略叙历代兴亡之事,立论颇奇,而亦杂以诞妄之因果说。

> 龙争虎战几春秋,五代梁唐晋汉周,
>
> 兴废风灯明灭里,易君变国若传邮。

　　粤自鸿荒既判,风气始开,伏羲画八卦而文籍生,黄帝垂衣裳而天下治。……那时诸侯皆已顺从,独蚩尤共炎帝侵暴诸侯,不服王化。黄帝乃帅诸侯,兴兵动众,……遂杀死炎帝,活捉蚩尤,万国平定。这黄帝做着个厮杀的头脑,教天下后世习用干戈。……汤伐桀,武王伐纣,皆是以臣弑君,篡夺了夏殷的天下。汤武不合做了这个样子,后来周室衰微,诸侯强大,春秋之世二百四十年之间,臣弑其君的也有,子弑其父的也有。孔子圣人为见三纲沦,九法斁,秉那直笔,做一卷书,唤做《春秋》,褒奖他善的,贬罚他恶的,故孟子道是"孔子作《春秋》而乱臣贼子惧"。只有汉高祖姓刘字季,他取秦始皇天下不用篡弑之谋,真个是:

> 手拿三尺龙泉剑,夺却中原四百州。

　　刘季杀了项羽,立着国号曰汉,只因疑忌功臣,如韩王信彭越陈豨之徒,皆不免族灭诛夷。这三个功臣抱屈衔冤,诉于天帝,天帝可怜见三个功臣无辜被戮,令他每三个托生做三个豪杰出来:韩信去曹家托生做着个曹操,彭越去孙家托生做着个孙权,陈豨去那宗室家托生做着个刘备。这三个分了他的天下,……三国各有史,道是《三国志》是也。……

于是更自晋及唐,以至黄巢变乱,朱氏立国,其下卷今阙,必当讫于梁亡矣。全书叙述,繁简颇不同,大抵史上大事,即无发挥,一涉细故,便多增饰,状以骈俪,证以诗歌,又杂浑词,以博笑噱,如说黄巢下第，与朱温等为盗，将劫侯家庄马评事时途中情景，即其例也：

> ……黄巢道，"若去劫他时，不消贤弟下手，咱有桑门剑一口，是天赐黄巢的，咱将剑一指，看他甚人，也抵敌不住。"道罢便去，行过一个高岭，名做悬刀峰，自行了半个日头，方得下岭。好座高岭！是：根盘地角，顶接天涯，苍苍老桧拂长空，挺挺孤松侵碧汉，山鸡共日鸡齐斗，天河与涧水接流，飞泉飘雨脚廉纤，怪石与云头相轧。怎见得高？

> 几年撅下一樵夫，至今未曾撅到底。

> 黄巢兄弟四人过了这座高岭，望见那侯家庄。好座庄舍！但见：石惹闲云，山连溪水，堤边垂柳，弄风袅袅拂溪桥，路畔闲花，映日丛丛遮野渡。那四个兄弟望见庄舍远不出五里田地，天色正晡，同入个树林中躲了，待晚西却行到那马家门首去。……

《京本通俗小说》不知本几卷，今存卷十至十六，每卷一篇，曰《碾玉观音》，曰《菩萨蛮》，曰《西山一窟鬼》，曰《志诚张主管》，曰《拗相公》，曰《错斩崔宁》，曰《冯玉梅团圆》等，每篇各具首尾，顷刻可了，与吴自牧所记正同。其取材多在近时，或采之他种说部，主在娱心，而杂以惩劝。体制则什九先以闲话或他事，后乃缀合，以入正文。如《碾玉观音》因欲叙咸安郡王游春，则辄举春词至十余首：

> 山色晴岚景物佳，暖烘回雁起平沙，东郊渐觉花供眼，南陌依稀草吐芽。　堤上柳，未藏鸦，寻芳趁步到山家，陇头几树红梅落，红杏枝头未着花。

> 这首《鹧鸪天》说孟春景致，原来又不如仲春词做得好：

> …………

> 这三首词，都不如王荆公看见花瓣儿片片风吹下地来，原来这春归去是东风断送的。有诗道：

> 春日春风有时好，春日春风有时恶，
> 不得春风花不开，花开又被风吹落。

苏东坡道,不是东风断送春归去,是春雨断送春归去。有诗道:

　　　　雨前初见花间蕊,雨后全无叶底花,

　　　　蜂蝶纷纷过墙去,却疑春色在邻家。

　　秦少游道,也不干风事,也不干雨事,是柳絮飘将春色去。有诗道:

　　　　三月柳花轻复散,飘扬淡荡送春归,

　　　　此花本是无情物,一向东飞一向西。

　　…………

　　王岩叟道,也不干风事,也不干雨事,也不干柳絮事,也不干蝴蝶事,也不干黄莺事,也不干杜鹃事,也不干燕子事,是九十日春光已过春归去。曾有诗道:

　　　　怨风怨雨两俱非,风雨不来春亦归,

　　　　腮边红褪青梅小,口角黄消乳燕飞,

　　　　蜀魄健啼花影去,吴蚕强食柘桑稀,

　　　　直恼春归无觅处,江湖辜负一蓑衣。

　　说话的因甚说这春归词? 绍兴年间,行在有个关西延州延安府人,本身是三镇节度使咸安郡王,当时怕春归去,将带着许多钧眷游春,……

此种引首,与讲史之先叙天地开辟者略异,大抵诗词之外,亦用故实,或取相类,或取不同,而多为时事。取不同者由反入正,取相类者较有浅深,忽而相牵,转入本事,故叙述方始,而主意已明,耐得翁之所谓"提破",吴自牧之所谓"捏合",殆指此矣。凡其上半,谓之"得胜头回",头回犹云前回,听说话者多军民,故冠以吉语曰得胜,非因进讲宫中,因有此名也。至于文式,则与《五代史平话》之铺叙琐事处颇相似,然较详。《西山一窟鬼》述吴秀才一为鬼诱,至所遇无一非鬼,盖本之《鬼董》(四)之《樊生》,而描写委曲琐细,则虽明清演义亦无以过之,如其记订婚之始云:

……开学堂后,有一年之上,也罪过,那街上人家都把孩子们来与它教训,颇有些趱足。当日正在学堂里教书,只听得青布帘儿上铃声响,走将一个人入来。吴教授看那人来的人:不是别人,却是十年前搬去的邻舍王婆。原来那婆子是个"撮合山",专靠做媒为生。吴教授相揖罢,道,"多时不见。而今婆婆在那里住?"婆子道,"只道教授忘了老媳妇? 如今老媳妇在钱塘门里沿城住。"教授问,"婆婆高寿?"婆子道,"老媳妇犬马之年七十有五。教授青春多少?"教授道,"小子二十有二。"婆子道,"教授方才二十有二,却像三十以上人,想教授每日价费多少心神;据我媳妇愚见,也少不得一个小娘子相伴。"教授道,"我这里也几次问人来,却没这般头脑。"婆子道,"这个'不是冤家不聚会'。好教官人得知,却有一头好亲在这里,一千贯钱房计,带一个从嫁,又好人才,却有一床乐器都会,又写得算得,又是咥嗻大官府第出身,只要嫁个读书官人。教授却是要也不?"教授听得说罢,喜从天降,笑逐颜开,道,"若还真个有这人时,可知好哩! 只是这个小娘子如今在那里?"……

南宋亡,杂剧消歇,说话遂不复行,然后本盖颇有存者,后人目染,仿以为书,虽已非口谈,而犹存曩体,小说者流有《拍案惊奇》《醉醒石》之属,讲史者流有《列国演义》《隋唐演义》之属,惟世间于此二科,渐不复知所严别,遂俱以"小说"为通名。

## 第十三篇　宋元之拟话本

说话既盛行,则当时若干著作,自亦蒙话本之影响。北宋时,刘斧秀才杂辑古今稗说为《青琐高议》及《青琐摭遗》,文辞虽拙俗,然尚非话本,而文题之下,已各系以七言,如

　　《流红记》(红叶题诗娶韩氏)
　　《赵飞燕外传》(别传叙飞燕本末)

《韩魏公》(不罪碎盏烧须人)

《王榭》(风涛飘入乌衣国)

等,皆一题一解,甚类元人剧本结末之"题目"与"正名",因疑汴京说话标题,体裁或亦如是,习俗浸润,乃及文章。至于全体被其变易者,则今尚有《大唐三藏法师取经记》及《大宋宣和遗事》二书流传,皆首尾与诗相始终,中间以诗词为点缀,辞句多俚,顾与话本又不同,近讲史而非口谈,似小说而无捏合。钱曾于《宣和遗事》,则并《灯花婆婆》等十五种并谓之"词话"(《也是园书目》十),以其有词有话也,然其间之《错斩崔宁》《冯玉梅团圆》两种,亦见《京本通俗小说》中,本说话之一科,传自专家,谈吐如流,通篇相称,殊非《宣和遗事》所能企及。盖《宣和遗事》虽亦有词有说,而非全出于说话人,乃由作者掇拾故书,益以小说,补缀联属,勉成一书,故形式仅存,而精采遂逊,文辞又多非己出,不足以云创作也。《取经记》尤苟简。惟说话消亡,而话本终蜕为著作,则又赖此等为其枢纽而已。

《大唐三藏法师取经记》三卷,旧本在日本,又有一小本曰《大唐三藏取经诗话》,内容悉同,卷尾一行云"中瓦子张家印",张家为宋时临安书铺,世因以为宋刊,然逮于元朝,张家或亦无恙,则此书或为元人撰,未可知矣。三卷分十七章,今所见小说之分章回者始此;每章必有诗,故曰诗话。首章两本俱阙,次章则记玄奘等之遇猴行者。

行程遇猴行者处第二

僧行六人,当日起行。……偶于一日午时,见一白衣秀才,从正东而来,便揖和尚,"万福万福!和尚今往何处,莫不是再往西天取经否?"法师合掌曰:"贫道奉敕,为东土众生未有佛教,是取经也。"秀才曰:"和尚生前两回去取经,中路遭难,此回若去,千死万死!"法师云:"你如何得知?"秀才曰:"我不是别人,我是花果山紫云洞八万四千铜头铁额弥猴王。我今来助和尚取经,此去百万程途,经过三十六国,多有祸难之处。"法师应曰："果得如此，三世有缘，东土众生，获大利益。"当便改呼为猴行者。僧行七人，次日同行，左右伏事。猴行者因留诗曰：

百万程途向那边，今来佐助大师前，
一心祝愿逢真教，同往西天鸡足山。

三藏法师诗答曰：

此日前生有宿缘，今朝果遇大明仙，
前途若到妖魔处，望显神通镇佛前。

于是借行者神通，偕入大梵天王宫，法师讲经已，得赐"隐形帽一顶，金镮锡杖一条，钵盂一只，三件齐全"，复反下界，经香林寺，履大蛇岭九龙池诸危地，俱以行者法力，安稳进行；又得深沙神身化金桥，渡越大水，出鬼子母国女人国而达王母池处，法师欲桃，命猴行者往窃之。

入王母池之处第十一

……法师曰："愿今日蟠桃结实，可偷三五个吃。"猴行者曰："我因八百岁时偷吃十颗，被王母捉下，左肋判八百，右肋判三千铁棒，配在花果山紫云洞，至今肋下尚痛，我今定是不敢偷吃也。"……前去之间，忽见石壁高岑万丈，又见一石盘，阔四五里地，又有两池，方广数十里，弥弥万丈，鸦鸟不飞。七人才坐，正歇之次，举头遥望，万丈石壁之中，有数株桃树，森森耸翠，上接青天，枝叶茂浓，下浸池水。……行者曰："树上今有十余颗，为地神专在彼处守定，无路可去偷取。"师曰："你神通广大，去必无妨。"说由未了，攧下三颗蟠桃入池中去，师甚敬惶，问此落者是何物？答曰："师不要敬（惊字之略），此是蟠桃正熟，攧下水中也。"师曰："可去寻取来吃！"……

行者以杖击石，先后现二童子，一云三千岁，一五千岁，皆挥去。

……又敲数下，偶然一孩儿出来，问曰："你年多少？"答曰："七千岁。"行者放下金镮杖，叫取孩儿入手中，问和尚你吃否？和尚闻语，心敬便走。被行者手中旋数下，孩儿化成一枚乳枣。

当时吞入口中,后归东土唐朝,遂吐出于西川,至今此地中生人参是也。空中见有一人,遂吟诗曰:

花果山中一子才,小年曾此作场乖,

而今耳热空中见,前次偷桃客又来。

由是竟达天竺,求得经文五千四百卷,而阙《多心经》,回至香林寺,始由定光佛见授。七人既归,则皇帝郊迎,诸州奉法,至七月十五日正午,天宫乃降采莲舡,法师乘之,向西仙去;后太宗复封猴行者为铜筋铁骨大圣云。

《大宋宣和遗事》世多以为宋人作,而文中有吕省元《宣和讲篇》及南儒《咏史诗》,省元南儒皆元代语,则其书或出于元人,抑宋人旧本,而元时又有增益,皆不可知,口吻有大类宋人者,则以钞撮旧籍而然,非著者之本语也。书分前后二集,始于称述尧舜而终以高宗之定都临安,案年演述,体裁甚似讲史。惟节录成书,未加融会,故先后文体,致为参差,灼然可见。其剿取之书当有十种。前集先言历代帝王荒淫之失者其一,盖犹宋人讲史之开篇;次述王安石变法之祸者其二,亦北宋末士论之常套;次述安石引蔡京入朝至童贯蔡攸巡边者其三,首一为语体,次二为文言而并杂以诗者;其四,则梁山泺聚义本末,首述杨志卖刀杀人,晁盖劫生日礼物,遂邀约二十人,同入太行山梁山泺落草,而宋江亦以杀阎婆惜出走,伏屋后九天玄女庙中,见官兵已退,出谢玄女。

……则见香案上一声响亮,打一看时,有一卷文书在上。宋江才展开看了,认得是个天书;又写着三十六个姓名;又题著四句道:

破国因山木,兵刀用水工,

一朝充将领,海内耸威风。

宋江读了,口中不说,心下思量:这四句分明是说了我里姓名;又把开天书一卷,仔细看觑,见有三十六将的姓名。那三十六人道个甚底?

智多星吴加亮　玉麒麟李进义　青面兽杨志　混江龙李海　九纹龙史进　入云龙公孙胜　浪里白条张顺　霹雳火秦明　活阎罗阮小七　立地太岁阮小五　短命二郎阮进　大刀关必胜　豹子头林冲　黑旋风李逵　小旋风柴进　金枪手徐宁　扑天雕李应　赤发鬼刘唐　一直撞董平　插翅虎雷横　美髯公朱同　神行太保戴宗　赛关索王雄　病尉迟孙立　小李广花荣　没羽箭张青　没遮拦穆横　浪子燕青　花和尚鲁智深　行者武松　铁鞭呼延绰　急先锋索超　拼命三郎石秀　火船工张岑　摸着云杜千　铁天王晁盖

　　宋江看了人名，末后有一行字写道："天书付天罡院三十六员猛将，使呼保义宋江为帅，广行忠义，殄灭奸邪。"

于是江率朱同等九人亦赴山寨，会晁盖已死，遂被推为首领，"各人统率强人，略州劫县，放火杀人，攻夺淮阳，京西，河北三路二十四州八十余县，劫掠子女玉帛，掳掠甚众"，已而鲁智深等亦来投，遂足三十六人之数。

　　一日，宋江与吴加亮商量，"俺三十六员猛将，并已登数，休要忘了东岳保护之恩，须索去烧香赛还心愿则个。"择日起行，宋江题了四句放旗上道：

　　　　来时三十六，去后十八双，

　　　　若还少一个，定是不归乡！

　　宋江统率三十六将往朝东岳，赛取金炉心愿。朝廷不奈何，只得出榜招谕宋江等。有那元帅姓张名叔夜的，是世代将门之子，前来招诱；宋江和那三十六人归顺宋朝，各受大夫诰敕，分注诸路巡检使去也；因此三路之寇，悉得平定。后遣宋江收方腊有功，封节度使。

其五，为徽宗幸李师师家，曹辅进谏及张天觉隐去；其六，为道士林灵素进用及其死葬之异；其七，为腊月预赏元宵及元宵看灯之盛，皆平话体。其叙元宵看灯云：

> 宣和六年正月十四日夜，去大内门直上一条红绵绳上，飞下一个仙鹤儿来，口内衔一道诏书，有一员中使接得展开，奉圣旨：宣万姓。有那快行家手中把着金字牌，喝道，"宣万姓！"少刻，京师民有似云浪，尽头上戴着玉梅，雪柳，闹蛾儿，直到鳌山下看灯。却去宣德门直上有三四个贵官，……得了圣旨，交撒下金钱银钱，与万姓抢金钱。那教坊大使袁陶曾作词，名做《撒金钱》：

> > 频瞻礼，喜升平又逢元宵佳致。鳌山高耸翠，对端门珠玑交制，似嫦娥，降仙宫，乍临凡世。 恩露匀施，凭御阑圣颜垂视。撒金钱，乱抛坠，万姓推抢没理会；告官里，这失仪，且与免罪。

> 是夜撒金钱后，万姓各各遍游市井，可谓是：

> > 灯火荧煌天不夜，笙歌嘈杂地长春。

后集则始自金人来运粮，以至京城陷为第八种；又自金兵入城，帝后北行受辱，以至高宗定都临安为第九第十种，即取《南烬纪闻》《窃愤录》及《续录》而小有删节，二书今俱在，或题辛弃疾作，而宋人已以为伪书。卷末复有结论，云"世之儒者谓高宗失恢复中原之机会者有二焉：建炎之初失其机者，潜善伯彦偷安于目前误之也；绍兴之后失其机者，秦桧为虏用间误之也。失此二机，而中原之境土未复，君父之大仇未报，国家之大耻不能雪，此忠臣义士之所以扼腕，恨不食贼臣之肉而寝其皮也欤！"则亦南宋时桧党失势后士论之常套也。

## 第十四篇　元明传来之讲史（上）

宋之说话人，于小说及讲史皆多高手（名见《梦粱录》及《武林旧事》），而不闻有著作；元代扰攘，文化沦丧，更无论矣。日本内阁文库藏元至治（一三二一——一三二三）间新安虞氏刊本全相（犹今所谓绣像全图）平话五种，曰《武王伐纣书》，曰《乐毅图齐七国春秋后集》，曰《秦并六国》，曰《吕后斩韩信前汉书续集》，曰《三国志》，每集各三卷（《斯文》第八编第六号，盐谷温《关于明的小说"三言"》），今惟《三国志》有印本（盐谷博士影印本及商务印书馆翻印本），他四种未能见。其《全相三国志平话》分为上下二栏，上栏为图，下栏述事，以桃园结义始，孔明病殁终。而开篇亦先叙汉高祖杀戮功臣，玉皇断狱，令韩信转生为曹操，彭越为刘备，英布为孙权，高祖则为献帝，立意与《五代史平话》无异。惟文笔则远不逮，词不达意，粗具梗概而已，如述"赤壁鏖兵"云：

却说武侯过江到夏口，曹操舡上高叫"吾死矣！"众军曰，"皆是蒋干。"众官乱刀锉蒋干为万段。曹操上舡，荒速夺路，走出江口，见四面舡上，皆为火也。见数十只舡，上有黄盖言曰，"斩曹贼，使天下安若太山！"曹相百官，不通水战，众人发箭相射。却说曹操措手不及，四面火起，前又相射。曹操欲走，北有周瑜，南有鲁肃，西有陵统甘宁，东有张昭吴苞，四面言杀。史官曰："倘非曹公家有五帝之分，孟德不能脱。"曹操得命，西北而走，至江岸，众人撮曹公上马。却说黄昏火发，次日斋时方出，曹操回顾，尚见夏口舡上烟焰张天，本部军无一万。曹相望西北而走，无五里，江岸有五千军，认得是常山赵云，拦住，众官一齐攻击，曹相撞阵过去。……至晚，到一大林。……曹公寻滑荣路去，行无二十里，见五百校刀手，关将拦住。曹相用美言告云长，"看操亭侯有恩。"关公曰："军师严令。"曹公撞阵却过。说话间，面生尘雾，使曹公得脱。关公赶数里复回，东行无十五里，见玄德，军师。是走了曹贼，非关公之过也。言使人小着玄德（案此句不可解）。众问为何。武侯曰，"关将仁德之人，往日蒙曹相恩，其此而脱矣。"关公闻言，忿然上马，告主公复追之。玄德曰，"吾弟性匪石，宁奈不倦。"军师言，"诸葛赤（亦？）去，万无一失。"……（卷中十八至十九页）

观其简率之处,颇足疑为说话人所用之话本,由此推演,大加波澜,即可以愉悦听者,然页必有图,则仍亦供人阅览之书也。余四种恐亦此类。

说《三国志》者,在宋已甚盛,盖当时多英雄,武勇智术,瑰伟动人,而事状无楚汉之简,又无春秋列国之繁,故尤宜于讲说。东坡(《志林》六)谓"王彭尝云,途巷中小儿薄劣,其家所厌苦,辄与钱,令聚坐听说古话,至说三国事,闻刘玄德败,频蹙眉,有出涕者,闻曹操败,即喜唱快。以是知君子小人之泽,百世不斩。"在瓦舍,"说三分"为说话之一专科,与"说《五代史》"并列(《东京梦华录》五)。金元杂剧亦常用三国时事,如《赤壁鏖兵》《诸葛亮秋风五丈原》《隔江斗智》《连环计》《复夺受禅台》等,而今日搬演为戏文者尤多,则为世之所乐道可知也。其在小说,乃因有罗贯中本而名益显。

贯中,名本,钱唐人(明郎瑛《七修类稿》二十三田汝成《西湖游览志余》二十五胡应麟《少室山房笔丛》四十一),或云名贯,字贯中(明王圻《续文献通考》一百七十七),或云越人,生洪武初(周亮工《书影》),盖元明间人(约一三三○——一四○○)。所著小说甚夥,明时云有数十种(《志余》),今存者《三国志演义》之外,尚有《隋唐志传》《残唐五代史演义》《三遂平妖传》《水浒传》等;亦能词曲,有杂剧《龙虎风云会》(目见《元人杂剧选》)。然今所传诸小说,皆屡经后人增损,真面殆无从复见矣。

罗贯中本《三国志演义》,今得见者以明弘治甲寅(一四九四)刊本为最古,全书二十四卷,分二百四十回,题曰"晋平阳侯陈寿史传,后学罗本贯中编次"。起于汉灵帝中平元年"祭天地桃园结义",终于晋武帝太康元年"王濬计取石头城",凡首尾九十七年(一八四——二八○)事实,皆排比陈寿《三国志》及裴松之注,间亦仍采平话,又加推演而作之;论断颇取陈裴及习凿齿孙盛语,且更盛引"史官"及"后人"诗。然据旧史即难于抒写,杂虚辞复易滋混淆,故明谢肇淛(《五杂组》十五)既以为"太实则近腐",清章学诚(《丙辰札记》)

又病其"七实三虚惑乱观者"也。至于写人,亦颇有失,以致欲显刘备之长厚而似伪,状诸葛之多智而近妖;惟于关羽,特多好语,义勇之概,时时如见矣。如叙羽之出身丰采及勇力云:

> ……阶下一人大呼出曰,"小将愿往,斩华雄头献于帐下!"众视之:见其人身长九尺五寸,髯长一尺八寸,丹凤眼,卧蚕眉,面如重枣,声似巨钟,立于帐前。绍问何人。公孙瓒曰,"此刘玄德之弟关某也。"绍问见居何职。瓒曰,"跟随刘玄德充马弓手。"帐上袁术大喝曰,"汝欺吾众诸侯无大将耶?量一弓手,安敢乱言。与我乱棒打出!"曹操急止之曰,"公路息怒,此人既出大言,必有广学;试教出马,如其不胜,诛亦未迟。"……关某曰,"如不胜,请斩我头。"操教酾热酒一杯,与关某饮了上马。关某曰,"酒且斟下,某去便来。"出帐提刀,飞身上马。众诸侯听得寨外鼓声大震,喊声大举,如天摧地塌,岳撼山崩。众皆失惊,却欲探听。鸾铃响处,马到中军,云长提华雄之头,掷于地上;其酒尚温。……(第九回《曹操起兵伐董卓》)

又如曹操赤壁之败,孔明知操命不当尽,乃故使羽扼华容道,俾得纵之,而又故以军法相要,使立军令状而去,此叙孔明止见狡狯,而羽之气概则凛然,与元刊本平话,相去远矣:

> ……华容道上,三停人马,一停落后,一停填了坑堑,一停跟随曹操过险峻,路稍平妥。操回顾,止有三百余骑随后,并无衣甲袍铠整齐者。……又行不到数里,操在马上加鞭大笑。众将问丞相笑者何故。操曰,"人皆言诸葛亮周瑜足智多谋,吾笑其无能为也。今此一败,吾自是欺敌之过,若使此处伏一旅之师,吾等皆束手受缚矣。"言未毕,一声炮响,两边五百校刀手摆列,当中关云长提青龙刀,跨赤兔马,截住去路。操军见了,亡魂丧胆,面面相觑,皆不能言。操在人丛中曰,"既到此处,只得决一死战。"众将曰:"人纵然不怯,马力乏矣:战则必死。"程昱曰:"某知云长傲上而不忍下,欺强而不凌弱,人有患难,必须救

之，仁义播于天下。丞相旧日有恩在彼处，何不亲自告之，必脱此难矣。"操从其说，即时纵马向前，欠身与云长曰："将军别来无恙?"云长亦欠身答曰，"关某奉军师将令，等候丞相多时。"操曰，"曹操兵败势危，到此无路，望将军以昔日之言为重。"云长答曰，"昔日关某虽蒙丞相厚恩，某曾解白马之危以报之。今日奉命，岂敢为私乎?"操曰，"五关斩将之时，还能记否? 古之人大丈夫处世，必以信义为重；将军深明《春秋》，岂不知庾公之斯追子濯孺子者乎?"云长闻之，低首良久不语。当时曹操引这件事，说犹未了，云长是个义重如山之人，又见曹军惶惶，皆欲垂泪，云长思起五关斩将放他之恩，如何不动心，于是把马头勒回，与众军曰，"四散摆开!"这个分明是放曹操的意。操见云长勒回马，便和众将一齐冲将过去，云长回身时，前面众将已自护送操过去了。云长大喝一声，众皆下马，哭拜于地，云长不忍杀之，正犹豫中，张辽纵马至，云长见了，亦动故旧之心，长叹一声，并皆放之。后来史官有诗曰：

彻胆长存义，终身思报恩，威风齐日月，名誉震乾坤，忠勇高三国，神谋陷七屯，至今千古下，军旅拜英魂。(第一百回《关云长义释曹操》)

弘治以后，刻本甚多，即以明代而论，今尚未能详其凡几种(详见《小说月报》二十卷十号郑振铎《三国志演义的演化》)。迨清康熙时，茂苑毛宗岗字序始师金人瑞改《水浒传》及《西厢记》成法，即旧本遍加改窜，自云得古本，评刻之，亦称"圣叹外书"，而一切旧本乃不复行。凡所改定，就其序例可见，约举大端，则一曰改，如旧本第百五十九回《废献帝曹丕篡汉》本言曹后助兄斥献帝，毛本则云助汉而斥丕。二曰增，如第百六十七回《先主夜走白帝城》本不涉孙夫人，毛本则云"夫人在吴闻猇亭兵败，讹传先主死于军中，遂驱兵至江边，望西遥哭，投江而死"。三曰削，如第二百五回《孔明火烧木栅寨》本有孔明烧司马懿于上方谷时，欲并烧魏延，第二百三十四回

465

《诸葛瞻大战邓艾》有艾贻书劝降,瞻览毕狐疑,其子尚诘责之,乃决死战,而毛本皆无有。其余小节,则一者整顿回目,二者修正文辞,三者削除论赞,四者增删琐事,五者改换诗文而已。

《隋唐志传》原本未见,清康熙十四年(一六七五)长洲褚人获有改订本,易名《隋唐演义》,序有云,"《隋唐志传》创自罗氏,纂辑于林氏,可谓善矣。然始于隋宫剪彩,则前多阙略,厥后补缀唐季一二事,又零星不联属,观者犹有议焉。"其概要可识矣。

《隋唐演义》计一百回,以隋主伐陈开篇,次为周禅于隋,隋亡于唐,武后称尊,明皇幸蜀,杨妃缢于马嵬,既复两京,明皇退居西内,令道士求杨妃魂,得见张果,因知明皇杨妃为隋炀帝朱贵儿后身,而全书随毕。凡隋唐间英雄,如秦琼窦建德单雄信王伯当花木兰等事迹,皆于前七十回中穿插出之。其明皇杨妃再世姻缘故事,序言得之袁于令所藏《逸史》,喜其新异,因以入书。此他事状,则多本正史纪传,且益以唐宋杂说,如隋事则《大业拾遗记》《海山记》《迷楼记》《开河记》,唐事则《隋唐嘉话》《明皇杂录》《常侍言旨》《开天传信记》《次柳氏旧闻》《长恨歌传》《开元天宝遗事》及《梅妃传》《太真外传》等,叙述多有来历,殆不亚于《三国志演义》。惟其文笔,乃纯如明季时风,浮艳在肤,沉著不足,罗氏轨范,殆已荡然,且好嘲戏,而精神反萧索矣。今举一例:

……一日玄宗于昭庆宫闲坐,禄山侍坐于侧旁,见他腹垂过膝,因指着戏说道,"此儿腹大如抱瓮,不知其中藏的何所有?"禄山拱手对道,"此中并无他物,惟有赤心耳;臣愿尽此赤心,以事陛下。"玄宗闻禄山所言,心中甚喜。那知道:

人藏其心,不可测识。自谓赤心,心黑如墨!

玄宗之待安禄山,真如腹心;安禄山之对玄宗,却纯是贼心狼心狗心,乃真是负心丧心。有心之人,方切齿痛心,恨不得即剖其心,食其心;亏他还哄人说是赤心。可笑玄宗还不觉其狼子野心,却要信他是真心,好不痴心。闲话少说。且说当日玄宗与安禄山闲坐了半晌,回顾左右,问妃子何在,此时正当春深时候,天气向暖,贵妃方在后宫坐兰汤洗浴。宫人回报玄宗说道,"妃子洗浴方完。"玄宗微笑说道:"美人新浴,正如出水芙蓉。"令宫人即宣妃子来,不必更洗梳妆。少顷,杨妃来到。你道他新浴之后,怎生模样?有一曲《黄莺儿》说得好:

　　皎皎如玉,光嫩如莹,体愈香,云鬓慵整偏娇样。罗裙厌长,轻衫取凉,临风小立神骀宕。细端详:芙蓉出水,不及美人妆。(第八十三回)

《残唐五代史演义》未见,日本《内阁文库书目》云二卷六十回,题罗本撰,汤显祖批评。

《北宋三遂平妖传》原本亦不可见,较先之本为四卷二十回,序云王慎修补,记贝州王则以妖术变乱事。《宋史》(二百九十二《明镐传》)言则本涿州人,岁饥,流至恩州(唐为贝州),庆历七年僭号东平郡王,改元得圣,六十六日而平。小说即本此事,开篇为汴州胡浩得仙画,其妇焚之,灰绕于身,因孕,生女,曰永儿,有妖狐圣姑姑授以道法,遂能为纸人豆马。王则则贝州军排,后娶永儿,术人弹子和尚张鸾卜吉左黜皆来见,云则当王,会知州贪酷,遂以术运库中钱米买军倡乱。已而文彦博率师讨之,其时张鸾卜吉弹子和尚见则无道,皆先去,而文彦博军尚不能克。幸得弹子和尚化身诸葛遂智助文,镇伏邪法;马遂诈降击则裂其唇,使不能持咒;李遂又率掘子军作地道入城,乃擒则及永儿。奏功者三人皆名遂,故曰《三遂平妖传》也。

《平妖传》今通行本十八卷四十回,有楚黄张无咎序,云是龙子犹所补。其本成于明泰昌元年(一六二〇),前加十五回,记袁公受道法于九天玄女,复为弹子和尚所盗,及妖狐圣姑姑炼法事。他五回则散入旧本各回间,多补述诸怪民道术。事迹于意造而外,亦采取他杂说,附会入之。如第二十九回叙杜七圣卖符,并呈幻术,断小儿首,覆以衾即复续,而偶作大言,为弹子和尚所闻,遂摄小儿生魂,入面店覆楪子下,杜七圣咒之再三,儿竟不起。

杜七圣慌了,看着那看的人道,"众位看官在上,道路虽然各别,养家总是一般,只因家火相逼。适间言语不到处,望看官们恕罪则个。这番教我接了头,下来吃杯酒,四海之内,皆相识也。"杜七圣伏罪道,"是我不是了,这番接上了。"只顾口中念咒,揭起卧单看时,又接不上。杜七圣焦躁道,"你教我孩儿接不上头,我又求告你再三,认自己的不是,要你恕饶,你却直恁的无理。"便去后面笼儿内取出一个纸包儿来,就打开,撮出一颗葫芦子,去那地上,把土来掘松了,把那颗葫芦子埋在地下,口中念念有词,喷上一口水,喝声"疾!"可霎作怪:只见地下生出一条藤儿来,渐渐的长大,便生枝叶,然后开花,便见花谢,结一个小葫芦儿。一伙人见了,都喝采道,"好!"杜七圣把那葫芦儿摘下来,左手提着葫芦儿,右手拿着刀,道,"你先不近道理,收了我孩儿的魂魄,教我接不上头,你也休想在世上活了!"向着葫芦儿,拦腰一刀,剁下半个葫芦儿来。却说那和尚在楼上,拿起面来却待要吃;只见那和尚的头从腔子上骨碌碌滚将下来。一楼上吃面的人都吃一惊,小胆的丢了面跑下楼去了,大胆的立住了脚看。只见那和尚慌忙放下碗和箸,起身去那楼板上摸,一摸摸着了头,双手捉住两只耳朵,掇那头安在腔子上,安得端正,把手去摸一摸。和尚道:"我只顾吃面,忘还了他的儿子魂魄,"伸手去揭起楪儿来。这里却好揭得起楪儿,那里杜七圣的孩儿早跳起来;看的人发声喊。杜七圣道,"我从来行这家法术,今日撞着师父了。"……(第二十九回下《杜七圣狠行续头法》)

此盖相传旧话,尉迟偓(《中朝故事》)云在唐咸通中,谢肇淛(《五杂组》六)又以为明嘉靖隆庆间事,惟术人无姓名,僧亦死,是书略改用之。马遂击贼被杀则当时事实,宋郑獬有《马遂传》。

## 第十五篇　元明传来之讲史(下)

《水浒》故事亦为南宋以来流行之传说,宋江亦实有其人。《宋史》(二十二)载徽宗宣和三年"淮南盗宋江等犯淮阳军,遣将讨捕,又犯京东,江北,入楚海州界,命知州张叔夜招降之"。降后之事,则史无文,而稗史乃云"收方腊有功,封节度使"(见十三篇)。然擒方腊者盖韩世忠(《宋史》本传),于宋江辈无与,惟《侯蒙传》(《宋史》三百五十一)又云,"宋江寇京东,蒙上书,言宋江以三十六人横行齐魏,官军数万,无敢抗者,不若赦江,使讨方腊以自赎。"似即稗史所本。顾当时虽有此议,而实未行,江等且竟见杀。洪迈《夷坚乙志》(六)言,"宣和七年,户部侍郎蔡居厚罢,知青州,以病不赴,归金陵,疽发于背,卒。未几,其所亲王生亡而复醒,见蔡受冥谴,嘱生归告其妻,云'今只是理会郓州事'。夫人恸哭曰,'侍郎去年帅郓时,有梁山泺贼五百人受降,既而悉诛之,吾屡谏,不听也。……'"《乙志》成于乾道二年,去宣和六年不过四十余年,耳目甚近,冥谴固小说家言,杀降则不容虚造,山泺健儿终局,盖如是而已。

然宋江等啸聚梁山泺时,其势实甚盛,《宋史》(三百五十三)亦云"转略十郡,官军莫敢撄其锋"。于是自有奇闻异说,生于民间,辗转繁变,以成故事,复经好事者掇拾粉饰,而文籍以出。宋遗民龚圣与作《宋江三十六人赞》,自序已云"宋江事见于街谈巷语,不足采著,虽有高如李嵩辈传写,士大夫亦不见黜"(周密《癸辛杂识》续集上)。今高李所作虽散失,然足见宋末已有传写之书。《宣和遗事》由钞撮旧籍而成,故前集中之梁山泺聚义始末,或亦为当时所传写者之一种,其节目如下:

杨志等押花石纲阻雪违限　　杨志途贫卖刀杀人刺配卫州

孙立等夺杨志往太行山落草　石碣村晁盖伙劫生辰纲　宋江

通信晁盖等脱逃　宋江杀阎婆惜题诗于壁　宋江得天书有三

十六将姓名　宋江奔梁山泺寻晁盖　宋江三十六将共反　宋江朝东岳赛还心愿　张叔夜招宋江三十六将降　宋江收方腊有功封节度使

惟《宣和遗事》所载,与龚圣与赞已颇不同:赞之三十六人中有宋江,而《遗事》在外;《遗事》之吴加亮李进义李海阮进关必胜王雄张青张岑,赞则作吴学究卢进义李俊阮小二关胜杨雄张清张横;诨名亦偶异。又元人杂剧亦屡取水浒故事为资料,宋江燕青李逵尤数见,性格每与在今本《水浒传》中者差违,但于宋江之仁义长厚无异词,而陈泰(茶陵人,元延祐乙卯进士)记所闻于篙师者,则云"宋之为人勇悍狂侠"(《所安遗集补遗》《江南曲序》),与他书又正反。意者此种故事,当时载在人口者必甚多,虽或已有种种书本,而失之简略,或多舛迕,于是又复有人起而荟萃取舍之,缀为巨袟,使较有条理,可观览,是为后来之大部《水浒传》。其缀集者,或曰罗贯中(王圻田汝成郎瑛说),或曰施耐庵(胡应麟说),或曰施作罗编(李贽说),或曰施作罗续(金人瑞说)。

原本《水浒传》今不可得,周亮工(《书影》一)云"故老传闻,罗氏为《水浒传》一百回,各以妖异语引其首,嘉靖时郭武定重刻其书,削其致语,独存本传"。所削者盖即"灯花婆婆等事"(《水浒传全书》发凡),本亦宋人单篇词话(《也是园书目》十),而罗氏袭用之,其他不可考。

现存之《水浒传》则所知者有六本,而最要者四:

一曰一百十五回本《忠义水浒传》。前署"东原罗贯中编辑",明崇祯末与《三国演义》合刻为《英雄谱》,单行本未见。其书始于洪太尉之误走妖魔,而次以百八人渐聚山泊,已而受招安,破辽,平田虎王庆方腊,于是智深坐化于六和,宋江服毒而自尽,累显灵应,终为神明。惟文词蹇拙,体制纷纭,中间诗歌,亦多鄙俗,其似草创初就,未加润色者,虽非原本,盖近之矣。其记林冲以忤高俅断配沧州,看守大军草场,于大雪中出危屋觅酒云:

470

……却说林冲安下行李，看那四下里都崩坏了，自思曰，"这屋如何过得一冬，待雪晴了叫泥水匠来修理。"在土炕边向了一回火，觉得身上寒冷，寻思"却才老军说（五里路外有市井），何不去沽些酒来吃？"便把花枪挑了酒葫芦出来，信步投东，不上半里路，看见一所古庙，林冲拜曰，"愿神明保佑，改日来烧纸。"却又行一里，见一簇店家，林冲径到店里。店家曰，"客人那里来？"林冲曰，"你不认得这个葫芦？"店家曰，"这是草场老军的。既是大哥来此，请坐，先待一席以作接风之礼。"林冲吃了一回，却买一腿牛肉，一葫芦酒，把花枪挑了便回，已晚，奔到草场看时，只叫得苦。原来天理昭然，庇护忠臣义士，这场大雪，救了林冲性命：那两间草厅，已被雪压倒了。……（第九回《豹子头刺陆谦富安》）

又有一百十回之《忠义水浒传》，亦《英雄谱》本，"内容与百十五回本略同"（《胡适文存》三）。别有一百二十四回之《水浒传》，文词脱略，往往难读，亦此类。

二曰一百回本《忠义水浒传》。前署"钱塘施耐庵的本，罗贯中编次"（《百川书志》六）。即明嘉靖时武定侯郭勋家所传之本，"前有汪太函序，托名天都外臣者"（《野获编》五）。今未见。别有本亦一百回，有李贽序及批点，殆即出郭氏本，而改题为"施耐庵集撰，罗贯中纂修"。然今亦难得，惟日本尚有享保戊申（一七二八）翻刻之前十回及宝历九年（一七五九）续翻之十一至二十回，亦始于误走妖魔而继以鲁达林冲事迹，与百十五回本同；第五回于鲁达有"直教名驰塞北三千里，证果江南第一州"之语，即指六和坐化故事，则结束当亦无异。惟于文辞，乃大有增删，几乎改观，除去恶诗，增益骈语；描写亦愈入细微，如述林冲雪中行沽一节，即多于百十五回本者至一倍余：

……只说林冲就床上放了包裹被卧，就坐下生些焰火起来，屋边有一堆柴炭，拿几块来生在地炉里；仰面看那草屋时，

471

四下里崩坏了,又被朔风吹撼摇振得动。林冲道,"这屋如何过得一冬,待雪晴了,去城中唤个泥水匠来修理。"向了一回火,觉得身上寒冷,寻思"却才老军所说五里路外有那市井,何不去沽些酒来吃?"便去包里取些碎银子,把花枪挑了酒葫芦,将火炭盖了,取毡笠子戴上,拿了钥匙出来,把草厅门拽上,出到大门首,把两扇草场门反拽上,锁了,带了钥匙,信步投东,雪地里踏着碎琼乱玉,迤逦背着北风而行,——那雪正下得紧。行不上半里多路,看见一所古庙,林冲顶礼道,"神明庇佑,改日来烧钱纸。"又行了一回。望见一簇人家,林冲住脚看时,见篱笆中挑着一个草帚儿在露天里。林冲径到店里;主人道,"客人那里来?"林冲道,"你认得这个葫芦么?"主人看了,道,"这葫芦是草料场老军的。"林冲道,"如何? 便认的。"店主道,"既是草料场看守大哥,且请少坐,天气寒冷,且酌三杯权当接风。"店家切一盘熟牛肉,烫一壶热酒,请林冲。又自买了些牛肉,又吃了数杯,就又买了一葫芦酒,包了那两块牛肉,留下些碎银子,把花枪挑了酒葫芦,怀内揣了牛肉,叫声"相扰",便出篱笆门,依旧迎着朔风回来。看那雪,到晚越下的紧了。古时有个书生,做了一个词,单题那贫苦的恨雪:

> 广莫严风刮地,这雪儿下的正好,拈絮掭绵,裁几片大如栲栳,见林间竹屋茅茨,争些儿被他压倒。富室豪家,却道是"压瘴犹嫌少",向的是兽炭红炉,穿的是棉衣絮袄,手拈梅花,唱道"国家祥瑞",不念贫民些小。高卧有幽人,吟咏多诗草。

再说林冲踏着那瑞雪,迎着北风,飞也似奔到草场门口,开了锁,入内看时,只叫得苦。原来天理昭然,佑护善人义士,因这场大雪,救了林冲的性命:那两间草厅,已被雪压倒了。……(第十回《林教头风雪山神庙》)

三曰一百二十回本《忠义水浒全书》。亦题"施耐庵集撰,罗贯中纂修",与李贽序百回本同。首有楚人杨定见序,自云事李卓吾,因袁无涯之请而刻此传;次发凡十条;次为《宣和遗事》中之梁山泺本末及百八人籍贯出身。全书自首至受招安,事略全同百十五回本,破辽小异,且少诗词,平田虎王庆则并事略亦异,而收方腊又悉同。文词与百回本几无别,特于字句稍有更定,如百回本中"林冲道,'如何?便认的。'"此则作"林冲道,'原来如此。'"诗词又较多,则为刊时增入,故发凡云,"旧本去诗词之烦芜,一虑事绪之断,一虑眼路之迷,颇直截清明,第有得此以形容人态,颇挫文情者,又未可尽除,兹复为增定,或撏原本而进所有,或逆古意而益所无,惟周劝惩,兼善戏谑"也。亦有李贽评,与百回本不同,而两皆弇陋,盖即叶昼辈所伪托(详见《书影》一)。

发凡又云,"古本有罗氏致语,相传灯花婆婆等事,既不可复见,乃后人有因'四大寇'之拘而酌损之者,有嫌一百二十回之繁而淘汰之者,皆失。郭武定本即旧本移置阎婆事,甚善,其于寇中去王田而加辽国,犹是小家照应之法,不知大手笔者正不尔尔。"是知《水浒》有古本百回,当时"既不可复见";又有旧本,似百二十回,中有"四大寇",盖谓王田方及宋江,即柴进见于白屏风上御书者(见百十五回本之六十七回及《水浒全书》七十二回)。郭氏本始破其拘,削王田而加辽国,成百回;《水浒全书》又增王田,仍存辽国,复为百二十回,而宋江乃始退居于四寇之外。然《宣和遗事》所谓"三路之寇"者,实指攻夺淮阳京西河北三路强人,皆宋江属,不知何人误读,遂以王庆田虎辈当之。然破辽故事虑亦非始作于明,宋代外敌凭陵,国政弛废,转思草泽,盖亦人情,故或造野语以自慰,复多异说,不能合符,于是后之小说,既以取舍不同而纷歧,所取者又以话本非一而违异,田虎王庆在百回本与百十七回本名同而文迥别,殆亦由此而已。惟其后讨平方腊,则各本悉同,因疑在郭本所据旧本之前,当又有别本,即以平方腊接招安之后,如《宣和遗事》所记者,于事理始为密合,然而证信尚缺,未能定也。

总上五本观之，知现存之《水浒传》实有两种，其一简略，其一繁缛。胡应麟（《笔丛》四十一）云，"余二十年前所见《水浒传》本尚极足寻味，十数载来，为闽中坊贾刊落，止录事实，中间游词余韵神情寄寓处一概删之，遂既不堪覆瓿，复数十年，无原本印证，此书将永废。"应麟所见本，今莫知如何，若百十五回简本，则成就殆当先于繁本，以其用字造句，与繁本每有差违，倘是删存，无烦改作也。又简本撰人，止题罗贯中，周亮工闻于故老者亦第云罗氏，比郭氏本出，始着耐庵，因疑施乃演为繁本者之托名，当是后起，非古本所有。后人见繁本题施作罗编，未及悟其依托，遂或意为敷衍，定耐庵与贯中同籍，为钱塘人（明高儒《百川书志》六），且是其师。胡应麟（《笔丛》四十一）亦信所见《水浒传》小序，谓耐庵"尝入市肆绅阅故书，于敝楮中得宋张叔夜禽贼招语一通，备悉其一百八人所由起，因润饰成此编"。且云"施某事见田叔禾《西湖志余》"，而《志余》中实无有，盖误记也。近吴梅著《顾曲麈谈》，云"《幽闺记》为施君美作。君美，名惠，即作《水浒传》之耐庵居士也。"案惠亦杭州人，然其为耐庵居士，则不知本于何书，故亦未可轻信矣。

四曰七十回本《水浒传》。正传七十回楔子一回，实七十一回，有原序一篇，题"东都施耐庵撰"，为金人瑞字圣叹所传，自云得古本，止七十回，于宋江受天书之后，即以卢俊义梦全伙被缚于嵇叔夜终，而指招安以下为罗贯中续成，斥曰"恶札"。其书与百二十回本之前七十回无甚异，惟刊去骈语特多，百廿回本发凡有"旧本去诗词之繁累"语，颇似圣叹真得古本，然文中有因删去诗词，而语气遂稍参差者，则所据殆仍是百回本耳。周亮工（《书影》一）记《水浒传》云，"近金圣叹自七十回之后，断为罗所续，因极口诋罗，复伪为施序于前，此书遂为施有矣。"二人生同时，其说当可信。惟字句亦小有佳处，如第五回叙鲁智深诘责瓦官寺僧一节云：

  ……智深走到面前，那和尚吃了一惊，跳起身来，便道，"请师兄坐，同吃一盏。"智深提着禅杖道，"你这两个，如何把寺来废了?"那和尚便道,"师兄请坐,听小僧……"智深睁着眼道,"你说你说!""……说:在先敝寺,十分好个去处,田庄又广,僧众极多,只被廊下那几个老和尚吃酒撒泼,将钱养女,长老禁约他们不得,又把长老排告了出去,因此把寺来都废了。……"

圣叹于"听小僧……"下注云"其语未毕",于"……说"下又多所申释,而终以"章法奇绝从古未有"誉之,疑此等"奇绝",正圣叹所为,其批改《西厢记》亦如此。此文在百回本,为"那和尚便道,'师兄请坐,听小僧说。'智深睁着眼道,'你说你说!'那和尚道,'在先敝寺,十分好个去处,田庄广有,僧众极多……'"云云,在百十五回本,则并无智深睁眼之文,但云"那和尚曰,'师兄听小僧说:在先敝寺,田庄广有,僧众也多……'"而已。

至于刊落之由,什九常因于世变,胡适(《文存》三)说,"圣叹生在流贼遍天下的时代,眼见张献忠李自成一班强盗流毒全国,故他觉得强盗是不能提倡的,是应该口诛笔伐的。"故至清,则世异情迁,遂复有以为"虽始行不端,而能翻然悔悟,改弦易辙,以善其修,斯其意固可嘉,而其功诚不可泯"者,截取百十五回本之六十七回至结末,称《后水浒》,一名《荡平四大寇传》,附刊七十回之后以行矣。其卷首有乾隆壬子(一七九二)赏心居士序。

清初,有《后水浒传》四十回,云是"古宋遗民著,雁宕山樵评",盖以续百回本。其书言宋江既死,余人尚为宋御金,然无功,李俊遂率众浮海,王于暹罗,结末颇似杜光庭之《虬髯传》。古宋遗民者,本书卷首《论略》云"不知何许人,以时考之,当去施罗未远,或与之同时,不相为下,亦未可知"。然实乃陈忱之托名;忱字遐心,浙江乌程人,生平著作并佚,惟此书存,为明末遗民(《两浙辅轩录》补遗一《光绪嘉兴府志》五十三),故虽游戏之作,亦见避地之意矣。然至道光中,有山阴俞万春作《结水浒传》七十回,结子一回,亦名《荡寇志》,则立意正相反,使山泊首领,非死即诛,专明"当年宋江并没有受招安平方腊的话,只有被张叔夜擒拿正法一句话",以结七十回本。俞万春字仲华，别号忽来道人，尝随其父宦粤。瑶民之变，从征有功议叙，后行医于杭州，晚年乃奉道释，道光己酉（一八四九）卒。《荡寇志》之作，始于丙戌而迄于丁未，首尾凡二十二年，"未遑修饰而殁"，咸丰元年（一八五一），其子龙光始修润而刻之（本书识语）。书中造事行文，有时几欲摩前传之垒，采录景象，亦颇有施罗所未试者，在纠缠旧作之同类小说中，盖差为佼佼者矣。

此外讲史之属，为数尚多。明已有荒古虞夏（周游《开辟演义》锺惺《开辟唐虞传》及《有夏志传》），东西周（《东周列国志》《西周志》《四友传》），两汉（袁宏道评《两汉演义传》），两晋（《西晋演义》《东晋演义》），唐（熊锺谷《唐书演义》），宋（尺蠖斋评释《两宋志传》）诸史事平话，清以来亦不绝，且或总揽全史（《二十四史通俗演义》），或订补旧文（两汉两晋隋唐等），然大抵效《三国志演义》而不及，虽其上者，亦复拘牵史实，袭用陈言，故既拙于措辞，又颇惮于叙事，蔡奡《东周列国志读法》云，"若说是正经书，却毕竟是小说样子，……但要说他是小说，他却件件从经传上来。"本以美之，而讲史之病亦在此。

至于叙一时故事而特置重于一人或数人者，据《梦粱录》（二十）讲史条下云，"有王六大夫，于咸淳年间敷衍《复华篇》及《中兴名将传》，听者纷纷。"则亦当隶于讲史。《水浒传》即其一，后出者尤夥。较显者有《皇明英烈传》一名《云合奇踪》，武定侯郭勋家所传，记明开国武烈，而特扬其先祖郭英之功；后有《真英烈传》，则反其事而詈之。有《宋武穆王演义》，熊大本编，有《岳王传演义》，余应鳌编，又有《精忠全传》，邹元标编，皆记宋岳飞功绩及冤狱；后有《说岳全传》，则就其事而演之。清有《女仙外史》，作者吕熊（刘廷玑《在园杂志》云），述青州唐赛儿之乱；有《梼杌闲评》，无作者名，记魏忠贤客氏之恶。其于武勇，则有叙唐之薛家（《征东征西全传》），宋之杨家（《杨家将全传》）及狄青辈（《五虎平西平南传》）者，文意并拙，然盛行于里巷间。其他托名故实，而借以腾谤报怨之作亦多，今不复道。

## 第十六篇　明之神魔小说（上）

奉道流羽客之隆重，极于宋宣和时，元虽归佛，亦甚崇道，其幻惑故遍行于人间，明初稍衰，比中叶而复极显赫，成化时有方士李孜，释继晓，正德时有色目人于永，皆以方伎杂流拜官，荣华熠耀，世所企羡，则妖妄之说自盛，而影响且及于文章。且历来三教之争，都无解决，互相容受，乃曰"同源"，所谓义利邪正善恶是非真妄诸端，皆混而又析之，统于二元，虽无专名，谓之神魔，盖可赅括矣。其在小说，则明初之《平妖传》已开其先，而继起之作尤夥。凡所敷叙，又非宋以来道士造作之谈，但为人民闾巷间意，芜杂浅陋，率无可观。然其力之及于人心者甚大，又或有文人起而结集润色之，则亦为鸿篇巨制之胚胎也。

汇此等小说成集者，今有《四游记》行于世，其书凡四种，著者三人，不知何人编定，惟观刻本之状，当在明代耳。一曰《上洞八仙传》，亦名《八仙出处东游记传》，二卷五十六回，题"兰江吴元泰著"。传言铁拐（姓李名玄）得道，度钟离权，权度吕洞宾，二人又共度韩湘曹友，张果蓝采和何仙姑则别成道，是为八仙。一日俱赴蟠桃大会，归途各履宝物渡海，有龙子爱蓝采和所踏玉版，摄而夺之，遂大战，八仙"火烧东洋"，龙王败绩，请天兵来助，亦败，后得观音和解，乃各谢去，而"天渊迥别天下太平"之候，自此始矣。书中文言俗语间出，事亦往往不相属，盖杂取民间传说作之。

二曰《五显灵官大帝华光天王传》，即《南游记》，四卷十八回，题"三台山人仰止余象斗编"。象斗为明末书贾，《三国志演义》刻本上，尚见其名。书言有妙吉祥童子以杀独火鬼忤如来，贬为马耳娘娘子，是曰三眼灵光，具五神通，报父仇，游灵虚，缘盗金枪，为帝所杀；复生炎魔天王家，是为灵耀，师事天尊，又诈取其金刀，炼为金砖以作法宝，终闹天宫，上界鼎沸；玄天上帝以水服之，使走人间，托生萧氏，是为华光，仍有神通，与神魔战，中界亦鼎沸，帝乃赦之。华光因失金砖，复欲制炼，寻求金塔，遂遇铁扇公主，擒以为妻，又降诸妖，所向无敌，以忆其母，访于地府，复因争执，大闹阴司，下界亦鼎沸。已而知生母实妖也，名吉芝陀圣母，食萧长者妻，幻作其状，而生华光，然仍食人，为佛所执，方在地狱，受恶报也，华光乃救以去。

  ……却说华光三下酆都，救得母亲出来，十分欢悦。那吉芝陀圣母曰，"我儿你救得我出来，道好，我要讨岐娥吃。"华光问，"岐娥是甚么子，我儿媳俱不晓得。"母曰，"岐娥不晓得，可去问千里眼顺风耳。"华光即问二人。二人曰，"那岐娥是人，他又思量吃人。"华光听罢，对娘曰，"娘，你住酆都受苦，我孩儿用尽计较，救得你出来，如何又要吃人，此事万不可为。"母曰，"我要吃！不孝子，你没有岐娥与我吃，是谁要救我出来？"华光无奈，只推曰，"容两日讨与你吃。"……（第十七回《华光三下酆都》）

于是张榜求医，有言惟仙桃可治者，华光即幻为齐天大圣状，窃而奉之，吉芝陀乃始不思食人。然齐天被嫌，询于佛母，知是华光，则来讨，为火丹所烧，败绩；其女月孛有骷髅骨，击之敌头即痛，二日死。华光被术，将不起，火炎王光佛出而议和，月孛削骨上击痕，华光始愈，终归佛道云。

  明谢肇淛（《五杂组》十五）以华光小说比拟《西游记》，谓"皆五行生克之理，火之炽也，亦上天下地，莫之扑灭，而真武以水制之，始归正道"。又于吉芝陀出狱即思食人事，则致慨于迁善之难，因知在万历时，此书已有。沈德符论剧曲（《野获编》二十五），亦有"华光显圣则太妖诞"语，是此种故事，当时且演为剧本矣。

  其三曰《北方真武玄天上帝出身志传》，即《北游记》，四卷二十四回，亦余象斗编，记真武本身及成道降妖事。上帝为玄天之说，在汉已有（《周礼》《大宗伯》郑氏注），然与后来之玄帝，实又不同。此玄帝真武者，盖起于宋代羽客之言，即《元洞玉历记》（《三教搜神大

478

全》一引)所谓元始说法于玉清,下见恶风弥塞,乃命周武伐纣以治阳,玄帝收魔以治阴,"上赐玄帝披发跣足,金甲玄袍,皂纛玄旗,统领丁甲,下降凡世,与六天魔王战于洞阴之野,是时魔王以坎离二炁,化苍龟巨蛇,变现方成,玄帝神力摄于足下,锁鬼众于酆都大洞,人民治安,宇内清肃"者是也,元尝加封,明亦崇奉。此传所言,间符旧说,但亦时窃佛传,杂以鄙言,盛夸感应,如村巫庙祝之见。初谓隋炀帝时,玉帝当宴会之际,而忽思凡,遂以三魂之一,为刘氏子,如来三清并来点化,乃隐蓬莱;又以凡心,生哥阇国,次生西霞,皆是王子,蒙天尊教,舍国出家,功行既完,上谒玉帝,封荡魔天尊,令收天将;于是复生为净洛国王子,得斗母元君点化,入武当山成道。玄帝方升天宫,忽见妖气起于中界,知即天将,扰乱人间,乃复下凡,降龟蛇怪,服赵公明,收雷神,获月孛及他神将,引以朝天。玉帝即封诸神为玄天部将,计三十六员。然扬子江有锅及竹缆二妖,独逸去不可得,真武因指一化身,复入人世,于武当山镇守之。篇末则记永乐三年玄天助国却敌事,而下有"至今二百余载"之文,颇似此书流行,当在明季,然旧刻无后一语,可知有者乃后来增订之本矣。

　　四曰《西游记传》,四卷四十一回,"题齐云杨志和编,天水赵景真校",叙孙悟空得道,唐太宗入冥,玄奘应诏求经,途中遇难,终达西土,得经东归者也。太宗之梦,唐人已言,张鷟《朝野佥载》云,"太宗至夜半奄然入定,见一人云,'陛下暂合来,还即去也。'帝问'君是何人?'对曰,'臣是生人判冥事。'太宗入见判官,问六月四日事,即令还,向见者又送迎引导出。"又有俗文,亦记斯事,有残卷从敦煌千佛洞得之(详见第十二篇)。至玄奘入竺,实非应诏,事具《唐书》(百九十一《方伎传》),又有专传曰《大慈恩寺三藏法师传》,在《佛藏》中,初无诸奇诡事,而后来稗说,颇涉灵怪。《大唐三藏取经诗话》已有猴行者深沙神及诸异境;金人院本亦有《唐三藏》(陶宗仪《辍耕录》);元杂剧有吴昌龄《唐三藏西天取经》(锺嗣成《录鬼簿》),一名《西游记》(今有日本盐谷温校印本),其中收孙悟空,加戒箍,沙僧,猪八戒，红孩儿，铁扇公主等皆已见。似取经故事，自唐末以至宋元，乃渐渐演成神异，且能有条贯，小说家因亦得取为记传也。

全书之前九回为孙悟空得仙至被降故事，言有石猴，寻得水源，众奉为王，而复出山，就师悟道，以大神通，搅乱天地，玉帝不得已，封为齐天大圣，复扰蟠桃大会，帝命灌口二郎真君讨之，遂大战，悟空为所获，其叙当时战斗变化之状云：

> ……那小猴见真君到，急急报知猴王。猴王即掣起金箍棒，步上云履。二人相见，各言姓名，遂排开阵势，来往三百余合。二人各变身万丈，战入云端，离却洞口。……大圣正在开战，忽见本山众猴惊散，抽身就走；真君大步赶上，急走急追。大圣慌忙将身一变，入水中。真君道，"这猴入水必变鱼虾，待我变作鱼鹰逐他。"大圣见真君赶来，又变一鸨鸟，飞在树上，被真君拽弓一弹，打下草坡，遍寻不见，回转天王营中去说猴王败阵等事，又赶不见踪迹。天王把照妖镜一照，急云"妖猴往你灌口去了"。真君回灌口；猴王急变做真君模样，座在中堂，被二郎用一神枪，猴王让过，变出本相，二人对较手段，意欲回转花果山，奈四面天将围住念咒。忽然真君与菩萨在云端观看，见猴王精力将疲，老君掷下金刚圈，与猴王脑上一打。猴王跌倒在地，被真君神犬咬住胸肚子，又拖跌一交，却被真君兄弟等神枪刺住，把铁索绑缚。……（第七回《真君收捉猴王》）

然斫之无伤，炼之不死，如来乃压之五行山下，令待取经人。次四回即魏征斩龙，太宗入冥，刘全进瓜，及玄奘应诏西行：为求经之所由起。十四回以下则玄奘道中收徒及遇难故事，而以见佛得经东归证果终。徒有三，曰孙行者，猪八戒，沙僧，并得龙马；灾难三十余，其大者五庄观，平顶山，火云洞，通天河，毒敌山，六耳猕猴，小雷音寺等也。凡所记述，简略者多，但亦偶杂游词，以增笑乐，如写火云洞之战云：

> ……那山前山后土地，皆来叩头报名，"此处叫做枯松涧，

洞边有一座山洞，叫做火云洞，洞有一位魔王，是牛魔王的儿子，叫做红孩儿。他有三昧真火，甚是利害。"行者听说，叱退土神，……与八戒同进洞中去寻，……那魔王分付小妖，推出五轮小车，摆下五方，遂提枪杀出，与行者战经数合，八戒助阵，魔王走转，把鼻子一捶，鼻中冒出火来，一时五轮车子，烈火齐起。八戒道，"哥哥快走！少刻把老猪烧得囫囵，再加香料，尽他受用。"行者虽然避得火烧，却只怕烟，二人只得逃转。……（第三十二回《唐三藏收妖过黑河》）

复请观世音至，化刀为莲台，诱而执之，既降复叛，则环以五金箍，洒以甘露，乃始两手相合，归落伽山云。《西游记》杂剧中《鬼母皈依》一出，即用揭钵盂救幼子故事者，其中有云，"告世尊，肯发慈悲力。我着唐三藏西游便回，火孩儿妖怪放生了他。到前面，须得二圣郎救了你。"（卷三）而于此乃改为牛魔王子，且与参善知识之善才童子相混矣。

## 第十七篇　明之神魔小说（中）

又有一百回本《西游记》，盖出于四十一回本《西游记传》之后，而今特盛行，且以为元初道士邱处机作。处机固尝西行，李志常记其事为《长春真人西游记》，凡二卷，今尚存《道藏》中，惟因同名，世遂以为一书；清初刻《西游记》小说者，又取虞集撰《长春真人西游记》之序文冠其首，而不根之谈乃愈不可拔也。

然至清乾隆末，钱大昕跋《长春真人西游记》（《潜研堂文集》二十九）已云小说《西游演义》是明人作；纪昀（《如是我闻》三）更因"其中祭赛国之锦衣卫，朱紫国之司礼监，灭法国之东城兵马司，唐太宗之大学士翰林院中书科，皆同明制"，决为明人依托，惟尚不知作者为何人。而乡邦文献，尤为人所乐道，故是后山阳人如丁晏（《石亭记事续编》）阮葵生（《茶余客话》）等，已皆探索旧志，知《西游记》之作者为吴承恩矣。吴玉搢(《山阳志遗》)亦云然,而尚疑是演邱处机书,犹罗贯中之演陈寿《三国志》者,当由未见二卷本,故其说如此;又谓"或云有《后西游记》,为射阳先生撰",则第志俗说而已。

吴承恩字汝忠,号射阳山人,性敏多慧,博极群书,复善谐剧,著杂记数种,名震一时,嘉靖甲辰岁贡生,后官长兴县丞,隆庆初归山阳,万历初卒(约一五一〇———一五八〇)。杂记之一即《西游记》(见《天启淮安府志》一六及一九《光绪淮安府志》贡举表),余未详。又能诗,其"词微而显,旨博而深"(陈文烛序语),为有明一代淮郡诗人之冠,而贫老乏嗣,遗稿多散佚,邱正纲收拾残缺为《射阳存稿》四卷《续稿》一卷,吴玉搢尽收入《山阳耆旧集》中(《山阳志遗》四)。然同治间修《山阳县志》者,于《人物志》中去其"善谐剧著杂记"语,于《艺文志》又不列《西游记》之目,于是吴氏之性行遂失真,而知《西游记》之出于吴氏者亦愈少矣。

《西游记》全书次第,与杨志和作四十一回本殆相等。前七回为孙悟空得道至被降故事,当杨本之前九回;第八回记释迦造经之事,与佛经言阿难结集不合;第九回记玄奘父母遇难及玄奘复仇之事,亦非事实,杨本皆无有,吴所加也。第十至十二回即魏征斩龙至玄奘应诏西行之事,当杨本之十至十三回;第十四回至九十九回则俱记入竺途中遇难之事,九者究也,物极于九,九九八十一,故有八十一难;而一百回以东返成真终。

惟杨志和本虽大体已立,而文词荒率,仅能成书;吴则通才,敏慧淹雅,其所取材,颇极广泛,于《四游记》中亦采《华光传》及《真武传》,于西游故事亦采《西游记杂剧》及《三藏取经诗话》(?),翻案挪移则用唐人传奇(如《异闻集》《酉阳杂俎》等),讽刺揶揄则取当时世态,加以铺张描写,几乎改观,如灌口二郎之战孙悟空,杨本仅有三百余言,而此十倍之,先记二人各现"法象",次则大圣化雀,化"大鹚老",化鱼,化水蛇,真君化雀鹰,化大海鹤,化鱼鹰,化灰鹤,大圣复化为鸨,真君以其贱鸟,不屑相比,即现原身,用弹丸击下之。

……那大圣趁着机会，滚下山崖，伏在那里又变，变一座土地庙儿：大张着口，似个庙门；牙齿变作门扇；舌头变做菩萨；眼睛变做窗棂；只有尾巴不好收拾，竖在后面，变做一根旗杆。真君赶到崖下，不见打倒的鹚鸟，只有一间小庙，急睁凤眼，仔细看之，见旗杆立在后面，笑道，"是这猢狲了。他今又在那里哄我。我也曾见庙宇，更不曾见一个旗杆竖在后面的。断是这畜生弄喧。他若哄我进去，他便一口咬住。我怎肯进去？等我掣拳先捣窗棂，后踢门扇。"大圣听得，……扑的一个虎跳，又冒在空中不见。真君前前后后乱赶，……起在半空，见那李天王高擎照妖镜，与哪吒住立云端。真君道，"天王，曾见那猴王么？"天王道，"不曾上来，我这里照着他哩。"真君把那赌变化，弄神通，拿群猴一事说毕，却道，"他变庙宇，正打处，就走了。"李天王闻言，又把照妖镜四方一照，呵呵的笑道，"真君，快去快去，那猴子使了个隐身法，走出营围，往你那灌江口去也。"……却说那大圣已至灌江口，摇身一变，变作二郎爷爷的模样，按下云头，径入庙里。鬼判不能相认，一个个磕头迎接。他坐在中间，点查香火：见李虎拜还的三牲，张龙许下的保福，赵甲求子的文书，钱丙告病的良愿。正看处，有人报"又一个爷爷来了"。众鬼判急急观看，无不惊心。真君却道，"有个甚么齐天大圣，才来这里否？"众鬼判道，"不曾见甚么大圣，只有一个爷爷在里面查点哩。"真君撞进门；大圣见了，现出本相道，"郎君，不消嚷，庙宇已姓孙了！"这真君即举三尖两刃神锋，劈脸就砍。那猴王使个身法，让过神锋，掣出那绣花针儿，幌一幌，碗来粗细，赶到前，对面相还。两个嚷嚷闹闹，打出庙门，半雾半云，且行且战，复打到花果山。慌得那四大天王等众堤防愈紧；这康张太尉等迎着真君，合心努力，把那美猴王围绕不题……（第六回下《小圣施威降大圣》）

然作者构思之幻，则大率在八十一难中，如金岘山之战（五十至五二回),二心之争(五七及五八回),火焰山之战(五九至六一回),变化施为,皆极奇恣,前二事杨书已有,后一事则取杂剧《西游记》及《华光传》中之铁扇公主以配《西游记传》中仅见其名之牛魔王,俾益增其神怪艳异者也。其述牛魔王既为群神所服,令罗刹女献芭蕉扇,灭火焰山火,俾玄奘等西行情状云:

> ……那老牛心惊胆战,……望上便走。恰好有托塔李天王并哪吒太子领鱼肚药叉巨灵神将幔住空中。……牛王急了,依前摇身一变,还变做一只大白牛,使两只铁角去触天王,天王使刀来砍。随后孙行者又到,……道,"这厮神通不小,又变作这等身躯,却怎奈何?"太子笑道,"大圣勿疑,你看我擒他。"这太子即喝一声"变!"变得三头六臂,飞身跳在牛王背上,使斩妖剑望颈项上一挥,不觉得把个牛头斩下。天王丢刀,却才与行者相见。那牛王腔子里又钻出一个头来,口吐黑气,眼放金光。被哪吒又砍一剑,头落处,又钻出一个头来;一连砍了十数剑,随即长出十数个头。哪吒取出火轮儿,挂在老牛的角上,便吹真火,焰焰烘烘,把牛王烧得张狂哮吼,摇头摆尾。才要变化脱身,又被托塔天王将照妖镜照住本像,腾挪不动,无计逃生,只叫"莫伤我命,情愿归顺佛家也!"哪吒道,"既惜身命,快拿扇子出来!"牛王道,"扇子在我山妻处收着哩。"哪吒见说,将缚妖索子解下,……穿在鼻孔里,用手牵来,……回至芭蕉洞口。老牛叫道,"夫人,将扇子出来,救我性命!"罗刹听叫,急卸了钗环,脱了色服,挽青丝如道姑,穿缟素似比丘,双手捧那柄丈二长短的芭蕉扇子,走出门;又见金刚众圣与天王父子,慌忙跪在地下,磕头礼拜道,"望菩萨饶我夫妻之命,愿将此扇奉承孙叔叔成功去也。"……

> ……孙大圣执着扇子,行近山边,尽气力挥了一扇,那火焰山平平息焰,寂寂除光;又扇一扇,只闻得习习潇潇,清风微动;第三扇,满天云漠漠,细雨落霏霏。有诗为证:

火焰山遥八百程，火光大地有声名。火煎五漏丹难熟，火燎三关道不清。特借芭蕉施雨露，幸蒙天将助神功。牵牛归佛伏颠劣，水火相联性自平。（第六十一回下《孙行者三调芭蕉扇》）

又作者禀性，“复善谐剧”，故虽述变幻恍忽之事，亦每杂解颐之言，使神魔皆有人情，精魅亦通世故，而玩世不恭之意寓焉（详见胡适《西游记考证》）。如记孙悟空大败于金峴洞兕怪，失金箍棒，因谒玉帝，乞发兵收剿一节云：

……当时四天师传奏灵霄，引见玉陛，行者朝上唱个大喏，道，“老官儿，累你累你。我老孙保护唐僧往西天取经，一路凶多吉少，也不消说。于今来在金峴山，金峴洞，有一兕怪，把唐僧拿在洞里，不知是要蒸，要煮，要晒。是老孙寻上他门，与他交战，那怪神通广大，把我金箍棒抢去，因此难缚妖魔。那怪说有些认得老孙，我疑是天上凶星思凡下界，为此特来启奏，伏乞天尊垂慈洞鉴，降旨查勘凶星，发兵收剿妖魔，老孙不胜战栗屏营之至。”却又打个深躬道，“以闻。”旁有葛仙翁笑道，“猴子是何前倨后恭？”行者道，“不敢不敢。不是甚前倨后恭，老孙于今是没棒弄了。”……（第五十一回上《心猿空用千般计》）

评议此书者有清人山阴悟一子陈士斌《西游真诠》（康熙丙子尤侗序），西河张书绅《西游正旨》（乾隆戊辰序）与悟元道人刘一明《西游原旨》（嘉庆十五年序），或云劝学，或云谈禅，或云讲道，皆阐明理法，文词甚繁。然作者虽儒生，此书则实出于游戏，亦非语道，故全书仅偶见五行生克之常谈，尤未学佛，故末回至有荒唐无稽之经目，特缘混同之教，流行来久，故其著作，乃亦释迦与老君同流，真性与元神杂出，使三教之徒，皆得随宜附会而已。假欲勉求大旨，则谢肇淛（《五杂组》十五）之“《西游记》曼衍虚诞，而其纵横变化，以猿为心之神，以猪为意之驰，其始之放纵，上天下地，莫能禁制，而归于紧箍一咒，能使心猿驯伏，至死靡他，盖亦求放心之喻，非浪作也”数语，已足尽之。作者所说,亦第云"众僧们议论佛门定旨,上西天取经的缘由,……三藏箝口不言,但以手指自心,点头几度,众僧们莫解其意,……三藏道,'心生种种魔生,心灭种种魔灭,我弟子曾在化生寺对佛说下誓愿,不由我不尽此心,这一去,定要到西天见佛求经,使我们法轮回转,皇图永固'"(十三回)而已。

《后西游记》六卷四十回,不题何人作。中谓花果山复生石猴,仍得神通,称为小圣,辅大颠和尚赐号半偈者复往西天,虔求真解。途中收猪一戒,得沙弥,且遇诸魔,屡陷危难,顾终达灵山,得解而返。其谓儒释本一,亦同《西游》,而行文造事并逊,以吴承恩诗文之清绮推之,当非所作矣。又有《续西游记》,未见,《西游补》所附杂记有云,"《续西游》摹拟逼真,失于拘滞,添出比丘灵虚,尤为蛇足"也。

## 第十八篇　明之神魔小说(下)

《封神传》一百回,今本不题撰人。梁章钜(《浪迹续谈》六)云,"林樾亭(案名乔荫)先生尝与余谈,《封神传》一书是前明一名宿所撰,意欲与《西游记》《水浒传》鼎立而三,因偶读《尚书》《武成》篇'唯尔有神尚克相予'语,衍成此传。其封神事则隐据《六韬》(《旧唐书》《礼仪志》引)《阴谋》(《太平御览》引)《史记》《封禅书》《唐书》《礼仪志》各书,铺张俶诡,非尽无本也。"然名宿之名未言。日本藏明刻本,乃题许仲琳编(《内阁文库图书第二部汉书目录》),今未见其序,无以确定为何时作,但张无咎作《平妖传》序,已及《封神》,是殆成于隆庆万历间(十六世纪后半)矣。书之开篇诗有云,"商周演义古今传",似志在于演史,而侈谈神怪,什九虚造,实不过假商周之争,自写幻想,较《水浒》固失之架空,方《西游》又逊其雄肆,故迄今未有以鼎足视之者也。

《史记》《封禅书》云,"八神将,太公以来作之。"《六韬》《金匮》中亦间记太公神术;妲己为狐精,则见于唐李瀚《蒙求》注,是商周神异之谈,由来旧矣。然"封神"亦明代巷语,见《真武传》,不必定本于《尚书》。《封神传》即始自受辛进香女娲宫,题诗黩神,神因命三妖惑纣以助周。第二至三十回则杂叙商纣暴虐,子牙隐显,西伯脱祸,武成反商,以成殷周交战之局。此后多说战争,神佛错出,助周者为阐教即道释,助殷者为截教。截教不知所谓,钱静方(《小说丛考》上)以为《周书》《克殷篇》有云,"武王遂征四方,凡憝国九十有九国,馘魔亿有十万七千七百七十有九,俘人三亿万有二百三十。"(案此文在《世俘篇》,钱偶误记)魔与人分别言之,作者遂由此生发为截教。然"摩罗"梵语,周代未翻,《世俘篇》之魔字又或作磨,当是误字,所未详也。其战各逞道术,互有死伤,而截教终败。于是以纣王自焚,周武入殷,子牙归国封神,武王分封列国终。封国以报功臣,封神以妥功鬼,而人神之死,则委之于劫数。其间时出佛名,偶说名教,混合三教,略如《西游》,然其根柢,则方士之见而已。在诸战事中,惟截教之通天教主设万仙阵,阐教群仙合破之,为最烈:

> 话说老子与元始冲入万仙阵内,将通天教主裹住。金灵圣母被三大士围在当中,……用玉如意招架三大士多时,不觉把顶上金冠落在尘埃,将头发散了。这圣母披发大战,正战之间,遇着燃灯道人,祭起定海珠打来,正中顶门。可怜! 正是:

> 封神正位为星首,北阙香烟万载存。

> 燃灯将定海珠把金灵圣母打死。广成子祭起诛仙剑,赤精子祭起戮仙剑,道行天尊祭起陷仙剑,玉鼎真人祭起绝仙剑,数道黑气冲空,将万仙阵罩住。凡封神台上有名者,就如砍瓜切菜一般,俱遭杀戮。子牙祭起打神鞭,任意施为。万仙阵中,又被杨任用五火扇扇起烈火千丈,黑烟迷空。……哪吒现三首八臂,往来冲突。……通天教主见万仙受此屠戮,心中大怒,急呼曰,"长耳定光仙快取六魂幡来!"定光仙因见接引道人白莲裹体,舍利现光;又见十二代弟子玄都门人俱有璎珞金灯,光华罩体,知道他们出身清正,截教毕竟差讹。他将六魂幡收起,轻轻

的走出万仙阵,径往芦蓬下隐匿。正是:

根深原是西方客,躲在芦蓬献宝幡。

话说通天教主……无心恋战,……欲要退后,又恐教下门人笑话,只得勉强相持。又被老子打了一拐,通天教主着了急,祭起紫电锤来打老子。老子笑曰,"此物怎能近我?"只见顶上现出玲珑宝塔;此锤焉能下来?……只见二十八宿星官已杀得看看殆尽;止邱引见势不好了,借土遁就走。被陆压看见,惟恐追不及,急纵至空中,将葫芦揭开,放出一道白光,上有一物飞出;陆压打一躬,命"宝贝转身",可怜邱引,头已落地。……且说接引道人在万仙阵内将乾坤袋打开,尽收那三千红气之客。有缘往极乐之乡者,俱收入此袋内。准提同孔雀明王在阵中现二十四头,十八只手,执定璎珞,伞盖,花贯,鱼肠,金弓,银戟,白钺,幡,幢,加持神杵,宝锉,银瓶等物,来战通天教主。通天教主看见准提,顿起三昧真火,大骂曰,"好泼道!焉敢欺吾太甚,又来搅吾此阵也!"纵奎牛冲来,仗剑直取,准提将七宝妙树架开。正是:

西方极乐无穷法,俱是莲花一化身。(第八十四回)

《三宝太监西洋记通俗演义》亦一百回,题"二南里人编次"。前有万历丁酉(一五九七)菊秋之吉罗懋登叙,罗即撰人。书叙永乐中太监郑和王景宏服外夷三十九国,咸使朝贡事。郑和者,《明史》(三百四《宦官传》)云,"云南人,世所谓三保太监者也。永乐三年,命和及其侪王景宏等通使西洋,将士卒二万七千八百余人,多赍金帛,造大舶,……自苏州刘家河泛海至福建,复自福建五虎门扬帆,首达占城,以次遍历诸国,宣天子诏,因给赐其君长,不服则以武慑之。先后七奉使,所历凡三十余国,所取无名宝物不可胜计,而中国耗费亦不赀。自和后,凡将命海表者,莫不盛称和以夸外蕃,故俗传'三保太监下西洋'为明初盛事云。"盖郑和之在明代,名声赫然,为世人所乐道,而嘉靖以后,倭患甚殷,民间伤今之弱,又为故事所囿,遂不思将帅而思黄门,集俚俗传闻以成此作,故自序云,"今者东事倥偬,何如西戎即序,不得比西戎即序,何可令王郑二公见"也。惟书则侈谈怪异,专尚荒唐,颇与序言之慷慨不相应,其第一至七回为碧峰长老下生,出家及降魔之事;第八至十四回为碧峰与张天师斗法之事;第十五回以下则郑和挂印,招兵西征,天师及碧峰助之,斩除妖孽,诸国入贡,郑和建祠之事也。所述战事,杂窃《西游记》《封神传》,而文词不工,更增支蔓,特颇有里巷传说,如"五鬼闹判""五鼠闹东京"故事,皆于此可考见,则亦其所长矣。五鼠事似脱胎于《西游记》二心之争;五鬼事记外夷与明战后,国殇在冥中受谳,多获恶报,遂大哄,纵击判官,其往复辩难之词如下:

　　……五鬼道,"纵不是受私卖法,却是查理不清。"阎罗王道,"那一个查理不清?你说来我听着。"劈头就是姜老星说道,"小的是金莲象国一个总兵官,为国忘家,臣子之职,怎么又说道我该送罚恶分司去?以此说来,却不是错为国家出力了么?"崔判官道,"国家苦无大难,怎叫做为国家出力?"姜老星道,"南人宝船千号,战将千员,雄兵百万,势如累卵之危。还说是国家苦无大难?"崔判官道,"南人何曾灭人社稷,吞人土地,贪人财货,怎见得势如累卵之危?"姜老星道,"既是国势不危,我怎肯杀人无厌?"判官道,"南人之来,不过一纸降书,便自足矣,他何曾威逼于人,都是你们偏然强战,这不是杀人无厌么?"咬海干道,"判官大王差矣。我爪哇国五百名鱼眼军一刀两段,三千名步卒煮做一锅,这也是我们强战么?"判官道,"都是你们自取的。"圆眼帖木儿说道,"我们一个人劈作四架,这也是我们强战么?"判官道,"也是你们自取的。"盘龙三太子说道,"我举刀自刎,岂不是他的威逼么?"判官道,"也是你们自取的。"百里雁说道,"我们烧做一个柴头鬼儿,岂不是他的威逼么?"判官道,"也是你们自取的。"五个鬼一齐吆喝起来,说道,"你说甚么自取,自古道'杀人的偿命,欠债的还钱',他枉刀杀了我们,你怎么替他们曲断?"判官道,"我这里执法无私,怎叫做曲断?"五鬼说道,"既是执法无私,怎么不断他填还我们人命?"判官道,"不该填还你们!"五鬼说道,"但只'不该'两个字,就是私弊。"这五个鬼人多口多,乱吆乱喝,嚷做一驮,闹做一块。判官看见他们来得凶,也没奈何,只得站起来喝声道,"唗,甚么人敢在这里胡说!我有私,我这管笔可是容私的?"五个鬼齐齐的走上前去,照手一抢,把管笔夺将下来,说道,"铁笔无私。你这蜘蛛须儿扎的笔,牙齿缝里都是私(丝),敢说得个不容私?"……(第九十回《灵曜府五鬼闹判》)

《西游补》十六回,天目山樵序云南潜作;南潜者,乌程董说出家后之法名也。说字若雨,生于万历庚申(一六二〇),幼即颖悟,自愿先诵《圆觉经》,次乃读四书及五经,十岁能文,十三入泮,逮见中原流寇之乱,遂绝意进取。明亡,祝发于灵岩,名曰南潜,号月函,其他别字尚甚夥,三十余年不履城市,惟友渔樵,世推为佛门尊宿,有《上堂晚参唱酬语录》(钮琇《觚賸续编》之江抱阳生《甲申朝事小记》)及《丰草庵杂著》十种诗文集若干卷。《西游补》云以入"三调芭蕉扇"之后,叙悟空化斋,为鲭鱼精所迷,渐入梦境,拟寻秦始皇借驱山铎,驱火焰山,徘徊之间,进万镜楼,乃大颠倒,或见过去,或求未来,忽化美人,忽化阎罗,得虚空主人一呼,始离梦境,知鲭鱼本与悟空同时出世,住于"幻部",自号"青青世界",一切境界,皆彼所造,而实无有,即"行者情",故"悟通大道,必先空破情根,破情根必先走入情内,走入情内见得世界情根之虚,然后走出情外认得道根之实"(本书卷首《答问》)。其云鲭鱼精,云青青世界,云小月王者,即皆谓情矣。或以中有"杀青大将军""倒置历日"诸语,因谓是鼎革之后,所寓微言,然全书实于讥弹明季世风之意多,于宗社之痛之迹少,因疑成书之日,尚当在明亡以前,故但有边事之忧,亦未入释家之奥,主眼所在,仅如时流,谓行者有三个师父,一是祖师,二是唐僧,三是穆王(岳飞):"凑成三教全身"(第九回)而已。惟其造事遣辞,则丰赡多姿,恍忽善幻,奇突之处,时足惊人,间以俳谐,亦常俊绝,殊非同时作手所敢望也。

行者(时化为虞美人与绿珠辈宴后辞出)即时现出原身,抬头看看,原来正是女娲门前。行者大喜道,"我家的天,被小月王差一班踏空使者碎碎凿开,昨日反拖罪名在我身上。……闻得女娲久惯补天,我今日竟央女娲替我补好,方才哭上灵霄,洗个明白,这机会甚妙。"走近门边细细观看,只见两扇黑漆门紧闭,门上贴一纸头,写着"二十日到轩辕家闲话,十日乃归,有慢尊客,先此布罪"。行者看罢,回头就走,耳朵中只听得鸡唱三声,天已将明,走了数百万里,秦始皇只是不见。(第五回)

忽见一个黑人坐在高阁之上,行者笑道,"古人世界也有贼哩,满面涂了乌煤在此示众。"走了几步,又道,"不是逆贼。原来倒是张飞庙。"又想想道,"既是张飞庙,该带一顶包巾。……带了皇帝帽,又是玄色面孔,此人决是大禹玄帝。我便上前见他,讨些治妖斩魔秘诀,我也不消寻着秦始皇了。"看看走到面前,只见台下立一石竿,竿上插一首飞白旗,旗上写六个紫色字:

"先汉名士项羽。"

行者看罢,大笑一场,道,"真个是'事未来时休去想,想来到底不如心'。老孙疑来疑去,……谁想一些不是,倒是我绿珠楼上的强遥丈夫。"当时又转一念道,"哎哟,吾老孙专为寻秦始皇,替他借个驱山铎子,所以钻入古人世界来,楚伯王在他后头,如今已见了,他却为何不见?我有一个道理:径到台上见了项羽,把始皇消息问他,倒是个着脚信。"行者即时跳起细看,只见高阁之下,……坐着一个美人,耳朵边只听得叫"虞美人虞美人"。……行者登时把身子一摇,仍前变做美人模样,竟上高阁,袖中取出一尺冰罗,不住的掩泪,单单露出半面,望着项羽,似怨似怒。项羽大惊,慌忙跪下,行者背转,项羽又飞趋跪在行者面前,叫"美人,可怜你枕席之人,聊开笑面"。行者也不做声;项羽无奈,只得陪哭。行者方才红着桃花脸儿,指着项羽道,"顽贼! 你为赫赫将军,不能庇一女子,有何颜面坐此高台?"项羽只是哭,也不敢答应。行者微露不忍之态,用手扶起道,"常言道,'男儿两膝有黄金。'你今后不可乱跪!"……(第六回)

## 第十九篇　明之人情小说(上)

当神魔小说盛行时,记人事者亦突起,其取材犹宋市人小说之"银字儿",大率为离合悲欢及发迹变态之事,间杂因果报应,而不甚言灵怪,又缘描摹世态,见其炎凉,故或亦谓之"世情书"也。

诸"世情书"中,《金瓶梅》最有名。初惟钞本流传,袁宏道见数卷,即以配《水浒传》为"外典"(《觞政》),故声誉顿盛;世又益以《西游记》,称三大奇书。万历庚戌(一六一〇),吴中始有刻本,计一百回,其五十三至五十七回原阙,刻时所补也(见《野获编》二十五)。作者不知何人,沈德符云是嘉靖间大名士(亦见《野获编》),世因以拟太仓王世贞,或云其门人(康熙乙亥谢颐序云)。由此复生谰言,谓世贞造作此书,乃置毒于纸,以杀其仇严世蕃,或云唐顺之者,故清康熙中彭城张竹坡评刻本,遂有《苦孝说》冠其首。

《金瓶梅》全书假《水浒传》之西门庆为线索,谓庆号四泉,清河人,"不甚读书,终日闲游浪荡",有一妻三妾,又交"帮闲抹嘴不守本分的人",结为十弟兄,复悦潘金莲,酖其夫武大,纳以为妾,武松来报仇,寻之不获,误杀李外傅,刺配孟州。而西门庆故无恙,于是日益放恣,通金莲婢春梅,复私李瓶儿,亦纳为妾,"又得两三场横财,家道营盛"。已而李瓶儿生子;庆则因赂蔡京得金吾卫副千户,乃愈肆,求药纵欲受赇枉法无不为。然潘金莲妒李有子,屡设计使受惊,子终以瘈疭死;李痛子亦亡。潘则力媚西门庆,庆一夕饮药逾量,亦暴死。金莲春梅复通于庆婿陈敬济,事发被斥卖,金莲遂出居王婆家待嫁,而武松适遇赦归,因见杀;春梅则卖为周守备妾,有宠,又生子,竟册为夫人。会孙雪娥以遇拐复获发官卖,春梅憾其尝"唆打陈敬济",则买而折辱之,旋卖于酒家为娼;又称敬济为弟,罗致府中,仍与通。已而守备征宋江有功,擢济南兵马制置,敬济亦列名军门,升为参谋。后金人入寇,守备阵亡,春梅凤通其前妻之子,因亦以淫纵暴卒。比金兵将至清河,庆妻携其遗腹子孝哥欲奔济南,途遇普净和尚,引至永福寺,以因果现梦化之,孝哥遂出家,法名明悟。

作者之于世情,盖诚极洞达,凡所形容,或条畅,或曲折,或刻露而尽相,或幽伏而含讥,或一时并写两面,使之相形,变幻之情,随在显见,同时说部,无以上之,故世以为非王世贞不能作。至谓此书之作,专以写市井间淫夫荡妇,则与本文殊不符,缘西门庆故称世家,为搢绅,不惟交通权贵,即士类亦与周旋,著此一家,即骂尽诸色,盖非独描摹下流言行,加以笔伐而已。

……妇人(潘金莲)道,"怪奴才,可可儿的来,想起一件事来,我要说又忘了。"因令春梅,"你取那只鞋来与他瞧。""你认的这鞋是谁的鞋?"西门庆道,"我不知是谁的鞋。"妇人道,"你看他还打张鸡儿哩。瞒着我黄猫黑尾,你干的好茧儿。来旺媳妇子的一只臭蹄子,宝上珠也一般收藏在藏春坞雪洞儿里拜帖匣子内,揽着些字纸和香儿,一处放着。甚么罕稀物件,也不当家化化的,怪不的那贼淫妇死了堕阿鼻地狱。"又指着秋菊骂道,"这奴才当我的鞋,又翻出来,教我打了几下。"分付春梅,"趁早与我掠出去。"春梅把鞋掠在地下,看着秋菊说道,"赏与你穿了罢。"那秋菊拾着鞋儿说道,"娘这个鞋,只好盛我一个脚指头儿罢。"那妇人骂道,"贼奴才,还叫甚么□娘哩。他是你家主子前世的娘!不然,怎的把他的鞋这等收藏的娇贵?到明日好传代。没廉耻的货!"秋菊拿着鞋就往外走,被妇人又叫回来,分付"取刀来,等我把淫妇鞋剁作几截子,掠到茅厕里去,叫贼淫妇阴山背后永世不得超生"。因向西门庆道,"你看着越心

疼,我越发偏剁个样儿你瞧。"西门庆笑道,"怪奴才,丢开手罢了,我那里有这个心。"⋯⋯(第二十八回)

⋯⋯掌灯时分,蔡御史便说,"深扰一日,酒告止了罢。"因起身出席。左右便欲掌灯。西门庆道,"且休掌烛。请老先生后边更衣。"于是⋯⋯让至翡翠轩,⋯⋯关上角门,只见两个唱的,盛妆打扮,立于阶下,向前插烛也似磕了四个头。⋯⋯蔡御史看见,欲进不能,欲退不舍,便说道,"四泉,你如何这等爱厚?恐使不得。"西门庆笑道,"与昔日东山之游,又何异乎?"蔡御史道,"恐我不如安石之才,而君有王右军之高致矣。"⋯⋯因进入轩内,见文物依然,因索纸笔,就欲留题相赠。西门庆即令书童将端溪砚研的墨浓浓的,拂下锦笺。这蔡御史终是状元之才,拈笔在手,文不加点,字走龙蛇,灯下一挥而就,作诗一首。⋯⋯(第四十九回)

明小说之宣扬秽德者,人物每有所指,盖借文字以报夙仇,而其是非,则殊难揣测。沈德符谓《金瓶梅》亦斥时事,"蔡京父子则指分宜,林灵素则指陶仲文,朱勔则指陆炳,其它亦各有所属。"则主要如西门庆,自当别有主名,即开篇所谓"有一处人家,先前怎地富贵,到后来煞甚凄凉,权谋术智,一毫也用不着,亲友兄弟,一个也靠不着,享不过几年的荣华,倒做了许多的话靶。内中又有几个斗宠争强迎奸卖俏的,起先好不妖娆妩媚,到后来也免不得尸横灯影,血染空房"(第一回)者是矣。结末稍进,用释家言,谓西门庆遗腹子孝哥方睡在永福寺方丈,普净引其母及众往,指以禅杖,孝哥"翻过身来,却是西门庆,项带沉枷,腰系铁索。复用禅杖只一点,依旧还是孝哥儿睡在床上。⋯⋯原来孝哥儿即是西门庆托生"(第一百回)。此之事状,固若玮奇,然亦第谓种业留遗,累世如一,出离之道,惟在"明悟"而已。若云孝子衔酷,用此复仇,虽奇谋至行,足为此书生色,而证佐盖阙,不能信也。

故就文辞与意象以观《金瓶梅》,则不外描写世情,尽其情伪,又缘衰世，万事不纲，爱发苦言，每极峻急，然亦时涉隐曲，猥黩者多。后或略其他文，专注此点，因予恶谥，谓之"淫书"；而在当时，实亦时尚。成化时，方士李孜僧继晓已以献房中术骤贵，至嘉靖间而陶仲文以进红铅得幸于世宗，官至特进光禄大夫柱国少师少傅少保礼部尚书恭诚伯。于是颓风渐及士流，都御史盛端明布政使参议顾可学皆以进士起家，而俱借"秋石方"致大位。瞬息显荣，世俗所企羡，侥幸者多竭智力以求奇方，世间乃渐不以纵谈闺帏方药之事为耻。风气既变，并及文林，故自方士进用以来，方药盛，妖心兴，而小说亦多神魔之谈，且每叙床笫之事也。

然《金瓶梅》作者能文，故虽间杂猥词，而其他佳处自在，至于末流，则著意所写，专在性交，又越常情，如有狂疾，惟《肉蒲团》意想颇似李渔，较为出类而已。其尤下者则意欲媟语，而未能文，乃作小书，刊布于世，中经禁断，今多不传。

万历时又有名《玉娇李》者，云亦出《金瓶梅》作者之手。袁宏道曾闻大略，谓"与前书各设报应因果，武大后世化为淫夫，上蒸下报；潘金莲亦作河间妇，终以极刑；西门庆则一骏憨男子，坐视妻妾外遇，以见轮回不爽"。后沈德符见首卷，以为"秽黩百端，背伦蔑理，……其帝则称完颜大定，而贵溪（夏言）分宜（严嵩）相构，亦暗寓焉。至嘉靖辛丑庶常诸公，则直书姓名，尤可骇怪。……然笔锋恣横酣畅，似尤胜《金瓶梅》"（皆见《野获编》二十五）。今其书已佚，虽或偶有见者，而文章事迹，皆与袁沈之言不类，盖后人影撰，非当时所见本也。

《续金瓶梅》前后集共六十四回，题"紫阳道人编"。自言东汉时辽东三韩有仙人丁令威；后五百年而临安西湖有仙人丁野鹤，临化遗言，"说'五百年后又有一人名丁野鹤，是我后身，来此相访'。后至明末，果有东海一人，名姓相同，来此罢官而去，自称紫阳道人。"（六十二回）卷首有《太上感应篇阴阳无字解》，署"鲁诸邑丁耀亢参解"，序有云，"自奸杞焚予《天史》于南都，海桑既变，不复讲因果事，今见圣天子钦颁《感应篇》，自制御序，戒谕臣工。"则《续金瓶梅》当成于清初，而丁耀亢即其撰人矣。耀亢字西生，号野鹤，山东诸城人，弱冠为诸生，走江南与诸名士联文社，既归，郁郁不得志，作《天史》十卷。清顺治四年入京，由顺天籍拔贡，充镶白旗教习，诗名甚盛。后为容城教谕，迁惠安知县，不赴，六十后病目，自称木鸡道人，年七十二卒（约一六二〇——一六九一），所著有诗集十余卷，传奇四种（乾隆《诸城志》十三及三六）。《天史》者，类历代吉凶诸事而成，焚于南都，未详其实，《诸城志》但云"以献益都钟羽正，羽正奇之"而已。

《续金瓶梅》主意殊单简，前集谓普净是地藏菩萨化身，一日施食，以轮回大簿指点众鬼，俾知将来恶报，后悉如言。西门庆为汴京富室沈越子，名曰金哥，越之妻弟袁指挥居对门，有女常姐，则李瓶儿后身，尝在沈氏宅打秋千，为李师师所见，艳其美，矫旨取之，改名银瓶。金人陷汴，民众流离，金哥遂沦为乞丐；银瓶则为娼，通郑玉卿，后嫁为翟员外妾，又与郑偕遁至扬州，为苗青所赚，乃自经死。后集则叙东京孔千户女名梅玉者，以艳羡富贵，自甘为金人金哈木儿妾，而大妇"凶妒"，篡取虐使之，梅玉欲自裁，因梦自知是春梅后身，大妇则孙雪娥再世，遂长斋念佛，不生嗔恨，竟得脱离。至潘金莲则转生为山东黎指挥女，名金桂，夫曰刘癞子，其前生实为陈敬济，以夙业故，体貌不全，金桂怨愤，因招妖蛊，又缘受惊，终成痼疾也。

余文俱述他人牵缠孽报，而以国家大事，穿插其间，又杂引佛典道经儒理，详加解释，动辄数百言，顾什九以《感应篇》为归宿，所谓"要说佛说道说理学，先从因果说起，因果无凭，又从《金瓶梅》说起"（第一回）也。明之"淫书"作者，本好以阐明因果自解，至于此书，则因见"只有夫妇一伦，变故极多，……造出许多冤业，世世偿还，真是爱河自溺，欲火自煎，一部《金瓶梅》说了个色字，一部《续金瓶梅》说了个空字，从色还空，即空是色，乃自果报，转入佛法"（四十三回）

矣。然所谓佛法,复甚不纯,仍混儒道,与神魔小说诸作家意想无甚异,惟似较重力行,又欲无所执著,故亦颇讥当时空谈三教一致及妄分三教等差者之弊,如述李师师旧宅收没入官,立为大觉尼寺,儒道又出而纷争,即其例也:

> ……这里大觉寺兴隆佛事不题。后因天坛道官并阖学生员争这块地,上司断决不开,各在兀术太子营里上了一本,说道"这李师师府地宽大,僧妓杂居,单给尼姑盖寺,恐久生事端,宜作公所。其后半花园,应分割一半,作三教堂,为儒释道三教讲堂。"王爷准了,才息了三处争讼。那道官见自己不独得,又是三分四裂的,不来照管。这开封府秀才吴蹈理卜守分两个无耻生员,借此为名,也就贴了公帖,每人三钱,倒敛了三四百两分资。不日盖起三间大殿,原是释迦佛居中,老子居左,孔子居右,只因不肯倒了自家门面,便把孔夫子居中,佛老分为左右,以见贬黜异端外道的意思。把那园中台榭池塘,和那两间妆阁,当日银瓶做过卧房的,改作书房。……这些风流秀士,有趣文人,和那浮浪子弟们,也不讲禅,也不讲道,每日在三教堂饮酒赋诗,倒讲了个色字,好个快活所在。题曰三空书院,无非说三教俱空之意。……(第三十七回上《三教堂青楼成净土》)

又有《隔帘花影》四十八回,世亦以为《金瓶梅》后本,而实乃改易《续金瓶梅》中人名(如以西门庆为南宫吉之类)及回目,并删略其絮说因果语而成,书末不完,盖将续作,然未出。一名《三世报》,殆包举将来拟续之事;或并以武大被酖,亦为凤业,合数之得三世也。

## 第二十篇　明之人情小说(下)

《金瓶梅》《玉娇李》等既为世所艳称,学步者纷起,而一面又生异流,人物事状皆不同,惟书名尚多蹈袭,如《玉娇梨》《平山冷燕》等皆是也。至所叙述,则大率才子佳人之事,而以文雅风流缀其间,功名遇合为之主,始或乖违,终多如意,故当时或亦称为"佳话"。察其意旨,每有与唐人传奇近似者,而又不相关,盖缘所述人物,多为才人,故时代虽殊,事迹辄类,因而偶合,非必出于仿效矣。《玉娇梨》《平山冷燕》有法文译,又有名《好逑传》者则有法德文译,故在外国特有名,远过于其在中国。

《玉娇梨》今或改题《双美奇缘》,无撰人名氏。全书仅二十回,叙明正统间有太常卿白玄者,无子,晚年得一女曰红玉,甚有文才,以代父作菊花诗为客所知,御史杨廷诏因求为子杨芳妇,玄招芳至家,属妻弟翰林吴珪试之。

> ……吴翰林陪杨芳在轩子边立着。杨芳抬头,忽见上面横着一个扁额,题的是"弗告轩"三字。杨芳自恃认得这三个字,便只管注目而视。吴翰林见杨芳细看,便说道,"此三字乃是聘君吴与弼所书,点画遒劲,可称名笔。"杨芳要卖弄识字,因答道,"果是名笔,这轩字也还平常,这弗告二字写得入神。"却将告字读了去声,不知弗告二字,盖取《诗经》上"弗谖弗告"之义,这"告"字当读与"谷"字同音。吴翰林听了,心下明白,便模糊答应。……(第二回)

白玄遂不允。杨以为怨,乃荐玄赴也先营中迎上皇,玄托其女于吴翰林而去。吴珪即挈红玉归金陵,偶见苏友白题壁诗,爱其才,欲以红玉嫁之。友白误相新妇,竟不从。珪怒,嘱学官革友白秀才,学官方踌躇,而白玄还朝加官归乡之报适至,即依黜之。友白被革,将入京就其叔,于道中见数少年苦吟;乃方和白红玉新柳诗;谓有能步韵者,即嫁之也。友白亦和两首,而张轨如遽窃以献白玄,玄留之为西宾。已而有苏有德者又冒为友白,请婚于白氏,席上见张,互相攻讦,俱败。友白见红玉新柳诗,慕之,遂渡江而北,欲托吴珪求婚;途次遇盗,暂舍于李氏,偶遇一少年曰卢梦梨,甚服友白之才,因以其妹之终身相托。友白遂入京以监生应试,中第二名;再访卢,则已以避祸远徙,乃大失望。不知卢实白红玉之中表,已先赴金陵依白

498

氏也。白玄难于得婿，易姓名游山阴，于禹迹寺见一少年姓柳，才识非常，次日往访，即字以己女及甥女，归而说其故云：

> ……"……忽遇一个少年，姓柳，也是金陵人。他人物风流，真个是'谢家玉树'。……我看他神清骨秀，学博才高，且暮间便当飞腾翰苑。……意欲将红玉嫁他，又恐甥女说我偏心；欲要配了甥女，又恐红玉说我矫情。除了柳生，若要再寻一个，却万万不能。我想娥皇女英同事一舜，古圣人已有行之者；我又见你姊妹二人互相爱慕，不啻良友，我也不忍分开：故当面一口就都许他了。这件事我做得甚是快意。"……（第十九回）

而二女皆慕友白，闻之甚怏怏。已而柳至白氏，自言实苏友白，盖尔时亦变姓名游山阴也。玄亦告以真姓名，皆大惊喜出意外，遂成婚。而卢梦梨实女子，其先乃改装自托于友白者云。

《平山冷燕》亦二十回，题云"荻岸山人编次"。清盛百二（《柚堂续笔谈》）以为嘉兴张博山十四五时作，其父执某续成之。博山名劭，清康熙时人，"少有成童之目，九龄作《梅花赋》惊其师。"（阮元《两浙辅轩录》七引李方湛语）盖早慧，故世人并以此书附著于彼，然文意陈腐，殊不类童子所为。书叙"先朝"隆盛时事，而又不云何时作，故亦莫详"先朝"为何帝也。其时钦天监正堂官奏奎壁流光，散满天下，天子则大悦，诏求真才，又适见白燕盘旋，乃命百官赋白燕诗，众谢不能，大学士山显仁乃献其女山黛之作，诗云：

> 夕阳凭吊素心稀，遍入梨花无是非，淡去羞从鸦借色，瘦来只许雪添肥，飞回夜黑还留影，衔尽春红不浣衣，多少朱门夸富贵，终能容我洁身归。（第一回）

天子即召见，令献箴，称旨，赐玉尺一条，"以此量天下之才"；金如意一执，"文可以指挥翰墨，武可以扞御强暴，长成择婿，有妄人强求，即以此击其首，击死勿论"；又赐御书扁额一方曰"弘文才女"。时黛方十岁；其父筑楼以贮玉尺，谓之玉尺楼，亦即为黛读书之所，于是才女之名大著，求诗文者云集矣。后黛以诗嘲一贵介子弟，被怨,托人诬以诗文皆非己出,又奉旨令文臣赴玉尺楼与黛较试,文臣不能及,诬者获罪而黛之名益扬。其时又有村女冷绛雪者,亦幼即能诗,忤山人宋信,信以计陷之,俾官买送山氏为侍婢。绛雪于道中题诗而遇洛阳才人平如衡,然指顾间又相失;既至山氏,自显其才,则大得敬爱,且亦以题诗为天子所知也。平如衡至云间访才士,得燕白颔,家世富贵而有大才,能诗。长官俱荐于朝,二人不欲以荐举出身,乃皆入都应试,且改姓名求见山黛。黛早见其讥刺诗,因与绛雪易装为青衣,试以诗,唱和再三,二人竟屈,辞去。又有张寅者,亦以求婚至山氏,受试于玉尺楼下,张不能文,大受愚弄,复因奔突登楼,几被如意击死,至拜祷始免。张乃嘱礼官奏于朝,谓黛与少年唱和调笑,有伤风化。天子即拘讯;张又告发二人实平燕托名,而适榜发,平中会元,燕会魁。于是天子大喜,谕山显仁择之为婿,遂以山黛嫁燕白颔,冷绛雪嫁平如衡。成婚之日,凡事无不美满:

> ……二女上轿,随妆侍妾足有上百,一路火炮与鼓乐喧天,彩旗共花灯夺目,真个是天子赐婚,宰相嫁女,状元探花娶妻:一时富贵,占尽人间之盛。……若非真正有才,安能如此? 至今京城中俱传平山冷燕为四才子;闲窗阅史,不胜欣慕而为之立传云。(第二十回)

二书大旨,皆显扬女子,颂其异能,又颇薄制艺而尚词华,重俊髦而嗤俗士,然所谓才者,惟在能诗,所举佳篇,复多鄙倍,如乡曲学究之为;又凡求偶必经考试,成婚待于诏旨,则当时科举思想之所牢笼,倘作者无不羁之才,固不能冲决而高骞矣。

《好逑传》十八回,一名《侠义风月传》,题云"名教中人编次"。其立意亦略如前二书,惟文辞较佳,人物之性格亦稍异,所谓"既美且才,美而又侠"者也。书言有秀才铁中玉者,北直隶大名府人,

> ……生得丰姿俊秀,就像一个美人,因此里中起个诨名,叫做"铁美人"。若论他人品秀美,性格就该温存。不料他人虽生得秀美,性子就似生铁一般,十分执拗;又有几分膂力,动不动

就要使气动粗;等闲也不轻易见他言笑。……更有一段好处,人若缓急求他,……慨然周济;若是诔言谄媚,指望邀惠,他却只当不曾听见:所以人都感激他,又都不敢无故亲近他。……(第一回)

其父铁英为御史,中玉虑以鲠直得祸,入都谏之。会大夬侯沙利夺韩愿妻,即施智计夺以还愿,大得义侠之称。然中玉亦惧祸,不敢留都,乃至山东游学。历城退职兵部侍郎水居一有一女曰冰心,甚美,而才识胜男子。同县有过其祖者,大学士之子,强来求婚,水居一不敢拒,然以侄女易冰心嫁之,婚后始觉,其祖大恨,计陷居一,复百方图女,而冰心皆以智免。过其祖又托县令假传朝旨逼冰心,而中玉适在历城,遇之,斥其伪,计又败。冰心因此甚服铁中玉,当中玉暴病,乃邀寓其家护视,历五日始去。此后过其祖仍再三图娶冰心,皆不得。而中玉卒与冰心成婚,然不合卺,已而过学士托御史万谔奏二氏婚媾,先以"孤男寡女,共处一室,不无暧昧之情,今父母徇私,招摇道路而纵成之,实有伤于名教"。有旨查复。后皇帝知二人虽成礼而未同居,乃召冰心令皇后验试,果为贞女,于是诬蔑者皆被诘责,而誉水铁为"真好述中出类拔萃者",令重结花烛,以光名教,且云"汝归宜益懋后德以彰风化"也。

又有《铁花仙史》二十六回。题"云封山人编次"。言钱唐蔡其志与好友王悦共游于祖遗之埋剑园,赏芙蓉,至花落方别。后入都又相遇,已各有儿女在褓襁,乃约为婚姻,往来愈密。王悦子曰儒珍,七岁能诗,与同窗陈秋麟皆十三四入泮,尝借寓埋剑园,邀友赏花赋诗。秋麟夜遇女子,自称符剑花,后屡至,一夕暴风雨拔去玉芙蓉,乃绝。后王氏衰落,儒珍又不第,蔡嫌其穷困,欲以女改适夏元虚,时秋麟已中解元,急谋于密友苏紫宸,托媒得之,拟临时归儒珍,而蔡女若兰竟逸去,为紫宸之叔诚斋所收养。夏元虚为世家子而无行,怒其妹瑶枝时加讥讪,因荐之应点选;瑶枝被征入都,中途舟破,亦为诚斋所救。诚斋又招儒珍为西宾,而蔡其志晚年孤寂,亦屡来迎王,养以为子,亦发解,娶诚斋之女馨如。秋麟求婚夏瑶枝,诚斋未许,一夕女自来,乃偕遁。时紫宸已平海寇,成神仙,忽遗王陈二人书,言真瑶枝故在苏氏,偕遁者实花妖,教二人以五雷法治之,妖即逸去,诚斋亦终以真瑶枝许之。一日儒珍至苏氏,忽睹若兰旧婢,甚惊;诚斋乃确知所收蔡女,故为儒珍聘妇,亦以归儒珍。后来两家夫妇皆年逾八十,以服紫宸所赠金丹,一夕无疾而终,世以为尸解云。

《铁花仙史》较后出,似欲脱旧来窠臼,故设事力求其奇。作者亦颇自负,序言有云,"传奇家摹绘才子佳人之悲欢离合,以供人娱目悦心者也。然其成书而命之名也,往往略不加意。如《平山冷燕》则皆才子佳人之姓为颜,而《玉娇梨》者又至各摘其人名之一字以传之,草率若此,非真有心唐突才子佳人,实图便于随意扭捏成书而无所难耳。此书则有特异焉者,……令人以为铁为花为仙者读之,而才子佳人之事掩映乎其间。"然文笔拙涩,事状纷繁,又混入战争及神仙妖异事,已轶出于人情小说范围之外矣。

## 第二十一篇　明之拟宋市人小说及后来选本

宋人说话之影响于后来者,最大莫如讲史,著作迭出,如第十四十五篇所言。明之说话人亦大率以讲史事得名,间亦说经诨经,而讲小说者殊希有。惟至明末,则宋市人小说之流复起,或存旧文,或出新制,顿又广行世间,但旧名湮昧,不复称市人小说也。

此等书之繁富者,最先有《全像古今小说》四十卷,书肆天许斋告白云,"本斋购得古今名人演义一百二十种,先以三之一为初刻"。绿天馆主人序则谓"茂苑野史家藏古今通俗小说甚富,因贾人之请,抽其可以嘉惠里耳者,凡四十种,俾为一刻",而续刻无闻。已而有"三言","三言"云者,一曰《喻世明言》,二曰《警世通言》,今皆未见,仅知其序目。《明言》二十四卷,其二十一篇出《古今小说》,三篇亦见于《通言》及《醒世恒言》中，似即取《古今小说》残本作之。《通言》则四十卷，有天启甲子（一六二四）豫章无碍居士序，内收《京本通俗小说》七篇（见盐谷温《关于明的小说"三言"》及《宋明通俗小说流传表》），因知此等汇刻，盖亦兼采故书，不尽为拟作。三即《醒世恒言》，亦四十卷，天启丁卯（一六二七）陇西可一居士序云，"六经国史而外，凡著述，皆小说也，而尚理或病于艰深，修词或伤于藻绘，则不足以触里耳而振恒心，此《醒世恒言》所以继《明言》《通言》而作也。"是知《恒言》之出，在"三言"中为最后，中有《十五贯戏言成巧祸》一事，即《京本通俗小说》卷十五之《错斩崔宁》，则此亦兼存旧作，为例盖同于《通言》矣。

松禅老人序《今古奇观》云，"墨憨斋增补《平妖》。穷工极变，不失本来。……至所纂《喻世》《醒世》《警世》'三言'，极摹世态人情之岐，备写悲欢离合之致。"《平妖传》有张无咎序，云"盖吾友龙子犹所补也"，首叶有题名，则曰"冯犹龙先生增定"，因知"三言"亦冯犹龙作，其曰龙子犹者，即错综"犹龙"字作之。犹龙名梦龙，长洲人（《曲品》作吴县人，《顽潭诗话》作常熟人），故绿天馆主人称之曰茂苑野史，崇祯中，由贡生选授寿宁知县，于诗有《七乐斋稿》，而"善为启颜之辞，间入打油之调，不得为诗家"（朱彝尊《明诗综》七十一云）。然擅词曲，有《双雄记传奇》，又刻《墨憨斋传奇定本十种》，颇为当时所称，其中之《万事足》《风流梦》《新灌园》皆己作；亦嗜小说，既补《平妖传》，复纂"三言"，又尝劝沈德符以《金瓶梅》钞付书坊板行，然不果（《野获编》二十五）。

《京本通俗小说》所录七篇，其五为高宗时事，最远者神宗时，耳目甚近，故铺叙易于逼真。《醒世恒言》乃变其例，杂以汉事二，隋唐事十一，多取材晋唐小说（《续齐谐记》《博异志》《酉阳杂俎》《隋遗录》等），而古今风俗，迁变已多，演以虚词，转失生气。宋事十一篇颇生动，疑《错斩崔宁》而外，或尚有采自宋人话本者，然未详。明事十五篇则所写皆近闻，世态物情，不待虚构，故较高谈汉唐之作为佳。第九卷《陈多寿生死夫妻》一篇，叙朱陈二人以棋友成儿女亲家，陈氏子后病癞，朱欲悔婚，女不允，终归陈氏侍疾，阅三年，夫妇皆仰药卒。其述二人订婚及女母抱怨诸节，皆不务装点，而情态反如画：

> ……王三老和朱世远见那小学生行步舒徐，语音清亮，且作揖次第甚有礼数，口中夸奖不绝。王三老便问，"令郎几岁了?"陈青答应道，"是九岁。"王三老道，"想着昔年汤饼会时，宛如昨日，倏忽之间，已是九年，真个光阴似箭，争教我们不老?"又问朱世远道，"老汉记得宅上令爱也是这年生的。"朱世远道，"果然，小女多福，如今也是九岁了。"王三老道，"莫怪老汉多口，你二人做了一世的棋友，何不扳做儿女亲家。古时有个朱陈村，一村中只有二姓，世为婚姻，如今你二人之姓适然相符，应是天缘。况且好男好女，你知我见，有何不美?"朱世远已自看上了小学生，不等陈青开口，先答应道，"此事最好，只怕陈兄不愿，若肯俯就，小子再无别言。"陈青道，"既蒙朱兄不弃寒微，小子是男家，有何推托? 就请三老作伐。"王三老道，"明日是重阳日，阳九不利;后日大好个日子，老夫便当登门。今日一言为定，出自二位本心;老汉只图吃几杯见成喜酒，不用谢媒。"陈青道，"我说个笑话你听:玉皇大帝要与人皇对亲，商量道，'两亲家都是皇帝，也须得个皇帝为媒才好。'乃请灶君皇帝往下界去说亲。人皇见了灶君，大惊道，'那个做媒的怎的这般样黑?'灶君道，'从来媒人，那有白做的?'"王三老同朱世远都笑起来。朱陈二人又下棋至晚方散。

> 只因一局输赢子，定下三生男女缘。

> ……………

> ……朱世远的浑家柳氏，闻知女婿得个恁般的病症，在家里哭哭啼啼。抱怨丈夫道，"我女儿又不馊臭起来，为甚忙忙的九岁上就许了人家? 如今却怎么好? 索性那癞虾蟆死了，也出

脱了我女儿,如今死不死,活不活,女孩儿看看年纪长成,嫁又嫁他的不得,赖又赖他的不得。终不然,看著那癫子守活孤孀不成?这都是王三那老乌龟一力撺掇,害了我女儿终身。"……朱世远原有怕婆之病,凭他夹七夹八,自骂自止,并不插言,心中纳闷。一日,柳氏偶然收拾厨柜子,看见了象棋盘和那棋子,不觉勃然发怒,又骂起丈夫来道,"你两个只为这几著象棋上说得着,对了亲,赚了我女儿。还要留这祸胎怎的?"一头说,一头走到门前,将那象棋子乱撒在街上,棋盘也掼做几片。朱世远是本分之人,见浑家发性,拦他不住,洋洋的躲开去了,女儿多福又怕羞,不好来劝。任他絮聒个不耐烦,方才罢休。……

时又有《拍案惊奇》三十六卷,卷为一篇,凡唐六,宋六,元四,明二十,亦兼收古事,与"三言"同。首有即空观主人序云,"龙子犹氏所辑《喻世》等诸言,颇存雅道,时著良规,一破今时陋习,如宋元旧种,亦被搜括殆尽。……因取古今来杂碎事,可新听睹,佐谈谐者,演而畅之,得若干卷。"既而有《二刻》三十九卷,凡春秋一,宋十四,元三,明十六,不明者(明?)五,附《宋公明闹元宵杂剧》一卷,于崇祯壬申(一六三二)自序,略云"丁卯之秋……偶戏取古今所闻,一二奇局可纪者,演而成说,……得四十种。……其为柏梁余材,武昌剩竹,颇亦不少,意不能恝,聊复缀为四十则。……"丁卯为天启七年,即《醒世恒言》版行之际,此适出而争奇,然叙述平板,引证贫辛,不能及也。即空观主人为凌濛初别号,濛初,字初成,乌程人,著有《言诗翼》《诗逆》《国门集》,杂剧《虬髯翁》等(《明的小说"三言"》)。

《西湖二集》三十四卷附《西湖秋色》一百韵,题"武林济川子清原甫纂"。每卷一篇,亦杂演古今事,而必与西湖相关。观其书名,当有初集,然未见。前有湖海士序,称清原为周子,尝作《西湖说》,余事未详。清康熙时有太学生周清原字浣初,然为武进人(《国子监志》八十二《鹤征录》一);乾隆时有周昱字清原,钱塘人(《两浙輶轩录》二十三),而时代不相及,皆别一人也。其书亦以他事引出本文,自名为"引子"。引子或多至三四,与他书稍不同;文亦流利,然好颂帝德,垂教训,又多愤言,则殆所谓"司命之厄我过甚而狐鼠之侮我无端"(序述清原语)之所致矣。其假唐诗人戎昱而发挥文士不得志之恨者如下:

> ……且说韩公部下一个官,姓戎名昱,为浙西刺史。这戎昱有潘安之貌,子建之才,下笔惊人,千言立就,自恃有才,生性极是傲睨,看人不在眼里。但那时是离乱之世,重武不重文,若是有数百斤力气,……不要说十八般武艺件件精通,就是晓得一两件的,……少不得也摸顶纱帽在头上戴戴。……马前喝道,前呼后拥,好不威风气势,耀武扬威,何消得晓得"天地玄黄"四字。那戎昱自负才华,到这时节重武之时,却不道是大市里卖平天冠兼挑虎刺,这一种生意,谁人来买,眼见得别人不作兴你了。你自负才华,却去吓谁?就是写得千百篇诗出,上不得阵,杀不得战,退不得虏,压不得贼,要他何用?戎昱负了这个诗袋子,没处发卖,却被一个妓者收得。这妓者是谁?姓金名凤,年方一十九岁,容貌无双,善于歌舞,体性幽闲,再不喜那喧哗之事,一心只爱的是那诗赋二字。他见了戎昱这个诗袋子,好生欢喜。戎昱正没处发卖,见金凤喜欢他这个诗袋子,便把这袋子抖将开来,就像个开杂货店的,件件搬出。两个甚是相得,你贪我爱,再不相舍;从此金凤更不接客。正是:
>
> > 悲莫悲兮生别离,乐莫乐兮新相知。
>
> 自此戎昱政事之暇,游于西湖之上,每每与金凤盘桓行乐。
> ……(卷九《韩晋公人奁两赠》)

《醉醒石》十五回,题"东鲁古狂生编辑"。所记惟李微化虎事在唐时,余悉明代,且及崇祯朝事,盖其时之作也。文笔颇刻露,然以过于简炼,故平话习气,时复逼人;至于垂教诫,好评议,则尤甚于《西湖二集》。宋市人小说虽亦间参训喻,然主意则在述市井间事,用以娱心;及明人拟作末流,乃诰诫连篇,喧而夺主,且多艳称荣遇,回护士人,故形式仅存而精神与宋迥异矣。如第十四回记淮南莫翁以女嫁苏秀才,久而女嫌苏贫,自求去,再醮为酒家妇。而苏即联捷成进士,荣归过酒家前,见女当垆,下轿揖之,女貌不动而心甚苦,又不堪众人笑骂,遂自经死,即所谓大为寒士吐气者也。

……见柜边坐着一个端端正正袅袅婷婷妇人,却正是莫氏。苏进士见了道,"我且去见他一见,看他怎生待我。"叫住了轿,打著伞,穿著公服,竟到店中。那店主人正在那厢数钱,穿著两截衣服,见个官来,躲了。那莫氏见下轿,已认得是苏进士了,却也不羞不恼,打著脸。苏进士向前,恭恭敬敬的作上一揖。他道,"你做你的官,我卖我的酒。"身也不动。苏进士一笑而去。

　　覆水无收日,去妇无还时,
　　相逢但一笑,且为立迟迟。

我想莫氏之心岂能无动,但做了这绝性绝义的事,便做到满面欢容,欣然相接,讨不得个喜而复合;更做到含悲饮泣,牵衣自咎,料讨不得个怜而复收,倒不如硬著,一束两开,倒也干净。他那心里,未尝不悔当时造次,总是无可奈何:

　　心里悲酸暗自嗟,几回悔是昔时差,
　　移将上苑琳琅树,却作门前桃李花。

结末有论,以为"生前贻讥死后贻臭","是朱买臣妻子之后一人"。引论稍恕,科罪似在男子之"不安贫贱"者之下,然亦终不可宥云:

　　若论妇人,读文字,达道理甚少,如何能有大见解,大矜持?况且或至饥寒相逼,彼此相形,旁观嘲笑难堪,亲族炎凉难耐,抓不来榜上一个名字,洒不去身上一件蓝皮,激不起一个惯淹塞不遭际的夫婿,尽堪痛哭,如何叫他不要怨嗟。但"饿死事小失节事大",眼睁睁这个穷秀才尚活在,更去抱了一人,难道没有旦夕恩情? 忒杀蔑去伦理! 这朱买臣妻,所以贻笑千古。

《喻世》等三言在清初盖尚通行，王士禎（《香祖笔记》十）云"《警世通言》有《拗相公》一篇，述王安石罢相归金陵事，极快人意，乃因卢多逊谪岭南事而稍附益之"。其非异书可知。后乃渐晦，然其小分，则又由选本流传至今。其本曰《今古奇观》，凡四十卷四十回，序谓"三言"与《拍案惊奇》合之共二百事，观览难周，故抱瓮老人选刻为此本。据《宋明通俗小说流传表》，则取《古今小说》者十八篇，取《醒世恒言》者十一篇（第一，二，七，八，十五至十七，二十五至二十八回），取《拍案惊奇》者七篇（第九，十，十八，二十九，三十七，三十九，四十回），二刻三篇。三言二拍，印本今颇难觏，可借此窥见其大略也。至成书之顷，当在崇祯时，其与三言二拍之时代关系，盐谷温曾为之立表（《明的小说"三言"》）如下：

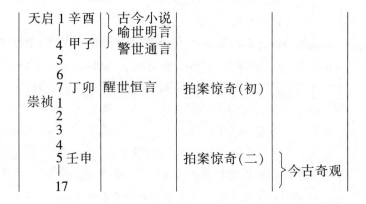

　《今古奇闻》二十二卷，卷一事，题"东壁山房主人编次"。其所录颇陵杂，有《醒世恒言》之文四篇（《十五贯戏言成大祸》，《陈多寿生死夫妻》，《张淑儿巧智脱杨生》，《刘小官雌雄兄弟》），别一篇为《西湖佳话》之《梅屿恨迹》，余未详所从出。文中有"发逆"字，故当为清咸丰同治时书。

　《续今古奇观》三十卷，亦一卷一事，无撰人名。其书全收《今古奇观》选余之《拍案惊奇》二十九篇。而以《今古奇闻》一篇（《康友仁轻财重义得科名》)足卷数,殆不足称选本,同治七年(一八六八)江苏巡抚丁日昌尝严禁淫词小说,《拍案惊奇》亦在禁列,疑此书即书贾于禁后作之。

## 第二十二篇　清之拟晋唐小说及其支流

　　唐人小说单本,至明什九散亡;宋修《太平广记》成,又置不颁布,绝少流传,故后来偶见其本,仿以为文,世人辄大耸异,以为奇绝矣。明初,有钱唐瞿佑字宗吉,有诗名,又作小说曰《剪灯新话》,文题意境,并抚唐人,而文笔殊冗弱不相副,然以粉饰闺情,拈掇艳语,故特为时流所喜,仿效者纷起,至于禁止,其风始衰。迨嘉靖间,唐人小说乃复出,书估往往刺取《太平广记》中文,杂以他书,刻为丛集,真伪错杂,而颇盛行。文人虽素与小说无缘者,亦每为异人侠客童奴以至虎狗虫蚁作传,置之集中。盖传奇风韵,明末实弥漫天下,至易代不改也。

　　而专集之最有名者为蒲松龄之《聊斋志异》。松龄字留仙,号柳泉,山东淄川人,幼有轶才,老而不达,以诸生授徒于家,至康熙辛卯始成岁贡生(《聊斋志异》序跋),越四年遂卒,年八十六(一六三〇——一七一五),所著有《文集》四卷,《诗集》六卷,《聊斋志异》八卷(文集附录张元撰墓表),及《省身录》,《怀刑录》,《历字文》,《日用俗字》,《农桑经》等(李桓《耆献类征》四百三十一)。其《志异》或析为十六卷,凡四百三十一篇,年五十始写定,自有题辞,言"才非干宝,雅爱搜神,情同黄州,喜人谈鬼,闲则命笔,因以成编。久之,四方同人又以邮筒相寄,因而物以好聚,所积益夥"。是其储蓄收罗者久矣。然书中事迹,亦颇有从唐人传奇转化而出者(如《凤阳士人》《续黄粱》等),此不自白,殆抚古而又讳之也。至谓作者搜采异闻,乃设烟茗于门前,邀田夫野老,强之谈说以为粉本,则不过委巷之谈而已。

《聊斋志异》虽亦如当时同类之书,不外记神仙狐鬼精魅故事,然描写委曲,叙次井然,用传奇法,而以志怪,变幻之状,如在目前;又或易调改弦,别叙畸人异行,出于幻域,顿入人间;偶述琐闻,亦多简洁,故读者耳目,为之一新。又相传渔洋山人(王士禛)激赏其书,欲市之而不得,故声名益振,竞相传钞。然终著者之世,竟未刻,至乾隆末始刊于严州;后但明伦吕湛恩皆有注。

明末志怪群书,大抵简略,又多荒怪,诞而不情,《聊斋志异》独于详尽之外,示以平常,使花妖狐魅,多具人情,和易可亲,忘为异类,而又偶见鹘突,知复非人。如《狐谐》言博兴万福于济南娶狐女,而女雅善谈谐,倾倒一坐,后忽别去,悉如常人;《黄英》记马子才得陶氏黄英为妇,实乃菊精,居积取盈,与人无异,然其弟醉倒,忽化菊花,则变怪即骤现也。

……一日,置酒高会,万居主人位,孙与二客分左右座,下设一榻屈狐。狐辞不善酒,咸请坐谈,许之。酒数行,众掷骰为瓜蔓之令;客值瓜色,会当饮,戏以骰移上座曰,"狐娘子大清醒,暂借一觞。"狐笑曰,"我故不饮,愿陈一典以佐诸公饮。"……客皆言曰,"骂人者当罚。"狐笑曰,"我骂狐何如?"众曰,"可。"于是倾耳共听。狐曰,"昔一大臣,出使红毛国,著狐腋冠见国王,国王视而异之,问'何皮毛,温厚乃尔?'大臣以'狐'对。王言'此物生平未尝得闻。狐字字画何等?'使臣书空而奏曰,'右边是一大瓜,左边是一小犬。'"主客又复哄堂。……居数月,与万偕归。……逾年,万复事于济,狐又与俱。忽有数人来,狐从与语,备极寒暄;乃语万曰,"我本陕中人,与君有夙因,遂从尔许时,今我兄弟至,将从以归,不能周事。"留之,不可,竟去。(卷五)

……陶饮素豪,从不见其沉醉。有友人曾生,量亦无对,适过马,马使与陶较饮,二人……自辰以迄四漏,计各尽百壶,曾烂醉如泥,沉睡坐间,陶起归寝,出门践菊畦,玉山倾倒,委衣于侧,即地化为菊:高如人,花十余朵皆大于拳。马骇绝,告黄英;英急往,拔置地上,曰,"胡醉至此?"复以衣,要马俱去,戒勿视。既明而往,则陶卧畦边,马乃悟姊弟菊精也,益爱敬之。而陶自露迹,饮益放,……值花朝,曾来造访,以两仆舁药浸白酒一坛,约与共尽。……曾醉已惫,诸仆负之去。陶卧地又化为菊;马见惯不惊,如法拔之,守其旁以观其变,久之,叶益憔悴,大惧,始告黄英。英闻,骇曰,"杀吾弟矣!"奔视之,根株已枯;痛绝,掐其梗埋盆中,携入闺中,日灌溉之。马悔恨欲绝,甚恶曾。越数日,闻曾已醉死矣,盆中花渐萌,九月,既开,短干粉朵,嗅之有酒香,名之"醉陶",浇以酒则茂。……黄英终老,亦无他异。(卷四)

又其叙人间事,亦尚不过为形容,致失常度,如《马介甫》一篇述杨氏有悍妇,虐遇其翁,又慢客,而兄弟祗畏,至对客皆失措云:

> ……约半载,马忽携僮仆过杨,直杨翁在门外曝阳扪虱,疑为佣仆,通姓氏使达主人;翁被絮去,或告马,"此即其翁也。"马方惊讶,杨兄弟岸帻出迎,登堂一揖,便请朝父,万石辞以偶恙,捉坐笑语,不觉向夕。万石屡言具食,而终不见至,兄弟迭互出入,始有瘦奴持壶酒来,俄顷引尽,坐伺良久,万石频起催呼,额颊间热汗蒸腾。俄瘦奴以馔具出,脱粟失饪,殊不甘旨。食已,万石草草便去;万锺襆被来伴客寝。……(卷十)

至于每卷之末,常缀小文,则缘事极简短,不合于传奇之笔,故数行即尽,与六朝之志怪近矣。又有《聊斋志异拾遗》一卷二十七篇,出后人掇拾;而其中殊无佳构,疑本作者所自删弃,或他人拟作之。

乾隆末,钱唐袁枚撰《新齐谐》二十四卷,续十卷,初名《子不语》,后见元人说部有同名者,乃改今称;序云"妄言妄听,记而存之,非有所感也",其文屏去雕饰,反近自然,然过于率意,亦多芜秽,自题"戏编",得其实矣。若纯法《聊斋》者,时则有吴门沈起凤作《谐铎》十卷（乾隆五十六年序），而意过俳，文亦纤仄；满洲和邦额作《夜谭随录》十二卷（亦五十六年序），颇借材他书（如《佟觭角》《夜星子》《疡医》皆本《新齐谐》），不尽己出，词气亦时失之粗暴，然记朔方景物及市井情形者特可观。他如长白浩歌子之《萤窗异草》三编十二卷（似乾隆中作，别有四编四卷，乃书估伪造），海昌管世灏之《影谈》四卷（嘉庆六年序），平湖冯起凤之《昔柳摭谈》八卷（嘉庆中作），近至金匮邹弢之《浇愁集》八卷（光绪三年序），皆志异，亦俱不脱《聊斋》窠臼。惟黍余裔孙《六合内外琐言》二十卷（似嘉庆初作）一名《璞蛣杂记》者，故作奇崛奥衍之辞，伏藏讽喻，其体式为在先作家所未尝试，而意浅薄；据金武祥（《江阴艺文志》下）说，则江阴屠绅字贤书之所作也。绅又有《鹗亭诗话》一卷，文词较简，亦不尽记异闻，然审其风格，实亦此类。

《聊斋志异》风行逾百年，摹仿赞颂者众，顾至纪昀而有微辞。盛时彦（《姑妄听之》跋）述其语曰，"《聊斋志异》盛行一时，然才子之笔，非著书者之笔也。虞初以下天宝以上古书多佚矣；其可见完帙者，刘敬叔《异苑》陶潜《续搜神记》，小说类也，《飞燕外传》《会真记》，传记类也。《太平广记》事以类聚，故可并收；今一书而兼二体，所未解也。小说既述见闻，即属叙事，不比戏场关目，随意装点；……今燕昵之词，媟狎之态，细微曲折，摹绘如生，使出自言，似无此理，使出作者代言，则何从而闻见之，又所未解也。"盖即訾其有唐人传奇之详，又杂以六朝志怪者之简，既非自叙之文，而尽描写之致而已。昀字晓岚，直隶献县人；父容舒，官姚安知府。昀少即颖异，年二十四领顺天乡试解额，然三十一始成进士，由编修官至侍读学士，坐泄机事谪戍乌鲁木齐，越三年召还，授编修，又三年擢侍读，总纂四库全书，绾书局者十三年，一生精力，悉注于《四库提要》及《目录》中，故他撰著甚少。后累迁至礼部尚书，充经筵讲官，自是又为总宪者五，长礼部者三（李元度《国朝先正事略》二十）。乾隆五十四年，以编排秘籍至热河，"时校理久竟，特督视官吏题签庋架而已，昼长无事"，乃追录见闻,作稗说六卷,曰《滦阳消夏录》。越二年,作《如是我闻》,次年又作《槐西杂志》,次年又作《姑妄听之》,皆四卷;嘉庆三年夏复至热河,又成《滦阳续录》六卷,时年已七十五。后二年,其门人盛时彦合刊之,名《阅微草堂笔记五种》(本书)。十年正月,复调礼部,拜协办大学士,加太子少保,管国子监事;二月十四日卒于位,年八十二(一七二四——一八〇五),谥"文达"(《事略》)。

《阅微草堂笔记》虽"聊以遣日"之书,而立法甚严,举其体要,则在尚质黜华,追踪晋宋;自序云,"缅昔作者如王仲任应仲远引经据古,博辨宏通,陶渊明刘敬叔刘义庆简淡数言,自然妙远,诚不敢妄拟前修,然大旨期不乖于风教"者,即此之谓。其轨范如是,故与《聊斋》之取法传奇者途径自殊,然较以晋宋人书,则《阅微》又过偏于论议。盖不安于仅为小说,更欲有益人心,即与晋宋志怪精神,自然违隔;且末流加厉,易堕为报应因果之谈也。

惟纪昀本长文笔,多见秘书,又襟怀夷旷,故凡测鬼神之情状,发人间之幽微,托狐鬼以抒己见者,隽思妙语,时足解颐;间杂考辨,亦有灼见。叙述复雍容淡雅,天趣盎然,故后来无人能夺其席,固非仅借位高望重以传者矣。今举其较简者三则于下:

> 刘乙斋廷尉为御史时,尝租西河沿一宅,每夜有数人击柝,声琅琅彻晓,……视之则无形,聒耳至不得片刻睡。乙斋故强项,乃自撰一文,指陈其罪,大书粘壁以驱之,是夕遂寂。乙斋自诧不减昌黎之驱鳄也。余谓"君文章道德,似尚未敌昌黎,然性刚气盛,平生尚不作暧昧事,故敢悍然不畏鬼;又拮据迁此宅,力竭不能再徙,计无复之,惟有与鬼以死相持:此在君为'困兽犹斗',在鬼为'穷寇勿追'耳。……"乙斋笑击余背曰,"魏收轻薄哉!然君知我者。"(《滦阳消夏录》六)

> 田白岩言,"尝与诸友扶乩,其仙自称真山民,宋末隐君子也,倡和方洽,外报某客某客来,乩忽不动。他日复降,众叩昨遽去之故,乩判曰,'此二君者,其一世故太深,酬酢太熟,相见

必有诹词数百句,云水散人拙于应对,不如避之为佳;其一心思太密,礼数太明,其与人语,恒字字推敲,责备无已,闲云野鹤岂能耐此苛求,故遁逃尤恐不速耳。'"后先姚安公闻之曰,"此仙究狷介之士,器量未宏。"(《槐西杂志》一)

李义山诗"空闻子夜鬼悲歌",用晋时鬼歌《子夜》事也;李昌谷诗"秋坟鬼唱鲍家诗",则以鲍参军有《蒿里行》,幻窅其词耳。然世间固往往有是事。田香沁言,"尝读书别业,一夕风静月明,闻有度昆曲者,亮折清圆,凄心动魄,谛审之,乃《牡丹亭》《叫画》一出也。忘其所以,倾听至终。忽省墙外皆断港荒陂,人迹罕至,此曲自何而来?开户视之,惟芦荻瑟瑟而已。"(《姑妄听之》三)

昀又"天性孤直,不喜以心性空谈,标榜门户"(盛序语),其处事贵宽,论人欲恕,故于宋儒之苛察,特有违言,书中有触即发,与见于《四库总目提要》中者正等。且于不情之论,世间习而不察者,亦每设疑难,揭其拘迂,此先后诸作家所未有者也,而世人不喻,哓哓然竞以劝惩之佳作誉之。

吴惠叔言,"医者某生素谨厚,一夜,有老媪持金钏一双就买堕胎药,医者大骇,峻拒之;次夕,又添持珠花两枝来,医者益骇,力挥去。越半载余,忽梦为冥司所拘,言有诉其杀人者。至,则一披发女子,项勒红巾,泣陈乞药不与状。医者曰,'药以活人,岂敢杀人以渔利。汝自以奸败,于我何尤!'女子曰,'我乞药时,孕未成形,倘得堕之,我可不死:是破一无知之血块,而全一待尽之命也。既不得药,不能不产,以致子遭扼杀,受诸痛苦,我亦见逼而就缢:是汝欲全一命,反戕两命矣。罪不归汝,反谁归乎?'冥官喟然曰,'汝之所言,酌乎事势;彼之所执者则理也。宋以来固执一理而不揆事势之利害者,独此人也哉?汝且休矣!'拊几有声,医者悚然而寤。"(《如是我闻》三)

东光有王莽河,即胡苏河也,旱则涸,水则涨,每病涉焉。

外舅马公周箓言，"雍正末有丐妇一手抱儿一手扶病姑涉此水，至中流，姑蹶而仆，妇弃儿于水，努力负姑出。姑大诟曰：'我七十老妪，死何害？张氏数世待此儿延香火，尔胡弃儿以拯我？斩祖宗之祀者，尔也！'妇泣不敢语，长跪而已。越两日，姑竟以哭孙不食死；妇呜咽不成声，痴坐数日，亦立槁。……有著论者，谓儿与姑较则姑重，姑与祖宗较则祖宗重。使妇或有夫，或尚有兄弟，则弃儿是；既两世穷嫠，止一线之孤子，则姑所责者是：妇虽死，有余悔焉。姚安公曰，'讲学家责人无已时。夫急流汹涌，少纵即逝，此岂能深思长计时哉？势不两全，弃儿救姑，此天理之正而人心之所安也。使姑死而儿存，……不又有责以爱儿弃姑者耶？且儿方提抱，育不育未可知，使姑死而儿又不育，悔更何如耶？此妇所为，超出恒情已万万，不幸而其姑自殒，以死殉之，亦可哀矣。犹沾沾焉而动其喙，以为精义之学，毋乃白骨衔冤，黄泉赍恨乎？孙复作《春秋尊王发微》，二百四十年内有贬无褒；胡致堂作《读史管见》，三代以下无完人，辨则辨矣，非吾之所欲闻也。'"（《槐西杂志》二）

《滦阳消夏录》方脱稿，即为书肆刊行，旋与《聊斋志异》峙立；《如是我闻》等继之，行益广。其影响所及，则使文人拟作，虽尚有《聊斋》遗风，而摹绘之笔顿减，终乃类于宋明人谈异之书。如同时之临川乐钧《耳食录》十二卷（乾隆五十七年序）《二录》八卷（五十九年序），后出之海昌许秋垞《闻见异辞》二卷（道光二十六年序），武进汤用中《翼駉稗编》八卷（二十八年序）等，皆其类也。迨长洲王韬作《遁窟谰言》（同治元年成）《淞隐漫录》（光绪初成）《淞滨琐话》（光绪十三年序）各十二卷，天长宣鼎作《夜雨秋灯录》十六卷（光绪二十一年序），其笔致又纯为《聊斋》者流，一时传布颇广远，然所记载，则已狐鬼渐稀，而烟花粉黛之事盛矣。

体式较近于纪氏五书者，有云间许元仲《三异笔谈》四卷（道光七年序），德清俞鸿渐《印雪轩随笔》四卷（道光二十五年序），后者甚推《阅微》，而云"微嫌其中排击宋儒语过多"（卷二），则旨趣实异。光绪中，德清俞樾作《右台仙馆笔记》十六卷，止述异闻，不涉因果；又有羊朱翁（亦俞樾）作《耳邮》四卷，自署"戏编"，序谓"用意措辞，亦似有善恶报应之说，实则聊以遣日，非敢云意在劝惩"。颇似以《新齐谐》为法，而记叙简雅，乃类《阅微》，但内容殊异，鬼事不过什一而已。他如江阴金捧阊之《客窗偶笔》四卷（嘉庆元年序），福州梁恭辰之《池上草堂笔记》二十四卷（道光二十八年序），桐城许奉恩之《里乘》十卷（似亦道光中作），亦记异事，貌如志怪者流，而盛陈祸福，专主劝惩，已不足以称小说。

## 第二十三篇　清之讽刺小说

寓讥弹于稗史者，晋唐已有，而明为盛，尤在人情小说中。然此类小说，大抵设一庸人，极形其陋劣之态，借以衬托俊士，显其才华，故往往大不近情，其用才比于"打诨"。若较胜之作，描写时亦刻深，讥刺之切，或逾锋刃，而《西游补》之外，每似集中于一人或一家，则又疑私怀怨毒，乃逞恶言，非于世事有不平，因抽毫而抨击矣。其近于呵斥全群者，则有《钟馗捉鬼传》十回，疑尚是明人作，取诸色人，比之群鬼，一一抉剔，发其隐情，然词意浅露，已同嫚骂，所谓"婉曲"，实非所知。迨吴敬梓《儒林外史》出，乃秉持公心，指摘时弊，机锋所向，尤在士林；其文又戚而能谐，婉而多讽：于是说部中乃始有足称讽刺之书。

吴敬梓字敏轩，安徽全椒人，幼即颖异，善记诵，稍长补官学弟子员，尤精《文选》，诗赋援笔立成。然不善治生，性又豪，不数年挥旧产俱尽，时或至于绝粮，雍正乙卯，安徽巡抚赵国麟举以应博学鸿词科，不赴，移家金陵，为文坛盟主，又集同志建先贤祠于雨花山麓，祀泰伯以下二百三十人，资不足，售所居屋以成之，而家益贫。晚年自号文木老人，客扬州，尤落拓纵酒，乾隆十九年卒于客中，年五十四（一七〇一——一七五四）。所著有《诗说》七卷,《文木山房集》五卷,诗七卷,皆不甚传(详见新标点本《儒林外史》卷首)。

吴敬梓著作皆奇数,故《儒林外史》亦一例,为五十五回;其成殆在雍正末,著者方侨居于金陵也。时距明亡未百年,士流盖尚有明季遗风,制艺而外,百不经意,但为矫饰,云希圣贤。敬梓之所描写者即是此曹,既多据自所闻见,而笔又足以达之,故能烛幽索隐,物无遁形,凡官师,儒者,名士,山人,间亦有市井细民,皆现身纸上,声态并作,使彼世相,如在目前,惟全书无主干,仅驱使各种人物,行列而来,事与其来俱起,亦与其去俱讫,虽云长篇,颇同短制;但如集诸碎锦,合为帖子,虽非巨幅,而时见珍异,因亦娱心,使人刮目矣。敬梓又爱才士,“汲引如不及,独嫉‘时文士’如仇,其尤工者,则尤嫉之。”(程晋芳所作传云)故书中攻难制艺及以制艺出身者亦甚烈,如令选家马二先生自述制艺之所以可贵云:

“……‘举业’二字,是从古及今,人人必要做的。就如孔子生在春秋时候,那时用‘言扬行举’做官,故孔子只讲得个‘言寡尤,行寡悔,禄在其中’:这便是孔子的举业。到汉朝,用贤良方正开科,所以公孙弘董仲舒举贤良方正:这便是汉人的举业。到唐朝,用诗赋取士;他们若讲孔孟的话,就没有官做了,所以唐人都会做几句诗:这便是唐人的举业。到宋朝,又好了,都用的是些理学的人做官,所以程朱就讲理学:这便是宋人的举业。到本朝,用文章取士,这是极好的法则。就是夫子在而今,也要念文章,做举业,断不讲那‘言寡尤,行寡悔’的话。何也？就日日讲究‘言寡尤,行寡悔’,那个给你官做？孔子的道,也就不行了。”(第十三回)

《儒林外史》所传人物,大都实有其人,而以象形谐声或廋词隐语寓其姓名,若参以雍乾间诸家文集,往往十得八九(详见本书上元金和跋)。此马二先生字纯上,处州人,实即全椒冯粹中,为著者挚友,其言真率,又尚上知春秋汉唐,在“时文士”中实犹属诚笃博通之士,但其议论,则不特尽揭当时对于学问之见解,且洞见所谓儒者之心肝者也。至于性行,乃亦君子,例如西湖之游,虽全无会心,颇杀风景,而茫茫然大嚼而归,迂儒之本色固在:

> 马二先生独自一个,带了几个钱,步出钱塘门,在茶亭里吃了几碗茶,到西湖沿上牌楼跟前坐下,见那一船一船乡下妇女来烧香的,……后面都跟着自己的汉子,……上了岸,散往各庙里去了。马二先生看了一遍,不在意里。起来又走了里把多路,望着湖沿上接连着几个酒店,……马二先生没有钱买了吃,……只得走进一个面店,十六个钱吃了一碗面,肚里不饱,又走到间壁一个茶室吃了一碗茶,买了两个钱"处片"嚼嚼,到觉有些滋味。吃完了出来,……往前走,过了六桥。转个湾,便像些村庄地方。又有人家的棺材,厝基中间,走也走不清,甚是可厌。马二先生欲待回去,遇着一个走路的,问道"前面可还有好顽的所在?"那人道,"转过去便是净慈,雷峰。怎么不好顽?"马二先生于是又往前走。……过了雷峰,远远望见高高下下许多房子盖着琉璃瓦,……马二先生走到跟前,看见一个极高的山门,一个金字直匾,上写"敕赐净慈禅寺";山门旁边一个小门。马二先生走了进去;……那些富贵人家女客,成群结队,里里外外,来往不绝。……马二先生身子又长,戴一顶高方巾,一幅乌黑的脸,腆着个肚子,穿着一双厚底破靴,横着身子乱跑,只管在人窝子里撞。女人也不看他,他也不看女人。前前后后跑了一交,又出来坐在那茶亭内,……吃了一碗茶。柜上摆着许多碟子:饺饼,芝麻糖,粽子,烧饼,处片,黑枣,煮栗子,马二先生每样买了几个钱,不论好歹,吃了一饱。马二先生觉得倦了,直着脚跑进清波门;到了下处,关门睡了。因为多走了路,在下处睡了一天;第三日起来,要到城隍山走走。……(第十四回)

至叙范进家本寒微,以乡试中式暴发,旋丁母忧,翼翼尽礼,则无一贬词,而情伪毕露,诚微辞之妙选,亦狙击之辣手矣:

……两人（张静斋及范进）进来，先是静斋谒过，范进上来叙师生之礼。汤知县再三谦让，奉坐吃茶。同静斋叙了些阔别的话；又把范进的文章称赞了一番，问道"因何不去会试？"范进方才说道，"先母见背，遵制丁忧。"汤知县大惊，忙叫换去了吉服。拱进后堂，摆上酒来。……知县安了席坐下，用的都是银镶杯箸。范进退前缩后的不举杯箸，知县不解其故。静斋笑道，"世先生因遵制，想是不用这个杯箸。"知县忙叫换去。换了一个磁杯，一双象牙箸来，范进又不肯举动。静斋道，"这个箸也不用。"随即换了一双白颜色竹子的来，方才罢了。知县疑惑："他居丧如此尽礼，倘或不用荤酒，却是不曾备办。"落后看见他在燕窝碗里拣了一个大虾圆子送在嘴里，方才放心。……（第四回）

此外刻划伪妄之处尚多，掊击习俗者亦屡见。其述王玉辉之女既殉夫，玉辉大喜，而当入祠建坊之际，"转觉心伤，辞了不肯来"，后又自言"在家日日看见老妻悲恸，心中不忍"（第四十八回），则描写良心与礼教之冲突，殊极刻深（详见本书钱玄同序）；作者生清初，又束身名教之内，而能心有依违，托稗说以寄慨，殆亦深有会于此矣。以言君子，尚亦有人，杜少卿为作者自况，更有杜慎卿（其兄青然），有虞育德（吴蒙泉），有庄尚志（程绵庄），皆贞士，其盛举则极于祭先贤。迨南京名士渐已销磨，先贤祠亦荒废；而奇人幸未绝于市井，一为"会写字的"，一为"卖火纸筒子的"，一为"开茶馆的"，一为"做裁缝的"。末一尤恬淡，居三山街，曰荆元，能弹琴赋诗，缝纫之暇，往往以此自遣；间亦访其同人。

一日，荆元吃过了饭，思量没事，一径踱到清凉山来。……他有一个老朋友姓于，住在山背后。这于老者也不读书，也不做生意，……督率着他五个儿子灌园。……这日，荆元步了进来，于老者迎着道，"好些时不见老哥来，生意忙的紧？"荆元道，"正是。今日才打发清楚些。特来看看老爹。"于老者道，"恰好烹了一壶现成茶,请用一杯。"斟了送过来。荆元接了,坐着吃,道,"这茶,色香味都好。老爹却是那里取来的这样好水?"于老者道,"我们城西不比你们城南,到处井泉都是吃得的。"荆元道,"古人动说'桃源避世',我想起来,那里要甚么桃源。只如老爹这样清闲自在,住在这样'城市山林'的所在,就是现在的活神仙了。"于老者道,"只是我老拙一样事也不会做,怎的如老哥会弹一曲琴,也觉得消遣些。近来想是一发弹的好了,可好几时请教一回?"荆元道,"这也容易,老爹不嫌污耳,明日携琴来请教。"说了一会,辞别回来。次日,荆元自己抱了琴,来到园里,于老者已焚下一炉好香,在那里等候。……于老者替荆元把琴安放在石凳上,荆元席地坐下,于老者也坐在旁边。荆元慢慢的和了弦,弹起来,铿铿锵锵,声振林木。……弹了一会,忽作变徵之音,凄清宛转。于老者听到深微之处,不觉凄然泪下。自此,他两人常常往来。当下也就别过了。(第五十五回)然独不乐与士人往还,且知士人亦不屑与友:固非"儒林"中人也。至于此后有无贤人君子得入《儒林外史》,则作者但存疑问而已。

《儒林外史》初惟传钞,后刊木于扬州,已而刻本非一。尝有人排列全书人物,作"幽榜",谓神宗以水旱偏灾,流民载道,冀"旌沉抑之人才"以祈福利,乃并赐进士及第,并遣礼官就国子监祭之;又割裂作者文集中骈语,襞积之以造诏表(金和跋云),统为一回缀于末:故一本有五十六回。又有人自作四回,事既不伦,语复猥陋,而亦杂入五十六回本中,印行于世:故一本又有六十回。

是后亦鲜有以公心讽世之书如《儒林外史》者。


## 第二十四篇　清之人情小说


乾隆中(一七六五年顷),有小说曰《石头记》者忽出于北京,历五六年而盛行,然皆写本,以数十金鬻于庙市。其本止八十回,开篇即叙本书之由来,谓女娲补天,独留一石未用,石甚自悼叹,俄见一僧一道,以为"形体到也是个宝物了,还只没有实在好处,须得再镌上数字,使人一见便知是奇物方妙。然后好携你到隆盛昌明之邦,诗礼簪缨之族,花柳繁华之地,温柔富贵之乡,去安身乐业"。于是袖之而去。不知更历几劫,有空空道人见此大石,上镌文词,从石之请,钞以问世。道人亦"因空见色,由色生情,传情入色,自色悟空,遂易名为情僧,改《石头记》为《情僧录》;东鲁孔梅溪则题曰《风月宝鉴》;后因曹雪芹于悼红轩中披阅十载,增删五次,纂成目录,分出章回,则题曰《金陵十二钗》,并题一绝云:'满纸荒唐言,一把辛酸泪。都云作者痴,谁解其中味?'"(戚蓼生所序八十回本之第一回)

本文所叙事则在石头城(非即金陵)之贾府,为宁国荣国二公后。宁公长孙曰敷,早死;次敬袭爵,而性好道,又让爵于子珍,弃家学仙;珍遂纵恣,有子蓉,娶秦可卿。荣公长孙曰赦,子琏,娶王熙凤;次曰政;女曰敏,适林海,中年而亡,仅遗一女曰黛玉。贾政娶于王,生子珠,早卒;次生女曰元春,后选为妃;次复得子,则衔玉而生,玉又有字,因名宝玉,人皆以为"来历不小",而政母史太君尤钟爱之。宝玉既七八岁,聪明绝人,然性爱女子,常说,"女儿是水作的骨肉,男人是泥作的骨肉。"人于是又以为将来且为"色鬼";贾政亦不甚爱惜,驭之极严,盖缘"不知道这人来历。……若非多读书识字,加以致知格物之功,悟道参玄之力者,不能知也"(戚本第二回贾雨村云)。而贾氏实亦"闺阁中历历有人",主从之外,姻连亦众,如黛玉宝钗,皆来寄寓,史湘云亦时至,尼妙玉则习静于后园。右即贾氏谱大要,用虚线者其姻连,著×者夫妇,著＊者在"金陵十二钗"之数者也。

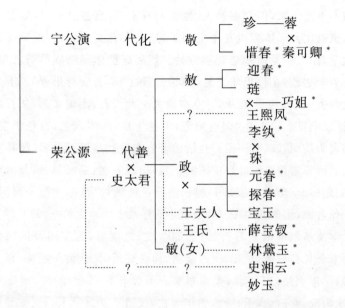

事即始于林夫人（贾敏）之死，黛玉失恃，又善病，遂来依外家，时与宝玉同年，为十一岁。已而王夫人女弟所生女亦至，即薛宝钗，较长一年，颇极端丽。宝玉纯朴，并爱二人无偏心，宝钗浑然不觉，而黛玉稍恚。一日，宝玉倦卧秦可卿室，遽梦入太虚境，遇警幻仙，阅《金陵十二钗正册》及《副册》，有图有诗，然不解。警幻命奏新制《红楼梦》十二支，其末阕为《飞鸟各投林》，词有云：

> "为官的，家业凋零；富贵的，金银散尽。有恩的，死里逃生；无情的，分明报应。欠命的命已还，欠泪的泪已尽！……看破的，遁入空门；痴迷的，枉送了性命。好一似，食尽鸟投林：落了片白茫茫大地真干净！"（戚本第五回）

然宝玉又不解，更历他梦而寤。迨元春被选为妃，荣公府愈贵盛，及其归省，则辟大观园以宴之，情亲毕至，极天伦之乐。宝玉亦渐长，于外昵秦钟蒋玉函，归则周旋于姊妹中表以及侍儿如袭人晴雯平儿紫鹃辈之间，昵而敬之，恐拂其意，爱博而心劳，而忧患亦日甚矣。

这日，宝玉因见湘云渐愈，然后去看黛玉。正值黛玉才歇午觉，宝玉不敢惊动。因紫鹃正在回廊上手里做针线，便上来问他，"昨日夜里咳嗽的可好些？"紫鹃道，"好些了。"（宝玉道，"阿弥陀佛，宁可好了罢。"紫鹃笑道，"你也念起佛来，真是新闻。"）宝玉笑道，"所谓'病笃乱投医'了。"一面说，一面见他穿着弹墨绫子薄绵袄，外面只穿着青缎子夹背心，宝玉便伸手向他身上抹了一抹，说，"穿的这样单薄，还在风口里坐着。春风才至，时气最不好。你再病了，越发难了。"紫鹃便说道，"从此咱们只可说话，别动手动脚的。一年大二年小的，叫人看着不尊重；又打着那起混账行子们背地里说你。你总不留心，还只管合小时一般行为，如何使得？姑娘常常吩咐我们，不叫合你说笑。你近来瞧他，远着你，还恐远不及呢。"说着，便起身，携了针线，进别房去了。宝玉见了这般景况，心中忽觉浇了一盆冷水一般，只看着竹子发了回呆。因祝妈正来挖笋修竿，便忙忙走了出来，一时魂魄失守，心无所知，随便坐在一块石上出神，不觉滴下泪来。直呆了五六顿饭工夫，千思万想，总不知如何是好。偶值雪雁从王夫人房中取了人参来，从此经过，……便走过来，蹲下笑道，"你在这里作什么呢？"宝玉忽见了雪雁，便说道，"你又作什么来招我？你难道不是女儿？他既防嫌，总不许你们理我，你又来寻我，倘被人看见，岂不又生口舌？你快家去罢。"雪雁听了，只当他又受了黛玉的委屈，只得回至房中，黛玉未醒，将人参交与紫鹃。……雪雁道，"姑娘还没醒呢，是谁给了宝玉气受？坐在那里哭呢。"……紫鹃听说，忙放下针线，……一直来寻宝玉。走到宝玉跟前，含笑说道，"我不过说了两句话，为的是大家好。你就赌气，跑了这风地里来哭，作出病来唬我。"宝玉忙笑道，"谁赌气了？我因为听你说的有理，我想你们既这样说，自然别人也是这样说，将来渐渐的都不理我了。我所以想着自己伤心。"……（戚本第五十七回，括弧中句据程本补。)

然荣公府虽煊赫，而"生齿日繁，事务日盛，主仆上下，安富尊荣者尽多，运筹谋画者无一，其日用排场，又不能将就省俭"，故"外面的架子虽未甚倒，内囊却也尽上来了。"(第二回)颓运方至，变故渐多，宝玉在繁华丰厚中，且亦屡与"无常"觌面，先有可卿自经；秦钟夭逝；自又中父妾厌胜之术，几死；继以金钏投井；尤二姐吞金，而所爱之侍儿晴雯又被遣，随殁。悲凉之雾，遍被华林，然呼吸而领会之者，独宝玉而已。

……他便带了两个小丫头到一石后，也不怎么样，只问他二人道，"自我去了，你袭人姐姐可打发人瞧晴雯姐姐去了不曾?"这一个答道，"打发宋妈妈瞧去了。"宝玉道，"回来说什么?"小丫头道，"回来说晴雯姐姐直着脖子叫了一夜，今儿早起就闭了眼，住了口，人事不知，也出不得一声儿了，只有倒气的分儿了。"宝玉忙问道，"一夜叫的是谁?"小丫头子道，("一夜叫的是娘。"宝玉拭泪道，"还叫谁?"小丫头说，)"没有听见叫别人。"宝玉道，"你糊涂，想必没听真。"(……因又想:)"虽然临终未见，如今且去灵前一拜，也算尽这五六年的情肠。"……遂一径出园，往前日之处来，意为停枢在内。谁知他哥嫂见他一咽气，便回了进去，希图得几两发送例银。王夫人闻知，便赏了十两银子；又命"即刻送到外头焚化了罢。'女儿痨'死的，断不可留!"他哥嫂听了这话，一面就雇了人来入殓，抬往城外化人厂去了。……宝玉走来扑了个空，……自立了半天，别没法儿，只得翻身进入园中，待回自房，甚觉无趣，因乃顺路来找黛玉，偏他不在房中。……又到蘅芜院中，只见寂静无人。……仍往潇湘馆来，偏黛玉尚未回来。……正在不知所以之际，忽见王夫人的丫头进来找他，说，"老爷回来了，找你呢。又得了好题目来了，快走快走!"宝玉听了，只得跟了出来。……彼时贾政正与众幕友谈论寻秋之胜；又说，"临散时忽然谈及一事，最是千古佳谈，'风流俊逸忠义慷慨'八字皆备。到是个好题目，大家都要作一首挽词。"众人听了，都忙请教是何等妙题。贾政乃说，"近日有一位恒王，出镇青州。这恒王最喜女色，且公余好武，因选了许多美女，日习武事。……其姬中有一姓林行四者，姿色既冠，且武艺更精，皆呼为林四娘。恒王最得意，遂超拔林四娘统辖诸姬，又呼为姽婳将军。"众清客都称"妙极神奇！竟以'姽婳'下加'将军'二字，更觉妩媚风流，真绝世奇文！想这恒王也是第一风流人物了。"……（戚本第七十八回，括弧中句据程本补。）

《石头记》结局，虽早隐现于宝玉幻梦中，而八十回仅露"悲音"，殊难必其究竟。比乾隆五十七年（一七九二），乃有百二十回之排印本出，改名《红楼梦》，字句亦时有不同，程伟元序其前云，"……然原本目录百二十卷，……爰为竭力搜罗，自藏书家甚至故纸堆中，无不留心。数年以来，仅积有二十余卷。一日，偶于鼓担上得十余卷，遂重价购之。……然漶漫不可收拾，乃同友人细加厘剔，截长补短，钞成全部，复为镌板以公同好。《石头记》全书至是始告成矣。"友人盖谓高鹗，亦有序，末题"乾隆辛亥冬至后一日"，先于程序者一年。

后四十回虽数量止初本之半，而大故迭起，破败死亡相继，与所谓"食尽鸟飞独存白地"者颇符，惟结末又稍振。宝玉先失其通灵玉，状类失神。会贾政将赴外任，欲于宝玉娶妇后始就道，以黛玉赢弱，乃迎宝钗。姻事由王熙凤谋画，运行甚密，而卒为黛玉所知，咯血，病日甚，至宝玉成婚之日遂卒。宝玉知将婚，自以为必黛玉，欣然临席，比见新妇为宝钗，乃悲叹复病。时元妃先薨；贾赦以"交通外官倚势凌弱"革职查抄，累及荣府；史太君又寻亡；妙玉则遭盗劫，不知所终；王熙凤既失势，亦郁郁死。宝玉病亦加，一日垂绝，忽有一僧持玉来，遂苏，见僧复气绝，历噩梦而觉；乃忽改行，发愤欲振家声，次年应乡试，以第七名中式。宝钗亦有孕，而宝玉忽亡去。贾政既葬母于金陵，将归京师，雪夜泊舟毗陵驿，见一人光头赤足，披大红猩猩毡斗篷，向之下拜，审视知为宝玉。方欲就语，忽来一僧一道，挟以俱去，且不知何人作歌，云"归大荒"，追之无有，"只见白茫茫一片旷野"而已。"后人见了这本传奇，亦曾题过四句，为作者缘起之言更进一竿云：'说到酸辛事，荒唐愈可悲，由来同一梦，休笑世人痴。'"（第一百二十回）

全书所写，虽不外悲喜之情，聚散之迹，而人物事故，则摆脱旧套，与在先之人情小说甚不同。如开篇所说：

> 空空道人遂向石头说道，"石兄，你这一段故事，……据我看来：第一件，无朝代年纪可考；第二件，并无大贤大忠，理朝廷治风俗的善政。其中只不过几个异样女子——或情，或痴，或小才微善——亦无班姑蔡女之德能。我纵钞去，恐世人不爱看呢。"

> 石头笑曰，"我师何太痴也！若云无朝代可考，今我师竟假借汉唐等年纪添缀，又有何难？但我想历来野史，皆蹈一辙；莫如我不借此套，反到新鲜别致，不过只取其事体情理罢了。……历来野史，或讪谤君相，或贬人妻女，奸淫凶恶，不可胜数。……至若才子佳人等书，则又千部共出一套，且其中终不能不涉于淫滥，以致满纸'潘安子建'，'西子文君'；……且环婢开口，即'者也之乎'，非文即理，故逐一看去，悉皆自相矛盾，大不近情理之说。竟不如我半世亲睹亲闻的这几个女子，虽不敢说强似前代所有书中之人，但事迹原委，亦可以消愁破闷也。……至若离合悲欢，兴衰际遇，则又追踪蹑迹，不敢稍加穿凿，徒为哄人之目，而反失其真传者。……"（戚本第一回）

盖叙述皆存本真，闻见悉所亲历，正因写实，转成新鲜。而世人忽略此言，每欲别求深义，揣测之说，久而遂多。今汰去悠谬不足辩，如谓是刺和珅（《谭瀛室笔记》）藏谶纬（《寄蜗残赘》）明易象（《金玉缘》评语）之类，而著其世所广传者于下：

一，纳兰成德家事说。　自来信此者甚多。陈康祺（《燕下乡脞录》五)记姜宸英典康熙己卯顺天乡试获咎事,因及其师徐时栋(号柳泉)之说云,"小说《红楼梦》一书,即记故相明珠家事,金钗十二,皆纳兰侍御所奉为上客者也,宝钗影高澹人;妙玉即影西溟先生:'妙'为'少女','姜'亦妇人之美称;'如玉''如英',义可通假。……"侍御谓明珠之子成德,后改名性德,字容若。张维屏(《诗人征略》)云,"贾宝玉盖即容若也;《红楼梦》所云,乃其髫龄时事。"俞樾(《小浮梅闲话》)亦谓其"中举人止十五岁,于书中所述颇合"。然其他事迹,乃皆不符;胡适作《红楼梦考证》(《文存》三),已历正其失。最有力者,一为姜宸英有《祭纳兰成德文》,相契之深,非妙玉于宝玉可比;一为成德死时年三十一,时明珠方贵盛也。

二,清世祖与董鄂妃故事说。 王梦阮沈瓶庵合著之《红楼梦索隐》为此说。其提要有云,"盖尝闻之京师故老云,是书全为清世祖与董鄂妃而作,兼及当时诸名王奇女也。……"而又指董鄂妃为即秦淮旧妓嫁为冒襄妾之董小宛,清兵下江南,掠以北,有宠于清世祖,封贵妃;已而夭逝;世祖哀痛,乃遁迹五台山为僧云。孟森作《董小宛考》(《心史丛刊》三集),则历摘此说之谬,最有力者为小宛生于明天启甲子,若以顺治七年入宫,已二十八岁矣,而其时清世祖方十四岁。

三,康熙朝政治状态说。 此说即发端于徐时栋,而大备于蔡元培之《石头记索隐》。开卷即云,"《石头记》者,清康熙朝政治小说也。作者持民族主义甚挚,书中本事,在吊明之亡,揭清之失,而尤于汉族名士仕清者寓痛惜之意。……"于是比拟引申,以求其合,以"红"为影"朱"字;以"石头"为指金陵;以"贾"为斥伪朝;以"金陵十二钗"为拟清初江南之名士:如林黛玉影朱彝尊,王熙凤影余国柱,史湘云影陈维崧,宝钗妙玉则从徐说,旁征博引,用力甚勤。然胡适既考得作者生平,而此说遂不立,最有力者即曹雪芹为汉军,而《石头记》实其自叙也。

然谓《红楼梦》乃作者自叙,与本书开篇契合者,其说之出实最先，而确定反最后。嘉庆初，袁枚(《随园诗话》二)已云，"康熙中，曹练亭为江宁织造，……其子雪芹撰《红楼梦》一书，备记风月繁华之盛。中有所谓大观园者，即余之随园也。"末二语盖夸，余亦有小误(如以楝为练，以孙为子)，但已明言雪芹之书，所记者其闻见矣。而世间信者特少，王国维(《静庵文集》)且诘难此类，以为"所谓'亲见亲闻'者，亦可自旁观者之口言之，未必躬为剧中之人物"也，迨胡适作考证，乃较然彰明，知曹雪芹实生于荣华，终于苓落，半生经历，绝似"石头"，著书西郊，未就而没；晚出全书，乃高鹗续成之者矣。

雪芹名霑，字芹溪，一字芹圃，正白旗汉军。祖寅，字子清，号楝亭，康熙中为江宁织造。清世祖南巡时，五次以织造署为行宫，后四次皆寅在任。然颇嗜风雅，尝刻古书十余种，为时所称；亦能文，所著有《楝亭诗钞》五卷《词钞》一卷(《四库书目》)，传奇二种(《在园杂志》)。寅子頫，即雪芹父，亦为江宁织造，故雪芹生于南京。时盖康熙末。雍正六年，頫卸任，雪芹亦归北京，时约十岁。然不知何因，是后曹氏似遭巨变，家顿落，雪芹至中年，乃至贫居西郊，啜饘粥，但犹傲兀，时复纵酒赋诗，而作《石头记》盖亦此际。乾隆二十七年，子殇，雪芹伤感成疾，至除夕，卒，年四十余(一七一九？——一七六三)。其《石头记》尚未就，今所传者止八十回(详见《胡适文选》)。

言后四十回为高鹗作者，俞樾(《小浮梅闲话》)云，"《船山诗草》有《赠高兰墅鹗同年》一首云，'艳情人自说《红楼》。'注云，'《红楼梦》八十回以后，俱兰墅所补。'然则此书非出一手。按乡会试增五言八韵诗，始乾隆朝，而书中叙科场事已有诗，则其为高君所补可证矣。"然鹗所作序，仅言"友人程子小泉过予，以其所购全书见示，且曰，'此仆数年铢积寸累之辛心，将付剞劂，公同好。子闲且惫矣，盍分任之。'予以是书……尚不背于名教，……遂襄其役。"盖不欲明言己出，而寮友则颇有知之者。鹗即字兰墅，镶黄旗汉军，乾隆戊申举人，乙卯进士，旋入翰林，官侍读，又尝为嘉庆辛酉顺天乡试同考官。其补《红楼梦》当在乾隆辛亥时，未成进士，"闲且惫矣"，故于雪芹萧条之感,偶或相通。然心志未灰,则与所谓"暮年之人,贫病交攻,渐渐的露出那下世光景来"(戚本第一回)者又绝异。是以续书虽亦悲凉,而贾氏终于"兰桂齐芳",家业复起,殊不类茫茫白地,真成干净者矣。

续《红楼梦》八十回本者,尚不止一高鹗。俞平伯从戚蓼生所序之八十回本旧评中抉剔,知先有续书三十回,似叙贾氏子孙流散,宝玉贫寒不堪,"悬崖撒手",终于为僧;然其详不可考(《红楼梦辨》下有专论)。或谓"戴君诚夫见一旧时真本,八十回之后,皆与今本不同,荣宁籍没后,皆极萧条;宝钗亦早卒,宝玉无以作家,至沦于击柝之流。史湘云则为乞丐,后乃与宝玉仍成夫妇。……闻吴润生中丞家尚藏有其本。"(蒋瑞藻《小说考证》七引《续阅微草堂笔记》)此又一本,盖亦续书。二书所补,或俱未契于作者本怀,然长夜无晨,则与前书之伏线亦不背。

此他续作,纷纭尚多,如《后红楼梦》,《红楼后梦》,《续红楼梦》,《红楼复梦》,《红楼梦补》,《红楼补梦》,《红楼重梦》,《红楼再梦》,《红楼幻梦》,《红楼圆梦》,《增补红楼》,《鬼红楼》,《红楼梦影》等。大率承高鹗续书而更补其缺陷,结以"团圆";甚或谓作者本以为书中无一好人,因而钻刺吹求,大加笔伐。但据本书自说,则仅乃如实抒写,绝无讥弹,独于自身,深所忏悔。此固常情所嘉,故《红楼梦》至今为人爱重,然亦常情所怪,故复有人不满,奋起而补订圆满之。此足见人之度量相去之远,亦曹雪芹之所以不可及也。仍录彼语,以结此篇:

……作者自云:因曾历过一番梦幻之后,故将真事隐去,而借"通灵"之说,撰此《石头记》一书也。……自又云:今风尘碌碌,一事无成,忽念及当日所有之女子,一一细考较去,觉其行止见识,皆出于我之上。何我堂堂须眉,诚不若彼裙钗女子?实愧则有余,悔又无益,是大无可如何之日也。当此,则自欲将已往所赖天恩祖德,锦衣纨袴之时,饫甘餍肥之日,背父兄教育之恩,负师友规训之德,以致今日一技无成,半生潦倒之罪,编述一集,以告天下人。我之罪固不免,然闺阁中本自历历有人,万不可因我之不肖,自己护短,一并使其泯灭。虽今日之茅椽蓬牖,瓦灶绳床,其晨夕风露,阶柳庭花,亦未有妨我之襟怀,束笔阁墨;虽我未学,下笔无文,又何妨用俚语村言,敷衍出一段故事来,亦可使闺阁照传,复可悦世之目,破人愁闷,不亦宜乎?……(戚本第一回)

## 第二十五篇　清之以小说见才学者

以小说为庋学问文章之具,与寓惩劝同意而异用者,在清盖莫先于《野叟曝言》。其书光绪初始出,序云康熙时江阴夏氏作,其人"以名诸生贡于成均,既不得志,乃应大人先生之聘,辄祭酒帷幕中,遍历燕晋秦陇。……继而假道黔蜀,自湘浮汉,溯江而归。所历既富,于是发为文章,益有奇气,……然首已斑矣。(自是)屏绝进取,壹意著书",成《野叟曝言》二十卷,然仅以示友人,不欲问世,迨印行时,已小有缺失;一本独全,疑他人补足之。二本皆无撰人名,金武祥(《江阴艺文志》凡例)则云夏二铭作。二铭,夏敬渠之号也;光绪《江阴县志》(十七《文苑传》)云,"敬渠,字懋修,诸生;英敏绩学,通史经,旁及诸子百家礼乐兵刑天文算数之学,靡不淹贯。……生平足迹几遍海内,所交尽贤豪。著有《纲目举正》,《经史余论》,《全史约编》,《学古编》,诗文集若干卷。"与序所言者颇合,惟列于赵曦明之后,则乾隆中盖尚存。

《野叟曝言》庞然巨帙,回数多至百五十四回,以"奋武揆文天下无双正士熔经铸史人间第一奇书"二十字编卷,即作者所以浑括其全书。至于内容,则如凡例言,凡"叙事,说理,谈经,论史,教孝,劝忠,运筹,决策,艺之兵诗医算,情之喜怒哀惧,讲道学,辟邪说,……"无所不包,而以文白为之主。白字素臣,"是铮铮铁汉,落落奇才,吟遍江山,胸罗星斗。说他不求宦达,却见理如漆雕;说他不会风流,却多情如宋玉。挥毫作赋,则颉颃相如;抵掌谈兵,则伯仲诸葛,力能扛鼎,退然如不胜衣;勇可屠龙,凛然若将陨谷。旁通历数,下视一行;闲涉岐黄,肩随仲景。以朋友为性命;奉名教若神明。真是极有血性的真儒,不识炎凉的名士。他平生有一段大本领,是止崇正学,不信异端;有一副大手眼,是解人所不能解,言人所不能言"(第一回)。然而明君在上,君子不穷,超擢飞腾,莫不如意。书名辟鬼,举手除妖,百夷慑于神威,四灵集其家圃。文功武烈,并萃一身,天子崇礼,号曰"素父"。而仍有异术,既能易形,又工内媚,姬妾罗列,生二十四男。男又大贵,且生百孙;孙又生子,复有云孙。其母水氏年百岁,既见"六世同堂",来献寿者亦七十国;皇帝赠联,至称为"镇国卫圣仁孝慈寿宣成文母水太君"(百四十四回)。凡人臣荣显之事,为士人意想所能及者,此书几毕载矣,惟尚不敢希帝王。至于排斥异端,用力尤劲,道人释子,多被诛夷,坛场荒凉,塔寺毁废,独有"素父"一家,乃嘉祥备具,为万流宗仰而已。

《野叟曝言》云是作者"抱负不凡,未得黼黻休明,至老经猷莫展",因而命笔,比之"野老无事,曝日清谈"(凡例云)。可知衒学寄慨,实其主因,圣而尊荣,则为抱负,与明人之神魔及佳人才子小说面目似异,根柢实同,惟以异端易魔,以圣人易才而已。意既夸诞,文复无味,殊不足以称艺文,但欲知当时所谓"理学家"之心理,则于中颇可考见。雍正末,江阴人杨名时为云南巡抚,其乡人拔贡生夏宗澜尝从之问《易》,以名时为李光地门人,故并宗光地而说益怪。乾隆初,名时入为礼部尚书,宗澜亦以经学荐授国子监助教,又历主他讲席,仍终身师名时(《四库书目》六及十《江阴志》十六及十七)。稍后又有诸生夏祖熊,亦"博通群经,尤笃好性命之学,患二氏说漫衍,因复考辨以归于正"(《江阴志》十七)。盖江阴自有杨名时(卒赠太子太傅谥文定)而影响颇及于其乡之士风;自有夏宗澜师杨名时而影响又颇及于夏氏之家学,大率与当时当道名公同意,崇程朱而斥陆王,以"打僧骂道"为唯一盛业,故若文白者之言行际遇,固非独作者一人之理想人物矣。文白或云即作者自寓,析"夏"字作之;又有时太师,则杨名时也,其崇仰盖承夏宗澜之绪余,然因此遂或误以《野叟曝言》为宗澜作。

　　欲于小说见其才藻之美者,则有屠绅《蟫史》二十卷。绅字贤书,号笏岩,亦江阴人,世业农。绅幼孤,而资质聪敏,年十三即入邑庠,二十成进士,寻授云南师宗县知县,迁寻甸州知州,五校乡闱,颇称得士,后为广州同知。嘉庆六年以候补在北京,暴疾卒于客舍,年五十八(一七四四——一八〇一)。绅豪放嫉俗,生平慕汤显祖之为人,而作吏颇酷,又好内,姬侍众多(已上俱见《鹗亭诗话》附录);为文则务为古涩艳异,晦其义旨,志怪有《六合内外琐言》,杂说有《鹗亭诗话》(见第二十二篇),皆如此。《蟫史》为长篇,署"磊砢山房原本",金武祥(《粟香随笔》二)云是绅作。书中有桑蠋生,盖作者自寓,其言有云,"予,甲子生也。"与绅生年正同。开篇又云,"在昔吴侬官于粤岭,行年大衍有奇,海隅之行,若有所得,辄就见闻传闻之异辞,汇为一编。"且假傅鼐扞苗之事(在乾隆六十年)为主干,则始作当在嘉庆初,不数年而毕;有五年四月小停道人序。次年,则绅死矣。

　　《蟫史》首即言闽人桑蠋生海行,舟败堕水,流至甲子石之外澳,为捕鱼人所救,引以见甘鼎。鼎官指挥,方奉檄筑城防寇,求地形家,见生大喜,如其图依甲子石为垣,遂成神奇之城,敌不能瞰。又于地穴中得三箧书,其一凡二十卷,"题曰'彻土作稼之文,归墟野兔氏画'。又一箧为天人图,题曰'眼藏须弥僧道作'。又一箧为方书,题曰'六子携持极老人口授'。蠋生谓指挥曰,'此书明明授我主宾矣。何言之? 彻土,桑也;作稼,甘也。'……营龛于秘室,置之;行则藏枕中;有所求发明,则拜而同启视;两人大悦。"(第一回)已而有邝天龙者为乱,自署广州王,其党娄万赤有异术,则翊辅之。甘鼎进讨,有龙女来助,擒天龙,而万赤逸去。鼎以功晋位镇抚,仍随石珏

协剿海寇,又破交人;万赤在交址,则仍不能得。旋擢兵马总帅,赴楚蜀黔广备九股苗,遂与诸苗战,多历奇险,然皆胜,其一事云:

……须臾,苗卒大呼曰,"汉将不敢见阵耶?"季孙引五百人,翼而进。两旗忽下,地中飞出滴血鸡六,向汉将啼;又六犬皆火色,亦嚎声如豺。军士面灰死,木立,仅倚其械。矩儿飞椎凿六犬脑,皆裂。木兰袖蛇医,引之啄一鸡,张喙死;五鸡连栖而不鸣。惟见瓦片所图鸡犬形,狼藉于地,实非有二物也。……复至金大都督营中,则癫牛病马各六,均有皮无毛;士卒为角触足踏者皆死,一牛龁金大都督之足,已齿陷于骨;矩儿挥两戚落牛首,齿仍不脱;木兰急遣虎头神凿去其齿,足骨亦折焉,令左右舁归大营。牛马奔突无所制,木兰以鲤鳞帕撒之,一鳞露一剑,并斫一十牛马。其物各吐火四五尺,鳞剑为之焦灼,火大延烧,牛马皆叫嚣自得。见猕猴掷身入,举手作霹雳声,暴雨灭火,平地起水丈余,牛马俱浸死。木兰喜曰,"吾固知乐王子能传灭火真人衣钵矣。"水退,见牛马皆无有,乃砌壁之破瓮朱书牛马字:是为蛊妖之"穷神尽化"云。……(卷九)

娄万赤亦在苗中,知交址将有事,潜归。甘鼎至广州,与抚军区星进击交址。区用犷儿策,疾薄宜京,斩关而入,擒其王,交民悉降;甘则由水道进,列营于江桥北。

……娄万赤与其师李长脚斗法于江桥南。……李长脚变金井绐万赤,即坠入,忽有铁树挺出,井阑撑欲破。犷儿引庆喜至,出白罗巾掷树巅,君然有声,铁树不复见,李长脚复其形,觅万赤,卧桥畔沙石间。遂袖出白壶子一器,持向万赤顶骨咒曰,……咒毕,举手振一雷。万赤精气已铄,跃入江中,将随波出海。木兰呼鳞介士百人追之飘浮,所在必见吆喝,乃变为璇蛄。乘海蟹空腹,入之,以为"藏身之固"矣,交址人善捞蟹者,得是物如箕,大喜,剖蟹将取其腹胰,一虫随手出,倏坠地化为人形,俄顷长大,固俨然盲僧焉,询之不复语。有屠者携刀来视,咄咄曰,"蟹腹自有'仙人',一名'和尚',要是谑语;断无别肠容此妖物,不诛戮之,吾南交祸未已也。"挥刀斫其首。时甘君已入城,与区抚军议班师矣;常越所部卒持盲僧首以献,转告两元戎。桑长史进曰,"斯必万赤头也。记天人第二图为大蟹浮海中,篆云'横行自毙'。某当初疑万赤先亡,乃今始验。"适李长脚入辞,视其头笑曰,"此贼以水火阴阳,为害中国,不死于黄钺而死于屠刀,固犬豕之流耳。仙骨何有哉?……"……(卷二十)

自是交址平。桑蠋生还闽;甘鼎亦弃官去,言将度庾岭云。

《蟫史》神态,仿佛甚奇,然探其本根,则实未离于神魔小说;其缀以褒语,固由作者禀性,而一面亦尚承明代"世情书"之流风。特缘勉造硬语,力拟古书,成诘屈之文,遂得掩凡近之意。洪亮吉(《北江诗话》)评其诗云,"如栽盆红药,蓄沼文鱼。"汪璥序其《鹦亭诗话》云,"貌渊奥而实平易,……然笔致遒峭可喜。"即谓虽华艳而乏天趣,徒奇崛而无深意也。《蟫史》亦然,惟以其文体为他人所未试,足称独步而已。

以排偶之文试为小说者,则有陈球之《燕山外史》八卷。球字蕴斋,秀水诸生,家贫,以卖画自给,工骈俪,喜传奇,因有此作(《光绪嘉兴府志》五十二)。自谓"史体从无以四六为文,自我作古,极知僭妄,……第行于稗乘,当希末减"。盖未见张鷟《游仙窟》(见第八篇),遂自以为独创矣。其本成于嘉庆中(约一八一〇),专主词华,略以寄慨,故即取明冯梦桢所撰《窦生传》为骨干,加以敷衍,演为三万一千余言。传略谓永乐时有窦绳祖,本燕人,就学于嘉兴,悦贫女李爱姑,迎以同居;久之,父迫令就婚淄川宦族,遂绝去。爱姑复为金陵鹾商所绐,辗转落妓家,得侠士马遴之助,终复归窦,而大妇甚妒,虐遇之,生不能堪,偕爱姑遁去,会有唐赛儿之乱,又相失。比生复归,则资产已空,妇亦求去,孑然止存一身,而爱姑忽至,自言当日匿尼庵中,今遂返矣。是年窦生及第,累官至山东巡抚;迎爱姑入署

534

如命妇。未几生男,求乳媪,有应者,则前大妇也,再嫁后夫死子殇,遂困顿为贱役,而生仍优容之。然妇又设计害马遴,生亦牵连得罪;顾终竟昭雪复官,后与爱姑皆仙去。其事殊庸陋,如一切佳人才子小说常套,而作者奋然有取,则殆缘转折尚多,足以示行文手腕而已,然语必四六,随处拘牵,状物叙情,俱失生气,姑勿论六朝俪语,即较之张鷟之作,虽无其俳谐,而亦逊其生动也。仍录其叙窦生为父促归,爱姑怅怅失所之辞,以备一格:

> ……其父内存爱犊之思,外作搏牛之势,投鼠奚遑忌器,打鸭未免惊鸳;放苙之豚,追来入苙,丧家之犬,叱去还家。疾驱而身弱如羊,遂作补牢之计,严锢而人防似虎,终无出柙之时;所虞龙性难驯,拴于铁柱,还恐猿心易动,辱以蒲鞭。由是姑也蔷薇架畔,青黛将颦,薜荔墙边,红花欲悴,托意丁香枝上,其意谁知,寄情豆蔻梢头,此情自喻。而乃莲心独苦,竹沥将枯,却嫌柳絮何情,漫漫似雪,转恨海棠无力,密密垂丝。才过迎春,又经半夏,采莳采葛,只自空期,投李投桃,俱为陈迹,依稀梦里,徒栽侍女之花,抑郁胸前,空带宜男之草。未能蠲忿,安得忘忧?鼓残瑟上桐丝,奚时续断,剖破楼头菱影,何日当归?岂知去者益远,望乃徒劳,昔虽音问久疏,犹同乡井,后竟梦魂永隔,忽阻山川。室迩人遐,每切三秋之感,星移物换,仅深两地之思。……(卷二)

至光绪初(一八七九),有永嘉傅声谷注释之,然于本文反有删削。

雍乾以来,江南人士慑于文字之祸,因避史事不道,折而考证经子以至小学,若艺术之微,亦所不废;惟语必征实,忌为空谈,博识之风,于是亦盛。逮风气既成,则学者之面目亦自具,小说乃"道听途说者之所造",史以为"无可观",故亦不屑道也;然尚有一李汝珍之作《镜花缘》。汝珍字松石,直隶大兴人,少而颖异,不乐为时文,乾隆四十七年随其兄之海州任,因师事凌廷堪,论文之暇,兼及音韵,自云"受益极多",时年约二十。其生平交游,颇多研治声韵之士;汝珍亦特长于韵学,旁及杂艺,如壬遁星卜象纬,以至书法弈道多通。顾不得志,盖以诸生终老海州,晚年穷愁,则作小说以自遣,历十余年始成,道光八年遂有刻本。不数年,汝珍亦卒,年六十余(约一七六三——一八三〇)。于音韵之著述有《音鉴》,主实用,重今音,而敢于变古(以上详见新标点本《镜花缘》卷首胡适《引论》)。盖惟精声韵之学而仍敢于变古,乃能居学者之列,博识多通而仍敢于为小说也;惟于小说又复论学说艺,数典谈经,连篇累牍而不能自已,则博识多通又害之。

《镜花缘》凡一百回,大略叙武后于寒中欲赏花,诏百花齐放;花神不敢抗命,从之,然又获天谴,谪于人间,为百女子。时有秀才唐敖,应试中探花,而言官举劾,谓与叛人徐敬业辈有旧,复被黜,因慨然有出尘之想,附其妇弟林之洋商舶遨游海外,跋涉异域,时遇畸人,又多睹奇俗怪物,幸食仙草,"入圣超凡",遂入山不复返。其女小山又附舶寻父,仍历诸异境,且经众险,终不遇;但从山中一樵父得父书,名之曰闺臣,约其"中过才女"后可相见;更进,则见荒冢,曰镜花冢;更进,则入水月村;更进,则见泣红亭,其中有碑,上镌百人名姓,首史幽探,终毕全贞,而唐闺臣在第十一。人名之后有总论,其文有云:

> 泣红亭主人曰:以史幽探哀萃芳冠首者,盖主人自言穷探野史,尝有所见,惜湮没无闻,而哀群芳之不传,因笔志之。……结以花再芳毕全贞者,盖以群芳沦落,几至澌灭无闻,今赖斯而不朽,非若花之重芳乎?所列百人,莫非琼林琪树,合璧骈珠,故以全贞毕焉。(第四十八回)

闺臣不得已,遂归;值武后开科试才女,得与试,且亦入选,名次如碣文。于是同榜者百人大会于宗伯府,又连日宴集,弹琴赋诗,围棋讲射,蹴鞠斗草,行令论文,评韵谱,解《毛诗》,尽觞咏之乐。已而有两女子来,自云考列四等才女,而实风姨月姊化身,旋复以文字结嫌,弄风惊其坐众。魁星则现形助诸女;麻姑亦化为道姑,来和解之,于是即席诵诗,皆包含坐中诸人身世,自过去及现在,以至将来,间有哀音,听者黯淡,然不久意解,欢笑如初。末则文芸起兵谋匡复,才女或亦在军,有死者;而武家军终败。于是中宗复位,仍尊太后武氏为则天大圣皇帝。未几,则天下诏,谓来岁仍开女试,并命前科众才女重赴"红文宴",而《镜花缘》随毕。然以上仅全局之半,作者自云欲知"镜中全影,且待后缘",则当有续书,然竟未作。

作者命笔之由,即见于《泣红亭记》,盖于诸女,悲其销沉,爰托稗官,以传芳烈。书中关于女子之论亦多,故胡适以为"是一部讨论妇女问题的小说,他对于这个问题的答案,是男女应该受平等的待遇,平等的教育,平等的选举制度"(详见本书《引论》四)。其于社会制度,亦有不平,每设事端,以寓理想;惜为时势所限,仍多迂拘,例如君子国民情,甚受作者叹羡,然因让而争,矫伪已甚,生息此土,则亦劳矣,不如作诙谐观,反有启颜之效也。

　　……说话间,来到闹市,只见一隶卒在那里买物,手中拿着货物道,"老兄如此高货,却讨恁般贱价,教小弟买去,如何能安? 务求将价加增,方好遵教。若再过谦,那是有意不肯赏光交易了。"……只听卖货人答道,"既承照顾,敢不仰体。但适才妄讨大价,已觉厚颜;不意老兄反说货高价贱,岂不更教小弟惭愧? 况敝货并非'言无二价',其中颇有虚头。俗云'漫天要价,就地还钱'。今老兄不但不减,反要加增,如此克己,只好请到别家交易,小弟实难遵命。"唐敖道,"'漫天要价,就地还钱',原是买物之人向来俗谈;至'并非言无二价,其中颇有虚头',亦是买者之话。不意今皆出于卖者之口,倒也有趣。"只听隶卒又说道,"老兄以高货讨贱价,反说小弟'克己',岂不失了忠恕之道? 凡事总要彼此无欺,方为公允。试问'那个腹中无算盘',小弟又安能受人之愚哩?"谈之许久,卖货人执意不增。隶卒赌气,照数付价,拿了一半货物,刚要举步。卖货人那里肯依,只说

"价多货少"，拦住不放。路旁走过两个老翁，作好作歹，从公评定，令隶卒照价拿了八折货物，这才交易而去。……唐敖道，"如此看来，这几个交易光景，岂非'好让不争'的一幅行乐图么？我们还打听甚么？且到前面再去畅游。如此美地，领略领略风景，广广见识，也是好的。"……（第十一回《观雅化闲游君子邦》）

又其罗列古典才艺，亦殊繁多，所叙唐氏父女之游行，才女百人之聚宴，几占全书什七，无不广据旧文（略见钱静方《小说丛考》上），历陈众艺，一时之事，或亘数回。而作者则甚自喜，假林之洋之打诨，自论其书云，"这部'少子'，乃圣朝太平之世出的；是俺天朝读书人做的。这人就是老子的后裔。老子做的是《道德经》，讲的都是元虚奥妙。他这'少子'虽以游戏为事，却暗寓劝善之意，不外风人之旨。上面载着诸子百家，人物花鸟，书画琴棋，医卜星相，音韵算法，无一不备。还有各样灯谜，诸般酒令，以及双陆马吊，射鹄蹴毬，斗草投壶，各种百戏之类。件件都可解得睡魔，也可令人喷饭。"（二十三回）盖以为学术之汇流，文艺之列肆，然亦与《万宝全书》为邻比矣。惟经作者匠心，剪裁运用，故亦颇有虽为古典所拘，而尚能绰约有风致者，略引如下：

……多九公道，"林兄如饿，恰好此地有个充饥之物。"随向碧草丛中摘了几枝青草。……林之洋接过，只见这草宛如韭菜，内有嫩茎，开着几朵青花，即放入口内，不觉点头道，"这草一股清香，倒也好吃。请问九公，他叫甚么名号？……"唐敖道，"小弟闻得海外鹊山有青草，花如韭，名'祝余'，可以疗饥。大约就是此物了。"多九公连连点头。于是又朝前走。……只见唐敖忽然路旁折了一枝青草，其叶如松，青翠异常，叶上生着一子，大如芥子，把子取下，手执青草道，"舅兄才吃祝余，小弟只好以此奉陪了。"说罢，吃入腹中。又把那个芥子放在掌中，吹气一口，登时从那子中生出一枝青草来，也如松叶，约长一尺,再吹一口,又长一尺,一连吹气三口,共有三尺之长,放在口边,随又吃了。林之洋笑道,"妹夫要这样很嚼,只怕这里青草都被你吃尽哩。这芥子忽变青草,这是甚故?"多九公道,"此是'蹑空草',又名'掌中芥'。取子放在掌中,一吹长一尺,再吹又长一尺,至三尺止。人若吃了,能立空中,所以叫作蹑空草。"林之洋道,"有这好处,俺也吃他几枝,久后回家,倘房上有贼,俺蹑空追他,岂不省事。"于是各处寻了多时,并无踪影。多九公道,"林兄不必找了。此草不吹不生。这空山中有谁吹气栽他?刚才唐兄吃的,大约此子因鸟雀啄食,受了呼吸之气,因此落地而生,并非常见之物,你却从何寻找?老夫在海外多年,今日也是初次才见。若非唐兄吹他,老夫还不知就是蹑空草哩。"……(第九回)

## 第二十六篇　清之狭邪小说

唐人登科之后,多作冶游,习俗相沿,以为佳话,故伎家故事,文人间亦著之篇章,今尚存者有崔令钦《教坊记》及孙棨《北里志》。自明及清,作者尤夥,明梅鼎祚之《青泥莲花记》,清余怀之《板桥杂记》尤有名。是后则扬州,吴门,珠江,上海诸艳迹,皆有录载;且伎人小传,亦渐侵入志异书类中,然大率杂事琐闻,并无条贯,不过偶弄笔墨,聊遣绮怀而已。若以狭邪中人物事故为全书主干,且组织成长篇至数十回者,盖始见于《品花宝鉴》,惟所记则为伶人。

明代虽有教坊,而禁士大夫涉足,亦不得挟妓,然独未云禁招优。达官名士以规避禁令,每呼伶人侑酒,使歌舞谈笑;有文名者又揄扬赞叹,往往如狂酲,其流行于是日盛。清初,伶人之焰始稍衰,后复炽,渐乃愈益猥劣,称为"像姑",流品比于娼女矣。《品花宝鉴》者,刻于咸丰二年(一八五二),即以叙乾隆以来北京优伶为专职,而记载之内,时杂猥辞,自谓伶人有邪正,狎客亦有雅俗,并陈妍媸,固犹劝惩之意，其说与明人之凡为"世情书"者略同。至于叙事行文，则似欲以缠绵见长，风雅为主，而描摹儿女之书，昔又多有，遂复不能摆脱旧套，虽所谓上品，即作者之理想人物如梅子玉杜琴言辈，亦不外伶如佳人，客为才子，温情软语，累牍不休，独有佳人非女，则他书所未写者耳。其叙"名旦"杜琴言往梅子玉家问病时情状云：

　　却说琴言到梅宅之时，心中十分害怕，满拟此番必有一场羞辱。及至见过颜夫人之后，不但不加呵责，倒有怜恤之心，又命他去安慰子玉，却也意想不到，心中一喜一悲。但不知子玉病体轻重，如何慰之？只好遵夫人之命，老着脸走到子玉房里。见帘帏不卷，几案生尘，一张小楠木床挂了轻绡帐。云儿先把帐子掀开，叫声"少爷，琴言来看你了"。子玉正在梦中，模模糊糊应了两声。琴言就坐在床沿，见那子玉面庞黄瘦，憔悴不堪。琴言凑在枕边，低低叫了一声，不绝泪涌下来，滴在子玉的脸上。只见子玉忽然呵呵一笑道：

　　"七月七日长生殿，夜半无人私语时。"

　　子玉吟了之后，又接连笑了两笑。琴言见他梦魇如此，十分难忍，在子玉身上掀了两掀，因想夫人在外，不好高叫，改口叫声"少爷"。子玉犹在梦中想念，候到七月七日，到素兰处，会了琴言，三人又好诉衷谈心，这是子玉刻刻不忘，所以念出这两句唐曲来。魂梦既酣，一时难醒。又见他大笑一会，又吟道：

　　"我道是黄泉碧落两难寻，……"

　　歌罢，翻身向内睡着。琴言看他昏到如此，泪越多了，只好呆怔怔看着，不好再叫。……（第二十九回）

《品花宝鉴》中人物，大抵实有，就其姓名性行，推之可知。惟梅杜二人皆假设，字以"玉"与"言"者，即"寓言"之谓，盖著者以为高绝，世已无人足供影射者矣。书中有高品，则所以自况，实为常州人陈森书（作者手稿之《梅花梦传奇》上，自署毗陵陈森，则"书"字或误衍），号少逸，道光中寓居北京，出入菊部中，因拾闻见事为书三十回，然又中辍，出京漫游，己酉（一八四九）自广西复至京，始足成后半，共六十回，好事者竞相传钞，越三年而有刻本（杨懋建《梦华琐簿》）。

至作者理想之结局，则具于末一回，为名士与名旦会于九香园，画伶人小像为花神，诸名士为赞；诸伶又书诸名士长生禄位，各为赞，皆刻石供养九香楼下。时诸伶已脱梨园，乃"当着众名士之前"，熔化钗钿，焚弃衣裙，将烬时，"忽然一阵香风，将那灰烬吹上半空，飘飘点点，映着一轮红日，像无数的花朵与蝴蝶飞舞，金迷纸醉，香气扑鼻，越旋越高，到了半天，成了万点金光，一闪不见"云。

其后有《花月痕》十六卷五十二回，题"眠鹤主人编次"，咸丰戊午年（一八五八）序，而光绪中始流行。其书虽不全写狭邪，顾与伎人特有关涉，隐现全书中，配以名士，亦如佳人才子小说定式。略谓韦痴珠韩荷生皆伟才硕学，游幕并州，极相善，亦同游曲中，又各有相眷妓，韦者曰秋痕，韩者曰采秋。韦风流文采，倾动一时，而不遇，困顿羁旅中；秋痕虽倾心，亦终不得嫁韦。已而韦妾先殁，韦亦寻亡，秋痕殉焉。韩则先为达官幕中上客，参机要，旋以平寇功，由举人保升兵科给事中，复因战绩，累迁至封侯。采秋久归韩，亦得一品夫人封典。班师受封之后，"高宴三日，自大将军以至走卒，无不雀忭。"（第五十回）而韦乃仅一子零丁，扶棺南下而已。其布局盖在使升沉相形，行文亦惟以缠绵为主，但时复有悲凉哀怨之笔，交错其间，欲于欢笑之时，并见黯然之色，而诗词简启，充塞书中，文饰既繁，情致转晦。符兆纶评之云，"词赋名家，却非说部当行，其淋漓尽致处，亦是从词赋中发泄出来，哀感顽艳。……"虽稍诙，然亦中其失。至结末叙韩荷生战绩，忽杂妖异之事，则如情话未央，突来鬼语，尤为通篇芜累矣。

　　……采秋道，"……妙玉称个'槛外人'，宝玉称个'槛内人'；妙玉住的是栊翠庵，宝玉住的是怡红院。……书中先说妙玉怎样清洁，宝玉常常自认浊物。不见将来清者转浊，浊者极清?"痴珠叹一口气,高吟道,"'一失足成千古恨,再回头已百年身.'"随说道,"……就书中'贾雨村言'例之:薛者,设也;黛者,代也。设此人代宝玉以写生,故'宝玉'二字,宝字上属于钗,就是宝钗;玉字下系于黛,就是黛玉。钗黛直是个'子虚乌有',算不得什么。倒是妙玉,真是做宝玉的反面镜子,故名之为妙。一僧一尼,暗暗影射,你道是不是呢?"采秋答应。……痴珠随说道,"'色即是空,空即是色.'"便敲着案子朗吟道:

> "银字筝调心字香,英雄底事不柔肠? 我来一切观空处,也要天花作道场。 采莲曲里猜莲子,丛桂开时又见君,何必摇鞭背花去,十年心已定香熏。"

荷生不待痴珠吟完,便哈哈大笑道,"算了,喝酒罢。"说笑一回,天就亮了。痴珠用过早点,坐着采秋的车先去了。午间,得荷生柬帖云:

> "顷晤秋痕,泪随语下,可怜之至。弟再四慰解,令作缓图。临行,嘱弟转致阁下云,'好自静养。耿耿此心,必有以相报也。'知关锦念,率此布闻。并呈小诗四章,求和。"

诗是七绝四首。……痴珠阅毕,便次韵和云:

> "无端花事太凌迟,残蕊伤心剩折枝,我欲替他求净境,转嫌风恶不全吹。 蹉跎恨在夕阳边,湖海浮沉二十年,骆马杨枝都去也,……"

正往下写,秃头回道,"菜市街李家着人来请,说是刘姑娘病得不好。"痴珠惊讶,便坐车赴秋心院来。秋痕头上包着绉帕,趺坐床上,身边放着数本书,凝眸若有所思,突见痴珠,便含笑低声说道,"我料得你挨不上十天。其实何苦呢?"痴珠说道,"他们说你病着,叫我怎忍不来呢?"秋痕叹道,"你如今一请就来,往后又是纠缠不清。"痴珠笑道,"往后再商量罢。"自此,痴珠又照旧往来了。是夜,痴珠续成和韵诗,末一章有"博得蛾眉

甘一死,果然知己属倾城"之句,至今犹诵人口。……(第二十五回)

长乐谢章铤《赌棋山庄诗集》有《题魏子安所著书后》五绝三首,一为《石经考》,一为《陔南山馆诗话》,一即《花月痕》(蒋瑞藻《小说考证》八引《雷颠笔记》),因知此书为魏子安作。子安名秀仁,福建侯官人,少负文名,而年二十余始入泮,即连举丙午(一八四六)乡试,然屡应进士试不第,乃游山西陕西四川,终为成都芙蓉书院院长,因乱逃归,卒,年五十六(一八一九——一八七四),著作满家,而世独传其《花月痕》(《赌棋山庄文集》五)。秀仁寓山西时,为太原知府保眠琴教子,所入颇丰,且多暇,而苦无聊,乃作小说,以韦痴珠自况,保偶见之,大喜,力奖其成,遂为巨帙云(谢章铤《课余续录》一)。然所托似不止此,卷首有太原歌妓《刘栩凤传》,谓"倾心于逃客,欲委身焉",以索值昂中止,将抑郁憔悴死矣。则秋痕盖即此人影子,而逃客实魏。韦韩,又逃客之影子也,设穷达两途,各拟想其所能至,穷或类韦,达当如韩,故虽自寓一己,亦遂离而二之矣。

全书以伎女为主题者,有《青楼梦》六十四回,题"釐峰慕真山人著",序则云俞吟香。吟香名达,江苏长洲人,中年颇作冶游,后欲出离,而世事牵缠,又不能遽去,光绪十年(一八八四)以风疾卒,所著尚有《醉红轩笔话》《花间棒》《吴中考古录》及《闲鸥集》等(邹弢《三借庐笔谈》四)。《青楼梦》成于光绪四年,则取吴中倡女,以发挥其"游花国,护美人,采芹香,掇巍科,任政事,报亲恩,全友谊,敦琴瑟,抚子女,睦亲邻,谢繁华,求慕道"(第一回)之大理想,所写非实,从可知矣。略谓金挹香字企真,苏州府长洲县人,幼即工文,长更慧美,然不娶,谓欲得"有情人",而"当世滔滔,斯人谁与?竟使一介寒儒,怀才不遇,公卿大夫竟无一识我之人,反不若青楼女子,竟有慧眼识英雄于未遇时也"(本书《题纲》)。故挹香游狭邪,特受伎人爱重,指挥如意,犹南面王。例如:

……(挹香与二友及十二妓女)至轩中,三人重复观玩,见

其中修饰,别有巧思。轩外名花绮丽,草木精神。正中摆了筵席,月素定了位次,三人居中,众美人亦序次而坐:

第一位鸳鸯馆主人褚爱芳　第二位烟柳山人王湘云　第三位铁笛仙袁巧云　第四位爱雏女史朱素卿　第五位惜花春起早使者陆丽春　第六位探梅女士郑素卿　第七位浣花仙史陆文卿……第十一位梅雪争先客何月娟

末位护芳楼主人自己坐了;两旁四对侍儿斟酒。众美人传杯弄盏,极尽绸缪。挹香向慧琼道,"今日如此盛会,宜举一觞令,庶不负此良辰。"月素道,"君言诚是,即请赐令。"挹香说道,"请主人自己开令。"月素道,"岂有此理,还请你来。"挹香被推不过,只得说道,"有占了。"众美人道,"令官必须先饮门面杯起令,才是。"于是十二位美人俱各斟酒一杯,奉与挹香;挹香一饮而尽,乃启口道,"酒令胜于军令,违者罚酒三巨觥!"众美人唯唯听命。……(第五回)

挹香亦深于情,侍疾服劳不厌,如:

……一日,挹香至留香阁,爱卿适发胃气,饮食不进。挹香十分不舍,忽想着过青田著有《医门宝》四卷,尚在馆中书架内,其中胃气丹方颇多,遂到馆取而复至,查到"香郁散"最宜,令侍儿配了回来,亲侍药炉茶灶;又解了几天馆,朝夕在留香阁陪伴。爱卿更加感激,乃口占一绝,以报挹香。……(第二十一回)

后乃终"掇巍科",纳五妓,一妻四妾。又为养亲计,捐职仕余杭,即迁知府,则"任政事"矣。已而父母皆在府衙中跨鹤仙去;挹香亦悟道,将入山,

……心中思想道,"我欲勘破红尘,不能明告他们知道,只得一个私自瞒了他们,踱了出去的了。"次日写了三封信,寄与拜林梦仙仲英,无非与他们留书志别的事情,又嘱拜林早日代吟梅完其姻事。过了几天,挹香又带了几十两银子,自己去置

办了道袍道服草帽凉鞋,寄在人家,重归家里。又到梅花馆来,恰巧五美俱在,挹香见他们不识不知,仍旧笑嘻嘻在着那里,觉心中还有些对他们不起的念头。想了一回,叹道,"既解情关,有何恋恋!"……(第六十回)

遂去,羽化于天台山,又归家,悉度其妻妾,于是"金氏门中两代白日升天"(第六十一回)。其子则早抡元;旧友亦因挹香汲引,皆仙去;而曩昔所识三十六伎,亦一一"归班",缘此辈"多是散花苑主坐下司花的仙女,因为偶触思凡之念,所以谪降红尘,如今尘缘已满,应该重入仙班"(第六十四回)也。

《红楼梦》方板行,续作及翻案者即奋起,各竭智巧,使之团圆,久之,乃渐兴尽,盖至道光末而始不甚作此等书。然其余波,则所被尚广远,惟常人之家,人数鲜少,事故无多,纵有波澜,亦不适于《红楼梦》笔意,故遂一变,即由叙男女杂沓之狭邪以泄之。如上述三书,虽意度有高下,文笔有妍媸,而皆摹绘柔情,敷陈艳迹,精神所在,实无不同,特以谈钗黛而生厌,因改求佳人于倡优,知大观园者已多,则别辟情场于北里而已。然自《海上花列传》出,乃始实写妓家,暴其奸谲,谓"以过来人现身说法",欲使阅者"按迹寻踪,心通其意,见当前之媚于西子,即可知背后之泼于夜叉,见今日之密于糟糠,即可卜他年之毒于蛇蝎"(第一回)。则开宗明义,已异前人,而《红楼梦》在狭邪小说之泽,亦自此而斩也。

《海上花列传》今有六十四回,题"云间花也怜侬著",或谓其人即松江韩子云,善弈棋,嗜鸦片,旅居上海甚久,曾充报馆编辑,所得笔墨之资,悉挥霍于花丛中,阅历既深,遂洞悉此中伎俩(《小说考证》八引《谈瀛室笔记》);而未详其名,自署云间,则华亭人也。其书出于光绪十八年(一八九二),每七日印二回,遍鬻于市,颇风行。大略以赵朴斋为全书线索,言赵年十七,以访母舅洪善卿至上海,遂游青楼,少不更事,沉溺至大困顿,旋被洪送令还。而赵又潜返,愈益沦落,至"拉洋车"。书至此为第二十八回,忽不复印。作者虽目光始终不离于赵,顾事迹则仅此,惟因赵又牵连租界商人及浪游子弟,杂述其沉湎征逐之状,并及烟花,自"长三"至"花烟间"具有;略如《儒林外史》,若断若续,缀为长篇。其訾倡女之无深情,虽责善于非所,而记载如实,绝少夸张,则固能自践其"写照传神,属辞比事,点缀渲染,跃跃如生"(第一回)之约者矣。如述赵朴斋初至上海,与张小村同赴"花烟间"时情状云:

> ……王阿二一见小村,便撺上去嚷道,"耐好啊!骗我,阿是?耐说转去两三个月晚,直到仔故歇坎坎来。阿是两三个月嗄?只怕有两三年哉!……"小村忙陪笑央告道,"耐覅动气,我搭耐说。"便凑着王阿二耳朵边,轻轻的说话。说不到四句,王阿二忽跳起来,沉下脸道,"耐倒乖杀唻。耐想拿件湿布衫拨来别人着仔,耐末脱体哉,阿是?"小村发急道,"勿是呀,耐也等我说完仔了哩。"王阿二便又爬在小村怀里去听,也不知咕咕唧唧说些甚么,只见小村说着,又努嘴,王阿二即回头把赵朴斋瞟了一眼,接着小村又说了几句。王阿二道,"耐末那价呢?"小村道,"我是原照旧晚。"王阿二方才罢了;立起身来,剔亮了灯台;问朴斋尊姓;又自头至足,细细打量。朴斋别转脸去,装做看单条。只见一个半老娘姨,一手提水铫子,一手托两盒烟膏,……蹭上楼来,……把烟盒放在烟盘里,点了烟灯,冲了茶碗,仍提铫子下楼自去。王阿二靠在小村身旁烧起烟来,见朴斋独自坐着,便说,"榻床浪来鞲鞲哩。"朴斋巴不得一声,随向烟榻下手躺下,看着王阿二烧好一口烟,装在枪上,授于小村,飕飕飕直吸到底。……至第三口,小村说,"覅吃哉。"王阿二调过枪来,授与朴斋。朴斋吸不惯,不到半口,斗门噎住。……王阿二将签子打通烟眼,替他把火。朴斋趁势捏他手腕,王阿二夺过手,把朴斋腿膀尽力摔了一把,摔得朴斋又酸又痛又爽快。朴斋吸完烟,却偷眼去看小村,见小村闭着眼,朦朦胧胧,似睡非睡光景,朴斋低声叫"小村哥"。连叫两声,小村只摇手,不答应。王

阿二道,"烟迷呀,随俚去罢。"朴斋便不叫了。……(第二回)

至光绪二十年,则第一至六十回俱出,进叙洪善卿于无意中见赵拉车,即寄书于姊,述其状。洪氏无计;惟其女曰二宝者颇能,乃与母赴上海来访,得之,而又皆留连不遽返。洪善卿力劝令归,不听,乃绝去。三人资斧渐尽,驯至不能归,二宝遂为倡,名甚噪。已而遇史三公子,云是巨富,极爱二宝,迎之至别墅消夏,谓将娶以为妻,特须返南京略一屏当,始来迓,遂别。二宝由是谢绝他客,且贷金盛制衣饰,备作嫁资,而史三公子竟不至。使朴斋往南京询得消息,则云公子新订婚,方赴扬州亲迎去矣。二宝闻信昏绝,救之始苏,而负债至三四千金,非重理旧业不能偿,于是复揽客,见噩梦而书止。自跋谓将续作,然不成。后半于所谓海上名流之雅集,记叙特详,但稍失实;至描写他人之征逐,挥霍,及互相欺谩之状,乃不稍逊于前三十回。有述赖公子赏女优一节,甚得当时世态:

> ……文君改装登场,一个门客凑趣,先喊声"好!"不料接接连连,你也喊好,我也喊好,一片声嚷得天崩地塌,海搅江翻。……只有赖公子捧腹大笑,极其得意。唱过半出,就令当差的放赏。那当差的将一卷洋钱散放在巴斗内,呈赖公子过目,望台上只一撒,但闻索郎一声响,便见许多晶莹焜耀的东西,满台乱滚;台下这些帮闲门客又齐声一号。文君揣知赖公子其欲逐逐,心上一急,倒急出个计较来,当场依然用心的唱,唱罢落场,……含笑入席。不提防赖公子一手将文君拦入怀中;文君慌的推开立起,佯作怒色,却又爬在赖公子肩膀,悄悄的附耳说了几句,赖公子连连点头道,"晓得哉。"……(第四十四回)

书中人物,亦多实有,而悉隐其真姓名,惟不为赵朴斋讳。相传赵本作者挚友,时济以金,久而厌绝,韩遂撰此书以谤之,印卖至第二十八回,赵急致重赂,始辍笔,而书已风行;已而赵死,乃续作贸利,且放笔至写其妹为倡云。然二宝沦落,实作者豫定之局,故当开篇赵朴斋初见洪善卿时,即叙洪问"耐有个令妹,……阿曾受茶?"答则曰,"勿曾。今年也十五岁哉。"已为后文伏线也。光绪末至宣统初,上海此类小说之出尤多,往往数回辄中止,殆得赅矣;而无所营求,仅欲摘发伎家罪恶之书亦兴起,惟大都巧为罗织,故作已甚之辞,冀震耸世间耳目,终未有如《海上花列传》之平淡而近自然者。

## 第二十七篇　清之侠义小说及公案

　　明季以来,世目《三国》《水浒》《西游》《金瓶梅》为"四大奇书",居说部上首,比清乾隆中,《红楼梦》盛行,遂夺《三国》之席,而尤见称于文人。惟细民所嗜,则仍在《三国》《水浒》。时势屡更,人情日异于昔,久亦稍厌,渐生别流,虽故发源于前数书,而精神或至正反,大旨在揄扬勇侠,赞美粗豪,然又必不背于忠义。其所以然者,即一缘文人或有憾于《红楼》,其代表为《儿女英雄传》;一缘民心已不通于《水浒》,其代表为《三侠五义》。

　　《儿女英雄传评话》本五十三回,今残存四十回,题"燕北闲人著"。马从善序云出文康手,盖定稿于道光中。文康,费莫氏,字铁仙,满洲镶红旗人,大学士勒保次孙也,"以资为理藩院郎中,出为郡守,洊擢观察,丁忧旋里,特起为驻藏大臣,以疾不果行,卒于家。"家本贵盛,而诸子不肖,遂中落且至困惫。文康晚年块处一室,笔墨仅存,因著此书以自遣。升降盛衰,俱所亲历,"故于世运之变迁,人情之反复,三致意焉。"(并序语)荣华已落,怆然有怀,命笔留辞,其情况盖与曹雪芹颇类。惟彼为写实,为自叙,此为理想,为叙他,加以经历复殊,而成就遂迥异矣。书首有雍正甲寅观鉴我斋序,谓为"格致之书",反《西游》等之"怪力乱神"而正之;次乾隆甲寅东海吾了翁识,谓得于春明市上,不知作者何人,研读数四,"更于没字处求之",始知言皆有物,因补其阙失,弁以数言云云:皆作者假托。开篇则谓"这部评话……初名《金玉缘》;因所传的是首善京都一桩公案,又名

《日下新书》。篇中立旨立言,虽然无当于文,却还一洗秽语淫词,不乖于正,因又名《正法眼藏五十三参》,初非释家言也。后来东海吾了翁重订,题曰《儿女英雄传评话》。……"(首回)多立异名,摇曳见态,亦仍为《红楼梦》家数也。

所谓"京都一桩公案"者,为有侠女曰何玉凤,本出名门,而智慧骁勇绝世,其父先为人所害,因奉母避居山林,欲伺间报仇。其怨家曰纪献唐,有大勋劳于国,势甚盛。何玉凤急切不得当,变姓名曰十三妹,往来市井间,颇拓弛玩世;偶于旅次见孝子安骥困厄,救之,以是相识,后渐稔。已而纪献唐为朝廷所诛,何虽未手刃其仇而父仇则已报,欲出家,然卒为劝沮者所动,嫁安骥。骥又有妻曰张金凤,亦尝为玉凤所拯,乃相睦如姊妹,各有孕,故此书初名《金玉缘》。

书中人物亦常取同时人为蓝本;或取前人,如纪献唐,蒋瑞藻(《小说考证》八)云,"吾之意,以为纪者,年也;献者,《曲礼》云,'犬名羹献';唐为帝尧年号:合之则年羹尧也。……其事迹与本传所记悉合。"安骥殆以自寓,或者有慨于子而反写之。十三妹未详,当纯出作者意造,缘欲使英雄儿女之概,备于一身,遂致性格失常,言动绝异,矫揉之态,触目皆是矣。如叙安骥初遇何于旅舍,虑其入室,呼人抬石杜门,众不能动,而何反为之运以入,即其例也:

> ……那女子又说道,"弄这块石头,何至于闹的这等马仰人翻的呀?"张三手里拿着镢头,看了一眼,接口说,"怎么'马仰人翻'呢?瞧这家伙,不这么弄,问得动他吗?打谅顽儿呢。"那女子走到跟前,把那块石头端相了端相,……约莫也有个二百四五十斤重,原是一个碾粮食的碌碡;上面靠边,却有个凿通了的关眼儿。……他先挽了挽袖子,……把那石头撂倒在平地上,用右手推着一转,找着那个关眼儿,伸进两个指头去勾住了,往上只一悠,就把那二百多斤的石头碌碡,单撒手儿提了起来。向着张三李四说道,"你们两个也别闲着,把这石头上的土给我拂落净了。"两个屁滚尿流,答应了一声,连忙用手拂落了一阵,

说,"得了。"那女子才回过头来,满面含春的向安公子道,"尊客,这石头放在那里?"安公子羞得面红过耳,眼观鼻鼻观心的答应了一声,说,"有劳,就放在屋里罢。"那女子听了,便一手提着石头,款动一双小脚儿,上了台阶儿,那只手撩起了布帘,跨进门去,轻轻的把那块石头放在屋里南墙根儿底下;回转头来,气不喘,面不红,心不跳。众人伸头探脑的向屋里看了,无不咤异。……(第四回)

结末言安骥以探花及第,复由国子监祭酒简放乌里雅苏台参赞大臣,未赴,又"改为学政,陛辞后即行赴任,办了些疑难大案,政声载道,位极人臣,不能尽述"。因此复有人作续书三十二回,文意并拙,且未完,云有二续,序题"不计年月无名氏",盖光绪二十年顷北京书估之所造也。

《三侠五义》出于光绪五年(一八七九),原名《忠烈侠义传》,百二十回,首署"石玉昆述",而序则云问竹主人原藏,入迷道人编订,皆不详为何如人。凡此流著作,虽意在叙勇侠之士,游行村市,安良除暴,为国立功,而必以一名臣大吏为中枢,以总领一切豪俊,其在《三侠五义》者曰包拯。拯字希仁,以进士官至礼部侍郎,其间尝除天章阁待制,又除龙图阁学士,权知开封府,立朝刚毅,关节不到,世人比之阎罗,有传在《宋史》(三百十六)。而民间所传,则行事率怪异,元人杂剧中已有包公"断立太后"及"审乌盆鬼"诸异说;明人又作短书十卷曰《龙图公案》,亦名《包公案》,记拯借私访梦兆鬼语等以断奇案六十三事,然文意甚拙,盖仅识文字者所为。后又演为大部,仍称《龙图公案》,则组织加密,首尾通连,即为《三侠五义》蓝本矣。

《三侠五义》开篇,即叙宋真宗未有子,而刘李二妃俱娠,约立举子者为正宫。刘乃与宫监郭槐密谋,俟李生子,即易以剥皮之狸猫,谓生怪物。太子则付宫人寇珠,命缢而弃诸水,寇珠不忍,窃授陈林,匿八大王所,云是第三子,始得长育。刘又谗李妃去之,忠宦多死。真宗无子,既崩,八王第三子乃入承大统,即仁宗也。书由是即进叙包拯降生,惟以前案为下文伏线而已。复次,则述拯婚宦及断案事迹,往往取他人故事,并附著之。比知开封,乃于民间遇李妃,发"狸猫换子"旧案,时仁宗始知李为真母,迎以归。拯又以忠诚之行,感化豪客,如三侠,即南侠展昭,北侠欧阳春,双侠丁兆兰,丁兆蕙,以及五鼠,为钻天鼠卢方,彻地鼠韩彰,穿山鼠徐庆,翻江鼠蒋平,锦毛鼠白玉堂等,率为盗侠,纵横江湖间,或则偶入京师,戏盗御物,人亦莫能制,顾皆先后倾心,投诚受职,协诛强暴,人民大安。后襄阳王赵珏谋反,匿其党之盟书于冲霄楼,五鼠从巡按颜查散探访,而白玉堂遽独往盗之,遂坠铜网阵而死;书至此亦完。其中人物之见于史者,惟包拯八王等数人;故事亦多非实有,五鼠虽明人之《龙图公案》及《西洋记》皆载及,而并云物怪,与此之为义士者不同,宗藩谋反,仁宗时实未有,此殆因明宸濠事而影响附会之矣。至于构设事端,颇伤稚弱,而独于写草野豪杰,辄奕奕有神,间或衬以世态,杂以诙谐,亦每令莽夫分外生色。值世间方饱于妖异之说,脂粉之谈,而此遂以粗豪脱略见长,于说部中露头角也。

　　……马汉道,"喝酒是小事,但不知锦毛鼠是怎么个人?"……展爷便将陷空岛的众人说出,又将绰号儿说与众人听了。公孙先生在旁,听得明白,猛然省悟道,"此人来找大哥,却是要与大哥合气的。"展爷道,"他与我素无仇隙,与我合什么气呢?"公孙策道,"大哥,你自想想,他们五人号称'五鼠',你却号称'御猫',焉有猫儿不捕鼠之理?这明是嗔大哥号称御猫之故,所以知道他要与大哥合气。"展爷道,"贤弟所说,似乎有理。但我这'御猫',乃圣上所赐,非是劣兄有意称'猫',要欺压朋友。他若真个为此事而来,劣兄甘拜下风,从此后不称御猫,也未为不可。"众人尚未答言,惟赵虎正在豪饮之间,……却有些不服气,拿着酒杯,立起身来道,"大哥,你老素昔胆量过人,今日何自馁如此?这'御猫'二字,乃圣上所赐,如何改得?倘若是那个甚么白糖咧,黑糖咧,他不来便罢,他若来时,我烧一壶开开的水,把他冲着喝了,也去去我的滞气。"展爷连忙摆手说,"四弟悄言。岂不闻'窗外有耳'?"刚说至此,只听得拍的一声,从外面飞进一物,不偏不歪,正打在赵虎擎的那个酒杯之上,只听当啷啷一声,将酒杯打了个粉碎。赵爷唬了一跳,众人无不惊骇。只见展爷早已出席,将槅扇虚掩,回身复又将灯吹灭,便把外衣脱下,里面却是早已结束停当的。暗暗将宝剑拿在手中,却把槅扇假做一开,只听拍的一声,又是一物打在槅扇上。展爷这才把槅扇一开,随着劲一伏身蹿将出去。只觉得迎面一股寒风,嗖的就是一刀,展爷将剑扁着,往上一迎,随招随架,用目在星光之下仔细观瞧,见来人穿着簇青的夜行衣靠,脚步伶俐:依稀是前在苗家集见的那人。二人也不言语,惟听刀剑之声,叮当乱响。展爷不过招架,并不还手,见他刀刀逼紧,门路精奇,南侠暗暗喝采;又想道,"这朋友好不知进退。我让着你,不肯伤你。又何必赶尽杀绝?难道我还怕你不成?"暗道,"也叫他知道知道。"便把宝剑一横,等刀临近,用个"鹤唳长空势",用力往上一削。只听得噌的一声,那人的刀已分为两段,不敢进步,只见他将身一纵,已上了墙头。展爷一跃身,也跟上去。……(第三十九回)

当俞樾寓吴下时,潘祖荫归自北京,出示此本,初以为寻常俗书耳,及阅毕,乃叹其"事迹新奇,笔意酣恣,描写既细入毫芒,点染又曲中筋节,正如柳麻子说'武松打店',初到店内无人,蓦地一吼,店中空缸空甏,皆瓮瓮有声:闲中着色,精神百倍"(俞序语)。而颇病开篇"狸猫换太子"之不经,乃别撰第一回,"援据史传,订正俗说。"又以书中南侠北侠双侠,其数已四,非三能包,加小侠艾虎,则又成五,"而黑妖狐智化者,小侠之师也,小诸葛沈仲元者,第一百回中盛称其从游戏中生出侠义来,然则此两人非侠而何?"因复改名《七侠五义》,于光绪己丑(一八八九)序而传之,乃与初本并行,在江浙特盛。

其年五月,复有《小五义》出于北京,十月,又出《续小五义》,皆一百二十四回。序谓与《三侠五义》皆石玉昆原稿,得之其徒。"本三千多篇,分上中下三部,总名《忠烈侠义传》,原无大小之说,因上部三侠五义为创始之人,故谓之大五义,中下二部五义即其后人出世,故谓之小五义。"《小五义》虽续上部,而又自白玉堂盗盟单起,略当上部之百一回;全书则以襄阳王谋反,义侠之士竞谋探其隐事为线索。是时白玉堂早被害,余亦渐衰老,而后辈继起,并有父风。卢方之子珍,韩彰之子天锦,徐庆之子良,白玉堂之侄芸生,皆意外凑聚于客舍,益以小侠艾虎,遂结为兄弟。诸人奔走道路,颇诛豪强,终集武昌,拟共破铜网阵,未陷而书毕。《续小五义》即接叙前案,铜网先破,叛王遂逃,而诸侠仍在江湖间诛锄盗贼。已而襄阳王成擒,天子论功,侠义之士皆受封赏,于是全书完。序虽云二书皆石玉昆旧本,而较之上部,则中部荒率殊甚,入下又稍细,因疑草创或出一人,润色则由众手,其伎俩有工拙,故正续遂差异也。

且说徐庆天然的性气一冲的性情,永不思前想后,一时不顺,他就变脸,把桌子一扳,哗喇一声,碗盏皆碎。钟雄是泥人,还有个土性情,拿住了你们,好眼相看,摆酒款待,你倒如此,难怪他怒发。指着三爷道,"你这是怎样了?"三爷说,"这是好的哪。"寨主说,"不好便当怎样?"三爷说,"打你!"话言未了,就是一拳。钟雄就用指尖往三爷肋下一点。"哎哟!"噗咚!三爷就躺于地下。焉知晓钟寨主用的是"十二支讲关法",又叫"闭血法",俗语就叫"点穴"。三爷心里明白,不能动转。钟雄拿脚一踢,吩咐绑起来。三爷周身这才活动,又教人捆上了五花大绑。展南侠自己把二臂往后一背,说,"你们把我捆上!"众人有些不肯,又不能不捆。钟雄传令,推在丹凤桥枭首。内中有人嚷道,"刀下留人!"……(《小五义》第十七回)

且说黑妖狐智化与小诸葛沈仲元二人暗地商议,独出己见,要去上王府盗取盟单。……(智化)爬伏在悬龛之上,晃千里火照明:下面是一个方匣子,……上头有一个长方的硬木匣子,两边有个如意金环。伸手揪住两个金环,往怀中一带,只听上面嗑叹一声,下来了一口月牙式铡刀。智化把眼睛一闭,也不敢往前蹿,也不敢往后缩,正在腰脊骨中当啷的一声。智化以为是腰断两截,慢慢睁开眼睛一看,却不觉着疼痛,就是不能动转。列公,这是什么缘故?皆因他是月牙式样;若要是铡草的铡刀,那可就把人铡为两段。此刀当中有一个过陇儿,也不至于甚大;又对着智爷的腰细;又对着解了百宝囊,底下没有东西垫着;又有背后背着这一口刀,连皮鞘带刀尖,正把腰脊骨护住。……总而言之:智化命不该绝。可把沈仲元吓了个胆裂魂飞。……(《续小五义》第一回)

大小五义之书既尽出,乃即见《正续小五义全传》刊行,凡十五卷六十回,前有光绪壬辰(一八九二)绣谷居士序。其本即取《小五义》及续书,合为一部,去其复重,又汰其铺叙,省略成十三卷五十二回。末二卷八回则谓襄阳王将就擒,而又逸去,至红罗山,举兵复战,乃始败亡,是二书之所无,实为蛇足。行文叙事,亦虽简明有加,而原有之游词余韵,刊落甚多,故神采则转逊矣。

包拯颜查散而外,以他人为全书枢轴者,在先亦已尝有。道光十八年(一八三八),有《施公案》八卷九十七回,一名《百断奇观》,记康熙时施仕纶(当作世纶)为泰州知州至漕运总督时行事,文意俱拙,略如明人之《包公案》,而稍加曲折,一案或亘数回;且断案之外,又有遇险,已为侠义小说先导。至光绪十七年(一八九一),则有《彭公案》二十四卷一百回,为贪梦道人作,述彭朋(当作鹏)于康熙中为三河县知县,洊擢河南巡抚,回京出查大同要案等故事,亦不外贤臣微行,豪杰盗宝之类,而字句拙劣,几不成文。

其他类似《三侠五义》之书尚甚夥,通行者有《永庆升平》九十七回,为潞河郭广瑞录哈辅源演说,叙康熙帝变装私访,及除邪教,平逆匪诸案;寻有续一百回,亦贪梦道人作。又有《圣朝鼎盛万年青》八集,共七十六回,无撰人名,则记康熙帝以大政付刘墉陈宏谋,自游江南,历遇奸徒恄法,英杰效忠之事。余如《英雄大八义》《英雄小八义》《七剑十三侠》《七剑十八义》等,其类尚多,大率出光绪二十年顷。后又有《刘公案》(刘墉)、《李公案》(李丙寅当作秉衡);而《施公案》亦续至十集,《彭公案》续至十七集;《七侠五义》则续至二十四集,千篇一律,语多不通,甚至一人之性格,亦先后顿异,盖历经众手,共成恶书,漫不加察,遂多矛盾矣。

《三侠五义》及其续书,绘声状物,甚有平话习气,《儿女英雄传》亦然。郭广瑞序《永庆升平》云,“余少游四海,常听评词演《永庆升平》一书,……国初以来,有此实事流传,咸丰年间有姜振名先生,乃评谈今古之人,尝演说此书,未能有人刊刻,传流于世。余长听哈辅源先生演说,熟记在心,闲暇之时,录成四卷。……”《小五义》序亦谓与《三侠五义》皆石玉昆原稿,得之其徒,则石玉昆殆亦咸丰时说话人,与姜振名各专一种故事。文康习闻说书,拟其口吻,于是《儿女英雄传》遂亦特有“演说”流风。是侠义小说之在清,正接宋人话本正脉,固平民文学之历七百余年而再兴者也。惟后来仅有拟作及续书,且多滥恶,而此道又衰落。

清初,流寇悉平,遗民未忘旧君,遂渐念草泽英雄之为明宣力者,故陈忱作《后水浒传》,则使李俊去国而王于暹罗(见第十五篇)。历康熙至乾隆百三十余年,威力广被,人民慑服,即士人亦无贰心,故道光时俞万春作《结水浒传》,则使一百八人无一幸免(亦见第十五篇),然此尚为僚佐之见也。《三侠五义》为市井细民写心,乃似较有《水浒》余韵,然亦仅其外貌,而非精神。时去明亡已久远,说书之地又为北京,其先又屡平内乱,游民辄以从军得功名,归耀其乡里,亦甚动野人歆羡,故凡侠义小说中之英雄,在民间每极粗豪,大有绿林结习,而终必为一大僚隶卒,供使令奔走以为宠荣,此盖非心悦诚服,乐为臣仆之时不办也。然当时于此等书,则以为“善人必获福报,恶人总有祸临,邪者定遭凶殃,正者终逢吉庇,报应分明,昭彰不爽,使读者有拍案称快之乐,无废书长叹之时……"(《三侠五义》及《永庆升平》序)云。

而其时欧人之力又侵入中国。

## 第二十八篇　清末之谴责小说

光绪庚子(一九〇〇)后,谴责小说之出特盛。盖嘉庆以来,虽屡平内乱(白莲教,太平天国,捻,回),亦屡挫于外敌(英,法,日本),细民暗昧,尚啜著听平逆武功,有识者则已翻然思改革,凭敌忾之心,呼维新与爱国,而于"富强"尤致意焉。戊戌变政既不成,越二年即庚子岁而有义和团之变,群乃知政府不足与图治,顿有掊击之意矣。其在小说,则揭发伏藏,显其弊恶,而于时政,严加纠弹,或更扩充,并及风俗。虽命意在于匡世,似与讽刺小说同伦,而辞气浮露,笔无藏锋,甚且过甚其辞,以合时人嗜好,则其度量技术之相去亦远矣,故别谓之谴责小说。其作者,则南亭亭长与我佛山人名最著。

南亭亭长为李宝嘉,字伯元,江苏武进人,少擅制艺及诗赋,以第一名入学,累举不第,乃赴上海办《指南报》,旋辍,别办《游戏报》,为俳谐嘲骂之文,后以"铺底"售之商人,又别办《海上繁华报》,记注倡优起居,并载诗词小说,殊盛行。所著有《庚子国变弹词》若干卷,《海天鸿雪记》六本,《李莲英》一本,《繁华梦》《活地狱》各若干本。又有专意斥责时弊者曰《文明小史》,分刊于《绣像小说》中,尤有名。时正庚子,政令倒行,海内失望,多欲索祸患之由,责其罪人以自快,宝嘉亦应商人之托,撰《官场现形记》,拟为十编,编十二回,自光绪二十七至二十九年中成三编,后二年又成二编,三十二年三月以瘵卒,年四十(一八六七——一九〇六),书遂不完;亦无子,伶人孙菊仙为理其丧,酬《繁华报》之揄扬也。尝被荐应经济特科,不赴,时以为高;又工篆刻,有《芋香印谱》行于世(见周桂笙《新庵笔记》三,李祖杰致胡适书及顾颉刚《读书杂记》等）。

　　《官场现形记》已成者六十回，为前半部，第三编印行时（一九〇三）有自序，略谓"亦尝见夫官矣，送迎之外无治绩，供张之外无材能，忍饥渴，冒寒暑，行香则天明而往，禀见则日昃而归，卒不知其何所为而来，亦卒不知其何所为而去。"岁或有凶灾，行振恤，又"皆得援救助之例，邀奖励之恩，而所谓官者，乃日出而未有穷期"。及朝廷议汰除，则"上下蒙蔽，一如故旧，尤其甚者，假手宵小，授意私人，因苞苴而通融，缘贿赂而解释：是欲除弊而转滋之弊也"。于是群官搜括，小民困穷，民不敢言，官乃愈肆，"南亭亭长有东方之谐谑，与淳于之滑稽，又熟知夫官之龌龊卑鄙之要凡，昏聩糊涂之大旨"，爰"以含蓄蕴酿存其忠厚，以酣畅淋漓阐其隐微，……穷年累月，殚精竭诚，成书一帙，名曰《官场现形记》。……凡神禹所不能铸之于鼎，温峤所不能烛之以犀者，无不毕备也"。故凡所叙述，皆迎合，钻营，朦混，罗掘，倾轧等故事，兼及士人之热心于作吏，及官吏闺中之隐情。头绪既繁，脚色复夥，其记事遂率与一人俱起，亦即与其人俱讫，若断若续，与《儒林外史》略同。然臆说颇多，难云实录，无自序所谓"含蓄蕴酿"之实，殊不足望文木老人后尘。况所搜罗，又仅"话柄"，联缀此等，以成类书；官场伎俩，本小异大同，汇为长编，即千篇一律。特缘时势要求，得此为快，故《官场现形记》乃骤享大名；而袭用"现形"名目，描写他事，如商界学界女界者亦接踵也。今录南亭亭长之作八百余言为例，并以概余子：

　　　　……却说贾大少爷，……看看已到了引见之期，头天赴部演礼，一切照例仪注，不庸细述。这天贾大少爷起了一个半夜，坐车进城，……一直等到八点钟，才有带领引见的司官老爷把他带了进去，不知走到一个甚么殿上，司官把袖一摔，他们一班几个人在台阶上一溜跪下，离着上头约摸有二丈远，晓得坐在上头的就是"当今"了。……他是道班，又是明保的人员，当天就有旨，叫他第二天预备召见。……贾大少爷虽是世家子弟，然而今番乃是第一遭见皇上，虽然请教过多少人，究竟放心不下。当时引见了下来，先看见华中堂。华中堂是收过他一万银子古董的，见了面问长问短，甚是关切。后来贾大少爷请教他道，"明日朝见，门生的父亲是现任臬司，门生见了上头，要碰头不要碰头？"华中堂没有听见上文，只听得"碰头"二字，连连回答道，"多碰头，少说话：是做官的秘诀。"贾大少爷忙分辨道，"门生说的是上头问着门生的父亲，自然要碰头；倘不问，也要碰头不要碰头？"华中堂道，"上头不问你，你千万不要多说话；应该碰头的地方，又万万不要忘记不碰，就是不该碰，你多磕头，总没有处分的。"一席话说得贾大少爷格外糊涂，意思还要问，中堂已起身送客了。贾大少爷只好出来，心想华中堂事情忙，不便烦他，不如去找黄大军机，……或者肯赐教一二。谁知见了面，贾大少爷把话才说完，黄大人先问"你见过中堂没有？他怎么说的？"贾大少爷照述一遍，黄大人道，"华中堂阅历深，他叫你多碰头少说话，老成人之见，这是一点儿不错的。"……贾大少爷无法，只得又去找徐大军机。这位徐大人，上了年纪，两耳重听，就是有时候听得两句，也装作不知。他平生最讲究养心之学，有两个诀窍：一个是"不动心"，一个是"不操心"。……后来他这个诀窍被同寅中都看穿了，大家就送他一个外号，叫他做"琉璃蛋"。……这日贾大少爷……去求教他，见面之后，寒暄了几句，便题到此事。徐大人道，"本来多碰头是顶好的事。就是不碰头，也使得。你还是应得碰头的时候，你碰；不必碰的时候，还是不必碰的为妙。"贾大少爷又把华黄二位的话述了一遍，徐大人道，"他两位说的话都不错。你便照他二位的话，看事行事，最妥。"说了半天，仍旧说不出一毫道理，只得又退了下来。后来一直找到一位小军机，也是他老人家的好友，才把仪注说清。第二天召见上去，居然没有出岔子。……（第二十六回）

558

我佛山人为吴沃尧,字茧人,后改趼人,广东南海人也,居佛山镇,故自称"我佛山人"。年二十余至上海,常为日报撰文,皆小品;光绪二十八年新会梁启超印行《新小说》于日本之横滨,月一册,次年(一九〇三),沃尧乃始学为长篇,即以寄之,先后凡数种,曰《电术奇谈》,曰《九命奇冤》,曰《二十年目睹之怪现状》,名于是日盛,而末一种尤为世间所称。后客山东,游日本,皆不得意,终复居上海;三十二年,为《月月小说》主笔,撰《劫余灰》,《发财秘诀》,《上海游骖录》;又为《指南报》作《新石头记》。又一年,则主持广志小学校,甚尽力于学务,所作遂不多。宣统纪元,始成《近十年之怪现状》二十回,二年九月遽卒,年四十五(一八六六————一九一〇)。别有《恨海》《胡宝玉》二种,先皆单行;又尝应商人之托,以三百金为撰《还我灵魂记》颂其药,一时颇被訾议,而文亦不传(见《新庵笔记》三,《近十年之怪现状》自序,《我佛山人笔记》汪维甫序)。短文非所长,后因名重,亦有人缀集为《趼廛笔记》,《趼人十三种》,《我佛山人笔记四种》,《我佛山人滑稽谈》,《我佛山人札记小说》等。

《二十年目睹之怪现状》本连载于《新小说》中,后亦与《新小说》俱辍,光绪三十三年乃有单行本甲至丁四卷,宣统元年又出戊至辛四卷,共一百八回。全书以自号"九死一生"者为线索,历记二十年中所遇,所见,所闻天地间惊听之事,缀为一书,始自童年,末无结束,杂集"话柄",与《官场现形记》同。而作者经历较多,故所叙之族类亦较夥,官师士商,皆著于录,搜罗当时传说而外,亦贩旧作(如《钟馗捉鬼传》之类),以为新闻。自云"只因我出来应世的二十年中,回头想来,所遇见的只有三种东西:第一种是蛇虫鼠蚁;第二种是豺狼虎豹;第三种是魑魅魍魉。"(第一回)则通本所述,不离此类人物之言行可知也。相传吴沃尧性强毅,不欲下于人,遂坎坷没世,故其言殊慨然。惜描写失之张皇,时或伤于溢恶,言违真实,则感人之力顿微,终不过连篇"话柄",仅足供闲散者谈笑之资而已。其叙北京同寓人符弥轩之虐待其祖云:

……到了晚上，各人都已安歇，我在枕上隐隐听得一阵喧嚷的声音出在东院里。……嚷了一阵，又静了一阵，静了一阵，又嚷一阵，虽是听不出所说的话来，却只觉得耳根不清净，睡不安稳。……直等到自鸣钟报了三点之后，方才朦胧睡去；等到一觉醒来，已是九点多钟了。连忙起来，穿好衣服，走出客堂，只见吴亮臣李在兹和两个学徒，一个厨子，两个打杂，围在一起窃窃私议。我忙问是甚么事。……亮臣正要开言，在兹道，"叫王三说罢，省了我们费嘴。"打杂王三便道，"是东院符老爷家的事。昨天晚上半夜里我起来解手，听见东院里有人吵嘴，……就摸到后院里，……往里面偷看：原来符老爷和符太太对坐在上面，那一个到我们家里讨饭的老头儿坐在下面，两口子正骂那老头子呢。那老头子低着头哭，只不做声。符太太骂得最出奇，说道，'一个人活到五六十岁，就应该死的了，从来没见过八十多岁人还活着的。'符老爷道，'活着倒也罢了。无论是粥是饭，有得吃吃点，安分守己也罢了；今天嫌粥了，明天嫌饭了，你可知道要吃的好，喝的好，穿的好，是要自己本事挣来的呢。'那老头子道，'可怜我并不求好吃好喝，只求一点儿咸菜罢了。'符老爷听了，便直跳起来，说道，'今日要咸菜，明日便要咸肉，后日便要鸡鹅鱼鸭，再过些时，便燕窝鱼翅都要起来了。我是个没补缺的穷官儿，供应不起！'说到那里，拍桌子打板凳的大骂。……骂够了一回，老妈子开上酒菜来，摆在当中一张独脚圆桌上。符老爷两口子对坐着喝酒，却是有说有笑的。那老头子坐在底下，只管抽抽咽咽的哭。符老爷喝两杯，骂两句；符太太只管拿骨头来逗叭儿狗顽。那老头子哭丧着脸，不知说了一句甚么话，符老爷登时大发雷霆起来，把那独脚桌子一掀，匍訇一声，桌上的东西翻了个满地，大声喝道，'你便吃去！'那老头子也太不要脸，认真就爬在地下拾来吃。符老爷忽的站了起来，提起坐的凳子，对准了那老头子摔去。幸亏站着的老妈子抢着过来接了一接,虽然接不住,却挡去势子不少。那凳子虽然还摔在那老头子的头上,却只摔破了一点头皮。倘不是那一挡,只怕脑子也磕出来了。"我听了这一番话,不觉吓了一身大汗,默默自己打主意。到了吃饭时,我便叫李在兹赶紧去找房子,我们要搬家了。……(第七十四回)

吴沃尧之所撰著,惟《恨海》,《劫余灰》,及演述译本之《电术奇谈》等三种,自云是写情小说,其他悉此类,而谴责之度稍不同。至于本旨,则缘借笔墨为生,故如周桂笙(《新庵笔记》三)言,亦"因人,因地,因时,各有变态",但其大要,则在"主张恢复旧道德"(见《新庵译屑》评语)云。

又有《老残游记》二十章,题"洪都百炼生"著,实刘鹗之作也,有光绪丙午(一九〇六)之秋于海上所作序;或云本未完,末数回乃其子续作之。鹗字铁云,江苏丹徒人,少精算学,能读书,而放旷不守绳墨,后忽自悔,闭户岁余,乃行医于上海,旋又弃而学贾,尽丧其资。光绪十四年河决郑州,鹗以同知投效于吴大澂,治河有功,声誉大起,渐至以知府用。在北京二年,上书请敷铁道;又主张开山西矿,既成,世俗交谪,称为"汉奸"。庚子之乱,鹗以贱值购太仓储粟于欧人,或云实以振饥困者,全活甚众;后数年,政府即以私售仓粟罪之,流新疆死(约一八五〇——一九一〇,详见罗振玉《五十日梦痕录》)。其书即借铁英号老残者之游行,而历记其言论闻见,叙景状物,时有可观,作者信仰,并见于内,而攻击官吏之处亦多。其记刚弼误认魏氏父女为谋毙一家十三命重犯,魏氏仆行贿求免,而刚弼即以此证实之,则摘发所谓清官者之可恨,或尤甚于赃官,言人所未尝言,虽作者亦甚自意,以为"赃官可恨,人人知之,清官尤可恨,人多不知。盖赃官自知有病,不敢公然为非;清官则自以为不要钱,何所不可?刚愎自用,小则杀人,大则误国,吾人亲目所见,不知凡几矣。试观徐桐李秉衡,其显然者也。……历来小说,皆揭赃官之恶。有揭清官之恶者,自《老残游记》始"也。

……那衙役们早将魏家父女带到,却都是死了一半的样子。两人跪到堂上,刚弼便从怀里摸出那个一千两银票并那五千五百两凭据,……叫差役送与他父女们看。他父女回说"不懂,这是甚么缘故?"……刚弼哈哈大笑道,"你不知道,等我来告诉你,你就知道了。昨儿有个胡举人来拜我,先送一千两银子,道,你们这案,叫我设法儿开脱;又说,如果开脱,银子再要多些也肯。……我再详细告诉你,倘若人命不是你谋害的,你家为甚么肯拿几千两银子出来打点呢?这是第一据。……倘人不是你害的,我告诉他,'照五百两一条命计算,也应该六千五百两。'你那管事的就应该说,'人命实不是我家害的,如蒙委员代为昭雪,七千八千俱可,六千五百两的数目却不敢答应。'怎么他毫无疑义,就照五百两一条命算帐呢?这是第二据。我劝你们,早迟总得招认,免得饶上许多刑具的苦楚。"那父女两个连连叩头说,"青天大老爷。实在是冤枉。"刚弼把桌子一拍,大怒道,"我这样开导,你们还是不招?再替我夹拶起来!"底下差役炸雷似的答应了一声"嗄!"……正要动刑。刚弼又道,"慢着。行刑的差役上来,我对你说。……你们伎俩,我全知道。你们看那案子是不要紧的呢,你们得了钱,用刑就轻,让犯人不甚吃苦。你们看那案情重大,是翻不过来的了,你们得了钱,就猛一紧,把犯人当堂治死,成全他个整尸首,本官又有个严刑毙命的处分。我是全晓得的。今日替我先拶贾魏氏,只不许拶得他发昏,但看神色不好就松刑,等他回过气来再拶。预备十天工夫,无论你甚么好汉,也不怕你不招!"……(第十六章)

《孽海花》以光绪三十三年载于《小说林》,称"历史小说",署"爱自由者发起,东亚病夫编述"。相传实常熟举人曾朴字孟朴者所为。第一回犹楔子,有六十回全目,自金㲉抢元起,即用为线索,杂叙清季三十年间遗闻逸事;后似欲以豫想之革命收场,而忽中止,旋合辑为书十卷,仅二十回。金㲉谓吴县洪钧,尝典试江西,丁忧归,过上海，纳名妓傅彩云为妾，后使英，携以俱去，称夫人，颇多话柄。比洪殁于北京，傅复赴上海为妓，称曹梦兰，又至天津，称赛金花，庚子之乱，为联军统帅所眤，势甚张。书于洪傅特多恶谑，并写当时达官名士模样，亦极淋漓，而时复张大其词，如凡谴责小说通病；惟结构工巧，文采斐然，则其所长也。书中人物，几无不有所影射；使撰人诚如所传，则改称李纯客者实其师李慈铭字莼客（见曾之撰《越缦堂骈体文集序》），亲炙者久，描写当能近实，而形容时复过度，亦失自然，盖尚增饰而贱白描，当日之作风固如此矣。即引为例：

……却说小燕便服轻车，叫车夫径到城南保安寺街而来。那时秋高气爽，尘软蹄轻，不一会，已到了门口。把车停在门前两棵大榆树阴下。家人方要通报，小燕摇手说"不必"，自己轻跳下车。正跨进门，瞥见门上新贴一副淡红朱砂笺的门对，写得英秀瘦削，历落倾斜的两行字，道：

保安寺街藏书十万卷

户部员外补阙一千年

小燕一笑。进门一个影壁；绕影壁而东，朝北三间倒厅；沿倒厅廊下一直进去，一个秋叶式的洞门；洞门里面，方方一个小院落。庭前一架紫藤，绿叶森森，满院种着木芙蓉，红艳娇酣，正是开花时候。三间静室，垂着湘帘，悄无人声。那当儿恰好一阵微风，小燕觉得在帘缝里透出一股药烟，清香沁鼻。掀帘进去，却见一个椎结小童，正拿着把破蒲扇，在中堂东壁边煮药哩。见小燕进来，正要起立。只听房里高吟道，"淡墨罗巾灯畔字，小风铃佩梦中人。"小燕一脚跨进去，笑道，"'梦中人'是谁呢？"一面说，一面看，只见纯客穿着件半旧熟罗半截衫，踏着草鞋，本来好好儿，一手捋着短须，坐在一张旧竹榻上看书。看见小燕进来，连忙和身倒下，伏在一部破书上发喘，颤声道，"呀，怎么小翁来，老夫病体竟不能起迓，怎好怎好？"小燕道，"纯老清恙，几时起的？怎么兄弟连影儿也不知？"纯客道，"就是诸公定议替老夫做寿那天起的。可见老夫福薄,不克当诸公盛意。云卧园一集,只怕今天去不成了。"小燕道,"风寒小疾,服药后当可小痊。还望先生速驾,以慰诸君渴望。"小燕说话时,却把眼偷瞧,只见榻上枕边拖出一幅长笺,满纸都是些抬头。那抬头却奇怪,不是"阁下""台端",也非"长者""左右",一迭连三,全是"妄人"两字。小燕觉得诧异,想要留心看他一两行,忽听秋叶门外有两个人,一路谈话,一路蹑手蹑脚的进来。那时纯客正要开口,只听竹帘子拍的一声。正是:十丈红尘埋侠骨,一帘秋色养诗魂。不知来者何人,且听下回分解。(第十九回)《孽海花》亦有他人续书(《碧血幕》,《续孽海花》),皆不称。

此外以抉摘社会弊恶自命,撰作此类小说者尚多,顾什九学步前数书,而甚不逮,徒作谯呵之文,转无感人之力,旋生旋灭,亦多不完。其下者乃至丑诋私敌,等于谤书;又或有嫚骂之志而无抒写之才,则遂堕落而为"黑幕小说"。

本书原为鲁迅在北京大学授课时的讲义,后经修订,于1923年12月、1924年6月由北大新潮社以《中国小说史略》为题分上下册出版。1925年9月北京北新书局合印一册出版。此后数年,鲁迅又有改订,于1935年6月印行定本第10版。

## 七月

### 一日

**日记** 雨。上午寄河清信。得增田君信。收山本夫人所赠画扇五柄。下午西谛来并赠《西[世]界文库》第二册一本,交译稿费百五十三元,赠以《引玉集》一本。

# 名人和名言

《太白》二卷七期上有一篇南山先生的《保守文言的第三道策》,他举出:第一道是说"要做白话由于文言做不通",第二道是说"要白话做好,先须文言弄通"。十年之后,才来了太炎先生的第三道,"他以为你们说文言难,白话更难。理由是现在的口头语,有许多是古语,非深通小学就不知道现在口头语的某音,就是古代的某音,不知道就是古代的某字,就要写错……"

太炎先生的话是极不错的。现在的口头语,并非一朝一夕,从天而降的语言,里面当然有许多是古语,既有古语,当然会有许多曾见于古书,如果做白话的人,要每字都到《说文解字》里去找本字,那的确比做任用借字的文言要难到不知多少倍。然而自从提倡白话以来,主张者却没有一个以为写白话的主旨,是在从"小学"里寻出本字来的,我们就用约定俗成的借字。诚然,如太炎先生说:"乍见熟人而相寒暄曰'好呀','呀'即'乎'字;应人之称曰'是唉','唉'即'也'字。"但我们即使知道了这两字,也不用"好乎"或"是也",还是用"好呀"或"是唉"。因为白话是写给现代的人们看,并非写给商周秦汉的鬼看的,起古人于地下,看了不懂,我们也毫不畏缩。所以太炎先生的第三道策,其实是文不对题的。这缘故,是因为先生把他所专长的小学,用得范围太广了。

我们的智识很有限,谁都愿意听听名人的指点,但这时就来了一个问题:听博识家的话好,还是听专门家的话好呢?解答似乎很容易:都好。自然都好;但我由历听了两家的种种指点以后,却觉得必须有相当的警戒。因为是:博识家的话多浅,专门家的话多悖的。

博识家的话多浅,意义自明,惟专门家的话多悖的事,还得加一点申说。他们的悖,未必悖在讲述他们的专门,是悖在倚专家之名,来论他所专门以外的事。社会上崇敬名人,于是以为名人的话就是名言,却忘记了他之所以得名是那一种学问或事业。名人被崇奉所诱惑,也忘记了自己之所以得名是那一种学问或事业,渐以为一切无不胜人,无所不谈,于是乎就悖起来了。其实,专门家除了他的专长之外,许多见识是往往不及博识家或常识者的。太炎先生是革命的先觉,小学的大师,倘谈文献,讲《说文》,当然娓娓可听,但一到攻击现在的白话,便牛头不对马嘴,即其一例。还有江亢虎博士,是先前以讲社会主义出名的名人,他的社会主义到底怎么样呢,我不知道。只是今年忘其所以,谈到小学,说"'德'之古字为'悳',从'直'从'心','直'即直觉之意",却真不知道悖到那里去了,他竟连那上半并不是曲直的直字这一点都不明白。这种解释,却须听太炎先生了。

不过在社会上,大概总以为名人的话就是名言,既是名人,也就无所不通,无所不晓。所以译一本欧洲史,就请英国话说得漂亮的名人校阅,编一本经济学,又乞古文做得好的名人题签;学界的名人介绍医生,说他"术擅岐黄",商界的名人称赞画家,说他"精研六法"。……

这也是一种现在的通病。德国的细胞病理学家维尔晓(Virschow),是医学界的泰斗,举国皆知的名人,在医学史上的位置,是极为重要的，然而他不相信进化论，他那被教徒所利用的几回讲演，据赫克尔(Haeckel)说，很给了大众不少坏影响。因为他学问很深，名甚大，于是自视甚高，以为他所不解的，此后也无人能解，又不深研进化论，便一口归功于上帝了。现在中国屡经绍介的法国昆虫学大家法布耳(Fabre)，也颇有这倾向。他的著作还有两种缺点：一是嗤笑解剖学家，二是用人类道德于昆虫界。但倘无解剖，就不能有他那样精到的观察，因为观察的基础，也还是解剖学；农学者根据对于人类的利害，分昆虫为益虫和害虫，是有理可说的，但凭了当时的人类的道德和法律，定昆虫为善虫或坏虫，却是多余了。有些严正的科学者，对于法布耳的有微词，实也并非无故。但倘若对这两点先加警戒，那么，他的大著作《昆虫记》十卷，读起来也还是一部很有趣，也很有益的书。

不过名人的流毒，在中国却较为利害，这还是科举的余波。那时候，儒生在私塾里揣摩高头讲章，和天下国家何涉，但一登第，真是"一举成名天下知"，他可以修史，可以衡文，可以临民，可以治河；到清朝之末，更可以办学校，开煤矿，练新军，造战舰，条陈新政，出洋考察了。成绩如何呢，不待我多说。

这病根至今还没有除，一成名人，便有"满天飞"之概。我想，自此以后，我们是应该将"名人的话"和"名言"分开来的，名人的话并不都是名言；许多名言，倒出自田夫野老之口。这也就是说，我们应该分别名人之所以名，是由于那一门，而对于他的专门以外的纵谈，却加以警戒。苏州的学子是聪明的，他们请太炎先生讲国学，却不请他讲簿记学或步兵操典，——可惜人们却又不肯想得更细一点了。

我很自歉这回时时涉及了太炎先生。但"智者千虑，必有一失"，这大约也无伤于先生的"日月之明"的。至于我的所说，可是我想，"愚者千虑，必有一得"，盖亦"悬诸日月而不刊"之论也。

七月一日。

原载 1935 年 7 月 20 日《太白》半月刊第 2 卷第 9 期。

署名越丁。

初收 1937 年 7 月上海三闲书屋版《且介亭杂文二集》。

# "靠天吃饭"

"靠天吃饭说"是我们中国的国宝。清朝中叶就有《靠天吃饭图》的碑,民国初年,状元陆润庠先生也画过一张:一个大"天"字,末一笔的尖端有一位老头子靠着,捧了碗在吃饭。这图曾经石印,信天派或嗜奇派,也许还有收藏的。

而大家也确是实行着这学说,和图不同者,只是没有碗捧而已。这学说总算存着一半。

前一月,我们曾经听到过嚷着"旱象已成",现在是梅雨天,连雨了十几日,是每年必有的常事,又并无飓风暴雨,却又到处发现水灾了。植树节所种的几株树,也不足以挽回天意。"五日一风,十日一雨"的唐虞之世,去今已远,靠天而竟至于不能吃饭,大约为信天派所不及料的罢。到底还是做给俗人读的《幼学琼林》聪明,曰:"清轻者上浮而为天","清轻"而又"上浮",怎么一个"靠"法。

古时候的真话,到现在就有些变成谎话。大约是西洋人说的罢,世界上穷人有份的,只有日光空气和水。这在现在的上海就不适用,卖心卖力的被一天关到夜,他就晒不着日光,吸不到好空气;装不起自来水的,也喝不到干净水。报上往往说:"近来天时不正,疾病盛行",这岂只是"天时不正"之故,"天何言哉",它默默地被冤枉了。

但是,"天"下去就要做不了"人",沙漠中的居民为了一塘水,争夺起来比我们这里的才子争夺爱人还激烈,他们要拼命,决不肯做一首"阿呀诗"就了事。洋大人斯坦因博士,不是从甘肃敦煌的沙里掘去了许多古董么?那地方原是繁盛之区,靠天的结果,却被天风吹了沙埋没了。为制造将来的古董起见，靠天确也是一种好方法，但为活人计，却是不大值得的。

一到这里，就不免要说征服自然了，但现在谈不到，"带住"可也。

七月一日。

　　原载 1935 年 7 月 20 日《太白》半月刊第 2 卷第 9 期。署名姜珂。

　　初收 1937 年 7 月上海三闲书屋版《且介亭杂文二集》。

## 二日

**日记**　晴。上午寄望道信并稿二篇，又悄吟稿一篇。寄郑伯奇信并萧军，悄吟，赖少麒稿各一篇。得靖华信附与静农笺。得萧军信。午季市来并赠初印本《章氏丛书续编》一部四本，赠以《引玉集》，《小说二集》各一本。晚烈文来，赠以《引玉集》一本，画扇一柄，又二柄托其转赠仲方。

## 三日

**日记**　晴。午后得增田君信，即复。得靖华信，即复，并寄杂志一包，又《小说二集》两本，托其转交霁野及静农。得仲方信。得阿芷信。得李[梁]文若信并译稿一篇。下午寄 Paul Ettinger 信。晚理发。

# 致　曹靖华

汝珍兄：

廿八日信顷已收到。给 E 的信已经寄出了，上面既有邮支局号

数,大约是不至于失落的。他在信头,好像把地名改译了一点,novo
当是 novaya,10—92 即 10kB.92。

今天托书店寄上了杂志数本,直寄寓中。又有《小说二集》两
本,请便中分交霁(他大约就要来平了罢),农二兄,那里面选有他们
的作品。

我们都好,勿念。不过我自己忙一点,也一天一天的瘦下去,有
朋友劝我玩一年,但实际上是做不到的。

专此布达,即请

夏安。

豫　　上　七月三日


## 四日

**日记**　昙。上午内山夫人来。午后晴。收七月份《文学》稿费
三十二元五角,又代烟桥,少麒收木刻发表费各八元。收《新文学大
系·小说二集》序言稿费百五十。得『版芸術』(七月分)一本,五角。
得孟十还信,下午复。夜译《死魂灵》第七章起。


# 致 孟十还

十还先生:

三日信收到。李长之做的《批判》,早收到了。他好像并不专登
《益世报》,近来在《国闻周报》里,也看到了一段。

《果戈理怎样工作》我看过日译本,倘能译到中国来,对于文学
研究者及作者,是大有益处的,不过从日文翻译,大约未必译得好。
现在先生既然得到原文,我的希望是给他们彻底的修改一下,虽然牺

牲太大，然而功德无量，读者也许不觉得，但上帝一定加以保佑。孟，张两位的译稿，可以不必寄给我看了，因为我始终是主张彻底修改的。

日本文很累坠，和中国文差远，大约和俄文也差远，所以从日本重译欧洲著作，其实是不大相宜的，至多，在怀疑时，可以参考一下。

《译文》登《马车》，极好。萧某的译本，我也有一本，他的根据是英文，但看《死魂灵》第二章，即很有许多地方和德译本不同，而他所译的好像都比较的不好，大约他于英文也并不十分通达的。

专此布复，并颂

时绥。

迅　上　七月四日


**五日**

日记　昙。上午得内山君信。得金微尘信。下午雨。


**六日**

日记　昙。上午内山书店送来『ド全集』（十八），『チェーホフ全集』（十），『静かなるドン』（二）各一本，共泉六元五角。午小雨。下午得吴朗西信并《漫画生活》稿费七元。得黄士英信并《田园交响乐》一本，即复。得萧军信。得刘炜明信。季市及诗英来。晚蕴如同薬官来。三弟来。


**七日**

日记　星期。昙。午后得唐诃信。得胡风信。得河清信。晚五时季市长女世瑝与姚〔汤〕君结婚，与广平携海婴同往观礼，晚饭后归。小雨。

**八日**

　　**日记**　小雨。上午季市携世琐来,即同往晴明眼科医院为世琐测验目力。午霁。下午烈文来并赠蒲陶酒二瓶。

**九日**

　　**日记**　晴。午后得白兮信并稿。买上田氏译『静かなるドン』一本,一元三角。下午收北新书局版税百五十。得母亲信,六日发。夜浴。

**十日**

　　**日记**　晴,热。午后收韦素园及丛芜版税二百二元五角一分,开明书店送来。

**十一日**

　　**日记**　昙。上午河清及其夫人来。午后雷。内山君赠织物一卷。


# 致 楼炜春

炜春先生:

　　六月二十四日信早到,因病未能即复为歉。

　　《自选集》出普及本事,我是可以同意的。附上印证壹千,希察收为荷。

　　专此布复,即请

暑安。

　　　　　　　　　　　　　　　　　　　鲁迅 上　七月十一日

**十二日**

　　**日记**　晴。上午得《现代版画》(十)一本。得罗清桢信。得靖华信。

# 致 赵家璧

家璧先生：

　　前蒙允兑换《小说一集》之顶上未加颜色者，今特送上，希察收换给为感。

　　专布，即请

撰安。

　　　　　　　　　　　　　　　　鲁迅　上　七月十二夜

**十三日**

　　**日记**　晴。上午寄赵家璧信并换书，晚得复，即又复。得母亲信，十日发。得赖少麒信并木刻三枚。得易斐君信并《诗歌》两份。得阿芷信并酱肉，鱼干等一碗。得懋庸信。得温涛信。得诗荃信。蕴如携阿菩来。三弟来并为买得《野菜博录》一部，二元七角，又一部拟赠须藤先生。

# 致 赵家璧

家璧先生：

　　晚得惠函，并《小说二集》一本，甚感。

我并没有《弥洒》，选小说时所用的几本，还是先生替我借来的。我想，也许是那里的图书馆的藏本。我用后，便即送还了，但我记得一二两卷也并不全。

专此布复，即请

撰安。

迅　上　七月十三夜。


**十四日**

**日记**　星期。晴，大热。无事。夜小雨。


# 几乎无事的悲剧

　　果戈理（Nikolai Gogol）的名字，渐为中国读者所认识了，他的名著《死魂灵》的译本，也已经发表了第一部的一半。那译文虽然不能令人满意，但总算藉此知道了从第二至六章，一共写了五个地主的典型，讽刺固多，实则除一个老太婆和吝啬鬼泼留希金外，都各有可爱之处。至于写到农奴，却没有一点可取了，连他们诚心来帮绅士的忙，也不但无益，反而有害。果戈理自己就是地主。

　　然而当时的绅士们很不满意，一定的照例的反击，是说书中的典型，多是果戈理自己，而且他也并不知道大俄罗斯地主的情形。这是说得通的，作者是乌克兰人，而看他的家信，有时也简直和书中的地主的意见相类似。然而即使他并不知道大俄罗斯的地主的情形罢，那创作出来的脚色，可真是生动极了，直到现在，纵使时代不同，国度不同，也还使我们像是遇见了有些熟识的人物。讽刺的本领，在这里不及谈，单说那独特之处，尤其是在用平常事，平常话，深刻的显出当时地主的无聊生活。例如第四章里的罗士特来夫,是地方恶少式的地主,赶热闹,爱赌博,撒大谎,要恭维,——但挨打也不要紧。他在酒店里遇到乞乞科夫,夸示自己的好小狗,勒令乞乞科夫摸过狗耳朵之后,还要摸鼻子——

> "乞乞科夫要和罗士特来夫表示好意,便摸了一下那狗的耳朵,'是的,会成功一匹好狗的。'他加添着说。
>
> "再摸摸它那冰冷的鼻头,拿手来呀!'因为要不使他扫兴,乞乞科夫就又一碰那鼻子,于是说道:'不是平常的鼻子!'"

这种莽撞而沾沾自喜的主人,和深通世故的客人的圆滑的应酬,是我们现在还随时可以遇见的,有些人简直以此为一世的交际术。"不是平常的鼻子",是怎样的鼻子呢?说不明的,但听者只要这样也就足够了。后来又同到罗士特来夫的庄园去,历览他所有的田产和东西——

> "还去看克里米亚的母狗,已经瞎了眼,据罗士特来夫说,是就要倒毙的。两年以前,却还是一条很好的母狗。大家也来察看这母狗,看起来,它也确乎瞎了眼。"

这时罗士特来夫并没有说谎,他表扬着瞎了眼的母狗,看起来,也确是瞎了眼的母狗。这和大家有什么关系呢,然而世界上有一些人,却确是嚷闹,表扬,夸示着这一类事,又竭力证实着这一类事,算是忙人和诚实人,在过了他的整一世。

这些极平常的,或者简直近于没有事情的悲剧,正如无声的言语一样,非由诗人画出它的形象来,是很不容易觉察的。然而人们灭亡于英雄的特别的悲剧者少,消磨于极平常的,或者简直近于没有事情的悲剧者却多。

听说果戈理的那些所谓"含泪的微笑",在他本土,现在是已经无用了,来替代它的有了健康的笑。但在别地方,也依然有用,因为其中还藏着许多活人的影子。况且健康的笑,在被笑的一方面是悲哀的,所以果戈理的"含泪的微笑",倘传到了和作者地位不同的读者的脸上,也就成为健康:这是《死魂灵》的伟大处,也正是作者的悲哀处。

七月十四日。

原载 1935 年 8 月 1 日《文学》月刊第 5 卷第 2 号。署名旁。

初收 1937 年 7 月上海三闲书屋版《且介亭杂文二集》。

## 十五日

日记　晴,大热。闻内山君之母于昨病故,午后同广平携海婴往吊之。得萧军信。得王志之信。晚大风略雨。夜浴。

# 三论"文人相轻"

《芒种》第八期上有一篇魏金枝先生的《分明的是非和热烈的好恶》,是为以前的《文学论坛》上的《再论"文人相轻"》而发的。他先给了原则上的几乎全体的赞成,说,"人应有分明的是非,和热烈的好恶,这是不错的,文人应更有分明的是非,和更热烈的好恶,这也是不错的。"中间虽说"凡人在落难时节……能与猿鹤为伍,自然最好,否则与鹿豕为伍,也是好的。即到千万没有办法的时候,至于躺在破庙角里,而与麻疯病菌为伍,倘然我的体力,尚能为自然的抗御,因而不至毁灭以死,也比被实际上也做着骗子屠夫的所诱杀脔割,较为心愿。"看起来好像有些微辞,但其实说的是他的憎恶骗子屠夫,远在猿鹤以至麻疯病菌之上,和《论坛》上所说的"从圣贤一直敬到骗子屠夫,从美人香草一直爱到麻疯病菌的文人,在这世界上是找不到的"的话,也并不两样。至于说:"平心而论,彼一是非,此一是非,原非确论。"则在近来的庄子道友中,简直是鹤立鸡群似的卓见了。

然而魏先生的大论的主旨,并不专在这一些,他要申明的是:是非难定,于是爱憎就为难。因为"譬如有一种人,……在他自己的心目之中,已先无是非之分。……于是其所谓'是',不免似是而实非了。"但"至于非中之是,它的是处,正胜过于似是之非,因为其犹讲交友之道,而无门阀之分"的。到这地步,我们的文人就只好吞吞吐吐,假揩眼泪了。"似是之非"其实就是"非",倘使已经看穿,不是只要给以热烈的憎恶就成了吗?然而"天下的事情,并没有这么简单",又不得不爱护"非中之是",何况还有"似非而是"和"是中之非",取其大,略其细的方法,于是就不适用了。天下何尝有黑暗,据物理学说,地球上的无论如何的黑暗中,不是总有 X 分之一的光的吗? 看起书来,据理就该看见 X 分之一的字的,——我们不能论明暗。

这并非刻薄的比喻,魏先生却正走到"无是非"的结论的。他终于说:"总之,文人相轻,不外乎文的长短,道的是非,文既无长短可言,道又无是非之分,则空谈是非,何补于事! 已而已而,手无寸铁的人呵!"人无全德,道无大成,刚说过"非中之是",胜过"似是之非",怎么立刻又变成"文既无长短可言,道又无是非之分"了呢? 文人的铁,就是文章,魏先生正在大做散文,力施搏击,怎么同时又说是"手无寸铁"了呢? 这可见要抬举"非中之是",却又不肯明说,事实上是怎样的难,所以即使在那大文上列举了许多对手的"排挤","大言","卖友"的恶谥,而且那大文正可通行无阻,却还是觉得"手无寸铁",归根结蒂,掉进"无是非"说的深坑里,和自己以为"原非确论"的"彼亦一是非,此亦一是非"说成了"朋友"——这里不说"门阀"——了。

况且,"文既无长短可言,道又无是非之分",魏先生的文章,就他自己的结论而言,就先没有动笔的必要。不过要说结果,这无须动笔的动笔,却还是有战斗的功效的,中国的有些文人一向谦虚,所以有时简直会自己先躺在地上,说道,"倘然要讲是非,也该去怪追奔逐北的好汉,我等小民,不任其咎。"明明是加入论战中的了,却又立刻肩出一面"小民"旗来,推得干干净净,连肋骨在那里也找不到了。论"文人相轻"竟会到这地步,这真是叫作到了末路!

七月十五日。

原载 1935 年 8 月 1 日《文学》月刊第 5 卷第 2 号。署名隼。

初收 1937 年 7 月上海三闲书屋版《且介亭杂文二集》。

## 十六日

**日记**　晴,大热。午后寄李桦信,附致赖少麒笺并文学社木刻发表费汇单八元。寄河清信并"论坛"稿二篇,木刻四幅。复萧军信。复阿芷信。下午明甫来谈。夜浴。费君送来再版《小说旧闻钞》十本。复懋庸信。

# 致 赖少麒

少麒先生:

来函并稿都收到。稿当去探听一下,但出版怕不易,因为现在上海的书店,只在消沉下去。

前回将木刻两幅,绍介给文学社,已在七月份《文学》上登出(他们误印作少麟,真是可气),送来发表费八元,今托友从商务印书馆汇上,请在汇单背后签名盖印,向分馆一取。倘他们问汇钱人,可答以"上海本馆编辑部周建人",但我想是未必问的。

通信用原名在此地尚无妨,或改"何干"亦可。

专此布达,即颂

时绥。

迅　上　七月十六日

附汇单一张

# 致 黄 源

河清先生:

天热,坐不住,草草的做了两篇,今寄上,聊以塞责而已。

但如此无聊的东西,大约不至于被抽去。

另有木刻四幅,放在书店,当交由生活店员送上,其中的一本其藻木刻集,用后即送先生,不必寄还了。

此布,即颂

著安。

迅　顿首　十六日

# 致 萧 军

刘军兄:

十二日信并以前的一信,书,都收到的。关于出纪念册的事,先前已有几个人提议过了,我不同意,也不愿意说明理由;不过如有一团[?]要出,那自然是另一回事,只是我个[人]不加入。

对于书，并无什么意见。

月初因为见了几回一个老朋友，又出席于他女儿的结婚，把译作搁起起[来]了，后来须赶译，所以弄得没有工夫。今年也热，我们也都生痱子。我的房里不能装电扇，即能装也无用，因为会把纸张吹动，弄得不能写字，所以我译书的时候，如果有风，还得关起窗户来，这怎能不生痱子。对于痱子的药水，有 Watson's Lotion for Prickly Heat，颇灵，大马路屈臣氏大药[房]出售，我们近地是二元四角钱一瓶，我们三人大约一年用两瓶就够，你身体大，我怕搽一次就要 1/4 瓶，那可不得了了。

那书的装饰还不算坏，不过几条黑条乱一点。團写作团，难识，但再版时也无须改，看下去会知道的。

近来真太没闲空了，《死魂灵》还只翻译了一章，今天放下，在做《文学》上的"论坛"，刚做完。其实《文学》和我并无关系，不过因为有些人要它灭亡，所以偏去支持一下，其实这也是自讨苦吃。《文坛三户》也是我做的，似乎很有些作家看了不高兴，但我觉得我说的是真话。这回做的是比较的无聊了，不会种下祸根。

贺贺你们的同居三年纪念。我们是相识十多年，同居七八年了，但何年何月何日是开始同居的呢，我可已经忘记了，只记得确是已经同居了而已。

许谢谢你送给她的小说，她正在看，说是好的。切光的都送了人，省得他们裁，我们自己是在裁着看。我喜欢毛边书，宁可裁，光边书像没有头发的人——和尚或尼姑。

此布，即请

俪安。

豫　上　七月十六日

附笺乞便中交芷，不急。又及

# 致 徐懋庸

乞转
徐先生：

星期五(十九)上午十时,当在店相候。

豫　顿首　七月十六夜

# 致 曹靖华

汝珍兄：

八日信早到,近因略忙,故迟复。

《文学百科全书》第八本已寄来,日内当寄上。

暨大情形复杂,新校长究竟是否到校,尚未可知,倘到校,那么,西谛是也去的。我曾劝他勿往,他不取用此言。今日已托人将农事托他,倘能出力,我看他是一定出力的。此次之请教员,其办法异乎寻常,系当由教育部认可,但既由校长推荐,部中大约总是认可的,倘得复信,当续闻。

上海连日大热,室内亦九十四五度,我们都好,不过大家满身痱子而已。并希勿念。

专此布达,即请
暑安。

弟豫　顿首　七月十六夜。

## 十七日

**日记** 晴,大热。上午寄母亲信。复靖华信。复增田君信。复温涛信。午后得张慧信。得学昭信。得姚克信。得何白涛信,即

*581*

复。得李霁野信，即复。夜付《小说旧闻钞》印证千。浴。

# 致 母 亲

母亲大人膝下敬禀者，七月六日及十日（紫佩代写）两信，均已收到。

北平匪警，阅上海报，知有一弹落京畿道，此地离我家不远，幸未爆炸，否则虽决不至于波及，然必闻其声矣。次日即平， 大人亦未受惊，闻之甚慰。

上海刚刚出梅，即连日大热，今日正午，室中竟至九十五度，街上当在百度以上，寓中均安，但大家都生痱子而已，请勿念。

男仍安好，但因颇忙，故亦难得工夫休息，此乃靠笔墨为生者必然之情形，亦无法可想。害马则自从到上海以来，未曾生过病，可谓能干也。

海婴亦健，他每到夏天，大抵壮健的，虽然终日遍身流汗，仍然嬉戏不停。现每日上午，令裸体晒太阳约一点钟，余则任其自由玩耍。近来想买脚踏车，未曾买给；不肯认字，今秋或当令人学校，亦未可知，至九月底即满六岁，在家颇吵闹也。

老三亦好，并希勿念。十日信也已给他看过了。

专此布达，恭请

金安。

男树　叩上　广平海婴同叩　七月十七日

# 致 李霁野

霁野兄：

十四日信收到；其中并无履历，信又未经检查，我想大约是没有

582

封入罢。许先生曾于十日以前见过,而且正在请英文教员,因不相
干,未曾打听。现在却不知道他是回乡,抑已北上了。倘是回乡,那
么,他出来时大约十之九会来访我的,那时当为介绍。不过我不知
道他所请的英文教员,已经定局与否。

　　教育界正如文学界,漆黑一团,无赖当路,但上海怕比平津更
甚。到英国去看看,也是好的,不过回来的时候,中国情形,必不比
现在好。

　　此复,即颂

时绥。

豫　顿首　七月十七日

# 致 增田涉

　　拝啓

　　近頃雑務の多い為め一の返事を今まで引のばして居ました。

　　平塚運一氏の事は存じて居ます。その作品も複製と小さいも
のなら少々持って居ます。

　　『十竹齋箋譜』の翻刻は進んで居ますが二冊目の二十余枚が出
来ました。初版はもうそう残って居ない様ですが私は持って居ま
す。平塚氏の分は私から寄贈します。

　　併し来年全部揃ってから送りたい。少づつ、少づつやりだすと
出版の経営上にも不便ですから、共働者達ににくまれます。黄元
工房の一冊は特別なもので揃てから又取り戻して北平で装訂し
て上げるつもりです。

　　日本に於ける紹介は揃てからの後に願ひたいものです。

　　上海は大に暑く昨日は室内でも九十五度でした。汗をかかし

て『死せる霊魂』を訳して居ます。汗物かゆく、あたまが盆槍して居ます。

本月の『経済往来』を見ましたか？ 中に長与善郎氏の『××と遇ふた晩』とか云ふ文章がのせられて居ます。僕に対しては頗る不満でしたが併し古風の人道主義者の特色は実にはっきり発揮して居ました。只、わざと買って読む必要もないと思ふ。

洛文　拝上　七月十七日

増田学兄几下


### 十八日

**日记**　黎明大雨,晨霁,大热。下午得叶籁士信。得霁野信。夜浴。


### 十九日

**日记**　晴,热。上午致内山君母夫人香礼二十元。徐懋庸赠《打杂集》一本。得增田君信。午后大雷电,风雨,历一时而霁。夜浴。雨。


### 二十日

**日记**　晴。上午得萧军信。得赖少其信。得增田君信。下午季市来。晚三弟来。黄河清来。收《小约翰》及《桃色之云》版税百,《巴黎之烦恼》版税五十。蕴如携阿玉,阿菩来。郑惠贞女士来。夜小雨。


### 二十一日

**日记**　星期。晴,热。下午同广平携海婴往乍孙诺夫茶店饮茶。夜浴。

**二十二日**

日记　时晴时雨。上午得静农信并拓片一枚，即复，附与汝珍笺一。午后仲方来谈。夜浴。复霁野信。

# 致　曹靖华

汝珍兄：

前三四天托书店寄上书籍两包，内有《文学百科全书》一本，不知已收到否？

今天得郑君答复，谓学校内情形复杂，农兄事至少在这半年内，无可设法云云。大约掣肘者多，诸事不能放手做去，郑虽为文学院长，恐亦无好效果的。

上海已大热十多天。弟等均安，请释念。

致农兄一笺，乞便中转交。

此布，即请

暑安。

弟豫　顿首　七月廿二日

# 致　台静农

青兄：

十六日函并拓片一张，顷收到。

山根阴险，早经领教，其实只知树势，祸学界耳。厦门亦非好地方，即成，亦未必能久居也。

向暨大曾一问，亦不成，上海学校，亦不复有干净土；尚当向他处一打听也。

上海已大热,贱躯尚安,可释远念。

此布,即颂

时绥。

豫　顿首　七月二十二日

# 致 李霁野

霁野兄:

十五信收到已数日,前日遇许先生,则云英文教员已聘定,亦无另外钟点,所以杨先生事,遂无从谈起。

日前为静兄向暨南大学有所图,亦不成,中国步步荆棘。

刘文贞君译稿已登出,现已暑假。不知译者是否仍在校,稿费应寄何处,希即示知。

此布,即颂

时绥。

豫　顿首　七月廿二日

二十三日

日记　晴,风,仍热。上午得李辉英信。下午收《太白》稿费九元八角。夜三弟来。

二十四日

日记　晴,热。上午得胡风信。得赖少其所寄木刻《失业》二十本,下午复。晚寄望道信。夜浴。

# 致 赖少麒

少麒先生：

十三日信早到,《失业》二十本,昨也收到了。

木刻发表费已寄上,有通知书一张,今补奉。不过即使未曾寄出,代买书籍,在我现在的情况下,也不方便的。

日本在出玩具集,看起来也无甚特别之处,有许多且与中国的大同小异。中国如果出起全国的玩具集来,恐怕要出色得多,不过我们自己大约一时未必会有这计划,所以先在日本出版界绍介一点,也是好事情。

此复,即请

暑祺。

干　上　七月廿四日

## 二十五日

**日记**　晴,风,仍热。上午伊藤胜义牧师寄赠煎饼一合。

## 二十六日

**日记**　晴,热,午后得猛克信。得『鲁迅选集』四本,译者寄赠。寄靖华杂志一包。寄王思远《准风月谈》三本。寄李桦精装《引玉集》一本。得『芥川竜之介全集』(九)一本,一元五角。晚烈文来。夜浴。

## 二十七日

**日记**　晴,热。上午复猛克信。复萧军信。吉冈君赠马铃薯,报以水蜜桃。午得孟十还信,即复。得明甫信,即复。下午译《死魂灵》至第八章讫,合前章共三万二千字,即寄西谛。晚三弟来。蕴如携蕖官来。浴。

# 致 萧 军

萧兄:

十九日信早收到,又迟复了。我此刻才译完了本月应该交稿的《死魂灵》,弄得满身痱子,但第一部已经去了三分之二了。有些事情,逼逼也好,否则,我也许未必去翻译它的。每天上午,勒令孩子裸体晒太阳半点钟,现在他痱子最少,你想这怪不怪。

胡有信来,对于那本小说,非常满意。我的一批,除掉自己的一本外,都分完了,所以想你再给我五六本,可以包好,便中仍放在书店,现在还不要紧。至于叶的政策,什么分送给傅之流,我看是不必的,他们做编辑,教授的,要看,应该自己买,否则,就是送他,他也不看。

你的朋友南来了,非常之好,不过我们等几天再见罢,因为现在天气热,而且我也真的忙一点。现在真不像在做人,好像是机器。

近来关于我的谣言很多。日本报载我因为要离开中国,张罗旅费,拼命翻译,已生大病;《社会新闻》说我已往日本,做"顺民"去了。

匆此,即请

俪安。

豫 上 七月廿七日

# 致 李长之

长之先生:

惠函敬悉。但我并不同意于先生的谦虚的提议,因为我对于自己的传记以及批评之类,不大热心,而且回忆和商量起来,也觉得乏味。文章,是总不免有错误或偏见的,即使叫我自己做起对自己的批评来,大约也不免有错误,何况经历全不相同的别人。但我以为这其实还比小心翼翼,再三改得稳当了的好。

我近来不过生了一点痱子,不能算病,如果报上说是生了别的病,那是新闻记者的创作了,这种创作,报上是常有的。蒙念并闻。

此复,即请

撰安。

鲁迅　上　七月二十七日

## 二十八日

**日记**　星期。晴。午后得李长之信,即复。得赵越信,即复。夜浴。

## 二十九日

**日记**　昙。上午小雨,即霁而热。得增田君信。得赖少麒信。得萧军信,即复。得曹聚仁及徐懋庸信,晚复。

# 致 萧 军

刘兄:

信和书六本,当天收到了。错字二十几个,还不算多,现在的出版物,普通每一页至少有一个。俄国已寄去一本,还想托人再寄几本去,不便当的是这回不能托书店,因为万一发现,会累得店主人打屁股,所以只好小心些。

《死魂灵》共两部，每部约二十万字，第二部本系残稿，所以译不译还未定，倘只译第一部，那么，九月底就完毕了。不过添油的人，我觉得实在少，连孩子来捣乱，也很少有人来领去，给我安静一下，所以我近来的译作，是几乎没有一篇不在焦躁中写成的，这情形大约一时也不能改善。

对于谣言，我是不会懊恼的，如果懊恼，每月就得懊恼几回，也未必活到现在了。大约这种境遇，是可以练习惯的，后来就毫不要紧。倘有谣言，自己就懊恼，那就中了造谣者的计了。

痱子药水的确不大灵，但如不用药，也许痱子还要利害些。

我们近地开了一个白俄饭店，黑面包，列巴圈，全有了。但东西卖的贵，冰淇淋一杯要大洋三毛，我看它是开不长久的。

这封信是专门报告书已收到的。

此布，即祝

俪祉。

豫　上　七月廿九夜。

# 致 曹聚仁

聚仁先生：

来示收到。北新书局发行起来，恐怕也是模模胡胡。我当投稿，但现在文章难做，即使讲《死魂灵》，也未必稳当，《文学百题》中做了一篇讲讽刺的，也被扣留了。

现在的时候，心绪不能不坏，好心绪都在别人心里了，明季大臣，跑在安南还打牌喝酒呢。

此布，即请

撰安。

再:致徐先生一笺,乞便中转交。

# 致 徐懋庸

茂荣先生:

木刻查了一遍,没有相宜的。要紧的一层,是刻者近来不知如何,无从查考,所以还是不用的好。

モンタニの译本,便中当为一查。此书他们先前已曾有过一种译本,但大约不如这回的好。

此复,即请

撰安。

迅　上　七月廿九日

## 三十日

**日记**　晴,热。上午捐中文拉丁化研究会泉卅。得 T. Wei 信。得靖华信。得阿芷信,即复。得河清信并绘信片八枚,午后复。买『支那小说史』一本,五元,即寄赠山本夫人。夜浴并沐。小雨。

# 致 叶 紫

芷兄:

来信收到。郑公正在带兵办学,不能遇见;小说销去不多,算帐也无用。还是第三条稳当,已放十五元在书店,请持附上之笺,前去一取为盼。

　　此复，即颂

饿安。

豫　上　七月卅日

# 致 黄 源

河清先生：

　　信等均收到。《表》除如来信所说，边上太窄外，封面上的字，还可以靠边一点，即推进约半寸，"表"字也太小，但这是写的，现在也无从说起。此外并无意见。总之，在中国要印一本像样的书，是没有法子办的，我想，或者将来向生活书店借得纸版，自己去印他百来本。

　　日译ド集书简集后，无ダリ文，只有ジイド讲演一篇。

　　果戈理的短篇小说本不多，而且较短的只有《马车》，此外都长，我实无暇译了。何妨就将《马车》移入三卷一期，而将论文推上一篇呢？

　　Pavlenko 作的关于莱芒托夫的小说，急于换几个钱，不知可入三卷一期否？此篇约三万字，插图四幅。

　　此外亦无甚意见。但书面上的木刻，方块太多了，应换一次圆的之类。《文学》用过一张仙人掌的圆图，大约是 New Woodcuts 里面的罢，做得大一点，还可用。附上俄、意木刻各两种，请制图，制毕并原本交下，当译画题。目录上的长图，尚未得相当者，容再找。此复，即请

撰安。

迅　上　七月卅日

## 三十一日

**日记** 晴,热。上午收八月分《文学》稿费十二元,又《文学百题》稿费四元。得梁文若信。得叶芷信。